La furia de los dioses

AF873749

Literatura Fantástica

John Gwynne

La furia de los dioses

Serie Hermanos de sangre, 3

Traducción de Simon Saito Navarro

minotauro

PEFC Certificado

Este libro procede de bosques gestionados de forma sostenible

PEFC

PEFC/14-38-00305 www.pefc.es

La lectura abre horizontes, iguala oportunidades y construye una sociedad mejor.
La propiedad intelectual es clave en la creación de contenidos culturales porque sostiene el ecosistema de quienes escriben y de nuestras librerías.
Al comprar este libro estarás contribuyendo a mantener dicho ecosistema vivo y en crecimiento.
En **Grupo Planeta** agradecemos que nos ayudes a apoyar así la autonomía creativa de autoras y autores para que puedan seguir desempeñando su labor.
Dirígete a CEDRO (Centro Español de Derechos Reprográficos) si necesitas fotocopiar, escanear, distribuir o poner a disposición algún fragmento de esta obra (www.cedro.org; 91 702 19 70 / 93 272 04 45).
Queda expresamente prohibida la utilización o reproducción de este libro o de cualquiera de sus partes con el propósito de entrenar o alimentar sistemas o tecnologías de inteligencia artificial.

Título original: *The Fury of the Gods*

Copyright © 2024 by John Gwynne
Publicado por primera vez en Reino Unido en lengua inglesa como *The Fury of the Gods* en 2024 por Orbit, sello de Little Brown Book Group
Traducción: © Simon Saito Navarro, 2024

© Editorial Planeta, S. A., 2025
Avda. Diagonal, 662-664, 08034 Barcelona (España)
www.edicionesminotauro.com
www.planetadelibros.com

Imágenes adicionales: © Shutterstock
Mapa de Tim Paul

Adaptación de la cubierta: Booket / Área Editorial Grupo Planeta a partir de la idea original de Bekki Guyatt — LBBG
Ilustración de la cubierta: © Marcus Whinney
Primera edición en Colección Booket: febrero de 2026

Depósito legal: B. 270-2026
ISBN: 978-84-450-2218-4
Impreso en España

Biografía

John Gwynne estudió y fue profesor en la Universidad de Brighton. Ha tocado el bajo doble en un grupo de rock y viajado por Estados Unidos y Canadá. Casado y con cuatro hijos, vive en Eastbourne, donde pertenece a una asociación que realiza recreaciones de la civilización vikinga. Cuando no está escribiendo, es habitual encontrarlo en un muro de escudos rodeado por sus hijos.

www.john-gwynne.com

@johngwynne_

john_gwynne_author

Para mi familia.
Para Harriett, amada más allá de lo que puede expresarse con palabras,
para Caroline, el aire que respiro,
para James, Ed y Will, mi corazón palpitante.
Hemos atravesado el infierno juntos,
los lazos del amor y de la familia nos han mantenido unidos.

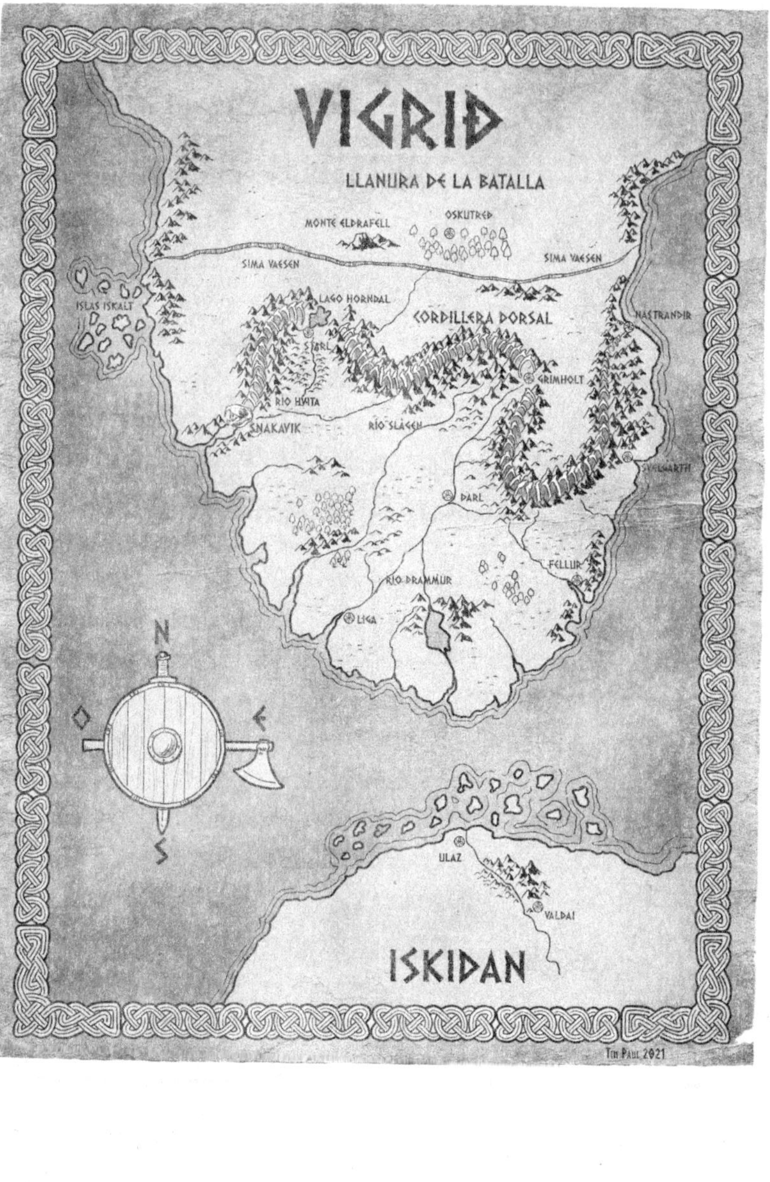
VIGRID
LLANURA DE LA BATALLA
MONTE ELDRAFELL
OSKUTRED
SIMA VAESEN
SIMA VAESEN
ISLAS ISKALT
LAGO HORNDAL
CORDILLERA DORSAL
NASTRANDIR
GRIMHOLT
RIO HVITA
SNAKAVIK
RIO SLÄGEN
DARL
FELLUR
RIO DRAMMUR
LIGA
N
O
E
S
ULAZ
VALDAI
ISKIDAN
TIM PAUL 2021

Guía de pronunciación

ð: como el dígrafo «th» en la palabra inglesa «they»; Guðvarr se pronuncia «Guthvarr».

j: como la «y» en la palabra inglesa «yellow»; brynja se pronuncia «bryn-ya».

ø: como «ir» en la palabra inglesa «bird»; Røkia se pronuncia «Rirkia».

Lista de personajes

Los Terrores de la Batalla

Agnar Broksson: jefe de los Terrores de la Batalla, asesinado a traición por Biórr en la planicie de ceniza de Oskutreð.

Elvar Puño de Fuego: hija del jarl Störr. Se ha comprometido por el juramento de sangre a encontrar a Bjarn, hijo de la bruja seiðr Uspa, y rescatarlo de las garras de Ilska la Cruel y sus Alimentadores de Cuervos, a cambio de que Uspa guíe a los Terrores de la Batalla a la mítica Oskutreð, donde los dioses lucharon y murieron.

Grend: compañero y guardián de Elvar. También se ha comprometido a encontrar a Bjarn mediante el juramento de sangre.

Huld: el segundo miembro más joven de los Terrores de la Batalla después de Elvar. Creció en las duras calles de Svelgarth.

Sighvat el Gordo: segundo de Agnar. Es un guerrero feroz, aunque está más interesado en la comida que en la toma de decisiones. Ha hecho el juramento de sangre para rescatar a Bjarn de los Alimentadores de Cuervos.

Sólín la Babas: una de las guerreras más veteranas de los Terrores de la Batalla. Perdió varios dientes en una pelea con un enjambre de tennúr.

Urt el Sucio: uno de los miembros más veteranos de los Terrores de la Batalla, apodado así por su aversión a la higiene.

Orv la Serpiente: el único arquero de los Terrores de la Batalla. Es explorador y cazador. Apodado así por su sigilo.

Uspa: bruja seiðr. Capturada por los Terrores de la Batalla en la isla de Iskalt (junto a su marido, Berak, y su hijo, Bjarn), donde estaba destruyendo el *Graskinna*, un grimorio. Hace un pacto con Agnar y Elvar, según el cual ella llevará a los Terrores de la Batalla hasta Oskutreð a cambio de que ellos rescaten a su hijo, Bjarn, de las garras de Ilska la Cruel. Sellan su pacto con un juramento de sangre.

Los Hermanos de Sangre

Æsa: una de los integrantes de los Hermanos de Sangre, con una preocupante indiferencia hacia el dolor o la vida. Por sus venas corre la sangre de Fjalla, la cabra montesa.

Edel: jefa de los exploradores y cazadora de los Hermanos de Sangre. La sangre del sabueso Hundur corre por sus venas. Veterana, astuta y cauta. Tiene dos perros por compañeros.

Einar Medio Trol: grande como un árbol, el más fuerte de los Hermanos de Sangre. Le encanta comer y las historias bien contadas. Es un berserkir.

Glornir Rompeescudos: jefe de los Hermanos de Sangre. Es un berserkir, pues la sangre del dios oso corre por sus venas. Está casado con Vol y es el hermano mayor de Thorkel.

Gunnar Proa: llamado así por su nariz, que ocupa buena parte de su cara y es curva como la roda de un drakkar. Por sus venas corre la sangre del tejón Gröfu.

Halja Nariz Chata: lleva en las venas la sangre de Orna, la diosa águila. Es hermana de Vali Aliento de Caballo, que murió a manos de un trol durante la batalla en la cámara de Rotta.

Ingmar Hielo: un berserkir.

Jökul Mano de Martillo: herrero y guerrero. Lleva en sus venas la sangre del tejón Gröfu.

Revna Patas de Liebre: llamada así por su velocidad en la batalla. La sangre del armiño Státa corre por sus venas.

Røkia: úlfhéðnar, pues la sangre del lobo Ulfrir corre por sus venas. Le encomiendan la tarea de entrenar a Varg en el uso de las armas.

Svik Pelo Enmarañado: lleva en sus venas la sangre del zorro Refur. Es el jefe de los escaldos de los Hermanos de Sangre. Tiene debilidad por el queso.

Varg el Insensato: era un thrall de Kolskegg, un acaudalado granjero y terrateniente. Tras asesinar a Kolskegg por haberlo traicionado, Varg huyó y fue en busca de los asesinos de su hermana, Frøya. Se unió a los Hermanos de Sangre para acercarse a su bruja seiðr, Vol, con el fin de que realizara para él un akáll, una invocación mágica que le permitiría ver los últimos instantes de vida de su hermana y de esa manera averiguar cómo había muerto. Al unirse a los Hermanos de Sangre descubrió que era un corrompido, un úlfhéðnar por cuyas venas corre la sangre del lobo Ulfrir.

Vol: bruja seiðr, mujer de Glornir.

Los Alimentadores de Cuervos y sus compañeros

Lik-Rifa: la diosa dragona, encerrada durante siglos en una mazmorra entre las raíces de Oskutreð, el Fresno. Vuelve a estar libre gracias a una ceremonia de magia realizada por sus descendientes corrompidos.

Rotta: el dios rata. Enjaulado y torturado por Ulfrir y Orna por su implicación en el asesinato de su hija.

Biórr: un corrompido, por cuyas venas corre la sangre de Rotta. Se infiltró en los Terrores de la Batalla, asesinó a Agnar el Terror de la Batalla y llevó a Ilska hasta Oskutreð, de manera que contribuyó de manera decisiva a la liberación de Lik-Rifa. Ahora se ha reintegrado en las filas de los Alimentadores de Cuervos.

Brák el Azote de los Troles: un corrompido por cuyas venas corre la sangre del dios armiño Státa. Forma parte de la banda de Drekr. Es cazador y trampero.

Drekr: un corrompido descendiente de la dragona, hermano de Ilska y de Myrk. Raptó a Breca y asesinó a Thorkel.

Fain el Rojo: un corrompido por cuyas venas corre la sangre del jabalí Svin. Es el padre de Kalv y Storolf Dentadura de Guerra.

Ilmur: un corrompido que lleva la sangre del dios perro Hundur. Era un thrall de los Terrores de la Batalla, pero Biórr lo liberó y ahora es un miembro más de los Alimentadores de Cuervos.

Ilska la Cruel: jefa de los Alimentadores de Cuervos. Es una descendiente de la dragona por cuyas venas corre la sangre de Lik-Rifa. Es la hermana mayor de Drekr y Myrk.

Kalv: un corrompido con la sangre del jabalí Svin en las venas. Es hijo de Fain el Rojo y hermano de Storolf Dentadura de Guerra.

Kráka: bruja seiðr que era una thrall de los Terrores de la Batalla. Tras ser liberada por Biórr ahora es un miembro de los Alimentadores de Cuervos.

Myrk Garra Afilada: una corrompida descendiente de la dragona, con la sangre de Lik-Rifa en las venas. Es la hermana pequeña de Ilska y Drekr.

Storolf Dentadura de Guerra: un corrompido por cuyas venas corre la sangre del jabalí Svin. Es hijo de Fain el Rojo y hermano de Kalv. Le llaman Dentadura de Guerra porque se dejó algunos dientes en el escudo de un enemigo al apresarlo con la boca para arrancárselo de la mano.

Oleif Sin Dientes: un corrompido con la sangre del buitre Hraeg en las venas. Formaba parte de la banda de Drekr y ahora es un miembro de los Alimentadores de Cuervos.

Bjarn Beraksson: un corrompido, hijo de Uspa y de Berak. Raptado por Ilska y los Alimentadores de Cuervos.

Breca Thorkelsson: un corrompido, hijo de Orka y de Thorkel. Raptado por Drekr.

Harek Asgrimsson: un corrompido, hijo de Asgrim y de Idrun, que fueron asesinados por Drekr y su banda.

Otros

Orka Machacacráneos: esposa de Thorkel y madre de Breca. Había sido la jefa de los Hermanos de Sangre y era conocida con el sobrenombre de la Machacacráneos. Thorkel fue asesinado, y su hijo, raptado. Siguiendo su rastro hacia el norte, llegó a Grimholt, donde fue capturada por unos drengir y el galdramaðr Skalk. Escapó tras una sangrienta batalla.

Lif Virksson: pescador de un pueblo llamado Fellur. Hijo de Virk y hermano de Mord. Orka lo rescató cuando iban a ejecutarlo y la acompañó al norte. Su hermano Mord fue asesinado mientras estaba encadenado por el drengr Guðvarr.

Sæunn: una thrall corrompida con la sangre del perro Hundur en las venas.

Gudleif Arnesson: ha construido una granja con su familia al norte de la cordillera Dorsal.

Reina Helka: soberana de Darl y de las regiones colindantes. Es una mujer ambiciosa y despiadada que aspira a apoderarse de toda Vigrið. Tiene un hijo, Hakon, y una hija, Estrid.

Príncipe Hakon Helkasson: primogénito de la reina Helka.

Princesa Estrid Helkasson: hija de la reina Helka.

El úlfhéðnar Frek: un corrompido con la sangre del dios lobo Ulfrir en las venas. Es un thrall de la reina Helka y miembro de su guardia de honor.

El galdramaðr Skalk: galdramaðr de Darl, al servicio de la reina Helka. Enviado por Helka, junto a los Hermanos de Sangre, para investigar qué está ocurriendo en la frontera septentrional de su reino. Roba la garra de Orna y rapta a la bruja seiðr Vol.

Sturla: aprendiza de magia galdur de Skalk.

Guðvarr: drengr de Fellur y sobrino de la jarl Sigrún. Recibe la orden de liderar el grupo enviado para perseguir a Orka, Lif y Mord.

Vilja: prostituta de Darl que trabaja en la taberna El drengr muerto.

Jarl Sigrún: jarl de Fellur y del distrito circundante. Está enredada en la expansión política de la reina Helka. Orka le desfigura la cara y asesina a su amante, así que envía a su sobrino Guðvarr tras ella.

Yrsa: drengr de Darl al servicio del galdramaðr Skalk.

Arild: drengr de Fellur.

Skapti: drengr, capitán de Grimholt. Está a sueldo del príncipe Hakon y participa en los planes de Drekr y en sus actividades con niños raptados.

Hrolf: drengr de Grimholt.

Jarl Glunn Puño de Hierro: insignificante jarl aliado de la reina Helka.

Jarl Svard el Rascador: insignificante jarl aliado de la reina Helka.

Jarl Logur de Liga: gobernante de la ciudad portuaria de Liga. Amigo de los Hermanos de Sangre.

Jarl Orlyg de Svelgarth: gobernante de la ciudad de Svelgarth y de la región circundante. Es un veterano de guerra ya anciano y canoso, enemigo de la reina Helka.

Príncipe Jaromir de Iskidan: príncipe de Iskidan, uno de los numerosos hijos de Kirill el Magnífico, señor de Iskidan.

Ilia: druzhina de Iskidan.

Taras el Toro: es un hombre atormentado, un corrompido por cuyas venas corre la sangre del toro Naut. Es un thrall al servicio del príncipe Jaromir de Iskidan.

Iva: bruja seiðr y thrall del príncipe Jaromir.

Jarl Störr: señor de Snakavik y de la mayoría de los distritos occidentales de Vigrið. Padre de Torun, Elvar y Broðir. Conocido por poseer una guardia personal de berserkir.

Silrið: galdramaðr del jarl Störr.

Thorun Störrsson: primogénito del jarl Störr.

Broðir Störrsson: hijo menor del jarl Störr.

Berak Bjornasson: un corrompido, un berserkir con la sangre del dios oso Berser en las venas. Marido de la bruja seiðr Uspa y padre de Bjarn. Capturado por Agnar y vendido como thrall al jarl Störr para que forme parte de su guardia de berserkir.

Gytha: drengr y paladín del jarl Störr.

Syr: drengr del jarl Störr y guardia de la puerta de Snakavik.

Hjalmar el Pacifista: líder de la banda de mercenarios los Corazones Feroces.

Hrung: una cabeza de gigante que sobrevive mágicamente gracias al poder de la moribunda Snaka.

Njal Olafsson: jarl de un pequeño pueblo pesquero a orillas del río Drammur.

Terna: thrall de Njal Olafsson, que ya había sido thrall en la granja de Kolskegg.

Brimil: comerciante de esclavos de Darl.

Rog: tabernero de El drengr muerto.

Frøya: hermana de Varg.

Leif Kolskeggson: hijo de Kolskegg. Perseguía a Varg por la muerte de su padre, pero cuando consiguió capturarlo, Glornir y los Hermanos de Sangre tomaron a su cuidado a Varg y lo salvaron de su venganza.

Sterkur la Muerte en los Ojos: guerrero y jefe de la banda de mercenarios Manos Rojas.

Criaturas

Grok: cuervo gigante.

Kló: cuervo gigante.

Spert: vaesen spertus, unido a Orka y a su familia.

Vesli: tennúr herida encontrada por Breca. Hizo un juramento a Breca y a Spert.

Títulos, términos, objetos nórdicos

akáll: una invocación, ceremonia para mostrar los últimos momentos de una persona fallecida mediante la magia.
althing: reunión, asamblea de personas libres.
berserkir: persona descendiente de Berser, el dios oso. Capaz de emplear gran fuerza y brutalidad.
blóð svarið: juramento de sangre.
bruja seiðr: mujer con poderes mágicos.
brynja: cota de malla.
byrding: embarcación costanera.
escaldo: poeta, autor de las sagas, a menudo a sueldo de un jarl o de un jefe para que cante sus hazañas.
drakkar: barco vikingo con una figura esculpida en la proa, normalmente un dragón.
drengr (pl. drengir): guerrero experto en el manejo de las armas que ha jurado fidelidad a un noble.
druzhina: guerrero de élite a caballo.
galdramaðr: hechicero, concretamente de magia rúnica.
***Graskinna*:** piel gris. Grimorio escrito en piel.
Guðfalla: la caída de los dioses.
guðljós: la luz de los dioses.
hangerok: vestido femenino.
hird: guerreros que estaban al servicio de un señor.
holmganga: duelo reconocido por la ley, una manera de resolver disputas.
jarl (pl. jarlar): señor o conde.
knarr: barco para el comercio.

niðing: «nada», «nadie». Un insulto que significa «sin honor».
niño maður: niño humano.
Raudskinna: piel roja. Grimorio encuadernado en piel de un dios muerto.
seax: cuchillo de un solo corte, a menudo con un contrafilo. Su tamaño variaba mucho y tenía múltiples usos: para cocinar, para afeitarse y también para el combate.
seiðr: una clase de poder mágico, heredado de Snaka, el padre de los dioses.
skál: buena salud.
snekke (pl. snekkar): versión más pequeña del drakkar.
tafl: juego de estrategia que se jugaba con figuras en un tablero.
thrall: esclavo.
úlfhéðnar: persona descendiente de Ulfrir, el dios lobo.
vaesen: criaturas creadas por Lik-Rifa, la diosa dragona.
veregildo: deuda de sangre.

LO QUE HA PASADO ANTES

Orka: el marido de Orka, Thorkel, ha sido asesinado y su hijo, Breca, raptado. Junto a sus compañeros Lif y Mord, Orka ha seguido el rastro de Breca hasta Grimholt, una fortaleza en el norte de Vigrið. Una vez allí, el galdramaðr Skalk la captura, pero consigue escapar con la ayuda de los vaesen Spert y Vesli, y deja libre al lobo que corre por sus venas para que destruya, desgarre y descuartice.

Orka descubre que Breca no está en Grimholt, aunque encuentra muchos otros niños corrompidos prisioneros en la fortaleza. En Grimholt se reencuentra con los Hermanos de Sangre, una banda de mercenarios que había liderado en el pasado con el sobrenombre de Orka Machacacráneos. El nuevo jefe de los Hermanos de Sangre, Glornir Rompeescudos, es el hermano del marido asesinado de Orka.

Mientras está en Grimholt, Orka y los Hermanos de Sangre se enteran de que la diosa dragona Lik-Rifa ha sido liberada de su encarcelamiento debajo de las raíces de Oskutreð, el fresno milenario.

Glornir está persiguiendo a Skalk, un galdramaðr de Darl, porque ha raptado a su mujer, la bruja seiðr Vol. Glornir pide a Orka que lo acompañe, pero ella rechaza el ofrecimiento al enterarse de que Glornir y los Hermanos de Sangre han luchado con un descendiente de la dragona en la cámara recientemente descubierta del dios rata Rotta. Orka espera encontrar pistas del paradero de su hijo en ese sitio. Glornir envía a un puñado de Hermanos de Sangre para que le muestren el camino a la cámara de Rotta y después separan sus caminos para continuar cada uno su búsqueda.

En la cámara de Rotta, Orka y sus compañeros encuentran pruebas de que ha habido niños retenidos allí recientemente.

Mientras están en las cámaras llega Myrk, de los Alimentadores de Cuervos. Es una descendiente de la dragona, hermana de Ilska la Cruel y de Drekr, quien asesinó al marido de Orka y raptó a Breca, y lidera un pequeño grupo de los Alimentadores de Cuervos. Myrk descubre el cuerpo de su padre, que ha sido asesinado por Varg el Insensato, miembro de los Hermanos de Sangre. Tanto Orka como Myrk quieren respuestas. Se produce una batalla y un puñado de Hermanos de Sangre acuden en ayuda de Orka. Juntos derrotan a los Alimentadores de Cuervos y hacen prisionera a Myrk.

Myrk accede a llevar a Orka y a sus compañeros hasta Breca a cambio de información sobre el asesino de su padre. Viajan a Starl, una ciudad comercial en el lago Horndal, donde Orka se topa con Elvar y los Terrores de la Batalla, y con el esclavizado dios lobo Ulfrir. Orka descubre que Myrk está haciéndoles seguir una pista falsa y hace un trato con Elvar y los Terrores de la Batalla. Estos la ayudan a poner en escena el montaje de la huida de Myrk a cambio de que Orka transmita un mensaje a Glornir y los Hermanos de Sangre de parte de Elvar, que quiere contratarlos para que la ayuden en su guerra contra la diosa dragona Lik-Rifa.

Myrk escapa y Orka la sigue hasta Nastrandir, el hogar de Lik-Rifa, y luego a Svelgarth, donde una banda formada por guerreros y vaesen, comandada por el dios rata Rotta, está asaltando la ciudad fortificada.

Orka se infiltra en el campamento durante el asalto, encuentra a Breca y escapa con él. Pero unas arañas del hielo la persiguen y la capturan. Orka recibe una mordedura fatal y el veneno se introduce en su organismo. Con las últimas fuerzas que le quedan, arroja a Breca al río con la esperanza de que la corriente lo arrastre hasta el punto de encuentro con sus compañeros.

Varg: Varg es un esclavo que ha asesinado a su amo, Kolskegg, y escapado de la granja en la que ha trabajado toda su vida. Sabe que su hermana Frøya ha muerto, sintió que sucedía, pero desconoce en qué circunstancias. Conserva un mechón de su pelo y busca a una bruja seiðr para que realice un akáll, un hechizo que muestra los últimos momentos de la vida de una persona. De esa manera acaba mezclado con la banda de mercenarios de los Hermanos de Sangre. Estos lo acogen como aprendiz. Ha descubierto hace poco que es un corrompido, que por sus venas corre la sangre del dios lobo Ulfrir, y que todos los integrantes de los Hermanos de Sangre también son corrompidos, aunque guardan celosamente su secreto.

Varg está en Grimholt cuando los Hermanos de Sangre se reencuentran con Orka y viaja al sur con la banda de mercenarios en persecución del galdramaðr Skalk. Llevan con ellos a los niños corrompidos que han encontrado prisioneros en Grimholt.

Durante el viaje a Darl, Varg se encuentra con una thrall que conocía de la granja de Kolskegg, quien le da el nombre del comerciante de esclavos de Darl que había comprado a la hermana de Varg a Kolskegg: Brimil.

Una vez en Darl, los Hermanos de Sangre asaltan la torre del galdramaðr Skalk, pero descubren que ya está siendo atacada por el príncipe Jaromir de Iskidan. No encuentran a Vol ni a Skalk en la torre, así que prosiguen la búsqueda en el edificio principal de Darl y atacan a la reina Helga, a quien hacen prisionera junto a su hijo, el príncipe Hakon.

Glornir negocia con la reina Helka, y esta acepta prestar un barco a los Hermanos de Sangre y contratarlos para que den caza al príncipe Jaromir a cambio de que traigan de vuelta sano y salvo a su hijo.

Mientras están en Darl, Varg encuentra al comerciante de esclavos, Brimil, con la ayuda de Svik, Einar y Røkia. Descubren que Brimil ha vendido a Frøya a Brák el Azote de los Troles, un cazador a sueldo de Drekr.

Los Hermanos de Sangre viajan por mar a Liga y averiguan que el príncipe Jaromir ya ha partido con destino a Iskidan. Salen en su persecución. Durante el viaje sufren el ataque de dos barcos cuyas tripulaciones han sido infectadas por los comelenguas, unos abominables parásitos que se comen lentamente la lengua de su hospedador y se apoderan de su mente. Los Hermanos de Sangre los derrotan, liquidan a la tripulación de una nave y persiguen a la de la segunda hasta una isla, donde matan a todos sus miembros y a su reina. Mientras están en la isla, también encuentran guerreros druzhina del príncipe Jaromir que han sido capturados y hospedan parásitos. Glornir les ofrece una muerte honorable a cambio de que le digan a dónde pretende llevar Jaromir a Vol.

Varg y los Hermanos de Sangre se dirigen a Iskidan, más allá del puerto de Ulaz y luego río arriba. Finalmente desembarcan del *Lobo del Mar* y continúan el viaje a pie. Alcanzan a Jaromir cuando ya está llegando a su fortaleza en Valdai. Se produce una batalla en la que Vol es liberada y Jaromir muere. Los Hermanos de Sangre encuentran mazmorras llenas de thrall corrompidos, todos ellos hijos corrompidos de Kirill, el Gran Kan de Iskidan. En Valdai también encuentran mapas y planos que sugieren que Jaromir estaba planeando invadir Vigrið.

Elvar: Elvar ha ido a Oskutreð con la banda de mercenarios los Terrores de la Batalla. Su prisionera, la bruja seiðr Uspa, ha hecho un trato con ellos y les ha ofrecido llevarlos a ese lugar de tesoros indescriptibles a cambio de que los Terrores de la Batalla encuentren y rescaten a su hijo Bjarn, raptado por Ilska la Cruel y sus Alimentadores de Cuervos. Uspa y un puñado de Terrores de la Batalla (Agnar, Sighvat, Elvar, Grend y la bruja seiðr de Agnar, Kráka) se han comprometido mediante el blóð svarið, un juramento de sangre mágico que los une.

Una vez en Oskutreð, son atacados por los Alimentadores de Cuervos. Ilska y sus descendientes de la dragona realizan una ceremonia seiðr en la que participan numerosos niños corrompidos y liberan a la diosa dragona Lik-Rifa. Agnar, el jefe de los Terrores de la Batalla, es asesinado a traición por Biórr, un joven guerrero que se había convertido en el amante de Elvar, pero en realidad es un corrompido miembro de los Alimentadores de Cuervos. Biórr era quien había planeado el rapto de Bjarn.

Lik-Rifa sale de las entrañas de Oskutreð, mata a dos de las mujeres aladas que la habían vigilado durante trescientos años y los Terrores de la Batalla solo pueden mirar con impotencia cómo la dragona y los Alimentadores de Cuervos se marchan de Oskutreð.

Los miembros supervivientes de los Terrores de la Batalla se afanan en reunir todos los tesoros que pueden mientras Elvar y los que habían hecho el juramento de sangre con ella buscan la manera de cumplir su misión de rescatar a Bjarn ahora que está con una diosa dragona.

Mientras los Terrores de la Batalla recorren la llanura donde ha tenido lugar la batalla buscando tesoros, la guerrera alada Skuld recobra el conocimiento. Se produce una breve batalla y Elvar consigue apresarla con el collar de thrall de uno de los corrompidos. Skuld acepta guiarlos por los túneles que se extienden bajo el gran árbol, donde afirma que hay un gran tesoro.

Una vez en las profundidades, encuentran los restos de la cámara de Lik-Rifa y un grimorio de hechizos seiðr escrito por la diosa dragona. Hojeando el libro, Uspa se topa con un hechizo para resucitar dioses muertos, de manera que forjan un collar de thrall con un hechizo seiðr y resucitan al dios lobo, Ulfrir, pero este está debilitado por antiguas heridas.

Elvar y los Terrores de la Batalla viajan al sur. Se celebra una reunión para elegir al nuevo líder, y Elvar y Huld se enfrentan en un holmganga que decidirá quién se convertirá en el nuevo jefe de la banda de mercenarios. Elvar mata a Huld y gana.

Elvar decide entonces continuar hacia el sur hasta Snakavik. Por el camino se detienen en la ciudad comercial lacustre de Starl para reabastecerse. Allí se encuentran con Orka y aceptan ayudarla a cambio de que ella transmita un mensaje a Glornir y los Hermanos de Sangre: Elvar desea contratarlos para que la ayuden a derrotar a Lik-Rifa.

Elvar continúa su viaje al sur hasta Snakavik para ver a su padre, el jarl Störr. Le propone contratar a sus guardias berserkir, pero el jarl se niega e intenta encerrar a su hija y robarle el tesoro que los Terrores de la Batalla han reunido en Oskutreð.

Ulfrir adopta su forma de lobo y devora al jarl Störr. A continuación estalla una batalla en la que Elvar mata a su hermano mayor, Thorun. Como consecuencia de ello, al ser la heredera de su progenitor, se convierte en la señora seiðr de los berserkir de su padre.

Biórr: Biórr es un corrompido con la sangre del dios rata que se ha infiltrado en los Terrores de la Batalla. Ha planeado el rapto de Bjarn y dejado pistas para que los Alimentadores de Cuervos puedan seguir el rastro de los Terrores de la Batalla hasta Oskutreð.

Asesina a Agnar, el jefe de los Terrores de la Batalla, y libera a sus thrall corrompidos: la bruja seiðr Kráka y el thrall hundur Ilmur. Luego se marcha de Oskutreð con Lik-Rifa y los Alimentadores de Cuervos.

Biórr vuelve a unirse a sus viejos camaradas de los Alimentadores de Cuervos: Storolf Dentadura de Guerra, Fain el Rojo y su antigua amante, Myrk, hermana de Ilska y Drekr. Los Alimentadores de Cuervos se dirigen al este guiados por Lik-Rifa, en dirección a su antiguo hogar en Nastrandir. La diosa dragona está débil después de trescientos años en cautividad y las heridas que le han infligido sus tres carceleras aladas, así que quiere recuperarse en la seguridad que le ofrece su antiguo hogar. Durante el viaje, los Alimentadores de Cuervos informan a los niños corrompidos raptados de su ascendencia, de su linaje corrompido para la ceremonia de liberación de Lik-Rifa, y los aleccionan en el oficio de las armas.

Cuando llegan a Nastrandir descubren que no está vacío: el dios rata Rotta está esperándolos.

Lik-Rifa convoca a los vaesen, dado que son creaciones suyas.

Mientras Lik-Rifa está recuperándose, Myrk aparece jurando venganza contra Orka.

También llega Guðvarr, un drengr al servicio del galdramaðr Skalk y la reina Helka, que comparte con Lik-Rifa el plan de Skalk y de Helka para resucitar a la diosa águila, Orna, y convertirla en su thrall.

Biórr viaja al sur. La banda de guerreros se divide. La mitad se dirige a Darl liderada por Lik-Rifa y la otra mitad, encabezada por Rotta, pone rumbo a Svelgarth, una ciudad fortificada gobernada por el jarl Orlyg. Asaltan Svelgarth y durante el ataque, Biórr ve que Orka y un puñado de Hermanos de Sangre se infiltran en el campamento para rescatar a Breca. Se produce una batalla sangrienta y el amigo de Biórr, Storolf Dentadura de Guerra, muere asesinado. Biórr también mata a un miembro de los Hermanos de Sangre, Revna Patas de Liebre, pero Orka consigue escapar con su hijo.

Guðvarr: Guðvarr es un drengr de Fellur, sobrino de la jarl de la población, Sigrún. Parte en persecución de Orka, Lif y Mord, y llega hasta Grimholt, donde los encuentra hechos prisioneros. Allí mata a Mord mientras este sufre los efectos del veneno de una araña y está encadenado a la pared. Huye cuando Orka deja libre a su lobo interior y acaba en un barco con Skalk y los supervivientes de Grimholt que pone rumbo al sur, con destino a Darl.

Guðvarr es ambicioso y ve en Skalk una oportunidad para medrar, así que se convierte en alguien útil para el galdramaðr. Se inmiscuye en los planes de Skalk y la reina Helka de Darl, pero en un desagradable giro de los acontecimientos, acaba atado a una mesa en la torre galdur de Skalk y el galdramaðr utiliza sus poderes para hacer que un hyrndur, una especie de avispón grande y agresivo, se introduzca en sus venas y anide cerca de su corazón. Skalk ordena a Guðvarr que se haga amigo del príncipe Hakon porque sospecha que está involucrado en un complot contra su madre, la reina Helka. Guðvarr sigue atado a la mesa cuando el príncipe Jaromir de Iskidan ataca la torre galdur, derrota a Skalk y hace prisionera a Vol. Poco después se produce el asalto de los Hermanos de Sangre y Guðvarr escapa aprovechando el caos.

Guðvarr logra integrarse en el círculo íntimo de Hakon y al cabo de un tiempo descubre que este se ha aliado con el descendiente de la dragona Drekr, asesino de Thorkel y hermano de Ilska la Cruel. Hakon ha colaborado en el rapto y el traslado de los niños corrompidos a través del reino de Helka.

En un intento por seguir siendo útil y evitar que Skalk y Helka lo maten, Guðvarr se ofrece voluntario para ir al norte y llevar un mensaje a Drekr y Lik-Rifa. Se encuentra con la diosa dragona y se lo confiesa todo: le dice que Skalk y Helka planean resucitar a la diosa águila Orna y convertirla en su thrall para usarla en la batalla contra Lik-Rifa.

En un acto de traición contra Skalk y Helka, Guðvarr ayuda a orquestar el ataque de Lik-Rifa contra Darl. Su tía, la jarl Sigrún, asesina a la reina Helka y Guðvarr mata al príncipe Hakon mientras Lik-Rifa se abate sobre la recién resucitada Orna y la descuartiza.

Son tiempos difíciles,
tiempos de hachas, tiempos de espadas, de escudos hendidos,
tiempos de vientos, tiempos de lobos,
que preceden al desmoronamiento del mundo.

Völuspá

CAPÍTULO UNO

VARG

—¡Ay! —exclamó Varg con los dientes apretados cuando Røkia le perforó el trozo de piel que le colgaba de la mejilla con un anzuelo y luego lo unió al resto de la piel de la cara mediante un hilo. Notó que le corría la sangre por la barba—. ¡Ay!

—Deja de quejarte —murmuró Røkia mientras le cosía la mejilla.

—No me quejo, pero duele —protestó él.

—El dolor es tu enemigo, derrótalo —dijo Røkia.

Varg suspiró.

Un rostro apareció sobre él: Svik, apuesto, con la barba recogida en trenzas y el cabello rojo ungido con grasa. Nada en su aspecto hacía pensar que el día anterior había librado una batalla. Se lo quedó mirando con el ceño fruncido.

—Primero la oreja y ahora la mejilla —observó Svik—. Si continúas permitiendo que la gente vaya arrancando trozos de tu cuerpo, pronto no quedará nada de ti.

—Yo no se lo permito —repuso Varg, lo que provocó un tirón del hilo con el que le cosía Røkia. Se estremeció. «Se le da mejor apuñalar que coser».

Røkia se sentó y alzó las manos al aire.

—¡Esto es ridículo! —exclamó la mercenaria.

—Primero Røkia te salva la vida y ahora te cose para que vuelvas a estar entero. ¿Qué harías sin ella? —continuó Svik sin prestar atención a Røkia.

—Estoy en deuda con ella —reconoció Varg. «Aunque me infligieron esta herida porque trepé por el muro de la fortaleza y salté encima de una veintena de enemigos para salvarla. Pero al final la que me salvó fue ella».

—Deberías limpiar la cota de malla —apuntó Svik señalando las manchas de sangre—. La sangre la oxidará.

Varg se miró la cota de malla y vio sangre incrustada en algunas zonas. Incluso el brazalete de plata que Glornir le había regalado estaba cubierto de sangre seca.

—Ya se lo he dicho —terció Røkia.

—Deberías hacer caso a Røkia —dijo sonriendo Svik.

—Ya se lo hago —repuso Varg—. Lo haré. Me refiero a que limpiaré la cota de malla.

—¿Quieres que siga cosiéndote la cara o no puedes soportar tanto dolor? —preguntó Røkia burlándose de él.

Svik rio.

Varg inspiró hondo.

—Continúa, por favor.

Røkia gruñó y se puso a coser de nuevo.

Estaban sentados en un banco en el patio de Valdai, la fortaleza del príncipe Jaromir en Iskidan, bajo un cielo despejado y un sol inclemente, con las aves carroñeras volando en círculos sobre sus cabezas. En el patio había zonas empapadas de sangre y los cadáveres se apilaban a un lado de las puertas destrozadas, una maraña de brazos, piernas y rostros exangües, con heridas con la costra negra como bocas abiertas. Eran los druzhina de Jaromir, todos despojados de sus armas, sus cotas de malla, sus botas y sus pantalones…, de todo aquello que tuviese algún valor. Al otro lado del montón de cadáveres, una hilera de túmulos recién levantados se extendía a lo largo de un muro: eran los quince Hermanos de Sangre que habían caído en la batalla del día anterior. Varg había ayudado a cavar las tumbas y había derramado lágrimas mientras amontonaba las piedras sobre los cuerpos de sus camaradas. Edel seguía allí, mirando fijamente las sepulturas. Había enterrado a uno de sus perros con los muertos, y el que quedaba vivo estaba tendido encima de las piedras. La veterana cazadora sollozaba. Varg desvió la mirada y sus ojos se detuvieron en el mayor de los túmulos, que albergaba a Ingmar Hiel, asesinado por el acero de Jaromir.

—Hacía muy poco tiempo que lo conocía —murmuró Varg para sí—, pero parece que hiciera… mucho más. «Como si fuera de la familia. Hasta ahora la única familia que había conocido era mi hermana». Bajó la mano a la bolsita que llevaba en el cinturón, donde guardaba el mechón de pelo de Frøya.

—El muro de escudos fortalece los lazos de hermandad —dijo Svik poniendo una mano en el hombro de Varg.

—Cuanto más hables, peor será la cicatriz que te quede —murmuró Røkia concentrada en su tarea.

—Las cicatrices te hacen guapo —repuso Svik—. E irresistible para las mujeres.

Røkia resopló con desdén y a Varg se le dibujó una sonrisa en los labios.

Los miembros de los Hermanos de Sangre estaban sentados alrededor del patio, la mayoría ocupados en sus heridas o en su equipo maltrecho. Reparaban desgarrones en sus cuerpos o en las cotas de malla, cosían, suturaban, zurcían y engrasaban. Algunos hacían guardia en las murallas y las torres.

Glornir y Vol salieron del salón de banquetes. El jefe llevaba el hacha apoyada en un hombro y con la otra mano cogía del brazo a la bruja seiðr en actitud protectora para sostenerla mientras caminaba. Aunque Varg sospechaba, después de haber presenciado lo que le había hecho a Jaromir con sus poderes, que era completamente capaz de cuidar de sí misma.

Sulich los acompañaba. Acababa de afeitarse la cabeza y llevaba puesta la cota de láminas metálicas que le había regalado Varg. La funda del arco y una aljaba colgaban de su cinturón. Los seguían más de una veintena de hombres y mujeres, algunos con la piel pálida y otros más oscura. Eran los prisioneros que habían encontrado en las salas de la parte trasera del salón de banquetes.

—¿De verdad son todos hijos corrompidos del Gran Kan? —preguntó Varg.

—Eso es lo que dice Sulich. Y él debe saberlo, porque es uno de ellos —respondió Svik.

Vol paseó la mirada por el patio y vio a Varg sentado con Røkia y Svik. Le dijo algo a Glornir y ambos se encaminaron hacia ellos.

—Terminé. —Røkia se echó hacia atrás y examinó su trabajo con los ojos entrecerrados. Hizo un nudo en la punta del hilo y cortó el sobrante con el seax.

Varg se palpó con delicadeza la herida y notó la zona hinchada y endurecida.

—Gracias.

—¡Bah! —gruñó Røkia.

Glornir los saludó con la cabeza. La sombra que proyectaba su fornido cuerpo cubrió a Varg.

—Jefe —dijeron los tres al unísono.

—Vol —dijo Svik—, me alegra volver a tenerte entre nosotros.

Vol estaba muy delgada y tenía el rostro lleno de cardenales. Los tatuajes seiðr de su cuello se fundían con los moratones y apenas se distinguían. Alrededor de su boca se apreciaban las heridas que le habían hecho al coserle los labios. Sin embargo, sus ojos oscuros rebosaban fuerza.

—Y yo me alegro de estar de vuelta. Svik, es una alegría volver a veros, a ti y a todos mis hermanos y hermanas —dijo con los labios hinchados. Miró a Varg—. Glornir me ha dicho que has ascendido, que ahora eres un verdadero Hermano de Sangre. No he olvidado que te hice una promesa en la cámara de Rotta. Te debo un akáll.

—¿Tendrás fuerzas para hacerlo? —preguntó Glornir.

—¡Eh! —exclamó Vol—. ¿Es que no me las arreglé para destripar a Jaromir?

—Ajá —dijo Glornir con una nota de orgullo en la voz y una sonrisa extraña en las comisuras de la boca.

Vol puso una mano en el hombro de Varg.

—¿Todavía lo deseas? Presenciar un akáll no es ninguna nadería. Podría revelar cosas que sería mejor… no ver.

Varg contuvo la respiración. Averiguar cómo había muerto su hermana era lo único que le había permitido seguir viviendo. «Veré los últimos instantes de Frøya». Era algo que había ansiado durante mucho tiempo, pero se le encogió el estómago al pensar en ello. Una cosa era saber que alguien estaba muerto y otra completamente diferente ver cómo moría, aunque fuera un mero atisbo del pasado.

«Es mi hermana, la única persona a la que he querido y que me ha amado. Se lo debo».

—Tengo que saberlo —dijo—. Pero solo cuando te hayas recuperado.

Vol asintió y sonrió.

—Me encuentro bastante bien. Lo haremos esta noche.

—Esta noche —repitió Varg.

—Deberías limpiar la cota de malla —gruñó Glornir mirando ceñudo las manchas de sangre en la cota de malla de Varg—. O se te oxidará.

—Ya se lo hemos dicho —terció Sulich.

—Lo haré enseguida —prometió Varg.

Vol bajó la mano al ennegrecido aro de hierro con dos llaves que le colgaba del cinturón.

—¿Dónde están?

—En la torre —respondió Glornir sacudiendo una mano en dirección a una de las torres de la entrada. Dos Hermanos de Sangre vigilaban la puerta.

Vol se dirigió hacia allí, con Glornir un paso por detrás de ella.

—Vamos —dijo Svik echando a andar tras ellos.

Røkia y Varg se miraron, se encogieron de hombros y salieron detrás de Svik.

—Jefe —dijeron los guardias.

Glornir asintió y los centinelas abrieron la puerta. Se detuvo un momento para mirar a Vol.

—¿Estás segura de querer hacerlo?

—Sí —respondió Vol—. Son thrall de Jaromir. Él los controlaba. Viajé con ellos y no eran sus siervos por propia voluntad, no son nuestros enemigos. —Acarició la mejilla de su marido—. Confía en mí.

Glornir entró en la torre seguido por Vol, con Svik un par de pasos por detrás. Varg se apresuró a pasar por la puerta antes de que otros Hermanos de Sangre se agolparan en ella.

Parpadeó al sentir un haz de luz que entraba por una ventana alta perforando el espacio interior. Permitió que el lobo en su sangre se filtrara a través de él, y su vista y el resto de sus sentidos se agudizaron súbitamente. El aire apestaba a sangre y sudor.

Se encontraban en una sala cuadrada. Una escalera en el fondo subía al adarve de la muralla. Había más Hermanos de Sangre sentados en sillas echando una partida al juego de la taba. Dentro de una especie de corral situado en el centro de la habitación había dos figuras: una mujer con la cabeza afeitada tumbada en un jergón y un hombre corpulento con la piel oscura sentado cerca de ella, que miró con gesto agrio a Vol y Glornir. Los dos estaban atados con cuerdas y llevaban un collar de thrall ceñido al cuello.

—Dejad en paz a Iva —espetó el hombre corpulento como un toro con una voz que retumbó como un trueno lejano. Tenía el cuello y la cabeza envueltos en unas vendas manchadas de sangre seca que cubrían las puñaladas y los golpes que le había propinado Ingmar Hielo con el asta de una lanza rota. Ingmar, Røkia y Svik habían tenido que aunar fuerzas para noquear al thrall corrompido. Varg nunca había visto una fuerza como esa.

—Taras —dijo afablemente Vol, adelantándose—. He venido para ayudar a Iva. —Hizo una pausa—. Y también a ti, si me lo permites.

—¿Ayudar? —Taras frunció el ceño—. ¿Ayudar a Iva, no a hacer daño a ella? —Miró con preocupación a la mujer acostada en el jergón. Ya volvía a crecerle el pelo en la cabeza afeitada. Le habían quitado el sayo y tenía el cuello y el pecho vendados. Unos tatuajes sinuosos ascendían por sus brazos, continuaban por su torso y subían por el cuello hasta la mandíbula. Estaba pálida y una capa de sudor cubría su piel. Las manchas de sangre en las vendas indicaban dónde se habían clavado las flechas de Sulich. Taras extendió un brazo protector sobre ella y le apretó una mano.

—¿Qué pasa? —masculló Iva abriendo los ojos. Levantó la cabeza y miró a Vol y a Glornir—. ¿Qué ha sucedido? —preguntó con una voz que era apenas un susurro estertóreo.

—Batalla —respondió Taras.

—Eso ya lo sé. —Iva hizo una mueca. Intentó incorporarse y se estremeció.

—Nosotros perder —añadió Taras malhumoradamente.

—Eso también lo he adivinado.

—Jaromir ha muerto, con todos sus druzhina —explicó Vol—. Valdai ahora nos pertenece.

—¿Jaromir muerto? —preguntó Taras con su voz tronante. Una sonrisa se dibujó lentamente en sus labios.

—Deberíais marcharos antes de que llegue Rurik —dijo Iva.

—¿Rurik? —susurró Varg a Svik.

—El hermano de Jaromir. Según dicen todos, otro capullo —le explicó Svik también en voz baja.

—He encontrado esto en el cadáver de Jaromir —dijo Vol extendiendo la mano con el aro con las dos llaves—. Son las llaves de vuestros collares. —Se agachó y metió una llave en la cerradura del collar de thrall de Iva, la giró y le quitó el collar. Luego hizo lo mismo con el collar de Taras. Señaló con la cabeza las cuerdas que los ataban y Glornir le dio su seax a su mujer. Taras se puso tenso—. Confía en mí.

—Eso no es fácil —dijo Iva con un hilo de voz. Puso una mano en el brazo de Taras, y este asintió.

Vol se inclinó y cortó las cuerdas. Luego se puso en pie.

—Ahora sois libres.

—¿Libres? —dijo lentamente Taras. La palabra daba vueltas dentro de su boca como si estuviera probando una comida nueva. Frunció el ceño—. ¿Qué hacer nosotros, Iva? —preguntó a la bruja seiðr.

—No… lo sé —respondió Iva—. Nunca había sido libre.

—Deberíais quedaros aquí hasta que os recuperéis y podáis viajar —sugirió Vol—. Hay comida y agua. Cuando os sintáis mejor, id a donde queráis. Solo os pido una cosa, que nunca más volváis a enfrentaros a nosotros.

—Tienes mi palabra —dijo Iva, y se llevó una mano a las heridas.

—Nunca más luchar contra vosotros. Taras prometer —dijo el hombre fuerte como un toro.

—Bien —repuso Vol.

—Os traeremos comida y bebida. Pero, Iva, Taras, no hace falta que os quedéis aquí dentro. No sois nuestros prisioneros.

—Taras quedar con Iva —dijo él.

—Me gustaría ver el sol y sentir el aire —dijo Iva.

Taras levantó en brazos a Iva sin el menor esfuerzo. Vol se dio la vuelta y salió de la torre, seguida por Glornir y el resto de los Hermanos de Sangre.

Salieron al sol. Taras iba detrás de ellos con Iva en brazos. Esta entrecerró los ojos al alzar la mirada al cielo y sonrió.

—Libre —musitó. Luego fijó la mirada en algo que había encima de ellos y su frente se arrugó.

—¡Cuidado! ¡En el cielo! —gritó uno de los centinelas apostados en la muralla.

Todos levantaron la mirada.

Varg distinguió dos figuras que describían círculos en el aire, cuyo tamaño aumentaba a medida que descendían. De lejos parecían pequeñas, pero entonces Varg se fijó en las siluetas de las águilas ratoneras que volaban en círculos en el cielo y le dio mala espina. Esas otras aves eran más grandes. Mucho más.

Sulich sacó el arco de la funda, colocó una flecha con destreza y tensó la cuerda.

—Espera —gruñó Glornir.

Las dos aves continuaron descendiendo. Según se acercaban, se hacía más evidente que no eran unas aves normales. Varg se dio cuenta de que eran unos cuervos gigantes que graznaban ensordecedoramente. Las turbulencias de sus alas removieron el polvo.

Varg distinguió algunas palabras entre sus graznidos.

—¡Hermanos de Sangre! —graznaron los cuervos—. ¡Buscamos a los Hermanos de Sangre!

Glornir hizo bocina con las manos.

—¡Nosotros somos los Hermanos de Sangre! —bramó.

Los cuervos gigantes se abatieron sobre ellos y provocaron remolinos de polvo. Varg y los demás corrieron para apartarse y las aves se posaron en el patio. Uno de ellos graznó y se arregló las plumas con el pico.

—Glornir —gañó el otro cuervo.

Glornir se adelantó.

—Yo soy Glornir.

Una tennúr saltó de la espalda del cuervo, que extendió las alas para evitar que cayera y la depositó cuidadosamente en el suelo. De su cinturón colgaba una bolsa y Varg reconoció a la criatura. La había visto en Grimholt. Era la compañera de Orka.

—Soy Vesli —dijo la tennúr—. He hecho un largo trayecto hasta encontraros. Traigo un mensaje de mi ama Orka.

Glornir aguardó y se instaló el silencio en el patio.

—Os hemos buscado por todas partes. Vesli tiene frío, está cansada y… —la tennúr pareció distraerse con el montón de cadáveres. Se pasó la lengua por los labios—… hambrienta.

Varg se estremeció.

—¿Y bien? ¿Cuál es el mensaje de Orka? —preguntó Glornir rompiendo el silencio.

—¿Eh? Ah, sí. —La tennúr desvió la mirada de los cuerpos—. El ama Orka dice que Elvar Puño de Fuego, de los Terrores de la Batalla, desea contratar a los Hermanos de Sangre.

—¿Para qué? —quiso saber Svik.

La tennúr esbozó una sonrisa que dejó a la vista sus dientes afilados.

—Para matar a un dragón.

CAPÍTULO DOS

GUÐVARR

Guðvarr se despertó con un grito ahogado y se incorporó a medias en su petate extendido en el suelo. Había soñado con dragones que luchaban con águilas, con las fauces abiertas de un úlfhéðnar que lanzaba dentelladas a su cuello y con criaturas que se abrían paso por el interior de su cuerpo. Se arremangó la cota de malla con la que había dormido y la túnica de lana que llevaba debajo y se miró la costra de la cicatriz en el brazo, por donde el hyrndur se había introducido en su cuerpo por orden de Skalk, el galdramaðr de la reina Helka, y por donde había vuelto a salir por voluntad de un dios. La costra ya estaba cayéndose y ya no sentía más dolor que el horror instalado en su pecho por el recuerdo.

«Ahora estoy a salvo —se dijo para tranquilizarse. Respiró un par de veces para calmar su corazón desbocado—. Lik-Rifa me protege, y ni siquiera los dioses saldrían bien parados si la desafiaran». Recordó a Skalk devolviendo la vida a los huesos del águila Orna y la frenética batalla que tuvo lugar en el cielo cuando las dos diosas se enfrentaron. Había sido un día de traiciones y batallas, de sangre y ceniza. De dioses y monstruos. Ahora Orna no era más que huesos otra vez. Skalk ya no estaba. Helka había muerto y él había jurado fidelidad a la diosa dragona.

Se encontraba en la casa comunal que le habían asignado a su tía, la jarl Sigrún, a su llegada a Darl. Los thrall estaban encendiendo el fuego en el centro de la sala, y la luz y las sombras danzaban por todo el espacio. Los rayos de sol entraban por una puerta abierta, donde se veían la silueta y la sombra del drengr que hacía guardia junto a esta. Alrededor de Guðvarr empezaban a levantarse otros drengir. Por un momento, tuvo la sensación de que había vuelto a Fellur, su hogar, donde todo era más sencillo y seguro.

«Ojalá estuviera allí».

Suspiró, cogió su cinturón de armas y se levantó perezosamente, con el cuerpo dolorido y rígido. Se abrochó el cinturón alrededor de la brynja.

Una puerta se abrió emitiendo un crujido y la jarl Sigrún salió de su cámara, situada en el fondo de la casa comunal. Vio a Guðvarr y le hizo un gesto para que se acercara.

—Estamos en el filo del cuchillo —dijo la jarl cuando su sobrino llegó a su lado—. Hemos sido útiles. Ayer ayudaste mucho a Lik-Rifa. Tenemos que recordárselo.

—Pero con cuidado —apuntó Guðvarr limpiándose los mocos que le colgaban de la punta de la nariz—. Es orgullosa e impredecible, propensa a… los arrebatos violentos.

—Sí, con cuidado —repuso Sigrún—. Pero es vital que continuemos siendo útiles. Tú la conoces mejor… ¿Cómo podemos convencerla?

«Estoy convirtiéndome en un experto en ser útil —pensó Guðvarr—. Primero tuve que serle útil al galdramaðr Skalk para seguir vivo. Ahora tengo que hacer lo mismo con una diosa dragona».

—Le gustan los halagos —dijo Guðvarr al recordar cómo se había arrastrado y suplicado por su vida, y la cara de satisfacción de Lik-Rifa al oír todos los cumplidos que había vomitado en un intento por alargar unos instantes su vida.

—¡Drengir de Fellur! —gritó la jarl Sigrún elevando la voz para que la oyeran todas las personas que se encontraban en la casa comunal, poco más de una treintena de guerreros tras la batalla del día anterior—. El mundo ha cambiado. Los dioses caminan por la tierra y surcan los cielos, y nosotros debemos adaptarnos si queremos sobrevivir. Me habéis hecho un juramento de fidelidad, habéis confiado en mí. Seguid confiando en mí y os sacaré de este aprieto—. Esbozó una sonrisa triste, y la cicatriz de su cara se torció para transformarse en algo menos saludable—. Quizá saldremos de esto mejor situados que si lucháramos contra el jarl Störr por Helka. El tiempo lo dirá.

El drengr que hacía guardia en la puerta, un guerrero joven llamado Járn, entró en la casa comunal.

—¡Se acerca gente! —gritó con nerviosismo—. Y… otras cosas.

—Preparaos —ordenó la jarl Sigrún a Guðvarr y al resto de sus drengir, que se abrocharon los cinturones y se congregaron alrededor de ella.

El drengr centinela se apartó de la puerta para dejar entrar a un numeroso grupo de figuras y una sombra bloqueó la luz del sol.

A medida que los recién llegados se iban adentrando en la casa comunal y eran iluminados por el fuego, Guðvarr vio que el grupo estaba liderado por un hombre y una mujer, ambos con el pelo negro, ataviados con unas espléndidas brynja y con espadas y seax en los cinturones. El hombre también empuñaba una lanza. Un puñado de skraeling cabriolaban detrás de ellos, con los brazos demasiado largos para sus escuálidos cuerpos grises, unos músculos que parecían cuerdas con nudos y rudimentarias armas de hierro en las manos o colgadas de los cinturones. Un grupito de tennúr revoloteaban detrás de ellos. Una de las criaturas surcó el aire hasta Guðvarr, se detuvo delante de él y le sonrió mostrándole unos dientes que parecían piedras de moler.

«Asquerosa alimaña», pensó Guðvarr mirando su cuerpo de rata y su boca exageradamente grande.

—Bienvenidos —dijo Sigrún adelantándose—. Soy la jarl Sigrún.

—Sé quién eres —contestó la mujer de negro. Tenía un ojo azul y el otro pálido como la leche. Miró a Sigrún de arriba abajo.

—¿Y tú eres?

—Me llamo Blóta. Soy una descendiente de la dragona. Tenéis que venir al patio.

—¿Qué sucede en el patio? —preguntó Sigrún.

—Lik-Rifa ha convocado a todos los que lucharon ayer. Quiere... —Blóta se encogió de hombros—. Quién sabe lo que pasa por la cabeza de una diosa. —Dio media vuelta y se marchó.

Sigrún y su sobrino se miraron, y este también se encogió de hombros. Quién sabía lo que pretendía hacer Lik-Rifa... Había tantas probabilidades de que se los comiera como de que los recompensara.

—Seguidme —dijo la jarl Sigrún, y echó a andar detrás de la guerrera. Sus drengir la siguieron, y Guðvarr se apresuró a ponerse al lado de su tía.

Salieron de la casa comunal, y Guðvarr se detuvo un momento al ver al trol que esperaba fuera a la descendiente del dragón. Era enorme, con el cuerpo nudoso y la piel gruesa como la corteza de un roble centenario. Sostenía una porra tachonada de clavos en unas manos que parecían martillos. Frunció el ceño, gruñó y dio media vuelta para seguir a los dos guerreros descendientes de la dragona.

Enfilaron por una calle con el suelo de tierra compactada, entre hileras de casas comunales y herrerías, y se sumaron a la procesión de gente que se dirigía al salón de banquetes de la difunta reina Helka: un edificio coronado por los huesos de Orna que había dominado aquella colina y la fortaleza construida en ella. La calle desembocaba en el patio, y Guðvarr paseó la mirada por las ruinas y los restos del salón de banquetes mientras lo recorría. Se habían retirado los cadáveres y los escombros, pero en el suelo todavía se apreciaban las pruebas de los estragos que Lik-Rifa y Orna habían causado durante su cruento duelo. Por todas partes había plumas y montones de carne y huesos irreconocibles, y aquí y allá se veían manchas oscuras de sangre seca.

Al final del patio, delante de las escaleras del salón de banquetes, cincuenta o sesenta hombres y mujeres arrodillados y con las manos atadas a la espalda formaban una larga hilera. Todos eran drengir. La mayoría estaban ensangrentados y exhibían las heridas de la batalla del día anterior. Descendientes de la dragona y troles se alzaban por encima de ellos.

«Los drengir de Helka», se dijo Guðvarr al reconocer a unos cuantos.

Lik-Rifa, en su forma de mujer, el cabello negro, alta y regia, vestida con una túnica de color gris ceniza con ribetes rojos, estaba plantada en lo alto de la escalera que subía al salón de banquetes, con heridas recientes visibles en la cara y los brazos, y un ojo tan hinchado y morado que apenas podía abrirlo.

«Interesante… Así que no es tan indestructible», meditó Guðvarr, pero se apresuró a desterrar esos pensamientos por si acaso era capaz de leer su mente. A cada lado de Lik-Rifa se alzaba una columna de madera. La puerta del salón de banquetes estaba arrancada de la pared, una hoja colgaba de los goznes y la otra había sido reducida a astillas. Media pared se alzaba hacia el cielo, con las gruesas tablas de madera destrozadas y sin rastro del tejado. Alrededor de la diosa había desplegados unos guerreros con el cabello oscuro, vestidos con elegantes brynja y equipados para la guerra. Al lado de Lik-Rifa, Guðvarr vio la figura imponente de Drekr, aunque la diosa dragona era más alta, y junto a él, su hermana, Ilska la Cruel, de los Alimentadores de Cuervos.

«Ya no son mercenarios. Ahora son la guardia de honor de una diosa».

También había allí vaesen, skraeling y troles, tennúr y otras criaturas que Guðvarr no estaba seguro de lo que eran. Solo mirarlas hacía que se sintiera incómodo. Había más guerreros en fila en el patio, muchos de ellos hombres y mujeres, los adoradores de la dragona que siempre habían acechado desde las sombras, pero con la llegada de su reina se habían vuelto más atrevidos.

La jarl Sigrún caminaba rebosante de confianza detrás de los dos guerreros descendientes de la dragona, que no se detuvieron hasta llegar al pie de la escalera del salón de banquetes. Guðvarr se paró detrás de ella, con sus drengir a su espalda. Sigrún miró a Lik-Rifa. Sus miradas se encontraron y la jarl hizo una reverencia. Los ojos de Lik-Rifa se deslizaron sin pestañear hasta Guðvarr y le sostuvieron la mirada. Guðvarr tragó saliva e hizo una reverencia siguiendo el ejemplo de su tía. Una sonrisa se dibujó en las comisuras de la boca de Lik-Rifa, que inclinó la cabeza a modo de saludo antes de dirigir la mirada hacia otro lado.

El patio estaba atestado de mucha más gente, tanto guerreros como ciudadanos. Unos habían acudido en respuesta a la convocatoria de Lik-Rifa, otros llevados por el asombro y la incredulidad o arrastrados por los seguidores de Lik-Rifa. Guðvarr vio al jarl Glunn Puño de Hierro, rubio, fornido y bajito, y al jarl Svard el Rascador, más viejo, delgado y alto, con varias decenas de sus drengir detrás de ellos, entrando en el patio escoltados por un círculo formado por descendientes de la dragona, skraeling y adoradores de la dragona. Un puñado de troles caminaban delante de ellos y despejaban el camino a través de la multitud sin ningún miramiento. Los prisioneros fueron conducidos hasta donde estaban Guðvarr, Sigrún y sus drengir.

Lik-Rifa dio un paso al frente y se hizo el silencio en el patio.

—¡Gente de Darl, una nueva era ha comenzado y tenéis el privilegio de contemplar su nacimiento! —Extendió los brazos abiertos—. Tenéis una nueva reina. No solo de Darl, sino de toda Vigrið. No una insignificante usurpadora, sino una ¡DIOSA! —Pronunció esta última palabra con un rugido, y su boca se ensanchó hasta que se atisbaron unas fauces rojas e hileras de dientes afilados mientras volaba saliva en todas direcciones. A continuación, su rostro recuperó las proporciones normales de un ser humano y un estremecimiento sacudió su mandíbula y sus mejillas.

»Muchos de vosotros luchasteis contra mí —continuó con los dientes apretados. Lanzó una mirada torva a Glunn y Svard y a sus respectivos séquitos de drengir, y luego a los guerreros arrodillados al pie de la escalera—. Estos son los drengir de Helka, quienes le hicieron un juramento de fidelidad. Ahora Helka está muerta, pero estas personas todavía son leales a ella, o a su linaje. —Sorbió por la nariz—. Mis leales aliados asesinaron a Helka —añadió señalando a Guðvarr y Sigrún.

—Y a su hijo Hakon —terció Guðvarr—. Yo lo maté —agregó.

—Pero me han dicho que todavía vive un miembro de la prole de Helka —declaró con rencor Lik-Rifa. Miró por encima del hombro y Drekr se adelantó y se inclinó hacia ella.

—Estrid, la hija de Helka —oyó Guðvarr que decía Drekr.

—Eso es, la hija de Helka. Por lo tanto, estos guerreros que están a mis pies todavía se deben a su juramento de fidelidad. —Lik-Rifa suspiró y sacudió la cabeza—. Matadlos.

Se oyeron gritos y súplicas de piedad procedentes de los drengir cuando los troles levantaron las porras y se entregaron a un frenesí de sangre pulverizada, huesos partidos y carne triturada. Los descendientes de los dragones apuñalaron, rajaron y tajaron con lanzas, espadas y hachas. El coro de gritos y alaridos cesó de repente, y en lo que el corazón tarda en latir una docena de veces, todos los drengir estaban muertos y su sangre encharcaba la tierra apisonada.

Guðvarr dio un paso atrás y se limpió la sangre que le había salpicado en la mejilla con el dorso de la mano. Incluso la jarl Sigrún parecía conmocionada, pero enseguida se recuperó.

—Traedlos aquí —ordenó Lik-Rifa señalando a los jarlar Glunn y Svard. Estos y sus seguidores fueron obligados a avanzar hacia la diosa dragona—. Vosotros dos —dijo Lik-Rifa apuntando con una larga uña a Glunn y a Svard—. Acercaos.

Los descendientes de la dragona se apartaron, y Glunn y Svard se adelantaron. Se detuvieron cerca de Guðvarr, delante de los drengir de Helka ajusticiados.

—Me han dicho que sois jarlar y que ayer luchasteis contra mí porque habíais hecho un juramento de fidelidad a Helka. ¿Es así?

—Ajá —respondió Glunn Puño de Hierro mirando fijamente a Lik-Rifa.

—¿Y tú? —preguntó Lik-Rifa cuando Svard no respondió.

—Sí —dijo el jarl Svard—. Pero Helka está muerta, y mi juramento no me ata a sus hijos. —Miró hecho un manojo de nervios los cadáveres que había a sus pies.

—Bueno, es posible —repuso Lik-Rifa—. Eso es exactamente lo que quería discutir con vosotros. ¿Estáis dispuestos a jurarme fidelidad a mí?

—Yo sí —se apresuró a responder Svard.

Glunn Puño de Hierro sorbió por la nariz y escupió. Se volvió hacia sus drengir y luego miró de nuevo a Lik-Rifa.

—Si te juro fidelidad, si lucho por ti, si quizá derramo mi sangre por ti, ¿qué harás tú por mí?

Un músculo tembló en la mejilla de Lik-Rifa antes de que la diosa dragona sonriera.

—Te haré poderoso, y rico, y los escaldos cantarán tu fama durante mil años. Eso es todo lo que deseas, ¿verdad?

Glunn asintió.

—En ese caso, te juraré fidelidad —dijo.

—Bien —repuso Lik-Rifa. Pero luego frunció el ceño—. Sin embargo, no creo que los dos seáis dignos de servirme. Uno de vosotros tal vez… —Levantó una mano—. Drekr, dale un arma a cada uno.

Drekr se adelantó, sacó el seax y el destral de su cinturón y los lanzó escaleras abajo. Las armas aterrizaron a los pies de Glunn y Svard.

Los dos jarlar se las quedaron mirando.

—¿Y bien? ¿Qué esperáis? Demostradme quién de vosotros es digno de servirme —espetó Lik-Rifa.

Glunn se movió. Svard lo hizo solo un segundo después. Glunn recogió el seax del suelo y lo hundió hasta la empuñadura en el estómago de su homólogo antes de que este pudiera coger el hacha. Svard se derrumbó, se retorció durante unos segundos moviendo la boca y luego se quedó inmóvil.

Glunn se agachó y limpió la hoja del seax en la túnica de Svard.

—Al parecer, tú eres el digno —declaró Lik-Rifa—. ¿Sus guerreros te seguirán?

Glunn se volvió hacia los drengir de Svard.

—Sí. Acabo de batirme en un holmganga con su jarl y he ganado. Las leyes del holmganga les prohíbe buscar venganza o tomar represalias. Todo lo que era de Svard ahora me pertenece. Así que me seguirán, ¿verdad? —gritó Glunn hacia los drengir de Svard.

Resonó un coro de respuestas afirmativas.

—Bien —dijo Lik-Rifa—. Tantas emociones me han abierto el apetito. Comerás conmigo. Y tú también —añadió dirigiéndose a Sigrún—. Y tú, Guthlaf —dijo señalando a Guðvarr.

«Es Guðvarr, idiota —le corrigió este mentalmente, y sintió una punzada de terror—. ¿Puede leerme el pensamiento? Después de todo, es una diosa».

Pero Lik-Rifa no dijo nada. Dio media vuelta y entró por la puerta destrozada del salón de banquetes de Helka.

—No te separes de mí —le susurró Sigrún a su sobrino mientras subía por la escalera.

Guðvarr suspiró y siguió a su tía.

«Directo a la guarida del dragón».

CAPÍTULO TRES

ELVAR

Elvar se incorporó en el trono de su padre, el asiento desde el que había gobernado Snakavik y todas las tierras que se extendían hasta donde la vista alcanzaba desde esa fortaleza en las montañas, y suspiró.

—El trono de mi padre. El salón de mi padre. Y ahora son mi trono y mi salón —musitó para sí.

—¿Has dicho algo? —tronó una voz detrás de ella.

Elvar giró el cuerpo para echar un vistazo por encima del hombro. Hrung la miraba de una manera inquietante con sus ojos opacos. Su cabeza reposaba sobre un pedestal de piedra.

—Solo pensaba en la vida, viejo Hrung —respondió Elvar—. En… la de vueltas que da. —«Tan solo unos días atrás era una guerrera entre muchos otros que luchaba en un muro de escudos, derrotada por los descendientes de la dragona. Y ahora…».

Paseó la mirada por las ruinas del salón de su padre.

A sus pies había dos baúles llenos con los tesoros del campo de batalla en las llanuras de Oskutreð. Aún se veía la sangre, que manchaba el suelo en torno a ellos, las manchas oscuras entre la nieve que caía suavemente alrededor de Elvar y se posaba en el estrado y en la tierra apisonada del suelo de la cámara. Elvar se ciñó la capa de piel de oso alrededor del cuello. Las tablas partidas se alzaban hacia el cielo como los huesos rotos de una gran ballena allí donde el dios lobo Ulfrir había hecho trizas el salón, y un firmamento de peltre repleto de nubes llenas de nieve se extendía encima de su cabeza. Los drengir habían estado limpiando la destrucción, retirando maderas partidas y escombros para encontrar a los heridos y sacar a los muertos, unos drengir que hasta el día anterior estaban sujetos por un juramento de fidelidad a su padre, el jarl Störr.

«Un juramento que ya no existe, pues mi padre es carne en el estómago de Ulfrir y yo maté con la espada a su heredero, mi hermano Thorun».

Elvar vio miembros de los Terrores de la Batalla diseminados por el salón: Orv la Serpiente, con el arco en la mano y una flecha apoyada en la cuerda sin tensar; Sólín la Babas, apoyada contra una columna de madera, con una mano en la empuñadura de la espada enfundada; Urt el Sucio, de pie cerca de la entrada, y otros que merodeaban en las sombras.

«Me protegen. Son mis Terrores de la Batalla. Aunque ahora no necesito protección». Lanzó una mirada a los guerreros desplegados a su alrededor como si fueran una mano que la estrangulase, todos altos y corpulentos, con la barba trenzada, enfundados en cotas de malla, con hachas y cuchillos colgados de los cinturones. Más de una veintena de berserkir.

«Mis berserkir».

Por algún extraño principio de la magia galdur, con la muerte de su padre y de su hermano mayor el poder del control había pasado a ella, la siguiente en la línea de sucesión del reino, que era lo que ella había querido, para lo que había ido allí. En lo que había puesto todas sus esperanzas.

«Ten cuidado con lo que deseas».

Uno de los berserkir se separó del resto. Era Berak, con su piel oscura y su imponente estatura. Elvar recordó que había seguido su rastro hasta la isla de Iskalt y lo había encontrado luchando con un joven trol toro. Se llevó la mano al colmillo de trol que colgaba de su cuello. Parecía que había pasado una eternidad. Berak estaba encorvado y hablaba en voz baja con Uspa, su mujer y bruja seiðr de Elvar. Uspa tenía los brazos y la mandíbula tatuados y llevaba el seax que había cogido en la llanura de Oskutreð colgado del cinturón. Era Uspa quien los había puesto en ese camino nuevo, quien les había dicho que sabía cómo ir a Oskutreð, a quien habían jurado ayudar a encontrar a su hijo raptado mediante el blóð svarið, su hechizo seiðr.

«Uspa, quien plantó esta maldición en mi sangre».

—Ah, esa es una de las maravillas de la vida —dijo Hrung a su espalda—. Cómo puede cambiar todo en el filo de un cuchillo. Eso hace que las cosas mantengan su interés.

—Dudo que mi padre estuviera de acuerdo contigo —dijo con un humor sombrío Elvar—. O mi hermano.

Elvar había asesinado a su hermano, lo había degollado con su propio acero después de que él ordenara que la mataran. Habían sacado el cadáver de Thorun del salón junto con los demás. De su padre quedó poco que sacar. Ulfrir se lo había comido.

«Mi padre está muerto». Durante mucho tiempo había soñado con matar a su padre. A pesar de que lo odiaba, al mismo tiempo ansiaba obtener su respeto. En sus imaginaciones siempre le decía palabras hirientes, lo veía retorcerse de dolor por lo mal que la había tratado, oía sus intentos suplicantes de reconciliación. Alguna que otra vez incluso lo dejaba vivir.

Pero nada de eso había pasado. Por el contrario, Skuld le había dado una paliza y lo había arrojado a las fauces de un lobo gigante, que lo había descuartizado en un abrir y cerrar de ojos.

Elvar había creído que se sentiría eufórica, victoriosa, rebosante de absoluta satisfacción por vengarse por fin de su padre.

Pero lo único que sentía era aturdimiento.

—Tienes razón. —Hrung rio entre dientes, y Elvar sintió las vibraciones que esa risa causaba en su cuerpo—. La vida puede ser voluble.

—Ya lo creo —terció Ulfrir desde las sombras, jugueteando con el collar que le ceñía el cuello.

—Ah, Ulfrir, amigo mío —tronó Hrung—. Ahora eres un thrall. He de reconocer que no es la mejor vida, pero podría ser peor.

—¿En serio? —Skuld sorbió por la nariz y lanzó una mirada fulminante a Elvar, quien les había puesto el collar a ella y a su padre.

—Ajá. Podrías ser solo una cabeza, y esa es una vida que no recomiendo.

Ulfrir inclinó la cabeza para mostrar su conformidad.

—Uspa, Berak —gritó Elvar.

La bruja seiðr y el berserkir se acercaron al trono.

—Jarl Elvar —dijeron al unísono.

—Nuestro tesoro —dijo Elvar señalando los dos baúles que había a sus pies—. Hay que llevarlos a la cámara de los tesoros de mi padre. —Señaló con la cabeza una puerta que había en el fondo del salón en ruinas—. Uspa, protégelos con tus conjuros seiðr.

Uspa asintió y Berak se movió para levantar uno de los baúles.

—Todavía no —dijo Elvar—. Antes debo hacer algo.

En un banco que había delante del estrado, cerca de Elvar, estaba sentado su hermano pequeño, Broðir. Sus ojos saltaban con nerviosismo de las ruinas del salón a Elvar y a los dioses vivos que estaban sentados entre ellas.

«¿Debería haber matado también a Broðir?». Su padre le habría aconsejado que lo hiciera. Broðir era el último miembro de su linaje, el único que se beneficiaría de la muerte de Elvar. «Si me mata, controlaría a los berserkir, y eso es mucho poder». Pero Broðir se había rendido y ella no había sido capaz de espetarlo con su espada como había hecho con el detestable Thorun. Siempre le había caído bien Broðir.

«Y no soy como mi padre. No en las cosas importantes. Me niego a serlo». Al lado de su hermano estaba sentada la galdramaðr de su padre, Silrið. Alta, rubia, con las facciones severas y un collar de huesos alrededor del cuello. Elvar confiaba menos en ella que en una víbora dentro de las botas, pero en el calor de la batalla, Silrið había cambiado de bando y le había entregado a Thorun, así que por ahora mantendría a la galdramaðr cerca, hasta que decidiera qué hacer con ella.

Una ráfaga de viento y nieve entró ululando a través de una de las paredes reducida a astillas y Elvar vio a la multitud que se había congregado en la calle para contemplar la carnicería.

«Creo que no han venido a verme a mí». Echó un vistazo a su izquierda, donde estaba Ulfrir, que había cambiado su forma de lobo por la de hombre. Estaba envuelto en una capa de piel de lobo y su cabello entrecano enmarcaba un rostro de facciones afiladas y sombras profundas, con unos ojos ambarinos que brillaban como brasas. Su hija, Skuld, estaba a su lado. Su cabello rojo era una mancha de color en el salón pálido. Tenía las alas plegadas a la espalda y ya no las escondía debajo de la capa. La gente que estaba en la calle la miraba boquiabierta y la señalaba. Skuld les hizo un mohín desdeñoso y miró hacia otro lado.

Sighvat el Gordo entró arrastrando los pies en el salón en ruinas, con la capa de piel de foca ceñida al cuerpo y un cuenco humeante de gachas en su manaza. Se acercó al estrado de Elvar y gruñó algo a los berserkir cuando llegó hasta ellos, pero estos no se movieron y continuaron bloqueándole el paso.

—Dejadle pasar —ordenó Elvar.

Los berserkir se apartaron y Sighvat pasó entre ellos con una expresión asesina en los ojos.

—... no dejarme acercarme a mi jefa, menudos capullos —murmuraba cuando llegó al lado de Elvar—. Toma, jefa —dijo ofreciéndole el cuenco de gachas—. Está bueno. Yo mismo les he echado la miel.

—No tengo hambre —musitó Elvar.

—Claro que tienes hambre —dijo Sighvat—. Solo que no te has dado cuenta. Matar a veces quita el apetito, pero, créeme, tienes hambre. Y el hambre no te deja pensar con claridad, y ahora mismo necesitamos que nuestra astuta jefa piense con absoluta claridad. Así que, por favor, come. —Volvió a ofrecerle el cuenco.

Elvar, para su sorpresa, oyó cómo le rugía el estómago y esta vez lo aceptó.

Sighvat sonrió asintiendo con la cabeza y paseó la mirada por la devastación del salón, los cadáveres amontonados, los carpinteros y los operarios que estaban limpiando y reparando el edificio, y la gente reunida en la calle, hinchó los carrillos y soltó el aire despacio.

—Tengo la sensación de que tu plan ha salido bien, pero… —Miró a su alrededor y se inclinó hacia ella—. ¿Qué hacemos ahora? —susurró.

«Buena pregunta».

—Tenemos una tarea pendiente —respondió Elvar. Se llevó una mano a la cicatriz con un dibujo de nudos que tenía debajo de la manga de la cota de malla, la cicatriz que era el sello de su juramento de sangre y que servía para recordarle su vigencia—. Será mejor que nos pongamos manos a la obra.

—Ajá —murmuró Sighvat sombríamente. Con aire distraído, se pegó el dorso de la mano a la boca y se lo mordió, se arrancó una astilla larga y la escupió al suelo.

Entraron unas figuras en el salón que se acercaron al estrado a través de la nieve y los escombros. Grend encabezaba el grupo, con una expresión severa en su cara curtida y envuelto en una capa de lana, con una mano apoyada en la cabeza del hacha que le colgaba del cinturón. A su lado caminaba Gytha, paladina del jarl Störr, con el pelo oscuro recogido en una trenza tirante y una vieja cicatriz que le cruzaba la cara desde la mejilla hasta el labio superior.

«Ayer luchó contra mí. Me pregunto cómo actuará ahora».

Detrás de ellos, el grupo estaba formado por más de cuarenta hombres y mujeres, todos guerreros enfundados en pieles y cotas de malla, y armados.

Grend llegó a los guardias berserkir apostados a los pies del estrado y se detuvo.

—Moveos —ordenó Elvar haciendo un gesto con la mano, y los berserkir se apartaron.

—Los he traído, tal como pediste —dijo Grend cuando se plantó al lado de Elvar, a su derecha, y se volvió para lanzar una mirada torva al montón de gente congregada delante de ellos—. Los jarlar de poca monta de tu padre, los capitanes de Snakavik y los jefes de todas las bandas de mercenarios que respondieron a la llamada del jarl Störr.

Elvar se sentó y los miró a los ojos. En ellos vio preguntas, miedo, asombro y resentimiento. Codicia. Muchos ojos saltaban alternativamente de Ulfrir a Skuld y a los baúles que había a los pies de Elvar.

Elvar respiró hondo. Todavía llevaba puesta la brynja manchada de sangre de la batalla, la espada le colgaba en la cadera y el aro de oro le ceñía el brazo. Centró su atención primero en Gytha y en los drengir de su padre.

—He matado al hombre al que le hicisteis un juramento —declaró Elvar, y se sintió aliviada al comprobar que su voz no delataba la profundidad de su preocupación—. Gytha, ¿qué piensas hacer ahora?

Gytha dio un paso al frente y media decena de berserkir gruñeron.

—Luchamos contra ti y perdimos —dijo Gytha encogiéndose de hombros, sin prestar atención a los berserkir—. Para mí, el jarl Störr está muerto y tú eres su descendiente vivo de más edad. Ahora eres nuestra jarl, por derecho de cuna y porque te lo has ganado en la batalla. Quisiera jurarte fidelidad y servirte como lo hice con tu padre.

«Jarl». Elvar sintió un hormigueo en el estómago al oírlo. El miedo y la emoción se mezclaban en su interior. Asintió con la cabeza esforzándose para que su cara no trasluciera el alivio que la embargaba.

—¿Y los drengir de mi padre? —preguntó deslizando lentamente la mirada por los guerreros enfundados en su cota de malla congregados detrás de Gytha.

—Ellos opinan como yo —dijo Gytha.

—Me gustaría oírlo por su boca.

—Estamos preparados para jurarte fidelidad —dijo un hombre alto y enjuto, con la barba roja.

—Ajá —terció otro drengr.

Uno a uno, todos los capitanes dieron un paso al frente y sumaron su voz a las anteriores.

—Bien. —Elvar asintió con la cabeza y sus ojos se desviaron hacia un puñado de hombres y mujeres, todos con cota de malla y brazaletes de plata o de oro en los brazos. Los jarlar de poca monta de su padre.

—¿Y vosotros? —inquirió Elvar—. Servisteis bien a mi padre. ¿Me serviréis a mí?

Una mujer fornida y de poca estatura, con el cabello parduzco, se adelantó. Vestía una brynja elegante y un par de hachas barbudas enfundadas bajo el cinturón.

—Runa Hacha Roja —dijo Elvar.

—Hicimos un juramento a tu padre, y tú lo has derrotado. Ahora mandas tú. Te juraremos fidelidad —dijo Runa.

Elvar asintió.

—Oiré vuestros juramentos, pero guardadlos hasta que sepáis a dónde os llevarán. —Se volvió hacia el otro grupo de guerreros reunidos detrás de los jarlar y los drengir—. ¿Y qué decís vosotros y vuestras bandas de mercenarios, jefes?

—Hicimos un juramento al jarl Störr para luchar contra la reina Helka —respondió un hombre con el cabello negro enmarañado y una barba que le cubría casi toda la cara. Un escudo con dos cuervos le colgaba de la mano—. Aceptaremos encantados tu plata por hacer el mismo trabajo. —Su mirada se deslizó hacia los baúles de los tesoros a los pies de Elvar.

—Hiciste un juramento para combatir en la guerra de mi padre, Hjalmar el Pacifista de los Corazones Feroces —apuntó Elvar—. Pero esa no es mi guerra. Mi batalla es otra.

Uspa se separó de Berak y se colocó a la izquierda de Elvar. Esta reparó en que los berserkir no hacían nada para detenerla.

—Mi batalla es contra Lik-Rifa, la diosa dragona. Contra sus descendientes, contra sus seguidores y contra las manadas de vaesen que han acudido a su lado.

El silencio se instaló en el salón, y las ráfagas de viento y nieve se arremolinaron.

—Luchar contra una diosa no es lo mismo que hacerlo contra un jarl. Diría que es más caro —terció una mujer rubia con una espada con la empuñadura de plata dorada en la cadera—. Se necesitan dos cosas para que luchemos por ti: más plata de la que nos prometió tu padre y la garantía de que tendremos alguna probabilidad de vivir y gastarla. Luchar contra una dragona no es poca cosa.

—Tus observaciones me parecen justas, Ingvild Errante de las Olas —dijo Elvar—. He estado en Oskutreð, he visto el campo de batalla de los dioses, he visto a la dragona escapar de su prisión y es temible. Pero solo es una dragona, y tengo a mi lado al dios lobo Ulfrir y a su hija alada Skuld, y ellos también son temibles. Tengo a los berserkir de mi padre, a los jarlar y a los drengir del jarl Störr, y a los temidos Terrores de la Batalla. Además, tengo un río de oro y de plata para pagaros. —Se puso en pie y levantó de una patada la tapa de uno de los baúles para dejar a la vista montones de monedas de oro y de plata, copas, joyas y piedras preciosas—. Y aún me queda para pagar a un millar de bandas de guerreros como vosotros. Si me seguís, no puedo prometer que todos sobreviviréis, pero los que lo hagáis seréis más ricos de lo que hayáis soñado jamás.

Se instaló el silencio de nuevo. Sighvat se inclinó hacia Elvar para susurrarle en el oído.

—Has hablado muy bien. Casi me han dado ganas de ir a luchar contra la dragona. Casi.

Hjalmar el Pacifista lanzó un puño al aire.

—¡Jarl Elvar! —bramó sin despegar los ojos del baúl abierto—. ¡Jarl Elvar! ¡Jarl Elvar!

Todos los guerreros que se encontraban en el salón levantaron el brazo y aclamaron a Elvar.

CAPÍTULO CUATRO

ORKA

—Voy a matarte —espetó Orka con la boca llena de sangre.

—Inténtalo —gruñó Rotta al mismo tiempo que le propinaba un puñetazo en la nariz—. Otros lo han intentado y, mira, aquí sigo…

La última vez que Orka había visto a Rotta estaba transformándose en rata y gritaba de dolor después de que Spert le vomitara su pestilente aliento negro. Rotta había recuperado su forma humana y su cara estaba llena de llagas supurantes y verdugones producidos por el veneno de Spert. Una mancha roja en su túnica era la única prueba de que una lanza arrojada por Halja Nariz Chata le había atravesado el pecho, pero ya no había rastro de la lanza y Rotta parecía increíblemente vivo y en plena forma. A pesar de que su rostro devastado vibraba y se contraía, sangraba y supuraba por unos orificios en carne viva, y el dolor y la rabia agitaban su cuerpo.

—¿Dónde está mi hermano? —gruñó con los dientes apretados.

Orka le ofreció su sonrisa lobuna y le mostró los dientes ensangrentados entre los labios azulados y temblorosos.

Rotta volvió a levantar el puño. El pálido sol centelleaba en la nieve recubierta por una capa de hielo. Orka yacía sobre el suelo chamuscado delante de las puertas y los muros destrozados de Svelgarth, y los remolinos de humo ascendían perezosamente hacia el cielo mientras la ciudad ardía. Orka apenas era consciente de la gente que se había congregado a su alrededor: troles enormes, tennúr que revoloteaban en el aire, spertus y arañas del hielo que correteaban. Pero todo era borroso y parecía cubierto de escarcha. El veneno de la araña del hielo todavía corría por sus venas, tenía las extremidades entumecidas y su lobo interior se había ido muy lejos, desconcertado y acobardado por el hielo que la invadía.

Rotta le asestó otro puñetazo en la cara y golpeó su cabeza contra el suelo. Se oyó un crujido de cartílagos. Orka giró la cabeza y una sensación abrasadora irradió de su cuello mientras volvía a recuperar poco a poco el control de sus músculos.

«Cuando recobre el control de mi cuerpo te demostraré por qué la rata teme al lobo».

—Es extraño el poder que poseen las emociones —gruñó Rotta dándole otro puñetazo—. Mi cabeza me dice que así no voy a hacerte hablar. Soy consciente de que no voy a conseguir las respuestas que quiero con violencia. —Hizo una pausa, se secó el sudor y la sangre que corrían por su cara—. Y, sin embargo, no puedo parar. Me hace sentir tan bien…

Llegaron unas voces mezcladas con el humo y Rotta echó un vistazo por encima del hombro, con el puño con los nudillos rojos levantado. Unas figuras surgieron de las nubes de humo y ceniza. La primera era una mujer con el cabello oscuro vestida con una cota de malla negra y una pluma de cuervo sujeta con hilo de plata al pelo. Una de sus cuencas oculares era un agujero recubierto de tejido cicatricial. Agarraba una cuerda y arrastraba a un grupo de prisioneros a su espalda: un hombre, una mujer y un niño.

«Myrk». Orka escupió un pegote de sangre azulada.

—Por los mocosos del jarl Orlyg —exclamó Myrk enfilando con paso firme hacia Rotta, tirando de sus prisioneros, que caminaban a trompicones. Entonces vio a Orka y le cambió la cara. Unas chispas rojas destellaron en su único ojo. Tiró la cuerda a un guerrero que venía detrás de ella y bajó las manos a la espada y el seax de su cinturón al mismo tiempo que echaba a correr.

—No —dijo Rotta. Dio un paso para interponerse entre Myrk y Orka.

Myrk fintó con el cuerpo para rebasarlo, pero Rotta volvió a moverse con una velocidad que a Orka le pareció imposible y Myrk chocó con él, cayó al suelo y rodó para incorporarse con una rodilla clavada en la nieve.

—No —repitió Rotta.

—Esa zorra me dejó sin el ojo —gruñó Myrk—. He jurado matarla.

—Tal vez la matarás, tal vez no. Pero lo que es seguro es que no lo harás ahora—dijo Rotta—. Es una descendiente de mi hermano, y ha hablado con él. Quizá sabe por dónde anda. Además, no eres la única que le debe a esta loba una muerte violenta. —Se señaló la cara destrozada y luego señaló los cuerpos diseminados por la nieve: un guerrero enorme, pelirrojo, con la cara morada e hinchada convertida en un enrejado de venas negras y ojos que no veían, una docena de skraeling muertos, un guerrero canoso que balbuceaba y se retorcía, echando espuma ensangrentada por los desgarrones en la mejilla y la mandíbula... Parecía que no tardaría en unirse a los muertos. Al lado de esos estaban colocando otros cadáveres.

—Mira el resultado de tu visita —dijo Rotta mirando a Orka y moviendo el brazo para abarcar la escena que lo rodeaba—. En mi opinión, ha sido de muy mala educación. —Chasqueó la lengua en señal de desaprobación.

Orka paseó la mirada por los muertos y los heridos.

—Se interpusieron en mi camino —gruñó. «Intentaron quitarme a mi hijo».

«¿Dónde estás, Breca?». Orka sabía que el río al que lo había arrojado lo llevaría hasta el lago, que era el lugar de encuentro donde seguro que estaban Gunnar Proa, Halja y los demás esperándolo. «Ellos se lo llevarán de aquí». Pero entonces recordó las arañas del hielo que la habían capturado y sintió pánico al pensar en la posibilidad de que hicieran lo mismo con Breca antes de que llegara al lago. Sus dedos comenzaban a recuperar un poco de vida. Una sensación de ardor le recorría las articulaciones y los nudillos, y apretó los puños, pero tenía las muñecas ligadas con hilo de las arañas del hielo. Miró el cielo y calculó que era pasado el mediodía. «No, si lo hubieran capturado ya lo habrían traído aquí. Ha logrado llegar junto a los otros». Ese pensamiento caló en ella. Había buscado a Breca durante tanto tiempo para tratar de salvarlo de esos niðing descendientes de la dragona que se quedó sin respiración al constatar que había conseguido su objetivo. «Ahora es libre. Mi Breca. He hecho lo que había venido a hacer». Exhaló un largo suspiro mientras esa verdad se asentaba en su corazón, y miró a Rotta y a Myrk. «Pero no he matado a todos los que quería. Estos dos, para empezar. Y Drekr, que mató a mi Thorkel. Y Lik-Rifa está detrás de todos ellos..., así que tiene una deuda de sangre conmigo».

—La has dejado medio muerta —gruñó Myrk malhumorada. Se puso en pie y guardó a regañadientes la espada y el seax.

—Sí, medio muerta, pero no del todo —puntualizó Rotta mirándose los nudillos machacados y ensangrentados—. Por desgracia, debe vivir... por ahora.

—No hablará. Es una zorra cabezona —dijo Myrk acercándose a Orka.

—Siempre hay una manera de hacer hablar a la gente —repuso Rotta—. El dolor suele ser la más rápida, pero con ella no funciona. El suyo, en todo caso. —Miró a Myrk—. Inténtalo si quieres, siempre y cuando sepas... refrenarte.

Myrk sonrió y le dio una patada en el estómago a Orka.

Orka estaba recuperando la sensibilidad. El hielo en sus venas estaba derritiéndose, retirándose, y la fuerza de la patada de Myrk hizo que se estremecieran sus entrañas. Se encogió tendida de costado en el suelo, tuvo arcadas y escupió bilis azulada.

—¿Dónde está Ulfrir? —demandó Rotta.

Orka escupió un pegote de sangre a sus pies. Sentía que su lobo interior estaba regresando y le lanzó una mirada asesina con sus ojos moteados de ámbar.

—¿Lo ves? —preguntó Rotta a Myrk encogiéndose de hombros.

Myrk soltó un chillido y le dio otra patada a Orka.

—Buena chica. —Rotta aplaudió—. Hagas lo que hagas, hazlo con el corazón.

Myrk levantó la pierna para asestarle otra patada, pero la mantuvo inmóvil en el aire un momento y miró a Orka.

—Ahora voy a recuperarlos —gruñó al ver lo que colgaba del cinturón de armas de Orka. Le desabrochó la hebilla y se lo arrancó—. Mi hermano se alegrará de tenerlos de vuelta —dijo haciendo oscilar en el aire delante de Orka dos magníficos seax con las fundas de cuero labrado—. Creo que los dejó clavados en el cuerpo del niðing de tu marido muerto.

«Mi Thorkel».

Sin pensárselo dos veces, Orka forcejeó con las ligaduras. Se le hincharon las venas y el lobo de su corazón aulló. Volvió a ver la cara estriada de sangre de Thorkel y el juramento de vengarlo recorrió sus venas como una tempestad.

Myrk rio.

—¿Lo ves? Sufre más por los demás que por ella —dijo Rotta con aire pensativo—. Aunque estén muertos. Su hijo es la clave para hacerle soltar la lengua sobre el paradero de mi hermano.

—Bueno, ¿y dónde está ese mierdecilla? —preguntó Myrk todavía mirando sonriente a Orka.

—Escapó —respondió Rotta—. Pero lo encontraremos. Y entonces... entonces nos dirá todo lo que queramos saber.

Un barullo de gritos y gimoteos atrajo su atención, y todos se volvieron. De las laderas boscosas surgió un hombre vestido con pieles seguido por una fila de niños que caminaban a trompicones.

Un puño helado estrujó el corazón de Orka.

CAPÍTULO CINCO

BIÓRR

Biórr gruñó al levantar por los hombros el cadáver de Ilmur mientras un skraeling de brazos largos llamado Skaga lo cogía por los tobillos. Atravesaron la carnicería de la noche anterior, el suelo sembrado de cadáveres, las tiendas quemadas y los carros reducidos a astillas por la agonía y la rabia de Rotta, y enfilaron hacia la pila de cuerpos, cerca de donde el dolorido y furioso dios rata se había desahogado con una Orka maniatada y envenenada por una araña del hielo.

«Odio a esa mujer», dijo Biórr para sus adentros con los ojos clavados en Orka mientras depositaba el cuerpo de Ilmur al lado de Storolf. Miró a sus amigos muertos y sintió la opresión de la pena en el pecho, un nudo en la garganta, un escozor en los ojos. También sintió un poco de responsabilidad y de culpa. «Estuve a punto de soltar a Breca. Casi dejé que Orka y el chico se marcharan. Quizá debería haberlo hecho. Ilmur y Storolf seguirían vivos». Era el instinto de supervivencia, el más fuerte de todos los instintos que había heredado del dios rata, lo que había guiado sus acciones, lo que había hecho que gritara para dar la alarma y sacara el arma, que atacara a Orka y a sus compañeros de los Hermanos de Sangre. Le habían encomendado la tarea de vigilar a los niños corrompidos y sabía que entre los guerreros de la banda había quienes desconfiaban de él después de que la bruja seiðr Kráka intentara escapar con Bjarn.

«No tenía elección».

Oyó la voz aguda de Myrk y la vio de pie junto a Orka, sosteniendo delante de ella un cinturón de armas con los dos seax enfundados. En ese momento, Myrk se volvió hacia las laderas boscosas del valle.

Brák el Azote de los Troles salía de los árboles envuelto en una piel de lobo y una fusta en la mano. Su collar de colmillos de trol centelleaba bajo el pálido sol. Lo seguían un puñado de niños con las muñecas atadas, rodeados por una docena de cazadores de Brák, humanos corrompidos, skraeling y un par de tennúr que revoloteaban sobre ellos.

—Vamos —gruñó Brák haciendo restallar la fusta.

Los niños lloriqueaban. Brák los condujo hasta Rotta. Miró de arriba abajo a Orka, carraspeó y le escupió.

—He encontrado unos cuantos pequeños canallas —dijo con un gruñido Brák a Rotta.

—¿Breca? —preguntó el dios rata escrutando la fila de niños.

—No —respondió Brák—. No hay ni rastro de ese zurullo de cabra. Ninguna huella, ningún olor más allá de donde la capturamos —añadió dando un puntapié a Orka.

Biórr vio la expresión de alivio en la cara de Orka.

—Debió de saltar al río. —Brák se encogió de hombros—. Lo más probable es que haya muerto ahogado o de frío.

—Quiero su cuerpo, vivo o muerto —espetó Rotta—. Encuéntralo.

Brák asintió.

—¿Qué hacemos con estos? —preguntó señalando a los niños capturados que estaban detrás de él—. Podría fijarlos con clavos a un árbol, para dar ejemplo a los que sigan pensando en escapar. Tengo una bolsa llena de clavos que he preparado para la ocasión. —Dio unas palmadas a la bolsa que llevaba en el cinturón.

—No. —Rotta frunció el ceño—. Por sus venas corre la sangre de un dios. Prefiero que vivan y luchen por nosotros.

—Ajá —repuso Brák, aunque torció el gesto de una manera que sugería que discrepaba.

—Súbelos a un carro y déjalos atados de momento —añadió Rotta—. Biórr los vigilará, ¿verdad, Biórr?

—¡Sí, señor! —gritó Biórr—. Skaga —dijo volviéndose al skraeling—, ocúpate de ellos.

—Ajá —gruñó Skaga, y se dirigió con grandes zancadas hacia donde estaba Brák.

Biórr se agachó al lado de Fain el Rojo. El canoso guerrero estaba recostado contra la rueda destrozada de un carro. Tenía la mitad de la cara, donde Orka le había mordido, vendada. Orka le había arrancado a tiras la mejilla y la mandíbula de ese lado. El vendaje estaba empapado en sangre fresca y Fain sufría los primeros temblores de la fiebre incipiente.

—Mi Storolf —dijo Fain con la voz anhelosa al mismo tiempo que ponía una mano en la cabeza de su hijo. Miró a Biórr—. Me temo que el coste de esta guerra es más de lo que puedo soportar —añadió entre lágrimas—. Me temo que no puedo seguir adelante.

—Debemos aguantar —le animó Biórr—, o el mundo seguirá siendo como hasta ahora. La gente como nosotros seguirá siendo esclavizada, apaleada, asesinada. Nosotros somos el cuchillo afilado que cambiará el mundo. —Suspiró, hinchó los carrillos y una emoción nueva brotó en su pecho mientras miraba los cuerpos sin vida de Storolf e Ilmur—. Si paramos ahora, si lo dejamos, ellos habrán muerto en vano. Su muerte, su sacrificio debe servir de algo. Debe tener un significado. —Biórr puso una mano en las de Fain y Storolf, y las apretó mirando a los ojos a Fain—. Cúrate, anciano, y luego cambiaremos el mundo. —Miró de soslayo a Orka, tirada en el suelo delante de Rotta—. Y nos cobraremos nuestra venganza.

Fain hizo una mueca de dolor. La sangre y la saliva se filtraban por el vendaje que le cubría la mejilla devastada. Las emociones pugnaban en su interior. Finalmente asintió con la cabeza.

—¡Biórr! —gritó Rotta haciéndole señas.

Biórr se irguió y se dirigió hacia el dios rata.

—Iré a buscar a tu lobezno —dijo Brák a Orka—. Esto es lo que les hago a los lobos —añadió extendiendo su piel de lobo—. A lo mejor puedo sacar suficiente piel de tu Breca para hacerme un cinturón.

Orka gruñó con los labios completamente estirados.

Brák se alejó de allí riendo entre dientes.

—¡Venid conmigo! —gritó. Su partida de cazadores se unió a él y todos juntos desaparecieron entre los árboles.

—Biórr, quiero que vigiles a nuestros nuevos invitados —dijo Rotta. Sacudió la cabeza en dirección a Orka y luego señaló a los prisioneros maniatados que Myrk había traído desde Svelgarth.

—Sí, señor —respondió Biórr. Saludó con la cabeza a Myrk.

—Amor mío —dijo Myrk con una leve sonrisa en los labios.

Biórr se ruborizó. Myrk siempre conseguía que se pusiera rojo.

«No quiero vigilar a Orka, quiero matarla», se dijo haciendo un esfuerzo para que su rostro no trasluciera sus emociones, aunque sus ojos se desviaron hacia Orka. A pesar de que estaba atada y cubierta de sangre, la violencia todavía emanaba de ella como si fuera un viento abrasador. «¿Por qué siempre soy el que vigila a los niños y a los prisioneros? Los escaldos cantarán esta era, ¿y en qué momento mencionarán mi nombre?».

—No es una tarea menor —dijo Rotta como si le leyera la mente—. Es importante. Orka ha hablado con el capullo de mi hermano, que primero muerde y luego pregunta. Podría ayudarnos a poner fin a esta guerra si lo encontramos antes de que pueda consolidar su poder. Y en cuanto a los niños corrompidos, debemos ganarnos su simpatía para que luchen por nuestra causa o acabarán haciéndolo contra nosotros. Te confío esta misión porque necesito a alguien que piense con claridad. Alguien con cabeza. —Se dio unos golpecitos en la cabeza y lanzó una mirada a Myrk.

«Sí, bueno, Myrk suele actuar primero y pensar… poco».

—Sí, señor —repitió Biórr.

—Buen chico —dijo Rotta dándole una palmada en la espalda con su enorme mano—. ¡Preparaos para partir! —bramó, y su voz retumbó en el valle y sacudió las laderas cubiertas de árboles.

El campamento se convirtió en un hervidero de actividad: hombres y mujeres, troles, skraeling, arañas del hielo y spertus se pusieron en movimiento y los tennúr echaron a volar con un aleteo frenético.

—¿Adónde vamos, señor? —preguntó Biórr.

—Hacia el suroeste, a Darl —respondió el dios rata—. Nos reuniremos con mi hermana. —Miró a Orka y esbozó una sonrisa de suficiencia—. Le encantará verte.

CAPÍTULO SEIS

VARG

Varg estaba sentado en un banco en el salón de banquetes de Valdai, comiendo carne de cerdo y cebolla, queso duro y pan plano caliente. La mayoría de los Hermanos de Sangre estaban cenando allí. Un jabalí espetado giraba encima de un fuego. Glornir, Vol y Edel estaban sentados juntos, enfrascados en una conversación.

Svik se había sentado al lado de Varg. En una mano sujetaba un plato de madera repleto de comida y en la otra un vaso de hidromiel.

—¿Qué opinas? —le preguntó Varg.

—¿Sobre qué? —inquirió Svik llenándose la boca de queso y rodajas de cebolla.

—¡Sobre la dragona! ¡Sobre lo que vamos a hacer! —exclamó Varg, pasmado por el hecho de que Svik tuviera que preguntárselo. Él no había sido capaz de pensar en otra cosa desde la aparición de la pareja de cuervos gigantes.

—Glornir es el jefe. Él toma las decisiones. —Svik se encogió de hombros—. Él dice si tenemos que luchar con una dragona o con quien sea. Nosotros nos dedicamos a luchar, pero Glornir es quien decide contra quién. O contra qué. —Volvió a encogerse de hombros.

Røkia se unió a ellos y examinó los puntos en la mejilla de Varg. Le acarició con delicadeza la herida con las yemas de los dedos y Varg sintió un cosquilleo en el cuello.

Svik esbozó una sonrisa de suficiencia.

—¿Qué? —preguntó Røkia.

Svik se limitó a negar con la cabeza.

—¿Qué opinas tú sobre la dragona? —preguntó Varg a Røkia.

—Será la batalla para poner fin a todas las batallas. Es ovio que no podemos faltar —respondió con entusiasmo la mercenaria—. Imagina las canciones que nos dedicarán.

—No sé para qué queremos canciones si no podremos escucharlas porque estaremos muertos —murmuró Varg—. Esa es la actitud que me preocupa.

Røkia puso los ojos en blanco.

La puerta del salón se abrió y Sulich entró seguido por un puñado de sus parientes. Del patio que había justo delante llegó el sonido de huesos que se partían y de carne desgarrada. Varg hizo una mueca de asco.

—¿Cómo es posible que esos cuervos sigan comiendo? —se preguntó en voz alta.

—Míralo de esta manera —terció Svik alegremente—: cuanto más coman, menos apestará este sitio cuando los cuerpos empiecen a pudrirse.

Después de transmitir el mensaje de Orka, Vesli había pedido educadamente si podía arrancar los dientes de las encías de los muertos que se amontonaban en el patio. Glornir le había dicho que podía disponer a su antojo de todas las partes de los cuerpos de los druzhina de Jaromir. Los cuervos se pusieron entonces a dar saltitos y a graznar a los cuatro vientos lo hambrientos que estaban, pues habían volado centenares de leguas sin pedir nada a cambio, como un favor a una amiga, así que Glornir también les dio permiso para comerse a los muertos, siempre y cuando no tocaran a los miembros de los Hermanos de Sangre que habían enterrado. Los cuervos no perdieron ni un segundo en lanzarse sobre los cadáveres. Varg se había marchado del patio poco después porque los sonidos de su festín le revolvían el estómago.

—Todos necesitamos comer —dijo Røkia encogiéndose de hombros.

—Lo sé, pero... —A Varg le habría gustado no oír cómo lo hacían. A pesar de que había perdido una oreja, todavía oía perfectamente el ruido que llegaba del patio. Demasiado bien.

«A lo mejor es por mi lobo interior», pensó.

Sulich y los suyos se sentaron en el banco enfrente de Varg. Algunos eran de piel oscura como Taras el Toro, otros pálidos como Røkia o tenían un tono intermedio. Varios lucían la cabeza afeitada, como Sulich, mientras que otros llevaban el pelo muy corto, como Varg cuando era thrall. La mayoría se mostraban excesivamente desconfiados y se sobresaltaban al menor ruido o crujido de las puertas. Algunos presentaban unas heridas en carne viva en el cuello producidas por el roce del collar de thrall, y Varg se llevó inconscientemente la mano a las cicatrices en su propio cuello.

—Ahora sois libres —dijo sin pensar.

—Ajá, hermano —repuso Sulich—. Son libres. Lo saben, aquí arriba —dijo dándose un golpecito en la sien con dos dedos—. Pero algunos todavía no lo saben aquí. —Se llevó la misma mano al corazón.

—Se necesita tiempo —dijo Varg apartándose el cuello de la cota de malla para mostrarles las cicatrices.

Una mujer de piel negra le hizo un gesto de agradecimiento con la cabeza.

—¿Por qué estabais encerrados en los sótanos de Jaromir? —les preguntó Svik.

—Jaromir y Rurik estaban planeando una guerra —respondió la mujer de la piel oscura—. Somos corrompidos —añadió señalando a la gente que la rodeaba—. Querían utilizarnos como armas.

—Jaromir ya no planea nada. —Svik sonrió.

—No —repuso Sulich—. Ya no puede haceros daño, Kesha.

—Jaromir no puede —dijo Kesha—. Pero Rurik sí. —Lanzó una mirada a la puerta—. Deberíamos irnos.

—Nos iremos cuando salga el sol —informó Sulich—. Aquí estáis seguros esta noche.

Kesha no dijo nada, pero no daba la impresión de que estuviera de acuerdo.

—¿Qué guerra? —quiso saber Røkia.

—Querían invadir Vigrið —respondió Kesha—. Para impresionar a su padre. Nuestro padre.

—¿Kirill? ¿El Gran Kan de Iskidan? —preguntó Varg.

—Sí. —Kesha asintió.

Svik silbó.

—Sí que tenían pelotas esos dos, eso hay que reconocerlo —observó Svik.

Se oyó un zumbido de alas y la tennúr Vesli entró volando en el salón. Le costaba mantenerse en el aire y agitaba las alas con todas sus fuerzas. Varg vio el motivo e hizo una mueca de asco: la bolsa que llevaba en el cinturón era enorme y estaba tan llena que parecía a punto de reventar.

«La ha llenado con los dientes de los druzhina muertos».

Vesli se posó en el banco delante de Glornir y Vol.

Glornir asintió y el banco chirrió cuando lo arrastró hacia atrás para ponerse en pie.

—Hermanos de Sangre —dijo dirigiéndose a los presentes—. Tenemos que tomar una decisión. —Paseó la mirada en derredor cuando el silencio se instaló en el salón—. Orka Machacacráneos nos ha enviado un mensaje. Elvar de los Terrores de la Batalla nos ha ofrecido un trabajo. ¿Queréis luchar contra una dragona?

—La decisión es tuya, jefe —gritó Svik—. Nosotros iremos donde nos señales.

—Lo sé —repuso Glornir—. Pero no es una tontería luchar con una diosa. Me gustaría oír vuestra opinión.

—Deberíamos luchar contra ella —declaró Svik—. Según tengo entendido, el oro que nos ofrecen nos hará más ricos de lo que jamás habríamos soñado. —Svik se quedó pensativo un momento—. Y yo sueño mucho. —Los guerreros que lo rodeaban se echaron a reír—. Pero antes deberíamos ir a buscar a Einar Medio Trol y a Æsa a aquella isla de comelenguas maldecida por los dioses.

Einar se había partido la cabeza durante la batalla contra la criatura parásita de la isla que había frente a la costa de Iskidan y no había podido viajar. Æsa se había ofrecido voluntaria para quedarse con él y con los niños que habían rescatado y curarlo. Varg esperaba que siguieran vivos.

Glornir asintió.

—Hagamos lo que hagamos, Einar y Æsa nos acompañarán —afirmó.

—Obviamente, Æsa querrá luchar con la dragona —dijo Svik. Sus palabras provocaron una oleada de risas en el salón—. Y es probable que a Einar le guste el desafío de luchar con algo más grande que él por una vez.

Hubo más risas y Glornir gruñó. Paseó la mirada por el salón y sus ojos se detuvieron en Edel.

—Deberíamos luchar —aseveró la cazadora mientras tironeaba de la oreja al perro sentado a sus pies—. No creo que este problema vaya a resolverse por sí solo. Es mejor ponerle fin ahora, antes de que crezca. Y he visto a esos descendientes de la dragona. —Torció el gesto—. No me gustan demasiado.

Glornir se paseó por la estancia preguntando de uno en uno a todos sus mercenarios. Finalmente llegó a Varg.

—¿Y bien, Insensato?

—No me gusta la idea de luchar con una dragona —respondió Varg.

—Solo Æsa está lo bastante loca como para gustarle esa idea —dijo Svik, y volvieron a oírse risas por todo el salón.

—Sin embargo —continuó Varg—, creo que Edel tiene razón. Una diosa dragona no va a desaparecer sin más. Además, aunque solo fueran ciertas la mitad de las historias que se cuentan de ella, el hecho de que esté suelta en Vigrið no es bueno para nadie.

Los mercenarios que se encontraban en la sala asintieron con la cabeza y expresaron su conformidad.

—Unas palabras sensatas del Insensato —dijo Svik fingiéndose conmocionado—. El mundo está cambiando de verdad.

—¿Y tú, Glornir? —preguntó Vol—. ¿Qué opinas sobre volver a Vigrið y luchar con esa dragona?

—Sus seguidores mataron a mi hermano —gruñó el jefe de los Hermanos de Sangre—. Y han raptado a mi sobrino. No necesito saber más.

Vesli soltó una exclamación y Glornir se volvió hacia ella.

—No solo se ha llevado a Breca —dijo la tennúr—. Vesli estaba tan hambrienta que olvidó parte del mensaje del ama Orka. —Tenía la barriga hinchada y se sacó un trozo de carne de entre los dientes, lo examinó y lo lanzó con un capirotazo. Eructó.

—¿Qué olvidaste? —quiso saber Glornir.

Vesli se concentró.

—El ama Orka quiere que sepáis que la bruja seiðr Uspa está con Elvar y los Terrores de la Batalla.

—¡Uspa está con ellos! —exclamó Vol levantándose de la silla.

—¿Quién es Uspa? —susurró Varg.

—La hermana de Vol —le explicó Røkia.

—Hay más —chilló Vesli—. El ama Orka quiere que sepáis que los descendientes de la dragona han raptado al hijo de Uspa, Bjarn.

—¡Han raptado a Bjarn! —gruñó Vol. Un fuego siniestro prendió en sus ojos.

Glornir envolvió con su enorme mano la de su mujer y recorrió la estancia con la mirada.

—Entonces, está decidido. Los Hermanos de Sangre lucharán con esa dragona. Al amanecer partiremos hacia el *Lobo del mar*.

Varg estaba sentado en su petate, apoyado contra la pared del salón. Del fuego en el centro de la estancia solo quedaban las brasas, que teñían de color cobrizo el borde de las sombras. Tenía a Svik roncando a un lado y a Røkia tumbada de espaldas a él al otro. Ella se agitaba un poco y sus labios se movían y murmuraban incoherencias.

«Está soñando», pensó Varg. Él también había tenido unos sueños muy extraños últimamente en los que aparecían un lobo negro que lo llamaba y un hombre con los ojos verdes que lo miraba desde las sombras. Pero esa no era la razón por la que todavía no se había puesto a dormir.

Oyó unas pisadas suaves y Vol se detuvo delante de él.

—¿Estás preparado? —le preguntó la bruja seiðr.

Varg inspiró hondo.

—Ajá —musitó.

—Sígueme —dijo Vol. Dio media vuelta y echó a andar.

Varg se levantó silenciosamente y pasó por encima del cuerpo dormido de Røkia, que estiró una mano y le tocó la pierna.

—Si quieres que te acompañe, dímelo —dijo mirándolo desde el suelo.

Varg se lo pensó un momento y luego asintió con la cabeza. Røkia se levantó sin hacer ruido y atravesaron juntos el salón detrás de Vol, que subió al estrado y cruzó la puerta destrozada que había en el fondo de la estancia. Varg y Røkia se apresuraron para no quedarse atrás al ver que bajaba por una escalera y desaparecía. El resplandor del fuego iluminaba los primeros escalones, pero cuando llegaron al pasillo que había al final de la escalera estaban sumidos en la oscuridad.

Varg susurró al lobo en su sangre y su visión se agudizó. Vio a Vol separada de las sombras delante de él, enfilando por el pasillo.

—*Logi* —gruñó la bruja seiðr, y a su paso fueron encendiéndose unos candelabros de hierro que había en las paredes. Vol cogió una antorcha de la pared y entró en una habitación con Varg y Røkia pisándole los talones.

El cadáver de Jaromir seguía derrumbado contra los barrotes de la sala secreta, con el cuerpo perforado por un centenar de astillas. Vol no le prestó atención y continuó hasta el escritorio situado en el centro de la habitación, donde dejó la antorcha. Sacó un pequeño seax del cinturón y se hizo un corte que le cruzaba la palma de la mano, apretó el puño hasta que la sangre se acumuló en las yemas de sus dedos y a continuación trazó unas líneas con la sangre por la superficie del escritorio. Dieciséis líneas partían de la antorcha, unidas como si fueran una tela de araña, y al final de cada una de ellas escribió unas runas.

—Dame el mechón de tu hermana —dijo abriendo la mano ensangrentada.

Varg hurgó con dedos torpes en la bolsita que llevaba en el cinturón. El corazón de pronto le aporreaba el pecho. Sacó el mechón y lo depositó en la mano abierta de Vol.—¿Cómo se llamaba?

—Frøya —respondió Varg.

Vol cerró los ojos y apretó el puño que envolvía el pelo.

—*Andi Frøya, ég kalla þig. Síðasta sýn Frøya, ég kalla þig, síðasti andardráttur Freyja, ég kalla þig, kallaður af blóði, af holdi, af hári, af beinum, kallaður af krafti Snaka* —entonó la bruja seiðr. Luego abrió la mano y dejó caer el pelo ensangrentado en la llama.

Varg dio un grito ahogado e instintivamente quiso recuperar el mechón, pero Røkia le agarró la muñeca. Era lo único que le quedaba de su hermana.

Las llamas sisearon y crepitaron, treparon por el aire y se expandieron sin traspasar los límites del dibujo trazado por Vol.

La temperatura dentro de la habitación bajó y la oscuridad se hizo más intensa. Solo se veían las llamas. Varg comenzó a tiritar y le salían nubes de vaho de la boca. Las llamas continuaron creciendo y apareció una imagen dentro de ellas. Veía a través de los ojos de otra persona. Corría por un bosque de árboles altísimos cargados de nieve. Se oía una respiración agitada, el crujido de pasos en la nieve, corriendo, trastabillando. Una sensación de agotamiento invadió de repente a Varg, le pesaban las piernas y le ardían los pulmones.

—¿Qué está pasando? —preguntó con los dientes apretados.

—Estás viendo con los ojos de Frøya —dijo Vol dulcemente—. Ves lo que vio ella, oyes lo que ella oyó, sientes lo que ella sintió.

Gritos. Una punzada de terror de Frøya que Varg también experimentó. Ella apretó el paso, tropezó con una rama oculta por la nieve y se tambaleó, pero consiguió mantenerse en pie y continuó corriendo. Varg notó un impacto en la espalda y Frøya chilló y cayó de bruces en la nieve, con un dolor atroz entre los omoplatos. Varg también sentía ese dolor, el frío y el miedo.

Frøya intentó levantarse. Logró ponerse de rodillas, con las manos apoyadas en el suelo. Detrás de ella se oían gritos. Recibió otro impacto en la espalda y se derrumbó. Algo pesado la inmovilizaba contra el suelo.

—No pensarías que podrías escaparte, ¿eh, zorrita niðing? —le susurró una voz en el oído. Una mano en su cabeza le apretaba la cara contra la nieve. Tenía el rostro, la boca y la nariz llenos de hojas de pino y de tierra húmeda. Intentó respirar, completamente aterrorizada, y se revolvió sujeta por su captor.

—¡Levántala! —gritó una voz grave, debilitada y atenuada por la nieve.

Su captor la levantó del suelo y Frøya tosió nieve, hojas de pino y tierra mientras trataba de respirar profundamente. La giraron, la estamparon contra un árbol y el aire salió de sus pulmones con una explosión. El rostro sonriente de un hombre ocupaba las llamas, arrugado como la corteza de un árbol centenario. Llevaba la pluma de un cuervo enganchada al pelo y un collar de dientes o colmillos alrededor del cuello. Otras figuras se acercaban detrás de él, una más alta y corpulenta que las demás, con el largo cabello negro recogido en la nuca y la barba también negra trenzada. En el cinturón llevaba dos seax dentro de sendas fundas magníficamente labradas. Varg se fijó en todas las caras, las grabó a fuego en su memoria.

—Tres veces —gruñó el hombre de la barba negra al llegar donde estaba Frøya—. Tres veces has causado problemas a mi banda. Te dije que ya no lo toleraría ni una vez más. Te he ofrecido riquezas, una vida nueva. Libertad.

—Lo que me has ofrecido no es libertad —le gruñó Frøya intentando golpear con las manos y los pies a su captor y morderlo. Le castañearon los dientes. Recibió un rodillazo en la barriga que le cortó la respiración y se desplomó con la cabeza caída—. Solo quiero volver a casa con mi hermano —resolló.

A Varg le dio un vuelco el corazón.

El hombre del pelo oscuro se agachó para mirar a los ojos a Frøya, y Varg vio el destello de unas llamas rojas en sus pupilas.

—Estúpida ingrata —dijo el hombre.

—Asesino —espetó Frøya.

—¿Qué quieres que haga con ella, jefe? —preguntó el hombre con la cara llena de arrugas—. Podríamos usarla para dar ejemplo. Puedo encargarme de eso.

Silencio. El hombre del pelo negro miraba fijamente a Frøya.

—Hazlo, Brák —dijo finalmente. Dio media vuelta y se alejó de allí.

«Un nombre —pensó Varg—. Una cara que nunca olvidaré y un nombre». El resto de las figuras siguieron al hombre del pelo negro. Brák sonrió y golpeó a Frøya en la boca. Varg notó el sabor de la sangre. Frøya cayó de rodillas y alzó la vista. Vio que Brák abría la bolsa que llevaba en el cinturón y sacaba un largo clavo.

Un ramalazo de miedo y de ira, una fuerza nueva se agitó en la sangre de Frøya y Varg reconoció la presencia del lobo. Frøya se abalanzó con dientes y garras sobre Brák. Él gritó, trastabilló y cayó de espaldas al suelo.

Unas manos que no se veían la separaron de Brák, que le dio un puñetazo en el estómago y la golpeó en la cabeza con la punta del clavo. Las fuerzas abandonaron a Frøya, le flojearon las rodillas y se derrumbó entre los brazos de su captor.

—Sujétala —gruñó Brák mientras se limpiaba la sangre de los arañazos en las mejillas.

Arrastraron a Frøya hasta un árbol y Brák le agarró con firmeza las muñecas y le levantó los brazos. A continuación le atravesó las palmas de las manos con el clavo y las fijó al tronco.

Varg estaba llorando, pero no sabía si era por el terror que compartía con su hermana o por el horror que lo invadía al contemplar su sufrimiento. Røkia le cogió una mano.

Los gritos de Frøya resonaron en la habitación. Las llamas se encogían y retorcían.

Brák sacó un seax del cinturón y con la punta de la empuñadura martilleó en el clavo para hundirlo aún más en el tronco. Varg sentía una punzada de dolor con cada golpe. Brák acabó su faena, retrocedió y contempló sonriente a Frøya.

—Tu inútil vida ahora tendrá un sentido —dijo—. Servirás de ejemplo para los demás, para que aprendan a comportarse.

—Te compadezco —le espetó Frøya.

Brák se acercó a ella, levantó el brazo y le hundió el seax en el estómago. La sensación de entumecimiento inicial era la misma que al recibir un puñetazo. Luego Brák deslizó de lado a lado la hoja para abrirle un tajo en el vientre. Varg nunca había experimentado un dolor parecido y se tambaleó. Røkia lo sujetó para que no se cayera. Varg sintió entonces cómo las fuerzas abandonaban a su hermana, cómo su vida escapaba de su cuerpo como si fuera un odre agujereado.

Frøya inspiró por última vez.

—Varg —masculló dejando caer la cabeza, y la imagen se difuminó y finalmente desapareció de las llamas.

Varg se derrumbó sobre las rodillas y aulló.

CAPÍTULO SIETE

ORKA

Un grito lejano resonó en el valle y Orka se volvió hacia el borde del bosque y permitió que el lobo en su sangre agudizara sus sentidos. Oyó otro grito más débil arrastrado por el viento y percibió el olor empalagoso de la sangre. Tras un breve silencio, sonaron unos pasos en la maleza y más gritos.

Caminaba entre el centenar de prisioneros capturados en Svelgarth con las muñecas encadenadas. Formaban una larga columna que serpenteaba a través de un valle helado, con las escarpadas laderas de las montañas cubiertas de pinos a ambos lados. El cielo plomizo estaba cubierto de nubes plateadas.

Orka echó un vistazo a su alrededor y comprobó que había más gente escrutando los árboles. Con su vista lobuna fue capaz de distinguir las formas angulosas y el movimiento de las arañas del hielo en las copas de los árboles y de las brujas nocturnas que se deslizaban como sombras entre los pinos. Ambas especies de vaesen tenían aversión a la luz del sol, por eso se aferraban a la penumbra y se mantenían justo en el borde del bosque. Los gritos que Orka había oído llegaban de más lejos, de mucho más arriba en las laderas y más adentro del bosque.

—Tú también los has oído —dijo una voz a su lado. Era Biórr, que apenas se despegaba de ella.

Orka no dijo nada y continuó escrutando las laderas. Sin embargo, sus sentidos lupinos no vieron ni oyeron nada más. Lo que quiera que hubiese sido, lo que hubiera ocurrido, ya había terminado.

—No deberías seguir respirando —murmuró Biórr a su lado—. No mereces respirar.

«El merecimiento no tiene nada que ver en esto —pensó Orka—. Y créeme, yo pienso lo mismo de ti».

—Deberías contestar cuando te hablan —dijo Biórr.

Orka percibió el odio y la rabia que rezumaba el mercenario, y le respondió únicamente con su silencio. No se merecía otra cosa.

—No te entiendo —añadió Biórr, y le clavó un dedo en el brazo.

Orka se lo quedó mirando un momento y luego miró a otro lado.

—Luchas contra nosotros a pesar de que eres una corrompida —continuó Biórr—. Nosotros luchamos contra la esclavitud que han sufrido los nuestros, contra los que nos han esclavizado y torturado durante años. Siglos. Luchamos por nuestra libertad. Tu libertad. Deberías haberte unido a nosotros, no haber luchado contra nosotros.

Orka se volvió de nuevo a Biórr y le dedicó una mirada fría y desapasionada.

—¿Qué? —preguntó Biórr.

—No me importan los caprichos ni las guerras de los dioses —gruñó Orka—. Y eres un idiota si crees que a ellos les importas algo.

—¿Y qué es lo que te importa a ti? —quiso saber Biórr.

Orka deseaba que el joven fanático cerrara la boca. Quería hacer que la cerrara.

—Dime, ¿qué te importa a ti? —insistió.

Imágenes de Thorkel y de Breca cruzaron la cabeza de Orka, recuerdos que avivaron el dolor en su pecho y las llamas en sus venas.

—Me importaba mi marido —espetó—, y los nuestros lo asesinaron. Me importaba mi hijo, y los nuestros me lo quitaron. ¿Dices que lucháis para acabar con la esclavitud y las torturas de los corrompidos? Eso cuéntaselo a ellos —exclamó Orka, y se volvió para mirar con toda la intención del mundo al grupo de niños y prisioneros.

Biórr frunció el ceño y pareció quedarse pensativo. Era joven, esbelto y apuesto, quizá un poco mayor que Lif, pero a pesar de la rabia que destilaba su mirada, sus ojos lo hacían parecer más viejo, como si hubiera visto mucho sufrimiento.

—Reconozco que eso no es acertado —repuso Biórr.

«No es acertado». Orka sintió que su lobo se enfurecía y corría frenético por sus venas. Ella también estaba a punto de estallar de la rabia.

—Pero son tiempos difíciles —añadió Biórr—. Y hay que actuar con dureza si queremos cambiar el mundo.

Orka frunció la boca.

—Nada cambiará —dijo con voz fría y carente de emoción—. Quizá derroquéis a una docena de tiranos y los sustituyáis por otro.

—No, será diferente. Nosotros no esclavizaremos a nadie. Crearemos un mundo nuevo, justo. Lik-Rifa y Rotta nos liberarán —afirmó Biórr—. Eso es lo que intento explicarte. ¿Cómo es posible que no lo entiendas?

—Eres un idiota y estás completamente equivocado si de verdad les crees. —Orka suspiró—. La oveja confía en el pastor y lo sigue a ciegas. Eso no significa que no se la acaben comiendo. No confíes en las promesas de los dioses. Ellos destrozaron el mundo, no lo olvides. Nunca les ha importado la vida de nadie, corrompido o no. Han utilizado a todo el mundo para sus propios fines y volverán a hacerlo.

Biórr se quedó callado mientras caminaban y las palabras de Orka lo mantuvieron en ese estado durante un rato. Orka esperaba haber zanjado su conversación para siempre y volvió a mirar hacia el borde del bosque. Se preguntó dónde estaría Breca, si estaría a salvo con Gunnar y los demás. Esperaba que estuvieran todos juntos y lejos de allí, que Gunnar hubiera llevado a su hijo con Glornir y los Hermanos de Sangre.

—Quizá tengas razón —dijo Biórr finalmente—, pero yo no pienso así. Y por lo menos hay que intentarlo, o nunca lo sabremos. —Miró a Orka y la ira se había atenuado en sus ojos—. Nos llevamos a tu hijo, pero no le hicimos daño. Te lo juro. Yo le enseñé a jugar al tafl. Lo tratamos bien.

«Lo trataron bien».

—Asesinasteis a su padre delante de él —gruñó Orka—. Os lo llevasteis de su casa, me lo quitasteis.

Biórr asintió y dejó entrever un sentimiento de culpa.

—No fui yo, pero sí… Drekr es un hombre duro. Este mundo lo ha hecho así. —Miró al cielo—. Reconozco que las cosas son complicadas. Solo deseo que los corrompidos podamos luchar unidos, no entre nosotros. Eso es todo. Pero en este momento esa posibilidad ya no existe para ti. —Orka vio que el fuego de su ira volvía a avivarse—. Has matado a mis amigos y te odio por eso —espetó—. Eran hombres buenos. Has dejado sin un ojo a Myrk. Has herido a Rotta y has asesinado a muchos otros. No has hecho amigos entre nosotros.

Orka puso los ojos en blanco y resopló. «Para qué los quiero».

Continuaron caminando en silencio.

El sol, un débil resplandor de peltre que atravesaba las nubes, se ocultaba detrás de las montañas y las sombras eran densas en el valle cuando sonaron los cuernos y la columna se fue deteniendo poco a poco, a trompicones y por segmentos. Se descargaron de los carros los sacos y los barriles de comida, se quitó la nieve para hacer hoyos en el suelo para las hogueras, se montaron las tiendas y se encendieron hogueras. Biórr separó a los prisioneros en grupos de diez o doce y se repartió la comida: pan duro, tiras de carne de ternera y de cerdo frías, y carne de foca y de ballena en salmuera.

Orka se sentó enfrente de un fuego, con un drengr de Svelgarth a un lado y una mujer con un niño al otro. Con la mirada fija en las llamas, tanteó lentamente la cadena que le ataba las muñecas y dejó que el lobo correteara por sus venas y le proporcionara nuevas fuerzas. Sus músculos se tensaron, apretó los dientes y se le hinchó una vena en la sien mientras trataba de provocar el más leve movimiento en los eslabones, pero la cadena no cedió.

Se oyó el sonido de cascos de caballos a medio galope a lo largo de la columna. Myrk cabalgaba a la cabeza de media docena de descendientes de la dragona. Los jinetes dejaron atrás guerreros y skraeling, y adelantaron a una hilera de carros, la mayoría de ellos llenos de los suministros saqueados en Svelgarth. Orka vio al hombre canoso al que había atacado sentado en el pescante de uno de los carros, con un niño a su lado. Se dio cuenta de que el niño era Harek, el muchacho que había sido amigo de Breca en Fellur. Le parecía que eso había ocurrido en otra vida, antes de que mataran a Thorkel y raptaran a Breca. Detrás de él, en la plataforma del carro, vio hileras de niños sentados, también corrompidos que habían sido raptados. Reconoció a uno de ellos, con el pelo oscuro y las cejas pobladas. Era Bjarn, el hijo de Uspa.

«Así que al final no escapó durante el caos de nuestro ataque».

El sonido de los cascos sonó más fuerte. Myrk y sus jinetes se acercaban. Orka exhaló un largo suspiro y dejó de tirar de la cadena. Masticó un trozo de pan duro.

—Voy a matarte —dijo jovialmente Myrk cuando la vio. Luego sonrió a Biórr, que estaba removiendo el contenido de una olla encima del fuego—. ¡Ocupaos de los rezagados! —bramó mientras se bajaba del caballo. Abrazó a Biórr y le dio un beso apasionado.

Los jinetes se pusieron en marcha, adelantaron al grueso de los prisioneros y rodearon a los siete u ocho rezagados que se habían quedado atrás en la cola de la columna y estaban siendo hostigados por las lanzas y las fustas de los skraeling. La mayoría estaban heridos y renqueantes, entre ellos varios niños. Cuando vieron a los jinetes de Myrk se pusieron a gritar y trataron de correr, pero los reunieron a todos y los sacaron de la columna para llevárselos hacia el borde del bosque.

La oscuridad era casi total ya, y el resplandor de las hogueras recién encendidas hacía que las sombras fueran más densas e impenetrables, pero el lobo en la sangre de Orka le permitía ver lo que ocurría.

Del bosque surgieron unas figuras: arañas del hielo corretearon y brujas nocturnas se deslizaron como bancos de niebla a toda prisa hacia los prisioneros. Los jinetes de Myrk y los skraeling los aguijoneaban con sus lanzas para que no pudieran escapar y regresar donde estaba la banda de guerreros. Sus gritos sonaban cada vez más altos y rezumaban terror. Entonces, la primera de las arañas se abalanzó sobre ellos de un salto y envolvió con sus patas a una mujer. Las dos cayeron al suelo y se oyó un chillido ahogado que se debilitó hasta convertirse en un gruñido gorjeante. Otros miembros del grupo golpearon a la araña del hielo, pero entonces llegaron más vaesen dando saltos y mordiendo y las brujas nocturnas los embistieron. Una niña escapó del grupo y echó a correr llorando para volver a la columna, pero una araña del hielo salió tras ella, la alcanzó de un salto y la mordió, y las dos cayeron al suelo. La niña chilló.

El drengr que estaba al lado de Orka se levantó de un salto y dio un paso hacia los prisioneros, pero Myrk le dio una patada en el tobillo y el hombre se tambaleó. Se oyó el zumbido del acero cortando el aire y un seax apareció pegado a su cuello.

—Un paso más y te unirás a ellos —espetó Myrk con los dientes apretados.

Orka veía la acuciante indecisión que consumía al guerrero por dentro.

—Siéntate, Hagal —dijo una voz. Era Dagrun, el hijo del jarl Orlyg. Miraba con ferocidad a Myrk sentado en el otro extremo del hoyo de la hoguera.

—Haz caso a tu jefe encadenado —dijo Myrk sonriendo—. O no. —Se encogió de hombros—. Las arañas del hielo están hambrientas.

Un estremecimiento recorrió el cuerpo del drengr, que retrocedió y volvió a sentarse junto al fuego.

Los gritos ya habían cesado. Solo se oían algunos gimoteos que traía el viento. Las arañas habían envuelto con su tela a todos los prisioneros y regresaban al bosque arrastrándolos por la nieve.

Orka se volvió a Biórr y le sostuvo la mirada.

—Un mundo justo y libertad —dijo, y escupió al suelo.

Biórr miró para otro lado.

—Estamos en guerra y son el enemigo —dijo Myrk encogiéndose de hombros mientras miraba a Biórr—. Han luchado contra nosotros, nos han esclavizado. Nos han hecho cosas mucho peores.

—¿Esos niños? —preguntó Orka.

—Cuando crezcan vendrán a por nosotros —dijo Myrk frunciendo el ceño—. Además, debemos movernos deprisa. Nos retrasarían. Y alimentar a los vaesen con ellos es más fácil y rápido que buscarles comida. —Miró al drengr que se había levantado—. Por lo menos les damos un uso y no dejamos que se mueran congelados donde caen. Hasta sus dientes serán aprovechados por los tennúr.

—¿Crees que eso nos consuela? —preguntó Dagrun.

—Espero que no. —Myrk sonrió.

El oído lupino de Orka percibió un sonido nuevo en el bosque y se volvió hacia allí. Una hilera de figuras entraba en el valle, y Orka distinguió a Brák a la cabeza de su partida de cazadores. Vio que llevaban algo y el corazón le dio un vuelco.

«¿Han cogido a Breca?».

Myrk les saludó mientras cruzaban el valle acompañados por el crujido de la nieve bajo sus botas, y se desviaron para dirigirse hacia ella. Orka contó alrededor de una docena de skraeling y humanos acompañando a Brák. No llevaban prisioneros maniatados. Dos de los skraeling cargaban unos cuerpos sobre los hombros.

Llegó el sonido de cascos de caballo, y luego apareció Rotta a lomos de un gran bayo castrado. Se detuvo, pero no desmontó.

—¿Qué noticias traes, Brák? —preguntó Rotta cuando el cazador estuvo más cerca—. ¿Has capturado más fugitivos? —Señaló con la cabeza los cuerpos que cargaban los skraeling.

—No —gruñó Brák—. Enseñádselos —ordenó a los skraeling, que dejaron caer los cuerpos al suelo.

Eran un hombre y una mujer, ambos muertos. El hombre tenía el cuello rajado. El tajo, limpio, hecho con un hierro afilado, estaba cubierto por una costra de sangre que se veía negra a la luz de la luna. El rostro de la mujer era un enrejado de venas negras, como una telaraña de tinta debajo de la piel, y tenía una expresión de dolor en los ojos desorbitados y la boca abierta, con la lengua negra e hinchada. A Orka se le aceleró el corazón al reconocer la obra.

«Spert».

Miró a Rotta y se dio cuenta de que él también la había reconocido y se llevaba inconscientemente una mano a la cara, donde el veneno de Spert le había infligido tanto dolor.

—No oímos ni encontramos el rastro de los que hicieron esto, escurridizos niðing follatroles —gruñó Brák—. La primera noticia que tuvimos de ellos fueron los gritos de Svea.

«Los cazadores cazados».

A Orka se le dibujó una sonrisa en los labios y se sintió orgullosa de que Spert y quienquiera que mató al otro guerrero hubieran sido más listos que esos cazadores. Pero también se le hizo un nudo en el estómago.

«¿Estaba Breca con ellos? A estas alturas ya deberían haber estado muy lejos de aquí».

Se volvió hacia las laderas de las montañas, negras como la noche, y supo que sus compañeros estaban allí, en alguna parte. Una mirada de soslayo a Rotta le dejó claro que él también lo sabía.

CAPÍTULO OCHO

GUÐVARR

«Ojalá estuviera en Fellur», volvió a pensar Guðvarr mientras salía de la casa comunal detrás de la jarl Sigrún para acudir a la segunda convocatoria que Lik-Rifa hacía ese día. Esta vez había venido un tennúr para avisarles de la reunión. La criatura, que volaba delante de ellos acompañada por el zumbido de sus alas, ascendió brevemente y volvió a descender hacia ellos para meterles prisa. Entraron en el patio y subieron por la escalera del salón de banquetes en ruinas. Subieron al estrado donde antes se sentaba la reina Helka y enfilaron por un pasillo dejando atrás los aposentos de Helka. A través de los agujeros que había en el techo se veían las estrellas que brillaban en el cielo. A continuación bajaron por una escalera hasta un pasadizo iluminado por las llamas fluctuantes de unas antorchas, de las que Guðvarr no guardaba muy buen recuerdo. Era el pasadizo secreto que llevaba a la torre galdur de Skalk, un lugar de pesadilla donde Guðvarr había sufrido un gran tormento. Pero ahora Skalk estaba muerto y Lik-Rifa se había instalado allí.

El tennúr desapareció cuando el pasadizo llegaba a otra escalera. Sigrún y Guðvarr entraron en el vestíbulo de la torre, iluminada por unas antorchas repartidas por las paredes de la vasta cámara. Guðvarr recordó que la entrada estaba protegida con alguna clase de hechizo galdur que lo había paralizado e inmovilizado hasta que Skalk pronunció el conjuro que lo liberó.

«Ahora es más fácil entrar».

Guðvarr chocó con la espalda de Sigrún cuando esta se detuvo bruscamente.

—¿Qué…? —Guðvarr no terminó la pregunta al ver con sus propios ojos el motivo.

Unas serpientes se retorcían en el suelo. Había cientos de ellas, algunas enormes, con el cuerpo tan grueso como el tronco de un árbol y la cabeza y las mandíbulas anchas y poderosas. Se movían perezosamente por el suelo, y podía oírse el roce de sus escamas en la piedra. Otras eran pequeñas y veloces, y movían sinuosamente la cabeza. Todo el suelo se agitaba con ellas, como si estuviera compuesto por cuerpos de serpientes entrelazados. Trepaban como la hiedra por las columnas de piedra, incluso por la escalera que ascendía en espiral alrededor de la torre. Guðvarr miró un poco más arriba y vio unos destellos. Un entramado de cuerdas resplandeciente cubría los penumbrosos aleros. Entonces advirtió el movimiento de unas extremidades y vio el reflejo de la luz del fuego en unos ojos arracimados.

«Arañas del hielo». Guðvarr reprimió el impulso de dar media vuelta y correr. «Retiro lo dicho. Esta protección es mucho más temible que un triste hechizo galdur», pensó Guðvarr con un escalofrío.

El único espacio despejado de serpientes era el centro de la cámara, donde estaba sentada Lik-Rifa, reclinada en una silla con el respaldo alto mientras bebía hidromiel de una copa espléndidamente labrada. Delante tenía una mesa repleta de comida y bebida. Ilska y Drekr estaban allí, y Glunn Puño de Hierro. Un musculoso skraeling con la piel gris también estaba sentado a la mesa. A Guðvarr le pareció que era una mujer, pero no estaba seguro. Alrededor de las grandes puertas del fondo había desplegados un puñado de guardias.

—*Slepptu Þeim* —dijo Lik-Rifa moviendo la mano.

Las serpientes emitieron un siseo y se retorcieron delante de Sigrún y Guðvarr, se separaron y ante ellos apareció un camino. Sigrún enfiló confiadamente por él y Guðvarr la siguió con cautela.

El tennúr que los había guiado hasta allí entró con un zumbido y se posó en el hombro de Lik-Rifa. La diosa dragona sonrió y le acarició la cabeza de rata. Luego cogió algo de un cuenco que había en la mesa y lo lanzó al aire. El tennúr abrió las alas y se elevó de un salto, cazó al vuelo lo que Lik-Rifa le había tirado y se lo metió en la boca. Guðvarr oyó el crujido de lo que trituraba con los dientes mientras masticaba.

—Sentaos. Comed —dijo Lik-Rifa cuando Sigrún y Guðvarr llegaron a la mesa.

Mientras se sentaba, Guðvarr echó un vistazo al cuenco del que había comido el tennúr y vio que estaba lleno de dientes, muchos de ellos todavía manchados de sangre y con trozos de carne colgando de ellos. Intentó con todas sus fuerzas que no se le notara en la cara lo horrorizado que estaba.

—Es un honor para nosotros —dijo Sigrún. Lik-Rifa sonrió—. Y estáis en una compañía estupenda —añadió señalando las serpientes que se amontonaban alrededor.

—Sienten mi presencia y no pueden evitar venir a mí. Son un encanto —dijo Lik-Rifa casi con un ronroneo.

Guðvarr rememoró el horror que había sentido al entrar en la cámara de Skalk, donde el galdramaðr había encerrado a vaesen de todos los tipos: faunir, näcken y hyrndur, entre otros.

«Esto es mucho peor», se dijo. Miró de soslayo las serpientes y se estremeció. Reprimió la mueca de asco que ya asomaba en su rostro y se llenó el plato de comida: bacalao rebozado de avena y arenques en escabeche, corazones de cordero asados rellenos de nueces y espinacas, nabos untados con mantequilla y queso cremoso. Luego cogió una jarra de cerveza y se llenó su copa, y acto seguido se arrellanó cómodamente en la silla. Paseó la mirada por sus compañeros de mesa.

«Jarlar, descendientes de la dragona y un dios. No podría estar en mejor compañía —pensó—. Las cosas parecen haber salido mucho mejor de lo esperado. No hace tanto tiempo mi única preocupación era vivir un día más y evitar que un hyrndur me devorara por dentro hasta llegar a mi pecho. Y lo más raro de todo es que aquí me siento como en casa, como si hubiera nacido para esto. He nacido para grandes hazañas, para los más altos honores y para cosechar una gran fama en la batalla».

La skraeling llenó un plato y metió la cabeza en él. Comía como un cerdo, sorbiendo y bufando.

«No mereces sentarte a esta mesa, entre héroes y personalidades importantes», pensó Guðvarr.

—Me gusta este sitio —dijo Lik-Rifa paseando la mirada por la cámara.

«A mí me gustaría más si el suelo no estuviera lleno de serpientes o si no hubiera arañas del hielo que matarían por beberse toda mi sangre —pensó Guðvarr—. Aparte de eso, no está mal este lugar». Se limpió la nariz con el dorso de la mano.

—Estoy contenta con la conquista de Darl —continuó Lik-Rifa—. Y más que contenta por haber destruido a mi hermana. —Su rostro se arrugó al componer una mueca salvaje que rezumaba malicia—. Os diré una cosa: es algo para lo que he estado esperando unos cuantos siglos y en lo que he pensado a menudo durante mi encarcelamiento. —Sonrió y los cortes recientes que tenía en la cara se torcieron. Una costra se abrió en su mejilla y rodó sangre por su piel—. Y os doy las gracias por el papel que habéis jugado en ello, Sigrún y Guthlaf.

—Es Guðvarr —le corrigió distraídamente Guðvarr.

—¿Cómo?

Guðvarr se puso rojo. Su tía le dio un codazo en las costillas, y él añadió en voz baja:

—Disculpadme, mi reina, pero mi nombre es Guðvarr, no Guthlaf.

Lik-Rifa frunció el ceño y sus cejas se juntaron. Un temblor le recorrió la cara, echó hacia delante la mandíbula y sus dientes asomaron entre los labios. Un terror absoluto se apoderó de Guðvarr por un momento.

«Va a comerme».

Pero entonces su semblante volvió a suavizarse y esbozó una tenue sonrisa.

—Guðvarr, por supuesto. No podemos permitir un error en el nombre que se recordará en la saga que los escaldos cantarán, ¿verdad?

Guðvarr suspiró aliviado. «Escaldos, sagas… Nunca se olvidará mi nombre». No pudo reprimir una sonrisa que le iluminó el rostro.

—Ilska y Drekr me han sugerido que os invite para que podamos discutir todos juntos el siguiente paso —dijo Lik-Rifa.

—¿El siguiente paso? —inquirió Sigrún—. Haremos cualquier cosa que deseéis de nosotros. Es un honor serviros, reina de toda Vigrið.

Lik-Rifa inclinó la cabeza.

—Pero ¿cuál es el siguiente paso? —quiso saber Guðvarr.

—Matar a mi hermano, el lobo Ulfrir —respondió la diosa dragona con una sonrisa—. Hay que encontrarlo y matarlo.

—Es necesario hacer otras cosas primero, mi reina —terció Ilska—. Hay que subir escalón a escalón hasta alcanzar el objetivo de matar a vuestro hermano. De celebrar vuestra victoria definitiva. Primero deberíamos consolidar vuestro poder, actuar contra los que se os oponen.

—No paras de repetir lo mismo —dijo Lik-Rifa con un suspiro de desinterés—. Orna está muerta. Esa arribista de Helka también —añadió bebiendo de la copa.

—Fue un honor para mí matarla por vos, Lik-Rifa la Magnífica —apuntó Sigrún.

Lik-Rifa sonrió y una leve expresión de placer asomó en sus labios y ojos.

—Y me han dicho que el primogénito y heredero de Helka también ha muerto —añadió Lik-Rifa. Frunció el ceño—. ¿Cómo se llamaba? —preguntó mirando a Ilska y a Drekr.

—Hakon, mi reina —murmuró Drekr—. Está muerto. Yo vi su cuerpo.

—Yo… lo maté —dijo Guðvarr.

—Sí —repuso Lik-Rifa—. Bien hecho…, Guðvarr —añadió sonriendo con los ojos—. He de confesar que tuve mis dudas contigo cuando te conocí. Parecías débil, un cobarde, un instrumento de usar y tirar. —Le sonrió mostrándole los afilados dientes—. Pero has hecho un trabajo extraordinario.

—Gracias, mi reina —respondió Guðvarr inclinando la cabeza—. Mi único deseo es serviros. —«Mientras eso no represente sufrir dolor alguno. Y, siendo completamente sincero, solo si yo obtengo algún beneficio».

—Pero no todos vuestros enemigos de Darl murieron ayer, mi reina —señaló Ilska—. La hija de Helka, Estrid, todavía vive —añadió prosaicamente—. Huyó y se llevó con ella los thrall úlfhéðnar de su madre y algunos drengir de Darl. Con Helka y Hakon muertos, Estrid se considerará la reina legítima de Darl y podría intentar aglutinar a todos vuestros oponentes.

—¡Ella es la reina de NADA! —rugió Lik-Rifa. Su mandíbula de dragón relució, y Guðvarr reprimió el impulso de levantarse y salir corriendo de la habitación.

—No, mi reina, Estrid no es reina de nada. Pero aún puede representar una amenaza. Podría ser una piedra en el zapato.

—Entonces debe morir —aseveró la diosa dragona.

—Sí —repuso Ilska.

—Y el jarl Orlyg escapó, con sus thrall corrompidos y dos barcos con sus correspondientes tripulaciones de drengir —observó Drekr—. Fueron vistos partiendo del muelle de Darl.

—Lo más probable es que esté volviendo a su casa, a Svelgarth —sugirió Ilska.

—Donde mi hermano Rotta lo recibirá con los brazos abiertos —apuntó con desdén Lik-Rifa.

—El galdramaðr Skalk también huyó —añadió Guðvarr—. Lo tenía a merced de mi espada, pero entonces Orna cayó… —Se encogió de hombros. La verdad era que Yrsa, la drengr que había jurado fidelidad a

Skalk, estaba a punto de hundir su espada en Guðvarr cuando Orna cayó, pero eso no sonaría ni remotamente tan heroico en una canción de los escaldos.

—Skalk podría estar con Estrid —terció Glunn Puño de Hierro—. Los vi juntos en el patio después de la caída de Orna.

Guðvarr se alegró al ver que Puño de Hierro parecía casi tan incómodo como él. Su mirada no paraba de saltar alternativamente de las serpientes que se deslizaban cerca de sus pies a las miradas inmóviles e inquietantes de las arañas del hielo instaladas encima de sus cabezas.

—Eso sería lo más probable —dijo Ilska—. Las ratas que huyen suelen juntarse.

—Bueno, si creéis que son tan importantes, ¿alguien puede matar a esa Estrid y a ese Skalk por mí? —preguntó Lik-Rifa.

—Sí, mi reina, por supuesto —respondió Ilska—. Pero antes hay que averiguar dónde están.

—Pues encuéntralos —dijo Lik-Rifa haciendo un ademán desdeñoso con la mano.

—Mi sobrino y yo podríamos ayudaros —terció Sigrún.

«¿En serio?», pensó Guðvarr moviéndose con nerviosismo en la silla.

—Será difícil encontrar su rastro. Huyó mucha gente de Darl, en todas direcciones —dijo Ilska.

—Si Brák estuviera aquí, él los encontraría enseguida. Pero está con Rotta —dijo Drekr.

—Ajá —repuso Ilska—. Hay que usar la cabeza, pensar como ellos. En un primer momento simplemente huyeron a toda prisa. Los acechaba la muerte y solo querían alejarse todo lo posible y lo más rápido que pudieran. —Ilska tamborileó con los dedos en el reposabrazos de su silla—. Pero cuando pusieron suficiente distancia y se sintieron a salvo… —Se encogió de hombros—. Tal vez se dirigieran al sur, a Liga, o al este, a Snakavik. Helka estaba a punto de entrar en guerra con el jarl Störr de Snakavik, pero en el pasado se habló de un posible matrimonio entre Estrid y el hijo de Störr, Thorun. —Ilska dio un mordisco a un arenque en escabeche de su plato y tomó un sorbo de su copa. Todos sus movimientos eran tajantes y enérgicos—. Todo depende de si su intención es escapar o luchar. Si lo que quiere es escapar, Liga parece un destino más lógico, pues es un puerto y podría marcharse de Vigrið y desaparecer en Iskidan. Pero si lo que decide es luchar, bueno, después de Helka, el jarl Störr es el mayor poder en Vigrið, así que sería lógico que se uniera a él.

—¿Se atreverá a luchar conmigo después de haber visto mi poder? —preguntó Lik-Rifa.

—Sí —respondió Guðvarr, rememorando cómo había manejado la espada contra él el día anterior. Había estado a punto de derrotar a Skalk. Había sido una sorpresa inesperada y desagradable.

—Bien —dijo Drekr—. Es preferible que luchen ahora a que se escondan debajo de una piedra y se hagan más fuertes.

—Quiero que la encontréis —dijo Lik-Rifa—, y a ese advenedizo galdramaðr que se cree que puede subyugar a un dios, esclavizar a los corrompidos y emplear magia poderosa. —Resopló con desprecio.

—¿Y si salierais a buscarlos por el aire, mi reina? —sugirió Ilska.

Lik-Rifa la miró con el ceño fruncido.

—Ulfrir está ahí fuera, en alguna parte. Ya me engañó una vez. Mi hermano es astuto y artero como un lobo. —Tamborileó con los dedos en su copa—. No, me quedaré aquí a descansar un tiempo para recuperarme del duelo con mi hermana. Quizá espere a que Rotta venga. Antes de ir sola, debo descubrir dónde se esconde Ulfrir. —Miró a su alrededor y escrutó las sombras como si fuera posible que Ulfrir estuviera en ese momento acechándola—. Estará urdiendo un plan, no holgazaneando, de eso no tengo duda.

A Guðvarr no le hacía gracia la idea de que un lobo gigante estuviera planeando una guerra contra ellos.

—Será un honor para mí buscar a Estrid y a Skalk para vos, mi reina —se ofreció Glunn.

—No —dijo Drekr—. Ayer luchaste contra nosotros. No vamos a enviarte tras aquellos que ayer mismo eran tus aliados.

—He jurado fidelidad a Lik-Rifa, no os traicionaré —protestó Glunn con una mueca colérica a causa del insulto.

—Es fácil hacer juramentos, lo difícil es cumplirlos —gruñó Drekr. Un escalofrío recorrió la espalda de Guðvarr cuando vio sus ojos rojos clavados en Glunn—. Tú no te moverás de aquí y nos demostrarás que podemos confiar en ti. Estoy seguro de que hay más seguidores de Helka escondidos en Darl. Te encargarás de encontrarlos.

—Como deseéis —murmuró Glunn mirando fugazmente a Lik-Rifa. A Guðvarr le pareció que no le gustaba demasiado la idea de quedarse cerca de la dragona.

—Dejadme ir a por esos niðing, Madre Creadora —gruñó la skraeling con la boca llena de comida.

—Solo si Ilska te considera necesaria para capturar a esos patéticos humanos —contestó Lik-Rifa.

—Será una gran ayuda —afirmó Ilska—. Krúsa, ve con Sigrún y Guðvarr. Capturad a Estrid y a Skalk. Sigrún, llévate a tus drengir.

«¡Yo! ¡Nosotros!». Guðvarr no sabía si estaba contento o disgustado. Le alegraba irse lejos de ese nido de víboras, sí, pero no le hacía ninguna gracia enfrentarse de nuevo al peligro. Después del día anterior, esperaba disfrutar de un poco de tiempo para recuperarse del estrés de la traición y la batalla. Ambas cosas eran agotadoras. Lo cierto era que llevaba casi toda la tarde pensando en hacer una visita a la puta Vilja en El drengr muerto.

«Si ayer no la apuñalaron, se la comieron, la aplastaron, la destriparon o la asesinaron de alguna otra manera igualmente desagradable».

Krúsa gruñó y se encogió de hombros, como si le diera igual que Sigrún y él fueran o no, y continuó comiendo como un cerdo en un comedero.

—Mi reina —dijo Sigrún—, será un honor.

—Krúsa, que vaya tu clan contigo —dijo Ilska—. Y llévate a todo aquel o aquello que creas que podrías necesitar. —Señaló a los vaesen que había alrededor de ella, tennúr, troles y arañas del hielo—. Todos los hijos de nuestra reina estarán encantados de acompañarte.

—Sí, haz caso a Ilska —repuso Lik-Rifa.

—Sí, Madre Creadora —gruñó la skraeling sin apenas parar de comer. Levantó la cabeza y sonrió a Sigrún y a Guðvarr mostrándoles una boca llena de colmillos y de comida a medio masticar.

«Perfecto —se dijo Guðvarr suspirando por dentro—. Los monstruos se vienen con nosotros».

CAPÍTULO NUEVE

ELVAR

Elvar bajó la espada y sostuvo el escudo junto a la cadera. Todo su cuerpo despedía vapor en medio del frío helador y el sudor le hacía cosquillas en la piel. Estaba en el campo de entrenamiento de Snakavik, practicando con Grend, y durante unos momentos había olvidado dioses, juramentos, responsabilidades y el millar de tareas que tenía que hacer antes de la cena. Una escalera de caracol tallada en el cráneo de Snaka bajaba hasta la explanada donde se encontraba el campo de entrenamiento, delimitado por el acantilado con la altísima pared vertical que lamían las aguas del fiordo. Unas luces lejanas titilaban en las cuencas oculares de la serpiente: la ciudad de Snakavik, sumida en su perpetua penumbra.

Más allá del borde de los acantilados del fiordo, el sol era un resplandor pálido y difuso en el horizonte mientras desaparecía detrás del mar, y hacía que el fiordo de Snakavik pareciera bañado en plata líquida. Alrededor de Elvar caían suavemente copos de nieve que le acariciaban la piel.

—Bien —gruñó Grend bajando también el hacha y el escudo. Llevaba un gorro de lana azul marino en la cabeza y mitones en las manos, y una cota de malla encima de la gruesa túnica de lana. Se adelantó y dejó el escudo apoyado contra un muro bajo.

Elvar se quitó el gorro de lana con una gruesa franja de piel de nutria y se pasó la mano por el pelo empapado en sudor.

—Se me hace raro estar aquí otra vez —dijo Elvar—. Son tantos recuerdos... Aquí mismo, en esta pequeña plaza de tierra y huesos. —Dio unos golpecitos en el suelo con el talón.

—Ajá —repuso Grend—. Los recuerdos de este lugar son buenos.

—Paseó la mirada por el campo de entrenamiento y se le dibujó una tímida sonrisa en los labios—. Recuerdo que fue aquí donde entrené a un perro de guerra salvaje. —Contempló los escalones que subían a la fortaleza, la silueta de los muros y las ruinas del salón de banquetes del jarl Störr—. Los de allí arriba, sin embargo… —Negó con la cabeza y se volvió hacia Elvar con un brillo en los ojos—. Estar ahí hace que rememore el dolor de tu madre, la manera como la trataba tu padre. —Hizo una mueca que era en parte de dolor y en parte de rabia—. No me gusta estar ahí, en ese salón, en esas cámaras.

—Él está muerto —dijo Elvar. Sus palabras salieron de su boca con una ferocidad cuya existencia ignoraba.

—Ajá —repuso Grend—. Y eso está bien. Pero el dolor sigue ahí, ¿verdad?

—Sí —respondió Elvar tirándose del colmillo de trol que le colgaba del cuello. Eso la había sorprendido, pues había esperado sentirse eufórica con la muerte de su padre, satisfecha por el acto de justicia, de venganza. Sin embargo, no había sido así. Solo sentía pena por las palabras que no se habían dicho y ya no podrían decirse.

—No sirve de nada darle más vueltas —murmuró Grend—. Ya no podemos hacer nada para cambiarlo. —Miró a Elvar y enderezó la espalda—. Tengo algo para ti. Ten. —Grend se llevó la mano a la espalda, sacó un hacha del cinturón y se la ofreció.

—Yo lucho con espada y escudo —dijo Elvar frunciendo el ceño.

—Así es, pero nunca se llevan suficientes hojas afiladas encima. Y quizá alguna vez te encuentres en una situación en la que te hagan añicos el escudo y solo tengas a mano tu cinturón de armas. Deberías aprender a luchar con la espada y el hacha al mismo tiempo.

—Soy torpe con el hacha.

—Ya, pero eso tiene una solución. Se llama práctica. Además —añadió esbozando una sonrisa cariñosa, como la de un padre a su hija—, no es un hacha cualquiera.

Elvar miró detenidamente el arma. El mango era más largo y más delgado de lo habitual para un destral, y la cabeza era más pequeña, con el contrafilo plano como un martillo. Una empuñadura de cuero recubría la mitad inferior del mango, envuelta en hilo de plata. Elvar la cogió y le sorprendió su ligereza. El hilo de plata pareció hacerle cosquillas en la palma de la mano. Asestó un hachazo al aire y comprobó la sencillez y la naturalidad de su manejo.

—Está perfectamente equilibrada —observó. Cortó la rama de un árbol que colgaba por encima del muro. La hoja del hacha la atravesó con la facilidad de un cuchillo introduciéndose en el skyr—. ¿De dónde la has sacado?

La sonrisa de Grend se ensanchó.

—La encontré entre los tesoros que hemos traído de Oskutreð. Es... extraordinaria.

Elvar deslizó el dedo pulgar por el filo y silbó. Le había levantado limpiamente un trozo de piel.

—¿Crees que es la Creadora de Destinos? —musitó.

—¿El hacha de Berser? No. —Grend negó con la cabeza, aunque se quedó pensativo un momento—. No —repitió—. La suya era un hacha larga, y se dice que contenía las almas de una docena de sus hijos berserkir. —Miró con suspicacia el hacha que Elvar sostenía en sus manos—. ¿Oyes sus susurros?

Elvar pegó una oreja a la hoja del hacha, pero solo oyó los chillidos estridentes de las gaviotas y las lejanas olas que lamían los acantilados del fiordo. Se echó a reír y negó con la cabeza.

—Entonces no es la Creadora de Destinos —dijo Grend—. Pero podría ser su hermana pequeña. Una cosa es segura, no podría estar más afilada.

Elvar sonrió.

—Pues enséñame a usarla.

Grend le devolvió la sonrisa.

Elvar se despertó con el corazón martilleándole el pecho y el eco de una voz atronadora retañendo en sus oídos, tan fuerte que reverberaba en su pecho. Se levantó trabajosamente y por un momento no supo dónde estaba. Pero la memoria regresó como un torrente.

«La cámara de mi padre». Cogió el cinturón de armas que colgaba de una silla y se lo abrochó alrededor de la brynja. Se había acostumbrado a dormir con ella puesta. La había encontrado en la llanura de la batalla de Oskutreð y pesaba menos que el sayo de lino. Acarició con las yemas de los dedos el destral que Grend le había regalado, recogió el escudo de guerra que había dejado apoyado contra la pared y se lo terció a la espalda.

—¡LADRONES! —bramó una voz. Temblaron las paredes de madera y cayó polvo del techo.

Elvar salió corriendo al pasillo al mismo tiempo que desenfundaba la espada. Orv la Serpiente, con una lanza en la mano, hacía guardia delante de la puerta de su cámara junto a una berserkir llamada Thorguna, que gruñía con un hacha en cada mano. Grend apareció por otra puerta sacando el hacha del cinturón. Detrás de él, Gytha se levantó de un salto de su catre y se puso rápidamente la cota de malla. Se abrió la puerta de otra cámara y salió Ulfrir. Skuld ocupaba todo el vano de la puerta detrás de él.

Todos ellos siguieron por el pasillo a Elvar, que abrió con el hombro otra puerta e irrumpió en el destrozado salón de banquetes de su padre. Lo primero que asaltó a Elvar fue el olor empalagoso de carne quemada.

Hrung estaba en su pedestal de piedra.

—¡LADRONES! —bramó de nuevo la cabeza. Su boca abierta parecía un gran escudo.

Elvar paseó la mirada por la habitación. Un cuerpo carbonizado yacía en el suelo, delante de las puertas de la sala del tesoro. Estaba completamente negro y humeaba en el aire frío. Envolvía con un brazo un baúl de madera. Los copos de nieve que caían suavemente se evaporaban al posarse en él.

«¡Mi tesoro!», se dijo Elvar mirando el baúl. Corrió hacia las puertas de la sala del tesoro, que colgaban destrozadas de los goznes, y echó un vistazo al interior.

La sala estaba vacía. El otro baúl repleto del oro y la plata de Oskutreð había desaparecido, junto con los sacos de plata y joyas reunidos por su padre. Donde había estado el baúl yacía otro cuerpo carbonizado.

—Se han llevado tu oro —dijo Hrung mientras Elvar corría hacia los cadáveres. Le dio una patada a uno y se desprendieron trozos del cuerpo quemado.

«El hechizo seiðr de Uspa».

El salón se llenó de gente que llegaba desde todas las direcciones: Uspa con Berak, Sighvat y Sólín, más miembros de los Terrores de la Batalla, una veintena de drengir del jarl Störr que le habían jurado fidelidad. Todos fueron corriendo hasta Elvar.

—¿Dónde están Hrut y Siða? ¿Y mis drengir? —preguntó Elvar interesándose por los dos berserkir y los guerreros que había dejado custodiando el tesoro.

—Allí —respondió Hrung dirigiendo la mirada hacia un voluminoso bulto en la oscuridad. Sighvat se acercó allí y levantó un brazo que dejó a la vista a un hombre degollado.

—Es Hrut —dijo Berak acercándose a su camarada muerto. Se arrodilló a su lado—. Sus armas siguen en el cinturón. —Echó un vistazo al resto de los cadáveres amontonados—. Ninguno de ellos sacó las armas. —Miró a Uspa—. ¿Cómo se explica eso?

—Brujería seiðr —dijo Uspa olfateando el aire como un sabueso—. Estamos envueltos en ella, como si fuera una niebla maligna.

—Sí —terció Hrung—, pero ignoraban la presencia de tu propia brujería seiðr. —Rio entre dientes—. El hechizo seiðr de Uspa que protegía los baúles asó a unos cuantos —continuó—. Apuesto a que han aprendido que hay que pensárselo dos veces antes de robar el oro que has ganado con el sudor de tu frente. Aunque consiguieron llevarse un baúl. Utilizaron el cuerpo de ese hombre para empujarlo y meterlo en un saco. Ladrones, sí, pero ingeniosos y tenaces. Y luego huyeron con él.

—¿Cuántos eran? —preguntó Grend a Hrung.

—Ah, ahora el mudito me habla —dijo Hrung.

—¿Cuántos? —gruñó Grend.

—No menos de treinta, no más de cuarenta —respondió Hrung sorbiendo por la nariz.

Llegaron más berserkir, diez o doce, como una masa furiosa de hierro, pieles y trenzas.

—¿Quiénes son? —preguntó Elvar inclinándose todo lo que pudo para examinar los cadáveres. Los brazaletes de plata y de cuero se habían fundido con la carne y los huesos de los cuerpos.

—Errantes de las Olas —dijo Orv volteando con el pie un escudo carbonizado en el que todavía podía verse parcialmente el estampado de la vela de un barco.

—Ingvild —gruñó Elvar.

Gytha se recogió el pelo en la nuca.

—Vamos a por ellos —aseveró Elvar, y atravesó la pared destrozada del salón de banquetes para salir a la calle oscura.

Sighvat la alcanzó cuando Elvar ya echaba a correr.

—¿Adónde vamos? ¿No deberíamos buscar su rastro antes? —gruñó el guerrero.

—Sé a dónde se dirigen —respondió Elvar.

—¿Adónde? —preguntó Sighvat resollando.

—A los muelles, a su drakkar —masculló Elvar—. Es lo que yo haría.

Sighvat sonrió y soltó un gruñido de admiración.

—¡Gytha! —gritó Elvar por encima del hombro. La guerrera corrió hasta ella—. Manda cerrar las puertas.

Gytha cogió el cuerno enganchado con unas piezas de plata a su cinturón y lo hizo sonar. Elvar oyó las notas de respuesta que llegaron revoloteando en la oscuridad moteada por los copos de nieve, pero también oyó el fragor de los aceros y gritos entrecortados procedentes del mismo lugar.

Elvar sacudió el hombro para pasarse el escudo adelante, lo agarró con firmeza y continuó corriendo. Torció en una esquina y las puertas de la fortaleza aparecieron ante ella. La luz de las llamas de los braseros de hierro y las sombras danzaban en su superficie. Las puertas estaban abiertas, había cuerpos tirados en el suelo y de la muralla salían en tropel drengir. Elvar se detuvo cuando llegó a ellos y sus berserkir se desplegaron a su alrededor. El suelo estaba sembrado de cuerpos, la mayoría de drengir con la serpiente de Snakavik grabada en el escudo.

«Los han pillado desprevenidos. Nadie espera un ataque desde dentro».

Grend se agachó y arrancó de la mano de un cadáver un escudo azul con el símbolo de la vela de un drakkar. Miró a Elvar.

—Hrung tenía razón —dijo Elvar—. Son los Errantes de las Olas de Ingvild.

Continuaron corriendo. Grandes nubes de vaho salían de su boca. Se sumaron más drengir al grupo. La nieve crujía bajo sus botas mientras recorrían la pasarela de madera tendida sobre la llanura desde la fortaleza hasta una escalera que bajaba por el cráneo de Snaka y conducía a la ciudad de Snakavik. Atravesaron campamentos de mercenarios iluminados por fuegos fluctuantes y Elvar reparó en que había menos que a su llegada a la ciudad.

«Cazar dragones no es para todos». Había esperado que algunos se marcharan, pero se llevó una sorpresa agradable al ver que muchos se habían quedado. Atisbó rostros que la miraban y oyó gritos a un lado y al otro mientras corría. También oyó el ruido trepidante de pies a medida que se unían más guerreros a ella, y finalmente vio la entrada a la escalera del cráneo que descendía por la cabeza de Snaka hasta la ciudad. La luz de las antorchas mostraba más cuerpos en el suelo: más drengir arrollados por Ingvild y sus Errantes de las Olas. Elvar aminoró el paso sin detenerse para echar un vistazo a los cadáveres al pasar ante ellos.

«Eran mis guerreros. Es mi deber vengarlos».

Continuó corriendo. Vio a Grend a un lado y a Ulfrir al otro. Este tenía el semblante serio y sus ojos reflejaban la luz de las antorchas mientras bajaban por el túnel. El humo de las antorchas y de los braseros de grasa de ballena inundaba el pasadizo y provocaba picor en los ojos. Elvar oyó el eco de armas que chocaban y de gritos. Dejaron atrás más cadáveres, entre ellos algunos miembros de la banda de Ingvild, hasta que finalmente Elvar salió del túnel y entró como un vendaval en la ciudad de Snakavik. El resplandor anaranjado de las antorchas y de los fuegos de las chimeneas se extendía a sus pies y llegaba hasta el fiordo, donde el agua negra lamía un centenar de embarcaciones. La luz de las antorchas señalaba el camino a través de Snakavik hasta los muelles como una serpenteante constelación de estrellas. Elvar vislumbró una masa de figuras que revoloteaban en el resplandor y desaparecían tras una esquina de la calle, y vio un rostro pálido que se volvía hacia ella con unas trenzas negras agitándose en el aire y la mandíbula cubierta por una multitud de tatuajes sinuosos.

Elvar gruñó y salió disparada. Bajó los escalones de tres en tres y patinó por las pasarelas de madera. La respiración le aporreaba el pecho. Resbaló y se estampó contra un muro. Ulfrir la sujetó para ayudarla a mantener el equilibrio. El suelo se mostraba más nivelado y el hedor del pescado y de la sal era más intenso a medida que se acercaban a los muelles. Giró en una esquina y vio a la banda de Ingvild corriendo por un embarcadero, al final del cual había un drakkar lleno de gente que se preparaba para zarpar, levantaba el mástil, todavía con la vela plegada, y lo introducía en la carlinga mientras otros cogían los remos de los soportes donde estaban almacenados, en el centro de la nave.

Elvar vio a una mujer rubia con una espada y un escudo que se volvía para mirar atrás. Le dijo algo a otra mujer que estaba a su lado, la del pelo negro y los tatuajes que Elvar había visto antes.

«La zorra traidora de Ingvild y su bruja seiðr».

Las dos mujeres conversaron brevemente y luego la bruja seiðr se dio la vuelta y, haciendo unos gestos en el aire con un brazo, pronunció a voz en cuello unas palabras que Elvar no comprendió.

Un movimiento en el muelle atrajo la mirada de Elvar, que aminoró el paso y finalmente se paró al divisar algo que se deslizaba por el embarcadero de madera. Sus guerreros se detuvieron bruscamente a su alrededor. Era una serpiente con la piel negra y tan larga como un hombre. Avanzó por el embarcadero, levantó la cabeza y miró a Elvar. Emitió un siseo por la boca y de sus colmillos goteó veneno. Se produjeron más movimientos en el muelle. Las sombras se agitaron y aparecieron otras serpientes reptando por el suelo. Primero diez, luego veinte, cada vez más criaturas invadían el espacio que separaba a Elvar de la banda de Ingvild, hasta que cubrieron todo el embarcadero.

Ulfrir se adelantó.

—Patético —murmuró—. *Farnar, aumkunarverðir vinir* —gruñó haciendo un gesto despectivo con la mano. Las serpientes se evaporaron de repente convertidas en sibilantes bancos de niebla y humo.

Elvar se lo quedó mirando asombrada.

—¿Qué…? —masculló.

—Era un hechizo seiðr —explicó Uspa a su lado—. Un espejismo. Una ilusión.

Skuld desplegó las alas con un chillido y se elevó en el aire de un salto. Desenfundó la espada que le colgaba de la cintura sin dejar de batir las alas y ganó altura cuando la bruja seiðr de Ingvild levantó las manos y trazó con uña negra unas runas en el aire que inmediatamente cobraron vida. Uspa se adelantó junto a Elvar, gruñendo y profiriendo un conjuro seiðr.

—*Binddu varir hennar* —gritó Uspa, y bajo los pies de la bruja seiðr de Ingvild, a través de las tablas de madera, se alzaron unos tentáculos de niebla que se enroscaron alrededor de ella como si fueran una planta enredadera en torno al tronco de un árbol, le envolvieron la boca, se solidificaron y se apretaron contra su cuerpo. La bruja seiðr farfullaba y se tambaleaba, trataba de arrancarse los tentáculos de niebla de la boca, pero estos recuperaban su forma inmediatamente después de partirse. Desde el cielo llegó un grito y Skuld se lanzó en picado. Su espada destelló como el hielo cuando arremetió con ella contra la bruja seiðr, que cayó hacia atrás y se estrelló contra el embarcadero con una explosión de sangre.

Elvar avanzó seguida por Grend y sus guerreros.

Ingvild bramaba órdenes a los miembros de su banda, a la docena que estaban en el barco y a los que continuaban en el muelle. Dos guerreros que iban cargados con un saco de cáñamo subían en ese momento al drakkar. Ingvild se volvió y vio que las serpientes del hechizo seiðr se evaporaban y que su bruja seiðr caía. Se quedó paralizada un momento, mirando a Elvar y a sus guerreros.

—¡Muro de escudos! —gritó finalmente.

Los guerreros que se encontraban en el embarcadero se dieron la vuelta, se distribuyeron en tres filas y juntaron los escudos. El hierro de las hachas y las lanzas centellearon en sus manos.

—¡Matadlos! —bramó Elvar, y echó a correr hacia el muelle.

Los berserkir rugieron en torno a ella y salieron disparados, la adelantaron y Elvar contempló su transformación: los músculos de sus hombros se hincharon, sus espaldas se encorvaron y sus ojos llamearon. Gruñían y espumajeaban por la boca, con las hachas levantadas, mientras se precipitaban como una avalancha de músculos, garras y hierro. Elvar reparó en que el muro de escudos de Ingvild se preparaba para la embestida. Y entonces se produjo una colisión que hizo temblar el embarcadero de madera bajo sus pies y estuvo a punto de tirarla al suelo. Cuando recuperó el equilibrio, vio que el muro de escudos había desaparecido. Los cuerpos volaban por el aire o rodaban por el suelo, y los berserkir les asestaban hachazos con una ferocidad brutal. Se formaron varios focos de batalla por todo el embarcadero cuando algunos integrantes del muro de escudos de Ingvild intentaron reagruparse, a los que se sumaron varios gurreros que saltaron al muelle desde el drakkar. Elvar vio que tres de esos mercenarios ensartaban a un berserkir con sus lanzas, pero este solo gruñó, arremetió contra las astas de las lanzas con el hacha e hizo añicos dos de ellas.

Elvar blandió la espada y el escudo y se lanzó de cabeza a la carnicería. El muelle estaba lleno de cuerpos, y la madera, resbaladiza por la sangre. Divisó a un grupo de Errantes de las Olas de Ingvild y corrió hacia ellos, deslizó los pies por el suelo y encorvó la espalda para evadir una lanza que pasó silbando por encima de su hombro, se tambaleó y acabó estrellándose contra el guerrero que la blandía. Chocó con tanta fuerza con él que el mercenario también perdió el equilibrio y ambos se fueron al suelo con los cuerpos enredados, y así rodaron unos metros con la lanza y los escudos enmarañados. Elvar intentó apuñalarlo con la espada, pero no conseguía levantar el brazo. Se gruñeron y se escupieron, y una ráfaga de aliento pestilente le golpeó la cara cuando el hombre intentó morderla, pero Elvar le partió la nariz de un cabezazo. El hombre abortó el ataque y Elvar se zafó de él, apoyó una rodilla en el suelo y vio que Grend y Berak se abalanzaban sobre el guerrero, la emprendían a hachazos con él y la sangre volaba en todas direcciones. Un hachazo final de Grend interrumpió un breve alarido.

Elvar se puso en pie, atisbó un movimiento con el rabillo del ojo a su derecha y se dio la vuelta al mismo tiempo que asestaba un espadazo. Una mujer saltaba hacia ella con el hacha barbuda levantada. Grend dio un bramido y saltó para embestirla con el hombro. Los dos cayeron juntos y rodaron por el suelo. Elvar los siguió y apuñaló con la espada a la mujer, que chilló y arqueó la espalda. Elvar extrajo la hoja de su cuerpo y la levantó para asestar otro golpe, pero la mujer se derrumbó sobre el suelo. Grend se levantó. Tenía la cara cubierta de la sangre que manaba de un corte en su frente.

—Estás herido —dijo Elvar.

Grend se tocó la herida.

—Solo es un rasguño —masculló.

—No está mal esta batalla —dijo con una sonrisa radiante Sighvat cuando se unió a ellos. En una mano llevaba el hacha teñida de rojo y goteante, y en la otra su escudo, grande como una mesa.

Los tres avanzaron juntos mientras el fragor de la lucha retumbaba a su alrededor. Elvar acuchillaba con la espada y daba mamporros con el escudo. Grend asestaba hachazos con su arma tocada por los dioses y atravesaba cotas de malla, carne y huesos. Y Sighvat derribaba guerreros con unos mamporros capaces de derribar un árbol. Elvar atisbó a Ulfrir, todavía en su forma humana, aunque gruñía y hacía estragos con unas manos dotadas de largas garras. Estaba rodeado por un puñado de guerreros, hombres y mujeres con los ojos ambarinos que gruñían y protegían sus flancos de cualquiera que se atreviera a atacarlo. Sólín la Babas luchaba junto a un grupo de Terrores de la Batalla, y su lanza de Oskutreð resplandeció al atravesar a un guerrero enemigo. Hjalmar el Pacifista bramaba arrebatadamente con la barba salpicada de saliva, con sus Corazones Feroces pegados a su espalda. Algunos ya estaban enfundando las armas y se agachaban para saquear a los muertos.

Y entonces Elvar vio a Ingvild. Se alzaba por encima del cuerpo de uno de sus drengir, con el escudo en una mano y el hacha barbuda en la otra. Un magnífico casco con protector nasal le cubría la cabellera rubia, tenía la cota de malla salpicada de sangre y brazaletes de plata.

—Es mía —gruñó Elvar dirigiéndose a Grend y Sighvat. Avanzó con el escudo delante del cuerpo y la punta de la espada apoyada en el borde superior.

Ingvild le sonrió y dio un paso a la derecha, hacia el lado contrario de la mano con la que Elvar empuñaba la espada, y a continuación se lanzó como un rayo hacia ella levantando el hacha. Elvar se movió para detener el golpe, pero se dio cuenta de que era una finta cuando Ingvild giró la muñeca para asestar un golpe bajo que sorteó el escudo. El hacha de Ingvild impactó en las costillas de Elvar, pero las anillas de la brynja aguantaron. Elvar retrocedió furiosa consigo misma, con las costillas doloridas por el golpe. Gruñó y atacó a su oponente con la espada escondida detrás del escudo antes de intentar apuñalar a Ingvild en el brazo con el que empuñaba el hacha. Ingvild retrocedió y desvió la espada de Elvar con el escudo. Sonrió, pero entonces Elvar le estampó el borde del escudo en la mandíbula e Ingvild retrocedió trastabillando y escupiendo sangre. Elvar reaccionó rápidamente, pero advirtió un movimiento a su izquierda y se dio la vuelta para encarar a un guerrero que se lanzaba hacia ella con la lanza por delante. Sighvat intervino y derribó de un martillazo al hombre.

—Nadie te ha invitado a la fiesta —gruñó el mercenario mientras arremetía con el hacha.

Elvar fue tras Ingvild, que ya estaba afirmando los pies en el suelo y levantando el escudo, con los labios ensangrentados. Elvar asestó un golpe alto seguido por otro bajo, pero Ingvild los detuvo con el escudo, del que saltaron astillas. Entonces Ingvild se acercó un poco más a su rival, enganchó su hacha barbuda en el escudo de Elvar y volvió a retroceder tirando y girando la muñeca. Elvar sintió una punzada de dolor en la mano y resopló con los dientes apretados, aflojó los dedos alrededor de la empuñadura del escudo y este salió disparado de su mano.

A continuación retrocedió y atisbó con el rabillo del ojo la multitud que se había reunido alrededor de ellas. Skuld, Ulfrir, buena parte de los Terrores de la Batalla y sus berserkir gruñían y merodeaban en torno a ellas. La batalla había acabado, pero si ahora se retiraba no demostraría que su destreza como guerrera había mejorado, así que ¿cómo iban a creerla preparada para liderarlos contra una diosa dragona? Berak se adelantó.

—¡No! —bramó Elvar—. ¡Es mía!

—Este será tu último error —masculló Ingvild con los labios ensangrentados.

Elvar bajó su mano izquierda hasta el hacha que Grend le había dado. La sacó del cinturón y plantó los pies en el suelo. Giró la espada en la mano.

—Entonces, vamos, ladrona —gruñó a Ingvild.

Ingvild sonrió y se adelantó arrastrando los pies, con el escudo delante de ella y el hacha levantada.

Elvar se puso de lado ofreciendo a Ingvild su izquierda, con el pequeño destral levantado a la altura de la cabeza y la espada extendida por debajo. Cuando Ingvild se acercó un poco más, Elvar giró sobre los talones y arremetió con la espada. Ingvild detuvo el golpe con el hacha, pero el destral de Elvar salió disparado y colisionó con el hacha de su oponente. Con un giro de muñeca, Elvar enganchó su hacha al arma de Ingvild para que quedaran trabadas y, con un movimiento de rotación del brazo y de la muñeca, bajó el hacha de su rival, quien perdió el equilibrio a medida que Elvar torcía el brazo para dirigir el hacha de Ingvild hacia el borde inferior de su escudo, al mismo tiempo que levantaba la espada y le asestaba un tajo entre el cuello y el hombro. Los eslabones partidos de la cota de malla y la sangre de Ingvild volaron por los aires cuando Elvar extrajo el acero de su cuerpo. Ingvild se derrumbó sobre las rodillas. Elvar volvió a levantar la espada y esta vez arremetió contra el casco de Ingvild y lo abolló. Ingvild se desplomó hacia atrás e intentó escapar arrastrándose por el suelo, pero los golpes de Elvar se sucedían con una velocidad vertiginosa y el pequeño destral hizo estragos en su cara. Se oyó un grito. El hacha subía y bajaba haciendo saltar sangre y dientes. Elvar la levantaba y la descargaba poseída por la ira.

Finalmente paró. Su respiración agitada resonaba en sus oídos. Parpadeó para limpiarse el sudor de los ojos y miró a su alrededor.

Todo el mundo la miraba fijamente.

—Me robó el tesoro —aseveró. Escupió sangre al suelo.

—Recuérdame que nunca te coja nada sin preguntarte antes —dijo con voz retumbante Sighvat.

CAPÍTULO DIEZ

VARG

Varg corría, y el sudor se le metía en los ojos mientras cruzaba chapoteando un arroyo poco profundo. Ante él se extendía un sinuoso camino de arena flanqueado por montañas altas y salpicado de matas y espinos retorcidos. El cielo era azul y no se veía ni una nube. El sol lo golpeaba desde el cielo como un martillo y la cota de malla le aplastaba los hombros. Pero a Varg le daba igual, pues apenas era consciente de ello. Dentro de su cabeza se encontraba en una tierra fría, rodeado de nieve, y contemplaba cómo clavaban a su hermana con clavos a un árbol. Veía la cara de su asesino, la piel cuarteada y las facciones afiladas, su sonrisa mientras martilleaba los clavos y luego mientras la destripaba.

«Te mataré, Brák», se dijo haciendo rechinar los dientes y gruñendo.

—No corras tanto, hermano —dijo una voz a su espalda.

—¿Eh? —Varg se volvió. Svik cabalgaba a lomos de una magnífica yegua ruana.

—Aminora un poco —dijo Svik—. Los caballos no aguantarán este ritmo.

Se oyó un grito detrás de ellos y Varg vio que Sulich levantaba un brazo y su caballo dejaba de trotar para ponerse al paso y finalmente detenerse. Una columna de jinetes se paró detrás de él y los caballos se congregaron a lo largo del arroyo que Varg acababa de vadear.

—Gracias a los dioses muertos. Estoy hambriento —dijo Svik chasqueando la lengua y haciendo girar su caballo para volver al arroyo—. ¡Vamos, hermano! —gritó volviéndose hacia Varg, que se había detenido—. Llenaremos las cantimploras y comeremos un poco de queso.

—¿Y Røkia? —preguntó Varg devolviendo la vista al frente, hacia donde el camino desaparecía detrás de un afloramiento rocoso.

—Volverá pronto —dijo Svik—. Vamos.

Varg gruñó y regresó al arroyo donde se había detenido Sulich a paso lento. Los jinetes habían comenzado a desmontar y dejaban que sus caballos bebieran mientras ellos se mojaban la cara con agua y rellenaban las cantimploras que llevaban atadas al cinturón y al cuerno de la silla de montar.

Cuando llegó al arroyo, desató la cantimplora, la destapó y se la acercó a los labios, pero se dio cuenta de que estaba vacía.

«¿Cuándo ha ocurrido?».

Svik desmontó y llevó a su caballo hasta el arroyo. Mientras el animal bebía, él rebuscó en la silla de montar y sacó una cuña de queso envuelta en lino. Miró sonriente a Varg.

Se sentaron en silencio junto al arroyo. Varg rellenó la cantimplora y bebió mientras Svik cortaba lonchas de queso y masticaba con fruición. Le ofreció a Varg, pero este negó con la cabeza.

—Dejarte morir de hambre no ayudará a enterrar a Brák el Azote de los Troles —dijo Svik con el ceño fruncido y agitando un trozo de queso delante de Varg. Este hizo una mueca, pero cogió el queso y masticó. Le rugió el estómago. No se había dado cuenta de lo hambriento que estaba.

Oyeron unos pasos y Sulich se unió a ellos. Se puso en cuclillas enfundado en su armadura de láminas metálicas y tomó un trago largo de agua de su cantimplora.

—Deberíamos llegar a Ulaz pronto —dijo.

—Ajá —repuso Svik. Miró a la gente que se arremolinaba en el arroyo, todos los corrompidos que habían encontrado en la prisión de Jaromir. Se habían pertrechado con los equipos que les habían quitado a los druzhina de Jaromir: armaduras de láminas metálicas, yelmos con penachos de crines de caballo, espadas curvas y arcos en fundas colgadas sobre la cadera—. ¿Estás seguro de esto? ¿Ellos están seguros?

—Aquí no les queda nada. —Sulich se encogió de hombros—. Nada bueno, en cualquiera caso. Si se quedaran, los perseguirían y les interrogarían sobre la muerte de Jaromir antes de asesinarlos o devolverlos a una vida de thrall. Es una oportunidad que tienen de ser libres, de tener una vida.

—¿Luchar contra un dragón? —inquirió Svik arqueando una ceja.

—He dicho oportunidad —murmuró Sulich—. Y morir libre es mejor que vivir de rodillas. —Se pasó una mano por la cabeza afeitada y se tiró de la larga trenza—. Además, es lo que han elegido, y para ellos eso tiene más valor que el oro.

—Ajá —gruñó Varg. Él había sido thrall toda su vida. Hacía menos de un año que había matado a su amo, el granjero Kolskegg, y huido de la granja y, sin embargo, sus recuerdos se difuminaban suplantados por la luz brillante que generaban las experiencias vividas con los Hermanos de Sangre. La vida con ellos lo había cambiado todo. Ojalá Frøya hubiera tenido la misma oportunidad.

—¿Saben luchar? —preguntó Svik a Sulich.

—¡Claro que sí! —exclamó Sulich—. Todos somos hijos de Kirill, corrompidos o no. Aprendimos a montar a caballo y a disparar un arco antes que a caminar.

Svik asintió con la cabeza.

—¿Y lucharán por Glornir, por los Hermanos de Sangre?

—Acabamos de regalarles la libertad, igual que Glornir me la regaló a mí —respondió Sulich—. Serán leales hasta la muerte, como yo.

Svik agarró de la muñeca a Sulich.

—No lo dudo, hermano.

Varg oyó pasos y levantó la mirada. Se dio cuenta de que Svik y Sulich no habían oído nada. Él tenía el oído del lobo. Escrutó el paso y vio que Røkia aparecía por un recodo en el camino. Recorrió rápidamente la distancia que los separaba y atravesó chapoteando el arroyo. No respiraba agitadamente, solo una gotita de sudor que corría por su mejilla desde la frente delataba que había estado corriendo desde el amanecer.

—Ulaz está cerca —anunció.

Varg corría a la izquierda de Røkia. Habían dejado atrás la columna de jinetes corrompidos de Svik y Sulich. Varg oía el golpeteo acompasado de los cascos de sus caballos, pero los sonidos y los aromas del puerto marítimo de Ulaz colmaban sus sentidos y tapaban todo lo demás. La salmuera, el pescado, la comida podrida, las especias, los chillidos de las gaviotas y el oleaje… y debajo de todo eso, los sonidos vibrantes y el hedor de muchos cuerpos humanos juntos lo embestían como una gran ola. Torcieron en una curva del camino y Ulaz apareció delante de ellos. Varg se detuvo a trompicones. Estaban en un lugar más alto que el puerto y el camino que seguían descendía sinuosamente por las estribaciones hasta el mar. Entrecerró los ojos, deslumbrado por el reflejo de los rayos de sol en las numerosas casas encaladas, que lucían sus tejados cubiertos por tejas rojas construidas en las orillas oriental y occidental de un río de aguas mansas y parduzcas que desembocaba en el mar. Los mástiles y las velas de los barcos cabeceaban al son de la marea de la bahía. Aquí y allá se veían bosquecillos y charcas resplandecientes entre las incontables casas blancas.

Røkia se desvió y se detuvo junto a Varg. Permanecieron callados un rato mientras él contemplaba la inmensidad de Ulaz, casi abrumado por ella. A pesar de la tormenta de sensaciones, Frøya volvió a aparecer en su cabeza, y sus gritos resonaron en su interior mientras la clavaban en el árbol.

—El dolor corroe el alma —dijo Røkia evitando mirarlo a los ojos.

Varg tragó saliva.

Røkia se volvió hacia él.

—Pero también puede ser un arma.

Varg la miró.

—Hablas como si… supieras lo que es.

—Ajá. —Røkia asintió con la cabeza. Su semblante parecía esculpido en piedra—. Mi madre fue asesinada por mi pueblo delante de mí porque era una corrompida. —Le temblaron los músculos de la mandíbula—. Yo escapé. Todavía puedo oír sus gritos mientras huía de ellos. De ella.

—¿Cuántos años tenías?

—Nueve o diez. —Røkia se encogió de hombros.

Varg puso una mano sobre la suya. Ella no la retiró.

—Usé mi dolor. En la forja de mi alma lo transformé en ira. Al final los encontré a todos y los maté, unas veces en grupo, otras de uno en uno. Tardé cinco años. —Suspiró y apretó los labios—. Matarlos no me devolvió a mi madre ni mitigó el dolor de su pérdida. Pero… —Inclinó el cuello hacia la izquierda y luego hacia la derecha y le crujieron los huesos—. Me sentí bien. —Miró a Varg—. ¿Entiendes lo que intento decirte?

—Ajá. —Varg asintió—. Es posible que la venganza no me devuelva a Frøya… Pero ver a esos niðing tirados en el suelo me procurará un poco de paz.

Varg caminaba por las calles de Ulaz con su lobo interior abrumado por todos los sentidos. El ruido a su alrededor era ensordecedor: los vendedores callejeros pregonaban sus productos, la gente regateaba, los prestamistas estaban sentados sosteniendo las varas de corteza de abedul con las que hacían las cuentas y los guardaespaldas detrás, con porras y el gesto adusto. Todo lo que podía venderse se encontraba allí, y no solo eso: tarros de miel e hidromiel, pieles de foca, marfil de morsa, pieles de ciervo, oso y zorro, sacos de sal, barriles con carne de tiburón, colmillos de trol, mesas de caballete adornadas con joyas talladas en ámbar, azabache y marfil, además de horquillas esmaltadas, colgantes de plata y broches de hierro, y armas y armaduras de toda clase. Por todas partes había braseros encendidos, piezas de carne en espetos de hierro que giraban sobre las llamas, goteando grasa que siseaba al caer sobre las brasas. Y no solo se trataba de todos los productos que se vendían, también de la diversidad de la gente. Varg veía de vez en cuando personas como él, oriundas de Vigrið, con la barba y el cabello recogidos en trenzas y vestidas con túnicas y pantalones de lana. Un hombre con los ojos de diferente color y un escudo terciado a la espalda se quedó mirando a Varg y rápidamente desvió la mirada. Pero había muchos más hombres a su alrededor con la cabeza afeitada como Sulich, con sus gruesas trenzas y sus bigotes caídos, y vestidos con caftán y pantalones bombachos. Otros llevaban la cara completamente afeitada, lo que les daba un aspecto aniñado, o tenían el cabello embadurnado de grasa y reluciente, anillos de plata colgados de la barba, y vestían ropas de colores chillones y deslumbrantes. Pieles de todos los tonos se arremolinaban a su alrededor, desde el pálido como la leche hasta el oscuro como la teca.

Continuaron avanzando. Sulich y sus jinetes habían desmontado y llevaban los caballos cogidos por las riendas. Las calles se estrecharon y el volumen de los sonidos descendió para volver a subir hasta alcanzar una cota nueva cuando entraron en otro patio.

«Sangre». Su lobo interior gruñó.

La gente se agolpaba alrededor de unos enormes hoyos cavados en el suelo, agitaba los brazos y gritaba como si su aldea estuviera quemándose. Varg se desvió hacia allí y se abrió paso a codazos por la multitud hasta que llegó al borde de uno de los hoyos.

Dos troles toro peleaban en el agujero. Se agarraban el uno al otro con la cabeza agachada y trataban de morder con sus colmillos al rival. Apenas se movían, con los músculos abultados y las venas hinchadas y palpitantes. Los dos estaban desnudos salvo por una cuerda atada alrededor de la cintura, uno roja y el otro amarilla.

Uno de los troles consiguió hundir un colmillo debajo de la mandíbula de su oponente y dio un tirón salvaje con el cuello que provocó una explosión de sangre. El otro trol retrocedió tambaleándose y se estrelló contra la pared curva del hoyo. El primer trol levantó la cabeza, profirió un bramido ensordecedor y se lanzó hacia su oponente herido.

—Cierra la boca, pareces un pez que ha mordido el anzuelo —dijo Svik agarrando del brazo a Varg—. Hay que encontrar a Glornir.

Habían bajado rápidamente de las estribaciones que había al otro lado de Ulaz y ahora caminaban en línea recta siempre que era posible por el laberinto de calles anchas y patios abiertos en dirección a los muelles, donde debían encontrarse con Glornir y el resto de los Hermanos de Sangre para embarcarse en el *Lobo del mar*. Glornir se había adelantado a Sulich y sus jinetes con la intención de adquirir una embarcación que pudiera transportar a los caballos por mar hasta Vigrið. En las cámaras de Jaromir en Valdai Svik había encontrado tres baúles llenos de plata que Glornir había decidido entregar a los corrompidos de Sulich como compensación por el trato que habían recibido de Jaromir. Sin embargo, los corrompidos, después de hablarlo entre ellos, habían comunicado a Glornir que deseaban acompañar a los Hermanos de Sangre, si este aceptaba su juramento de lealtad, para luchar contra la dragona. Habían intentado devolverle los baúles, pero el jefe les dijo que emplearía su contenido para comprarles un barco y eso los había henchido de orgullo.

Svik se llevó a Varg de los hoyos de lucha y la multitud congregada en torno a ellos, y continuaron avanzando por las calles de Ulaz. El olor de la salmuera y del pescado era más intenso a medida que se acercaban a los muelles. Røkia los condujo hasta una calle paralela al río para pasar a la orilla oriental por un puente. Los druzhina que vigilaban el puente delante de una puerta de madera dejaron pasar un carro cargado hasta los topes. Svik aminoró el paso y se quedó mirando la escena con el ceño fruncido.

—¿Qué pasa? —preguntó Varg.

—Antes no había guardias para cruzar a la orilla oriental —dijo en voz baja Svik—. Y mira —añadió señalando los muelles de la orilla oriental. Centenares de esbeltos drakkar y barcos de transporte más anchos atestaban los embarcaderos.

Røkia y Sulich se detuvieron a su lado.

—No están aquí por la comida ni por las apuestas en los hoyos de lucha, eso es seguro —observó Røkia.

Oyeron el sonido de cascos de caballos detrás de ellos y se volvieron. Una columna de dos en fondo de druzhina avanzaba por la calle. A la cabeza cabalgaba un hombre con una resplandeciente armadura de láminas metálicas. Llevaba la cabeza afeitada salvo por una gruesa trenza rubia enroscada sobre el hombro y un largo bigote con las puntas hacia abajo también rubio. De la silla de montar colgaban su casco y su espada.

—Es Rurik, el hermano de Jaromir —murmuró Sulich.

—Vete —dijo Svik—. Mantén la cabeza agachada y lleva a tus corrompidos a los muelles.

—¿Qué vamos a hacer? —preguntó Varg cuando Sulich ya se alejaba apresuradamente.

—Observar —respondió Svik.

Rurik se dirigió a la puerta y Varg se fijó en un hombre que cabalgaba a su lado. Estaba delgado como un lobo famélico y tenía la cabeza y la cara afeitadas, oscuros tatuajes en la mandíbula y los ojos hundidos.

—¿Quién es ese? —susurró Varg.

—El hechicero rúnico de Rurik —dijo Svik—. Jaromir tenía a Iva, y Rurik lo tiene a él. Dominan la brujería seiðr tan bien como Vol. —Svik señaló con la cabeza los drakkar fondeados en la orilla oriental—. Cada barco tiene su propio hechicero rúnico para que lo proteja de las serpientes sjávarorm y otros peligros que acechan en el mar.

Varg asintió y volvió a mirar a Rurik. Los druzhina que lo seguían resplandecían en sus cotas de láminas metálicas, con sus espadas curvas y sus arcos colgados sobre las caderas. Las moharras de sus lanzas, que apuntaban al cielo dentro de las fundas de las sillas de montar, titilaban como estrellas. La gente que atestaba la calle se apartaba a su paso. Los centinelas apostados en la entrada del puente bramaron unas órdenes y la puerta se abrió. Rurik y sus druzhina cruzaron el puente acompañados por el estrépito de los cascos de los caballos.

—Vamos —dijo Svik finalmente, y precedió a Varg y a Røkia de vuelta a la calle.

—¿Qué está pasando? —preguntó Varg mientras se introducían en la multitud.

—La invasión de Vigrið parece mucho más avanzada de lo que piensa Glornir —respondió Svik—. Esa flota parece casi lista para zarpar.

—¿Qué debemos hacer? —quiso saber Varg.

—Avisaremos a Glornir y que él se preocupe de eso —contestó Svik con una sonrisa que no se reflejó en sus ojos.

Un hombre con el escudo terciado a la espalda se abría paso por la multitud y Varg se dio cuenta de que era el mismo tipo con los ojos de diferente color que había visto antes. El desconocido se detuvo, miró a Varg y sonrió como si fueran viejos amigos.

—Estaba buscándote —dijo el hombre.

Aparecieron más hombres que sacaron las hachas y alzaron las lanzas. Algunos empuñaban un escudo con un ojo dorado pintado en la superficie.

La multitud se dispersó. Røkia y Svik dieron un paso lateral para desplegarse alrededor de Varg y giraron ligeramente el cuerpo al mismo tiempo que bajaban las manos hacia sus armas. Pero entonces unas manos agarraron a Varg por detrás y le pusieron un saco en la cabeza. Su lobo interior aulló y Varg sintió su fuerza, se revolvió y se zafó de las manos que lo sujetaban. Oyó el gruñido de Røkia y luego el alarido de un hombre.

Sonó un crujido y dentro de su cabeza relumbraron unas luces blancas. Se le doblaron las rodillas y se desplomó.

CAPÍTULO ONCE

BIÓRR

Biórr miró a Myrk, que estaba sentada a horcajadas encima de él, con los pantalones arrugados alrededor de los tobillos. Su cota de malla resplandecía recubierta de rocío y la piel de sus muslos era pálida como la leche. Myrk suspiró y exhaló una nube de vaho. Tenía los ojos cerrados y, por un momento, las arrugas de su rostro se suavizaron y compusieron una expresión de despreocupación. Ni siquiera las cicatrices que rodeaban su ojo devastado parecían ahora tan marcadas. Inspiró profundamente y emitió un gemido de satisfacción antes de abrir los ojos y sonreírle.

—Ah, cómo necesitaba esto —musitó—. Siempre has sido un buen polvo —añadió con una sonrisa de oreja a oreja. Pese a ello, su rostro recuperó su expresión dura. Levantó las caderas, se dejó caer bocarriba en el suelo y se subió los pantalones.

—Bueno, me alegra haber sido útil —dijo Biórr subiéndose también los pantalones y anudándoselos. Hacía tanto frío que se le había puesto la carne de gallina.

—Ya lo creo que lo has sido. Te recomendaría a mis amigas si quedara alguna viva.

—¿Nosotros no somos amigos?

Myrk se apoyó sobre el codo y miró a Biórr. Se borró la sonrisa pícara de sus labios y le acarició la mejilla hasta llegar a la mandíbula cubierta por la barba incipiente.

—Sí —respondió—. Y algo más que eso. —Se inclinó y lo besó en los labios. Era un beso diferente, suave, cuando normalmente era arrebatado, tierno, cuando normalmente era apasionado y ardiente. Luego se puso en pie y se abrochó el cinturón de armas alrededor de la cota de malla. De él colgaban los dos seax de su hermano Drekr que había recuperado de Orka, uno delante y el otro detrás. Tendió una mano a Biórr para ayudarle a levantarse.

Él se la cogió y Myrk tiró para ponerlo en pie. Biórr se colocó bien la cota de malla y se apretó el cinturón de armas. A continuación se agachó para recoger la capa del suelo, se la pasó por encima de los hombros y se la ató. Estaban en medio de unos juncos altos junto al río. La niebla procedente del agua se arremolinaba en torno a sus tobillos. Al norte se alzaban las Dorsales y el sol naciente dejaba destellos de color rosado y dorado en las cimas nevadas. Los pinares cubrían las laderas de las montañas como si fueran una oscura capa de plumas. En un valle que se encontraba entre el río y las montañas, la banda de guerreros de Rotta se desperezaba. El humo ascendía desde las hogueras recién encendidas, el agua borboteaba en las ollas y se removían las gachas. Biórr oyó un suave ruido de chapoteo a su espalda y echó un vistazo por encima del hombro. Dos spertus salían del agua en ese momento y desparecieron en la niebla y los juncos. Biórr se estremeció al recordar que una criatura de esa especie había clavado su aguijón venenoso a Storolf y luego había vomitado una pestilencia negra en la cara de Rotta.

—Vamos —dijo, y echó a andar por la orilla del río a través de la vegetación, con cuidado de no acercarse a los juncos que agitaban los spertus que correteaban entre ellos. No quería recibir un aguijonazo por pisar sin querer una de esas repugnantes criaturitas.

Allí la nieve no era más que una fina capa crujiente bajo sus pies, pues habían viajado hacia el sur y luego hacia el oeste para bordear las Dorsales en dirección a Darl. Aun así, el suelo debajo de la nieve era duro y frío como el hierro. Según se acercaban a la cola de la columna, un puñado de crías de trol salieron corriendo del campamento, riendo y chillando, y saltaron al río. Cayeron al agua como grandes piedras y se produjo una explosión de espuma a su alrededor. Biórr contempló sonriente la escena y luego divisó a Fain el Rojo apoyado en su hacha larga.

—Hasta luego —dijo volviéndose a Myrk.

Ella asintió con aire distraído, sin duda pensando ya en las tareas que debía realizar, y se dirigió a la cabeza de la columna.

—Debes tener cuidado si sales de la zona vigilada —dijo Fain mirando ceñudo los árboles envueltos en niebla.

—Siempre tengo cuidado —contestó Biórr.

—Estoy seguro de que los tipos de Brák pensaban lo mismo hasta que les rajaron el cuello o el monstruito aquel les clavó el aguijón en la cara. Y probablemente también los skraeling que formaban nuestra retaguardia hasta que se los cargaron en plena marcha.

Ese recuerdo se mantenía fresco en la memoria de Biórr porque los había encontrado él. Había ocurrido el día anterior, al final de la jornada, cuando se ponía en marcha el ritual diario de entregar los prisioneros rezagados a las arañas del hielo y las brujas nocturnas. Myrk y un puñado de descendientes de la dragona habían retrocedido hasta la cola de la columna para arrastrar a los rezagados hacia el borde del bosque. Pero no encontraron prisioneros retrasados ni a los skraeling del grupo de la retaguardia. Biórr había vuelto entonces sobre sus pasos y encontró los cadáveres de media docena de skraeling, algunos con heridas de armas y otros con las marcas negras del veneno de un spertus, y de los rezagados no había rastro. Myrk había montado en cólera.

—Estaba con Myrk. Ella es más feroz que cualquier vaesen y tiene un oído muy agudo —dijo Biórr.

—Seguro que sí, cuando no está... distraída. —Fain estrujó el hombro de Biórr con una mano enorme—. Es solo que no quiero perderte como he perdido a Storolf —dijo desviando la mirada de los árboles para fijarla en los ojos de Biórr.

Biórr dio unas palmaditas a la mano que Fain había puesto sobre su hombro.

—Tendré cuidado, abuelo. —Biórr se frotó las manos heladas e intentó calentárselas con el aliento—. ¿Alguna novedad?

—La noche ha sido tranquila, salvo por los ronquidos de Harek —dijo Fain arrastrando las palabras por culpa de la hinchazón en la mejilla. Los cortes que le había hecho Orka con sus dientes lupinos estaban curándose y ahora eran en su mayor parte costras y bultos rojizos—. Tuve que darle una patada para que parara. —Sacudió la mandíbula cubierta por la barba cana en dirección al muchacho, que en ese momento estaba ocupado removiendo las gachas que borboteaban en una olla.

—Es un buen chico —dijo Biórr—. Hay que tener pelotas para no quedarse paralizado por el pánico y avisarnos de que Orka y sus Hermanos de Sangre habían entrado en el campamento.

—Ajá —gruñó Fain. Cambió el lado sobre el que apoyaba todo su peso en el hacha larga—. Pero eso no cambia el hecho de que ronca como una marrana.

Biórr sonrió.

—¿Y Orka? —preguntó. Se le borró la sonrisa de los labios.

—No se ha movido en toda la noche. Se ha despertado en la misma postura en la que se durmió anoche —dijo Fain.

—¿No estás tomándote demasiado en serio este trabajo de vigilar a los prisioneros? —dijo Biórr sonriendo otra vez.

—Mató a mi hijo y estuvo a punto de hacer lo mismo conmigo. No pienso despertarme un día y descubrir que ha matado a la mitad de nuestras tropas y se ha escapado.

—Eso no puedo ocurrir —murmuró Biórr mientras paseaba la mirada por el campamento. Vio a los centinelas desplegados alrededor de ellos, los pequeños grupos de skraeling a lo largo de la orilla del río, los adoradores de la dragona diseminados entre el campamento y el borde del bosque, los troles toro que permanecían quietos como piedras. Oyó el zumbido de las alas de los tennúr encima de sus cabezas y el esporádico movimiento de las arañas del hielo en las copas de los árboles—. Nada puede entrar ni salir de este campamento. —Escrutó los pequeños grupos de prisioneros reunidos alrededor de los fuegos y vio a Orka sentada a cierta distancia de Dagrun, el hijo del jarl Orlyg. Estaba sentada con las piernas estiradas y unos puntitos ambarinos brillaban en sus ojos mientras miraba fijamente la hoguera que tenía delante, con las manos ligadas apoyadas sobre las rodillas.

Desde la cabeza de la columna llegaron las notas del cuerno que anunciaban la proximidad del momento de levantar el campamento.

—Deberías llenar la barriga con unas gachas y hacer entrar en calor los huesos —dijo Fain, y empujó a Biórr hacia Harek y la olla que removía.

Biórr avanzó a lo largo de la columna e hizo una leve reverencia a Rotta cuando llegó a su lado. Acababan de reanudar la marcha después de la breve parada para comer. Rotta recorrió con la mirada los carros en los que iban sentados los niños corrompidos y las hileras de los prisioneros capturados en Svelgarth. Cada vez había menos. Habían partido de Svelgarth con alrededor de un centenar, pero ahora apenas quedaban la mitad. Las arañas del hielo y las brujas nocturnas cenaban bien casi todas las noches.

—Los niños que escaparon ya no van atados —observó Rotta.

—No, señor —dijo Biórr—. No creo que intenten escapar otra vez, así que les he quitado las ligaduras.

—¿Y cómo lo has conseguido? —quiso saber Rotta.

—Con un poco de amabilidad. —Biórr se encogió de hombros y miró a Bjarn, que estaba sentado al lado de Harek en un carro—. El viejo juego del tafl y tres comidas al día. —Tras la incursión de Orka durante el saqueo de Svelgarth muchos niños habían escapado. Biórr había encontrado a Bjarn inconsciente y con medio cuerpo debajo de la rueda de un carro que Rotta había hecho añicos al transformarse en rata mientras rabiaba de dolor por el veneno del spertus.

—Siempre he intentado convencer a mi hermana de que hay otras maneras de alcanzar los objetivos, además de apuñalar, golpear o comerse a la gente —dijo Rotta—. Sin éxito hasta ahora, he de confesar. Pero estás haciendo un buen trabajo.

Biórr continuó caminando un poco más erguido por el orgullo.

Algo atrajo su atención hacia el borde del bosque. Su sentido de rata se puso en alerta, lo que normalmente presagiaba un peligro. Aminoró el paso y miró detenidamente en esa dirección. Se dio cuenta de que Rotta también miraba hacia allí. La nieve los seguía desde el norte y habían comenzado a caer copos suaves.

Biórr entrecerró los ojos y escrutó el bosque a través de la nieve. Agudizó el oído, pero no vio ni oyó nada. No percibía el menor indicio de movimiento a pesar de que lo sentía. Era como un cosquilleo en el vello, como si estuviera siendo observado.

Rotta llamó a un tennúr y lo envió a investigar. La criatura salió disparada hacia el bosque agitando frenéticamente las alas y revoloteó entre los árboles.

—¿Qué sucede? —murmuró Biórr.

—No lo sé —respondió Rotta con el ceño fruncido—. Pero hay algo ahí, observándonos.

El tennúr salió de entre las copas de los árboles con una ráfaga de nieve y regresó volando.

—No hay nada —dijo con voz estridente.

Rotta escrutó con semblante preocupado el borde del bosque, pero Biórr sabía que el tennúr tenía razón, pues su sentido de rata se había calmado.

—¿Su banda? —preguntó Biórr señalando con la cabeza en dirección a Orka.

—Es lo más probable —dijo Rotta desviando la mirada del borde del bosque para posarla en Orka—. ¿Cómo está la prosélita del lobo? —preguntó con los feroces ojos clavados en Orka, que caminaba un poco apartada del resto de los prisioneros. Vestía una túnica de lana encima de un sayo. Había rechazado la capa que Biórr le había ofrecido después de obligarle a quitarse la cota de malla.

—Es dura como una piedra —murmuró Biórr rememorando la conversación que habían mantenido unos días antes—. No suelta prenda.

—¿No? Bueno, pues tiene una información que necesito. Tengo que averiguar dónde está mi hermano. —Frunció el ceño y se volvió de nuevo al borde del bosque—. Pero Brák no me ha traído lo que necesito para negociar con ella, a pesar de que está tan cerca que casi pudo olerlo. —Paseó la mirada por las laderas boscosas y se tiró de la barba arreglada—. A lo mejor debería aprender de ti y probar tu táctica.

Biórr se lo quedó mirando con una ceja arqueada.

—Me refiero a la amabilidad. —Rotta esbozó una sonrisa maliciosa y se dirigió hacia Orka.

Biórr fue tras él.

—Las cosas no tienen por qué ser así —dijo Rotta cuando llegó a la altura de Orka en la columna. Ella mantuvo la vista fija al frente, como si no lo hubiera oído—. Mi padre creó una tierra hermosa para que viviéramos en ella. Mira a tu alrededor —continuó Rotta manteniendo el tono más cordial del que era capaz—. Cumbres nevadas, bosques frondosos, ríos caudalosos… Todo ello creado para nosotros. No tiene por qué ser un campo de batalla. Podría ser un jardín. —Miró a Orka y solo recibió más silencio. Frunció un poco la boca, pero rápidamente volvió a sonreír—. Podría quitarte esas cadenas. Me encantaría quitártelas. Desciendes de un dios, de mi hermano. —Inspiró hondo—. Reconozco que no es el miembro de mi familia favorito, pero eso no significa que tú y yo tengamos que ser enemigos. Este mundo te llama «corrompida». Pero no eres una corrompida, sino una bendecida. Y lucho para que tú y todos los que son como tú seáis libres.

Orka lo miró brevemente con unos ojos que emitían destellos de color ámbar y luego devolvió la vista al frente.

Biórr recordó su conversación con ella. Le había dicho algo parecido.

«No confíes en las promesas de los dioses —le había respondido ella—. Ellos destrozaron el mundo, no lo olvides. Nunca les ha importado la vida de nadie, corrompido o no. Utilizaron a todo el mundo para sus propios fines y volverán a hacerlo». Esas palabras se habían introducido en la cabeza de Biórr y se negaban a marcharse.

—Podrías unirte a nosotros —prosiguió Rotta—. Podría quitarte esas cadenas, devolverte las armas, y podrías unirte a nuestra guerra contra los opresores de los que son como tú, como nosotros. O podrías irte si lo prefieres y buscar a tu hijo. Nuestros caminos se separarían en paz, como amigos. Y sabrías que siempre que me necesitaras podrías contar conmigo. Te ofrezco mi amistad de corazón.

Orka paseó la mirada por las laderas arboladas y luego la fijó en Rotta, aunque Biórr se dio cuenta de que miraba de soslayo a Fain el Rojo y su hacha larga.

Rotta le tendió la mano abierta.

—Acepta la mano de la amistad. Pon fin a este dolor, vive en paz conmigo. Y volverás a ver a tu hijo. Lo único que tienes que hacer es contarme todo lo que sepas sobre mi hermano. Dime dónde está y tu vida cambiará instantáneamente para mejor. ¿Qué me respondes?

Orka se detuvo y se volvió hacia Rotta. Lo miró largamente a los ojos.

—No —aseveró. Devolvió la vista al frente y continuó caminando.

Un músculo tembló en la cara de Rotta.

«¿No? —Biórr oyó la voz de Rotta dentro de su cabeza—. ¡Me respondes que no a mí, a un dios!». Pero por fuera la cara de Rotta mantuvo una expresión calmada, impávida.

—La amistad es un regalo escaso y que rara vez se ofrece dos veces —dijo Rotta a Orka.

Ella no le hizo caso.

Uno de los prisioneros que caminaban cerca de ellos rio entre dientes. Era Dagrun, el hijo del jarl Orlyg. Fain el Rojo le atizó en la cara con la punta del mango de su hacha larga y Dagrun se tambaleó. Los prisioneros que lo rodeaban, drengir apaleados que se mantenían fieles a su juramento, se revolvieron y gruñeron.

—Tranquilos —dijo Biórr acercándose a los prisioneros con la lanza en la mano. Los drengir se revolvieron.

—No hagáis nada —dijo Dagrun, y los drengir se calmaron.

Un grito procedente del borde del bosque atrajo la atención de todos.

Brák salió a la nieve desde la penumbra de los árboles seguido por un puñado de sus hombres y arañas del hielo que correteaban a su alrededor. Biórr solo contó cuatro de los doce integrantes del grupo que había partido con Brák. Todos estaban ensangrentados y dos de ellos cojeaban. Entre Brák y otro hombre transportaban un saco atado al asta de una lanza. En su interior había algo que se revolvía y retorcía.

Rotta sonrió y miró a Orka.

—Vaya, vaya —dijo con el rostro radiante—. ¿Qué tenemos aquí?

CAPÍTULO DOCE

VARG

Varg fue consciente de las sensaciones, de los sonidos, del olor a cebolla rancia, del ruido de su respiración amplificado dentro del saco atado alrededor de su cabeza, de sus pies arrastrados por el suelo, de las manos firmes debajo de sus brazos que lo llevaban medio en volandas medio a rastras. Abrió los ojos, pero solo vio oscuridad y el pánico se apoderó momentáneamente de él porque pensó que se había quedado ciego, pero entonces se dio cuenta de que se debía al saco.

—Por aquí —dijo una voz atenuada, y los que llevaban a Varg cambiaron de dirección. Oyó el chirrido de los goznes de una puerta y luego los pasos sobre un suelo de madera. Las manos que lo sujetaban se volatilizaron y Varg cayó de rodillas en el suelo. Oyó gruñidos y golpes secos a su alrededor, y le quitaron el saco de la cabeza.

Estaba en un edificio de madera. La luz del sol se filtraba por las rendijas en la madera, y el sonido de las olas sugería que se encontraban cerca de los muelles. El hombre que había visto en las calles de la ciudad estaba sentado en un banco enfrente de él. Era un guerrero enfundado en una cota de malla, con el escudo colgado a la espalda y un hacha y un seax en el cinturón. Llevaba el rubio cabello grasiento recogido en la nuca y tenía una barba rala. Miraba fijamente a Varg con unos ojos pálidos y este reparó en que ya no sonreía. Alrededor de una docena de guerreros se arremolinaban detrás de él. A la espalda de Varg había más, y seguían entrando más por la puerta. Alguien arrojó un amasijo de cinturones y armas encima de la mesa y Varg los reconoció: eran los suyos y los de Røkia y Svik.

Oyó pasos a su espalda y Svik y Røkia entraron arrastrados por más guerreros, que los lanzaron sobre el suelo a su lado. Los dos tenían las manos atadas. Svik estaba inconsciente y Røkia, con los labios y el mentón ensangrentados, gruñó a toda la gente que había en la sala con ellos.

—Esa es salvaje —dijo una voz rodeándolos y apareciendo en el campo visual de Varg. Sostenía a un hombre con media cara desgarrada—. Mira lo que le ha hecho a Unlaf.

Unlaf gruñó mientras lo ayudaban a sentarse en una silla.

—Por lo menos él todavía respira. Este cabrón ha desparramado los intestinos de Idrun por toda la calle —terció otro guerrero, que se detuvo un momento para darle una patada en las costillas a Svik.

—Basta —ordenó el hombre sentado enfrente de Varg—. Todos sabíais en qué consistía el trabajo, quiénes eran los compañeros de Varg. Por eso se os paga tan bien.

—¿Quién… quién eres? —farfulló Varg. Tenía la boca entumecida y apenas podía moverla.

—Me llamo Sterkur —respondió el hombre—. A mí no me conoces, pero a él sí. —Señaló un rincón oscuro de la sala.

Varg dejó libre al lobo que corría por sus venas y su visión se agudizó. Las sombras se aclararon y vio a un hombre apoyado contra la pared de la habitación. Era alto y corpulento, y una espesa barba negra cubría su rostro curtido, atravesado por una cicatriz que descendía por su mejilla y le dividía los labios. Llevaba puestos un gorro forrado de piel y una túnica de lana bordada, con un seax colgando de su cinturón. Salió de la oscuridad del rincón a la luz tenue de la habitación y sus labios se torcieron para esbozar lo que pretendía ser una sonrisa.

—Leif Kolskeggson —balbuceó Varg.

—¿Creías que no te encontraría, que permitiría que siguieras viviendo después de asesinar a mi padre? —dijo Leif. La voz le temblaba con una furia apenas contenida.

—Yo no lo asesiné —replicó Varg—. Él me engañó, me mintió.

—Eres un thrall —espetó Leif inclinándose hacia delante y rociando de saliva el aire—. Propiedad de mi padre. De mi propiedad. Podríamos mentirte, pegarte, matarte…, y no quebrantaríamos ninguna ley.

—Varg no es un thrall —terció Røkia, y escupió un pegote de sangre de otra persona al suelo.

Leif dio otro paso para acercarse un poco más a sus prisioneros y Sterkur extendió una mano para detenerlo.

—No te acerques tanto —dijo—. Están atados, pero…

Røkia les sonrió.

—Sois todos hombres muertos —espetó.

Svik gruñó y se movió. Abrió los ojos. Se incorporó para ponerse de rodillas, se llevó las manos atadas a la cabeza y descubrió que le habían deshecho la trenza.

—Vais a pagar por despeinarme, malditos niðing —gruñó. Varg nunca lo había visto tan furioso.

—¿Veis? —Røkia rio de una manera que incluso inquietó a Varg.

—¿Pensabas que tus nuevos amigos te protegerían de mí? —dijo Leif alzándose por encima de Varg—. Hablan mucho, pero están de rodillas, apaleados y atados.

—Atados, sí —dijo Svik—. Pero ¿apaleados? —Sonrió y negó con la cabeza.

Varg miró a Leif y recordó los años de palizas, burlas y hambre, recordó cómo había mirado a su hermana y su lobo interior profirió un gruñido grave y retumbante.

—Hace mucho tiempo que abrigaba la esperanza de que volviéramos a encontrarnos —dijo Varg, frío como el invierno.

Leif lo miró un tanto desconcertado. Su boca se torció para gruñir y bajó la mano al seax en su cinturón.

—Has recorrido un largo camino y esperado mucho tiempo, pero por fin ha llegado el momento —dijo Svik mirando de arriba abajo a Leif.

—Así es —gruñó Leif.

—Deberías haberte peinado y recogido la barba en una trenza, por lo menos —añadió Svik negando con la cabeza y chasqueando la lengua en señal de desaprobación—. Es una vergüenza morir hecho un desastre.

—Eres tú el que va a morir —espetó Leif.

Se oyeron unas voces fuera del almacén y Sterkur se enderezó y bajó la mano hacia la empuñadura del hacha que colgaba de su cinturón. Toda la gente que estaba dentro se quedó inmóvil. La violencia se respiraba en el ambiente.

Las voces pasaron de largo.

—Las voces que oyes no son lo que debería preocuparte —dijo Svik—. No oirás a Glornir cuando venga a por ti hasta que sea demasiado tarde. Todos habéis firmado vuestro destino. —Paseó la mirada por la habitación llena de guerreros y frunció el ceño—. ¿Borrachos o locos?

—¿De qué estás hablando? —preguntó con voz ronca uno de los guerreros.

—¿Estabais borrachos cuando aceptasteis ir a por los Hermanos de Sangre o es que estáis todos locos? —preguntó Svik. Miró detenidamente a Sterkur—. ¿Cuánto hidromiel te habías metido entre pecho y espalda cuando Leif agitó la bolsa llena de plata debajo de tu nariz?

—Yo solo estoy ganándome la vida —dijo Sterkur.

—Yo no llamaría vida a morir. —Svik se encogió de hombros.

—Basta ya —terció Leif. Echó un vistazo por encima del hombro al oír que pasaba gente por delante del almacén—. Deberíamos llevarlos a tu barco, Sterkur, y matarlos allí.

—Sería mejor matar a los otros dos ahora —dijo Sterkur—. Llama menos la atención llevar a uno que a tres. —Sacó el hacha de su cinturón—. Sujetadla —bramó.

Unas manos agarraron a Røkia y la arrastraron hacia Sterkur. Varg se lanzó hacia delante y mordió en la pierna a una guerrera. La mujer gritó y un grupo de guerreros se abalanzó corriendo sobre él para apartarlo y darle una tunda de golpes. Lo tiraron al suelo y lo inmovilizaron con la mejilla apretada contra las tablas de madera. Una sombra se cernió sobre él y vio una bota y la hoja y el mango de un hacha larga.

—¿Con quién empezamos, jefe?

—Matad a la zorra —dijo Unlaf, todavía sentado en la silla y sangrando por los desgarrones en la cara.

—No, matad primero al cabrón que se cargó a Idrun —dijo otra voz.

—Deberíais matarme a mí —dijo Svik—. Porque si no lo hacéis os encontraré y os mataré a todos, capullos. —Les regaló una sonrisa cordial—. Y acabaré contigo, mierdoso follacabras de ojos tristes —añadió para concluir sonriendo a Sterkur.

—La decisión es fácil, entonces —dijo Sterkur—. Matadle a él primero.

Arrastraron a Svik por el suelo y lo pusieron encima de una mesa. Le estamparon la cabeza contra las tablas de madera y lo sujetaron por los brazos y los hombros. La mujer con el hacha larga se acercó y levantó el arma por encima de la cabeza.

—¡Espera! —gritó Svik, y el hacha quedó suspendida en el aire—. Si hoy voy a hacer el viaje de las almas, por lo menos dejadme que lo haga con mi magnífico cabello intacto. Apartadme el pelo del cuello que va a cortar esta zorra.

Algunos guerreros se echaron a reír.

Svik miró a Sterkur.

—Aquí todos somos guerreros. No me deshonres.

—Adelante, Norv —dijo Sterkur.

Un guerrero moreno y con un bigote largo con las puntas caídas se puso delante de Svik, le recogió el pelo suelto y lo levantó por encima de su cabeza para dejar a la vista el cuello del mercenario. A continuación tiró con fuerza del pelo y la cabeza de Svik golpeó la mesa.

El hacha volvió a levantarse.

—¡No! —gritó Varg, pero era tarde. La cabeza del hacha ya caía hacia el cuello de su compañero.

Los músculos de Svik se tensaron y dio un brutal tirón hacia atrás. Norv no se lo esperaba y se vio arrastrado hacia delante justo cuando el hacha caía. La hoja se hundió en sus muñecas, le cortó las manos y se clavó en las tablas de la mesa. Norv chilló, levantó los brazos y se quedó mirando los muñones y la sangre que salía a borbotones. Svik se revolvió y los guerreros que le sujetaban los brazos aflojaron un poco las manos con las que lo agarraban. Svik lo aprovechó para darle una patada en las piernas a uno. El guerrero perdió el equilibrio, y él y el guerrero dieron con sus huesos en el suelo arrastrados por el Hermano de Sangre.

Se instaló un breve silencio de estupefacción en el almacén. Pero entonces Sterkur se puso a bramar órdenes y sus guerreros se lanzaron sobre Svik.

Røkia le dio un codazo a Varg y sacudió el mentón hacia la pared del fondo.

El oído lupino de Varg oyó que una nariz olfateaba el aire y luego un gruñido. Se le dibujó una sonrisa en los labios.

CAPÍTULO TRECE

ORKA

Orka no podía despegar los ojos del saco que cargaban Brák y un miembro de su cuadrilla. Brák se dirigió renqueando hacia ellos, flanqueado por las arañas del hielo. Varios skraeling y adoradores de la dragona fueron sumándose al grupo y los escoltaron hacia Rotta. El mundo se difuminó alrededor de Orka, todos los sonidos cesaron y todo se volvió borroso salvo el saco, que se agitaba y abultaba en el aire.

Se negó a pronunciar su nombre, incluso a pensarlo. Se negó a decir en voz alta su mayor miedo. A pesar de que su cuerpo había eliminado el veneno de las arañas del hielo hacía días, sintió que se le helaba la sangre en las venas.

Rotta utilizó su voz de dios para dar el alto y la columna se detuvo a trompicones. Llegaron unos jinetes a medio galope desde la cabeza de la columna liderados por Myrk. Había empezado a nevar copiosamente.

—¿Qué pasa? —preguntó Myrk desmontando.

—Brák ha vuelto —respondió Rotta todavía con una sonrisa de oreja a oreja—. Y parece ser que nos trae un regalo. —Miró a Orka con satisfacción y un aire de superioridad.

Los guerreros y los vaesen se apartaron para dejar pasar a Brák, que se dirigió cojeando hacia la posición de Rotta, con la cabeza y un muslo cubiertos por vendas ensangrentadas. Los pocos miembros de su grupo que quedaban tenían peor aspecto.

Brák giró la lanza y la clavó en el suelo delante de Rotta, sacó el seax del cinturón y rajó el saco para desparramar su contenido por la nieve.

Era Spert.

Varios guerreros y vaesen rodearon rápidamente al spertus.

—Ama Orka —dijo el vaesen mirando a Orka desde el suelo. Tenía la cara manchada de sangre negra y varias heridas en el oscuro carapacho rezumaban un fluido que semejaba icor.

—Spert —masculló Orka, tan aliviada porque no era Breca quien estaba en el saco como horrorizada porque en realidad era Spert.

—Ah, el traidor —dijo Rotta.

—Spert no es un traidor —espetó el spertus mirando a Rotta con el magullado rostro que parecía cera derretida—. Spert es leal. —Su aguijón se agitó y Rotta dio un paso atrás. Lanzas, hachas y espadas apuntaron al vaesen.

—Eres un traidor —afirmó Rotta—. Tu Madre Creadora te llamó y no acudiste. Peor aún, luchaste contra ella. Contra todos nosotros —añadió Rotta señalando la multitud de vaesen que los rodeaba.

—Spert hizo una promesa y Spert cumplió su promesa —aseveró con voz ronca el vaesen.

—¿Qué promesa? —quiso saber Rotta.

—Al ama Orka. Proteger a Breca.

—Bueno, Breca no está y Orka ahora está aquí con nosotros, así que, ¿por qué sigues luchando para ella? —preguntó Rotta con el gesto ceñudo.

—Tú nunca lo entenderías —respondió resollando Spert, y tosió un pegote de sangre negra.

—Soy un dios —rugió Rotta—. Mi comprensión de todas las cosas es mucho mayor que tu patética perspicacia, miserable babosa con patas. Así que, por favor, compláceme. Dímelo.

Spert se volvió hacia Orka y la miró fijamente a los ojos.

—Por amistad —dijo en voz baja el spertus—. El ama Orka ha sido buena con Spert.

Rotta frunció el ceño. Un temblor recorrió su rostro y rompió a reír.

—¡Ja, ja! Esperemos que el sentimiento sea mutuo. —Rotta agarró la lanza que Brák había clavado en el suelo y la extrajo, apuntó con ella el cuerpo de Spert y se volvió despacio hacia Orka.

—Muy bien, amiga de los vaesen, dime dónde está mi hermano.

La mirada de Orka saltó de la lanza a Rotta y luego a Spert. La asaltaron recuerdos fragmentados de su vida antes de que Thorkel fuera asesinado, de que raptaran a Breca. De la vida en su granja. Siempre había pensado en esa vida como la que compartían ellos tres, pero en realidad eran cuatro. Spert también había formado parte de ella. Siempre había estado allí, protegiéndolos, como un miembro más de la familia.

—No le cuentes nada a esta rata asquerosa —dijo con malicia Spert.

Rotta levantó un poco la lanza.

—Última oportunidad —amenazó.

Orka sintió que se le ponían tirantes los labios para gruñir y que su lobo interior ansiaba salir para desgarrar, destripar y matar.

La lanza descendió hacia Spert.

—¡Snakavik! —gritó Orka. La lanza se detuvo en el aire. Los dioses no significaban nada para ella. Ulfrir, Rotta y los demás podían luchar hasta matarse si querían, a ella le daba igual. Pero Spert... era de la familia.

—¿Snakavik? —dijo Rotta sosteniendo la lanza temblorosa sobre el cuerpo de Spert—. ¿No son esos los dominios de ese tal jarl Störr?

—Sí, señor —respondió Biórr.

—¿Y qué hace mi hermano en Snakavik? —quiso saber Rotta.

—No lo sé. —Orka se encogió de hombros.

—Cuéntame todo lo que sabes o este repugnante vaesen morirá.

Orka inspiró hondo, consciente de que lo que sabía la había mantenido viva, había hecho que ganara tiempo. Y ahora ese tiempo se agotaba. Miró a Spert.

«Pero ahora lo que sé lo mantiene vivo a él».

—Ulfrir viaja con los Terrores de la Batalla y su jefa, Elvar Matatroles —dijo Orka—. Era ella quien quería ir a Snakavik, pero no sé por qué.

Orka oyó un grito ahogado cerca de ella y vio el gesto ceñudo de Biórr.

—¡Elvar es jefa! —exclamó.

Myrk lo miró con los ojos entornados.

—Elvar es la hija del jarl Störr —dijo lentamente, todavía mirando fijamente a Biórr—. A lo mejor quiere convencer a su padre para que la ayude en la guerra contra nosotros. El jarl Störr es poderoso y tiene muchos thrall berserkir.

—Mmm. ¿Y dónde está exactamente Snakavik? —preguntó Rotta.

—Al oeste, señor —dijo Biórr—. Es una ciudad fortaleza construida en el interior del cráneo de vuestro padre muerto.

—Imagino que mi hermanastro piensa que puede esconderse allí —murmuró Rotta con aire ausente. Miró de nuevo a Orka—. ¿Sabes algo más?

No —respondió Orka. Se puso tensa. Le parecía inevitable que Rotta arrojara la lanza hacia ella.

—Bueno, está bien. Gracias —dijo Rotta. Se retiró un copo de nieve de la mejilla y la lanza descendió por el aire y se clavó en la espalda de

Spert, perforó su carapacho y le atravesó el cuerpo hasta que la punta se hundió en el suelo frío. El vaesen chilló y se sacudió con espasmos. Su cabeza y su cola se arquearon, y su aguijón golpeó el asta de la lanza mientras arañaba el suelo con su pataleo. Rotta giró la lanza clavada en el suelo y la soltó. El asta continuó vibrando. Spert exhaló un último suspiro entrecortado, las fuerzas abandonaron su cuerpo y se quedó inmóvil.

—¡No! —gritó Orka, y se abalanzó sobre Rotta, tan rápido que incluso lo pilló por sorpresa.

Rotta se tambaleó hacia atrás mientras Orka, dominada por su arrebatado lobo interior, lo desgarraba con uñas y dientes. El dios rata chilló y la sangre voló en todas direcciones cuando Orka le abrió unos tajos en la cara con las garras y le mordió el brazo con tanta fuerza que sus dientes atravesaron los eslabones de la cota de malla y se hundieron en la carne. Orka recibió un golpe en la espalda que apenas sintió y al que ni siquiera prestó atención. Otro golpe en la zona lumbar precedió una frenética tunda. Rotta cayó al suelo y ella se sentó encima de él. Unas manos la agarraron y la separaron del dios rata, pero ella no paraba de gruñir. Forcejó con quienes la agarraban y consiguió liberar los brazos. Arañó una cara con las uñas, arremetió con las cadenas que ligaban sus muñecas contra una nariz y una mujer cayó desplomada, chillando. Su cabeza crujió y aparecieron unas estrellas en su visión. Se derrumbó sobre las manos y las rodillas en la nieve. Intentó darse la vuelta, pero recibió una patada en el estómago que le vació los pulmones de golpe, y dio una sacudida y tosió bilis. Unas manos la agarraron y la levantaron del suelo. Lanzas y hachas la apuntaban.

Rotta se puso en pie y se sacudió la nieve de la cota de malla. Se limpió un fino reguero de sangre que bajaba por su mejilla.

—Bueno, quizá no haya que despreciar la amistad después de todo —dijo jadeando—. Aunque a él no le sirvió de mucho —añadió mirando el cadáver de Spert—. Y a ti ya no te necesito para nada. —Dio un paso hacia Orka.

—Deja que yo la mate —suplicó Myrk interponiéndose entre Rotta y Orka—. Me lo debe. —Se puso un dedo en la mejilla para señalar la fea cicatriz que había sustituido su ojo.

Rotta inspiró hondo y entrecortadamente.

—De acuerdo —dijo—. Pero quiero que sufra.

—Esa es mi intención. —Myrk sonrió—. Apartaos —ordenó a los guerreros y a los vaesen que rodeaban a Orka.

Todos retrocedieron y formaron un círculo más amplio. Myrk se adelantó y sacó los dos seax que colgaban de su cinturón de armas.

—¿No es lo más apropiado que te mate con los mismos cuchillos que acabaron con la vida de tu marido? —dijo Myrk con una sonrisa de suficiencia.

Orka se agachó y gruñó. Levantó las manos atadas y la cadena colgó entre ellas.

—Ven a morir —espetó.

Myrk sonrió y apoyó el peso de su cuerpo en la otra pierna. Luego avanzó con un seax arriba y el otro abajo. Un resplandor rojo apareció en su único ojo y sus dientes se alargaron y se convirtieron en unas cuchillas puntiagudas.

A Orka se le erizó el vello del cuello, como si fueran los pelos del pescuezo de un lobo, y se movió hacia la izquierda mientras Myrk se acercaba por su derecha. La hermana de Drekr se lanzó hacia ella con tal velocidad que fue casi imposible seguirla con la mirada. Orka levantó las manos y detuvo con la cadena el seax que bajaba hacia ella, giró las caderas y el otro seax apuñaló el aire. Saltaron chispas cuando el primer seax se deslizó por la cadena de Orka y esta dobló las muñecas para envolver la hoja y dio un tirón, y al mismo tiempo giró sobre los talones. Oyó el grito ahogado de dolor de Myrk cuando le arrancó el cuchillo de la mano al mismo tiempo que sintió una punzada abrasadora en las costillas. Orka agarró por la empuñadura el seax que daba vueltas por el aire, se agachó y regaló a Myrk su sonrisa lobuna.

Myrk señaló con la cabeza las costillas de Orka. Esta se llevó la mano a la zona y cuando retiró los dedos tenía las yemas manchadas de sangre. El otro seax de Myrk le había hecho un tajo mientras ella giraba.

Myrk sonrió.

—La loba sangra —dijo.

—¡Espera! —bramó Rotta interponiéndose entre ellas.

Orka reparó en que los guerreros y los vaesen que los rodeaban miraban en dirección al borde del bosque. Se alejó unos pasos de Myrk y miró también hacia allí. El sol ya se escondía detrás de las montañas y aparecía como un resplandor pálido y difuso oculto por las nubes. La nieve caía en remolinos racheados. Las laderas arboladas del valle eran un denso e impenetrable manto de oscuridad.

Las copas de los árboles se agitaron y un chillido agudo resonó y cesó de golpe. Un lobo aulló. Se atisbaba movimiento de sombras en las tinieblas.

Orka se concentró en su lobo interior y oyó sonidos procedentes del borde del bosque. Unos gruñidos, no de una criatura sino de muchas, se extendieron entre los árboles. La agitación de las copas y los chillidos agudos que con el tiempo había identificado con la presencia de las arañas del hielo se repitieron. De repente se hizo el silencio y las ramas de los árboles se quedaron quietas. Orka vio movimiento en la oscuridad, criaturas que aguardaban al acecho, con un brillo en los ojos.

Desde los árboles llegó el sonido agudo e inquietante de un cuerno que resonó en el valle y se apagó lentamente. A continuación se oyeron rugidos y aullidos, cada vez más fuertes, que sacudían los árboles. Los guerreros que rodeaban a Orka se taparon los oídos.

Una bandada de tennúr salió de los árboles y voló disparada hacia Rotta.

—¡CUIDADO, EL BOSQUE! —aullaron las criaturas desde el aire.

Un único guerrero salió del bosque. Era una mujer con el pelo oscuro recogido en una trenza y vestida con una cota de malla y pieles. Llevaba un hacha en cada mano y un collar de hierro en el cuello. Caminó unos metros a lo largo del borde del bosque, resoplando y gruñendo. Orka se fijó en que tenía los músculos del cuello y de los hombros hinchados, gruesos como una cuerda llena de nudos. Sus ojos emitían un brillo verde.

La guerrera miró fijamente a Rotta y a su banda, abrió la boca y salieron disparadas gotas de saliva cuando rugió. Luego echó a correr pesadamente hacia ellos.

En ese momento salieron unas cuantas figuras más del bosque detrás de ella, hombres y mujeres vestidos con cotas de malla y pieles, empuñando hierros afilados y gruñendo, con ojos ambarinos o verdes centelleando y collares de hierro en el cuello, y se lanzaron hacia la columna de Rotta a través de la nieve.

CAPÍTULO CATORCE

VARG

La pared implosionó hacia dentro y volaron astillas en todas direcciones. Un guerrero se desplomó con un trozo de madera clavado en un ojo.

Varg observó cómo Glornir y un puñado de Hermanos de Sangre irrumpían en el almacén. Glornir hundió el hacha larga en el pecho de un hombre y lo lanzó por los aires. El perro de Edel saltó sobre otro tipo, le apresó el cuello con las fauces y los dos cayeron al suelo. Las flechas surcaban el aire de la habitación y se oían alaridos cuando daban en el blanco. Varg sintió la presencia del lobo de Røkia a su lado y miró de soslayo a su compañera. Vio que sus dientes se habían alargado y que roía la cuerda que le ataba las muñecas.

«Buena idea», pensó, e hizo lo mismo. Cuando la cuerda partida cayó al suelo, los dos se levantaron de un salto, corrieron hacia la maraña de brazos y piernas que eran Svik y los dos guerreros que lo habían sujetado y los separaron de su compañero. La mesa se había volcado y Norv yacía de costado en el suelo. Había muerto desangrado y con la mirada fija en los muñones de sus muñecas. Røkia recogió su cinturón de armas del suelo, sacó el seax y deslizó el filo por el cuello de uno de los guerreros que forcejeaban con Svik. Varg agarró al otro y lo estampó de nuevo contra el suelo de un cabezazo en la nariz. Svik se puso en pie gruñendo y escupiendo, con los labios ensangrentados y los dientes pequeños y afilados. Røkia le lanzó su cinturón de armas y él se lo abrochó alrededor de la cintura. Su espada salió silbando de la funda y desjarretó al guerrero que tenía más cerca, que en ese momento estaba intercambiando golpes con Edel. El hombre se tambaleó y se plegó por la mitad cuando la lanza de Edel le perforó la yugular.

Varg se abrochó el cinturón de armas, blandió el destral y el cuchillo, y recorrió con la mirada la habitación buscando una cara.

—¿Dónde estás, Leif? —gruñó. El caos se había apoderado del almacén. Hombres y mujeres gritaban y gruñían, y el hedor de la sangre y del hierro impregnaba el aire. Varg atisbó un sombrero con el forro de piel y una barba negra deformada por un gruñido. Leif, con el seax en la mano, retrocedía ante Kesha, una de las hermanastras de Sulich. Sterkur le dio un mamporro con el escudo para lanzarla contra la pared, agarró de la túnica a Leif y se lo llevó por un agujero en la pared del almacén.

—¡No! —gruñó Varg, y corrió tras ellos. Un cuerpo lo embistió, una mujer que empuñaba un hacha larga, y Varg la apuñaló con su cuchillo. Sintió cómo el metal se hundía en su cuerpo y oyó un grito, extrajo la hoja y se quitó de encima a la mujer para seguir corriendo. Delante de él vio al grandullón Taras, que levantó por encima de la cabeza a un hombre y lo arrojó contra un puñado de mercenarios de Sterkur. Todos se estrellaron contra el suelo. Edel y Svik intervinieron y asestaron puñaladas y hachazos.

Varg rodeó a Taras y salió del almacén por el agujero en la pared. La brillante luz del día lo deslumbró, pero vio que Leif y Sterkur corrían por el muelle seguidos por un puñado de guerreros. Sonaron los cuernos, los trabajadores del muelle gritaban y señalaban, y los funcionarios del puerto llamaban a los guardias. Varg hizo el ademán de salir tras Leif y Sterkur, pero una mano lo agarró por la muñeca. Varg levantó el cuchillo, pero vio que se trataba de Røkia.

—No —dijo su compañera.

Glornir y Svik salieron del almacén.

—Déjalos —dijo Glornir.

—Pero… —masculló Varg.

—Los muelles se han convertido en un avispero agitado —dijo Svik—. Hay que llegar al *Lobo del mar* antes de que los druzhina de Rurik aparezcan husmeando.

Las notas de un cuerno resonaron en los muelles y Varg oyó el sonido lejano de cascos de caballos. Suspiró y asintió con la cabeza.

Sulich y Kesha, Taras, Edel y su perro también salieron del almacén. Los que quedaban de la banda de Sterkur estaban muertos o gravemente heridos.

—Seguidme —dijo Glornir.

Echaron a correr por los muelles. Dejaron atrás toda clase de embarcaciones, la mayoría robustos knarr mercantes, algunos cargados y otros ya descargados. Los marineros y los estibadores interrumpían sus faenas para ver pasar a los Hermanos de Sangre. Los cuernos sonaban cada vez más cerca. Varg vio que un puñado de funcionarios del puerto y sus guardias se dirigían hacia ellos con paso resuelto y Glornir torció a la izquierda para entrar en un largo embarcadero. Apretaron el paso y pasaron como un rayo ante docenas de barcos amarrados, acompañados por el repiqueteo de sus botas en el suelo de madera. Varg divisó el *Lobo del mar* delante de ellos, justo al final del embarcadero, con el mástil ya clavado en la carlinga y la vela todavía recogida. Vol los observaba desde la popa. Otro barco cabeceaba delante del *Lobo del mar*, una nave de transporte mucho más ancha y con la cubierta central llena de caballos que comían heno con la cabeza agachada. Según se acercaban, Varg se dio cuenta de que a bordo estaban los hermanastros de Sulich, con las armaduras de láminas metálicas y las armas guardadas en los baúles de remos. Ya estaban sentados y esperaban con los remos levantados.

Los cascos de los caballos sonaban cada vez más fuerte detrás de ellos e hicieron un último esfuerzo para llegar cuanto antes al *Lobo del mar*. Glornir saltó a la regala y se quedó allí un momento. Sulich y Kesha subieron a la otra embarcación mientras que Varg y los demás saltaron a la cubierta del *Lobo del mar*. Taras hizo que el barco se balanceara bajo su peso. Røkia se detuvo un momento para desatar la amarra y luego saltó detrás de los demás por encima de la regala y aterrizó en la cubierta del *Lobo del mar*. Les lanzaron unos remos y Varg corrió a sentarse en su banco.

Glornir saltó desde la regala y se dirigió con paso resuelto hacia la espadilla del timón, situada en la popa.

—¡Vámonos! —gritó.

La tripulación empujó con los remos para separar el drakkar del embarcadero y cuando estuvieron a una distancia suficiente los introdujeron en las portas. Glornir se puso a bramar órdenes y Taras comenzó a marcar el ritmo golpeando un escudo con un trozo de cabo que tenía un nudo en un extremo. Los remos cortaron el agua y el *Lobo del mar* fue ganando velocidad y alejándose del puerto.

Varg vio que Sulich gritaba órdenes en la otra embarcación y su tripulación remaba en la estela del *Lobo del mar*. Los dos barcos ya surcaban las aguas de la bahía cuando una veintena de druzhina entraron al galope en el embarcadero y los caballos se detuvieron bruscamente. Un guerrero se levantó de la silla de montar y les gritó que dieran media vuelta, pero Glornir hizo oídos sordos. El guerrero bramó una serie de órdenes y empezaron a volar flechas desde el muelle, que caían silbando del radiante cielo azul e impactaban en la madera. Los tripulantes que no remaban levantaron los escudos y cubrieron las espaldas encorvadas de los compañeros que sí lo hacían. Las flechas se clavaban en los escudos y Varg oyó el chillido de un caballo, pero cada palada de los remos los alejaba un poco más del alcance de las flechas y en cuestión de segundos los proyectiles cayeron en la estela del *Lobo del mar* sin apenas hacer ruido. Las ovaciones estallaron a bordo cuando el *Lobo del mar* y el barco de Sulich salieron del alcance de los arcos y dejaron atrás el peligro.

Varg estaba sudando cuando pasaron entre las dos enormes estatuas que señalaban la entrada de la bahía de Ulaz, a un lado un toro colosal, y al otro, una criatura que él no conocía y que Svik le había dicho que era un escorpión. Lo miró fugazmente y deseó no encontrarse nunca con uno de verdad. Había gaviotas descansando en las patas de las estatuas, y los rayos anaranjados y rojizos del sol, que estaba ya bajo en el poniente, se reflejaban en las criaturas de piedra creando la impresión de que corría sangre por sus venas.

Glornir ordenó que se desplegara la vela y el viento del suroeste la hinchó. El *Lobo del mar* surcó las olas y la espuma salada fustigó la espalda de Varg. Sacaron los remos del agua para subirlos a bordo y guardarlos en los soportes de la cubierta. Varg se puso de pie, estiró la espalda y se apoyó en la regala.

—Bueno, por los pelos —dijo Svik acercándose a Varg. Estaba recogiéndose el pelo en una trenza—. Ese Leif Kolskeggson va a tener que responder por muchas cosas, y la menos importante no es haberme obligado a pasar por todo esto sin el pelo debidamente peinado y trenzado.

—Ajá —gruñó Varg.

—No te olvides de Sterkur —terció Røkia uniéndose a ellos—. Debe morir.

—A mí tampoco me ha caído bien —murmuró Varg.

—No se trata de eso —dijo Røkia—. Mi lobo escapó de mi control y me dominó por un momento. Él lo vio en mis ojos. Sabe que soy una corrompida.

Varg y Svik se la quedaron mirando mientras asimilaban las consecuencias de lo que acababa de decir.

—Encontraremos a ese niðing, hermana —afirmó Svik—, y lo callaremos para siempre.

—Lo siento —dijo Varg—. Es por mi culpa. No traigo más que problemas a los Hermanos de Sangre. —Se asió a la regala y los nudillos se le pusieron blancos. Dirigió la mirada hacia Ulaz y vio aparecer unas figuras en el horizonte, unas manchas oscuras. Dejó libre el lobo que corría por sus venas y su vista se agudizó. Las manchas se definieron. Eran barcos, cinco drakkar, y mientras los observaba se desplegaron las velas en los mástiles y el viento las hinchó. Eran velas blancas con un halcón negro.

—Mierda —murmuró Svik siguiendo la mirada de Varg.

—¿Qué pasa? —preguntó Varg.

—Son los drakkar de Rurik. Y apuesto a que nos están siguiendo.

CAPÍTULO QUINCE

ORKA

Orka miraba fijamente a los berserkir y los úlfhéðnar que se lanzaban a la carga desde el borde del bosque y provocaban pequeñas erupciones de nieve alrededor de sus pies mientras corrían. Las pieles de oso y de lobo que llevaban puestas les daban un aspecto más animal que humano.

—¡CONMIGO! ¡PROTEGED A VUESTRO DIOS! —bramó Rotta con su voz de dios mientras corría hacia la cabeza de la columna y los guerreros se ponían rápidamente en movimiento a su paso.

Orka vio que Biórr y Fain el Rojo también obedecían la orden de su dios rata.

Los guerreros se pasaron adelante los escudos que llevaban a la espalda o los cogieron de los carros y los solaparon para levantar un muro. Hombres y mujeres afirmaron los pies en el suelo y formaron una larga hilera de dos en fondo compuesta por descendientes de la dragona, guerreros corrompidos y adoradores de la dragona. Los que empuñaban lanzas y hachas largas se quedaron en la fila de atrás, y los seax, las espadas y los destrales ocuparon la primera fila.

«Demasiado delgado», pensó Orka. Su mirada saltó del muro de escudos a los berserkir y los úlfhéðnar que se precipitaban hacia él como una avalancha.

Los skraeling y los troles se arremolinaban delante o detrás de la línea y no parecían tener claro lo que debían hacer. A través de la nieve se oía el zumbido de los tennúr que sobrevolaban sus cabezas.

«Tal vez tengan una ilusión de unidad, pero carecen de cohesión en la batalla».

A lo largo de la línea sonaron los cuernos y Orka vio que algunos guerreros que se encontraban en la columna se volvían hacia el río.

Dos drakkar lo remontaban hacia su posición. Uno de los barcos avanzó por el denso juncal que bordeaba la orilla y el casco rechinó al cavar un surco en la tierra. De la nave saltaron guerreros enfundados en cotas de malla y pieles que inmediatamente corrieron hacia la cola de la columna de Rotta. Sus escudos redondos tenían lobos dibujados con nudos sinuosos sobre un campo nevado.

—¡Padre! —exclamó un hombre cerca de Orka. Era Dagrun, que se abalanzó sobre un adorador de la dragona y le rodeó el cuello con la cuerda que le ataba las manos. En torno a él, otros prisioneros asaltaron a los guardias.

Los primeros berserkir embistieron el muro de escudos con un estruendo ensordecedor y lo atravesaron en un frenesí de músculos, dientes y hierro. A lo largo de la línea, los berserkir y los úlfhéðnar arremetieron contra los escudos y lanzaron guerreros por los aires, hicieron trizas escudos, rompieron huesos y salió sangre disparada en todas direcciones. Resonaron los gritos, los hierros chocaron, los guerreros rugieron y casi inmediatamente el muro de escudos se descompuso en pequeñas secciones que resistían aquí y allá.

Un enorme trol toro rugió y se introdujo pesadamente por un hueco en el parapeto, arremetiendo con la porra y derribando tanto amigos como enemigos. Un berserkir voló dando vueltas por el aire, se estrelló contra el suelo y su cuerpo machacado y sanguinolento rodó por la tierra unos metros. Varios úlfhéðnar se lanzaron hacia el trol, lo rodearon y le asestaron puñaladas, mordiscos y tajos.

Orka miró a su alrededor. Justo delante de ella, dos berserkir estaban abriendo una brecha en el muro de escudos. Uno de ellos, una mujer, cayó al suelo echando espuma ensangrentada por la boca. Los guerreros se desplegaron a su alrededor asestando lanzadas, pero el otro berserkir aguantaba con los pies plantados en el suelo y arremetía con los destrales que empuñaba contra cualquier cosa que se moviera. Orka miró a través de la brecha en el muro y vio cuerpos destrozados y pisoteados en el suelo. A través de la nieve que caía también vio el borde del bosque y dos figuras que salieron en ese momento de las sombras, se detuvieron y la miraron fijamente. Eran un hombre y un niño.

Se le paró el corazón.

—Breca —musitó cuando vio que su hijo le hacía señas como un desesperado para que viniera.

Empezó a moverse sin darse cuenta. Pero entonces recibió un golpe en el costado y cayó al suelo, rodó unos metros y un seax se clavó en la nieve a su lado.

—No irás a ninguna parte —dijo Myrk alzándose por encima de ella. Extrajo el seax del suelo con una explosión de nieve y tierra.

Orka gruñó y le dio una patada en las piernas. Myrk se desplomó y Orka se arrastró por el suelo y lanzó una cuchillada con el seax a la espalda de Myrk justo cuando esta rodaba para escapar de ella. Saltaron chispas de la cota de malla de Myrk cuando el acero se deslizó por ella. Las dos volvieron a acercarse y se asestaron tajos y puñaladas. Los hierros chocaban. Myrk asestó una cuchillada, pero su seax cortó el aire con un silbido y Orka la atacó con su hoja. Myrk la esquivó con un giro del cuerpo y le dio un puñetazo en la mandíbula. Orka se tambaleó peligrosamente y agitó los brazos para tratar de recuperar el equilibrio, pero sus manos ligadas le dificultaban los movimientos. Dio unos pasos vacilantes y se agachó cuando Myrk la atacó. Entonces aprovechó la oportunidad para asestar un tajo en el muslo de su oponente. Myrk soltó un gruñido de dolor y retrocedió con los ojos rojos brillando y moviendo los labios.

—*Sársaukarúnir, brenndu hanna* —murmuró Myrk al mismo tiempo que movía una mano en el aire. Unas llameantes runas rojas cobraron vida delante de ella.

—¡No! —gruñó Orka, y echó a correr hacia ella con la cabeza agachada. La embistió con el hombro y ambas salieron volando por el aire y se estrellaron contra el suelo.

Myrk se retorcía gruñendo y jadeando. Orka se aferró a ella, le rodeó el cuello con la cadena que le ataba las muñecas y tiró hacia atrás.

—*Sársaukarúnir, brenndu...* —farfulló Myrk respirando con dificultad. Las runas rojas volvieron a aparecer alrededor de las dos mujeres mientras rodaban por el suelo.

—¡He dicho que no! —espetó Orka. Tiró hacia atrás de la cabeza de Myrk y le mordió el cuello con sus dientes lupinos. Le arrancó un trozo de carne y la sangre corrió a borbotones por su cuello. Myrk gritó. Orka continuó arrancándole pedazos de carne a mordiscos, hundiendo cada vez un poco más los dientes en su cuello. La sangre caliente se deslizaba por su garganta, por su barbilla. Myrk se revolvía y retorcía, agitaba los brazos con desesperación, apuñalaba a Orka. Esta no sabía si su rival acertaba a clavarle el seax, pues estaba cegada por la sangre. Una locura frenética se había apoderado de ella. Poco a poco comenzó a darse cuenta de que Myrk ya no forcejeaba. Soltó su cuerpo, lo apartó y se puso de rodillas apoyando las manos en el suelo. Myrk yacía muerta junto a ella, con el cuello arrancado a tiras sanguinolentas.

Orka echó la cabeza hacia atrás y aulló.

Una sombra la cubrió y sintió una mano en el hombro.

—Mamá.

Una voz se filtró a través de su frenesí violento y llegó hasta sus oídos. Entrecerró los ojos antes de levantar la cabeza y vio a Breca de pie frente a ella, con los nudillos blancos alrededor del mango de un destral. Detrás de él había otras figuras más altas: Lif, con un escudo en una mano y una lanza en la otra, Halja Nariz Chata y Gunnar Proa, ambos con cota de malla y casco, y Sæunn, la thrall hundur que Orka había comprado en Stark, ya sin el collar de thrall, vestida con pieles y con una lanza en la mano.

—Ven con nosotros —dijo Breca cogiendo de la mano a su madre para ayudarla a levantarse.

CAPÍTULO DIECISÉIS

BIÓRR

Biórr detuvo con el escudo el hachazo de una berserkir y la fuerza del golpe produjo un temblor que le subió por el brazo desde la muñeca. Se apoyó en el hombre que tenía a su lado en el muro de escudos, un corrompido descendiente del dios zorro que formaba parte de los Alimentadores de Cuervos, afirmó los pies en el suelo y asestó una puñalada por encima del borde del escudo dirigida a la cara de la berserkir. Esta se inclinó hacia la izquierda y el acero de Biórr le trazó una línea roja en la mejilla y le atravesó una oreja, pero su oponente no dio muestras de sentir dolor, y simplemente rugió y arremetió de nuevo contra él, enganchó la cabeza del hacha al borde de su escudo y lo bajó para lanzarle una dentellada a la cara. Tenía los ojos desorbitados y le salía por la boca una espuma rojiza. La cabeza de la piel de oso que llevaba puesta creaba la impresión de que fuera ese animal mismo y no una persona la que lo estaba atacando.

Un hacha larga machacó la cabeza de oso y un sonido metálico reveló que debajo había un casco, pero el golpe había sido tan fuerte que el hacha se hundió en él. La berserkir gruñó con la mirada perdida un instante y luego comenzó a correr sangre por su cara. Se tambaleó y se derrumbó sobre las rodillas, y Biórr le asestó otra puñalada que le atravesó la garganta. Extrajo la hoja y echó un vistazo fugaz por encima del hombro para darle las gracias con un rápido movimiento de la cabeza a Fain el Rojo, que con su hacha larga formaba parte de la segunda fila del muro de escudos.

Biórr estaba en el muro de escudos con un grupo formado por doce o quince Alimentadores de Cuervos que había resistido la primera embestida de los berserkir y los úlfhéðnar. La batalla rugía a su alrededor. Biórr había estado luchando hasta ese momento para sobrevivir, con el corazón aporreándole el pecho, pero ahora los berserkir y los úlfhéðnar les habían dado un momento de respiro y ya no atacaban el muro de escudos, ya que la mayoría se había dispersado entre los guerreros de la banda de Rotta y peleaban como frenéticos animales acorralados. Sus camaradas aprovecharon la breve tregua para respirar hondo y descansar el brazo con el que sostenían el escudo. Por el hueco que tenía a su derecha, Biórr vio a Brák y a lo que quedaba de su cuadrilla, más un puñado de skraeling, luchando juntos. A pesar de las heridas, Brák se movía con una velocidad increíble, y vio cómo su espada larga y delgada atravesaba a un berserkir. Sus hombres y los skraeling habían rodeado al berserkir y lo hostigaban y lo acuchillaban, y cuando el berserkir se volvía hacia ellos retrocedían como un perro acobardado por un oso.

Biórr se volvió rápidamente al oír un aullido a su derecha y vio a Orka de rodillas en el suelo, con las manos apoyadas en la nieve removida y sucia, la cabeza echada hacia atrás y aullando al cielo. Detrás de ella había un cadáver que su cuerpo ocultaba parcialmente. Un puñado de guerreros corría hacia ella, algunos enfundados en cotas de malla, empuñando un escudo negro con salpicaduras de sangre. Con ellos iba un niño con una expresión feroz en el rostro, envuelto en gruesas pieles y con un hacha en la mano. Biórr, un tanto desconcertado, reconoció a Breca. El niño ayudó a Orka a ponerse en pie y los demás se desplegaron a su alrededor como si fueran una mano protectora.

Orka se levantó despacio y se sacudió como si fuera un perro que acabara de salir de un río. Y entonces Biórr vio el cuerpo que yacía a sus pies. El tiempo se detuvo para él y el mundo se redujo a la cara pálida y sin vida de Myrk. Orka se agachó y desabrochó el cinturón de armas de Myrk, se lo quitó y se lo abrochó alrededor de la cintura. Enfundó el seax que tenía en la mano y luego volvió a agacharse para recoger el otro seax, que estaba en el suelo al lado de Myrk. Lo limpió en la túnica del cadáver.

Biórr oyó un grito y se dio cuenta de que era suyo. Echó a andar sin pensar en lo que hacía, y oyó que Fain lo llamaba y un ruido de pasos: Fain y unos cuantos más lo seguían. Corrió por el caótico campo de batalla. La nieve se arremolinaba a su alrededor y el fragor de la lucha resonaba en sus oídos. Los muertos y los moribundos yacían diseminados por el suelo como hojas secas, mirando con ojos sin vida y con la mueca de la muerte dibujada en la boca abierta. Había sangre en la nieve, negra como la tinta, y el hedor de los intestinos vaciados y el olor metálico de la sangre flotaban como niebla en el aire. Vio que dos troles volcaban un carro encima de un úlfhéðnar y lo aplastaban. Oyó los rugidos y el estrépito de los metales de una nueva batalla cuando los guerreros que habían desembarcado de los drakkar arremetían contra los grupos residuales del muro de escudos. Oyó los bramidos de Rotta con su voz de dios. Vio la magia rúnica que cobraba vida chisporroteando en el aire. Vio a los tennúr que se lanzaban en picado y se arremolinaban alrededor de la cabeza de un úlfhéðnar, lo desgarraban con sus uñas y se aferraban a sus dientes cuando abría la boca para rugir. Pasó junto a Skaga y un puñado de skraeling, que estaban triturando a hachazos a un úlfhéðnar tirado en el suelo. Skaga le gritó algo al verlo, pero él no lo oyó. Luego Skaga gritó a los otros skraeling y todos salieron detrás de Biórr, Fain y los demás.

Uno de los que rodeaban a Orka vio a Biórr y a los demás que corrían con él hacia ellos. Era un hombre alto y rubio, con la barba trenzada, cota de malla y casco. En una mano empuñaba un escudo negro con salpicaduras de sangre y en la otra un destral. Biórr lo reconoció, había luchado con él no hacía mucho.

«Maté a su mujer».

Biórr vio brotar un fuego verde en sus ojos mientras golpeaba el escudo con el destral.

La rata interior de Biórr chilló y lo primero que le dijo su instinto fue que huyera.

«No, hermano —dijo dentro de su cabeza—. Encuentra el valor. Es el momento de luchar».

Notó el cambio en la rata que corría por sus venas; ya no quería huir sino pelear, como si estuviera acorralada. Se sintió poseído por una fuerza brutal.

Una mujer pelirroja enfundada en una cota de malla que estaba al lado del hombre rubio echó el brazo hacia atrás, arrojó una lanza y desenfundó la espada antes de que la lanza pasara silbando junto a Biórr. Sonó un grito a su espalda y un skraeling cayó al suelo. Oyó que Skaga maldecía y siguió corriendo. Giró bruscamente para rodear a tres úlfhéðnar que estaban haciendo picadillo a un grupo de adoradores de la dragona, oyó que algunos Alimentadores de Cuervos embestían a los úlfhéðnar detrás de él y de repente se encontró a escasos metros de Orka y su pequeño grupo.

Los dos Hermanos de Sangre habían juntado sus escudos negros y detrás de ellos había otro hombre y otra mujer con las lanzas en posición de ataque. Biórr no veía a Orka ni a Breca.

Lanzó un grito de batalla, pero dejó de correr.

«No soy un berserkir enloquecido que se lanza de cabeza para que lo empalen». Giró bruscamente para sortear los escudos y asestó con la espada un golpe bajo dirigido a las espinillas del hombre de los ojos verdes, pero este bajó el escudo para aplastar la hoja de Biórr contra el suelo y lanzó un hachazo hacia su pecho. Biórr se retorció y levantó el escudo para detener el hacha de su oponente. El golpe fue tan potente que Biórr se tambaleó, pero corrió unos pasos más y se agachó para evadir una lanzada dirigida a su cuello, retrocedió balanceándose, tropezó con algo y cayó de espaldas al suelo.

Fain el Rojo y el resto de los Alimentadores de Cuervos cargaron contra el pequeño muro de escudos y los pies de los Hermanos de sangre se deslizaron hacia atrás por el suelo. Aun así, la pareja de mercenarios logró aguantar el peso de sus rivales. Se produjo un intercambio de hachazos y puñaladas, y Biórr vio que desde la fila de atrás asestaban lanzadas y las moharras regresaban manchadas de sangre. Un umbo de hierro golpeó en la cara a Fain el Rojo, que dio unos pasos inseguros hacia atrás antes de hincar una rodilla en el suelo. En ese momento, Skaga y el resto de los skraeling embistieron el muro de escudos y lo hicieron retroceder unos cuantos pasos más. Había demasiados skraeling para los dos guerreros que sostenían los escudos y no pudieron evitar que se escabulleran por sus flancos. El muro se descompuso y los escudos se movieron cada uno en una dirección, con uno de los guerreros que empuñaban las lanzas detrás de él. En su estela iban dejando un reguero de cuerpos.

Biórr se dio la vuelta y apoyó las manos en el suelo para levantarse, pero entonces vio que había tropezado con un cadáver. Era Myrk. La miró fijamente a los ojos, oscuros y sin vida, con la mirada perdida. Le costaba creer que esa fuera la mujer apasionada y feroz que lo había arrastrado hasta los juncos que bordeaban el río solo unas horas antes. Un sonido, que era en parte un gemido y en parte un gruñido, se atoró en su garganta. Se impulsó para ponerse en pie gruñendo, agarró el escudo y la espada, y buscó con la mirada a Orka.

Fain el Rojo ya se había levantado y lideraba la pequeña banda de Alimentadores de Cuervos en su batalla contra uno de los escudos negros. Skaga y el resto de los skraeling trataban de rodear al otro. Entonces vio a Orka, luchando con movimientos rápidos y asestando golpes bajos con un seax en cada mano, tajando, acuchillando y gruñendo. A su paso iba trazando arcos de sangre en el aire. Un skraeling saltó a su encuentro, la embistió y Orka se tambaleó. El skraeling se agarró a ella con la intención de rajarle el cuello con una gruesa hoja de hierro.

Una pequeña figura salió disparada de detrás de un carro. Era Breca, que corría profiriendo unos aullidos agudos, empuñando un destral en una mano con los nudillos blancos y un rictus de rabia. Se elevó en el aire de un salto, agarró el hacha con las dos manos por encima de la cabeza y machacó el cráneo del skraeling. Este se derrumbó como una vaca con la crisma rota, dobló las piernas, y huesos y sesos se desparramaron desde su cabeza. Breca cayó con él y se levantó inmediatamente asestando frenéticos hachazos al skraeling muerto, hasta que su madre lo agarró de la capa y lo separó de él levantándolo en el aire. El niño continuó escupiendo y gruñendo, con un brillo ambarino y verduzco en los ojos, pero poco a poco fue tranquilizándose.

Biórr lanzó una mirada al cadáver de Myrk y echó a correr hacia Orka. Pero una figura con un escudo negro apareció delante de él. Tenía los ojos verdes y una mueca feroz en la boca. Biórr agachó la cabeza y embistió al Hermano de Sangre. Sus escudos chocaron y el otro guerrero retrocedió tambaleándose. Biórr aprovechó el impulso para rebasarlo y asestó un espadazo de revés. Oyó que el Hermano de Sangre gruñía cuando su hoja se clavaba en la parte superior de su espalda y le hacía un desgarrón en la cota de malla. Volaron eslabones por el aire.

Biórr paró en seco y se dio la vuelta. Vio que el Hermano de Sangre también se daba la vuelta y afirmaba los pies en el suelo para recibir su embestida. Su espada impactó en el escudo del Hermano de Sangre. Le asestó un golpe dirigido a la cara, otro por debajo del borde del escudo, y el Hermano de Sangre retrocedió y arremetió con su hacha contra la cabeza de Biórr, pero este se movió hacia la izquierda y estampó su escudo contra el de su oponente, gruñó y le escupió por encima de los escudos trabados. El Hermano de Sangre giró con un pie apoyado en el suelo y empujó con el escudo a Biórr, que dio un traspiés y vio cómo la hoja del hacha de su rival se deslizaba por el brazo que sujetaba el escudo. Se hicieron añicos eslabones de la cota de malla y manó sangre. Biórr sintió un calor abrasador en la parte posterior del brazo. El guerrero de los ojos verdes se abalanzó sobre él con el escudo levantado y le asestó una frenética serie de hachazos. Saltaron astillas del escudo de Biórr y las ondas de choque de los potentes golpes se propagaron por su brazo herido. Intentó con todas sus fuerzas mantener el escudo levantado y asestó un espadazo, pero no tenía los pies afirmados en el suelo y el golpe fue demasiado débil.

El guerrero de los ojos verdes desvió la espada y estampó el escudo contra el de Biórr, que se estrelló contra el suelo con una explosión de nieve y su espada salió despedida de su mano.

Biórr rodó unos metros y estiró la mano hacia la empuñadura de su espada, pero su oponente le pisó la muñeca y le inmovilizó el brazo.

—Mataste a Revna —espetó el guerrero de los ojos verdes—. Ella valía más que mil como tú. —Levantó el hacha.

Una figura pequeña embistió al guerrero de los ojos verdes y lo lanzó hacia atrás. Biórr vio a Harek de pie a su lado, con las piernas abiertas y los puños apretados. Sus ojos brillaban con una luz amarilla y tenía la barbilla y la mandíbula hinchadas. Unos pequeños colmillos despuntaban entre sus dientes inferiores.

—¡Déjalo en paz! —gritó Harek.

CAPÍTULO DIECISIETE

ORKA

Orka miró a Breca mientras lo sujetaba suspendido en el aire. Le costaba creer que fuera su hijo. Ya comenzaba a tranquilizarse tras el arrebato que se había apoderado de él y la miraba con unos ojos oscuros en un rostro pálido y salpicado de sangre.

—¿Has recuperado el control? —le preguntó Orka con voz calmada. Él asintió con la cabeza y Orka lo dejó en el suelo al lado del skraeling que acababa de matar.

—Quería hacerte daño, mamá —dijo Breca mirando al skraeling y luego a su madre.

—Ajá —gruñó Orka.

—Tenemos que irnos de aquí —dijo Breca.

Orka asintió. Miró a su alrededor y vio que Halja Nariz Chata estaba luchando con los Alimentadores de Cuervos. Lif se mantenía un paso por detrás de ella, cubriéndole el flanco con el escudo y la lanza. Los cadáveres se amontonaban en torno a ellos.

Un trol con una gruesa cornamenta surgió dando tumbos en la nieve y pasó cerca de ellos, con tres o cuatro úlfhéðnar colgados de la espalda y los brazos que le asestaban puñaladas y lo mordían. Otros dos troles se paseaban dando tumbos por el caos, uno blandiendo una enorme porra y el otro acometiendo con una lanza con el asta gruesa. La gente se apartaba de su camino. Pero entonces aparecieron unos hombres y unas mujeres con cota de malla y escudos con lobos pintados que se arremolinaron alrededor de ellos y los atacaron con hachas y espadas. Orka reconoció al líder de esos guerreros, un hombre canoso y fornido enfundado en una cota de malla y pieles. Era Orlyg, el padre de Dagrun, que bramaba órdenes al mismo tiempo que arremetía a diestra y siniestra con un hacha larga. Lo acompañaba un galdramaðr que no se separaba de él. Era un hombre moreno, con cráneos de animales ensartados en el pelo y un bastón en las manos.

El galdramaðr pronunció unas palabras en una lengua extraña y trazó unas runas rojas en el aire con el bastón. De repente apareció un escudo de fuego delante de Orlyg justo cuando un skraeling se abalanzaba sobre él. La criatura chocó con el escudo de runas, estalló en llamas y se derrumbó en el suelo chillando.

Sæunn, envuelta en gruesas pieles y empuñando una lanza, llegó corriendo hasta la posición de Orka.

—Tenemos que irnos, ama —dijo.

—Ajá —gruñó Orka—. ¡Halja, Lif! —gritó haciendo bocina con las manos. Los dos guerreros acudieron a la carrera.

—¿Dónde está Gunnar Proa? —preguntó Orka a Sæunn.

—Allí —respondió Sæunn señalando con la lanza.

Orka vio a Gunnar parado delante de un niño y un adulto que intentaban levantarse del suelo.

—¡Harek! —gruñó Breca—. Ese traidor. —Sus ojos destellaron con una luz ambarina y verde, y todo su cuerpo comenzó a temblar.

—No —le dijo Orka agarrándolo de la muñeca y zarandeándolo, al mismo tiempo que calmaba su propio lobo interior. Gritó—: ¡Gunnar!

Gunnar le lanzó una mirada por encima del hombro y luego volvió a mirar al hombre tirado en el suelo. Orka reconoció a Biórr y recordó que había asesinado a Revna.

El trol con el úlfhéðnar aferrado a su cuerpo pasó dando tumbos entre Gunnar y Biórr, rugió, se tambaleó y cayó desplomado con el cuello rajado. El úlfhéðnar encaramado a su espalda se soltó de él cuando se estrelló contra el suelo. La tierra tembló alrededor de su cuerpo de una manera tan violenta que Gunnar salió disparado hacia atrás y Harek y Biórr volvieron a dar con sus huesos en el suelo.

Orka oyó detrás de ellos la voz de Rotta, que tronaba por todo el campo de batalla. No entendía lo que decía, pero sus palabras le ponían los pelos de punta. Miró atrás y lo vio surgir de la nieve y entrar al galope en el terreno que se extendía entre el borde del bosque y la banda de guerreros, rodeado por una veintena de descendientes de la dragona.

Orka echó a correr seguida por otros guerreros y alcanzó a Gunnar escasos segundos después. Este buscó con desesperación a Biórr, pero se había esfumado. Una nueva batalla estalló en torno a ellos.

—Hermano, tenemos que irnos —dijo Halja a Gunnar.

—Revna —gruñó Gunnar buscando a Biórr con la mirada.

—Ha huido —dijo Halja—. Volverás a encontrar a ese niðing y tendrás otra oportunidad para vengar a Revna. Si no nos vamos ahora, lo más seguro es que nadie salga vivo de aquí. —Señaló a Rotta y a los descendientes de la dragona, que berreaban palabras incomprensibles para ellos, y runas de fuego y hielo aparecían en el aire justo enfrente de ellos.

Gunnar se quedó paralizado un momento, hizo una mueca de rabia y finalmente asintió. Recogió el hacha del suelo.

—Machacacráneos —dijo señalando la cadena que todavía ataba las muñecas de Orka.

Orka se puso de rodillas y extendió los brazos sobre el suelo cubierto de nieve. Gunnar asestó un hachazo y saltaron chispas de la cadena. Al tercer golpe, un eslabón se partió y se abrió ligeramente. Orka dejó libre a su lobo interior para usar su fuerza. Se le hincharon las venas y rompió la cadena.

Dio las gracias a Gunnar con un gruñido y corrieron todos juntos a través de la batalla campal, rodeando los grupos de combatientes. Orka enfundó los seax y se agachó para recoger un hacha larga del suelo sin detenerse. Era el arma de Fain el Rojo, el veterano que estaba luchando con un berserkir. Orka vio que sus músculos se abultaban y sus colmillos se hundían en el pecho del berserkir. Este clavó un seax en el muslo de Fain el Rojo y el anciano guerrero lanzó un bramido y desgarró el torso de su rival hasta que llegó a su garganta.

Un grito a su izquierda atrajo la atención de Orka. Varios skraeling y adoradores de la dragona estaban dando una buena paliza a Dagrun y a un puñado de sus drengir. Orka cambió de dirección y los demás la siguieron cuando se lanzó hacia los que atacaban a Dagrun. Este estaba tirado en el suelo, con un skraeling encima de él que lo estrangulaba con unas manos enormes. Orka arremetió contra él con su hacha larga y Lif le hundió la lanza en la espalda. La criatura se derrumbó profiriendo un alarido gorjeante. Gunnar, Halja y Sæunn arrasaron al resto como si fueran un viento helado. Dejaron a Dagrun jadeando en el suelo y continuaron corriendo.

Orka vio el cuerpo de Spert cubierto por la nieve y todavía con la lanza atravesándole el cuerpo. Corrió hasta él, arrancó la lanza y la arrojó lejos, luego levantó el cuerpo, lo acunó en un brazo y siguió corriendo.

Quiso comprobar que Breca se mantenía cerca y lo vio corriendo con todas sus fuerzas un paso por detrás de ella, a su derecha.

Salieron a campo abierto. Rotta y sus descendientes de la dragona se interponían entre ellos y los árboles. Comenzaba a anochecer, las rachas de viento producían remolinos de nieve y una pálida luz crepuscular bañaba el valle. Orka atisbó movimiento en el borde del bosque: las arañas del hielo y las brujas nocturnas salían de la oscuridad como un manto de niebla empujado por el viento.

Rotta la divisó y levantó los brazos. Unas runas azuladas como el hielo aparecieron formando unas espirales en el aire que crecían y se expandían a toda velocidad. Los jinetes descendientes de la dragona que había detrás de él alzaron sus voces y surgieron unas runas crepitantes encima de sus cabezas. Las arañas del hielo y las brujas nocturnas se precipitaron entre los pies de sus caballos.

Orka frenó en seco.

—Por ahí no podemos escapar —gruñó.

Orka y su grupo dieron media vuelta y corrieron de vuelta a la batalla, la atravesaron asestando hachazos y puñaladas, y pasaron junto a un carro volcado donde había una docena de niños acurrucados.

—¡Bjarn! —gritó Breca aflojando la marcha—. ¡Ven con nosotros, Bjarn!

Un muchacho con el pelo oscuro miró a Breca, se levantó titubeando y los siguió.

Orka echó un vistazo atrás al oír unos gritos y vio que Rotta y los descendientes de la dragona estaban acercándose a la línea de batalla y arrojaban sus hechizos rúnicos a través del aire. Sobre los úlfheðnar y los berserkir caían unos anillos de llamas rojas y un hielo abrasador que los encendían como si fueran velas o los congelaban instantáneamente y los convertían en estatuas de hielo. El pánico se apoderó de la batalla, y Orlyg y sus guerreros con lobos estampados enlos escudos renunciaron a seguir avanzando y comenzaron a retroceder.

Orka continuó corriendo a través de la batalla y salió a un espacio abierto delante del río. Breca, Gunnar y los demás le pisaban los talones. Vio que Bjarn los seguía. A su derecha estaban los dos barcos de Orlyg, cada uno de ellos con la mitad de la tripulación a bordo, y a su izquierda, el río discurría serpenteando hacia el norte, en dirección a Svelgarth, de donde venía Orka.

—¿Adónde vamos, jefa? —preguntó Halja Nariz Chata.

Orka vaciló.

No paraba de rebasarlos gente, algunos huían en desbandada y otros se replegaban con los escudos solapados. Orka divisó a Orlyg con una veintena de sus guerreros y su galdramaðr, que protegía al jarl con un escudo de runas. Orlyg bramó una orden y una mujer se llevó un cuerno a los labios y tocó una nota ululante mientras el contingente se retiraba.

«No podemos ir al norte. Allí solo moriremos de frío. Y el paso al bosque por el oeste está bloqueado».

Lanzó otra mirada atrás y vio que Rotta avanzaba por el campo de batalla a lomos de su caballo mientras llamas rojas y hielo azul brotaban a su alrededor y se expandían por el suelo cubierto de nieve.

—Lobos detrás y un acantilado delante —murmuró Halja.

—Ajá —gruñó Orka.

—¡Venid conmigo! —gritó una voz cerca. Orka vio que Dagrun les hacía señas—. ¡Venid con nosotros! —bramó mientras corría hacia los barcos con un puñado de drengir.

Orka solo tuvo que echar otro vistazo atrás para tomar una decisión. Echó a correr con todas sus fuerzas tras Dagrun en dirección a los drakkar.

Pasaron unas runas por encima de su cabeza, dejando unas feroces estelas rojas y azules en el cielo y derritiendo copos de nieve, e impactaron en el barco que había encallado en la orilla del río. Se produjo una explosión de incandescencias rojas y azules, y las llamas se propagaron crepitando por las tracas del casco y la cubierta de madera. En solo unos segundos, el fuego consumía la nave. Orka viró bruscamente para pasar de largo la primera embarcación, de la que saltaban al río hombres y mujeres envueltos en llamas.

Vio que Dagrun llegaba al segundo barco, se daba la vuelta y ayudaba a subir a la cubierta a una mujer. Luego levantó a una niña y la arrojó a los brazos de la mujer. Orlyg se elevó de un brinco, se agarró a la regala y subió a bordo. Su galdramaðr saltó ágilmente al barco detrás de él.

Orka se abrió paso a través de los juncos y avanzó pesadamente por el agua. Cuando llegó al casco del barco, se dio la vuelta para agarrar a Lif y lo impulsó para que pasara por encima de la regala. Luego cogió a Breca y lo levantó. Lif agarró al niño por las muñecas y lo subió a bordo. Halja y Sæunn entraron corriendo en el río, saltaron para agarrarse a la regala y se impulsaron para pasar al otro lado. Luego llegó Gunnar, y Orka y él saltaron juntos. Unas manos los agarraron desde la cubierta del barco y los subieron a bordo.

Orka se deslizó por la regala y aterrizó en la cubierta, donde Orlyg ya estaba bramando órdenes, y los guerreros cogían los remos de los soportes centrales y los introducían por las portas mientras otros camaradas empujaban la embarcación para apartarla de la orilla. Los remos escindieron el agua y el drakkar se desplazó despacio por el río. Desde la orilla llegaban gritos y bramidos. Se oyeron los pasos trepidantes de los guerreros que corrían por la cubierta de madera pertrechados con escudos para proteger a los remeros. Orka vio al galdramaðr de Orlyg de pie en la regala, arrojando runas con su bastón a los vaesen arremolinados en la ribera.

Depositó con delicadeza el cuerpo de Spert en la cubierta y se acercó a la regala, desde donde observó a un puñado de úlfhéðnar y berserkir que corrían hacia el barco perseguidos por skraeling y arañas del hielo. Orka agarró una espada del soporte para las espadas, la arrojó y contempló cómo perforaba a una araña del hielo que saltaba hacia un úlfhéðnar. Los úlfhéðnar y los berserkir llegaron a los juncos, los atravesaron y saltaron hacia el drakkar. Orka se inclinó para agarrar por la muñeca una de las manos tendidas hacia ella y pasó por encima de la regala a un berserkir.

Breca apareció a su lado escrutando la confusa escena que se desarrollaba a su alrededor.

—¡Bjarn! —gritó—. ¡Bjarn! —Paseó frenéticamente la mirada por el caos que reinaba en la orilla del río.

Entonces apareció una figura pequeña que pasaba como un rayo entre las piernas de un trol y corría hacia el barco.

—¡Vamos, Bjarn! —gritó Breca.

Orka sumó su voz a la de su hijo y apremió a Bjarn. Pero de repente apareció detrás de Bjarn otro niño corriendo que saltó hacia sus piernas y lo derribó. Los dos niños rodaron por el suelo y desaparecieron entre los juncos que poblaban la ribera.

—¡Harek! —bramó Breca. Hizo el ademán de encaramarse a la regala, pero Orka lo agarró y tiró de él.

Rotta surgió de la penumbra crepuscular y la nieve montado en su caballo y levantó una mano por encima de la cabeza. Unas runas azules brotaron en el aire. Dirigió la mirada hacia el drakkar, la fijó en Orka y le arrojó las runas. Orka arrancó el escudo de la mano a un guerrero que tenía al lado, lo levantó y sintió cómo la magia rúnica impactaba en él. Se tambaleó con la potencia del golpe. La escarcha que recubría el escudo se agrietó y se filtró por el lino y la madera, hasta que aparecieron unos puntitos de escarcha en su cara interior que rápidamente se convirtieron en esquirlas de hielo. La madera del escudo se congeló, se agrietó y se partió, y el frío golpeó a Orka como si fuera una ola y le entumeció la mano, pero también sintió un calor abrasador que se propagó por su brazo. Tiró el escudo con un rugido y lo vio caer al río, e inmediatamente el agua que lo rodeaba se congeló. La runa de hielo chisporroteó, el hielo se agrietó y desapareció.

Los remos se hundían en el agua e impulsaban la nave. El drakkar ganaba velocidad y se alejaba de la orilla surcando el río para aprovechar la fuerza de la corriente, que rápidamente arrastró el barco. Orka vio a Rotta erguido en su silla de montar, con el cuerpo temblando de rabia, hasta que la ventisca lo ocultó. Oyó sus gritos, sus coléricos bramidos de frustración, y se dejó caer en la cubierta. Apoyó la espalda en la regala y flexionó la mano todavía yerta por el hechizo rúnico de Rotta.

Breca se encorvó y vomitó a su lado.

«Matar no es fácil», se dijo Orka mirando a su hijo. Reparó en el temblor de sus manos.

—Breca, ven aquí.

El chico levantó la mirada, se limpió el vómito de la boca y se acercó a su madre.

—Deberías estar muy lejos de aquí —dijo Orka—. Deberías haber huido.

—No podía irme sin ti, mamá —repuso Breca.

—Murió gente para salvarte, para llevarte lejos de aquí —insistió ella, y Breca dejó caer la cabeza.

Lif, Gunnar, Halja y Sæunn se congregaron en torno a ellos, en cuclillas o sentados.

—Deberíais habéroslo llevado como os pedí —los reprendió Orka muy seria—. Con Glornir estaría seguro.

—Ya no hay ningún sitio seguro en Vigrið —dijo Halja—. La dragona está libre.

—Más seguro que aquí sin duda —gruñó Orka.

—Tal vez, pero solo durante un tiempo. —Halja se encogió de hombros.

—Tomamos la decisión juntos —terció con ferocidad Sæunn—. Ninguno de nosotros quería abandonarte. Spert fue el primero que propuso que nos quedáramos. No quería irse sin ti.

Orka contempló la diminuta sombra que era el cadáver de Spert, acomodado detrás de un baúl de remo. Se arrodilló a su lado y puso una mano incrustada de sangre y mugre encima de él.

—Amistad —musitó. Sintió una opresión en el pecho. «Fue leal, fiel. Estos dioses y sus descendientes de la dragona me han quitado demasiadas cosas y tendrán que responder por ello. Me cobraré todas estas deudas con su sangre». Le temblaban los músculos de la mandíbula y exhaló un largo suspiro. Miró a Breca. El niño estaba temblando y tenía los ojos llorosos. Le cogió las mejillas con las manos, se lo acercó y le limpió las lágrimas con besos. Lo abrazó con fuerza. La emoción hacía vibrar sus cuerpos—. Mi Breca —susurró, y sintió que los brazos de su hijo la rodeaban y la apretaban fuertemente.

CAPÍTULO DIECIOCHO

GUÐVARR

Guðvarr se revolvió en la silla de montar. Le dolía el culo y se levantó, pero enseguida apareció una sensación abrasadora en la parte interior de sus muslos y solo aguantó así unos segundos más antes de volver a posar el trasero en la silla. Suspiró cuando el dolor regresó. Se frotó la nariz, donde un moco congelado le había dejado la zona en carne viva, y se ciñó la capa alrededor del cuerpo.

«Odio viajar. Ojalá estuviera en Darl», se dijo.

Entonces recordó a Lik-Rifa y su habitación llena de serpientes y arañas del hielo, y cambió de idea.

Cabalgaban por un bosque, y el sol ya estaba poniéndose. Los rayos de luz se filtraban fragmentados a través de las copas. Su tía, la jarl Sigrún, marchaba a su lado, seguida por sus drengir en columna de dos en fondo. Eso no estaba mal del todo, pero justo delante de Sigrún caminaban una veintena de skraeling y otros corrían a través del bosque cubriendo los flancos, liderados por su ruda matriarca, Krúsa, y encima de su cabeza oía corretear con sus numerosas patas a las arañas del hielo, a las cuales atisbaba de vez en cuando. En torno a ellos revoloteaban ruidosamente los tennúr.

«No, aquí no estoy mejor, rodeado de vaesen. Ojalá estuviera en Fellur —pensó—, donde se me respetaba. Y lo que es más importante aún, donde estaba seguro».

Habían partido de Darl cinco días antes en dirección sur, con destino a Liga, pero los tennúr exploradores habían encontrado el rastro de un grupo grande que se dirigía al oeste, así que se habían desviado. Encontraron un rastro nuevo y tras un día siguiéndolo llegaron a una granja, donde un malhumorado cabrero les había contado que unos úlfhéðnar con collares de thrall habían atacado su rebaño y le habían robado una docena de cabras. Eso confirmó que seguían el rastro correcto. Ya llevaban tres días marchando en dirección oeste con la esperanza de alcanzar a Estrid y su banda.

—¿Crees que queda mucho? —preguntó Guðvarr a la jarl Sigrún.

—¿Para qué? —inquirió ella con el ceño fruncido.

—Para que alcancemos a Estrid y a Skalk —respondió Guðvarr.

—Poco, espero —dijo Sigrún encogiéndose de hombros.

Guðvarr se quedó pensativo cuando le asaltó la idea de que aquella cacería muy probablemente terminaría en una batalla. Y no una cualquiera, con drengir o preferiblemente contra granjeros, como a las que estaba acostumbrado en Fellur, sus preferidas. No, esa batalla sería contra una princesa diestra en el manejo de las armas, al menos un galdramaðr (probablemente más), drengir entrenados y quizá una veintena de hombres y mujeres que eran mitad humanos y mitad bestias. Tragó saliva al recordar su experiencia con un úlfhéðnar, Orka, en Grimholt. No era algo con lo que quisiera toparse desprevenido.

«Más bien preferiría ir en sentido contrario».

—Yo espero que no sea poco —murmuró Guðvarr.

—De lo contrario tendremos que cruzar el río Slågen, y entonces entraremos en los dominios del jarl Störr, donde estaremos rodeados de enemigos —repuso Sigrún mirando a su sobrino con el ceño fruncido—. Eso será peor que alcanzar a Estrid a este lado del río.

Guðvarr reflexionó un momento.

—Tienes razón. Deberíamos apretar el paso.

—Esa decisión le corresponde tomarla a Krúsa.

—No me gusta que me mangonee una skraeling —murmuró Guðvarr.

—Este mundo está lleno de cosas que no nos gustan —replicó Sigrún—. Pero si hay algo que no quiero es encontrarme en el bando equivocado en la guerra de Lik-Rifa. ¿Y tú?

Guðvarr se estremeció. «Bien pensado».

Entraron en un claro donde el camino se ensanchaba. Había un fresno en el centro. Los skraeling se congregaron y se pusieron a murmurar entre ellos y a señalar el árbol, visiblemente inquietos. Eso hizo que Guðvarr y Sigrún detuvieran sus caballos.

Krúsa estaba plantada delante del árbol y lo observaba con el gesto ceñudo.

—¿Qué pasa? —preguntó Sigrún acercándose a la skraeling. Desmontó.

—No nos gustan los fresnos —gruñó Krúsa.

—¿Por qué? —inquirió Guðvarr acercándose con su caballo.

Los drengir de Sigrún entraron en el claro detrás de él. Guðvarr se dejó caer de la silla de montar y se colocó al lado de Krúsa.

—Por los froa —respondió Krúsa mirando con recelo el árbol.

—¿No os gustan los otros vaesen? —dijo Guðvarr—. Pensaba que todos estabais en el mismo bando.

—No —espetó Krúsa. Escupió al suelo—. Los skraeling, los tennúr, las arañas del hielo, los troles, las brujas nocturnas y los hyrndur somos hijos de Lik-Rifa. Nosotros sí estamos en el mismo bando. Pero los froa son una creación de Snaka. No son nuestros amigos.

—¡Ah! —exclamó Guðvarr—. ¿Y Snaka creó alguna otra criatura?

—Sí —respondió Krúsa—. Los faunir, los näcken… Todas las bestias que criais. A vosotros mismos.

A Guðvarr no le gustaba la idea de haber sido creado por el capricho de un dios, de ser un juguete, una creación entre muchas otras, pues se sentía superior a todas ellas.

—¿Los froa son… peligrosos? —quiso saber Guðvarr.

—¡Claro que sí! —contestó Krúsa—. Son poderosos.

Guðvarr contempló el fresno, su corteza arrugada y nudosa, la copa espesa e impenetrable. Una brisa barrió el claro, las sombras se movieron y las hojas susurraron casi como si fueran voces.

«Marchaos, marchaos, marchaos», parecían decirle.

—Entonces, ¿no deberíamos seguir adelante? —preguntó Guðvarr—. ¿Qué hacemos parados aquí, delante del árbol?

—No todos los fresnos tienen aún un espíritu froa. Y solo atacan si se sienten amenazados.

—¿Y por qué nos hemos acercado tanto? —dijo Guðvarr dando un paso atrás—. Razón de más para reanudar la marcha, y cuanto antes.

Krúsa le sonrió mostrándole unos dientes y colmillos amarillentos.

—Un poco de valor, hombrecito.

—¡Valor! Has de saber que soy excepcionalmente valiente —balbuceó Guðvarr.

Las ramas de los árboles que cercaban el claro susurraron y crujieron. Guðvarr miró arriba y vio que las arañas del hielo se movían por ellas. Se fijó en que una pasaba al ramaje del fresno y se escabullía entre sus hojas.

—¡No! —gritó Krúsa.

Se hizo el silencio en el claro. Pero entonces las ramas del fresno se agitaron y resonó un chillido sibilante. Cayeron suavemente unas hojas del árbol y todas las miradas se alzaron hacia la copa. La araña del hielo se precipitó desde el fresno, se estrelló de espaldas contra el suelo y sus patas se doblaron.

Guðvarr se adelantó un paso y se inclinó con cuidado hacia la araña.

—Está muerta —dijo.

—¡Atrás! —bramó Krúsa cuando de las ramas del fresno cayó algo pesado como una piedra.

Guðvarr retrocedió a trompicones y bajó la mano a la espada. En el suelo había una figura redondeada encogida, como tallada en madera, que se desplegó lentamente al mismo tiempo que se levantaba. Era una mujer. Su larga cabellera parecía formada de raíces nuevas que se retorcían sobre su espalda. Tenía la piel gris como la ceniza y rugosa como la corteza de un árbol, recorrida por unas vetas que semejaban venas. Todo su cuerpo estaba cubierto de musgo, hojas y liquen amarillo.

—¿Osáis poner vuestros pies en mis ramas y en mi claro, engendros de la dragona? —espetó la mujer con una voz que sonaba como el susurro del viento al pasar entre las hojas.

—Solo ha sido un error, dama —dijo Krúsa levantando las manos y retrocediendo.

—El último que cometes —gruñó la mujer froa, y extendió las manos—. *Vínviður systur minnar, snara og kyrkja* —rugió como una tempestad. Los árboles que rodeaban el claro se sacudieron y en torno a ellos brotaron con una explosión unas enredaderas que se agitaron como látigos.

Un skraeling cayó al suelo chillando, con toda la cara llena de heridas rojas. Surgieron más enredaderas que se enroscaron en su cuerpo y lo arrastraron bajo tierra. Uno de los drengir de Sigrún gritó. Las plantas le envolvían un tobillo y una muñeca. El hombre se revolvió y trató de sacar el hacha del cinturón, pero más enredaderas treparon por su cuerpo, le trabaron el brazo pegado al costado y continuaron ascendiendo, se enroscaron en su garganta y lo estrangularon. Sigrún gritó, corrió hacia él al mismo tiempo que desenfundaba la espada y arremetió contra las plantas. Algunas estallaron, pero salieron más del suelo y se lanzaron hacia la jarl. Guðvarr corrió hacia ella, lo cual no le resultó difícil pues ya estaba moviéndose, y agarró de la muñeca a su tía. Consiguió apartarla a rastras del drengir antes de que este se derrumbara con la cara morada y los ojos fuera de las órbitas. Guðvarr corrió a trompicones hasta los caballos, ayudó a Sigrún a subirse a su montura y luego se montó de un salto en la suya, se acomodó en la silla, sacudió las riendas y espoleó frenéticamente a su caballo, que salió corriendo.

—¡Huyamos! —bramó Krúsa empujando a los skraeling para que se alejaran de la froa y de su fresno y corrieran hacia el sendero que salía del claro.

Guðvarr también dirigió su caballo hacia el estrecho camino y estuvo a punto de arrollar a un puñado de skraeling cuando entró en él al galope. Lanzó una mirada atrás y vio que Sigrún y sus drengir lo seguían. Atisbó a Krúsa y otros skraeling que huían campo a traviesa y oyó los gritos del espíritu froa. Todo el bosque parecía agitarse y temblar. Agachó la cabeza y dejó que su caballo corriera.

—Ojalá estuviera en Fellur. Ojalá estuviera en Fellur —se repetía una y otra vez mientras escapaba al galope por el sendero.

CAPÍTULO DIECINUEVE

ELVAR

El frío viento arremolinaba la nieve en torno a los pies de Elvar mientras se adentraba a grandes pasos en el salón de banquetes. Uspa caminaba a su lado, y Ulfrir y Skuld un paso por detrás de ellas, seguidos a la misma distancia por Sighvat, Sólín la Babas y dos berserkir.

—Ulfrir, ven conmigo —dijo Elvar. Ulfrir apareció a su lado precedido por un rumor de pasos—. Cuando Ingvild me robó el tesoro, te vi luchando en el embarcadero con su banda.

—Ajá —dijo Ulfrir, y se llevó una mano al collar de hierro que le rodeaba el cuello—. Estoy obligado a luchar por ti.

—Así es —repuso Elvar—. Pero vi a otros contigo, luchando a tu lado para protegerte. —Miró a Ulfrir—. No he vuelto a verlos.

Ulfrir le sostuvo la mirada y sus ojos ambarinos destellaron, pero Elvar se negó a apartar la mirada.

—¿Quiénes eran? —preguntó a Ulfrir cuando el silencio se alargó.

—Ves demasiado —murmuró Ulfrir. Suspiró—. Mis descendientes. Úlfhéðnar. Vosotros los llamáis corrompidos —añadió torciendo el gesto.

Elvar asintió.

—¿Y dónde están ahora? —quiso saber—. ¿Por qué no están aquí?

De nuevo recibió el silencio por respuesta.

—Te he hecho una pregunta —insistió Elvar.

—Están… cerca —dijo Ulfrir—. Pero se mantienen escondidos.

—¿Por qué?

—Por miedo.

—¿Miedo de qué?

—Del collar de hierro —gruñó Ulfrir.

—No pueden seguir escondidos —aseveró Elvar con el gesto ceñudo—. No me gusta que unos guerreros que no me han jurado fidelidad merodeen en las sombras tan cerca de mí. Diles que salgan a la luz.

—Si los llamo, no puedes ponerles el collar.

—¿No puedo? —espetó Elvar—. Eso no lo decides tú.

Ulfrir exhaló un largo suspiro.

—No será necesario que se lo pongas. Ellos luchan por mí y yo lucho por ti. El enemigo de mi enemigo es mi amigo, ¿no es así?

—Sí, eso es verdad —repuso Elvar—. Pero ¿qué pasa cuando el enemigo común muera? ¿Seguirán siendo mis amigos? La amistad es inconstante. El miedo es más seguro. —Hizo una pausa al darse cuenta de que su padre le había repetido esas mismas palabras muchas veces. «El miedo es más seguro. ¿Estoy convirtiéndome en mi padre?».

—No les pones collares a esos mercenarios que te acompañan. Ellos se mueven por la codicia, no saben lo que es la lealtad ni el honor. Deberías temerlos a ellos, no a mis descendientes.

—Estoy de acuerdo contigo en lo que dices sobre los mercenarios —dijo Elvar. Ulfrir había pronunciado en voz alta una preocupación que le rondaba la cabeza desde que se convirtiera en jarl—. Pero la codicia los hace leales. La plata es una herramienta, como el collar, y, por suerte para mí, poseo mucha plata.

—Ajá —murmuró Sighvat detrás de ella.

—Ajá —repuso Ulfrir—. Pero ¿no crees que Lik-Rifa también tendrá a su disposición mucha plata? Esas alimañas se venderán al mejor postor. Mis úlfhéðnar son más seguros, más dignos de confianza.

Esta vez fue Elvar quien guardó silencio unos instantes.

—Pensaré en ello —dijo finalmente—. Tráelos ante mí.

Ya habían salido del salón de banquetes y recorrían largos pasillos. Dejaron atrás los aposentos de Elvar y se acercaron a una amplia puerta en arco custodiada por berserkir. Los centinelas inclinaron la cabeza al ver llegar a Elvar y los goznes chirriaron cuando abrieron la gruesa puerta de madera. Elvar y sus acompañantes pasaron a la torre galdur de Snakavik.

Entraron en una amplia cámara circular con un alto techo abovedado, en cuyo centro ardía un fuego. Hrung estaba allí, en su pedestal. La cabeza se había quejado del frío que hacía en el salón de banquetes, del que solo quedaban la mitad del techo y dos paredes, así que Elvar lo había trasladado allí. También había elegido esa estancia como su nueva cámara de reuniones.

—La jarl Elvar y el lobo Ulfrir —dijo con voz tronante Hrung, que parecía encantado con su nueva ubicación. Detrás de él, en el hoyo del fuego, semienterrado en el suelo, había un enorme eslabón de una cadena, y Elvar oyó el gruñido grave y resonante de Ulfrir al verlo.

—Es un eslabón de la cadena que Lik-Rifa forjó para dominarte —dijo Elvar—, o eso cantan los escaldos. Los fragmentos de los eslabones rotos se dispersaron por toda Vigrið cuando Snaka cayó. Muchos permanecen enterrados, pero se han descubierto unos cuantos. En esos yacimientos los galdramaðr aprendieron los secretos de la magia rúnica y utilizaron las esquirlas de tu cadena para forjar los collares de thrall. Todas las torres galdur están construidas alrededor de un eslabón de tu cadena.

—Por lo tanto, la historia de tu pueblo se escribe con la esclavitud del mío —aseveró Ulfrir—. Tenéis más en común con Lik-Rifa de lo que creéis.

A Elvar no le gustó esa observación y le dio la espalda a Ulfrir.

Al otro lado del eslabón, construida en la pared del fondo de la torre, había una forja, aunque en ese momento estaba apagada y no emitía el resplandor de las brasas encendidas.

Alrededor del hoyo del fuego había una larga mesa, y Elvar vio allí a Gytha, vestida con una cota de malla y el pelo oscuro recogido detrás en una tirante trenza. La galdramaðr Silrið estaba de pie a su lado, con un collar de huesos alrededor del cuello que destellaba a la luz del fuego y un cuerno para beber en una mano. Hablaba con Broðir, el hermano de Elvar. Broðir alzó la mirada cuando Elvar entró en la sala y esbozó una sonrisa de oreja a oreja. Era una sonrisa candorosa que recordó a Elvar tiempos más felices. Se la devolvió.

—¡Hermana! —Broðir corrió hacia Elvar con los brazos abiertos para abrazarla, pero los berserkir gruñeron y se interpusieron en su camino. Broðir dejó caer los brazos.

—Dejad que se acerque —ordenó Elvar. Broðir sonrió como un cachorro y abrazó a su hermana. Ella lo recibió con rigidez, pero luego levantó una mano y le dio unas palmaditas en la espalda—. Me alegra verte —murmuró, y enfiló hacia el centro de la cámara.

Elvar se dirigió al trono de su padre, que había sido trasladado allí junto con Hrung, y se sentó. Sighvat se acercó a la mesa y llenó una jarra de cerveza para ella, otra para Sólín la Babas y otra más grande para sí mismo.

—Gytha —dijo Elvar señalando con la cabeza hacia su capitana—. ¿Dónde está Grend?

—Se marchó de mis aposentos al amanecer. No he vuelto a verlo desde entonces —respondió Gytha.

—Bueno, bueno —tronó Hrung—. Ahora que estamos todos aquí, ¿de qué hablamos?

—De la guerra —dijo Skuld.

—Sí, es un buen tema, y sin duda debe entusiasmar a los jóvenes ávidos de gloria, pero a menudo acaba mal, como yo puedo dar fe de ello —dijo Hrung intentando mirarse la piel deshilachada de su cuello seccionado.

—Hay que decidir cómo vamos a rescatar a Bjarn para entregárselo a Uspa —dijo Elvar.

—¿Usaremos la astucia o la fuerza? —preguntó Silrið.

—A mí me parece bien la astucia —terció Broðir—. Es menos peligrosa, quizá. —Paseó la mirada por los rostros serios que lo rodeaban—. Luchar con una dragona me parece… inquietante.

—Tampoco es mi primera opción —dijo Sighvat—. La he visto y no da la impresión de que sea fácil de matar. Pero lo haré si tengo que hacerlo —se apresuró a añadir, mirándose con recelo el antebrazo por si acaso el blóð svarið le infligía un dolor atroz por poner en duda el cumplimiento del juramento que había hecho.

—Centrémonos en la astucia por ahora —dijo Elvar—. En otras palabras, hablemos de cómo podemos rescatar a Bjarn de dondequiera que lo tengan. Lo cual significa que primero hay que encontrarlo. ¿Dónde está?

—En Nastrandir posiblemente —dijo Uspa.

—Es allí donde Lik-Rifa iría para recuperarse y restañar sus heridas —terció Ulfrir—. Es un lugar donde se siente segura. Pero no sé si seguirá allí.

—Necesitamos espías, exploradores —sugirió Broðir—. ¿No podríamos enviar algunas bandas de mercenarios que te han jurado lealtad? —Miró a su hermana.

—Tal vez —dijo Elvar, aunque las palabras de Ulfrir seguían rondándole la cabeza: «Ellos se mueven por la codicia, no saben lo que es la lealtad ni el honor»—. Pero tienes razón, hermano, necesitamos información. —Ella ya lo había pensado, y en los años que había pasado con los Terrores de la Batalla había aprendido que la mejor fuente de información eran los comerciantes. Ellos viajaban por todos los puertos y ciudades de Vigrið. Ya había enviado a algunos miembros de los Terrores de la Batalla a los muelles de Snakavik para que interrogaran a toda la gente que arribara al puerto.

—Aunque consigas averiguar dónde esconde Lik-Rifa al chico y lo rescates valiéndote de la astucia —dijo Ulfrir—, sigues teniendo que luchar con una dragona. No hay manera de escapar de ella. No será tan sencillo como que haga las paces contigo y te permita vivir con libertad al margen de ella. Es orgullosa, y si rescatas a Bjarn de sus garras, montará en cólera. No se puede esperar que reaccione con sentido común ni que atienda a razones.

—Perdona que no confíe en ti del todo —intervino Silrið—. Pero es posible que tú tengas, ¿cómo lo diría?, otro objetivo. A lo mejor nos utilizas para cumplir tus propios deseos. Tal vez quieres ver muerta a tu hermana y nosotros somos el mejor medio a tu disposición para conseguirlo. Por favor, no te ofendas por lo que digo. —Se encogió de hombros—. Sé cómo funcionan las familias. Mira esta. —Lanzó una mirada a Elvar, que no pudo rebatirla.

—Es verdad que quiero ver muerta a Lik-Rifa —reconoció Ulfrir.

—Yo también —espetó Skuld.

—Pero matarla no es solo mi objetivo, es el único objetivo sensato. Ahora que Snaka no está, Lik-Rifa cree que Vigrið le pertenece, junto con todo lo que hay en ella. Intentará dominar Vigrið, convertirse en su reina. Y su reinado no será agradable. Además, por supuesto, de que está loca. —Paseó la mirada en derredor—. No me creas si no quieres, pero pregúntaselo a Hrung —añadió mirando a Elvar—. Él ha sido tu consejero durante años, según tengo entendido.

Todos los ojos se posaron en la cabeza gigante.

—Lik-Rifa no atiende a razones —confirmó Hrung—. Ulfrir tiene razón, está loca. O al menos lo estaba. Y eso antes de que pasara trescientos años encerrada en una cueva. —Sacudió la cabeza—. Dudo que eso le haya hecho algún bien. —Inspiró hondo, hinchó los carrillos y soltó el aire resoplando—. ¿Y si optamos por la fuerza? —propuso con voz retumbante.

—Quizá deberíamos aliarnos con la reina Helka de Darl —sugirió Broðir—. Sé que papá quería ir a la guerra con ella, pero Helka es poderosa, tiene sus propios corrompidos..., úlfhéðnar, creo. Después de todo, los tiempos han cambiado, ¿no? Lo más seguro es que no se tome bien que alguien pretenda decirle lo que tiene que hacer, o convertirse en súbdita de otra reina, aunque sea una dragona. El enemigo de mi enemigo es mi amigo…

Elvar miró de soslayo a Ulfrir.

—No es mala idea, hermano —dijo, lo que provocó la sonrisa de Broðir.

—Da igual que optemos por la astucia o la fuerza, con quién nos aliemos o a quién tengamos al lado en el muro de escudos. Para derrotar a Lik-Rifa antes hay que encontrarla —apuntó Sighvat—. No soy una persona con una perspicacia y una inteligencia excepcionales, pero hasta yo veo eso.

—Tienes razón —repuso Elvar. Sighvat sonrió.

—Esté donde esté Lik-Rifa, nosotros no deberíamos quedarnos aquí —terció Ulfrir.

—¿Por qué no? —quiso saber Silrið—. Estamos en una fortaleza, en una montaña inexpugnable, con miles de guerreros y dentro de una torre galdur que alberga un poder ancestral.

—No existe un lugar inexpugnable para un dragón, y ella también es poderosa. Seguro que dispone de sus propios medios, de sus propios guerreros. Debe de tener a su servicio a sus descendientes y a los vaesen —dijo Ulfrir mirando los rostros que lo rodeaban mientras asimilaban sus palabras—. Vuestra pregunta era si había que utilizar la astucia o la fuerza. No era la pregunta correcta. Para derrotar a Lik-Rifa se necesitan las dos cosas. Hay que engañarla, hacerle creer que atacarnos no entraña ningún peligro para ella, que somos débiles cuando en realidad somos fuertes.

—Me gusta cómo suena eso —tronó Sighvat. Su ceño se arrugó—. Pero ¿cómo lo hacemos?

Ulfrir sonrió por primera vez y dejó a la vista las puntas de sus afilados dientes.

—Esa sí es la pregunta correcta.

Sighvat lo miró desconcertado y luego sonrió.

Se instaló el silencio en la cámara. Elvar se puso en pie.

—Se ha hablado mucho y hay mucho que reflexionar —sentenció—. Hay que prepararse para ponerse en marcha. Estaremos listos, pero no partiremos por tierra ni por mar hasta que sepa dónde está la dragona.

Llamaron a la puerta de la torre galdur y uno de los centinelas berserkir la abrió.

—Orv la Serpiente, de los Terrores de la Batalla, desea hablar contigo, jarl Elvar —anunció el berserkir.

—Déjalo entrar —dijo Elvar acompañándolo con un gesto.

Orv entró en la cámara un tanto inseguro, mirando en todas direcciones hasta que sus ojos se toparon con Elvar y se encaminó directamente hacia ella. Le seguía una mujer vestida con una túnica de lana con magníficos bordados y una capa de piel de foca alrededor de los hombros, con un sombrero con ribetes de fieltro en la cabeza y las manos enfundadas en unos gruesos mitones.

—Esta es Svea, jefa, o sea, jarl Elvar —dijo Orv según se acercaba—. Es una comerciante con un barco lleno de lana y miel.

Svea dedicó una reverencia a Elvar, recorrió la cámara con la mirada y sus ojos desorbitados se detuvieron en Ulfrir.

—Vamos, cuéntale lo que me has dicho —la apremió Orv.

—Yo... partí de Darl hace ocho días, jarl Elvar —dijo Svea.

—Continúa —la animó Elvar—. ¿Qué noticias traes de Darl?

—La reina Helka ha muerto. La dragona apareció y la mató. Y también mató a la diosa águila que el galdramaðr Skalk había resucitado. Las descuartizó.

Silencio. Gritos ahogados. Y entonces Skuld chilló y Ulfrir echó la cabeza hacia atrás y aulló.

CAPÍTULO VEINTE

GUÐVARR

«¿Soy un... cobarde?», se preguntó Guðvarr en su fuero interno. Estaba pensando en la manera en que había huido del espíritu froa del claro, en cómo había huido de Orka en Grimholt, y de Skapti y Hrolf en El drengr muerto, y una voz dentro de su cabeza que se negaba a callarse no paraba de repetirle que era un niðing cobarde.

«Pero piensa en todo lo que has pasado. Skalk el mentiroso me engañó y me utilizó. —Afloraron los recuerdos de cuando estaba atado a la mesa de Skalk en su torre galdur, del terror que sintió cuando el hyrndur se posó en su brazo y el dolor que lo asoló cuando comenzó a abrirse paso por su carne—. Y por su culpa tuve que ir en busca de una dragona e ingeniármelas para conseguir un trato con ella». Se estremeció al rememorar el frío del norte, el veneno de las arañas del hielo, sus hilos envolviéndolo, Lik-Rifa destruyendo las puertas de Nastrandir en todo su aterrador y espantoso esplendor.

«Y, sin embargo, aquí sigo, vivo. Aquí estoy. Me he enfrentado a mis enemigos y los he derrotado con mi inteligencia superior. Muchos están muertos mientras yo todavía respiro: la reina Helka, el príncipe Hakon, ese niðing...».

Se le dibujó una sonrisa al recordar a Hakon y su cara cuando se dio cuenta de que Guðvarr le había engañado, de que lo había superado con su astucia.

«No, no soy un niðing cobarde. Todo lo contrario, soy inteligente y valiente».

Una rama crujió encima de su cabeza y se sobresaltó y estremeció en la silla de montar. Miró arriba y vio que una araña del hielo lo miraba fijamente con incontables ojos.

«Odio viajar. Ojalá alcancemos por fin a Estrid, y todo esto acabe de una vez para siempre».

Continuaban avanzando a través del denso bosque y de vez en cuando, al pasar por un claro, vislumbraban el río Slågen, cada vez más cercano. Delante de él, Krúsa entró chapoteando en un arroyo que cruzaba el camino, aminoró el paso y finalmente se detuvo, levantó una mano y gritó algo ininteligible, sin duda en su repugnante lengua. Los skraeling se detuvieron y la jarl Sigrún miró a su sobrino.

—Hora de acampar —dijo la jarl.

—¿Por qué es ella la líder? —preguntó Guðvarr—. No me gusta recibir órdenes de una vaesen.

—El mundo ha cambiado —dijo Sigrún encogiéndose de hombros—. Tenemos suerte de estar aquí, siendo útiles a la futura soberana de toda Vigrið. Podríamos estar peor.

—Eso es verdad —murmuró Guðvarr recordando a Skalk y el hyrndur que había introducido en su cuerpo para que se abriera paso por su pecho.

Se detuvieron, desmontaron y llevaron a los caballos hasta el arroyo para abrevarlos mientras desabrochaban las cinchas y les quitaban las sillas de montar. Los caballos fueron maneados, despejaron el suelo para encender hogueras y recogieron leña y agua para las ollas. La noche era oscura como la brea cuando Guðvarr se sentó alrededor del fuego junto a Sigrún y un puñado de sus drengir.

—¿Por qué Estrid no se ha marchado de Darl en barco? —preguntó a su tía—. Habría sido mucho más rápido. Si se dirigen a Snakavik habrían llegado en siete u ocho días.

—Es cierto —dijo Sigrún asintiendo con aire pensativo—. Quizá no han olvidado la imagen de Lik-Rifa descendiendo en picado sobre Darl. En un barco no hay donde ponerse a cubierto, estás expuesto ante un ataque desde el cielo. Han preferido viajar a través del bosque siempre que sea posible, aprovechando todos los sitios para protegerse que ofrece la tierra, no así los ríos y el mar.

Guðvarr asintió. Su tía siempre tenía una respuesta para sus preguntas y eso le gustaba. Sorbió un poco del estofado de ternera y nabo de su cuenco. Krúsa apareció con sus andares desgarbados y empujó a Guðvarr y a Sigrún para hacerse un hueco entre ellos. Se sentó en cuclillas y tendió las manos hacia el fuego.

—Me gusta el fuego —gruñó la skraeling.

Guðvarr no supo cómo interpretar el comentario, pero le causó cierta inquietud la manera como lo dijo.

—Estamos cerca de atrapar a nuestra presa —continuó Krúsa frotándose las manos.

—¿Cómo lo sabes? —preguntó Guðvarr.

—Munni los ha divisado.

—¿Munni? —inquirió Sigrún.

Un tennúr se posó en el hombro de Krúsa precedido por el zumbido de un aleteo.

—Munni —dijo la skraeling—. Cuéntales lo que me has dicho.

—Munni vio un grupo de asquerosos maður y descendientes del lobo con collares de hierro —dijo el tennúr—. En esa dirección —añadió señalando la oscuridad, vagamente hacia el oeste, o al menos eso le pareció a Guðvarr, y luego sonrió con una boca demasiado grande para su cara, dejando a la vista dos hileras de dientes, los de la primera pequeños y afilados, y los de la segunda, anchos y romos, como piedras de moler.

—¿Maður? ¿Qué son los maður? —preguntó Sigrún.

—Humanos, gente como vosotros —explicó Krúsa.

Guðvarr torció el gesto.

«¡Cómo se atreve este vaesen a llamarnos asquerosos!», se dijo ofendido. Se limpió la nariz y retiró la mano manchada de mocos.

—¿A qué distancia? —preguntó Sigrún al tennúr.

—Un día, quizá menos —respondió Munni—. Deberíamos alcanzarlos antes de que lleguen al río grande.

—El Slågen —repuso Sigrún.

—Ajá. —Krúsa asintió con la cabeza—. Buen trabajo, Munni —felicitó al tennúr. De la bolsa que llevaba en el cinturón sacó algo sospechosamente parecido a un diente y lo lanzó al aire. Munni lo cazó al vuelo y se lo metió en la boca, lo mordió con fruición y se oyó un crujido. Luego se sentó masticando con satisfacción lo que quiera que fuera lo que tenía entre los dientes.

—¿Cuántos son? —le preguntó Guðvarr.

El vaesen frunció el ceño y luego levantó las dos manos con los dedos desplegados. Guðvarr se fijó en que tenía cinco dedos largos y un pulgar diminuto en cada mano, todos ellos con repugnantes uñas afiladas. Cerró y abrió las manos tres veces.

—Así que treinta y seis —dijo Guðvarr. «¡Treinta y seis! Incluidos úlfhéðnar, un galdramaðr y drengir».

Echó un vistazo a la compañía con la que viajaba.

«¡Y no tengo ninguna confianza en los vaesen!».

Hizo un esfuerzo para que no se le notara la preocupación en la cara.

«Ojalá nos pasáramos la vida viajando sin alcanzarlos nunca. No está tan mal viajar».

—Es posible. —Munni se encogió de hombros—. Tal vez más, tal vez menos. Munni no es bueno con los números.

«Genial».

—Munni ha hecho un buen trabajo —dijo Krúsa. Sacó otro diente de la bolsa, lo lanzó al aire y Munni lo atrapó con su mano de dedos largos—. Pronto los alcanzaremos, quizá mañana —dijo Krúsa dirigiéndose a Sigrún. Se puso en pie y se marchó con el tennúr todavía sentado en su hombro.

Guðvarr escuchó en silencio los pasos de Krúsa mientras se alejaba. Luego se inclinó hacia su tía.

—¿Cuál es el plan? —susurró. Dudaba que Krúsa pudiera oírlo, pero no estaba seguro de la agudeza del oído de los skraeling, así que prefería ser cauto.

—Capturar a Estrid y a Skalk —respondió Sigrún encogiéndose de hombros—. Pero lo más importante de todo es seguir vivos.

—Esa es la parte que me preocupa —continuó en voz baja Guðvarr—. No vamos detrás de unos vejestorios. Con ellos viaja por lo menos un galdramaðr, seguramente más si Sturla o alguno de los aprendices de Skalk ha huido con él. Esa zorra de Estrid es peligrosa con la espada, te lo aseguro. —«Podría jurarlo, pues estuvo a punto de hacerme un agujero»—. Y los acompañan unos cuantos úlfhéðnar. Los he visto en acción y uno ya es demasiado. —Rememoró la carnicería que había perpetrado Orka en Grimholt, los gritos y los cadáveres amontonados. Sacudió la cabeza—. No es agradable —masculló intentando reprimir una sensación en el pecho y en la garganta que se parecía sospechosamente a un sollozo intentando salir al exterior.

—Tenemos mis treinta drengir, otra cuarentena de skraeling, y no sé cuántos tennúr y arañas del hielo —dijo Sigrún—. Los superamos en número.

—Pero nosotros no somos corrompidos, no corre por nuestras venas el poder de los dioses. Y no me gusta la idea de tener que confiar en los vaesen cuando lo que está en juego es mi vida.

—Estoy de acuerdo contigo —dijo Sigrún inclinándose hacia su sobrino—. Pero si Krúsa quiere estar al mando, que lo esté. Que vaya delante y se lleve la peor parte del ataque de la magia galdur y de los corrompidos medio humanos. Si algo sale mal, ella será la que sufra las consecuencias. Nosotros podemos quedarnos detrás y dejar que ella y los suyos hagan el trabajo duro.

—Eso me gusta. —Guðvarr asintió y una sonrisa le escindió lentamente el rostro.

—Hoy vosotros deberíais liderar la partida —le dijo Krúsa a la jarl Sigrún mientras Guðvarr tensaba y abrochaba las cinchas de su silla de montar.

—¿Cómo has dicho? —gimoteó Guðvarr enderezándose.

—Hoy seréis vosotros los líderes —repitió la skraeling—. Krúsa sabe que tenéis mucho que demostrar a la Madre Creadora, que queréis regresar a su lado cubiertos de gloria. —Se encogió de hombros—. A Krúsa no le interesa la gloria. Vosotros seréis los líderes. —Les sonrió como si estuviera entregándoles el más magnífico de los obsequios.

—No —dijo desesperado Guðvarr—. Tú has sido la líder hasta ahora, puedes continuar siéndolo.

—Ay, chico maður... —dijo Krúsa, y le dio unas palmaditas en la mejilla—. No. Krúsa ha tomado una decisión. Vosotros seréis los líderes —afirmó. Dio media vuelta y se marchó.

Guðvarr movió la boca, pero no emitió sonido alguno. Miraba fijamente a su tía incapaz de hacer otra cosa. Ella se encogió de hombros.

—Nosotros lideraremos la partida —dijo dirigiéndose hacia su caballo. Guðvarr corrió tras ella.

—¿Qué vamos a hacer?

—Ser precavidos y afilar las espadas.

Sentado en su caballo, Guðvarr miraba a un lado o a otro cada vez que oía un ruido. Tras salir del bosque se habían adentrado en brezales abiertos, un terreno sinuoso y azotado por el viento. A pesar de que el viento frío le roía los huesos, había estado encantado con el nuevo paisaje porque no había rastro de galdramaðr ni de úlfhéðnar y, por lo tanto, se reducían las probabilidades de batalla y muerte. Además, los brezales abiertos descartaban sorpresas desagradables, como emboscadas o espíritus froa. Pero entonces vieron la mancha brillante del río Slågen a lo lejos y recordó las palabras de su tía acerca de que si Estrid cruzaba el río entraría en los dominios del jarl Störr y ellos tendrían que proseguir su cacería rodeados de enemigos. Delante del río se extendía otro bosque, mucho más denso que el que habían dejado atrás. Y ahora avanzaban por un estrecho sendero flanqueado por árboles y arbustos, todo ello bañado por una luz tenue. La jarl Sigrún cabalgaba delante de él, y encima de su cabeza oía las patas de las arañas del hielo que correteaban por las copas de los árboles, aunque eso no lo tranquilizaba.

«Es el lugar perfecto para una emboscada», pensó.

Unos cuervos graznaron y dio un respingo en la silla de montar.

—Sobrino —dijo la jarl Sigrún volviéndose en la silla y mirándolo con el ceño fruncido.

—Ajá, tía —farfulló Guðvarr.

—Controla tu miedo. Asustas a los caballos.

—¿Miedo? ¡No tengo miedo! —espetó, aunque con una voz más aguda de lo que le habría gustado.

La jarl Sigrún lo miró en silencio un momento y luego devolvió la vista al frente.

«Que controle mi miedo, que controle mi miedo —se repitió Guðvarr—. Soy Guðvarr: drengr, superviviente, astuto y valiente. Bueno, sigo vivo, lo cual ya es mucho teniendo en cuenta todo lo que he pasado. ¡Y ahora estoy cumpliendo una misión encomendada por una diosa! Alguna cualidad debo tener para haber llegado tan lejos».

Continuó pensando en esas cosas durante un rato, y poco a poco fue sintiéndose mejor.

«Hemos tenido que aminorar demasiado la marcha para atravesar este bosque intransitable. Seguro que Estrid, Skalk y su banda de asesinos nos han sacado mucha ventaja». Este pensamiento, para mayor confusión, le procuró tanto alivio como preocupación.

El sendero desembocaba en un claro un poco más adelante, lo suficientemente amplio para que lo recorrieran tres o cuatro caballos en fondo, y Guðvarr sintió que el gusano del miedo se retorcía en su estómago. Miró en derredor con recelo, buscando un fresno, y suspiró aliviado cuando lo único que vio fue un montón de piedras en el otro extremo del claro. Se puso al lado de su tía mientras los drengir se diseminaban por el claro detrás de ellos.

—Me preocupa que Estrid y los demás ya hayan llegado al río —le dijo—. ¿No crees que deberías acelerar el paso?

Una figura salió de detrás del montón de piedras que había al final del claro. Guðvarr tiró de las riendas de su caballo y sacó la mitad de la espada de la funda. Frunció el ceño y entornó los ojos.

El hombre que había aparecido de detrás de las piedras vestía una cota de malla, llevaba un hacha colgada del cinturón y un escudo terciado a la espalda. Tenía el cabello ralo y la barba blanca, y una cicatriz le cruzaba la nariz bulbosa. Guðvarr lo reconoció.

—¿Skapti? —dijo extrañado. Espoleó su caballo para acercarse a él.

—Guðvarr. —Skapti asintió con actitud amistosa—. Veo que sigues vivo.

Sigrún y los drengir se desplegaron en una línea y se acercaron a Skapti con las armas prestas. Sigrún bramó una orden y los guerreros se dirigieron al borde del claro para realizar una batida entre los árboles.

—Estoy solo —dijo Skapti.

Krúsa y sus skraeling entraron en el claro y las arañas del hielo se deslizaron por las copas de los árboles que lo bordeaban.

—¿Qué haces aquí? —quiso saber Guðvarr. Su caballo avanzó poco a poco hasta llegar al veterano guerrero y Guðvarr lo apuntó con su espada.

—Tengo una proposición para ti —dijo Skapti—, y una oferta.

—¿Qué puedes ofrecerme tú que me interese? —inquirió Guðvarr.

—Información —respondió Skapti. Se encogió de hombros—. El conocimiento es poder.

CAPÍTULO VEINTIUNO

VARG

A Varg iban a estallarle los músculos de la espalda de dolor cada vez que se inclinaba y tiraba para que su remo desplazara el agua y el *Lobo del mar* surcara las olas. Navegaban entre una serie de islas con la intención de dar esquinazo a los cinco drakkar que los seguían desde Ulaz, y Varg estaba aliviado porque no había visto las puntas de sus mástiles en el horizonte desde primera hora de la mañana. A cierta distancia detrás de ellos cabeceaba el knarr de Sulich, cuyo grueso vientre hacía más lentas sus maniobras entre las islas.

En la popa, Glornir movió la caña de la espadilla y de repente los remos no encontraron tanta resistencia. Varg levantó un momento la cabeza y vio que estaban entrando en un puerto natural, con una costa boscosa que se extendía a ambos lados del *Lobo del mar*. Volvió a agachar la cabeza y siguió remando al compás que marcaba Taras. El hombretón parecía disfrutar sentado en la popa y aporreando rítmicamente un viejo escudo con un cabo anudado.

—¡REMOS! —bramó Glornir.

Varg y los otros treinta remeros levantaron los remos mientras el *Lobo del mar* se deslizaba por el agua, luego tiraron de ellos a través de las portas y los depositaron en los soportes de la cubierta.

El barco fue perdiendo velocidad hasta que el casco rozó la arena del fondo. Glornir dio la orden y Taras arrojó por la borda el ancla de piedra. El jefe ató entonces la caña de la espadilla, saltó al agua y avanzó a través de la espuma hasta la playa de arena. La siguiente en saltar por encima de la regala fue Røkia, seguida rápidamente por Varg, que sostuvo en alto la lanza mientras el agua helada se introducía en sus botas. Paseó la mirada por la playa hasta que divisó un grupo de chozas en el borde del bosque, de las que salieron corriendo unos niños que los observaban atentamente. Detrás de ellos aparecieron un hombre y una mujer. Él era enorme, corpulento y alto, y tenía la cabeza vendada. Llevaba a una niña rubia sentada en sus hombros. La mujer cojeaba. Era más baja que el hombre, pero ancha de espaldas.

—¡EINAR! —gritó una voz, y Svik adelantó corriendo por la playa a Varg y a Røkia.

Einar rompió a reír y avanzó pesadamente hacia la playa, levantó del suelo a Svik con su abrazo y lo apretó con fuerza. La niña que llevaba sobre los hombros también rio y otros niños se arremolinaron a su alrededor, riendo y parloteando. Glornir, Røkia y Varg los alcanzaron.

—¿Dónde está mi abrazo? —preguntó Æsa a Svik cuando Einar lo dejó en el suelo.

—Te abrazaré, Æsa —dijo Svik envolviendo con sus brazos a la guerrera—. Pero no pienses que eso significa que quiero echar un polvo contigo.

—¡Ja! ¡Claro que quieres echar un polvo conmigo! —exclamó riendo Æsa, y estrujó a Svik hasta que este se despegó de ella ruborizado.

La niña bajó deslizándose desde los hombros de Einar y abrazó con todas sus fuerzas la fornida pierna de Glornir.

—Me alegra verte, Refna Manos Fuertes —dijo Glornir.

—Y yo me alegro de que estés bien —dijo Refna.

—¿Bien? Yo no diría tanto —dijo Glornir—. Ahora mismo estoy a punto de perder una pierna por aplastamiento. —Glornir gruñó, y Refna lo soltó. Él le agitó el pelo rubio.

—¿Qué tal tu pierna? —preguntó Glornir a Æsa.

—Está curándose bien, jefe —respondió Æsa—, aunque no ganaré ninguna carrera durante algún tiempo.

—Bien —gruñó Glornir—. ¿Y tu cabeza? —preguntó a Einar.

—Todo perfecto —dijo Einar dándose unos golpecitos con los nudillos en el vendaje que se la cubría.

—Aquel comelenguas te la abrió como si fuese una nuez —dijo Svik—, pero no creo que en ti se notara la diferencia.

Einar sonrió.

—Me alegra verte, pequeño Svik. ¡Me alegra veros a todos! —bramó abriendo los brazos y volviéndose hacia los Hermanos de Sangre que estaban en la playa, mientras el *Lobo del mar* seguía cabeceando en el mar. Vio la segunda embarcación—. Así que habéis hecho amigos en Iskidan.

—Ajá —dijo Svik—. Sulich y sus hermanastros. Te has perdido un poco de diversión, te lo aseguro.

—Ahora no hay tiempo para eso —terció Glornir—. Tenemos que llevaros a todos a bordo y largarnos de aquí.

—¿Problemas? —preguntó Einar.

—Eso espero —dijo Æsa—. No quiero perderme más escaramuzas. Dio unas palmaditas al hacha que colgaba de su cinturón.

—Habrá un montón —dijo Svik—. Vamos a cazar a un dragón.

—Ya habrá tiempo luego para hablar de eso —gruñó Glornir—. Hay cinco barcos de Rurik buscándonos entre estas islas. Tenemos que asegurarnos de que no nos encuentren.

Se apresuraron a regresar todos al drakkar y subieron a bordo. Varg cogió un remo del soporte y volvió a su banco mientras Glornir desataba la caña del timón. Taras subió el cabo con el ancla de piedra, la depositó en la cubierta y volvió a sentarse en el barril, al lado de Glornir.

Einar se dirigió a su puesto habitual en el barco, al lado de Glornir, desde donde marcaba el ritmo a los remeros, y vio a Taras sentado en el barril, con un escudo en el regazo y un cabo con un nudo en la mano.

—Estás en mi sitio, grandullón —protestó Einar.

—Este sitio ser de Taras —respondió ceñudo el hombretón.

—¿Quién eres? ¿Quién es? —preguntó Einar mirando a su alrededor.

—Un amigo —dijo Vol acercándose rápidamente desde la proa.

Taras la miró desconcertado.

—Taras ahora tener amigos —dijo sonriendo.

—¿Puede decirme alguien quién es este tipo? —bramó Einar.

—Soy Taras el Toro, amigo de los Hermanos de Sangre —afirmó orgulloso Taras.

Einar se rascó la cabeza.

—Bueno, entonces eso te convierte en mi amigo, Taras el Toro —dijo Einar—. Porque yo también soy un Hermano de Sangre.

—¿Y cómo te llamas, hombretón de los Hermanos de Sangre? —preguntó Taras poniéndose en pie y mirando a Einar de arriba abajo. Medían casi lo mismo. Varg pensó que el *Lobo del mar* acabaría hundiéndose con ellos dos en la popa.

—Soy Einar, a quien la gente llama Medio Trol.

—¡Ja! Es un nombre bueno —dijo Taras. Ven, tú tomar un trago con

Taras. Podemos sentarnos juntos. —Cogió un odre que llevaba en el cinturón, lo destapó y se lo ofreció a Einar.

Einar lo cogió, olfateó el contenido y tomó un trago. Tosió y luego sonrió.

—¡REMOS! —bramó Glornir.

Varg se apoyó en la regala y con un cucharón bebió un trago largo de agua del barril. Acababa de terminar su turno en el banco de remos y estiró la espalda mientras oteaba el horizonte desde la proa del *Lobo del mar*. Todavía navegaban entre las islas que salpicaban la costa norte de Iskidan, pero Varg ya veía el mar abierto que se extendía a lo lejos. Escrutó el mar verdoso y ceniciento. Aunque solo veía las olas con su cresta blanca, sabía que al otro lado estaba Vigrið.

«Vigrið y un baño de sangre. Hay que matar a un dragón —pensó—. Y vengar a mi hermana, poner bajo tierra a Brák el Azote de los Troles».

—Les debo a tu amiguito Leif Kolskeggson, a Sterkur la Muerte en los Ojos y a toda su banda una muerte dolorosa —dijo Svik poniéndose al lado de Varg. Todavía tenía media cara amoratada por los porrazos que había recibido.

«Yo también».

—Ese moratón tiene muy mal aspecto —observó Varg.

—No es por el moratón —dijo Svik sorbiendo por la nariz—, sino porque me deshicieron la trenza del pelo.

—Es un crimen terrible —afirmó Varg esbozando media sonrisa.

Edel cruzaba la cubierta acompañada por su perro y con lo que parecían unos pergaminos enrollados debajo del brazo. Saludó con la cabeza a Svik y a Varg al pasar junto a ellos y enfiló hacia la proa, donde Vol oteaba la distancia con una mano apoyada en la bestia tallada en la roda del *Lobo del mar*.

—Vol, te traía esto. Pensé que quizá tú lo comprenderías, que sabrías utilizarlo, pero con todo lo que ha pasado… —Se encogió de hombros—. Creo que deberías echarles un vistazo.

—¿Qué son?

—Copias de magia rúnica que había en la cámara de Rotta —explicó Edel—. Orka y Gunnar Proa las encontraron y me las dieron. —Le alargó los rollos de pergamino.

Vol los cogió y los desenrolló. Los observó detenidamente unos instantes y bufó con los dientes apretados.

—¡Esto solo puede ser el *Raudskinna*! —exclamó. Toda ella rezumaba miedo y emoción mientras los estudiaba con atención y los leía uno detrás de otro—. O por lo menos fragmentos copiados —murmuró. Examinó unos cuantos más y miró a Edel—. Contienen hechizos poderosos, cargados de astucia y malicia. Es... aterrador. —Agarró la muñeca de Edel y se la apretó—. Has hecho bien en traérmelos. Es mejor que los tengamos nosotros que los descendientes de la dragona de Ilska.

—Ajá.

Vol leyó unos cuantos pergaminos más, absorta en las runas.

—Tengo que hablar con Iva —dijo finalmente levantando la mirada, y se encaminó por la cubierta del drakkar en dirección a Iva, que estaba sentada en un barril cerca del mástil, envuelta en una capa.

Una racha de viento tiró del pelo de Varg y este alzó la vista y reparó en que estaban dejando atrás la protección de las islas. A medida que se adentraban en mar abierto, el oleaje era más violento y la fuerza del viento crecía.

—¿Cuánto tardaremos en llegar a Snakavik? —preguntó a Svik.

—Unos diez días si el viento nos acompaña. Aunque con la pesada nave de Sulich retrasándonos, quizá más. —Svik echó un vistazo al knarr que los seguía y maldijo.

—¿Qué pasa? —quiso saber Varg.

Svik señaló al sur, a un canal entre dos islas.

A lo lejos se veían dos drakkar que avanzaban muy rápido. Mientras los miraban aparecieron otros dos por el oeste, y luego otro.

—Quizá tardemos un poco más —murmuró Svik—. Ya no hay manera de dejarlos atrás. Tendremos que enviar a esos capullos al fondo del mar.

CAPÍTULO VEINTIDÓS

ORKA

—Bajas demasiado el escudo —advirtió Orka a Breca, quien estaba de pie en la cubierta del drakkar del jarl Orlyg con el escudo de Gunnar Proa en una mano y un destral en la otra.

—Lo siento —masculló el niño. Volvió a poner en posición el escudo. Pesaba demasiado para él, pero ahora luchaba en un mundo de adultos, así que tendría que entrenar con armas de adulto.

—No lo sientas... —dijo Orka.

—Mejora —terminaron la frase por ella Lif, Gunnar y Halja.

Orka los miró con cara de pocos amigos, y ellos esbozaron una sonrisa de suficiencia mientras observaban el entrenamiento.

Breca la atacó y Orka retrocedió. Felicitó en su fuero interno a su hijo por haber aprovechado su distracción, aunque no dejó que se le notara en la cara. Dio un paso a la izquierda y rápidamente arremetió por la derecha, al mismo tiempo que evadía el destral de Breca y le asestaba un golpe bajo en las espinillas con la lanza que le había prestado Lif. Breca bajó instintivamente el escudo para detener la punta de la lanza con el borde, pero Orka ya la había retirado, y en un abrir y cerrar de ojos la moharra apareció en el pecho desprotegido del niño.

—No bajes el escudo —dijo Orka.

Halja Nariz Chata se echó a reír y los ojos de Breca emitieron unos destellos ambarinos y verdes.

—No —le reprendió Orka. Echó un vistazo a su alrededor, pero no había nadie más observándolos. Los drengir del jarl Orlyg y los corrompidos estaban encorvados en los bancos de remo y el barco se deslizaba por el río, que comenzaba a ensancharse. A lo largo de las riberas se extendían bancos de sedimentos a medida que se acercaban al estuario y al mar—. Acercaos —dijo Orka haciendo una seña a Breca y a los demás. Se puso en cuclillas en la cubierta y los otros formaron un círculo a su alrededor.

—¿Cuál es el plan, jefa? —quiso saber Halja.

—Llegar a Snakavik —dijo Orka—. Allí nos uniremos a Glornir y los Hermanos de Sangre.

—¿Estás segura de que irán allí? ¿Aceptarán la oferta de Elvar? —preguntó Lif.

—Sí —mascculló Orka—. Van a pagarles para que venguen la muerte de Thorkel. Glornir iría a por Lik-Rifa y sus descendientes de todos modos, así que es la decisión más sensata para el jefe de una banda de mercenarios.

—Ajá. ¿Por qué no cobrar por algo que piensas hacer de todas maneras? —repuso Halja.

—Eso si han conseguido rescatar a Vol —dijo Lif—. Si no les han... —Miró a Gunnar y a Halja.

—Derrotado o matado —terminó la frase por él Halja.

Lif se encogió de hombros.

—No quiero ofender a nadie —dijo—, pero estamos en Vigrið. Nadie está a salvo aquí.

—Ni siquiera los Hermanos de Sangre —murmuró Gunnar.

—Estarán en Snakavik —afirmó Orka sin un atisbo de duda.

—¿Y cómo vamos a llegar a Snakavik, ama? —inquirió Sæunn.

—En barco o a pie —respondió Orka. Se encogió de hombros.

—En barco es más rápido —apuntó Gunnar.

—Sí, en barco sería mejor —dijo Halja—. Pero es posible que en los planes de Orlyg no entre ir a Snakavik.

—Sí, sería más rápido —repuso Orka—. Pero ¿también más seguro? —Se inclinó para acercarse un poco más a ellos—. Somos corrompidos, así que corremos el riesgo de que Orlyg nos convierta en sus thrall si lo descubre. —Miró a Breca—. Si vamos a quedarnos en este barco, y yo también considero que es la mejor opción, si conseguimos convencer a Orlyg para que se dirija a Snakavik, tenéis que controlar la bestia que corre por vuestras venas. Sed el amo, no el thrall. De lo contrario acabaréis siéndolo de verdad. —Señaló con el mentón a un guerrero corrompido que remaba con el collar de hierro en el cuello.

—Sí, mamá —dijo serio Breca.

Orka miró a su hijo, sus ojos oscuros en su cara pálida y sucia, su cabello negro y despeinado. Le apartó un mechón de la mejilla. «Está otra vez conmigo. No volveré a perderlo».

—Tengo una cosa tuya —dijo. Se metió la mano por debajo del cuello de la túnica y sacó el colgante de madera con forma de espada que Breca había tallado en su granja próxima a Fellur. Recordó a su hijo tallándolo la víspera de su rapto. Y también recordó que lo había encontrado en los restos de su hogar destruido. Ahora le parecía que había pasado una eternidad desde entonces. Era otro tiempo, casi como un sueño. Le pasó el cordón de cuero alrededor de la cabeza y le dio la diminuta espada de madera.

—Me acuerdo de que... —dijo Breca sosteniendo el colgante, y entonces se le inundaron de lágrimas los ojos—. Antes de que vinieran, antes de que papá...

Orka lo abrazó sin pensárselo y sintió las lágrimas de su hijo corriendo por sus mejillas.

Oyó unos pasos y se separó de Breca, se secó sus lágrimas con las yemas de los dedos y vio que el galdramaðr del jarl Orlyg pasaba ante ellos con el bastón en la mano, acompañado por Dagrun, el hijo del jarl.

—Ven, acompáñanos —dijo Dagrun a Orka.

Ella vaciló un momento.

Dagrun se detuvo.

—Por favor, mi padre desea hablar contigo.

Orka asintió y se puso en pie.

—Lif, dale alguna lección más a Breca con el escudo —dijo devolviéndole la lanza al joven guerrero.

—¿Yo?

—Ajá. Ahora eres un guerrero. Te he visto luchar —respondió Orka, y siguió a Dagrun y al galdramaðr en dirección a la popa del drakkar. Pasaron junto a una hilera de hombres y mujeres tendidos en la cubierta, todos ellos heridos durante la batalla contra Rotta. Algunos ya habían expirado y estaban envueltos en capas y sábanas de lino.

El canoso Orlyg se encontraba en la popa del barco, enfundado en una cota de malla, con una capa confeccionada con pieles de zorro alrededor de los hombros y un hacha en el cinturón. Se le veía un corte recién cosido en la mejilla, cubierto por una costra y rodeado por un cardenal. A un lado tenía una drengr, una mujer con el cabello gris como el hierro recogido con una trenza tirante en la coronilla, y al otro, un corrompido thrall, rubio y muy delgado, con un rostro que era todo aristas y sombras.

—¿Quién eres? —le preguntó Orlyg cuando Orka se detuvo delante de él.

—Una granjera —respondió ella encogiéndose de hombros.

—Dagrun me ha contado que le salvaste la vida, que tú y tu banda segasteis skraeling y descendientes de la dragona como si fueran trigo maduro. Los granjeros no tienen esa habilidad con las armas.

Orka no dijo nada.

—Y en cuanto a tu banda, dos de ellos son Hermanos de Sangre, pero te tratan con respeto. —Orlyg sonrió—. Reconozco sus escudos. —Entornó los ojos—. Salvaste a mi hijo y estoy en deuda contigo por ello, pero no me mientas ni me trates como si fuera estúpido, porque entonces te tiraré al río con mis propias manos.

Orka sostuvo la mirada del jarl un largo momento.

—Fui miembro de los Hermanos de Sangre —dijo.

Se oyeron murmullos entre los drengir que la rodeaban. La guerrera que estaba al lado de Orlyg la miró de arriba abajo.

—De eso hace muchos años —continuó Orka—. Ahora soy granjera, o era. Hasta que algunos descendientes de la dragona arrasaron mi granja, asesinaron a mi marido y raptaron a mi hijo. Los he seguido desde entonces para recuperar a mi hijo.

Orlyg desvió la mirada hacia donde estaban Breca y los demás.

—¿Y los dos Hermanos de Sangre van contigo?

—Me los encontré por casualidad y me han acompañado porque una vez fui una de ellos y respetan su juramento.

—Mmm —gruñó Orlyg, asintiendo con la cabeza—. Continúa. Intuyo que tu relato aún no ha terminado.

—No hay mucho más que contar —dijo Orka—. Los seguí hasta Svelgarth, me introduje en el campamento de Rotta mientras atacaban tu ciudad y conseguí sacar de allí a mi hijo, pero me capturaron. —Señaló a Dagrun—. Tu hijo conoce el resto de la historia.

Orlyg la miró largamente con los ojos entrecerrados y luego se volvió a Dagrun, que asintió.

—Tu relato me parece sincero. Y mi hijo responde por ti. Así que, bienvenida y gracias por salvar su culo huesudo. —Tendió la mano hacia Orka y ella le estrechó la muñeca—. Será un placer que viajes con nosotros hasta que lo desees —añadió.

—Bueno, eso dependerá de adónde os dirijáis.

—¡Ja! No te andas por las ramas, ¿eh? Cada vez me caes mejor —dijo

Orlyg—. Y eso es sobre lo que quería hablar con Dagrun y Gösta. ¿Adónde deberíamos dirigirnos? —Miró a Dagrun y al galdramaðr, y luego echó un vistazo por encima del hombro al río y el terreno que dejaban atrás—. Hemos puesto algo de distancia con esa chusma de corrompidos niðing y los repugnantes vaesen —bramó.

—Esa chusma saqueó Svelgarth, padre —le recordó Dagrun—. Los troles destrozaron las puertas y las brujas seiðr redujeron a cenizas la ciudad.

—No son brujas seiðr, son descendientes de la dragona —terció bruscamente el galdramaðr—. Siervos de Lik-Rifa.

—¿Qué diferencia hay? —preguntó Dagrun.

—Es una magia diferente. —Gösta sorbió por la nariz—. Las brujas seiðr consiguen su poder de la sangre de Snaka. Supongo que esos descendientes de la dragona consiguen su poder de la sangre más débil de su madre, Lik-Rifa.

—No me importa el origen de la magia rúnica —espetó Orlyg—. Sangre de serpiente o de dragona, para mí todo es magia vil y ha destruido mi hogar. —Se tiró de la trenza de barba blanca—. ¿Cómo es posible que esto esté pasando? El mundo se ha vuelto loco —murmuró—. Casi hicieron lo mismo en Darl. —Sacudió la cabeza ensimismado.

Durante los últimos dos días, mientras navegaban río abajo, Orka había oído murmurar a la tripulación que Lik-Rifa había atacado Darl, que la diosa águila Orna había resucitado y luego la habían asesinado, y que Helka estaba muerta y su fortaleza había quedado reducida a ruinas durante la batalla.

Al parecer, la ambición de Lik-Rifa no tenía límites.

—Nos acercamos al mar, señor —anunció el galdramaðr, un hombre enjuto y moreno, con la mandíbula cubierta de tatuajes y pequeños huesos ensartados en el cabello—. ¿Qué rumbo tomamos?

—El corazón me pide que vayamos a Svelgarth, Gösta —dijo Orlyg—. A casa, el lugar donde nací y por el que he luchado toda mi vida. ¿Dices que ahora solo es ceniza y escombros? —Miró a su hijo.

—No hay más que ruinas, padre —dijo Dagrun sacudiendo la cabeza.

—¿Y la torre galdur? —inquirió Gösta.

—La tiraron abajo y quemaron lo que quedaba de ella —respondió Dagrun.

Gösta miró hacia otro lado completamente pálido. Le tembló un músculo de la mejilla.

—Podríamos reconstruirla —sugirió Orlyg.

—¿Y si vuelven? —preguntó Gösta—. Han destruido Svelgarth y ni siquiera iba la dragona con ellos.

—Solo una rata niðing —murmuró Orlyg.

—Exacto —repuso Gösta—. Vimos lo que la dragona hizo en Darl. ¿Qué sería capaz de hacer en Svelgarth?

—Ajá. —Orlyg frunció el ceño—. Estoy de acuerdo. Sería una estupidez ponerse a reconstruir Svelgarth ahora. ¿Qué hacemos entonces?

—Podríamos unirnos a ellos —propuso Gösta.

—¡No! —dijeron al unísono Orlyg y Dagrun, fulminando con la mirada al galdramaðr.

—Estoy repasando nuestras opciones —dijo en voz baja Gösta—. He hecho una lista mental de lo que podríamos hacer para que escojamos una opción. Por lo tanto, no nos unimos a ellos. Eso nos deja dos alternativas.

—¿Y cuáles son? —quiso saber Dagrun.

—Luchar o huir —dijo Gösta.

—¿Cómo se lucha contra un dragón? —murmuró Dagrun.

—Si fuera un hombre lo desafiaría a un combate cuerpo a cuerpo —dijo Orlyg—. Sin bandas de guerreros, centenares de muertos ni destrucción, solo nosotros dos midiendo nuestras fuerzas, el uno contra el otro. —Hinchó el pecho y cuadró los hombros. Paseó la mirada por la gente que lo rodeaba—. Le ganaría —masculló, y una sonrisa le torció el bigote y la barba blancos.

—Si huimos, no creo que podamos escondernos en Vigrið —apuntó Gösta—. Seguramente tendríamos que ir a Iskidan.

—¿Y postrarnos ante ese capullo de Kirill? —espetó Orlyg—. Eso no ocurrirá mientras yo viva.

—Así pues, no volvemos a Svelgarth ni huimos a Iskidan —resumió Gösta—. ¿Te das cuenta de que estamos quedándonos sin opciones? Ya solo nos queda luchar.

—Sí —dijo Orlyg apretando un puño.

—Ajá, pero ¿cómo? —quiso saber Dagrun.

—Necesitamos aliados —sentenció Orlyg.

—Helka está muerta, así que el único poder real que queda en toda Vigrið es el jarl Störr.

Orlyg sorbió por la nariz.

—Ese capullo pérfido, arrogante y engreído me gusta menos de lo que me gustaba Helka, y a esa zorra la odiaba —aseveró Orlyg. La drengr que estaba a su lado rio entre dientes y el jarl la miró y también se echó a reír. Su barriga se agitó violentamente.

—Pero ibas a hacer un pacto con Helka —señaló Gösta.

—Ajá. Era enemiga de mi enemigo. Pensaba que juntos derrotaríamos a Störr y después podría traicionarla. —Volvió a reír a carcajadas.

—Yo te habría traído su cabeza —dijo la drengr.

—Lo sé, Aila —repuso Orlyg dándole una palmada en el brazo.

—Bueno, imagino que el jarl Störr no se tomará bien que un dragón le quite su reino, así que eso lo convertiría en el enemigo de nuestro enemigo… —continuó Gösta.

—Ajá, pero Störr es más taimado que Helka. No confiaba en ella, pero aún confío menos en él. Y no me hace gracia la idea de ir a Snakavik ahora mismo. Con Svelgarth destruida, puedo ofrecer a Störr menos de lo que podía ofrecer a Helka. No soy un aliado tan poderoso como para que Störr no me corte la cabeza sin pensárselo dos veces.

Se instaló el silencio en la reunión.

—Hay otra razón para ir a Snakavik —terció Orka.

Los ojos de Orlyg se fijaron en ella.

—¿Cuál?

—El dios lobo Ulfrir está allí.

Todas las cabezas se volvieron hacia Orka.

—Creía que los dioses estaban muertos, pero da la impresión de que aparece uno nuevo cada vez que parpadeo. Una diosa dragona, un dios rata, una diosa águila, y eso de momento. —Orlyg hinchó los carrillos y soltó el aire—. Y ahora dices que el dios lobo Ulfrir ronda por Vigrið. Es la primera noticia que tenemos de eso. Seguro que si un lobo gigante estuviera paseándose por ahí, el rumor ya habría llegado a todos los rincones de Vigrið.

—Ulfrir está vivo —dijo el guerrero thrall que estaba detrás de Orlyg.

—¿Cómo lo sabes, Tjorvi? —preguntó el jarl mirando con el ceño fruncido a su guardia.

—He oído su llamada, en mis sueños —explicó el guerrero—. Todos la hemos oído —añadió señalando a los guerreros corrompidos sentados en los bancos de remo—. Está convocando a los úlfhéðnar.

—¿Y por qué no me lo habías dicho?

—Porque no me lo preguntaste, señor —respondió Tjorvi.

Orlyg gruñó entre dientes y miró ceñudo al úlfhéðnar. Desvió lentamente la mirada hacia Orka.

—Dime, ¿cómo es que tú sabes lo de ese dios lobo? ¿Y por qué deberíamos ir con él?

—Ulfrir es thrall de Elvar, la jefa de los Terrores de la Batalla —dijo Orka—. La conocí en Starl, y convirtió a Ulfrir en su thrall. Le puso un collar de hierro en el cuello.

Orlyg silbó.

—¿Elvar? ¿La Elvar del jarl Störr? ¿Su hija fugada?

—Ajá. —Orka asintió.

—La pequeña Elvar… —Orlyg volvió a silbar—. ¡Ja! Siempre me cayó bien esa cría. Una vez vi cómo le daba una patada en las pelotas a su hermano Thorun delante de todo el mundo. Él se derrumbó como un buey herido. —Rompió a reír al recordarlo—. ¿Qué hace con los Terrores de la Batalla paseándose por ahí con un dios lobo?

—Estaba en Oskutreð cuando Lik-Rifa escapó —explicó Orka—. Y tiene cuentas pendientes con Lik-Rifa. Por eso tiene a Ulfrir. Quiere utilizarlo como arma para matar a la dragona.

—Ese plan parece peligroso, y astuto… Me gusta —murmuró Orlyg—. Aunque si se sale con la suya se convertirá en una enemiga poderosa. Demasiado.

—Ahora mismo, Elvar es el enemigo de nuestro enemigo —observó Dagrun.

—Ajá. Eso es verdad. La dragona y la rata tienen que morir, eso es incuestionable, y qué mejor para hacer el trabajo que un lobo. —Orlyg miró a Orka—. Pero, por todos los dioses muertos, ¿cómo se las ingenió la pequeña Elvar para convertir a un dios en su thrall?

Orka se encogió de hombros.

—Eso tendrás que preguntárselo a ella.

—Lo haré —afirmó Orlyg. Hizo bocina con las manos y gritó a pleno pulmón—: ¡Rumbo a Snakavik!

CAPÍTULO VEINTITRÉS

ELVAR

Elvar tamborileaba con los dedos en el reposabrazos de su trono en la torre galdur de Snakavik. Sighvat roncaba rítmicamente detrás de ella. Se suponía que estaba en la cámara como guardaespaldas, pero Elvar sabía que había berserkir cerca y más gente custodiando la puerta, así que no lo había reprendido al oír que empezaba a roncar. Se acercó un cuerno a los labios y bebió un trago de hidromiel. Se regodeó en la sensación de calor que bajaba por su garganta y se instalaba en su estómago mientras contemplaba abismada en sus pensamientos las llamas que oscilaban en el hoyo para el fuego.

«Darl ha caído y Helka está muerta. Orna resucitó y luego Lik-Rifa la mató. Esto está ocurriendo de verdad. Ahora estoy en guerra con una diosa y de repente Vigrið no parece tan grande. No hay dónde esconderse de una diosa dragona. ¿Dónde me enfrentaré con Lik-Rifa y sus seguidores? ¿Cómo voy a derrotarla y rescatar a Bjarn? ¿Qué debo hacer?». El torbellino de sus pensamientos removía emociones como un vendaval agitaba las hojas secas. Estaba asustada, abrumada por la gran cantidad de decisiones que tenía que tomar, paralizada por el miedo de equivocarse. «Muchas vidas dependen de mis decisiones, incluso la mía. Ojalá Grend estuviera aquí para aconsejarme. ¿Dónde se habrá metido?».

Al día siguiente de que llegara la noticia de la destrucción de Darl, Grend no se presentó en el campo de entrenamiento y Elvar había enviado a los drengir a buscarlo. De eso hacía ya tres días y estaba empezando a preocuparse. Ni siquiera Gytha sabía dónde estaba.

—La espera te corroe, ¿eh? —dijo una voz.

Elvar se sobresaltó y dio un respingo. Se sentó recta en el trono y miró a Hrung, en cuyos ojos opacos se reflejaba la luz oscilante del fuego.

—A mí la espera siempre me ha parecido más dura que la acción —continuó Hrung—. Pero ahora lo único que puedo hacer es esperar, claro. —Suspiró y parpadeó—. Recuerdo cuando decidí matar a Snaka. Estaba contento por haber tomado la decisión, pero luego tuve que planear cómo hacerlo y después esperar a que se me presentara la oportunidad. —Negó con la cabeza—. Fue difícil. Qué despacio pasa el tiempo cuando solo estás... esperando.

—¿Cómo? —exclamó Elvar—. ¿Intentaste matar a Snaka?

—No solo lo intenté, querida, lo conseguí—dijo Hrung con su enorme frente arrugada—. Yo maté a Snaka.

—¡Tú mataste a Snaka!

—¿Por qué repites todo lo que digo? Sí, lo maté yo. ¿Cómo crees que mi cabeza acabó entre sus dientes si no?

—Esto... Pensaba que... Bueno, devoró a muchas de sus creaciones, ¿no?

—Ajá —tronó Hrung—. Devoró a mi madre, a mi padre, a mis hermanos, a mis hermanas, a mis tíos, a mis tías, a mis sobrinos... a mi mujer, a mis hijos. —Resopló—. Se comió a todo mi clan, a todas las personas que yo conocía. A toda la gente que quería. —Sus ojos se hincharon y una lágrima gruesa corrió por su mejilla hasta sus labios.

«Siempre olvido que Hrung no siempre fue lo que es ahora, que tuvo una vida, una familia. Y que Snaka lo destruyó todo por capricho. Los dioses son una maldición».

—¿Cómo lo hiciste? —quiso saber Elvar—. ¿Cómo mataste a Snaka?

—Me envenené a mí mismo. —Hrung esbozó media sonrisa—. Llené mi cuerpo de veneno y me arrojé a sus fauces. Eran los tiempos del Guðfalla, los dioses estaban en guerra y toda Vigrið vibraba con ella. Snaka estaba furioso, devoraba con frenesí toda criatura viva que encontraba a su paso, así que no fue difícil hacer que me comiera.

Elvar se quedó callada mientras imaginaba el caos y el baño de sangre, la destrucción.

—Entonces, ¿cómo es que... estás vivo?

—No lo sé —reconoció Hrung—. He tenido mucho tiempo para reflexionar sobre eso. No olvides que Snaka era tanto creador como destructor. Por su interior fluía una magia poderosa. Cuando me clavó los colmillos y separó mi cabeza del resto de mi cuerpo, creo que algo de su poder debió filtrarse en mi carne y mi sangre. O quizá fue mientras agonizaba.

Su carne y su sangre invadieron el fiordo a mi alrededor y algo debió introducirse en mí. Los corrompidos, como los llamas tú, heredan sus poderes de sus antepasados, así que a lo mejor fue la sangre de Snaka. Pero ¿quién sabe? Lo único seguro es que estoy vivo. Bueno... —Miró a Elvar con aire pesaroso—. ¿A esto se le puede llamar vivir? Pienso, hablo, conservo el sentido del gusto, pero...

Elvar se levantó para acercarse a Hrung y le acarició la mejilla.

—Yo por lo menos me alegro de que sigas vivo, viejo Hrung —dijo. Le acercó el cuerno con el hidromiel a los labios y lo vació en su boca.

—¡Ah, delicioso! —exclamó Hrung chasqueando los labios.

Llamaron a la puerta.

Detrás de Elvar, Sighvat balbuceó y resolló.

—¿Qué? ¿Dónde? —tartamudeó levantándose desmañadamente.

—¡Adelante! —gritó Elvar.

El berserkir Berak abrió la puerta de la torre galdur y entró.

—Ulfrir, Skuld y Uspa desean verte, mi señora —anunció Berak. Lanzó una mirada por encima del hombro—. Ulfrir viene acompañado.

—¿Cuántos son? —preguntó Elvar.

—Cuatro decenas, tal vez más —dijo Berak.

—Déjalos entrar, Berak, y quédate tú también.

Uspa entró en la sala seguida por Ulfrir y Skuld. El dios lobo encabezaba una fila de hombres y mujeres, algunos exhibían cota de malla y armas relucientes en el cinturón, pero la mayoría solo vestían túnicas y capas, y como mucho llevaban un seax o un destral colgado del cinto. Todos estaban muy delgados y parecían exhaustos y hambrientos, y lanzaban miradas nerviosas en todas direcciones, sobre todo hacia las sombras.

—Me pediste que los trajera —dijo Ulfrir cuando se detuvo delante de Elvar, separados por el fuego fluctuante—. Aquí están mis descendientes.

Elvar permaneció al lado de Hrung y miró detenidamente a los úlfhéðnar. Oyó que Sighvat se movía para colocarse detrás de su hombro izquierdo. Berak, enfundado en su cota de malla, se había quedado justo detrás de los recién llegados y los observaba con todos los sentidos alerta y la mano apoyada en el mango del hacha que llevaba en el cinturón.

—Sois corrompidos —dijo Elvar, y todas las miradas se fijaron en ella. Notó la tensión que se respiraba en la sala. Era casi tangible—. Dos voces hablan dentro de mi cabeza. Una dice que sois corrompidos y debéis ser convertidos en thrall, que sois peligrosos, un riesgo, y que no puedo confiar en vosotros a menos que llevéis un collar de hierro alrededor del cuello.

Se produjo un rumor de pies arrastrados por el suelo y Elvar vio algunas manos que bajaban a las armas y músculos que se tensaban. De la penumbra que se extendía en los márgenes de la cámara llegaron unos gruñidos, y unas figuras imponentes se revolvieron como sombras cuando sus berserkir se movieron y sus ojos verdes reflejaron la luz del fuego. No le pasó desapercibido que Ulfrir y los que lo acompañaban también los veían.

—Y la otra voz dentro de mi cabeza me dice que sois valientes por haber venido aquí —continuó Elvar—, donde ponéis en riesgo vuestra vida, que ya habéis luchado por Ulfrir en los muelles contra Ingvild y sus Errantes de las Olas, por lo tanto, por mí.

Miró a Ulfrir. Todavía veía el dolor grabado en su rostro por la noticia de la muerte de Orna.

—Mi pregunta es la siguiente: ¿a quién sois leales?

—Son leales a mí —terció Ulfrir.

Elvar miró a los úlfhéðnar. Todos ellos mantenían los ojos fijos en ella.

—Y tú eres leal a mí —dijo Elvar dirigiéndose a Ulfrir.

—Así es —aseveró el dios lobo.

—De momento —puntualizó Elvar—. Por supuesto, no tienes alternativa, lo cual enturbia un poco el asunto. Sin embargo, eres leal, de eso no tengo ninguna duda. Así, pues… —Rodeó el hoyo del fuego y se detuvo enfrente de Ulfrir y sus úlfhéðnar. Sighvat se apresuró a colocarse a su lado y Berak se acercó un poco con el gesto serio. Los berserkir situados en las sombras salieron a la luz—. No deseo poneros un collar, pero necesito estar segura de que me seréis leales en la guerra inminente, que no me traicionaréis. ¿Qué solución me proponéis?

—Os haremos un juramento —terció un úlfhéðnar, un hombre demacrado y harapiento—. Si así lo desea Ulfrir.

—¿Y eso es suficiente para garantizar vuestra lealtad? —preguntó pensativa Elvar.

—Que ellos te hagan el juramento y que Ulfrir los comande —sugirió Uspa—. Eso será suficiente. Te garantizará más lealtad que la que conseguirás de cualquiera de las bandas de mercenarios que se han congregado aquí por tu dinero.

Elvar miró a Ulfrir. Este la miró y asintió escuetamente con la cabeza.

—De acuerdo, empezaremos ahora mismo —dijo Elvar.

—Lo has hecho muy bien —la felicitó Hrung cuando los úlfhéðnar de Ulfrir abandonaron la torre.

—¿De verdad? Si sale bien habré doblado el número de mis guerreros corrompidos. Pero ¿puedo fiarme de que cumplan su juramento?

—Más que de la mayoría de la gente, de eso estoy seguro —dijo Hrung.

—Ajá, pero esa confianza no es tanta como la que tengo en mis berserkir.

—¿Tus berserkir? —inquirió Hrung—. ¿Como si fueran una jarra magníficamente labrada o un seax afilado?

—Sí, eso exactamente —espetó Elvar.

—También son personas —apuntó Hrung.

—Son mis thrall. Deben obedecerme.

—Eso solía decir tu padre.

Elvar lo miró ceñuda.

La puerta crujió cuando Ulfrir la cerraba al salir.

—¡Ulfrir! —gritó Elvar.

Ulfrir se detuvo y se volvió. Elvar le hizo un gesto para que volviera a entrar. Skuld lo acompañó y Elvar decidió no aclarar que solo había llamado a Ulfrir.

—¿Sí, jarl Elvar? —preguntó Ulfrir.

—Dijiste que Snakavik no está a salvo de Lik-Rifa.

—Así es. Se lanzará en picado sobre la fortaleza y la hará pedazos. —Hizo una pausa mientras estudiaba a Elvar. Ella no estaba acostumbrada a la intensidad de la mirada de Ulfrir, pero se la mantuvo sin inmutarse—. Y recuerdo que te negaste a abandonar Snakavik hasta que descubramos el paradero de Lik-Rifa —continuó Ulfrir—. Ahora sabemos que está en Darl, y sin embargo seguimos aquí.

—Ajá. —Elvar asintió—. Confieso que no me gusta la idea de quedarme sentada aquí, esperándola. Y lo que dijiste sobre encontrar un lugar más propicio y hacerle creer que somos débiles cuando en realidad somos fuertes tiene mérito.

Ulfrir se la quedó mirando en silencio.

—Pero ¿qué lugar sería más favorable para luchar con ella? —Elvar inspiró hondo, se armó de valor y se tragó su orgullo—. Ulfrir, no sé adónde ir. ¿Adónde crees que deberíamos ir?

Ulfrir sonrió y las puntas de sus afilados dientes destellaron con la luz del fuego.

—A mi guarida —respondió—. El Valle del Lobo.

—¿Dónde está eso? —preguntó Elvar.

—Cerca de Jarnvidr, el Bosque de Hierro —dijo Skuld. Sus alas vibraron.

—Sé dónde está ese sitio —terció Sighvat.

—Todo el mundo lo sabe —dijo Hrung—. Incluso una cabeza parlante.

Elvar conocía el Bosque de Hierro, una vasta extensión boscosa que estrangulaba los dominios de su padre en el sur, ahora sus propios dominios, una densa maraña de árboles a lo largo de la frontera sur marcada por el río Slågen.

—¿Y por qué es mejor ese lugar? —quiso saber Elvar.

—Porque no está abierto a los cielos como Snakavik. El Bosque de Hierro es impenetrable para la vista desde el cielo. Además, mi Valle del Lobo es más extenso bajo tierra que en la superficie. Para derrotar a Lik-Rifa no hay que librar una batalla de fuerza, músculos y magia. Ella siempre ganaría. Para vencerla hay que ser astuto. —Se dio un golpecito con el dedo en la sien—. Necesitas un terreno en el que puedas ocultarte y que la confunda.

—Pensaré en ello —dijo Elvar.

Ulfrir dio media vuelta para marcharse, pero se volvió para mirar de nuevo a Elvar.

—Quería… darte las gracias —dijo titubeando— por la amabilidad con la que has tratado a mis descendientes.

—Espero no arrepentirme de lo que he hecho.

—No te arrepentirás —afirmó Ulfrir. La miró largamente y luego se volvió de nuevo y se marchó de la torre seguido por Skuld y el remolino de sus alas de plumas rojas.

Elvar suspiró. Cuando la puerta se cerró, se dio cuenta de que Uspa continuaba allí con Berak.

—¿Sí?

—Te felicito por la manera como has tratado este asunto de Ulfrir y sus úlfhéðnar —dijo Uspa.

—Gracias.

—Pero has de saber que esto solo es el principio. A medida que avance la guerra crecerá el problema de los corrompidos —le advirtió Uspa—. La mayoría apoyará a Lik-Rifa porque lucha por su libertad. Y son poderosos. Debes tener en cuenta todos los que hay escondidos por toda Vigrið.

—No le falta razón —terció Hrung.

—Ya había pensado en ello —dijo Elvar. «Más bien esa preocupación me consume»—. Pero no puedo hacer nada al respecto. Grend siempre dice que hay que preocuparse de lo que se puede cambiar. Y eso no puedo cambiarlo.

—Podrías hacerlo —apuntó Uspa.

—¿Cómo? —preguntó Elvar mientras rellenaba el cuerno con una jarra de hidromiel y tomaba un sorbo.

—Regala la libertad a tus corrompidos y difunde la noticia por toda Vigrið.

—¡Cómo! —balbuceó Elvar escupiendo el hidromiel de la boca.

—Regálales la libertad —repitió Uspa—. No eres una diosa. Pero tampoco una desconocida. Eres una jarl de Vigrið. Si haces lo que nadie más haría, los corrompidos confiarían en ti antes que en una diosa loca. Algunos acudirían a ti por Ulfrir, eso es cierto, pero muchos más vendrían para luchar por Vigrið... si supieran que después habría un sitio para ellos. Es posible que eso incluso debilitara las fuerzas de Lik-Rifa, pues se ha arrogado el título de paladina de los corrompidos. Actualmente, ella es la única opción que tienen.

—¿Te has vuelto loca? —exclamó Elvar con incredulidad—. Si regalo la libertad a mis berserkir, ellos me abandonarían. Quizá algunos lucharían por Lik-Rifa y otros huirían de esta guerra. En todo caso, no creo que se quedaran para luchar por mí, la persona que los ha esclavizado.

—Yo me quedaría —terció Berak.

—Eso es porque voy a enfrentarme con Lik-Rifa para rescatar a tu hijo —espetó Elvar—. El motivo de esta guerra es vuestro hijo, esto —añadió arremangándose para dejar a la vista las cicatrices blancas de su juramento de sangre, del blóð svarið—. ¿Y qué pasa con Ulfrir? ¿También debería dejarlo libre?

—Sí —respondió Uspa.

Elvar abrió la boca, pero solo salieron de ella unos sonidos ahogados.

—Habéis perdido el juicio —balbuceó finalmente—. Si lo dejo libre, lo primero que haría sería degollarme. Lo he sometido, avergonzado, humillado. Sí, tenemos un enemigo común, pero él lucharía con Lik-Rifa conmigo o sin mí. Libre no me necesitaría, pero yo lo necesito a él, necesito a los berserkir. Si los dejo libres los perderé. Los perderemos. Y entonces perderemos la guerra, lo que quiere decir que perderemos a Bjarn. ¿Queréis recuperar a vuestro hijo?

—Sí —dijo Uspa, pero agachó la cabeza—. Pero esto… no está bien —musitó.

—Bien, mal… solo son palabras —dijo Elvar, aunque se sintió incómoda en cuanto salieron de su boca, porque su padre le había dicho exactamente lo mismo—. Lo único que importa es ganar. No podemos perder. Hay que ganar, y necesito a Ulfrir y a los berserkir si queremos tener la más pequeña esperanza de derrotar a Lik-Rifa y recuperar a vuestro hijo.

—Pero…

—No —espetó Elvar—. No quiero volver a oír hablar de esta locura. Nos prepararemos para partir mañana con destino a Jarnvidr. —Se sirvió otro cuerno de hidromiel y cuando levantó la mirada vio que Uspa ya se marchaba.

Elvar se dejó caer en el trono y bebió un trago largo.

—Gobernar no es como los escaldos te hacen creer, ¿eh? —dijo Hrung.

Elvar no le respondió.

«¿Dónde estará Grend?».

CAPÍTULO VEINTICUATRO

BIÓRR

Biórr entró en Darl por el este. Rotta lideraba la banda de guerreros por unas calles que discurrían en paralelo a canales rectos y ríos serpenteantes que desembocaban en el río Drammur. Las calles estaban inusitadamente vacías. Rostros pálidos los observaban desde ventanas con los postigos cerrados y puertas entreabiertas, mientras otras figuras se escabullían por callejones sombríos.

—Esto dista mucho de ser un recibimiento triunfal a los héroes conquistadores —observó Rotta.

—Sí —repuso Biórr, aunque no le sorprendía. Echó un vistazo por encima del hombro. Fain el Rojo estaba sentado en el banco de un carro, con una pierna envuelta en una venda empapada en sangre. Harek estaba sentado a su lado. Detrás del suyo venían una veintena de carros. Los descendientes de la dragona cabalgaban junto a la columna y los guerreros marchaban a pie, entre ellos Brák y su diezmada banda. Eso entraba dentro de la normalidad, pero detrás llegaban los troles, que avanzaban pesadamente por las calles. Los troles toro se detenían cada dos por tres para orinar en las fachadas de las casas o dejar boñigas humeantes para marcar su territorio. Además había skraeling entre ellos, spertus que correteaban por el suelo y enjambres de tennúr que revoloteaban sobre sus cabezas. Y en la cola de columna, las arañas del hielo y las brujas nocturnas conformaban un río oscuro que discurría por las calles de Darl.

«Yo también me escondería si viera entrar esto en mi ciudad».

Comenzaron a ascender una colina y atravesaron lo que Biórr recordaba que eran los mercados y las plazas de los comerciantes. Deberían estar atestados de gente, los aromas de toda clase de comidas en plena elaboración deberían impregnar el aire y tendría que oírse el barullo de voces que pregonaban los productos procedentes de todos los rincones de Vigrið o regateaban su precio, pero estaban vacíos.

«Al parecer, no es bueno para el comercio que un dragón viva en tu ciudad. Pero mejorará. Tiene que hacerlo».

Recorrieron las calles inquietantemente silenciosas. La torre galdur de Darl se alzaba imponente delante de ellos. Al otro lado se veía el espacio vacío donde se erigía la fortaleza de Helka alrededor del esqueleto de Orna, la diosa águila. Ahora solo quedaban un puñado de vigas destrozadas que apuntaban al cielo, como los huesos disecados de la mano tendida de un gigante.

—Debo ser… diplomático cuando le cuente a mi hermana las eventualidades de nuestro viaje —dijo Rotta a Biórr—. No puedo mentirle, está firmemente en contra de las mentiras. —Hizo una mueca que Biórr interpretó como que seguramente Lik-Rifa se comería a Rotta—. Pero tampoco le gusta oír malas noticias, así que debo ser cuidadoso a la hora de relatarle los incidentes de nuestro viaje. Hagas lo que hagas, no menciones el número de bajas que sufrimos en el ataque de ese niðing de Orlyg.

—No, señor. Pero debemos contarle lo de Myrk. Es la hermana de Ilska y de Drekr. —Biórr lanzó una mirada atrás, al cadáver de Myrk envuelto en lino que llevaba cruzado sobre la grupa de su caballo.

—Por supuesto —repuso Rotta—. Hay que decírselo cuanto antes para poder olvidarnos de ese problema. Pero no menciones el número de bajas. —Miró a Biórr—. No le gustaría.

«Quieres decir que nos comería».

—Sí, señor. Mis labios están sellados.

—Buen chico —dijo Rotta con una sonrisa nerviosa—. Me alegra comprobar que tú y yo nos entendemos.

Llegó hasta ellos un ruido, un sonido de golpes rítmicos, y Rotta los condujo por una calle que apestaba a carbón y hierro. Nubes de vapor salían de puertas abiertas y la silueta de unas figuras oscuras se recortaban en el resplandor rojo de los fuegos de las forjas.

—El barrio de los herreros —dijo Biórr.

—La guerra los mantiene ocupados, sin duda —observó Rotta.

Llegaron al final de la calle. La colina describía una pendiente constante hasta que el terreno se nivelaba y Biórr vio la muralla que rodeaba la torre galdur de Darl. La enorme puerta estaba cerrada, custodiada por unos guerreros enfundados en cotas de malla. Al ver a Rotta, unos centinelas aporrearon la puerta y otros hicieron sonar los cuernos. La puerta de roble se abrió.

Entraron acompañados por el repiqueteo de los cascos de los caballos sobre las piedras y la tierra compactada del suelo del patio de la torre, un amplio espacio rodeado de barracones, establos y corrales, con una vaquería y una fábrica de cerveza. La torre galdur, de piedra negra, se alzaba por encima de todo ello como un cuervo amenazador. La puerta de la torre se abrió y Lik-Rifa apareció en su forma humana, alta y regia, flanqueada por Ilska, Drekr y un puñado de skraeling.

—¡Hermana, mi queridísima hermana! —exclamó Rotta. Desmontó y se dirigió prestamente hacia Lik-Rifa. Hincó una rodilla en el suelo delante de ella, le cogió una mano y la apretó contra sus labios—. Te he echado de menos.

Lik-Rifa lo observó un momento sin mover un músculo. Luego sus labios se torcieron para componer una sonrisa.

—Levántate —dijo acompañándolo con un gesto.

—He cumplido la misión que me encomendaste. Svelgarth ha caído —declaró triunfalmente Rotta—. Como veo que es el caso de Darl. —Miró en derredor—. Aunque nunca dudé de ti. Dos de los supuestos poderes de Vigrið derrotados ya. Casi es demasiado fácil. Esta guerra acabará antes de empezar y Vigrið será tuya, hermana.

—No acabará hasta que Ulfrir sea un cadáver a mis pies. Y hasta entonces estaremos en peligro —rezongó Lik-Rifa. Se estremeció y rápidamente se recompuso—. Acompáñame, come y bebe conmigo. Tenemos mucho de lo que hablar.

—Por supuesto —dijo Rotta. Se volvió atrás y le hizo una indicación a Biórr para que lo siguiera—. Pero antes, me temo que tengo que darles una noticia a Ilska y a Drekr. —Señaló a Biórr y el caballo cuyas riendas sujetaba. Biórr se detuvo y se acercó al cadáver de Myrk, lo desató y lo llevó en brazos hasta Ilska y Drekr. Depositó con delicadeza el cuerpo a sus pies, y a continuación se arrodilló y cortó la cuerda que ataba la sábana de lino. La retiró para mostrarles su rostro, con cuidado de no dejar a la vista el cuello desgarrado por uñas de lobo.

Ilska palideció al ver la cara de su hermana, su cuerpo se puso rígido y le temblaron los músculos. Drekr apoyó una rodilla en el suelo, envolvió la cabeza de Myrk con los brazos y la apretó contra su pecho. Biórr se sorprendió al ver las lágrimas que rodaban por sus mejillas.

Drekr miró a Biórr con una mueca feroz en el rostro desencajado, las cicatrices de la cara blancas y lívidas, y los ojos rojos y brillantes.

—¿Quién ha sido? —gruñó.

—Vamos —dijo Lik-Rifa dando media vuelta y entrando en la torre galdur sin prestar atención a Ilska ni a Drekr. Rotta miró un momento a Drekr y siguió a su hermana.

—Ven conmigo, Biórr —dijo Rotta.

Biórr vaciló.

—Lo siento —dijo con los ojos fijos en Myrk y una opresión en el pecho, y luego hizo el ademán de seguir a Rotta, pero Ilska le agarró firmemente la muñeca.

—¿Quién ha sido? —espetó con los dientes apretados.

—Orka —respondió Biórr.

Ilska frunció el ceño.

—La mujer que siguió a Drekr hasta Darl. La madre del niño corrompido Breca.

Drekr emitió un sonido ahogado que era en parte un gruñido y en parte un sollozo.

Biórr dejó que los hermanos lloraran su pérdida y entró en el vestíbulo de la torre galdur. Reparó en que lo habían convertido en un salón de banquetes. Un fuego ardía en el centro y en torno a él se habían dispuesto mesas y bancos. Pero cuando se adentró un poco más en la cámara, se detuvo. El suelo… se movía. Y entonces vio las serpientes, algunas quietas y otras reptando y siseando por las losas.

Rotta también se detuvo.

—No tengáis miedo de mis bellezas —dijo Lik-Rifa—. Estáis completamente seguros aquí, a menos que intentéis hacerme daño.

—Ah, bueno, eso me tranquiliza —dijo Rotta. Dio un paso vacilante por la agitada masa de serpientes con una mueca grabada en la cara. Las criaturas fueron apartándose delante de él para dejarle el camino franco. Se volvió y le hizo un gesto a Biórr para que avanzara con él. La rata en la sangre de Biórr le gritaba que huyera de allí. A las ratas no les gustaban las serpientes. Inspiró hondo y le pidió a su bestia que se tranquilizara. A juzgar por los latidos de su corazón, su consejo no pareció surtir efecto.

Biórr llegó a una mesa, se llenó un vaso de cerveza que se bebió de un trago y volvió a rellenarlo. A continuación se llenó un plato con trozos de carne de cordero, queso, cebolla y pan negro, y se sentó. Tomó otro trago largo de cerveza.

Rotta se sentó con un vaso en la mano y bebió un trago.

—Hermana, ¿ha ido todo según lo previsto?

—Sí —respondió Lik-Rifa—. Ese gusano... ¿Guthlaf? ¿Guthrum? No me acuerdo de su nombre... —Hizo un gesto desdeñoso con la mano—. Da igual. Fue tal como dijo él. El galdramaðr de Helka, ese gusano arrogante, intentó resucitar a Orna. Bueno, en realidad lo consiguió. Estaba viva cuando me lancé sobre Darl desde el cielo. —Lik-Rifa se recostó en la silla y sonrió. Su boca se dilató de una manera que no era natural y unos dientes largos sobresalieron de sus labios—. Pero no por mucho tiempo. La maté. Maté a nuestra hermana, esa zorra despreciable y engreída. Después de tantos años. Durante siglos fantaseé con mi reencuentro con ella, con herirla. —Un escalofrío de placer recorrió a Lik-Rifa desde la cabeza hasta los dedos de los pies.

—Eso debió procurarte mucha... satisfacción —dijo Rotta.

Parecía aliviado, y Biórr recordó que los escaldos cantaban que Rotta había asesinado a la hija de Orna, había vaciado su cuerpo de sangre y la había desollado, y en su piel había escrito con su sangre su infame grimorio, el *Raudskinna*.

«Si Orna siguiera viva, habría una diosa más con una deuda de sangre contra Rotta. Ahora que está muerta solo queda su marido, Ulfrir».

—¿Y dónde está su corazón? —quiso saber Rotta.

—Ah —exclamó Lik-Rifa—. En el calor de la batalla y de mi victoria olvidé nuestro plan. —Hizo un gesto con la mano, como para restarle importancia.

Una expresión de ira cruzó fugazmente el rostro de Rotta, apenas un espasmo, pero fue tan breve que Biórr incluso dudó que se hubiera producido.

—Es una... lástima —dijo lentamente Rotta—. Entonces, ¿qué ha sido de su corazón?

Lik-Rifa se encogió de hombros.

—No queda nada de Orna. La destripé, la destruí, la pulvericé con los dientes y las garras. —Se llevó un dedo a los labios como si rememorara su sabor y luego rio tontamente.

—¿No queda nada del corazón de Orna, ni siquiera un fragmento minúsculo? —insistió Rotta—. Sabías el poder que habríamos conseguido si nos lo hubiéramos comido, aunque solo fuera un trozo. Necesitábamos ese poder para tener ventaja cuando nos enfrentemos a Ulfrir.

—No, no queda nada —dijo Lik-Rifa—, ni siquiera un hueso. Quizá un par de plumas. —Sorbió por la nariz—. No necesito el poder de Orna. La maté, así que es evidente que yo soy la más poderosa.

—Sí, por supuesto que lo eres —repuso Rotta lentamente, con cautela—. Pero todavía tenemos que pensar en Ulfrir. El corazón de Orna nos habría garantizado la victoria contra él. Ulfrir siempre fue el más peligroso de los dos.

—Ya lo sé —dijo Lik-Rifa—. Por eso te he esperado. Hay que planear el siguiente movimiento. Tenemos que atacarlo juntos.

Una mueca de inquietud asomó en el rostro de Rotta.

—No es solo eso —dijo Rotta—. El corazón nos habría proporcionado un poder inimaginable. —Miró a los ojos a Lik-Rifa—. Pero el riesgo habría sido grande.

—Demasiado grande, hermano —repuso Lik-Rifa. Se intuyó el miedo en sus facciones. Guardó silencio, pensativa—. No —aseveró negando con la cabeza—. No. Concentrémonos en averiguar dónde se esconde nuestro sarnoso hermano. Estoy segura de que está tramando algo contra mí.

—Claro que está tramando algo contra ti —dijo Rotta—. Has matado a su esposa, dos veces.

Lik-Rifa sonrió y luego frunció el ceño.

—Hay que encontrarlo. He enviado todos mis tennúr y mis hyrndur a buscarlo, pero aún no he tenido noticias de ellos —gruñó. Su voz destilaba una mezcla de miedo y de rabia.

—No hace falta que sigas buscando —dijo Rotta recostándose en su silla con una expresión de engreimiento en la cara—. Sé dónde está Ulfrir.

—¿Dónde? —espetó Lik-Rifa echándose hacia delante.

—En Snakavik. Está escondido en el cráneo de nuestro querido difunto padre.

—¿Cómo lo sabes?

—Por una úlfhéðnar que capturé —explicó Rotta—. Orka, la mujer que mató a Myrk. —Señaló hacia la entrada de la torre, aunque Ilska y Drekr ya no estaban allí—. Olí la pestilencia de Ulfrir en ella. Lo había visto, había hablado con él.

Lik-Rifa volvió a recostarse, sonriente.

—Rotta, has hecho un trabajo magnífico. Estoy muy contenta contigo.

Rotta sonrió, levantó el vaso hacia ella y bebió un trago largo.

—¿Te contó algo más esa descendiente del lobo? —preguntó Lik-Rifa inclinándose hacia delante.

—Ajá. Con Ulfrir están una tal Elvar Matatroles y los Terrores de la Batalla. Es una banda de mercenarios que por ventura Biórr conoce mejor que a su propia familia.

Lik-Rifa fijó la mirada en Biórr.

—Qué… útil —ronroneó—. Háblame de ellos.

Biórr tragó saliva.

CAPÍTULO VEINTICINCO

VARG

Varg abrió el baúl de remo y revisó su equipo, que consistía en la cota de malla, el casco, el cinturón de armas y la capa de piel de foca cuidadosamente doblada. Sacó la cota de malla, la levantó para introducir los brazos en las mangas y luego metió la cabeza y se retorció y contorsionó para ayudar a la cota a deslizarse por su cuerpo. A continuación, cogió el cinturón de armas y se lo abrochó alrededor de la cintura, bien apretado para aliviar a sus hombros de una parte del peso de la brynja. Limpió la parte superior de sus armas, el seax, el gran cuchillo y el destral barbudo, con las yemas de los dedos, y después sacó el gorro de lana y se lo encasquetó en la cabeza, se puso el casco encima del gorro, tiró de las correas del barboquejo para ajustarlo y se lo abrochó debajo del mentón, con cuidado de que no se le enganchase la barba en la hebilla. Los sonidos se atenuaron y su campo visual se redujo un poco por culpa del antifaz del casco. Acto seguido, se ajustó la malla del casco que le protegía el cuello y la dejó caer sobre la nuca y los hombros. Finalmente sacó el brazalete de plata que Glornir le había entregado hacía ya mucho tiempo, en la cámara de Rotta: unas bandas de plata retorcidas con la cabeza de un oso gruñendo en cada extremo. Lo deslizó por el brazo izquierdo y lo apretó contra su bíceps.

Respiró hondo mientras se erguía.

—¡Ja! Pareces un guerrero de verdad —dijo Svik a su lado, radiante en su cota de malla y con la barba roja recogida en una gruesa trenza y atada con hilo de plata—. ¿Quién habría imaginado que vivirías tanto?

—Yo no —terció Røkia con una voz aguda mientras se apretaba las vendas alrededor de las piernas y las sujetaba con un broche de hierro, lo que provocó las risas de los Hermanos de Sangre que los rodeaban.

—Esperemos que viva un día más —murmuró Varg, que sentía en las tripas el temblor del inminente estallido de violencia mientras miraba fijamente los drakkar que estaban acercándose por el espumoso mar. Su lobo interior emitió un gruñido grave cuyas vibraciones recorrieron todo su cuerpo.

—¡Ja! La esperanza nunca se pierde —exclamó riendo Svik mientras se abrochaba el cinturón.

Durante todo el día no habían escatimado esfuerzos para escapar en mar abierto, con las velas del *Lobo del mar* y del knarr más pesado de Sulich henchidas por el viento del sureste que los había empujado con fuerza hacia la costa de Vigrið, pero los barcos de Rurik que los perseguían utilizaban el mismo viento y el robusto knarr era demasiado lento, así que los drakkar habían acortado la distancia con ellos de manera constante. Ese día los alcanzarían. Por eso Glornir había tomado la decisión de plantarles cara y luchar.

Varg se volvió hacia la proa y vio la oscura franja de la costa en el horizonte. Vigrið. «Cerca, pero no lo suficiente».

Glornir había ordenado que se recogiera y se guardara la vela y se asegurara el mástil en la carlinga. Durante un rato habían remado hasta la extenuación, pero había llegado el momento de ahorrar fuerzas y solo una cuarta parte de la tripulación remaba para acercar el *Lobo del mar* al barco de Sulich antes de que los drakkar de Rurik los alcanzaran.

Varg cogió su escudo de la traca donde se colgaban los escudos y se lo terció a la espalda.

—Ven conmigo —dijo Svik dándole un codazo en el brazo, y los dos se dirigieron a los soportes para las lanzas de la cubierta. Varg agarró la suya y la sopesó.

Oyeron unas voces y Varg levantó la cabeza. El *Lobo del mar* ya estaba muy cerca del barco de Sulich. Los remeros introdujeron en el barco los remos de estribor y lanzaron un cabo a Sulich, que aguardaba cerca de la proa de su knarr. Varias manos agarraron el cabo y tiraron para juntar las dos embarcaciones. Los cascos chocaron y chirriaron al refregarse el uno contra el otro. Se lanzaron más cabos de una nave a la otra a lo largo de las regalas y los guerreros amarraron un barco al otro.

—¿Para qué hacemos esto? —preguntó en voz baja Varg a Svik.

—Esos drakkar intentarán separarnos como lo harían los lobos con la oveja joven y débil de un rebaño. Es más fácil derrotarnos por separado. —Svik sonrió—. Están a punto de descubrir que no somos ovejas. Somos los Hermanos de Sangre y resistimos juntos, luchamos juntos… y morimos juntos si es necesario.

Varg asintió. Le gustaba la estrategia.

Glornir mantuvo una conversación a gritos con Sulich, tras la cual Iva y Taras pasaron por encima de la borda balanceante del *Lobo del mar* y subieron a bordo del knarr. Taras se detuvo un momento sobre la regala y se volvió.

—¡Hasta luego, amigos de los Hermanos de Sangre! —bramó. Llevaba puestos el casco y la cota de malla del equipo de batalla que Einar le había regalado. Aun así, la cota de malla le apretaba un poco los hombros. En cuanto al casco, era uno de esos con una protección para la nariz. Además colgaban de su cinturón un par de hachas barbudas, empuñaba una lanza con el asta gruesa y un escudo colgaba a su espalda. Einar se acercó a él con paso firme y le estrechó el antebrazo.

—Hasta luego, amigo —dijo Medio Trol.

Taras sonrió y saltó a la cubierta del knarr.

En el amplio vientre del knarr ataron a los caballos, que piafaban con los ojos desorbitados. La tripulación de Sulich guardó los remos y encordó los arcos. En torno a los caballos se colocó una especie de biombos de mimbre y madera de sauce.

—Para protegerlos de las flechas —explicó Svik cuando vio que Varg abría la boca para preguntar.

Cinco Hermanos de Sangre permanecían en sus baúles de remo a babor, mientras que en el knarr de Sulich cinco tripulantes estaban sentados con los remos en las manos a estribor. Varg miró a Svik.

—Sujetarán los remos para mantenernos con la proa de frente a los drakkar de Rurik —dijo Svik—. De lo contrario quedaríamos a merced del mar y nos haría girar como si fuéramos un juguete de madera, y cuando llegara el momento de la batalla estaríamos mal colocados.

—Ah —masculló Varg—. Tengo mucho que aprender sobre los barcos y la navegación.

—Ajá. —Svik sonrió.

—¡Preparaos! —bramó Glornir. Los Hermanos de Sangre se congregaron en la cubierta del *Lobo del mar*—. ¡Una vez más estamos a punto de entrar en batalla! —declaró con Vol a su lado—. ¡Esos capullos quieren quitarnos el barco y la vida! ¡Les enseñaremos qué les hacemos a nuestros enemigos! —Se estremeció y un temblor recorrió su cuerpo, sus músculos se hincharon y sus ojos verdes brillaron y dieron un aspecto feroz a su sonrisa llena de dientes.

Los Hermanos de Sangre rugieron, agitaron los escudos de madera de tilo y los aporrearon con las armas.

Einar se acercó a la proa enfundado en su cota de malla y con el casco puesto, con un hacha larga en la mano, un seax y un destral en el cinturón, y un escudo enorme colgado a la espalda. Se agarró a la bestia de la roda con una mano y apoyó un pie en la borda. Era el lugar de honor, el sitio del paladín en la proa. Era el primero a quien veía el enemigo y quien se llevaba la peor parte de su ataque.

—¡Venid a probar nuestro acero, perros niðing! —bramó escupiendo Einar. Agitó el hacha en el aire hacia los drakkar que se acercaban y profirió un rugido cavernoso, al que sumaron sus voces los Hermanos de Sangre, hasta que el *Lobo del mar* debió sonar como una bestia feroz y furiosa.

Uno de los drakkar iba por delante de los demás, surcando las olas y dejando una estela de espuma blanca mientras sus remos subían y bajaban. Se dirigía como una flecha hacia el *Lobo del mar*. Los demás barcos se desplegaron como si fueran una red detrás de esa primera nave.

—Van a intentar rodearnos, atacarnos desde todos los lados —explicó Røkia a Varg. Se tomaba muy en serio su papel como profesora a pesar de la inminente batalla—. Hay que despachar rápido ese primer barco, que está demasiado ansioso, como un lobo joven, cegado por la esperanza de fama en la batalla e historias de gloria.

El drakkar estaba lo suficientemente cerca para que Varg distinguiera los rostros en su cubierta. Vio guerreros en armaduras de láminas metálicas encordando sus arcos con los extremos recurvos y las espaldas encorvadas de los remeros. Una muchedumbre se apartó para dejar pasar a una figura con una capa y la cabeza oculta bajo una capucha. Sin embargo, Varg atisbó el destello de un collar de hierro alrededor de su cuello. Junto a esa figura iba un hombre enorme con una barba negra muy espesa que se encaramó a la proa. En la cabeza llevaba un casco con un penacho de crines de caballo que se agitaba al viento como si fuera una serpiente furiosa. Una cota de láminas metálicas le cubría el cuerpo hasta debajo de las rodillas, un alpartaz le protegía la parte inferior de la cara y en cada mano empuñaba un destral. Profirió una ristra de insultos al *Lobo del mar* y a Einar que no llegaron a oírse.

Detrás de Varg, la voz de Vol se alzó con un tono sibilante. Iva añadió la suya y las dos voces se entrelazaron como si fueran el nudo de plata en el torques de un jarl. Una canción fluctuante se propagó por encima de las olas.

Varg divisó movimiento en el mar, la aparición de algo grande debajo de las olas. Vio la cresta de una criatura con escamas y un cuerpo sinuoso que se acercaba a ellos, moviéndose entre el *Lobo del mar* y el primer drakkar, y de repente emergió una cabeza serpentina con los ojos rojos y colmillos afilados.

—¡Un sjávarorm! —farfulló Varg.

—Sí, pero es nuestro —le tranquilizó Svik—. Vol e Iva lo han llamado.

Varg contempló cómo la serpiente marina se alzaba imponente por encima del drakkar enemigo.

El hombre con el collar de hierro se encaramó a la proa del otro barco y Varg oyó que otra canción se propagaba por encima de las olas. El sjávarorm siseó y chilló como si esa nueva canción le causara dolor y luego se derrumbó en el mar y desapareció debajo de las olas.

—Rurik debe llevar un mago rúnico en cada drakkar —dijo Svik.

El barco enemigo avanzaba hacia ellos. Los remos subían y bajaban envueltos en la espuma del mar por el esfuerzo de los guerreros en los bancos.

—¡Que gasten sus fuerzas para alcanzarnos cuanto antes! —gritó Svik—. ¡Nosotros estaremos descansados y ansiosos de una buena batalla! —Se puso a bailar sobre las puntas de los pies, sonriendo.

Un zumbido precedió a una flecha que pasó entre Varg y Svik y se clavó con un ruido seco en la cubierta detrás de ellos. Más flechas surcaron silbando el aire. Einar se agarró a la proa con una mano y se agazapó detrás de ella.

—¡ESCUDOS! —bramó Glornir.

Varg se echó adelante el escudo que llevaba a la espalda y lo levantó. Un instante después, una flecha impactó en él y una lluvia de astillas le golpeó la cara cuando la punta lo atravesó y asomó por el otro lado. Las flechas repiqueteaban como granizo a lo largo de la línea de escudos. Varg oyó un grito de dolor detrás de él y los caballos relincharon aterrorizados. Echó un vistazo por encima del borde del escudo. La cubierta de proa del drakkar enemigo estaba repleta de arqueros. Delante de ellos, la figura con la capa y la capucha se descubrió la cabeza y Varg vio a un hombre demacrado con los negros ojos hundidos. Deslizó un cuchillo por la palma de la mano y la cerró, a continuación levantó el puño y comenzó a cantar.

Unas runas rojas aparecieron en el aire delante de él, se expandieron y los círculos se entrelazaron y crecieron hasta que cubrieron la proa del drakkar como si fueran una cortina de lluvia roja.

—¡DISPARAD! —gritó una voz detrás de Varg. Era la de Sulich. Una andanada de flechas de respuesta voló por el aire y cayó sobre el barco enemigo. Algunas chisporrotearon y humearon al atravesar las brillantes runas rojas y se redujeron a cenizas, que el viento dispersó. Otros proyectiles impactaron en madera y cuerpos, y se oyó un coro de alaridos.

Cerca de donde estaba Varg se elevó otra voz aguda que entonó con entusiasmo lo que parecía en parte una canción y en parte una oración, que se arremolinaba en el viento y en la espuma salada del mar. Era Vol, que se había situado al lado de Einar en la proa del *Lobo del mar*. Varg oyó otra voz más lejana que se unía a la de Vol. Pertenecía a Iva, desde la cubierta del knarr, cuya voz más grave, que el viento acercaba y alejaba, se combinaba con las palabras de Vol como la urdimbre y la trama en un telar. Varg vio brotar unas luces azules encima de la proa del *Lobo del mar* y de la del barco de Sulich que formaron unos círculos rúnicos de hielo. De repente, unas esquirlas de hielo salieron disparadas hacia el drakkar de Rurik y una de ellas impactó en su proa. Se produjo una explosión de hielo que colisionó con las runas rojas del otro hechizo. Hielo y fuego combatieron en el aire durante unos segundos, crepitando y chisporroteando, pero entonces el hielo comenzó a expandirse a través de las runas rojas, como lo haría la tinta derramada en un pergamino, y las convirtió en hielo. Las runas heladas se agrietaron y se precipitaron en el mar.

La esquirla de hielo que había hecho aparecer la voz de Iva impactó en el agitado mar entre el *Lobo del mar* y el drakkar, e instantes después las olas se hicieron más densas, el agua destelló y comenzó a formarse hielo. Al principio las olas se volvieron espesas como las gachas, pero rápidamente se solidificaron y el drakkar se encontró navegando despacio a través de placas de hielo que se partían, si bien no paraban de expandirse alrededor del barco enemigo. Entonces el hielo comenzó a trepar por los remos, y allí donde el casco tocaba la gruesa capa de escarcha, el hielo se expandía por sus tracas. La madera se helaba, crujía y se partía, y el drakkar estaba poniéndose azul como los dedos de una mano congelada. El barco se deslizó lentamente hacia el *Lobo del mar*, continuó acercándose hasta que se detuvo, cabeceando con el vaivén del mar. Las runas azules de hielo crepitaron y llegaron a la borda. Varg vio que una mujer se levantaba del banco de remo y se miraba las manos, que se le habían puesto azules. El hielo subió por sus brazos y se expandió como tentáculos por su pecho y su cuello. Gritó y echó a correr, pero sus movimientos se volvieron más lentos y finalmente, cuando el hielo consumió su cuerpo, se quedó inmóvil como una estatua. Otra figura tropezó con ella y la mujer explotó en cientos de fragmentos. El hielo continuó expandiéndose, y Varg y los Hermanos de Sangre se levantaron y contemplaron la escena con los escudos bajados, muchos de ellos con la boca abierta.

Se oyó un crujido atronador y una grieta se extendió por el casco del drakkar enemigo. Las tracas se partieron cuando la madera se contrajo y la fisura se ensanchó. Empezó a entrar agua en el barco, la proa se inclinó y la popa se levantó.

Las grietas se multiplicaron, la siguiente con un estruendo más ensordecedor que la anterior, y la embarcación se partió como una rebanada de pan en las manos de una persona hambrienta. El espumoso mar inundaba torrencialmente el drakkar conquistado por el hielo. La gente gritaba, corría, saltaba por la borda o se aferraba a los fragmentos de madera mientras el barco se hundía.

Varg observó horrorizado y fascinado a partes iguales cómo el drakkar se hundía en el mar. La proa fue lo último que desapareció debajo de las olas, que se agitaban lentamente. La única prueba que quedó de su existencia fue un puñado de trozos de madera congelada, cuerpos flotando en el agua, algunos aparejos y unos cuantos barriles que cabeceaban con las olas.

—Bueno, espero que no pase lo mismo con todos esos niðing y sus drakkar —dijo Æsa al lado de Varg—. Quiero una buena batalla. —Cuando vio su expresión de desconcierto, añadió—: ¿Qué pasa? No me he puesto todo este equipo para nada.

CAPÍTULO VEINTISÉIS

ORKA

Orka se balanceaba con el oleaje sentada en un barril mientras el drakkar del jarl Orlyg se deslizaba a lo largo de la costa de Vigrið. Sæunn, Gunnar y Halja se encorvaban en el banco de remo. Ella acababa de terminar su turno y estaba envuelta por el vapor del sudor que se secaba en su piel. Se frotó las manos callosas y tomó un trago de su jarra de cerveza aguada mientras observaba a Breca y a Lif, que estaban entrenando con las armas en la cubierta. Breca asestó una lanzada a Lif y Orka quedó satisfecha con la rapidez del movimiento. Lif se defendía y se movía a un lado y a otro para mantener a Breca en un permanente balanceo, y eso también le gustó. Sin embargo, vio la frustración que comenzaba a apoderarse de su hijo, que parecía a punto de explotar, y eso ya no le gustó tanto. Mientras lo observaba, esa frustración desbordó a Breca, que se lanzó gruñendo hacia Lif y embistió con el hombro su escudo. Lif, sorprendido por el ataque, salió disparado hacia atrás y afirmó los pies en el suelo cuando vio que Breca se abalanzaba sobre él, giró el cuerpo con un pie clavado en el suelo para evadirlo y empujó con el escudo al chico, que dio unos pasos tambaleantes dando la espalda a Lif. Este le tocó la nuca con la lanza y el ejercicio concluyó. Breca tardó un momento en darse cuenta, pero cuando se vio derrotado dejó caer los hombros y bajó el escudo y la lanza. Miró avergonzado a su madre, que le indicó con un gesto que se acercara.

—Tienes corazón de guerrero —dijo Orka—, pero la inteligencia es lo que te hará ganar o perder una batalla casi siempre, no la fuerza de los brazos. O de los hombros.

—Lo sé —murmuró Breca—. Lo importante es la estrategia, como en el tafl.

—Ajá —dijo Orka. Un instante después frunció el ceño—. ¿Quién te ha dicho eso?

—Biórr. Él me enseñó a jugar.

—Mmm —gruñó Orka, que no estaba segura de que le gustara la idea de que esa rata de Biórr le hubiera enseñado algo a su hijo. «Pero parece un buen consejo. Aunque Breca no lo ha seguido».

Ofreció a Breca el vaso de cerveza y él bebió con avidez. Le parecía un sueño estar sentada allí, charlando con su hijo, casi como si nunca lo hubieran separado de ella. Recordó cuando había sacado en brazos el cuerpo de Thorkel de su casa en llamas, la sangre en sus labios mientras le contaba que habían raptado a Breca. El mero recuerdo de aquello le dolía como si retorcieran un puñal clavado en su estómago.

—¿En qué piensas? —quiso saber Breca—. Pareces… triste.

—En tu padre.

Los ojos de Breca se llenaron de lágrimas.

—Sabía que me encontrarías —dijo con los labios temblorosos. Una lágrima rodó por su mejilla.

Orka se la limpió.

—Nadie volverá a separarte de mí —masculló.

Breca apoyó la cabeza en su pecho y la abrazó con todas sus fuerzas.

Al cabo de un rato se despegó de ella y miró el barril en el que estaba sentada su madre.

—¿Cuándo volveremos a casa para enterrar a Spert?

Orka había querido dar a Spert un funeral marino, pero Breca le había suplicado con lágrimas en los ojos que llevaran el cuerpo del vaesen a su granja en Fellur y lo enterraran allí. A Orka no le había parecido lo más sensato, pues sabía que el viento de la guerra soplaba con fuerza en Vigrið y nadie sabía adónde los arrastraría. Le parecía muy poco probable que volviera a ver Fellur alguna vez. El día anterior habían pasado frente a la ensenada del fiordo que llevaba a Fellur, y probablemente eso era lo más cerca que estaría jamás de volver a ver su granja. Además, había que tener en cuenta que no era práctico cargar con un cadáver por toda Vigrið. El cuerpo no tardaría en empezar a pudrirse y descomponerse. Sin embargo, una parte de ella se había ablandado al ver el rostro lleno de lágrimas de Breca, y otra parte mantenía la esperanza de regresar a su granja de Fellur para visitar la tumba de Thorkel y decirle que había vengado su muerte.

Así que había aceptado la petición de su hijo, lo cual significaba que tendrían que conservar y guardar el cuerpo de Spert. Para ello había pedido al jarl Orlyg un barril y sal suficiente para enterrar el cuerpo de Spert en ella con el fin de detener la putrefacción. «¡Ja! —había exclamado Orlyg. Y luego había añadido riendo—: Tendré que descontarlo de lo que te debo. Ahora eres tú la que tiene una deuda conmigo, granjera, la sal no es barata».

—Cuando esto acabe y Drekr esté muerto —respondió Orka.

—Sí —gruñó Breca. Su hijo era más fiero de lo que ella recordaba.

—O quizá cuando cuente hasta más allá de diez sin que te hayan matado en un ejercicio.

Agarró a su hijo por los hombros y lo giró para ponerlo de cara a Lif.

—Otra vez —dijo.

Breca volvió a donde estaba Lif y los dos cogieron los escudos, chocaron las lanzas y afirmaron los pies en el suelo.

Orka se volvió al oír unos pasos. Dagrun caminaba hacia ella con un saco de cáñamo sobre el hombro.

—Vamos lentos hoy —dijo cuando llegó a su lado. Tenía la cara roja del viento y un mechón de pelo oscuro que se había salido de su trenza se agitaba con las fuertes rachas.

—Ajá. Vamos lentos desde que cambió el viento —repuso Orka. Al dejar atrás el río y adentrarse en mar abierto, un viento del noreste había hinchado su vela y habían volado como una flecha sobre las olas de la costa oriental de Vigrið. Pero el viento había cambiado mientras fondeaban al abrigo de una ensenada para pasar la noche, y ahora se propulsaban con los remos con un viento de proa del suroeste que había reducido considerablemente la velocidad del drakkar. Habían recogido la vela y echado los remos al agua.

—Hay que remar —dijo Dagrun.

Orka le había visto coger un remo y hacer un turno en el banco, y eso le había gustado. Había visto muchos hijos e hijas de jarlar que se creían por encima del banco de remo.

—Tengo una cosa para ti —continuó Dagrun. Volcó el saco que llevaba sobre el hombro para vaciarlo. Una cota de malla y un casco con protección nasal se desparramaron a los pies de Orka.

—Es una buena brynja —comentó Orka observándola. Reparó en que las medias mangas y los bordes estaban ribeteados con anillas de latón, lo que indicaba que pertenecía a un guerrero rico, y el casco con el protector para la nariz contaba con un alpartaz para proteger el cuello, también ribeteado con anillas de latón.

—Ajá, y es tuya —dijo Dagrun—. Creo que la brynja te quedará bien. Brynjolf tenía la constitución de un buey de arar. —Miró de arriba abajo a Orka.

—No es mía —repuso Orka.

—Bueno, lo es si yo te la doy —replicó sonriente Dagrun—. Brynjolf ya no la necesita. Murió durante la noche, y puesto que me hizo un juramento de lealtad, ahora la brynja y el casco son míos. Puedo quedármelos o regalarlos, y no los necesito porque mi cota de malla está bastante bien y tengo un buen casco. Además, esta brynja es demasiado grande para mí. —Dio un golpecito con la punta del pie a la cota de malla y luego se quedó mirando la túnica manchada de sudor de Orka—. Es una buena túnica, pero no cuidará de ti en la tormenta de acero en la que se convertirá esta batalla. Este equipo de guerra podría ser un buen amigo.

—Eso es cierto —repuso Orka—. Pero no tengo dinero ni trozos de artículos de plata para pagarlos, y ya tengo una deuda con tu padre por el barril de sal. —Miró a Dagrun con el ceño fruncido—. No me gusta tener deudas.

—¡Pero si soy yo el que está en deuda contigo! —exclamó Dagrun—. Me salvaste la vida, y en mi opinión eso vale más que un casco y una cota de malla. Considéralo un primer pago.

Orka volvió a mirar el casco y la brynja. Sabía que era un buen ofrecimiento y que los necesitaría.

—Tu padre ya está pagándome por salvarte la vida dejándonos a mi hijo, a mis amigos y a mí viajar seguros en vuestro barco. —La palabra amigos sonaba extraña saliendo de su boca.

—Ajá. Bueno, eso es su pago por un hijo, como es deber de un padre. Pero yo pago mis propias deudas, no dejo que mi padre las pague por mí. —La miró con una expresión socarrona—. ¿Crees que no vas a necesitarla? Yo no creo que hayas vivido tus últimos días como guerrera, Granjera —añadió utilizando el sobrenombre que le había puesto el jarl Orlyg.

Orka miró de nuevo la cota de malla. Se puso de pie, se desabrochó el cinturón de armas, del que colgaban los dos seax que le había quitado al cadáver de Myrk, y recogió la brynja del suelo. Era pesada y gruñó al levantarla para pasar los brazos por las mangas. Luego la alzó por encima de la cabeza y dejó que la fuerza de la gravedad le ayudara a deslizarla por sus brazos y alrededor de su cabeza. Se sacudió y retorció para que la malla no se atascase y su cabeza pasó por la abertura, la falda resbaló por sus caderas y quedó colgando por encima de sus rodillas. A continuación se la ajustó para repartir el peso, volvió a abrocharse el cinturón y movió los seax para que uno le colgara delante y el otro detrás. Hizo rotar los hombros. Se sentía cómoda con el peso de la brynja.

—Te queda perfecta —dijo Dagrun.

—Ajá —repuso Orka. Estaba de acuerdo con él. Se puso el casco y se lo abrochó debajo de la barbilla. Le quedaba un poco suelto, pero de todos modos necesitaba un gorro de lana para acolchar el interior.

—Te daré un gorro de lana que tengo de sobra —dijo Dagrun—. Un regalo. —Sonrió.

—Gracias —dijo Orka, todavía incómoda.

—No tienes que darme las gracias, es parte del pago de mi deuda. La otra parte es… —Se inclinó hacia delante para acercar los labios a su oreja y susurró—: Sé lo que eres.

Un temblor recorrió a Orka y el mundo pareció detenerse a su alrededor. Se le erizó el vello.

—Tu secreto está a salvo conmigo —añadió Dagrun, y antes de que Orka pudiera decir nada, dio media vuelta y se alejó.

Un cuerno anunció el cambio de turno en los remos.

Orka todavía miraba fijamente a Dagrun cuando una mano le tocó el codo y se dio la vuelta como una exhalación, bajando una mano al seax. Era Gunnar, que retrocedió rápidamente con las manos levantadas en señal de rendición.

—Tranquila, jefa. —Gunnar sudaba a mares después del turno en los remos. Halja y Sæunn estaban detrás de él—. ¿Va todo bien? —Miró de arriba abajo a Orka.

—Ajá —masculló Orka. Las palabras de Dagrun todavía resonaban en su cabeza. Un temblor la sacudió, como un caballo que espantara moscas, y le ofreció una jarra con cerveza aguada. Gunnar la cogió, llenó un vaso y se la pasó a Halja y a Sæunn. Halja cogió su vaso y se alejó un poco para inclinarse sobre la borda. El viento agitó su cabello rojo y algunos mechones escaparon de la tirante trenza. Alzó la vista al cielo, donde las gaviotas giraban suspendidas en el aire.

—Una brynja nueva —observó Gunnar.

—Ajá —masculló Orka.

—Te queda bien.

El chasquido de las astas de las lanzas atrajo su atención. Orka se volvió hacia Breca, que en ese momento asestaba otro ataque furioso a Lif. Este usó bien su escudo para repeler el ataque del chico, giró alrededor de su oponente y asestó una lanzada baja y luego otra alta, lo que obligó a Breca a dar un salto hacia atrás.

«Bueno, por lo menos ahora no muere tan rápido», pensó Orka.

—¡Jefa! —gritó Halja.

Orka se dirigió hacia ella disfrutando del peso de su nueva cota de malla y se agarró a la borda con una mano para no caerse con el cabeceo del drakkar a través de las olas. Halja escrutaba el cielo gris y sus ojos emitían unos destellos dorados.

—¿Qué ves?

—Encima de nosotros hay dos aves —respondió Halja.

—Ajá, ¿y? —preguntó Orka mirando las gaviotas y las nubes.

—Son grandes, mucho más de lo normal —dijo Halja—. Y son negras. No son gaviotas.

Orka sonrió.

—Y hay algo en el mar, allí —añadió Halja señalando hacia el sur.

—¿Qué? —preguntó Orka, que no veía nada salvo la línea del horizonte.

—Velas —respondió Halja—. Y creo que una es la del *Lobo del mar.*

CAPÍTULO VEINTISIETE

VARG

Varg blandió el escudo, apretó los dientes y se armó de valor. La proa de un drakkar se acercaba amenazadora. Estaba repleta de rostros desencajados que escupían insultos y cuerpos recubiertos de hierro que empuñaban aceros.

—¡Venid, niðing follacabras! —bramó Einar desde la proa del *Lobo del mar*.

Unas vetas rojas y azules, ondas de fuego cegador y hielo crepitante que desgarraban el aire encima de la cabeza de Varg, estriaban el cielo. Vol e Iva estaban enzarzadas en una batalla de brujería seiðr y magia rúnica con los hechiceros rúnicos de los cuatro drakkar que quedaban y que atacaban simultáneamente al *Lobo del mar* y al knarr de Sulich. Tras ver el destino que había corrido la primera nave, habían rodeado los dos barcos con la intención de derrotar a su presa asediándola desde todos los flancos. Vol se había apostado junto a la carlinga del *Lobo del mar* e Iva ocupaba una posición similar en la cubierta del knarr. Varg no sabía exactamente qué estaba pasando, pero tenía la impresión de que Vol e Iva estaban empezando a tener dificultades para defender los dos barcos de los conjuros rúnicos que hendían el aire en mayor número que las flechas. El olor a hierro quemado y a tormenta de invierno se arremolinaba en torno a él. El mar se agitaba repleto de hielo, pero ningún drakkar enemigo había acabado consumido ni destruido como el primero, solo se vieron entorpecidos por los hechizos seiðr.

Varg mantenía el escudo levantado para protegerse de las flechas que surcaban el aire. Se oyó un estruendo ensordecedor cuando la proa de un drakkar embistió el casco del *Lobo del mar* y la sacudida habría derribado a Varg si los guerreros que lo rodeaban no lo hubieran sujetado. Einar soltó un bramido con los pies afirmados en la regala de la proa y asestó un hachazo contra el escudo levantado del paladín apostado en la proa del otro barco. Volaron astillas en todas direcciones. Einar se agachó al mismo tiempo que inclinaba el cuerpo y una espada cortó el espacio que su cabeza acababa de desocupar. Sonó un estrépito de hierros que chocaban y saltaron chispas. Einar lanzó un bramido triunfal cuando el casco del drakkar se deslizó chirriando por el costado de babor del *Lobo del mar.*

—¡MURO DE ESCUDOS! —gritó Glornir.

Varg se puso en movimiento para formar una línea frente al costado de babor del drakkar enemigo y juntó y solapó su escudo con los de Æsa y Edel, colocadas a un lado y al otro de él. Levantó la lanza por encima del hombro aferrándola como si fuera un puñal, presta para arremeter con ella entre Røkia y Svik, situados delante de él en el muro de escudos. El otro drakkar tenía menos remos y era más bajo que el *Lobo del mar*, lo cual dificultaba al enemigo el abordaje. El restallido de los arcos y el zumbido de las flechas desgarraron el aire y los proyectiles impactaron con un chasquido a lo largo de la vibrante línea de escudos levantados. A continuación, fue el turno de los arpeos y los cabos. Algunos se afirmaron y se enredaron en el *Lobo del mar* y las dos naves chocaron con gran estrépito.

—¡ADELANTE! —bramó Glornir.

El muro de escudos avanzó hasta casi pegarse a la borda. Varg vio que Røkia arremetía con el hacha contra un cabo de abordaje y Svik cortaba otro con su seax. Pero los Hermanos de Sangre retrocedieron cuando desde el barco enemigo dispararon otra andanada de flechas y por encima de la regala aparecieron unas figuras con los rostros desencajados envueltos en cascos de acero y asestando lanzadas. Røkia le dio un hachazo en la cara a uno y un estruendo metálico precedió a una nube formada por múltiples gotas de sangre. El hombre gritó y cayó hacia atrás con un tajo sanguinolento en el rostro.

Varg apuñaló con la lanza a una druzhina enfundada en una cota de láminas metálicas que ya había pasado medio cuerpo por encima de la borda y pretendía atacar con un sable a Svik. La guerrera se lanzó hacia atrás al ver la lanza, resbaló y desapareció con un gañido al otro lado de la borda.

Se produjo una embestida cuando creció el número de guerreros que trataban de subir a bordo del *Lobo del mar*. La primera fila del muro de escudos de los Hermanos de Sangre asestó hachazos, cuchilladas y lanzadas, y los guerreros gritaron, gruñeron y murieron.

En la popa del *Lobo del mar* se produjo un impacto y las vibraciones se propagaron por el muro de escudos. Varg sintió el golpe a través de las botas y echó un vistazo con el rabillo del ojo. Otro drakkar se había arrimado a la popa del *Lobo del mar* y por encima de la borda pasaban volando cabos con arpeos.

«Somos muy pocos para defender todos los flancos —pensó Varg—. ¿Deberíamos retroceder algunos hasta la popa?».

Justo en ese momento, Glornir se dirigió a la popa y llamó a un puñado de guerreros para que lo acompañaran. Varg hizo el ademán de ir hacia allí, pero oyó un grito delante de él y vio unas manos tendidas hacia Røkia. Una guerrera rubia había enganchado el hacha barbuda que empuñaba al borde del escudo de Røkia y con la otra mano estaba agarrándole la muñeca de la mano con la que Røkia blandía el destral. La úlfhéðnar le dio un cabezazo a la otra mujer y sus cascos de acero colisionaron. La protección nasal del casco de Røkia impactó en los labios de su oponente y la guerrera cayó hacia atrás. Røkia profirió un gruñido feroz, se encaramó a la regala, saltó tras ella y Varg la perdió de vista.

El lobo en su sangre aulló y, sin pensárselo dos veces, Varg se abrió paso con el hombro hasta la primera fila del muro de escudos, olvidada de un plumazo su idea anterior de seguir a Glornir hasta la popa para formar un nuevo muro de escudos. Se subió a la borda y plantó los pies en ella. Bloqueó con el escudo una lanzada y vio a Røkia debajo de él, enredada en una maraña de cuerpos en la cubierta del barco enemigo, con el escudo levantado, gruñendo y arremetiendo con su hacha barbuda. Vio que un druzhina levantaba el sable detrás de Røkia y arrojó su lanza. El guerrero se derrumbó con la lanza hundida en la espalda. Varg soltó un gruñido lobuno y saltó sobre el tumulto. Todos los cuerpos se fueron al suelo cuando aterrizó encima de ellos. Varg se estrelló contra la cubierta y sintió una punzada de dolor en el tobillo, pero no le prestó atención. Se incorporó, detuvo un hachazo con el escudo y las vibraciones del golpe subieron por su brazo. Bajó la mano al seax y notó que algo agarraba su escudo y tiraba hacia abajo de él, así que se agachó instintivamente y una espada que se dirigía directa a su cara cortó el aire con un silbido. A continuación sacó el seax de la funda y asestó una puñalada por encima del escudo que desgarró carne. Oyó un alarido y vio que una guerrera retrocedía con un tajo en la mejilla del que salía sangre a borbotones.

La presión que notaba en el escudo había desaparecido de repente, de manera que avanzó y machacó con el umbos del escudo la cabeza de un guerrero que iba a apuñalar en la espalda a Røkia. Vio que el hombre se tambaleaba y se derrumbaba, y desjarretó con el puñal a otro guerrero, al que se le dobló la pierna y cayó al suelo. Varg le pisoteó el cuello y los guerreros que había detrás de Røkia desaparecieron delante de él. Se colocó al lado de su compañera y juntaron los escudos. Permanecieron así unos instantes. Varg introdujo aire en sus doloridos pulmones con resuellos y gruñó a los guerreros desplegados ante Røkia y él, treinta, tal vez más.

Oyó unos golpes secos a su espalda, y Svik apareció a su izquierda y pegó su escudo al de Varg. Æsa se colocó al otro lado de Røkia. Edel también se sumó a su muro de escudos, que casi ocupaba toda la cubierta del drakkar desde un baúl de remo hasta el otro. Saltaron más Hermanos de Sangre al barco enemigo y Varg sintió la presión de su peso detrás de él cuando formaron una segunda línea y una tercera.

—¡Adelante! —gruñó Røkia.

El muro avanzó. Varg sentía que su lobo interior se revolvía, lanzaba dentelladas y gruñía ansioso por matar y desgarrar. Dejó que su ferocidad corriera por sus venas e insuflara fuerza en sus músculos y velocidad en sus brazos y sus piernas, pero fue capaz de controlarse para no saltar del muro de escudos en busca de sangre.

Se enfrentaban a una variedad de enemigos: unos eran druzhina con cotas de láminas metálicas, sables y hachas con el mango delgado, y otros parecían guerreros de Vigrið, con brynja y escudos redondos. Se adelantaron y también juntaron los escudos. Volaron flechas por el aire. Una, disparada por los druzhina parapetados tras el muro de escudos que estaba formándose, impactó en el escudo de Røkia y otra rozó el hombro de Varg.

—¡DOBLE PASO! —bramó Røkia.

Los Hermanos de Sangre se lanzaron rápidamente hacia delante y embistieron el muro de escudos que el enemigo estaba formando ante ellos instantes antes de que estuviera listo. Varg se encorvó detrás de su escudo, afirmó los pies en el suelo y empujó con todas sus fuerzas. A lo largo de toda su fila, sus compañeros hacían lo mismo, asestando puñaladas por encima o por debajo de sus escudos. Se oían los alaridos y los gruñidos de los guerreros. Varg recibió un golpe en el escudo cuando el enemigo contraatacó, pero el otro muro de escudos se combó y se descompuso, incapaz de contener el peso y el impulso de los Hermanos de Sangre. Un hombre resbaló y se cayó delante de Varg, y Røkia lo liquidó de un hachazo, cortando de cuajo su chillido mientras pasaban por encima de él. De repente se encontraron en medio de las fuerzas enemigas, asestando cuchilladas y hachazos. Una druzhina se plantó delante de Varg empuñando un escudo y un sable. Varg detuvo con el seax la acometida que le propinó por encima de la cabeza y arremetió con el escudo contra el suyo. La guerrera retrocedió desequilibrada, y Varg se abalanzó sobre ella y le asestó una puñalada en el cuello por encima del escudo. La druzhina se derrumbó gorjeando mientras la sangre corría torrencialmente por su pecho desde la herida en la garganta. El enemigo daba media vuelta para escapar de la implacable carnicería que estaban perpetrando los Hermanos de Sangre. Svik asestó un espadazo en la nuca de un guerrero y Æsa reía mientras abatía enemigos con el destral. Edel avanzaba imparablemente y finiquitó con la espada a una mujer sobre la que había saltado su perro para derribarla. Los guerreros enemigos comenzaron a lanzarse al agua presas del pánico. Varg se quedó inmóvil, respirando agitadamente. Estaba rodeado de muerte y los charcos de sangre se expandían por la cubierta.

—¡Volved a luchar, niðing! —gritó Æsa girando lentamente en círculo, buscando nuevos oponentes.

Varg miró en derredor. La cubierta del drakkar estaba vacía salvo por los cadáveres y los moribundos. Se dio cuenta de que el mago rúnico de ese barco había subido a bordo del *Lobo del mar* y estaba cerca de la proa rodeado por un puñado de druzhina. Estaba librando una batalla rúnica con Vol mientras Einar y un grupo de Hermanos de Sangre combatían con los druzhina.

Røkia apoyó la bota en el hombro de un guerrero muerto y extrajo con un tirón el destral de su pecho. Svik estaba cerca de allí, con un hilito de sangre debajo de un ojo, aunque probablemente no era suya. Saludó con la cabeza a Varg.

—Así que sigues vivo, Insensato —dijo—. Me alegro.

Los bramidos de Glornir desviaron sus miradas de nuevo hacia el *Lobo del mar* y, sin mediar palabra, echaron a correr por la cubierta. Edel llegó la primera al *Lobo del mar* y subió a bordo de un salto, seguida por su perro, que regresó al barco de los Hermanos de Sangre de un brinco que no le exigió esfuerzo alguno. Varg fue el siguiente: se deslizó por encima de la borda y aterrizó entre dos baúles de remo. Miró a su alrededor para hacerse una idea de la situación de la carnicería. Los tres drakkar enemigos que quedaban rodeaban el *Lobo del mar* y el knarr, y daba la impresión de que la mayor parte de su tripulación había abordado los otros dos barcos, pues la batalla rugía allí donde Varg mirara. Las cubiertas del *Lobo del mar* y del knarr de Sulich estaban invadidas por un tumulto caótico, y Varg oía los rugidos de toro de Taras. Las voces de Vol y de Iva iban y venían en el fragor general y los hechizos azules y rojos volaban por el aire encima de la batalla, pero ellas parecían agotadas. Varg atisbó unas figuras con los brazos levantados en los otros drakkar que cantaban con voces guturales, envueltos en unas gruesas runas rojas. Einar resistía en la proa del *Lobo del mar* e intercambiaba golpes con una musculosa mujer que empuñaba una espada y un destral. Mientras Varg observaba el duelo, la guerrera enganchó con su destral el asta del hacha larga de Einar y le hizo perder el equilibrio, oportunidad que aprovechó para asestarle un machetazo en el pecho. Saltaron chispas, eslabones de cota de malla partidos y sangre. Einar rugió, retrocedió tambaleándose y se precipitó en la cubierta desde la borda de la proa. Rápidamente se incorporó con una rodilla apoyada en el suelo, pero la musculosa guerrera saltó sobre el berserkir blandiendo el hacha y el sable, y le dio una patada en las costillas. Svik echó a correr hacia allí para ayudar a Einar, pero frenó en seco, y Varg vio que una figura pequeña y oscura se lanzaba sobre la agresora de Einar desde la proa del *Lobo del mar*. Era una niña rubia, que cogió con sus manos la cabeza de la paladín de la proa enemiga y tiró de ella hacia atrás. La niña arqueó la espalda y Varg reconoció a Refna Manos Fuertes. La niña abrió la boca dejando a la vista unos dientes afilados y mordió en el cuello a la paladín de la proa. De las sombras surgieron otros niños que saltaron sobre la guerrera, la agarraron de los brazos y las piernas y la arrastraron chillando por la cubierta.

Varg se volvió hacia la popa del *Lobo del mar* al oír un bramido y vio que Glornir luchaba solo contra lo que parecía toda la tripulación de un drakkar que estaba abordándolos. Glornir arremetía con su hacha larga describiendo amplios arcos en el aire y cada uno de sus golpes dejaba una estela de sangre pulverizada. Los enemigos se arremolinaban a su alrededor. Seccionó el brazo de un rival a la altura del codo de un hachazo y otros dos guerreros se lanzaron hacia él, cada uno por un lado. Glornir giró el cuerpo, bloqueó un espadazo con el mango del hacha y detuvo un hachazo con el escudo colgado a la espalda. A continuación trituró el mentón del guerrero que empuñaba la espada con la punta del mango del hacha y el hombre se derrumbó en el suelo. Rápidamente se dio la vuelta para enfrentarse con la guerrera que tenía detrás y le abrió un tajo en el pecho de un hachazo en diagonal. La mujer retrocedió dando tumbos y envuelta en una nube de sangre.

No obstante, seguían llegando guerreros que se abalanzaban sobre Glornir con la intención de agarrarlo y apuñalarlo, y Glornir desapareció sepultado por la masa de cuerpos. Varg echó a correr, oyó el aullido de un lobo y se dio cuenta de que era él. Otros Hermanos de Sangre lo siguieron, pero él apenas reparó en ellos. Resbaló en un charco de sangre y se estampó contra un baúl de remo, pero se recuperó y siguió corriendo. Ya estaba a treinta pasos de Glornir cuando se agachó para evadir un hacha, apuñaló en el cuello al guerrero que la blandía y lo apartó con el hombro. A veinte pasos de Glornir, arremetió con el umbos del escudo contra un rostro desencajado que salió de la nada para atacarle, y vio que el hombre salía disparado hacia atrás con los dientes partidos y la nariz y la boca reducidos a un puré sanguinolento. Diez pasos lo separaban de la vibrante masa de cuerpos que envolvía a Glornir, que parecía haber sido arrollado y aplastado por una avalancha de carne y hierro. Varg oyó a su espalda el aullido feroz de Røkia.

Se produjo una explosión atronadora donde Glornir había estado y salieron volando por el aire varios guerreros. Una mujer se estrelló contra Varg y lo tiró de espaldas al suelo. A Varg se le escapó el escudo de la mano y él rodó por la cubierta hasta que consiguió agarrarse a un soporte para los remos y se levantó empuñando el seax. Bajó la otra mano al cuchillo de carnicero que llevaba en el cinturón y se lanzó asestando cuchilladas y gruñendo. Embistió a un druzhina y lo degolló. El guerrero retrocedió con el cuello convertido en una fuente de sangre y Varg oyó un rugido vibrante que resonó en su pecho, se detuvo un momento para tratar de entender lo que estaba mirando.

Glornir se erguía en la cubierta de popa y el espacio a su alrededor estaba vacío. No había rastro de su lanza ni de su escudo, pero estaba descuartizando guerreros con sus propias manos: les arrancaba brazos y piernas, y les partía los huesos con unas largas garras. Agarraba los cuerpos y los acercaba para descuartizarlos con los dientes, y cuando paraban de gritar y se quedaban inmóviles, los arrojaba lejos.

Una flecha se hundió en el hombro de Glornir, pero él gruñó sin dar muestras de que le afectara demasiado y la partió de un manotazo.

Habían logrado subir a la popa del *Lobo del mar* más druzhina, que vacilaron al ver a Glornir y formaron un vago semicírculo a su alrededor. Varg vio que algunos sacaban los arcos que llevaban en las fundas que colgaban sobre sus caderas.

—¡JEFE! —rugió Edel y saltó con el escudo en la mano, seguida por su sabueso.

Røkia lanzó su hacha arrojadiza y echó a correr antes de que el arma se clavara en la cara de un druzhina con un sonido de madera húmeda al partirse. Varg reaccionó un instante después y oyó que Æsa chillaba detrás de él. Rodearon a Glornir como si fueran una ola alrededor de una roca y Edel levantó el escudo delante de su jefe. Se oyó el chasquido de las flechas al clavarse en la madera. Acto seguido, Røkia, Æsa y Varg se mezclaron con los druzhina asestando hachazos y cuchilladas. Varg le abrió una herida a un druzhina con el seax justo encima de la rodilla y vio cómo se tambaleaba y se derrumbaba cuando se le doblaba la pierna. A continuación asestó un machetazo con el cuchillo en la cara a otro rival y se la abrió de cuajo en medio de una nube de sangre y dientes. Se agachó al mismo tiempo que se daba la vuelta y se produjo una lluvia de astillas cuando partió un arco levantado. El cuchillo alcanzó el pecho de otro guerrero y le abolló las láminas metálicas de la coraza. Se oyó el ruido de costillas que se partían y Varg derribó de una patada a su tambaleante oponente. Pero entonces recibió un golpe en la cabeza y su visión se llenó de titilantes estrellas. Se tambaleó, el mundo se volvió borroso a su alrededor y los sonidos se atenuaron de repente. Todo se volvió confuso y comenzó a dar vueltas mientras trataba de levantar las armas. Sintió un dolor en las rodillas y se dio cuenta de que se había derrumbado sobre la cubierta. Estiró una mano para sostenerse, pero resbaló en un charco de sangre y cayó de bruces. Giró en el suelo para ponerse bocarriba y vio unas luces blancas. Alzó la mirada y atisbó unos arcos rojos y azules que surcaban el aire encima de él, dejando estelas de fuego y hielo.

Había un hombre de pie a su lado, enfundado en una cota de malla y con la barba negra, que levantaba un hacha que ya había abollado la parte posterior de su casco. Varg le lanzó una patada y le dio en la rodilla. El hombre se tambaleó y Varg estiró la otra pierna directamente hacia sus pelotas. El guerrero soltó un grito ahogado, se plegó y cayó encima de Varg, y su hacha pasó rozándole la oreja y se hundió en la cubierta. Varg rodeó al hombre con los brazos y tiró hacia sí de él mientras su lobo interior gruñía.

«Descuartizar, desgarrar, destripar», le dijo Varg a su lobo, y oyó lejanos los alaridos del hombre.

Había perdido la noción del tiempo, pero poco a poco se dio cuenta de que el guerrero que estaba encima de él ya no se movía. El hedor de la sangre era intenso en sus fosas nasales y su sabor empalagoso se aferraba a su garganta.

El guerrero que tenía encima se movió de repente y Varg se apresuró a buscar a tientas sus armas, miró arriba y vio a Røkia de pie a su lado, apartando el cadáver.

—Levántate, insensato. No es momento de descansar —gruñó Røkia tendiéndole una mano para ayudarle.

Varg la agarró y se impulsó para ponerse en pie, vio su seax y su cuchillo cerca de allí y los recogió del suelo. Se tambaleó. La cabeza le daba vueltas y tenía el estómago revuelto, y no pudo evitar vomitar bilis.

—No hay tiempo para eso —le recriminó Røkia poniéndole una mano en la espalda para sostenerlo.

Se había producido una pausa en la batalla, y Glornir y un puñado de Hermanos de Sangre se alzaban en medio de una alfombra de cadáveres. Seguían subiendo a la popa del *Lobo del mar* más guerreros del drakkar que lo abordaba, pero no parecían tener tanta prisa y vacilaban un poco más al poner los pies en la cubierta. Muchos de ellos encordaron los arcos que les colgaban sobre la cadera y anclaron flechas. Varg buscó su escudo con la mirada, pero no lo vio. Lanzó una mirada al barco de Sulich y vio que los otros dos drakkar estaban amarrados a él por la proa y la popa y que Sulich y sus guerreros estaban acorralados en el centro de la cubierta por la abrumadora cantidad de enemigos. Con el rabillo del ojo vio que Taras levantaba un guerrero por encima de la cabeza y lo tiraba por la borda.

—Prepárate, insensato —dijo Røkia dándole una palmada en la espalda.

Varg vio que una nueva oleada de enemigos subía al *Lobo del mar*, primero lanceros y luego arqueros.

—Niðing cobardes —masculló Røkia mientras trataba de proteger con su escudo tanto a Varg como a ella misma de las flechas que comenzaron a surcar silbando el aire.

Varg levantó las armas y afirmó los pies en el suelo. Algo que se movía en el mar atrajo su mirada más allá del drakkar enemigo. Entrecerró los ojos y se limpió con la mano la sangre y el sudor que emborronaban su visión.

Otro drakkar se dirigía a toda velocidad hacia el *Lobo del mar* impulsado por los remos.

Røkia también lo vio.

—Nos ganaremos que los escaldos nos escriban una canción —gruñó.

CAPÍTULO VEINTIOCHO

ORKA

—Quédate detrás de mí —susurró Orka a Breca—. Y, pase lo que pase, nunca te separes de mí.

Breca y ella estaban con el resto de su grupo en la proa, cerca de Orlyg, a quien rodeaban los drengir y los corrompidos seleccionados cuidadosamente por él.

—Sí, mamá —dijo el niño. Sujetaba un escudo demasiado grande para él y llevaba puesto un casco con una protección nasal que también le quedaba grande. Orka se lo había acolchado por dentro con lino y lana, y le había ajustado la correa para que no le cayera sobre los ojos en cuanto se moviera. Tanto el escudo como el casco habían pertenecido a un par de guerreros que habían muerto de las heridas a bordo del drakkar de Orlyg desde que escaparan de Rotta y su banda de guerreros. Orka se los había pedido al jarl y este lo había añadido a la cuenta de su deuda con él, que no paraba de crecer, a lo cual Orka había reaccionado con un gesto malhumorado. «Mejor una deuda mayor que Breca muerto», se había dicho de todos modos.

Aunque Breca era alto para su edad, Orka no había conseguido encontrar una brynja que le quedara bien, así que solo llevaba puesta la túnica de lana y unas tiras de cuero y piel. Empuñaba un destral y del cinturón le colgaba un pequeño seax, que era más bien un cuchillo de mesa.

—Breca, tráenos agua —dijo Orka—. Más vale beber ahora. Nada da más sed que una batalla.

Breca asintió y salió disparado.

Orka miró a Gunnar, Halja, Sæunn y Lif. Todos estaban muy serios.

—Lif, Sæunn, tenéis dos tareas en esta batalla: sobrevivir y cuidar de Breca.

—Ajá —dijeron al unísono los dos.

—¿Y nosotros, jefa? —preguntó Halja.

—Matad enemigos —mascullό Orka.

Halja sonrió y Gunnar gruñó.

Breca regresó con el agua y les llenó los vasos.

El drakkar avanzaba veloz impulsado por los remos. Delante de ellos se veía una revuelta masa de barcos. El mar alrededor de los drakkar se agitaba con placas de hielo y cadáveres que flotaban en la superficie, dominada por una espuma roja. Encima de los barcos, unas estelas crepitantes de hielo y fuego producidas por la magia rúnica estriaban el cielo. Orka oía los gritos y olía la sangre. No había sido difícil convencer a Orlyg para que atacara los drakkar. En cuanto la vista humana fue capaz de divisar los barcos, Orka había acudido a él y le había dicho que uno de ellos era el *Lobo del mar*, la célebre nave de los Hermanos de Sangre, y que estaban en inferioridad numérica.

—¡Ja! ¡Menuda oportunidad para que los Hermanos de Sangre estén en deuda conmigo! ¡Cada vez me gusta más este viaje! —había tronado el jarl.

Orlyg había desplegado la vela, pero los vientos cruzados les habían obligado a dar bordadas y navegar zigzagueando hacia la batalla naval, lo cual les había retrasado mucho más de lo que Orka había esperado, y mientras tanto, ella y su grupo habían permanecido observando en la proa al lado de Orlyg y su guardia. Con sumo cuidado, Halja había permitido que su águila se filtrara a través de ella para agudizar su vista y les había informado de los cuatro drakkar que estrechaban el círculo alrededor del *Lobo del mar* y el knarr amarrado a él. Luego habían visto con sus propios ojos la magia seiðr y la rúnica que surcaban el cielo. Ahora ya estaban cerca y todos podían ver lo que estaba pasando. Desde el *Lobo del mar* y el knarr arrojaban conjuros rúnicos de hielo que en algunos casos eran interceptados por runas de fuego, y entonces se producía en el aire una explosión de escarcha y llamas. Cuando los hechizos de hielo lograban impactar en los drakkar, la escarcha se propagaba por los barcos como si fueran plantas enredaderas, pero entonces las runas rojas envolvían el hielo y lo derretían, y el fuego y el hielo se consumían mutuamente con siseos y crepitaciones.

Orlyg había dado la orden de que se aferrara la vela de su drakkar y los remos habían vuelto al agua para impulsar la nave durante los últimos centenares de metros que los separaban de la batalla.

—El otro barco necesita más nuestra ayuda —aseveró Orlyg—, pero quiero que sea el *Lobo del Mar* el que esté en deuda conmigo y no un puerco y gordo knarr.

—Los Hermanos de Sangre están luchando con ese knarr, por él —observó Gunnar—, así que ayudarlo será lo mismo que ayudar a los Hermanos de Sangre.

Orlyg frunció el ceño.

—Bueno, vosotros sois Hermanos de Sangre, así que mientras le recordéis esas palabras a vuestro jefe cuando lo haya rescatado, no me importa ir donde más nos necesiten.

—Se las recordaré —le aseguró Gunnar.

Orlyg hizo bocina con las manos y gritó una orden al guerrero que manejaba la caña del timón. El barco viró y se dirigió al drakkar que estaba abordando la popa del knarr. Pasaron junto a un barco que estaba abordando el *Lobo del mar* y Orka atisbó una línea de Hermanos de Sangre, entre los que se encontraba Glornir, que repelía a los asaltantes. Luego vio a un druzhina con una coraza de láminas metálicas que disparaba flechas a los Hermanos de Sangre.

Gunnar Proa se encaramó de un salto en la borda del barco de Orlyg, afirmó los pies en la tapa de la regala y arrojó la lanza. El arma atravesó al druzhina que estaba apuntando a Glornir con el arco y el guerrero se desplomó.

—¡HERMANOS DE SANGRE! —bramó Gunnar hacia el asediado *Lobo del mar* enarbolando el escudo—. ¡HERMANOS DE SANGRE!

Halja se aupó a la borda junto a él y también arrojó la lanza, que se hundió en el pecho de otro druzhina, pues muchos se habían vuelto hacia el drakkar de Orlyg y la confusión y la conmoción estaban apoderándose de ellos.

—¡HERMANOS DE SANGRE! —rugieron en respuesta los guerreros a bordo del *Lobo del mar*, que aporrearon los escudos con las armas y se lanzaron a la carrera hacia el enemigo que los abordaba.

El barco de Orlyg dejó atrás el *Lobo del mar* y se dirigió a la proa del drakkar que abordaba la popa del knarr. No quedaba casi ningún guerrero a bordo, pues la mayoría ya había abordado el otro barco y atacado a su tripulación. Solo una docena de ellos permanecían en el drakkar, y estaban desplegados alrededor de una mujer con una capa oscura, la cabeza afeitada y un collar de hierro alrededor del cuello. La mujer tenía los brazos levantados y sus músculos temblaban como si estuviera sosteniendo un peso enorme. Unas runas de llamas rojas oscilaban delante de ella y salían disparadas trazando arcos incandescentes hacia el knarr mercante, donde colisionaban con chorros de escarcha azul rúnica y se producía una explosión de elementos contrarios.

—¡PREPARAOS! —bramó Orlyg saltando a la borda de la proa. Su barba blanca y su capa de pieles de zorro flameaban al viento y el agua salada le rociaba la cara. Rio a carcajadas y se volvió hacia el hechicero de runas de su drakkar—. ¡Gösta! —gritó—. ¡Tienes trabajo!

El galdramaðr se acercó a la regala murmurando unas palabras ininteligibles y brotaron unas llamas que se agitaron en la punta de su bastón.

Orka se dio la vuelta y se arrodilló, envolvió las mejillas de Breca con las manos y se lo acercó.

—En el pasado pertenecí a los Hermanos de Sangre, y tu padre también—le susurró atropelladamente—. Rompimos el juramento que les habíamos hecho a Gunnar y a Halja, y también a todas las personas que están a bordo del *Lobo del mar*, para poder criarte en paz. —Hizo una pausa y sintió como si un puño le estrujara el corazón al pensar en cómo había acabado todo: Thorkel muerto y enterrado, y su hijo ahora en medio de una batalla y mucho menos preparado de lo que le habría gustado a ella—. Pero los Hermanos de Sangre todavía son mi familia. Nuestra familia. Y por eso luchamos. No por las riquezas ni la fama, sino para ayudarnos a seguir vivos. ¿Comprendes lo que te digo?

—Ajá, mamá, son como nuestra manada.

Orka veía y olía el miedo que rezumaba Breca. Pero también veía la sed de batalla en el brillo ambarino de sus ojos.

—Iba a decirte que te quedaras aquí, que te escondieras entre los barriles y no te movieras hasta que viniera a buscarte, pero no creo que me hicieras caso.

—Voy a luchar —gruñó Breca.

—Lo sé —dijo Orka—. Quédate a mi lado, siempre detrás de mí, y no mueras. —Apoyó la frente en la de su hijo, lo rodeó con los brazos y sintió el fuerte abrazo de Breca. Luego se puso en pie y se dio la vuelta. Cogió el gorro de lana que llevaba metido debajo del cinturón y se lo encasquetó en la cabeza. Luego desabrochó las correas del casco con la protección nasal, se lo puso y volvió a abrocharlas tirantes debajo de la barbilla. A continuación, se dio unas palmadas en la cabeza para comprobar que todo estaba en su sitio y blandió el hacha larga que había cogido durante la batalla con la banda de guerreros de Rotta. Miró a Lif, Sæunn, Gunnar y Halja fijamente a los ojos y asintió con la cabeza cuando le gustó lo que vio.

El drakkar de Orlyg embistió con un estruendo el barco que estaba amarrado a la popa del knarr, y se oyeron los chirridos y los crujidos de la madera cuando las dos embarcaciones colisionaron. Se lanzaron arpeos de hierro, se tiró de los cabos a los que estaban atados y los garfios se engancharon a la borda. Las dos naves quedaron pegadas. El jarl Orlyg había saltado al otro drakkar antes de que se arrojaran los arpeos, seguido por Dagrun y sus leales guerreros, entre ellos Gösta. Por todas partes resonaban el estrépito de los aceros que chocaban, las crepitaciones del fuego rúnico, las voces que pronunciaban conjuros a pleno pulmón y los gritos.

Orka se encaramó a la borda, agarró por la túnica a Breca para subirlo con ella y saltó al barco enemigo. Aterrizó en la cubierta con un golpe seco y doblando las piernas. Breca dio un traspiés a su lado.

—Recuerda, quédate detrás de mí —masculló Orka, y se puso en movimiento.

Gunnar y Halja saltaron a la cubierta enemiga y flanquearon a Orka con los escudos levantados. Lif y Sæunn se quedaron detrás y cubrieron los lados de Breca.

Orlyg y Dagrun ya estaban luchando en la cubierta con los druzhina. Gösta permanecía a su espalda, rodeado por un puñado de drengir de Orlyg, y las runas crepitaban en el aire delante de su bastón.

—*Nett af loga, binda og brenna, brenna og mjúka* —entonó el galdramaðr. Las runas se movieron y volaron por el aire al mismo tiempo que se transformaban en una fulgurante red de fuego, cayó sobre dos de los guerreros que protegían a la hechicera rúnica y se cerró envolviéndolos. El hedor del metal chamuscado impregnó el aire, y luego se oyeron el siseo de la lana, la carne quemándose y los gritos agudos de los dos guerreros, que se derrumbaron retorciéndose de dolor. La hechicera rúnica se tambaleó y miró con el rabillo del ojo a los dos guerreros tirados en el suelo, que ahora no eran más que un par de montoncitos de metal fundido y carne carbonizada. Los hechizos rúnicos desplegados en torno a ella como si fueran un escudo oscilaron y se debilitaron brevemente, y Dagrun arrojó una lanza. La moharra se hundió en el estómago de la hechicera y la lanzó contra la borda. La mujer cayó por encima de la regala, desapareció al otro lado con un grito y se oyó un estruendo cuando su cuerpo impactó contra el agua.

No muy lejos de allí, el jarl Orlyg estaba batiéndose con el último guerrero de la escolta de la hechicera, un hombre rubio con una cota de malla. El guerrero cayó al suelo y levantó el hacha para bloquear las acometidas de Orlyg, pero el viejo jarl le asestó un espadazo bajo y la hoja atravesó la cota de malla y se introdujo en su vientre. Su úlfhéðnar, Tjorvi, intervino y finiquitó al guerrero con un hachazo en la cabeza.

Orka y su grupo adelantaron como un rayo a Orlyg para llegar a la borda del drakkar, y en un abrir y cerrar de ojos saltaron a la cubierta del knarr.

El caos y la sangre reinaban allí. Había cuerpos tirados por la cubierta, tendidos sobre los baúles, y la sangre embadurnaba la madera. Unas empalizadas de mimbre cubrían en parte los caballos atados, que piafaban y daban coces en un redil construido en el centro de la amplia cubierta. Algunos animales estaban muertos, abatidos por las flechas, y otros chillaban y relinchaban desesperadamente. La batalla les había pasado factura. Orka vio las espaldas de los druzhina un poco más adelante, desplegados a lo largo de la cubierta. Los que estaban en las filas traseras disparaban flechas por encima de las cabezas de sus camaradas o subidos a baúles para ver mejor a los defensores del knarr, que se habían agrupado en el centro de la cubierta, rodeando a una mujer con el pelo corto que cantaba con los brazos levantados hacia el cielo. Unas runas de hielo azules destellaban encima de ella.

Cerca de ella, un enorme guerrero de piel oscura, enfundado en una cota de malla, bramaba, agarraba druzhina y los lanzaba por la borda al mar. Tenía una multitud de flechas clavadas en el cuerpo. Orka vislumbró a Sulich cerca de ellos, con su casco con las crines de caballo y la armadura de láminas metálicas, con un sable en una mano y un escudo redondo pintado de negro y salpicado de sangre en la otra. Más druzhina estaban subiendo a bordo del knarr por la proa, donde otro drakkar estaba amarrado a él. Orka echó un vistazo a su izquierda y se dio cuenta de que el *Lobo del mar* estaba atado al knarr. El combate en su cubierta se concentraba en la popa, salvo por Vol, que se había quedado cerca de la proa y arrojaba sus conjuros seiðr contra los hechiceros rúnicos de los drakkar. Con ella estaban Einar Medio Trol y un puñado de Hermanos de Sangre, hostigados por los druzhina que los habían abordado desde un barco amarrado a la proa del *Lobo del mar*.

—¿Qué hacemos, jefa? —preguntó Halja.

—Sulich primero —gruñó Orka, y enfilaron sigilosamente por la cubierta, pasaron sin hacer ruido junto a los caballos, acompañados únicamente por el sonido de sus pasos, pero el fragor de la batalla impedía que los druzhina los oyeran. Embistieron las filas traseras de los arqueros como un torbellino de acero y derribaron a una docena de enemigos en un abrir y cerrar de ojos. Orka blandía el hacha larga con las dos manos, Gunnar y Halja asestaban cuchilladas y hachazos, y Sæunn y Lif pasaban por el acero a aquellos que se daban la vuelta en sus flancos. Orka echó un vistazo atrás y vio que Breca trataba de apartar a Sæunn para llegar hasta los druzhina, pero ella se interpuso en su camino con la velocidad de una serpiente y asestó una lanzada por encima del borde de un escudo a la boca de un guerrero. La moharra regresó roja y goteante.

Un rostro se abalanzó gritando sobre Orka, una mujer con un casco con crines de caballo que empuñaba una espada curva en una mano y un destral ligero en la otra. Orka interceptó el sablazo con el mango del hacha, se balanceó hacia la izquierda y sintió cómo la cabeza del destral de la druzhina pasaba rozándole la mejilla y la hoja impactaba en su casco con una explosión de chispas. Inmediatamente asestó un golpe en diagonal y de arriba abajo con la cabeza de su hacha larga a la druzhina y se produjo una erupción de láminas metálicas y sangre. La guerrera gruñó y retrocedió tambaleándose. Orka se adelantó, levantó el hacha por encima de la cabeza con las dos manos y atravesó la muñeca de su oponente cuando ya levantaba la espada, pero la hoja de su hacha no se detuvo ahí y se hundió entre el cuello y el hombro de la guerrera, que se estampó contra el suelo. Orka extrajo el hacha con un tirón de las muñecas del cuerpo de su víctima y profirió un grito de batalla.

Se oyó el restallido de las cuerdas de los arcos y Halja apareció delante de Orka. Tres flechas se clavaron con un ruido sordo en su escudo levantado. Gunnar corrió hacia los arqueros, los embistió y todos ellos rodaron por el suelo. Orka y Halja se lanzaron hacia ellos, asestando hachazos Orka y apuñalando con la espada Halja. Breca se escurrió entre ellas, arremetió con su escudo contra la cara de un druzhina que intentaba levantarse y su hacha le atravesó la barba para golpearle en la boca y la barbilla. Extrajo la hoja y Halja dio el golpe de gracia al druzhina.

El resto de los druzhina se dieron cuenta de que tenían enemigos delante y detrás, y Orka advirtió que se contagiaban el pánico como si fuera una enfermedad. Muchos de ellos se dieron la vuelta para intentar formar un muro de escudos contra esa nueva amenaza, pero entonces Orlyg y sus guerreros irrumpieron en el knarr y corrieron aullando hacia ellos con sus escudos blancos con los lobos estampados. Los guerreros corrompidos se lanzaron gruñendo y gritando hacia los druzhina, y estos se dispersaron. Orka y su grupo cayeron sobre ellos como si fueran lobos hambrientos, asestando cuchilladas, hachazos y lanzadas. La sangre voló en todas direcciones y los gritos desgarraron el aire. Orlyg y su grupo llegaron poco después y se abrieron paso como una cuña a través del enemigo. En un abrir y cerrar de ojos, todos los druzhina estaban muertos, agonizaban o huían, aunque no tenían a dónde ir.

Un druzhina moreno atacó a Orka con una velocidad inusitada. Orka apenas atisbó un largo bigote atado con hilo de plata, una boca torcida y un sable que se dirigió a ella por encima del borde de un escudo negro.

Desvió la primera acometida del sable con el hacha y retrocedió un paso para evadir la frenética sucesión de golpes que la siguió.

—¡Sulich! —gritó—. ¡Para! ¡Para!

Sulich se quedó paralizado, miró a Gunnar y luego a Orka y bajó el sable.

Halja apareció entonces, le agarró la muñeca y sonrió.

—Bienvenidos —dijo Sulich—. ¡Bienvenidos! —Respiró hondo y sonrió—. No podríais haber llegado en un momento más oportuno —añadió, y volvió a respirar hondo.

—Él es el jarl Orlyg —dijo Orka señalando al canoso jarl, que estaba acercándose a ellos con el rostro salpicado de sangre—. Orlyg, él es Sulich, de los Hermanos de Sangre.

—Es un placer, Sulich de los Hermanos de Sangre —dijo Orlyg—. Estoy encantado de ayudaros.

—Aún quedan enemigos que matar —dijo Sulich señalando con el sable. Sus guerreros habían quedado acorralados en el centro de la cubierta por las tripulaciones de dos drakkar. Orka y Orlyg habían liquidado una de las tripulaciones, pero la otra seguía asediando a los Hermanos de Sangre y la batalla rugía a solo una docena de pasos.

—Bueno, ¿a qué esperamos? —dijo sonriente Orlyg.

CAPÍTULO VEINTINUEVE

VARG

Varg evadió una lanzada con un paso lateral, apresó el asta enemiga con su hacha barbuda y tiró de ella para hacer perder el equilibrio a su oponente, al mismo tiempo que levantaba el cuchillo y le asestaba un golpe en el hombro. La hoja atravesó la cota de malla y se hundió en la carne y el hueso de su rival. Varg extrajo el cuchillo con un grito y asestó un hachazo en la cara a la guerrera, que salió disparada hacia atrás con el rostro sanguinolento y un brazo colgándole del hombro, con los músculos y los tendones seccionados, chocó con un baúl y se estrelló contra Æsa, que giró sobre los talones y le hundió el hacha en el cuello.

Varg echó un vistazo a su alrededor. Estaba en la proa del drakkar amarrado a la popa del *Lobo del mar*. La mayoría de los druzhina estaban muertos. Las lanzas que habían arrojado y la inesperada aparición de Gunnar Proa y Halja Nariz Chata encaramados a la borda de otro drakkar habían distraído momentáneamente al enemigo y los Hermanos de Sangre lo habían aprovechado. Glornir había liderado el avance del muro de escudos para embestir la primera línea de arqueros y atravesarla, y luego los Hermanos de Sangre se habían dispersado por la cubierta del drakkar enemigo. Se había producido un tumulto salvaje, durante el que el lobo interior de Varg lo había sumido en una sinrazón frenética y ahora estaba sin aliento y exhausto, encorvado, con una mano apoyada en un baúl de remo y el corazón aporreándole el pecho.

Cerca de él estaban Røkia, Edel y Æsa. Glornir se encontraba un poco más lejos en la cubierta, con un puñado de Hermanos de Sangre. Delante de él tenía una docena de druzhina que protegían a su hechicero rúnico, rodeado por una cúpula de destellantes runas rojas. Uno de los Hermanos de Sangre que estaban con Glornir arrojó la lanza contra las runas y al impactar en ellas se quemó instantáneamente, con una explosión de chispas y llamas.

El hechicero de runas tenía los brazos levantados y bramó unas palabras con voz gutural que Varg no comprendió. De repente brotaron unas runas rojas que surcaron el aire crepitando y chocaron con los conjuros de Vol y de Iva. Unas cascadas de llamas y hielo se precipitaron sobre el *Lobo del mar*. El hechicero se volvió despacio hacia Glornir y los Hermanos de Sangre. Varg reparó en los tendones que se hinchaban en su cuello y en que su boca se torcía en una mueca.

Un grito tanto de rabia como de dolor se elevó desde el *Lobo del mar*.

—¡Vol! —gruñó Glornir. Dio media vuelta y volvió sobre sus pasos por la cubierta del drakkar, saltó a la regala del *Lobo del mar* usando la hoja de su hacha larga para impulsarse y regresó a su barco.

Varg y el resto de los Hermanos de Sangre lo siguieron y saltaron por la borda para volver al *Lobo del mar*. Varg aterrizó en la cubierta con un golpe seco.

Delante de él vio a Einar y a Svik cerca de Vol, que se erguía en medio de una conflagración roja y azul donde las llamas siseaban debilitadas por la escarcha y las llamas nuevas derretían el hielo, todo ello envuelto en nubes de vapor. Enfrente de Vol, otro hechicero rúnico avanzaba hacia ella por la cubierta del *Lobo del mar*, rodeado por unas crepitantes runas rojas que lo envolvían como si fuera una mano protectora. Cada paso que daba era lento y laborioso, como si caminara a través de la tormenta de hielo de Vol. Una veintena de druzhina lo acompañaban. Einar Medio Trol se lanzó hacia ellos aullando y Svik, Refna y un grupo de niños lo siguieron.

Glornir soltó un bramido y cargó hacia los guerreros que asediaban a Vol, con Varg y los demás pisándole los talones. Vol gruñía y tenía las venas hinchadas, estaba empapada en sudor y dirigía sus hechizos rúnicos hacia ese hombre. Unas runas azules y recubiertas de escarcha brotaron en el aire delante de ella y las arrojó hacia el hechicero que avanzaba hacia ella. Varg vio que explotaban con una lluvia de chispas incandescentes al chocar con su escudo rúnico.

El hechicero movió la boca, surgieron unas llameantes runas rojas en el aire y las arrojó hacia Vol. Esta dio un tambaleante paso atrás, su escudo se combó y las runas de hielo azules que lo formaban sisearon y crepitaron, pero aguantó.

Einar se abalanzó sobre un guardia druzhina y se oyó un estrépito metálico cuando su hacha hizo añicos el escudo del guerrero y le rompió el brazo. Svik detuvo un golpe dirigido a la espalda de Einar, hizo una floritura con la espada y la hundió en una garganta mientras se apartaba con una pirueta. Refna y los otros niños se arremolinaron alrededor de otro druzhina y lo derribaron a base de arañazos y mordiscos. Los druzhina los rodearon y acorralaron a Einar y a Svik, hostigándolos con sus lanzas. Svik chilló y dio un traspiés cuando un acero le pinchó en la cadera. Otro druzhina se adelantó y levantó el sable sobre la cabeza de Svik.

Varg gritó con el estómago encogido por el miedo y oyó el chillido de Røkia, el bramido de Glornir, los aullidos de Edel y Æsa, pero todos estaban demasiado lejos.

El sable descendió hacia el cuello de Svik, pero entonces una mujer con el cabello rubio entrecano recogido en una trenza embistió al druzhina y los dos cayeron al suelo y rodaron varios metros. La mujer rubia se levantó del suelo, se puso en cuclillas y gruñó con los labios estirados y mostrando sus afilados dientes. Sus ojos despedían un resplandor ambarino. Llevaba puestos una cota de malla y un casco, y empuñaba un hacha larga con las dos manos. Asestó un golpe de abajo arriba y la cabeza del hacha abrió un tajo desde la cadera hasta la mandíbula del druzhina, que salió disparado hacia atrás con una explosión de acero y sangre.

La mujer rubia se irguió, se dio la vuelta todavía gruñendo y arremetió con su hacha contra el cuello de otro druzhina, que se derrumbó casi decapitado, convertido en una fuente de sangre. Aparecieron otros guerreros que se abrieron paso a través de los druzhina que rodeaban a Einar y a Svik: una mujer vestida con pieles y cuero, como si fuera una cazadora rastreadora, con el pelo corto y armada con una lanza con el asta delgada; otro guerrero enfundado en una cota de malla con un escudo y una lanza, y, entre ellos, un niño con un escudo casi tan grande como él que asestaba golpes con un destral. Detrás venían otros dos guerreros, un hombre y una mujer, ambos con escudos negros.

«Gunnar y Halja. —Varg los reconoció. Y, por supuesto, también había visto antes a la mujer rubia, en Grimholt, rodeada por una montaña de cadáveres—. Orka Machacacráneos».

Los guerreros atravesaron la masa de druzhina trazando arcos de sangre en el aire. Solo un instante después los alcanzó Glornir, que embistió rugiendo a los últimos druzhina, los derribó con el hombro y les pisoteó la cabeza. Varg y los demás se les unieron inmediatamente, pero el enemigo ya había sido derrotado. Se quedaron parados unos instantes, jadeando y buscando alguien con quien luchar. Glornir agarró a Orka y la acercó a él para estrujarla con un abrazo.

—¡CUIDADO! —bramó una voz.

Einar empujó a Orka y a Glornir cuando el hechicero rúnico se acercó carbonizando la cubierta del barco con su escudo de runas llameantes. El niño que estaba con Orka echó a correr hacia el hechicero, con el hacha levantada por encima de la cabeza, el rostro desencajado y gruñendo como un lobezno, pero Orka lo agarró por la túnica, lo lanzó hacia atrás y se interpuso entre él y el hechicero.

El hechicero avanzó entre los Hermanos de Sangre, que se dispersaban a su paso para escapar de las ráfagas de calor que emanaban de él, fijó la mirada en Vol y comenzó a entonar una canción nueva, con voz aguda y disonante. Varg la oía dentro de su cabeza como si fuera un viento que agitara espinos.

Entonces se oyó otra voz y Varg se volvió. El hechicero de runas del drakkar amarrado a la popa del barco de los Hermanos de Sangre saltó desde la borda a la cubierta del *Lobo del mar*, todavía rodeado por sus druzhina. Avanzó cantando y arrojando runas, unos hechizos que brotaban en el aire y giraban delante de su escudo de runas.

Frente a los dos hechiceros comenzaron a formarse nuevos conjuros rúnicos en el aire, redondos como escudos, que giraban lentamente y cada vez más brillantes. Las llamas rojas se volvieron de color ámbar y luego se transformaron en una incandescencia blanca. Los hechiceros chillaron y arrojaron las llamas hacia Vol. Esta gruñó y pronunció su propio conjuro con voz aguda y penetrante cuando el calor blanco de las runas chocó contra su escudo de hielo. Se produjeron unos fogonazos que envolvieron a Vol y una efímera nube de calor y vapor se propagó por el *Lobo del mar* como si fuera un trueno y derribó a Varg y al resto de los Hermanos de Sangre.

CAPÍTULO TREINTA

ORKA

Orka gruñó, se levantó de la cubierta del *Lobo del mar* y buscó a Breca. Su hijo yacía a su lado, bocabajo.

—Breca —resolló Orka. El aire estaba tan caliente que le quemaba los pulmones.

—Mamá —farfulló el niño.

Orka apoyó una rodilla en el suelo y vio que donde había estado Vol las llamas rojas y doradas, azules y blancas todavía crepitaban envueltas en una nube de vapor. El viento hizo jirones y dispersó el vapor y Vol apareció allí, con el escudo rúnico desfigurado y agrietado pero entero, los pies plantados en el suelo, los brazos bajados y la cabeza caída. Cuando alzó la mirada, sus ojos eran dos llamaradas azuladas.

—*Hamar af ís, brjóttu hann, reipi af ís, mylja hann* —rugió. Aparecieron dos escudos rúnicos de resplandeciente hielo. Uno adquirió la forma de un martillo y golpeó los escudos rojos del primer hechicero rúnico, que vibraron y se combaron. El hechicero se detuvo y un torrente de palabras salió de su extenuada boca. Sus escudos oscilaron y las runas rojas se atenuaron y consumieron, pero de repente volvieron a avivarse con un brillo cegador. La segunda runa de hielo de Vol salió disparada hacia el otro hechicero y se transformó en unas serpentinas de escarcha que azotaron a los druzhina que lo protegían y los lanzaron por los aires. Una serpentina se enroscó en un druzhina y lo estrujó mientras la escarcha se propagaba por su cuerpo, hasta que la presión hizo que reventara con una explosión de esquirlas de hielo. Las otras serpentinas arremetieron contra el escudo rojo del hechicero y las volutas de vapor se alzaron por el aire cuando envolvieron la cúpula de runas como si fueran plantas trepadoras en un viejo muro. Las runas rojas comenzaron a desmenuzarse y aparecieron grietas y fisuras a medida que el hielo se propagaba por ellas. El hechicero pronunció otro conjuro con la voz afectada por el pánico.

Orka reparó en las grietas y los agujeros que recorrían el escudo del hechicero rúnico, recogió una lanza del suelo y la arrojó. Vio cómo la lanza pasaba a través de un hueco abierto por las serpentinas de hielo en el escudo rúnico, se hundía en el hombro del hechicero y lo empujaba. El escudo rúnico fluctuó y desapareció brevemente cuando el hechicero se estrelló contra un baúl de remo, pero se arrancó la lanza del hombro y entonó otro hechizo en el mismo momento en que Vol también comenzaba a pronunciar un conjuro nuevo.

Antes de que ninguno de los dos pudiera terminar sus conjuros, una sombra cubrió la cubierta del *Lobo del mar*. Se oyeron unos graznidos procedentes del cielo y una ventolera volvió a tirar a Orka al suelo. Alzó la vista. Dos cuervos gigantes descendían en picado desde el cielo con las garras extendidas. Uno de ellos agarró al hechicero y remontó el vuelo con una turbulencia de alas. Orka oyó su voz todavía declamando el conjuro y vio que brotaban unas runas en torno a él mientras el cuervo que lo apresaba ascendía en espiral sobre el *Lobo del mar*. El otro cuervo agarró las piernas del hechicero en pleno vuelo y, cuando las dos aves gigantes se separaron, se oyeron los crujidos de carne desgarrada y huesos que se partían. Hasta el *Lobo del mar* llegaron unos alaridos cada vez más agudos que cesaron súbitamente. La sangre del hechicero descuartizado roció la cubierta y un brazo amputado impactó con un ruido seco en la madera.

Vol se volvió hacia el primer hechicero, que salmodió otro conjuro con voz profunda y grave para reparar a la desesperada las grietas que el martillo de hielo había hecho en su escudo. Delante de él brotaron nuevas runas llameantes.

Vol avanzó hacia él entonando a voz en cuello su conjuro.

—*Sjóvindur blása, sjóstormur og úði sópa þessum logum í burtu* —rugió, y sacudió las manos.

Una devastadora racha de viento barrió la cubierta del *Lobo del mar* e hizo trizas las nuevas runas. Una ola se alzó por encima de la cubierta y embistió al hechicero. Su escudo rúnico de llamas siseó y se llenó de fisuras, y él se tambaleó hacia atrás y gritó mientras su parapeto de fuego se extinguía. Se quedó paralizado un momento, desconcertado, pero luego levantó las manos y, dominado por el pánico, pronunció atropelladamente unas palabras ininteligibles.

—*Binddu munninn, bindðu ökkla hans* —gritó otra voz.

Orka se volvió. La mujer con el pelo corto que había estado arrojando conjuros seiðr desde el knarr había subido a bordo del *Lobo del mar* y tenía los puños recubiertos de un destellante hielo azul. El guerrero de piel oscura que parecía un toro se alzaba imponente a su lado. Sulich, Orlyg y un puñado de guerreros los seguían. Orka oyó el ruido de remos y dirigió la mirada detrás de Sulich y su grupo. El último drakkar se alejaba renqueando del knarr con rumbo sur.

—*Binddu munninn, bindðu ökkla hans* —repitió la mujer con el pelo corto, y una maraña de tentáculos de hielo salió disparada de sus brillantes manos azules, se deslizó por la cubierta, envolvió los tobillos del hechicero y lo levantaron en el aire. Mientras tanto, otros tentáculos le apresaron los brazos y el torso, y ascendieron hasta su cuello para enroscarse en su garganta y boca y estrujarlas suavemente. El hechicero gritaba y jadeaba, pero sus palabras fueron apagándose hasta que enmudeció. Las runas que brotaban con chisporroteos se debilitaron y extinguieron como la llama de una vela.

Vol se volvió hacia la mujer con el pelo corto.

—Iva —dijo, y le hizo un gesto de agradecimiento con la cabeza. Luego enfiló hacia el hombre capturado y su escudo rúnico crepitó y se derritió. Mientras se acercaba a él pronunció unas palabras en voz baja, con un ululato agudo y estridente. Se detuvo delante del hechicero, que colgaba impotente en el aire y se retorcía suavemente con la brisa.

Orka advirtió un ruido detrás de ella y se volvió. El mar se agitó y apareció una estela espumosa a medida que algo se acercaba por debajo de las olas. Se intuía el cuerpo de una serpiente que se ondulaba entre los restos de los barcos destrozados que flotaban alrededor del *Lobo del mar*. Ya estaba muy cerca del barco, justo donde se encontraba Orka, que puso una mano en el hombro de Breca y lo apartó de la borda. Blandió su hacha larga y en ese momento una cabeza reptiliana emergió del mar y se alzó para pasear la mirada por la cubierta del *Lobo del mar*. El agua caía en cascada desde su cabeza escamada. Abrió la boca y dejó a la vista filas de dientes afilados.

—¡Un sjávarorm! —exclamó Orka empujando hacia atrás a Breca. Afirmó los pies en el suelo y levantó su hacha larga.

—¡Déjalo! —gritó Vol.

Orka contuvo el hachazo y retrocedió.

La serpiente marina pasó la cabeza, grande como un carro, por encima de la borda y miró fijamente a Orka con unos ojos sin párpados. Cuando Vol retomó su canción, se volvió hacia ella. La cabeza de la criatura se introdujo balanceándose en la cubierta y se posó en el suelo con estruendo. Luego su grueso cuerpo escamado salió del agua y entró reptando en el *Lobo del mar*. Cuando pasó sinuosamente junto a Orka, esta se fijó en que otras serpientes más pequeñas y con las escamas negras se aferraban a su cuerpo. Todas ellas eran tan largas como una buena lanza de madera de fresno y parecían unas gruesas cuerdas tendidas sobre su tronco.

«Una madre con sus crías», se dijo Orka.

Vol continuó salmodiando mientras la serpiente se acercaba a ella y le acarició la cabeza cuando llegó a su lado. La criatura se deslizó alrededor del hombre suspendido en el aire, echó la cabeza hacia atrás y sacó la lengua para acariciarlo. El hechicero puso los ojos como platos y profirió un grito ahogado.

—No deberías haber atacado a los Hermanos de Sangre —aseveró Vol—. No deberías haber matado a mis amigos. —Sacudió una mano y la serpiente se elevó sobre su musculoso tronco, abrió la boca y el cuerpo del hechicero desapareció en su interior hasta la cintura.

Iva masculló unas palabras y los tentáculos de escarcha que rodeaban los tobillos del hombre se hicieron añicos y le soltaron los pies. El hombre quedó colgando de la boca de la serpiente, agitando las piernas, pero el monstruo marino no se lo comió de un bocado como Orka esperaba, sino que lo escupió a la cubierta del barco y giró la cabeza buscando a las crías apiñadas a lo largo de su cuerpo. Las pequeñas serpientes bajaron a la cubierta y se dispersaron. Una encontró un charco de sangre y se puso a beber sorbiendo ruidosamente, pero la madre la empujó delicadamente para apartarla de la sangre y acercarla al hombre que se revolvía y retorcía en el suelo, todavía con los brazos apretados contra el torso y la boca amordazada por los tentáculos de hielo que lo envolvían. La serpiente grande se deslizó alrededor de sus crías para empujarlas hacia el hombre y luego echó el cuerpo hacia atrás y se lanzó hacia el hechicero con una velocidad que Orka no creía posible, con las fauces abiertas y los colmillos afilados. Su boca se cerró alrededor del torso del hombre, pero en vez de morderlo, sus dientes apenas lo rozaron. Después se volvió y llamó con un siseo a sus crías.

—¿Qué hace? —preguntó con un susurro Breca.

—Está enseñando a sus crías a cazar, como yo te enseño a ti a luchar —dijo en voz baja Orka. Se dio cuenta de que estaba sonriendo—. Es una madre que prepara a sus hijos para el mundo en el que vivimos todos. Observa.

Las jóvenes serpientes se retorcieron alrededor del hombre y lo tantearon con sus sinuosas lenguas. Una de ellas cogió impulso, se lanzó hacia el hechicero y le mordió el muslo. El hombre pataleó y se agitó con espasmos, con los ojos desorbitados y las venas y los tendones del cuello hinchados mientras forcejeaba con la serpiente. Pero la criatura le había hundido los colmillos hasta el fondo en su pierna y no la soltaba. Las otras serpientes también se abalanzaron siseando sobre el hechicero y lo mordieron. Los gritos ahogados del hombre se filtraban a través del hielo que le tapaba la boca y en la cubierta del *Lobo del mar* se formaron charcos de la sangre que escapaba de su cuerpo por una multitud de heridas. Todas las serpientes jóvenes se sumaron al ataque salvo una, que reptó hasta Vol y se enroscó a sus pies. Vol la miró y sonrió.

La madre serpiente agarró con delicadeza el torso del hechicero, todavía con sus crías aferradas a él, y lo arrastró hacia la borda del *Lobo del mar* dejando un rastro de sangre en la cubierta. Se elevó por encima de la regala y arrojó al hombre al mar. Orka vio que las serpientes jóvenes arrastraban el cuerpo del hechicero bajo las olas.

La madre se volvió hacia Vol y la cría que permanecía a sus pies. Dirigió un siseo a Vol y, acompañada por el crujido y el gemido de la madera, se deslizó por la borda del barco, se sumergió en el mar y desapareció con un chapoteo, dejando tras sí un remolino de espuma blanca. La serpiente que se había quedado con Vol se enroscó en sus tobillos y ascendió por una de sus piernas hasta su cintura, la rodeó para agarrarse al brazo de Vol y se enrolló en él. Vol le acarició la cabeza con la mano libre.

El silencio se instaló en el *Lobo del mar*. Solo se oían los lametazos del mar en el casco del barco y el murmullo del viento. Unas sombras cubrieron la cubierta y los dos cuervos gigantes descendieron en espiral batiendo sus alas. Un vendaval zarandeó a Orka cuando las criaturas se posaron en el barco, una en la proa y la otra en la borda. Esta última bajó la mirada al mar, justo donde la serpiente había desaparecido.

—Grok se alegra de que la serpiente grande se haya ido —graznó.

—Las serpientes están ricas, pero Kló no se fía de las grandes —graznó el otro cuervo hembra—. Muerden —añadió, y se puso a arreglarse las plumas con el pico.

Vesli apareció con un aleteo. La bolsa que llevaba en el cinturón estaba llena a rebosar de dientes recién arrancados, todavía manchados de sangre y con trocitos de carne colgando de ellos. Voló hasta Breca y le abrazó el cuello.

—Vesli ha echado de menos al amo Breca —graznó la tennúr—. Vesli estaba preocupada por él.

—Yo también te he echado de menos —dijo Breca acariciándole la cabeza.

Vesli agitó las alas y se posó en el borde del escudo de Breca. Miró a Gunnar, Halja, Lif y Sæunn.

—¿Dónde está el amigo de Vesli, Spert? —preguntó la tennúr.

A Breca le temblaron los labios y una gorda lágrima rodó por su mejilla. Negó con la cabeza.

Vesli arrugó la cara y las lágrimas inundaron sus enormes ojos.

—Nooo —gimoteó.

La mirada del jarl Orlyg saltó de la sollozante tennúr a los dos cuervos gigantes que se acicalaban las plumas con los picos y luego a la cría de serpiente enroscada en el antebrazo de Vol.

—Qué compañeros más raros tenéis, Hermanos de Sangre —dijo.

CAPÍTULO TREINTA Y UNO

GUÐVARR

—¿Qué es eso? —preguntó Guðvarr a su tía, la jarl Sigrún.

—El Jarnvidr, el Bosque de Hierro —respondió Sigrún.

Estaban sentados en sus monturas delante de un amplio puente de madera. El río Slågen borboteaba debajo de ellos, pero Guðvarr mantenía los ojos fijos en la otra orilla, donde un muro de árboles le sostenía la mirada hoscamente. El camino que seguían desaparecía en lo que inquietantemente se parecía demasiado a una gran boca abierta. Los árboles se extendían como una impenetrable maraña de tinieblas hacia el norte, el sur y el este hasta donde alcanzaba la vista. El bosque permanecía silencioso y amenazador como un acantilado, y Guðvarr tenía la ligera sensación de que lo observaban desde la oscuridad. Se le erizaba el vello solo con mirarlo.

El bosque se extendía hacia el norte y, justo en los límites de su visión, Guðvarr divisaba una cadena de colinas que se alzaban desde el oscuro manto verdoso como si fueran las espaldas de unas ballenas sobre la superficie del mar.

—No me gusta el aspecto que tiene. Creo que no deberíamos entrar ahí —masculló.

—Tus gustos no tienen nada que ver con esto —aseveró Sigrún—. Es a donde ha ido nuestra presa y debemos seguirla.

Guðvarr frunció el ceño.

—¿Por qué no dejamos que Krúsa lidere el grupo? Es mejor que ella y sus skraeling vayan delante por si acaso es una emboscada.

—Si es una emboscada, nos atacarán por todos los flancos, no solo de frente —dijo Sigrún—. No estaríamos más seguros detrás ni en ninguna otra posición de la columna. Aparentando que nosotros somos los líderes, nos llevaremos toda la fama que podamos sacar de esto.

«Si es que vivimos para disfrutarla».

Guðvarr se retorció en la silla de montar y echó un vistazo atrás. Skapti parecía tan relajado encima de su caballo como si hubiera salido a dar un paseo y estuviera regresando a la hora de comer, a pesar de que Krúsa y sus skraeling lo rodeaban, un tennúr revoloteaba encima de él y las arañas del hielo se apiñaban en las copas de los árboles y en las sombras que había detrás de él.

—No creo que debamos confiar en él —dijo Guðvarr sacándose distraídamente el moco que le colgaba de la nariz.

—Claro que no debemos confiar en él —afirmó Sigrún. Suspiró—. Esa palabra no existe para las personas como nosotros, que seremos poderosas en este mundo. Yo no he confiado en nadie desde… —Arrugó el ceño—. Nunca he confiado en nadie. Pero si dice la verdad, es una oportunidad que no podemos desaprovechar. Lo utilizaremos para escalar en la estima de Lik-Rifa. Ese es nuestro objetivo: ser valiosos para Lik-Rifa, o para Ilska la Cruel. Solo así sobreviviremos a esta guerra y prosperaremos en un nuevo mundo cuya reina será la diosa dragona.

«Ajá. Eso está bien, siempre y cuando no nos empujen de la escalera mientras subimos y la caída sea mortal».

—Pero ¿Skapti dice la verdad?

Sigrún sonrió, aunque había poca alegría en su gesto.

—Solo hay una manera de averiguarlo. Y si miente, tendremos que luchar. Ya lo hemos hecho antes y volveremos a hacerlo. Después de todo, estamos en Vigrið. —Se encogió de hombros y chasqueó la lengua para que su caballo se pusiera en marcha.

«Eso es lo que me preocupa», pensó Guðvarr. Vaciló un momento y luego golpeó los flancos de su montura con las rodillas para seguir a su tía.

Los cascos de los caballos repicaron en el puente de madera mientras lo cruzaban. A su espalda se oyeron el ruido de pasos y de más caballos cuando los siguieron los drengir de Sigrún y Krúsa a la cabeza de sus skraeling, entre quienes iba Skapti.

Guðvarr salió del puente y su caballo lo introdujo en la boca abierta del bosque. Las copas de los árboles se cerraban sobre la tierra compactada del camino, una luz turbia envolvía a Guðvarr y el sonido del río se atenuaba a su espalda. Se volvió atrás y vio un reguero oscuro de arañas del hielo que cruzaban correteando el puente. Cuando las criaturas entraron en el bosque, se escabulleron en la vegetación a un lado y al otro del camino y se dispersaron por las copas de los árboles.

El único consuelo que encontraba en tener esos compañeros de viaje era que seguramente serían un rival a la altura de cualquier criatura monstruosa que se escondiera en el bosque.

Los árboles tenían unos troncos mucho más gruesos y eran mucho más altos de lo que le había parecido desde la otra orilla del río. Se alzaban imponentes por encima de él y sus copas parecían un cielo nocturno muy lejano. Desde el otro lado del puente, el bosque le había parecido silencioso, pero una vez dentro, nada más lejos de la realidad. Una infinidad de sonidos poblaba el ambiente: los graznidos de los cuervos, el zumbido de los insectos, el crujido de los arbustos por los que se movían los ciervos (o al menos esperaba que fueran ciervos), los gañidos de los zorros... También oyó lejanos aullidos de lobo. Y debajo de todos esos sonidos, el susurro del viento entre el ramaje, el frufrú de las hojas, y los crujidos y los chasquidos de las ramas encima de su cabeza. Todos esos ruidos inundaban el bosque con una agitada fluctuación sonora.

Miró con recelo los árboles.

—No son fresnos, ¿verdad? —preguntó a Sigrún.

—No. La mayoría son abedules y alisos.

«Bien».

Aun así, Guðvarr observaba con suspicacia los árboles mientras se adentraban en el Jarnvidr.

Sigrún levantó la mano y gritó la orden de parar. La columna se detuvo con un traqueteo. Habían llegado a una bifurcación en el camino. Un camino continuaba en línea recta y el otro se curvaba hacia el norte, aunque a medio centenar de pasos ambos desaparecían en la oscuridad.

—Krúsa, trae a Skapti —ordenó Sigrún volviéndose hacia la columna.

Sus drengir se apartaron para dejar pasar a Krúsa, que avanzó balanceando sus largos brazos seguida por Skapti. El tennúr Munni revoloteaba encima de su cabeza.

—¿Cuál es el camino? —preguntó Sigrún a Skapti.

—Ese, el que sigue en línea recta —respondió Skapti sin vacilar.

Sigrún se lo quedó mirando un momento y luego se volvió de nuevo en la dirección en la que había señalado.

—Cabalga a mi lado —dijo dirigiendo su caballo.

Skapti se colocó junto a ella.

Cabalgaron en silencio un rato. Guðvarr no paraba de escrutar la oscuridad a uno y otro lado. «Podría haber cualquier cosa ahí, a menos de diez pasos», se dijo con la mano permanentemente apoyada en la empuñadura de la espada.

—Guðvarr me ha contado que eras capitán en Grimholt —dijo Sigrún rompiendo el silencio.

—Así es.

—Y que trabajabas para el príncipe Hakon.

—Ajá, lo hice durante algún tiempo —masculló Skapti.

—Guðvarr también me ha dicho que el galdramaðr Skalk te encerró en una celda de su torre.

—Ajá, eso hizo.

—Pero ahora eres el mensajero de Skalk. Ahora trabajas para él. —Sigrún se volvió para mirar a Skapti.

—Así es —repuso Skapti sosteniéndole la mirada con una expresión inquisitiva en sus ojos—. Los tiempos cambian. —Se encogió de hombros—. He aprendido a cambiar con ellos.

—¿Cómo es posible que Skalk confíe en ti? —terció Guðvarr. No le gustaba Skapti. Verlo le había recordado el día que entró por la puerta de El drengr muerto, cuando él estaba ganándose la confianza del príncipe Hakon en torno a un desayuno caliente. El miedo se había filtrado en él al ver al guerrero canoso y había esquivado una muerte dolorosa allí mismo por los pelos.

—¿Confiar él en mí? —Skapti negó con la cabeza—. Skalk no confía en mí. No creo que confíe en nadie.

Sigrún lanzó una mirada a Guðvarr.

—Pero esta era una tarea que había que hacer y me escogió a mí para hacerla.

—¿Por qué a ti? —quiso saber Guðvarr.

—No se lo pregunté —respondió Skapti arqueando una ceja—. Quizá porque soy prescindible. —Se encogió de hombros—. A lo mejor es porque sabe que puedo hacerla. Tal vez comprende que, si quiero ganarme su estima, debo realizar algunas misiones arriesgadas, peligrosas como esta. —Miró de soslayo a Krúsa, que caminaba al lado de ellos, y luego desvió la mirada hacia los árboles, donde merodeaban las arañas del hielo.

—Mmm. Si es tan peligrosa, ¿por qué la aceptaste? —preguntó Guðvarr.

—Porque con la gente como Skalk, y de hecho como la mayoría de los poderes de esta tierra, si no les eres útil y les obedeces, acabas degollado o descuartizado dentro de un barril.

—Mmm —gruñó de nuevo Guðvarr. «Es verosímil lo que dice, sobre todo porque me recuerda cómo me sentía yo con Skalk a todas horas. Y con Lik-Rifa ahora»—. ¿Por qué tenemos que ir tan lejos? —preguntó hoscamente Guðvarr, decidido a pillar en alguna mentira a Skapti—. ¿Por qué tenemos que seguir este camino?

—Da la impresión de que crees que soy el jefe de su banda, que sé la respuesta de todas esas preguntas —dijo Skapti—. Pero no lo soy. Los jefes son Skalk y Estrid. Pero a mí me parece que para ellos es más seguro encontrarse con vosotros en este lado del río que en el otro. Habéis cruzado a los dominios del jarl Störr, así que aquí no tenéis amigos.

—Bueno, pues ya estamos a este lado del río. ¿Dónde están ellos? —inquirió Guðvarr. Quería acabar de una vez con ese asunto para poder salir del bosque y volver a ver el cielo.

Skapti miró a Guðvarr y suspiró.

—Creo que no comprendes las palabras que salen de mi boca. No tengo ni idea de dónde están ni de cuándo tienen pensado encontrarse con vosotros. Lo único que sé es lo que me dijeron: «Seguid el camino que atraviesa el bosque, no os desviéis de él y nos encontraréis». —Levantó las manos.

Llegó un estrépito desde el interior del bosque, a la izquierda de Guðvarr, un ruido de vegetación agitada frenéticamente seguido por un chillido estridente. Los guerreros que formaban la columna se detuvieron para volverse en dirección al ruido y desenfundaron las armas. Guðvarr desenvainó la espada y escrutó la oscuridad.

—Munni —gritó Krúsa.

El tennúr revoloteó en círculo sobre la cabeza de Krúsa y descendió para ponerse delante de la skraeling. Krúsa sacudió una mano y el tennúr se adentró volando en el bosque y desapareció en cuestión de segundos.

—Preparaos —dijo Krúsa sacando del cinturón un arma de hierro oscuro con la hoja gruesa. Parecía un cuchillo de carnicero, pero era más grande y tenía una empuñadura larga en la que cabían las dos manos.

Se oyó el ruido de unas ramas que se agitaban en un lugar del bosque que no se veía desde el camino y sonó otro grito, al que siguió un golpe seco.

—¿Qué hacemos? —preguntó en un susurro Guðvarr a su tía.

—Esperar. No salgas del camino.

«No tengo ninguna intención de salir del camino».

Volvió a oírse el rumor de ramas que se agitaban, de algo que se movía, una sombra dentro de las sombras, y Munni regresó de las tinieblas de la espesura.

—Un prisionero, un prisionero —graznó el tennúr.

La sombra que se atisbaba en el bosque se hizo más densa y se acercaba. Guðvarr distinguió unos ojos arracimados y unas patas articuladas: las arañas del hielo se dirigían a ella.

Las arañas del hielo aparecieron de repente en el camino y la tenue luz reveló que arrastraban algo con las piernas y los tobillos atados con su hilo azulado. Corretearon hasta Krúsa y depositaron lo que transportaban a sus pies. La figura que dejaron en el suelo era más grande que un niño, pero más pequeña que un adulto, y esbelta como un árbol joven. Su cabello era una maraña de hojas, tenía la piel oscura y tupida como la madera encerada y unos dedos exageradamente largos y curvados en las puntas que semejaban espinas. La criatura miró a Krúsa con unos ojos pequeños y oscuros.

Guðvarr la reconoció enseguida, pues había visto una parecida antes, en la torre galdur de Skalk.

—Un faunir —dijo.

Tenía dos palpitantes bultos azules en el pecho, marcas de mordedura, y Guðvarr reparó en que la piel parduzca alrededor de las heridas estaba volviéndose del color azul del hielo.

—¿Para qué lo habéis capturado? —preguntó Guðvarr—. ¿No es de los vuestros?

Krúsa miró con el ceño fruncido a Guðvarr.

—No, no es de los nuestros —dijo la skraeling—. Krúsa ya te dijo que los faunir son una creación de Snaka, no de Lik-Rifa. —Se agachó para observar al faunir mientras comenzaba a formarse escarcha en sus labios—. No nos gustan los faunir —masculló.

—Ca… ca… ca… capullos —tartamudeó el faunir mirando con ferocidad a Krúsa con sus pequeños ojos—. Fu… fu… fuera de mi bos… bos… bos… bosque.

—Veréis —dijo Krúsa mirando a Guðvarr y a Sigrún con una sonrisa de oreja a oreja—. La pregunta es: ¿qué va a hacer Krúsa con él?

—Que se lo coman las arañas del hielo —sugirió Guðvarr.

—No, la sangre de los faunir es como la savia. Sabe muy mal y mata a las arañas del hielo.

—Ah, bueno, entonces mátalo sin más —repuso Guðvarr.

—No. Donde hay un faunir hay muchos más —dijo Krúsa escrutando la oscuridad con el ceño arrugado—. Probablemente nos están observando. No les gustará que matemos a este. Nos atacarán. —Miró de nuevo a Guðvarr—. Eso no sería bueno.

«Estoy completamente de acuerdo contigo», pensó Guðvarr, que se volvió para mirar con nerviosismo las tinieblas.

—Úsalo como rehén —propuso Sigrún—. Y suéltalo cuando salgamos del Bosque de Hierro.

—Eso es lo que Krúsa estaba pensando —dijo la skraeling.

—Decidido entonces —dijo Sigrún. Bramó una orden a sus drengir y uno de ellos desmontó y sacó un destral del cinturón, salió del camino y cortó una rama delgada de un abedul. Poco después, el faunir estaba atado al palo y colgaba suspendido entre dos musculosos skraeling.

—¡Continuemos! —gritó Krúsa.

La columna reanudó la marcha. Skapti cabalgaba entre Guðvarr y Sigrún, y los dos skraeling que transportaban el faunir prisionero caminaban justo detrás de ellos.

«Genial —pensó Guðvarr—. Nos adentramos en un bosque para encontrarnos con un galdramaðr que ya intentó matarme y a quien nada le gustaría más que vernos a todos muertos. Y encima cabalgo al lado de un hombre que también intentó matarme y detrás de mí tengo a una criatura asquerosa con una hueste de maliciosos amigos a los que sin duda les encantaría matarme y que podrían atacarnos en cualquier momento».

Inspiró hondo y exhaló un largo y afligido suspiro.

«Ojalá estuviera en Fellur».

CAPÍTULO TREINTA Y DOS

ORKA

—¡Orka!

Esta se volvió. El jarl Orlyg enfilaba por la cubierta llena de charcos de sangre del *Lobo del mar* hacia ella, flanqueado por Dagrun, su hijo y Gösta, el galdramaðr. Los seguían un puñado de corrompidos guerreros y drengir.

—Granjera, preséntame a tus amigos —dijo Orlyg cuando llegó a su lado. Tenía el cabello cano salpicado de sangre y un desgarrón en la cota de malla le cruzaba el voluminoso pecho y un hombro, pero tenía buen aspecto.

—¡Glornir! —gritó Orka, pero cuando se volvió para buscarlo con la mirada, este ya caminaba hacia ella acompañado por Vol.

—Encantado de conocerte, Glornir de los Hermanos de Sangre —dijo Orlyg mirándolo de arriba abajo. Estaba empapado en sangre y tenía la cara plagada de cortes. La sangre se acumulaba en su mentón y chorreaba de sus puños.

—Gracias por tu ayuda —mascculló Glornir—. ¿Quién eres?

—Soy Orlyg de Svelgarth, aunque Svelgarth ya no existe, por desgracia, porque Lik-Rifa y los capullos de su banda de guerreros niðing la han reducido a escombros. Te conozco, y ha sido una suerte encontrarnos en el mar, más para ti que para mí, añadiría. Pero ¿adónde te diriges?

Orka no dijo nada. Sabía que Orlyg estaba comprobando la veracidad de la historia que ella le había contado.

—Me dirijo a Snakavik —respondió Glornir—. Elvar de los Terrores de la Batalla ha contratado a los Hermanos de Sangre para matar a una dragona.

Orlyg lanzó una mirada a Orka y luego volvió a fijarla en Glornir y sonrió.

—Yo también me dirijo a Snakavik para blandir mi hacha con la pequeña Elvar. Pero no solo hay que matar a una dragona. La rata Rotta está con ella.

—¿Rotta? —inquirió Glornir frunciendo el ceño.

—Ajá, Rotta, ese niðing hijo de perra —espetó Orlyg—. Rotta fue quien lideró el ataque a mi Svelgarth. Pero Elvar también cuenta con un dios. Tiene al lobo Ulfrir, y le ha puesto un collar de thrall.

—¡Ulfrir! —exclamó Glornir. Lanzó una mirada a Orka.

—¿Vesli no te contó lo de Ulfrir? —preguntó Orka.

—No, no me lo contó —dijo lentamente Glornir.

Orka buscó con la mirada a Vesli y le puso mala cara.

Vesli se encogió de hombros.

—Vesli lo olvidó. Vesli recordó todo lo importante… —La tennúr parecía sentirse un poco culpable—. Al final…

—Vivimos en la canción de un escaldo —murmuró Glornir—. En mi opinión, todo iría mejor si todos los dioses estuvieran muertos.

—Ajá, estoy de acuerdo —repuso Orlyg—. Pero por lo menos tendremos uno en nuestro bando, y prefiero un lobo que una rata o una serpiente con alas.

—Así pues, hay mucho que ver en Snakavik —gruñó Glornir.

Orlyg paseó la mirada por la cubierta del *Lobo del mar* y se fijó en los cadáveres y los charcos de sangre.

—¿Y esto? ¿Por qué os ha azuzado sus sabuesos Kirill?

—Tuvimos algunos problemas en Ulaz —respondió Glornir encogiéndose de hombros.

—Ajá. Bueno, pues al final los problemas los han tenido ellos. —Orlyg sonrió—. Aunque ha sido una buena batalla. Y ha estado bien enviar a los sabuesos de Kirill de vuelta a Iskidan con el rabo entre las piernas.

—Te agradezco tu ayuda —dijo Glornir.

—Ah, qué bien suena eso. Gratitud. —Orlyg pronunció la palabra lentamente, saboreándola—. En fin, el mundo está cambiando, así que nunca se sabe. Tal vez en un futuro cercano yo también necesite ayuda. ¿Podré contar contigo y con tu gratitud si se diera el caso?

—Sí. —Glornir asintió con la cabeza—. Los Hermanos de Sangre están en deuda contigo.

La sonrisa del jarl Orlyg se ensanchó.

—En deuda conmigo, ay, que feliz me hace oír eso.

—Tienes mi palabra —le aseguró Glornir, y le tendió el brazo. Orlyg le estrechó la muñeca a la manera de los guerreros.

—Eso es suficiente para mí —dijo el jarl. Se volvió a Vol. Iva estaba sentada en un barril detrás de ella y el enorme guerrero de piel oscura le ofrecía un cuerno lleno de agua—. Tus brujas seiðr son poderosas. Me gustaría comprarte una.

—Siempre estoy abierto a hacer negocios —dijo Glornir encogiéndose de hombros—. Pero estas dos no están en venta. Necesito una bruja seiðr en cada uno de mis barcos. —Señaló el knarr, que seguía amarrado al *Lobo del mar*—. Y veo que tienes un galdramaðr para protegerte durante tu viaje.

—Ajá —dijo Orlyg—. Bueno, tenía que intentarlo. Si cambias de opinión, avísame. Vamos —gruñó a sus guerreros, y se alejó en dirección a su drakkar, que cabeceaba en el mar chocando con el casco del knarr de Sulich.

Orka observó a Orlyg y a su séquito mientras saltaban al knarr y enfilaban hacia la popa para subir a bordo de su barco. Cuando desaparecieron, se volvió hacia Vol y Glornir.

Vol se acercó a Orka y le cogió las manos. Estaban resbaladizas por la sangre y le temblaban. A Orka le dolía todo el cuerpo y el agotamiento empezaba a pasarle factura después de la batalla. Miró a Vol y luego, con el ceño fruncido, se fijó en la serpiente enroscada en su antebrazo cuando sacó la lengua para probar la sangre que recubría sus nudillos.

—No es para ti —dijo Vol, y la serpiente cerró la boca.

Glornir abrazó a Vol y a Orka y apretó la frente contra las suyas.

—Me alegro de verte, Machacacráneos —masculló.

—Y yo de veros a vosotros, Glornir Rompeescudos y Vol Lengua Espinosa —dijo Orka con poco más que un suspiro. Un torbellino de recuerdos sacudió su cabeza, de Glornir y Vol, de los Hermanos de Sangre, de Thorkel. Las emociones inundaron su corazón y se le hizo difícil respirar. Tragó saliva y se separó un poco.

Glornir dio un paso atrás y puso una mano en el hombro de Orka.

—¿Un viaje duro? —preguntó mirándola de arriba abajo, fijándose en las heridas viejas cicatrizadas y en las nuevas.

—Ajá —respondió Orka—. Pero seguro que no tan duro como el vuestro —añadió mirando las heridas que devastaban el rostro de Glornir y luego la hilera de pequeñas cicatrices blancas alrededor de la boca de Vol.

—Tenemos un par de historias para contar alrededor de la hoguera. —Vol se encogió de hombros—. ¿Y tu hijo?

Una sonrisa torció los labios de Orka.

—¡Breca!

El niño había permanecido junto a la borda sin despegar los ojos de Orka, pero acudió rápidamente a su lado en cuanto oyó su nombre.

—Breca, este es Glornir. Es el hermano de tu padre. Tu tío. Es de la familia, y el jefe de los Hermanos de Sangre.

Breca miró a Glornir con sus ojos oscuros.

—Por los dioses muertos —masculló Glornir—. Eres la viva imagen de Thorkel. —Se agachó, apoyó una rodilla en el suelo y levantó sin apenas esfuerzo a Breca para sentarlo en su rodilla—. El hijo de mi hermano —dijo con los ojos llenos de lágrimas. Le agitó el pelo y estuvo a punto de partirle el cuello—. Bueno, me alegra conocerte, Breca Thorkelsson.

—Yo también me alegro de conocerte… tío —dijo Breca titubeando, y le limpió una lágrima de los ojos.

Glornir sonrió.

—Tío. Me gusta cómo suena. —Miró a Orka—. Así que lo has recuperado. Se lo quitaste a la dragona, ¿eh? ¡Ah! Los escaldos ya tienen un tema para una canción nueva. Thorkel estaría orgulloso. Has cumplido tu juramento.

—Una parte de él —gruñó Orka.

—¿Y la otra parte?

—Vengarlo.

—¿El asesino sigue vivo? —gruñó Glornir haciendo una mueca.

—Ajá. No estaba en Svelgarth con la banda de guerreros de Rotta.

—Drekr se fue a Darl con Lik-Rifa —terció Breca.

—Lo encontraré —aseveró Orka.

—Lo encontraremos —masculló Glornir.

—Sí —dijo Breca.

—Arriba —gruñó Orka a Breca, y entre los dos arrojaron por la borda del *Lobo del mar* el cadáver de un druzhina al que ya habían despojado de la armadura y las armas.

Breca se apoyó en la regala para mirar cómo caía el pálido cuerpo al mar, que desapareció tras una explosión de espuma blanca y las ondas que brevemente rizaron el agua.

A bordo del *Lobo del mar* y del knarr de Sulich todos estaban ocupados en la misma tarea: atendían a los heridos, despojaban a los muertos de cualquier cosa de valor que tuvieran, arrojaban los cuerpos al mar o fregaban y cepillaban las cubiertas para limpiar la sangre. Los cuervos Grok y Kló estaban dándose un alborotado festín con un montón de cadáveres de druzhina desnudos.

Edel se acercó a Orka con su perro pisándole los talones. Breca acarició la cabeza del animal.

—Me alegro de volver a verte, Machacacráneos.

Orka se volvió.

—Y yo de volver a verte a ti.

Edel miró a Breca y de nuevo a Orka.

—Estaba segura de que lo encontrarías. Y me has traído de vuelta a mi pequeño grupo.

Orka miró a Gunnar Proa y a Halja Nariz Chata, que estaban ayudando a Lif y a Sæunn a limpiar una cota de malla que le habían quitado a un guerrero muerto.

—No a todos —dijo Orka. Llamó a Gunnar y a los demás.

Edel los miró a todos: Gunnar, Halja, Lif y Sæunn.

—Ah —dijo—. Conté cuatro, pero como solo tengo un ojo, no me fijé demasiado.

—Ella es Sæunn —dijo Orka—. Ha sido una amiga en tiempos difíciles.

Sæunn se la quedó mirando desconcertada y sus labios temblaron con la insinuación de una sonrisa.

—Encantada de conocerte, Sæunn —dijo Edel—. ¿Dónde está Revna Patas de Liebre? —preguntó a Gunnar.

—Murió, en Svelgarth —respondió Gunnar. La emoción recorrió sus facciones y le temblaron los músculos de la mandíbula—. La enterramos junto al lago del que rescatamos a Breca —añadió mirando de soslayo a Orka.

—Por eso no quería que vinierais conmigo —dijo Orka. Miró a Lif y a Gunnar—. Conozco ese dolor y no quería que vosotros lo sintierais por mi culpa. Lif, tu hermano, Gunnar…

—Revna tomó una decisión, como todos nosotros —terció Halja—. Somos los Hermanos de Sangre, no unos niños a los que hay que proteger o decirles lo que tienen que hacer.

Orka miró a Gunnar.

—¿Aún piensas así?

—Sí —respondió Gunnar—. Sabíamos que si íbamos con Machacacráneos el camino estaría lleno de dificultades. Revna murió luchando para rescatar al hijo de Machacacráneos de la dragona y de la rata, con un acero en la mano. Estaría encantada con una canción de los escaldos que contara su historia. —Miró a Orka a los ojos—. Pero ahora no eres la única que busca venganza. Ese niðing con sangre de rata sentirá mi acero antes de que esta guerra acabe.

—Biórr. Se llama Biórr —dijo Orka.

—Biórr —repitió Gunnar.

—¿Y tú? —preguntó Edel mirando a Lif—. Pensé que si alguien moría ese serías tú. ¿Cómo te las has ingeniado para sobrevivir a tantas batallas?

—No estoy seguro —confesó Lif. Tenía un corte nuevo desde la mejilla hasta el mentón y la sangre borboteaba debajo de la herida. Levantó el maltrecho escudo—. Quizá haya sido esto lo que me ha salvado.

—Ah, te lo dije. —Una sonrisa muy poco frecuente torció los labios de Edel—. Un escudo siempre es un buen amigo en la batalla si sabes usarlo.

—Él sabe usarlo —dijo Halja.

Lif la miró con los ojos como platos, ruborizado.

—He practicado mucho últimamente —balbuceó.

Edel rompió a reír.

—Y seguro que practicarás mucho más antes de que muera la dragona.

Glornir hizo bocina con las manos y bramó:

—¡Reunid a los muertos!

Orka y Breca observaron cómo arrojaban por la borda del *Lobo del mar* los cuerpos envueltos en capas y sábanas de lino y caían a las oscuras olas verdosas.

Ocho Hermanos de Sangre y diez hermanastros de Sulich. Orka veía el dolor en el rostro de los amigos que dejaban. Glornir les había dedicado unas palabras antes de entregar cada cuerpo al mar, había pronunciado sus nombres con su voz cavernosa y recordado sus proezas.

Todos agacharon la cabeza mientras el último cuerpo impactaba contra las olas y desaparecía rápidamente, y permanecieron así un rato, en un silencio sepulcral y con la cabeza llena de recuerdos. Luego Glornir repartió órdenes y todos se pusieron en movimiento para realizar las tareas encomendadas. Algunos continuaron limpiando la sangre de las cubiertas mientras otros evaluaban los daños de la batalla y reparaban las naves en la medida de lo posible. Sulich y su grupo atendieron a los caballos que habían sobrevivido a la batalla y prepararon el knarr para reanudar el viaje. Cuando terminaron, el viento del sureste ya hinchaba la vela del drakkar de Orlyg, que surcaba el mar en dirección a la costa de Vigrið.

—¡Sulich, trae aquí a tus hermanastros! —gritó Glornir—. ¡Iva, Taras, venid vosotros también!

Orka vio que Sulich subía de un salto a la cubierta del *Lobo del mar* seguido por cuarenta o cincuenta guerreros, hombres y mujeres, unos con la piel blanca, otros que parecían besados por el fuego o quemados por él, pues eran negros como las alas de los cuervos. Todos tenían la cabeza afeitada salvo por una trenza que los distinguía como guerreros de Iskidan. La bruja seiðr y el enorme guerrero negro acudieron detrás de ellos. Él caminaba con rigidez, con el cuerpo vendado, y las manchas de sangre señalaban los sitios donde le habían alcanzado las flechas enemigas.

—Iva, Taras —dijo Glornir cuando se detuvieron delante de él. Taras le dio una palmada en el hombro a Einar y se lo estrujó.

—Estás herido —observó Einar. Su frente se arrugó con preocupación a medida que reparaba en las heridas de Taras.

—Tú no preocupar —repuso el hombretón—. La piel de Taras ser dura. No clavarse muy profundo. Además, Iva siempre cuidar de las heridas de Taras.

Orka y los Hermanos de Sangre se congregaron alrededor de Glornir y los guerreros de Sulich. Breca, como si fuera un lobato recién nacido, no se despegaba de su madre. Incluso los cuervos hicieron una pausa en su festín para mirar a Glornir con la cabeza ladeada.

—Nos dirigimos a Vigrið —declaró con voz retumbante el jefe de los Hermanos de Sangre—. Somos corrompidos, así que, como en Iskidan, si se descubre nuestro linaje nos convertirán en thrall o nos matarán. —Se encogió de hombros—. Este es el mundo en el que nos ha tocado vivir, pero los Hermanos de Sangre hemos caminado por el filo de esta navaja durante muchos años. Nosotros ya elegimos —afirmó—. Ahora os toca a vosotros elegir también. —Levantó un dedo descomunal—. La primera opción es que os pongáis el collar, como ha hecho Vol, para poder utilizar vuestros poderes con libertad fingiendo que sois mis thrall y que solo obedecéis mis órdenes cuando empleáis el don que corre por vuestras venas. —Sonrió—. Nunca le he ordenado a Vol que haga nada.

—No se atrevería —terció Vol asintiendo con la cabeza, y algunos Hermanos de Sangre rieron entre dientes.

—La segunda opción —continuó Glornir levantando otro dedo— es que no os pongáis el collar, pero entonces nunca podréis utilizar vuestros poderes cuando haya testigos. Solo los utilizamos en público cuando en nuestro plan entre matar a todas las personas que estén presentes. El mundo no puede saber lo que somos, porque de lo contrario sería nuestro fin. Nos perseguirían, nos convertirían en thrall, nos ejecutarían. —Paseó lentamente la mirada por los guerreros reunidos en torno a él—. Está en juego nuestra vida, nuestra supervivencia. La de todos nosotros. Pensad en lo que acabo de deciros y tomad una decisión antes de que lleguemos a Vigrið. —Se volvió hacia los dos cuervos posados en la borda—. Gracias. Los Hermanos de Sangre están en deuda con vosotros.

—¡AMIGOS! —graznó una de las oscuras criaturas gigantes.

—Grok quiere decir que los amigos se ayudan mutuamente —dijo el otro cuervo.

—Así es —afirmó Vol—. Y los Hermanos de Sangre os ayudarán siempre que podamos.

La pareja de cuervos asintió con la cabeza.

—Grok y Kló surcarán los cielos en busca de peligros —graznó uno de ellos—. Ayudarán a los amigos. Buscarán a la dragona.

—¡Eso nos vendría muy bien! —gritó Svik.

—Pero primero acabaremos de comer —graznó el otro cuervo.

—Eso siempre —terció Einar Medio Trol riendo entre dientes.

—A Taras le gustan estos cuervos —dijo el hombretón.

Glornir devolvió la mirada a la masa de guerreros reunida a su alrededor.

—Bien. Hemos acabado. Ahora preparad los barcos. Nos dirigimos a Snakavik.

CAPÍTULO TREINTA Y TRES

ELVAR

Elvar caminaba de un lado a otro por la cámara de la torre galdur ante la mirada de sus asesores. Llevaba encima el equipo de guerra: la resplandeciente brynja que había conseguido en el campo de batalla de Oskutreð, un casco con antifaz sujeto al cinturón y una espada colgada del cinturón de armas junto con el hacha de mango delgado que Grend le había regalado. Brazaletes de oro y de plata envolvían sus brazos, y alrededor del cuello llevaba el torques de jarl, un grueso cordón de oro con la cabeza de una serpiente en cada extremo. La primera luz pálida del amanecer se filtraba por las ventanas altas y el fuego lamía las oscuras sombras de la cámara. Elvar debería estar pensando en sus decisiones como líder, esa era su tarea como jarl: cuidar y proveer a sus súbditos, cumplir sus juramentos, proporcionarles oro y victorias. Debería estar haciendo planes, diseñando tácticas, preocupándose por la logística, utilizando su astucia para ganar la guerra. Sin embargo, un único pensamiento daba vueltas dentro de su cabeza como si fuera un huracanado viento del norte que expulsaba todo lo demás.

«¿Dónde está Grend?».

Habían pasado demasiados días. Al principio había pensado que volvería a verlo al cabo de un par de días. Sabía que regresar a Snakavik había sido difícil para él, había removido muchos recuerdos de la madre de Elvar, de su muerte, y que necesitaría tiempo para dejar atrás esa época y enterrar viejos fantasmas, pero ya habían pasado cinco días y seguía sin tener noticias de él. Los últimos dos días había enviado drengir a buscarlo y a los Terrores de la Batalla a los muelles para que averiguaran si Grend se había marchado de Snakavik en barco, aunque sabía que él nunca haría eso, jamás la abandonaría.

«Me hizo un juramento y lo selló con su sangre». Un mal presentimiento le encogía el estómago y le oprimía el pecho. Era incapaz de imaginarse una vida sin Grend, sin su presencia constante y tranquilizadora a su lado.

—Debemos zarpar con la marea al mediodía.

Había hablado Uspa, envuelta en su capa de plumas de cuervo. Los tatuajes que le recorrían las manos y los antebrazos semejaban sinuosas venas en su piel pálida.

Elvar se detuvo y paseó la mirada por la gente que la rodeaba. En la cámara estaban con ella Uspa, Berak y media docena de berserkir; Gytha, con algunos de sus drengir; Silrið, aparte, semioculta entre las sombras; Sighvat con Sólín la Babas; Hrung en su pedestal de piedra; y Ulfrir, Skuld y un puñado de sus úlfhéðnar. A lo largo de los últimos dos días habían acudido a ella varios de sus seguidores para hacerle el juramento de lealtad, y Ulfrir contaba ahora con alrededor de un centenar de corrompidos guerreros.

«Su propia manada de lobos».

—Hay que ir al puerto, Elvar —insistió Uspa—. Debemos zarpar con la marea al mediodía.

Elvar le clavó una mirada feroz.

—¿Hay noticias de algún thrall hundur? —preguntó.

El día anterior había preguntado a sus seguidores, los jarlar que le habían hecho el juramento y sus bandas de mercenarios, si alguien tenía un thrall hundur a su servicio. Necesitaba a alguien con la sangre del sabueso Hundur para buscar el rastro de Grend, y por enésima vez maldijo a Biórr por liberar a Ilmur, el thrall hundur de los Terrores de la Batalla.

—Ninguna, mi señora —respondió Gytha adelantándose—. Pero todo aquel que no tenía asignada una tarea sigue buscándolo.

Elvar reparó en las ojeras de Gytha. Sabía que ella había sido una de esas personas que habían estado buscando a Grend y que no había dormido la noche anterior tratando de encontrarlo.

—Te necesitan en los muelles —dijo Uspa. Su voz sonaba como una piedra de moler que trituraba la cabeza de Elvar.

—La marea no espera a nadie —terció jovialmente Hrung.

—Un día más —dijo Elvar.

—Eso dijiste ayer —replicó Uspa mirándola con severidad.

—Ya lo sé —espetó Elvar.

—Tenemos que partir ya —dijo Ulfrir—. Si Lik-Rifa nos ataca aquí nos destruirá. Ya hemos esperado demasiado.

Un murmullo se propagó entre las personas reunidas en la cámara y Elvar se contuvo para no dar una contestación cortante. Respiró hondo y se dirigió pausadamente a su silla, cogió la capa de piel de oso tendida sobre él, se la puso alrededor de los hombros y se la abrochó con el cierre de hierro.

—Vamos a los muelles —dijo, y se dirigió con determinación hacia la puerta de la torre galdur.

Los centinelas berserkir la abrieron para ella y los drengir se acercaron a Hrung y colocaron la cabeza en un pequeño carro al que estaban enganchados dos ponis con el pelo largo.

Elvar dejó atrás las cámaras de su padre, atravesó su sala de hidromiel en ruinas y salió a las calles de la fortaleza. La nieve endurecida crujía bajo sus pies y el resplandor del sol en el pálido cielo azul se reflejaba en el manto blanco y la deslumbraba. La fortaleza estaba vacía, era un esqueleto muerto. La mayoría de sus súbditos se habían trasladado abajo, a la ciudad de Snakavik, donde sus huestes estaban preparándose para zarpar.

Salieron por las puertas de la fortaleza y avanzaron por el cráneo de Snaka cubierto de nieve. Los campamentos de los mercenarios habían desaparecido y solo quedaba el viento aullante, que arremolinaba la nieve y laceraba la piel expuesta de Elvar como si fuera hielo triturado. Se alegró al entrar en el penumbroso túnel de huesos que atravesaba el cráneo de Snaka como si fuera el agujero de un gusano en la tierra. La pasarela de madera estaba húmeda y resbaladiza, y el humo de los braseros que quemaban grasa de ballena flotaba denso y producía una sensación de claustrofobia. Como siempre había hecho desde que era niña, Elvar contó los escalones mientras los bajaba.

—Doscientos doce —musitó al salir de la oscuridad del túnel a la ciudad de Snakavik. Se detuvo un momento apoyada en la barandilla sostenida por unos gruesos postes. Los rayos del sol que entraban por las cuencas oculares vacías de Snaka hendían la penumbra y los pájaros los atravesaban revoloteando.

La ciudad se extendía sobre una ladera y los destellos de las llamas de las antorchas marcaban el trazado de las calles como constelaciones de estrellas lejanas caídas del cielo. Un humo pestilente flotaba en el aire y todos los edificios, torcidos e inclinados, conducían hacia las fauces del dios muerto, donde el puerto de Snakavik se cobijaba entre los colmillos de la serpiente y los acantilados cortados a pico de un fiordo. La distancia convertía los muelles en una mera mancha de luz plateada reflejada en el agua y los drakkar amarrados se veían pequeños y oscuros como tachuelas oxidadas, aunque Elvar sabía que estaban cargándolos con equipo de guerra y provisiones.

Continuó caminando, mirando a izquierda y a derecha mientras descendía por la sinuosa y empinada pasarela de madera. Escudriñaba la penumbrosa Snakavik bañada por la tenue luz en parte con la esperanza de ver salir a Grend por la puerta de una taberna o de las sombras de un callejón.

—¿Dónde está? —murmuró.

—¿Mi señora? —dijo Berak con una voz que sonó como un alud de piedras sueltas.

—Grend, ¿dónde está Grend? —dijo Elvar elevando un poco la voz y tirándose del colmillo de trol atado a un cordón de cuero que colgaba de su cuello.

—Todos están buscándolo, jarl Elvar —tronó Berak.

Elvar sabía que era verdad. Echó un vistazo por encima del hombro. Ulfrir estaba detrás de ella junto a Skuld y su cada vez más numeroso séquito de úlfhéðnar.

Las calles aparecían más concurridas a medida que se adentraba en Snakavik, y la parte baja de la ciudad era un hervidero de actividad con los preparativos para la partida de sus huestes. Los guerreros (mercenarios, drengir o jarlar que habían jurado lealtad a Elvar) marchaban por las calles con los escudos terciados a la espalda y empuñando lanzas. El restallido de las fustas acompañaba el avance de los carros cargados y un enjambre de comerciantes tenía prisa por vender sus artículos antes de que las huestes de Elvar zarparan.

La pendiente se niveló y las calles se ensancharon. A medida que Elvar se acercaba a los muelles, crecía el número de graneros que se alzaban imponentes a un lado y a otro. Se oían gritos mientras se cargaban carros con toda clase de productos: barriles llenos de pescado en salazón, carne de ballena y de morsa en salmuera, carne de venado, de cerdo, de cordero y de ternera en salazón, barriles con manzanas y nabos, varias clases de coles, miel, cerveza e hidromiel. Y había más barriles repletos de clavos de hierro, tachuelas, brea para calafatear y agua. También haces de astas de lanza de madera de olmo o fresno, moharras de hierro, fajos de paño, lana y lino para reparar velas, capas, gorros, mitones, túnicas y vendas para las piernas. Todo se dirigía a los muelles. Y de fondo se oían los chillidos de las gaviotas que giraban en el cielo y se lanzaban en picado. Elvar no había visto en su vida una escena como esa.

Se adentró en un embarcadero, dejó atrás un puñado de knarr con la cubierta cargada hasta los topes de suministros y divisó el *Jarl de las olas*. El esbelto drakkar cabeceaba junto a los knarr como un lobo entre ovejas, con el mástil ya colocado en posición y la vela recogida. En los días precedentes habían estado reparando las trancas deterioradas, taparon los agujeros con crines de caballo embadurnadas en brea, rascaron los mejillones y las lapas aferrados al casco, y le dieron una capa nueva de brea y resina de pino.

Orv la Serpiente y Urt el Sucio estaban en el muelle, y sonrieron y asintieron con la cabeza cuando vieron a Elvar. La mayoría de los integrantes de los Terrores de la Batalla ya estaban a bordo, de pie o sentados en los baúles con los remos preparados.

Elvar se emocionó mientras contemplaba su drakkar listo para zarpar.

«Mi barco. Mi tripulación».

De repente añoró la vida en el mar, su simplicidad, lejos de las conspiraciones, la política, las responsabilidades y la exigencia de astucia. Anheló sentir el agua salada en la cara y el dolor de los músculos durante el turno en el banco de remos. Se miró las manos callosas de tanto remar, de tanto empuñar las armas.

—¡Ah! Hola, viejo amigo —tronó Hrung mientras el carro que transportaba su cabeza avanzaba traqueteando por el embarcadero. Miraba la oscuridad impenetrable del fiordo, que centelleaba con el sol invernal—. He de decir que esperaba no volver a verte nunca. Trescientos años hundido en ti es más tiempo del que podía resistir nuestra amistad. —Miró a Elvar y le guiñó un ojo.

—Subidlo al *Jarl de las olas* —ordenó Elvar—. Con cuidado —añadió cuando uno de los drengir que cargaba con la cabeza resbaló al apoyar un pie en la borda.

Elvar giró sobre los talones al oír pasos y gritos detrás de ella, y vio que sus berserkir impedían la entrada en el embarcadero a un puñado de figuras.

—¡Dejadme pasar! —gritó una voz—. ¡Ordénaselo, hermana!

Elvar reconoció la voz de su hermano Broðir y bramó una orden a los berserkir. Estos se apartaron y Broðir corrió por el embarcadero con el entusiasmo de un cachorro. Parecía un dios de la guerra enfundado en su cota de malla dorada, con el casco con el borde dorado debajo de un brazo y una espada con cinco lóbulos colgada del cinturón, aunque Elvar sospechaba que no se había ganado ninguno de esos elementos en el muro de escudos o el campo de batalla.

«Seguro que son regalos de mi padre».

—¡He encontrado uno! —exclamó Broðir con una sonrisa de oreja a oreja mientras se acercaba.

—¿Un qué? —preguntó desconcertada Elvar, pero entonces se fijó en las figuras que seguían a su hermano, entre ellas una mujer achaparrada con el pelo castaño y enfundada en una cota de malla, con un escudo a la espalda y dos hachas barbudas metidas debajo del cinturón.

«Runa Hacha Roja, una de los jarlar de mi padre. —Se corrigió—: No, una de mis jarlar».

La seguían un puñado de sus drengir, pertrechados con unos escudos que tenían pintados dos hachas ensangrentadas cruzadas. Entre ellos iba una mujer con la cabeza afeitada, vestida con una túnica de lana con magníficos bordados y un collar de hierro alrededor del cuello.

—¡Te he encontrado una thrall hundur! —respondió exaltado Broðir—. Pediste uno para buscar a Grend y te lo he encontrado, hermana. —Si hubiera tenido cola estaría agitándose detrás de él.

—Hacha Roja —dijo Elvar cuando Runa se detuvo delante de ella e inclinó la cabeza.

—Jarl Elvar. Tengo un regalo para ti. —Runa dio una orden a uno de sus drengir, que arrastró a la thrall hundur para ponerla delante de Elvar—. Tiene buen olfato. Siempre me ha llevado hasta cualquier olor que le he pedido que rastree.

Elvar miró a la thrall y se fijó en la buena calidad de sus zapatos de cuero, en sus inmaculados pantalones de lana y en la túnica de color paja.

«Si Runa la trata tan bien, debe ser muy valiosa».

—Mi señora —dijo la thrall sin levantar los ojos del suelo.

—¿Cómo te llamas? —le preguntó Elvar.

La thrall miró a Runa Hacha Roja.

—La llamamos Ákveðin —respondió Runa por ella—. Una vez que está siguiendo el rastro de un olor nada puede desviarla de él.

—Gracias, Hacha Roja —dijo Elvar—. No olvidaré este regalo.

—Eres mi jarl —repuso Runa como si eso zanjara el asunto.

—Necesito que encuentres a mi amigo —dijo Elvar a Ákveðin.

La thrall levantó la cabeza y miró a los ojos a Elvar.

—Si tienes algo con su olor lo encontraré.

—¡Gytha! ¡Trae alguna cosa de Grend!

Gytha acudió corriendo y rebuscó en la bolsa que llevaba en el cinturón.

Elvar se volvió al oír un alboroto en los muelles. Otro grupo de guerreros salía de las calles de Snakavik y Elvar distinguió en sus escudos los cuervos dibujados con nudos que los identificaban como guerreros de Hjalmar el Pacifista. Cayó en la cuenta de que tampoco había visto en días a Hjalmar, el hombre alto con la enmarañada barba negra que ahora lideraba a sus guerreros enfundado en una cota de malla.

Hjalmar iba dejando una estela de murmullos a su paso y la muchedumbre que lo seguía aumentaba a medida que avanzaba por el embarcadero. Se oyeron unos gritos cuando giró para enfilar hacia Elvar y el *Jarl de las olas*, y la gente comenzó a chillar y a señalar algo que iba entre los guerreros de Hjalmar.

Los berserkir y los drengir de Elvar se desplegaron a lo largo del embarcadero para impedir el paso de Hjalmar.

—¡Traigo algo que te gustará ver, jarl Elvar! —gritó Hjalmar haciendo bocina con las manos.

—¡Dejadles pasar! —ordenó Elvar.

Los guerreros se apartaron para franquear el paso de Hjalmar y sus mercenarios, que se encaminaron con paso firme por el embarcadero hasta donde se encontraba Elvar. Esta sintió la presencia de Sighvat cuando se acercó un poco más a ella y apoyó una mano en el hacha que llevaba en el cinturón.

—Te traigo un regalo —anunció Hjalmar.

—Al parecer, hoy es el día de los regalos —dijo Elvar señalando con la cabeza a Ákveðin—. Runa Hacha Roja acaba de regalarme su thrall hundur. ¿Tú también tienes uno para mí?

—Es un regalo, pero no un thrall hundur. Ya no lo necesitas —dijo Hjalmar. Una sonrisa le escindía la barba—. Te traigo lo que buscas —añadió. Hizo una indicación con la mano a su banda de guerreros, que se separaron para dejar a la vista al hombre que iba entre ellos.

Grend.

Tenía la barba y la túnica ensangrentados, un ojo tan hinchado que no podía abrirlo y los labios machacados. La mitad de su cara era un moratón. Estaba maniatado y una correa de cuero que sujetaban un par de guerreros le rodeaba el cuello.

Hjalmar bramó una orden y los guerreros tiraron de Grend, que trastabilló y cayó de rodillas a los pies de Elvar.

—¿Qué le habéis hecho? —espetó Elvar con los dientes apretados. Bajó la mano a la empuñadura de la espada.

—Solo lo que merecía —respondió Hjalmar—. Te ha engañado todos estos años. —Agarró la correa de cuero que sujetaban sus guerreros y tiró con fuerza para obligar a Grend a mirar a los ojos a Elvar—. Es un corrompido.

TREINTA Y CUATRO

GUÐVARR

«¿En algún momento acabará este viaje?», se preguntó Guðvarr mientras avanzaba a través de la penumbra del Bosque de Hierro. Aquí y allá los haces de luz se filtraban a través de las altas copas de los árboles, columnas doradas llenas de motas que veteaban el camino delante de él. Cabalgaba junto a su tía, que continuaba encabezando la columna que se adentraba en el Jarnvidr, con Skapti entre ellos. Detrás iba su prisionero faunir, que estaba despierto y vomitaba una ristra de insultos a cualquiera que se atreviera a mirarlo. Krúsa había intentado amordazarlo, pero la criatura se las había ingeniado para hacer trizas la mordaza en un santiamén con independencia de que Krúsa utilizara lino o cuero. Así que al final se había dado por vencida y se había dejado caer hacia la cola de la columna para no tener que oír la constante retahíla de insultos.

«Yo no he tenido tanta suerte», pensó Guðvarr mirando al faunir.

—¿Qué miras, asqueroso niðing maður follacabras, montón de mierda de trol humeante y llena de gusanos? —le espetó el faunir con su voz ronca y susurrante.

Guðvarr suspiró y miró a otro lado. Se sentó un poco más recto en la silla de montar.

—Járn —dijo a uno de los drengir de su tía, un hombre con la barba rala y unas orejas demasiado grandes para su cabeza que sobresalían de su capacete de hierro—. Te pagaré si ensartas a esa alimaña con tu lanza.

—Déjalo, Guðvarr —terció la jarl Sigrún.

El camino se ensanchaba delante de ellos y los árboles se dispersaban un poco para crear un claro. Guðvarr se adentró en él.

«He acabado por odiar los claros en los bosques —dijo para sus adentros—. Siempre esconden una sorpresa desagradable: espíritus froa, Skapti…».

Llegaba más luz al claro a través de los árboles y delante de ellos centelleaba un arroyo que lo cruzaba en diagonal. Al otro lado del riachuelo había un árbol caído cuyas raíces secas arañaban el aire como si fueran los dedos del esqueleto de un gigante. Mientras lo miraba, Guðvarr se dio cuenta de que había unas figuras sentadas en el tronco y en las ramas o apoyadas en ellos. Una de esas figuras tenía un largo bastón en la mano. En un hoyo excavado en el suelo ardía un fuego sobre el que colgaba una olla de hierro sujeta por un gancho. Detrás del árbol, en los márgenes del claro, había unos caballos atados a las ramas. Más allá, el camino desaparecía en la oscuridad.

—Skalk —masculló Guðvarr con los dientes apretados, aunque lo que salió de su boca fue apenas un graznido, pues el miedo subió por su garganta como si fuera bilis y ahogó su voz.

La jarl Sigrún entró en el claro tranquilamente, acompañada por Skapti, Járn y un puñado de drengir. Guðvarr maldijo para sí y espoleó a su montura, apartó la mano de la espada y trató de adoptar un aire despreocupado sobre la silla de montar. Alcanzó al grupo de su tía cuando Krúsa y sus skraeling ya entraban en el claro, y oyó a su espalda las arañas del hielo, que estaban desplegándose por los arbustos de los alrededores.

El caballo de Sigrún cruzó chapoteando el arroyo y Guðvarr se abrió paso a través del grupo que acompañaba a su tía para ponerse justo detrás de ella.

El galdramaðr Skalk se apartó del árbol caído, dio unos pasos y se detuvo apoyándose en el bastón. La arrugada cicatriz que sustituía el ojo que le habían arrancado no era más que una sombra oscura en su cara. Una mujer morena que había estado removiendo la olla sentada en un tocón se levantó. Llevaba puesta una sucia capa de viaje encima de una túnica que había sido azul con ribetes plateados y ahora estaba manchada de barro y harapienta. Sobre la cadera le colgaba una magnífica espada, con una empuñadura dorada que destellaba al reflejar la luz del sol.

«Estrid. No tienes un aspecto tan regio y altivo como la última vez que te vi. Cómo me alegra ver que el viaje no ha sido cómodo».

—Sigrún —dijo Estrid dirigiéndose a la tía de Guðvarr cuando detuvo el caballo a no más de una decena de pasos de ella.

—Estrid. —Sigrún inclinó la cabeza—. Skalk —añadió mirando al galdramaðr. No hizo el ademán de desmontar. Sus drengir sí se apearon de los caballos detrás de ella y se desplegaron a uno y otro lado de la jarl formando una línea más o menos organizada de dos en fondo. Los skraeling se colocaron en los flancos de la formación de los drengir repartidos en varios grupos, con aspecto amenazador. Krúsa se adelantó y se puso al lado de Sigrún. El tennúr revoloteaba sobre el claro.

Guðvarr atisbó sombras que se movían en los márgenes del claro y destellos de cotas de malla, cabezas tatuadas y collares de hierro.

«Los úlfhéðnar de Estrid». Tragó saliva.

Salió uno de las sombras, un hombre enjuto y fibroso, con sinuosos tatuajes en la cabeza afeitada y una larga trenza recogida sobre la coronilla. Llevaba un hacha y un seax en el cinturón de armas, y con pasos elegantes y silenciosos caminó hasta donde estaba Estrid. Guðvarr lo reconoció.

«Frek, el úlfhéðnar que enviaron conmigo al norte cuando Skalk me pidió que buscara la cámara de Lik-Rifa, Nastrandir».

El miedo y la ira pugnaban en su interior. Miedo al recuerdo de estar atrapado como una mosca en la tela de una araña del hielo, mordido y arrastrado al interior de la cámara de Lik-Rifa. El pavor que sintió cuando Lik-Rifa destrozó las puertas transformada en dragona. E ira porque Skalk le había obligado a pasar por todo eso.

«Odio a ese hombre».

Otras dos mujeres se acercaron desde el árbol caído. Una era una guerrera rubia y fría como el hielo en invierno, enfundada en una espléndida brynja, con una espada y un seax colgados del cinturón y la frente atravesada por una cicatriz blanca. La otra tenía un cabello negro como las plumas de los cuervos y la piel blanca como la leche.

«Yrsa y Sturla. También odio a esas zorras».

Yrsa miró a Guðvarr e hizo una mueca de desprecio.

El tennúr Munni sobrevoló en círculo el claro acompañado por el zumbido de sus alas, descendió y se posó en el hombro de Krúsa, que estaba al lado de Sigrún. El vaesen se inclinó hacia su oreja y le susurró algo.

—Quince úlfhéðnar y veintidós drengir en las sombras —dijo Krúsa. Sonrió a Estrid mostrándole sus afilados dientes.

Estrid hizo un mohín a Munni, pero su cara rápidamente adquirió otra expresión, dura como la pared de un acantilado. Guðvarr reprimió una sonrisa de suficiencia, pues sabía que superaban en número a Skalk y a Estrid.

—Estrid, Skalk —dijo de nuevo Sigrún—. Vosotros solicitasteis esta reunión.

Estrid y Skalk se acercaron unos pasos más a Sigrún. Frek parecía la sombra de Estrid, e Yrsa y Sturla se colocaron al lado de Skalk.

—Ajá —dijo Estrid.

—¿De qué queréis hablar?

—Queremos discutir nuestras opciones. Negociar —respondió Estrid.

—La Madre Creadora no negocia —gruñó Krúsa.

—Se refiere a Lik-Rifa —aclaró Sigrún—. Lik-Rifa no negocia.

—Ajá. Es posible —repuso Estrid—. Pero incluso Lik-Rifa necesita aliados si quiere ganar esta guerra.

—¿Aliados vosotros? —exclamó Guðvarr, incapaz de mantener la boca cerrada—. Lik-Rifa y sus seguidores han matado a tu madre, a tu hermano, han destruido tu hogar y te han robado el reino. ¿Y esperas que nos creamos que quieres ser nuestra aliada?

—El mundo está cambiando —terció Skalk—, y las alianzas pueden cambiar con él. Tómate a ti mismo como ejemplo, Guðvarr. Eras mi aliado, y el de Helka, nos hiciste un buen servicio, y mírate ahora.

—Yo no era vuestro aliado... Era vuestro esclavo —espetó Guðvarr.

—La pregunta de Guðvarr es pertinente —dijo Sigrún—. ¿Por qué queréis aliaros con Lik-Rifa después del mal que os ha hecho?

—Porque queremos seguir vivos —respondió amargamente Estrid—. Quiero vivir. Cuando te atacan y te derrotan, puedes luchar hasta morir o huir para seguir vivo, para sobrevivir. Eso es lo que hemos hecho nosotros. —Señaló a Skalk y a los guerreros diseminados en las sombras detrás de ella—. Huimos para sobrevivir. Al principio ese era nuestro único pensamiento. Pero después nos planteamos otras opciones: seguir huyendo, lo cual significaba abandonar Vigrið, o luchar. No pienso huir a Iskidan para convertirme en la mascota de Kirill. No, Vigrið es mi hogar, así que decidí luchar. ¿Y quién quedaba en Vigrið que fuera capaz de desafiar a Lik-Rifa? El jarl Orlyg y el jarl Störr. Orlyg estaba en Darl y lo más probable es que haya muerto, así que Störr era la única opción que me quedaba.

—Ajá, eso es exactamente lo que pensamos nosotros —dijo Sigrún encogiéndose de hombros—. Entonces, ¿a qué se debe este cambio de opinión?

—¿Estamos negociando? —inquirió Skalk con una sonrisa artera en los labios—. El conocimiento es poder, sobre todo en una guerra. Tenemos una información que usaríamos como un jarl usa la plata.

Sigrún desvió la mirada de Estrid y la depositó en Skalk.

—Si vuestra información es útil, hablaré a vuestro favor a Lik-Rifa. Y a Ilska la Cruel, su capitana. —Sigrún se encogió de hombros y se volvió a Krúsa—. No puedo haceros un juramento de sangre porque nadie sabe cómo piensa un dragón.

Estrid miró a Skalk, que asintió escuetamente con la cabeza.

—Me parece justo —dijo.

—Muy bien. Ahora responded mi pregunta: ¿a qué se debe este cambio de opinión?

Estrid inspiró hondo antes de responder.

—El jarl Störr ha muerto.

«Excelente. Un enemigo menos con el que luchar».

—Estoy segura de que a Ilska le interesará conocer esa información —dijo Sigrún—. En cuanto a Lik-Rifa... —Miró a Krúsa.

—Quizá —dijo la skraeling encogiéndose de hombros.

—¿Cómo murió el jarl Störr? —quiso saber Sigrún.

Estrid y Skalk se miraron casi de manera imperceptible.

—Se lo comió un dios lobo —dijo Skalk.

—Y el dios lobo es ahora un thrall de la hija de Störr, Elvar —añadió Estrid.

«¡Tener un thrall que es un dios!». Ese pensamiento tuvo un efecto embriagador en Guðvarr.

Oyó el grito ahogado de Krúsa. Skalk también lo oyó y esbozó media sonrisa.

—Tal vez esa información sea más interesante para tu reina dragona.

—Sí —dijo Krúsa—. La Madre Creadora quiere matar al lobo. ¿Dónde está? —preguntó echándose hacia delante con ansiedad.

—Sabemos dónde está —dijo Skalk—, y estamos dispuestos a decíroslo. Imagino que quien dé esa información a tu dragona será recompensado. Pero eso no es lo único que podemos ofrecer a Lik-Rifa. Queremos serle útil en la inminente guerra. —Miró a Guðvarr—. Si no somos útiles podemos darnos por muertos.

«Conozco perfectamente esa sensación».

—Así es el mundo —murmuró el úlfheðnar Frek.

Sigrún desmontó.

—Creo que tenemos mucho de lo que hablar.

Guðvarr escuchaba a Skalk y a Estrid sentado en un tocón al lado de su tía. A una parte de él le gustaba lo que decían y proponían a Sigrún. Era tremendamente astuto y sonaba a algo que se le podría haber ocurrido a él, o que esperaba que se le hubiera ocurrido en sus circunstancias. Sin embargo, su sentimiento más intenso en ese momento era el odio. Francamente, deseaba que esos dos murieran. Sobre todo Skalk. El simple hecho de verlo o el sonido de su voz hacían que le hirviera la sangre.

—¿Cómo habéis obtenido esa información con la que queréis negociar con nosotros? —quiso saber Sigrún—. Estamos muy lejos de Snakavik.

—Nos hemos cruzado con viajeros en el camino. Huyó mucha gente de la ciudad tras el asesinato del jarl Störr. Al parecer, el lobo destruyó su sala de hidromiel.

A Guðvarr no le costaba imaginárselo después de ver las ruinas del salón de Helka.

—¿Y cómo sabéis que es verdad lo que os han contado esos viajeros?

—Ordené a Frek que los interrogara —respondió Estrid señalando al úlfhéðnar—. Fue… minucioso.

«Me lo creo», pensó Guðvarr.

Sigrún asintió con aire pensativo. Krúsa miró imperturbable a Estrid.

—Así que elegís a la dragona y a la rata por encima del lobo en esta nueva guerra de dioses —dijo Sigrún—. ¿Por qué?

—Hemos visto el poder de la dragona —afirmó Estrid—. Destruyó a la diosa águila. Destruyó Darl. Una manada de lobos es fuerte. —Miró a su úlfhéðnar—. Pero un lobo solitario… un lobo solitario suele morir.

«Discrepo», pensó Guðvarr. Un torrente de recuerdos desagradables de Orka en Grimholt, de los cadáveres amontonados a sus pies, de la sangre en sus labios, invadió su cabeza. Se movió con nerviosismo en el tocón y miró en derredor. Vio que Yrsa estaba observándolo.

«Maldita niðing», se dijo intentando sostenerle la mirada apagada, pero tuvo que apartar los ojos. Resopló y se frotó un ojo fingiendo que se le había metido un insecto.

Sigrún se echó hacia atrás y exhaló un largo suspiro.

—Creo que esta noticia complacerá tanto a Lik-Rifa como a Ilska —dijo mirando a Krúsa.

—Estoy de acuerdo —dijo la skraeling—. Comunicaremos vuestra información y vuestra oferta a la Madre Creadora. Le complacerán. —Krúsa sonrió—. Munni o alguien de los suyos os encontrará. Él será nuestro mensajero.

—De acuerdo —dijo Estrid. Skalk asintió.

Guðvarr se volvió hacia los árboles atraído por un débil sonido, un susurro entre las ramas, como un viento lejano. El ruido sonó más fuerte, un alboroto de frondas agitadas, de hojas que entrechocaban.

El faunir capturado y ligado gruñó y se revolvió.

—Ya vienen —dijo, y sonrió.

Krúsa se puso en pie y su mirada saltó del faunir a la oscuridad que se extendía más allá del claro. Sacó su grueso acero.

—Tenemos que irnos —dijo agarrando con la otra mano a Sigrún por el hombro y levantándola—. Ya.

El ruido en los árboles crecía a cada segundo que pasaba, como una tormenta acercándose, y Guðvarr distinguió otros sonidos dentro de ese alboroto: voces, gritos, bufidos.

El tennúr irrumpió en el claro y se detuvo sobre sus cabezas aleteando.

—¡FAUNIR! —chilló.

—¡Vamos! —bramó Krúsa empujando a Sigrún hacia su caballo.

Guðvarr reculó a trompicones, envolviendo la empuñadura de su espada con una mano, chocó con su montura y giró lo justo para agarrar las riendas, poner un pie en el estribo y subirse a la silla entre saltando y tirándose encima de ella. El caballo piafaba inquieto, con los ojos asustados, y Guðvarr lo obligó a hacer un giro completo sin moverse del sitio para recuperar el control sobre él.

Unas figuras invadieron de repente el claro desde el muro de árboles y arbustos. Eran unas criaturas pequeñas que parecían talladas en madera, con el rostro desencajado y arrugado y espinas articuladas por manos. Las arañas del hielo descendieron de las copas de los árboles suspendidas de unos hilos azulados y atacaron a los faunir con sus largas patas y les arrojaban sus telas de hielo. Algunas volvieron a trepar por sus hilos con un faunir que chillaba atrapado en su red, otras se lanzaron al tumulto arremetiendo con los colmillos y unas cuantas cayeron o desaparecieron arrastradas por la masa que se precipitó por el claro y cargó contra un grupo de skraeling. Los vaesen gruñeron y blandieron sus rudimentarias armas de hierro contra la avalancha de faunir. Guðvarr vio volar astillas en todas direcciones y oyó extraños ululatos y chillidos agudos, pero los arrebatados faunir rodearon rápidamente a los skraeling, incapaces de hacer frente a su superioridad numérica. Desde las sombras saltaron úlfhéðnar con los ojos moteados de destellos ambarinos que lucharon con hachas y seax, dientes y garras, con más éxito que los skraeling, pues eran más veloces, feroces y salvajes. No obstante, algunos también desaparecieron derribados por los enjambres de faunir, que se apiñaban sobre ellos como si fueran hormigas.

—¡A LOS CABALLOS! —bramó Sigrún corriendo y subiéndose a la silla de montar de un salto.

Guðvarr oyó un zumbido que pasaba rozándole la oreja y sintió una serie de impactos en el brazo, como si le hubieran tirado un puñado de piedrecitas, que hicieron tintinear la media manga de su cota de malla. Notó una punzada de dolor en el antebrazo y vio una multitud de astillas clavadas en su brazo y la sangre que manchaba la túnica.

«¿Qué?, ¿cómo?», se preguntó desconcertado por el repentino dolor. Pero entonces vio unos faunir que mascullaban unas palabras incomprensibles y movían los brazos como si estuvieran lanzando piedras, puñados de astillas o estacas afiladas, apuntando hacia él como si arrojaran cuchillos o clavos. Guðvarr se tambaleó y se agachó, y un puñado de astillas puntiagudas cortó silbando el aire justo donde había estado su cabeza un instante antes. Guðvarr oyó un grito gutural y se dio la vuelta. Un drengr de Sigrún se agarraba el cuello ensangrentado y erizado de astillas.

Los faunir ya estaban muy cerca y se abalanzaron sobre un grupo de drengir que no habían llegado a tiempo a sus caballos y estaban intentando formar un muro de escudos. Los guerreros juntaron los escudos, arremetieron con lanzas y espadas por encima de ellos y asestaron hachazos. Los faunir embistieron el muro de madera de tilo como si fueran una ola rompiendo contra una roca. Los drengir luchaban de manera intachable, se mantenían firmes, y su tesón mereció el respeto de Guðvarr, pero los faunir eran demasiado superiores en número y trepaban por los escudos, los rodeaban o se escurrían por debajo de ellos, y cada vez eran más los que se amontonaban en los bordes del muro.

—¡AL GALOPE! —gritó Sigrún sacudiendo las riendas de su montura.

Guðvarr oyó las voces estridentes de Skalk y Sturla y atisbó la magia rúnica que brotaba chisporroteando en el aire. Oyó unos bufidos y unos silbidos y de nuevo esos gritos agudos, y luego percibió el olor repugnante de la savia y la madera quemadas.

Unas manos pequeñas le agarraron una pierna y soltó una patada al mismo tiempo que desenfundaba la espada y asestaba un golpe de arriba abajo en el brazo de un faunir. El impacto sacudió la muñeca de Guðvarr y el faunir chilló mientras el acero se hundía en su cuerpo leñoso y volaban astillas en todas direcciones. Extrajo la espada del faunir y le propinó una patada en la cara. La criatura salió disparada, escupiendo y profiriendo una ristra de insultos. Guðvarr espoleó a su caballo y retrocedió hacia el camino por el que habían entrado en el claro. Sigrún estaba rodeada de faunir y Guðvarr sacudió las riendas y arrolló a las pequeñas y asquerosas criaturas. Unas cuantas volaron por los aires como si fueran haces de espigas de trigo. El caballo de Sigrún se encabritó agitando los cascos y triturando a los faunir que todavía le cortaban el paso, y la jarl huyó al galope asestando espadazos a izquierda y derecha.

Krúsa también retrocedía junto con un puñado de skraeling, asediados por los enardecidos faunir. Uno de ellos se aupó a la espalda de Krúsa y arremetió contra ella con sus largos dedos afilados. Krúsa chilló. Sigrún pasó junto a ella y le arrancó el faunir de la espalda de un espadazo que provocó una lluvia de astillas de madera. La skraeling aprovechó la oportunidad para dar media vuelta y correr hacia el camino que salía del claro con todos los skraeling que la rodeaban.

Sigrún se detuvo al llegar al camino y se dio la vuelta para apremiar a sus drengir y a los skraeling al mismo tiempo que derribaba a todo aquel faunir que los siguiera. Guðvarr la rebasó al galope, dejó atrás el claro y se adentró en las tinieblas del camino. Echó un vistazo atrás. Sigrún por fin lo seguía y más allá vio que Skalk y su grupo se retiraban por el camino que partía desde el otro lado del claro. Los faunir se habían concentrado en el centro del claro y estaban encorvados sobre algo. Antes de que el claro desapareciera de su vista tras torcer en un recodo del camino, Guðvarr vio que cortaban las ligaduras del faunir capturado, y este se levantaba y lanzaba un ensordecedor grito de guerra.

CAPÍTULO TREINTA Y CINCO

ELVAR

Elvar contemplaba el mar desde la proa del *Jarl de las olas* mientras dejaban atrás el fiordo de Snakavik. El drakkar hendía las olas impulsado por los remos contra el viento del sureste mientras viraba hacia el sur costeando. Echó la vista atrás y se le cortó la respiración al pasear la mirada por la flota que la seguía, formada por cincuenta drakkar y otros tantos knarr. Nunca en la historia de Vigrið se había reunido una hueste tan extraordinaria. Al menos desde el Guðfalla, si era cierto lo que contaban las canciones y las sagas de los escaldos.

Se volvió de nuevo y vio a Ulfrir en la popa con Skuld, situados junto a los tesoros que habían obtenido en Oskutreð. Ambos contemplaban las fauces y el cráneo de su padre muerto. Elvar había permitido a Ulfrir que conservara un puñado de sus úlfhéðnar con él, pero el resto estaban repartidos entre las tripulaciones de los demás drakkar y ayudaban con los remos. Cerca de ellos, Sighvat marcaba con el mango de su hacha barbuda el ritmo de las paladas sentado en un baúl. También cantaba una canción de remo a la que los remeros respondían con un gruñido.

Cerca del mástil habían improvisado un toldo con una vela vieja, del que colgaba una sábana que hacía las veces de puerta improvisada. Elvar se dio la vuelta y se dirigió hacia ella con un nudo en el estómago, pero en el último momento se desvió y pasó de largo. Continuó caminando hasta la popa, saludó con la cabeza a Sighvat mientras él marcaba el compás y cantaba, y se detuvo junto a Ulfrir.

—Retrasar una tarea no la hace más sencilla —dijo Ulfrir. Sus ojos con motas ambarinas se desviaron del imponente y radiante cráneo de Snaka y se posaron en Elvar—. Suele ocurrir lo contrario. Más vale hacerla de una vez y dejar de preocuparse.

—Mmm.

—Para liderar la manada debes tener una dentadura fuerte, la astucia de un lobo y un corazón de piedra. ¿Posees esas cualidades, Elvar Domalobos?

—¿Domalobos? —Elvar se lo quedó mirando desconcertada.

—Así es como he oído que te llaman —dijo Ulfrir frunciendo la boca de una manera que no le dejó claro a Elvar si era un gruñido o una mueca de desdén.

—Yo no te he domado —repuso Elvar.

—No, es verdad. —Ulfrir gruñó suavemente.

—Y en cuanto a tu pregunta. —Elvar respiró hondo, hinchó los carrillos y se encogió de hombros—. El tiempo y los escaldos lo dirán.

—Ajá. El mundo cambia, incluso las cosas que creías fuertes, inquebrantables. —Ulfrir señaló el cráneo de su padre, difuminado por la bruma del fiordo—. ¿Quién habría pensado que el terrorífico Snaka podría ser asesinado?

—Yo solo lo creo porque lo veo —terció Skuld al lado de Ulfrir.

—Por lo tanto, tal vez podamos matar a esa dragona —apuntó Elvar.

—Lik-Rifa morirá. Se desangrará entre mis colmillos —gruñó Ulfrir.

Elvar recordó su aullido al enterarse de la resurrección de Orna y su rápida muerte. «Hasta un dios puede sentir dolor».

—Tu guarida... Ese Valle del Lobo, ¿estás seguro de que puedes encontrarlo?

—Sí —respondió Ulfrir—. Si el Jarnvidr aún existe, también seguirá existiendo mi guarida.

Skuld miró a Elvar con una mano apoyada en la empuñadura de la espada que esta le había devuelto.

—Quería pedirte... un favor —dijo un tanto reacia.

«Habrás tenido que tragarte tu orgullo para hacer esto», pensó Elvar.

—¿Qué favor?

—En el tesoro que robaste en Oskutreð... —dijo Skuld.

«¡Que robé!». Elvar frunció la boca.

—Continúa —dijo.

—Hay unas tijeras de plata labradas.

—Las recuerdo —repuso Elvar—. Pero ¿tijeras? ¿Para qué quieres unas... tijeras?

Skuld giró la cabeza un momento y luego volvió a mirar a los ojos a Elvar.

—Eran de mi madre.

Elvar dio media vuelta y se acercó al bulto del tesoro, desató y levantó la sábana de lino que cubría los baúles y los sacos. Sabía en qué baúl estaban las tijeras, pues recordaba haberlas guardado personalmente. Las había encontrado en la forja subterránea situada en las entrañas de las raíces de Oskutreð, donde Skuld y Uspa habían forjado el collar rúnico de Ulfrir. Rebuscó entre las llaves que colgaban de un aro en su cinturón y abrió la cerradura del baúl, levantó la tapa y vio las tijeras. Elvar nunca había visto unas tan grandes, forjadas para las manos de una diosa y magníficamente labradas, con runas grabadas en los mangos de plata. Al cogerlas, le llamó la atención lo poco que pesaban.

«¿Tendrán alguna clase de poder seiðr? —se peguntó, y por un momento desconfió de Skuld. Miró a la mujer alada con el ceño fruncido—. Pero es mi thrall. No puede usar estas tijeras ni ninguna otra cosa contra mí».

—Toma —dijo ofreciéndoselas.

Skuld las cogió casi de una manera reverencial y las admiró mientras las giraba en sus manos. Ulfrir también miró las tijeras, aunque con un aire ausente, como si tuviera la cabeza en otra parte. Una tímida sonrisa le torció los labios y asomaron las puntas de sus afilados dientes.

—Gracias —balbuceó Skuld. Enganchó las tijeras a una tira de cuero anudada, se desabrochó el cinturón, pasó la tira de cuero por él y volvió a abrochárselo. Miró a Ulfrir y sonrió.

Elvar se dio la vuelta y regresó al toldo tendido alrededor del mástil. Se detuvo un momento delante de él.

«Más vale hacerlo de una vez y dejar de preocuparse».

Levantó la sábana que hacía las veces de puerta y entró.

Gytha apareció delante de ella, con la mano en la empuñadura de la espada, pero se apartó para dejar pasar a Elvar en la diminuta habitación improvisada.

Silrið, con su mandíbula cubierta de tatuajes, conversaba sentada en un barril con Uspa, también sentada a su lado. Berak se alzaba como un desprendimiento de rocas detrás de ellas. Sólín la Babas estaba un poco apartada del resto, hurgándose debajo de las uñas con el seax. Por supuesto, también estaba Hrung, de nuevo con su cabeza instalada en el pedestal de piedra, que se había amarrado a la cubierta con cabos y argollas de hierro. Hjalmar el Pacifista, sentado y con un fardo en el regazo, charlaba con él y sonrió al ver a Elvar. Y en el centro, con las manos ligadas y atado al mástil, estaba Grend.

Él la miró todavía con un ojo morado y cerrado por la hinchazón.

Elvar respiró hondo y sintió un cosquilleo en el estómago. Estaba aliviada porque por fin habían encontrado a Grend, pero también furiosa por lo que le habían contado de él y acongojada por lo que podría verse obligada a hacer.

Se había quedado helada, paralizada, cuando Hjalmar arrastró a Grend por el embarcadero para ponerlo ante ella. Pero poco a poco, como si los viera a través de la niebla, comenzó a darse cuenta de que todo el mundo la observaba expectante y comprendió que aquello no era algo que debía hacerse delante de toda Snakavik. Así que había ordenado que subieran a Grend a bordo del *Jarl de las olas* y que improvisaran una habitación con una vieja vela para poder hablar con él con algo parecido a la privacidad. Naturalmente, eso no era tarea fácil en la cubierta de un barco.

—¡Ah, aquí está! —exclamó Hrung sonriéndole.

Elvar respiró hondo y miró a Hjalmar.

—Cuéntamelo todo —dijo.

—Por supuesto, jarl Elvar —respondió el Pacifista inclinando la cabeza—. ¿Recuerdas la batalla en el puerto contra esa ladrona niðing, Ingvild? Grend tenía un corte en la frente. —Hjalmar miró a Grend y recorrió con los ojos su rostro lleno de heridas, costras y sangre seca—. Ahora sería difícil localizarlo.

—Lo recuerdo —repuso Elvar. Y era cierto, recordaba haber visto a Grend limpiarse la sangre del corte con un trozo de tela.

—Mi thrall hundur encontró el trozo de lino con el que se limpió la herida —continuó Hjalmar—. Siempre se da una vuelta después de una batalla. Así hemos encontrado a unos cuantos corrompidos con los que nos hemos ganado unas buenas monedas —explicó encogiéndose de hombros. Su permanente sonrisa se desvaneció sustituida por una mueca dura y fría—. Es un corrompido, la sangre de Hundur corre por sus venas. En fin, fuimos tras él. Por supuesto, él nos lo negó todo. Intercambiamos unas palabras. En resumen, mató a un par de mis hombres y huyó. Lo perseguimos. Nos hizo dar un bonito paseo por los acantilados del fiordo y la espalda de Snaka, pero al final lo capturamos. Perdí otros tres hombres intentando convencerle para que volviera con nosotros… Y aquí estamos. —Abrió los brazos y sonrió—. Esto es suyo —añadió entregando a Elvar el fardo que descansaba sobre su regazo. Era la brynja de Grend, envuelta con su cinturón de armas y el hacha que había encontrado en Oskutreð.

»Bonita hacha, por cierto —comentó Hjalmar.

Elvar hizo un gesto hacia la cota de malla y el arma, y Gytha se adelantó para cogerlos.

—Serás compensado por tus bajas y se pagará bien tu servicio —dijo mirando a Hjalmar. Se acercó a Grend, y reprimió el impulso de pedir agua y paños para limpiarle las heridas y coserle los cortes como lo había hecho él por ella muchas veces. En cambio, lo miró fijamente, con una expresión pétrea, como él había intentado enseñarle a hacerlo—. ¿Qué tienes que decir en tu favor?

Grend levantó el rostro magullado y amoratado y fijó su ojo sano en Elvar, quien apreció el dolor profundo y la desdicha que rezumaba. Luego abrió la boca y sus labios se movieron.

—Lo siento —balbuceó.

—¡Ja! ¡Tan locuaz como siempre! —exclamó riendo Hrung. Su voz atronadora hizo temblar el toldo—. Algunas cosas nunca cambian.

—¿Lo siento? ¡Lo siento! ¿Eso es todo? Después de quince años siendo mi profesor de armas, mi protector, mi… amigo —pronunció esta última palabra como si fuera una enfermedad—. Después de todos tus consejos, tus reprimendas, tus esfuerzos para enseñarme a sobrevivir. Después de enseñarme tu código, de insistirme en que nunca había que rendirse, en que nunca había que echarse atrás en nada, en que siempre había que decir la verdad… ¿y lo único que me dices es «lo siento»? —Levantó la mano para darle una bofetada, pero la sostuvo en el aire, temblorosa. Se enderezó y finalmente bajó la mano.

Grend la miraba en silencio con el único ojo que podía abrir.

—Me has mentido todos estos años, me has engañado —continuó Elvar. Se volvió a Silrið.

—Silrið, ponle un collar de hierro y pronuncia el conjuro de sumisión rúnica.

—Sí, jarl Elvar —dijo Silrið.

Elvar dio media vuelta y salió de la improvisada habitación. Entrecerró los ojos con la esperanza de que nadie viera sus lágrimas.

CAPÍTULO TREINTA Y SEIS

BIÓRR

Biórr sacó el caballo del establo del patio de la torre galdur de Darl. La algarabía de los cuernos que resonaban en la ciudad le ponía los nervios de punta y allí donde mirara veía actividad frenética y oía sonidos fragmentados. La tensión y el entusiasmo crecientes eran casi tangibles en el aire.

«Vamos a la guerra».

Una mezcla de miedo y de emoción impregnaba la sangre que corría por sus venas.

Los tennúr revoloteaban sobre el patio y por todas partes había nutridos grupos de guerreros y también de skraeling. Biórr vio Alimentadores de Cuervos con sus plumas negras en el pelo, descendientes de la dragona y drengir de Darl que habían jurado lealtad a Lik-Rifa, todos ocupados en la tarea de preparar sus monturas: sacar los caballos de los establos o desatar las riendas de los que estaban atados a postes, poner las sillas de montar, apretar las cinchas, revisar los cascos... El hedor empalagoso de los excrementos flotaba intenso en el aire, aderezado con el olor mordaz del amoníaco, el relinchar de los caballos y su piafar en el suelo de tierra compactada del patio. Biórr buscó a Fain el Rojo y lo vio aupándose al pescante de un carro con cuidado de no lastimarse aún más la pierna herida. Se encaminó hacia él a través de la multitud llevando el caballo por las riendas.

—Ten cuidado, abuelo —dijo cuando llegó al carro de Fain, que se masajeaba el muslo y refunfuñaba sentado en el pescante. Dejó caer su nueva hacha larga debajo de los pies y se estiró para coger las riendas. Harek se sentó a su lado y otra docena de niños lo hicieron en la parte de atrás—. No vayas a caerte. Es un viaje largo para un anciano como tú, podrías romperte los huesos.

—¡Anciano yo! —masculló Fain—. Serás tú el que acabe con los huesos rotos como no tengas más cuidado con lo que dices.

Biórr se echó a reír, se pasó adelante el escudo que llevaba colgado a la espalda y lo enganchó a la silla de montar. A continuación se montó en el caballo y miró de nuevo a Fain.

—Por fin —dijo—. Después de tantos años de sufrimiento, por fin está pasando.

—Ajá, muchacho —repuso Fain—. Ha llegado el momento de cambiar el mundo. De arreglarlo. —Miró a Harek y luego a los niños sentados detrás de él—. El momento de evitar que a estos pilluelos los traten como a animales, de salvarlos de una vida de esclavitud.

—Ajá. Y de vengar a nuestros muertos —añadió Biórr.

Fain el Rojo frunció la boca y su bigote y su barba blancos se torcieron. Asintió con la cabeza.

Un nuevo bramido de los cuernos precedió al silencio que se instaló en el patio.

Lik-Rifa salió de la torre galdur con el oscuro cabello recogido en una gruesa trenza atada con hilo dorado, que caía sobre su hombro como si fuera una serpiente de escamas negras. Tenía un aspecto majestuoso con su cota de malla dorada, la capa de lana roja ribeteada con piel de zorro blanco alrededor de los hombros y la espada estrecha envainada en una funda magníficamente labrada que colgaba sobre su cadera. A un lado la acompañaba Ilska, con su cota de malla negra engrasada y la gélida expresión de malicia en los ojos. Al otro, Drekr, alto, corpulento y amenazador como una tempestad en el horizonte, con el hacha larga de su hermano muerto en la mano. Rotta salió tranquilamente de la torre detrás de ellos, enfundado en una cota de malla y envuelto en una capa de piel de lobo, rodeando con un brazo la cintura de una mujer. Un seguidor de la secta de la dragona llevaba su caballo de las riendas y Rotta se montó en él después de besar a la mujer. Paseó la mirada por la hueste reunida en el patio y cuando sus ojos se posaron en Biórr sonrió e inclinó la cabeza.

Hasta Lik-Rifa llevaron un imponente castrado gris y la diosa dragona se montó elegantemente en él. Ilska y Drekr también subieron a sus caballos. Lik-Rifa contempló la multitud congregada en el patio. Su rostro tembló y brilló con luz trémula, su mandíbula se ensanchó y un fuego rojo brotó en sus ojos.

—¡MARCHAMOS A LA GUERRA! —bramó con su voz de dragona. Biórr sintió sus reverberaciones en el pecho y su caballo dio unos pasos hacia atrás—. ¡MARCHAMOS PARA DAR AL LOBO UNA MUERTE CRUEL!

Los humanos y los vaesen que atestaban el patio profirieron sus gritos de batalla y el ruido ensordecedor provocó que los sobresaltados cuervos echaran a volar de la torre galdur protestando con sus graznidos.

Lik-Rifa salió del patio a lomos de su caballo y enfiló por las calles de Darl. Los tennúr revoloteaban encima de ella como una bandada de estorninos junto a los enjambres de hyrndur y el zumbido de sus alas. La hueste al completo siguió a Lik-Rifa en su salida del patio acompañada por el tamborileo de los cascos de los caballos. A Biórr le vibraban las venas ante el poderoso evento que estaban iniciando.

Rotta lo adelantó montado en su caballo.

—Acompáñame, joven descendiente —dijo el dios rata saludando con la cabeza a Fain.

Biórr espoleó a su montura para no quedarse atrás y se puso al lado de Rotta, que cabalgaba justo detrás de Lik-Rifa, Ilska y Drekr. Biórr vio que Brák y su banda cabalgaban cerca de Drekr, un poco más atrás.

Fuera del patio había más guerreros esperando, centenares de corrompidos que habían acudido a la llamada de Lik-Rifa. Algunos habían llegado solos, otros en grupo, e incluso había familias enteras. Todos parecían desnutridos y miraban a Lik-Rifa con una expresión fanática, arrebatada.

«Les ha dado esperanza, la oportunidad de salir de las sombras y vivir sin miedo».

Todos se iban sumando a la gran hueste de Lik-Rifa y la engrosaban mientras recorrían las calles de Darl. Biórr vio que Glunn Puño de Hierro salía de una calle montando un bayo oscuro, seguido por varias docenas de drengir a caballo y aún más guerreros a pie detrás de ellos. Los capitanes de Darl y otros jarlar menores se unieron a ellos a su paso por las calles de Darl. Extendiéndose a lo largo de las sinuosas calles, la columna había crecido tanto que Biórr no fue capaz de ver la cola cuando se dio la vuelta en su silla de montar para mirar atrás.

Atravesaron lentamente la ciudad y el terreno se niveló cuando descendieron de la colina y se acercaron al río y su maraña de embarcaderos, muelles y graneros. La hueste continuó aumentando: grupos de skraeling que se contaban por decenas o veintenas, seguidores de la secta de la dragona, jarlar menores con sus séquitos, grupos de drengir, bandas de mercenarios que habían llegado en respuesta al anuncio que Ilska había difundido por toda Vigrið, con la promesa de oro y tierras cuando Vigrið fuera conquistada y estuviera lista para ser repartida como un pastel de Yule Blót.

Rotta observó pensativo la multitud de drakkar amarrados en los muelles y se revolvió en la silla.

—Mi culo preferiría ir en barco a Snakavik que a caballo.

—¿Por qué vamos a caballo? —preguntó Biórr. Al enterarse le había parecido una decisión equivocada—. Tardaremos mucho más en llegar a Snakavik.

—Ajá —dijo Rotta asintiendo—. Pero muchos de los seguidores de mi querida hermana nunca irían por mar. Según me han dicho, a las arañas del hielo no les gusta el agua. Tampoco a las brujas nocturnas. Ni a los troles, aunque me parece lo más sensato. ¿Te imaginas a dos troles toro peleándose por un catre en la cubierta de un barco? —Sacudió la cabeza—. Lo hundirían.

Biórr asintió.

—Y para Lik-Rifa no es una opción dividir su hueste en un grupo que vaya por mar y otro por tierra para que luego nos reunamos en un lugar adecuado cerca de Snakavik. A lo mejor es porque adora a sus seguidores y no soporta la idea de separarse de ellos. —Rotta miró a Biórr y esbozó una sonrisa de complicidad—. O quizá piensa que Ulfrir es demasiado astuto y nos hará pagar el error de dividir nuestro ejército atacando cada grupo por separado con todas sus fuerzas y destruyéndolo. —Suspiró—. Creo que Lik-Rifa sobreestima a Ulfrir. Después de todo, solo es un canalla sarnoso. Aun así… —Se encogió de hombros—. Nunca le digas a mi hermana lo que tiene que hacer.

Cabalgaban a lo largo de los muelles del río y delante de ellos aparecieron unas figuras que salían de un embarcadero. Era una banda de guerreros, unos cuarenta o cincuenta, todos ellos prestos para la guerra, enfundados en cotas de malla, con el semblante serio y unos escudos con un ojo dorado pintado en ellos. El líder de la banda, un tipo con el cabello lacio y rubio recogido en la nuca y una barba rala, se dirigió a la cabeza de la columna, donde Lik-Rifa marchaba con la cabeza erguida. La diosa dragona aminoró el paso al verlo y bajó la mirada hacia él.

—Vengo a ofrecer mi espada y mi hacha, y a hacerte un juramento de lealtad —declaró el guerrero.

—Ayúdame a matar al lobo y recibirás lo que quieras —respondió Lik-Rifa.

—Yo… —dijo el hombre, pero Lik-Rifa lo interrumpió con un gesto seco de la mano.

—Me da igual quién seas —aseveró Lik-Rifa, y reanudó la marcha.

Ilska se detuvo junto al hombre y lo miró.

—Te conozco, Sterkur la Muerte en los Ojos.

—Y yo a ti, Ilska la Cruel —dijo Sterkur.

Ilska miró entonces al hombre que estaba al lado de Sterkur, alto y con la barba negra, equipado con una cota de malla y con un seax en el cinturón.

—¿Y tú quién eres?

—Me llamo Leif Kolskeggson —respondió el hombre—. Soy nuevo en la banda de Sterkur.

—¿Y por qué quieres luchar por la dragona? —le preguntó Ilska.

—Por el oro, por la fama —respondió Sterkur por él—. Para estar en el bando ganador. —Se le dibujó una sonrisa artera en los labios—. ¿Qué otra razón podría haber?

—Quiero luchar porque me han dicho que los Hermanos de Sangre luchan contra la dragona —dijo Leif—. Y quiero a los Hermanos de Sangre muertos.

Drekr oyó la conversación y se acercó a ellos.

—En ese caso eres bienvenido —masculló—. Y has venido al lugar correcto. Nosotros también queremos ver a los Hermanos de Sangre bajo tierra.

Leif miró a Drekr y asintió escuetamente.

—Añadíos a la columna —dijo Ilska—. Solo tenéis que traer a vuestros guerreros y vuestras armas. Tenemos comida y bebida suficientes para toda Vigrið. —Señaló atrás con el dedo, hacia las decenas de carros que atestaban las calles detrás de ellos. Luego espoleó a su caballo.

Rotta y Biórr pasaron ante Leif, Sterkur y su banda mientras esperaban a que apareciera un hueco para sumarse a la enorme columna que culebreaba por Darl como una serpiente que se deslizara desde un cadáver.

El ejército fue dejando atrás la ciudad lentamente y marchó por los prados flanqueados por arboledas dispersas. Se sumaron a él bandas de troles integradas por veinte o treinta criaturas de piel gris, todas ellas clanes independientes que abandonaban sus rudimentarios hogares construidos con troncos, llenos de huesos y que apestaban a excrementos. Grupos numerosos de arañas del hielo salían correteando de los bosques, y con ellas, brujas nocturnas que flotaban en el aire como si fueran nubes de humo con alas negras, y también spertus que salían de los arroyos para unirse a la hueste, hasta que Biórr tuvo la sensación de que el mundo entero estaba poblado por seguidores de Lik-Rifa.

—Somos imbatibles —murmuró Biórr.

—Ah, no es la primera vez que oigo eso —repuso muy serio Rotta—, y luego salió mal. No contemos los lobos muertos hasta que tengamos sus cuerpos desangrándose y sin vida delante de nosotros.

CAPÍTULO TREINTA Y SIETE

VARG

Sentado en un barril, Varg parpadeó para secarse las gotitas de agua salada del mar y la lluvia de los ojos, y clavó una aguja de hueso en un lado del desgarrón en la túnica de lana, pasó el hilo y clavó la aguja en el otro lado del desgarrón. Tiró con fuerza del hilo y el rasgón desapareció, hizo un nudo en el hilo y cortó lo que sobraba con su cuchillo de mesa. Había estado concentrado en esa tarea, pero también en no salir disparado de su asiento mientras el *Lobo del mar* corcoveaba como un caballo que intentara quitárselo de encima. Se balanceaba cada vez que una ola hacía cabecear el barco.

«Por lo menos esta vez puedo hacer algo sin vaciar el estómago por la borda —se dijo rememorando su primer viaje en barco, cuando fueron a Iskidan tras Jaromir y Vol—. Parece que hubiera pasado mucho tiempo». Había pensado que iba a morirse, para regocijo de Svik y Røkia. Levantó la mirada a estribor y vio pasar la costa de Vigrið a través de una fina cortina de lluvia. Y a popa, casi en los límites de su visión, atisbó la vela del drakkar del jarl Orlyg.

A su lado, Røkia murmuraba mientras daba martillazos a su brynja, extendida sobre su baúl. Con las tenazas en una mano y el martillo en la otra, estaba reparando un desgarrón a la altura de las costillas con eslabones nuevos. De rodillas en la cubierta del barco, Einar Medio Trol luchaba con Refna Manos Fuertes y otros niños. Svik los observaba apoyado en el mástil con los brazos cruzados.

Varg introdujo la cabeza en la túnica remendada y se puso de pie para dejarla caer sobre su cuerpo.

—Vamos a ver cómo juega Einar, Røkia —dijo.

Røkia levantó la cabeza y echó un vistazo a Einar y los niños.

—No —dijo con el ceño fruncido.

—¿Por qué?

—Porque Einar les deja ganar. Eso no está bien.

Varg echó a andar sonriendo y negando con la cabeza.

—¡Ay! —exclamó Svik estremeciéndose cuando Varg llegó a su lado—. ¡Agáchate, Einar, son demasiado rápidos para ti!

Einar rio y se dejó caer de bruces cuando Refna y un puñado de niños se abalanzaron sobre él y lo tiraron al suelo. Permaneció tendido en la cubierta como si fuera una morsa muerta unos instantes y luego se incorporó despacio con las rodillas y las manos apoyadas en el suelo, se sacudió como si fuera un perro que acabara de salir de un arroyo y los niños huyeron de él en todas direcciones, riendo y chillando.

—¡Venid aquí! ¡Intentadlo otra vez, cachorrillos! —bramó Einar irguiéndose sobre las rodillas y sonriendo.

—¿Puedo intentarlo yo, mamá?

Varg se volvió al oír la vocecita y vio a Orka con su hijo, Breca. El niño sujetaba un escudo en una mano y una lanza corta con la punta cubierta por una funda de cuero en la otra.

—¿Medio Trol? —preguntó Orka.

—Todos son bienvenidos —respondió Einar sonriendo a Breca y acercándose a él.

Breca dio unos pasos hacia Einar y se detuvo justo fuera del alcance de la lanza, afirmó los pies en el suelo, levantó el escudo y la lanza, la giró en la mano para aferrarla por encima de la cabeza y apoyó la punta en el borde superior del escudo.

Svik dejó escapar un gruñido de aprobación.

—Ha tenido un buen maestro —dijo una voz cerca del oído bueno de Varg, que se sobresaltó y vio que Røkia se ponía a su lado.

—Creía que no querías verlo —comentó Varg.

—Y no quiero —repuso Røkia—, pero no puedo evitarlo.

Svik resopló.

Einar sonrió a Breca y el chico avanzó arrastrando los pies con un movimiento seco, rápido y manteniendo el equilibrio en todo momento, y asestó una lanzada rauda y firme. Einar desvió la lanza con la mano y le animó a volver a intentarlo con una sonrisa. Breca dejó un pie apoyado en el suelo y levantó el otro para girar hacia la izquierda, volteó la lanza y golpeó la frente de Einar con la punta del asta. A continuación se echó hacia el otro lado girando sobre su pie izquierdo afirmado en la cubierta, se agachó para evadir el brazo de Einar y deslizó la moharra por la mejilla y la nariz de Einar. Rápidamente retrocedió para salir del alcance de su oponente, con el escudo y la lanza prestos. El hombretón gruñó y volvió a derrumbarse sobre las rodillas, se llevó la mano a la frente, se miró los dedos ensangrentados y frunció el ceño.

—Esto me gusta más —dijo Røkia sonriendo—. Me cae bien este lobato.

Los Hermanos de Sangre que estaban mirando el combate ovacionaron a Breca y algunos incluso se burlaron de Einar. Pero entonces una figura embistió en el costado a Breca y lo tiró al suelo, y su escudo y su lanza escaparon de sus manos y se deslizaron repiqueteando por la cubierta. Breca se puso bocarriba y alzó la mirada.

Refna Manos Fuertes se alzaba por encima de él con los puños apretados, la cara blanca y temblando de rabia. Varg atisbó unos destellos de colores en sus ojos.

—Has hecho daño a Einar —espetó Refna escupiendo y mirando a Breca.

Breca sacudió las piernas y se levantó del suelo. Gruñó y en sus ojos también aparecieron unos puntitos brillantes ambarinos y verdes. Refna se abalanzó sobre él agitando los puños.

—Oh, no, no —mascculló Einar poniéndose en pie para intervenir.

Orka se movió a la vez que él y agarró a Breca. Un instante después, los dos niños estaban pataleando levantados en el aire, escupiéndose y gruñéndose. Einar sujetaba a Refna por la túnica y Orka sostenía a Breca por el cuello de piel de su ropa.

—¡Basta! —bramó Orka a su hijo.

Los destellos en los ojos de Breca se atenuaron poco a poco y dejó de revolverse agarrado por su madre.

—¡Me ha atacado! —protestó.

—Refna, no puedes ir por ahí atacando a la gente solo porque te hace un rasguño —reprendió Einar a Refna, que todavía miraba con ferocidad a Breca—. Hay reglas y maneras.

—Tu cabeza acaba de curarse —dijo Refna.

—Un golpecito con ese palo no es nada —dijo sonriendo Einar—. Dime, ¿puedo bajarte ya?

—Ajá —refunfuñó Refna lanzando una última mirada asesina a Breca.

Glornir apareció abriéndose paso por la multitud cuando Orka y Einar ya dejaban a los niños en el suelo.

—¿Qué pasa aquí? —preguntó.

—Nada, jefe —respondió Einar—. Solo estábamos practicando un poco entre amigos.

Glornir se fijó en el corte en la frente y en la mejilla de Einar, y luego miró a Breca y a Refna.

—Mmm —masculló, y se acercó a Varg—. Toma —le dijo alargándole un cubo con brea caliente—. Dale una mano de pintura a tu escudo. Esta noche harás el juramento.

Varg escuchaba el rugido de las olas en la playa sentado en una roca y el crepitar de la espuma plateada al regresar al mar deslizándose por los guijarros.

El *Lobo del mar* y el knarr de Sulich cabeceaban en una pequeña ensenada en la costa suroccidental de Vigrið, donde habían fondeado para pasar la noche. Desde el mar llegaba el pálido resplandor de los toldos tendidos en el drakkar y el knarr, donde un puñado de centinelas vigilaban las embarcaciones. El grueso de las tripulaciones se había reunido en la playa, allí donde los guijarros daban paso a la tierra y la hierba dura.

—¿Qué dirías si pudieras verme ahora, Frøya? —musitó a la luna y a la noche, a las estrellas que tachonaban un cielo tan negro que parecía cubierto de cuervos. Llevaba puesta la cota de malla recién pulida y las armas y el casco colgaban de su cinturón. Acababa de afeitarse los costados de la cabeza con un cuchillo afilado y se había recogido la franja central de cabello sobre la coronilla. Al peinarse la barba con un peine de hueso de alce se había dado cuenta de que la tenía lo bastante larga para hacerse una trenza, así que se la había hecho y la había atado con un cordón de cuero. El brazalete de plata que Glornir le había entregado después de la batalla en la cámara de Rotta destellaba alrededor de su bíceps izquierdo.

—Voy a convertirme en un Hermano de Sangre —murmuró hacia el mar. Su fama era tan grande que en Vigrið todo el mundo los conocía, pero eso no significaba nada para él—. Son mi hogar —masculló a la luna y las estrellas—. Mi familia. —Sacudió la cabeza—. Ojalá estuvieras aquí, Frøya. Ojalá tú también hubieras encontrado… tu sitio en el mundo. Esta paz.

Varg oyó el suspiro del viento sobrevolando el mar, sus silbidos al rozar la espuma y los guijarros, su murmullo a través de la hierba seca, casi como si fuera una voz.

Sonó el crujido cada vez más fuerte de pasos por las piedras y la silueta de una figura enorme se recortó sobre la luz del fuego que ardía a cierta distancia en la playa.

—Varg el Insensato, es la hora —dijo Svik, serio por una vez.

Varg inspiró hondo, soltó el aire lentamente y se puso en pie. Se agachó para recoger el escudo recién pintando, apenas una sombra en la oscuridad impenetrable de la noche, y asintió mirando a Svik, que dio media vuelta y lo precedió por la playa hasta la hoguera.

Las voces sonaban más fuertes a medida que Varg se acercaba a ellas. La gente comía, bebía y charlaba, y Varg vio entre otros a Glornir, Vol, Iva, Edel y Taras. La conversación decayó y cesó cuando Varg llegó hasta ellos. Svik lo condujo a través de la multitud, que ahora formaba un círculo alrededor del fuego. Alrededor de Varg.

Glornir entró en el círculo y se plantó delante de Varg, lo agarró por los hombros y lo miró largamente. Luego sonrió, lo cual desconcertó a Varg, y lo soltó para volverse hacia los Hermanos de Sangre congregados en torno a ellos.

—Varg el Insensato ha acudido a nosotros como un descendiente del lobo extraviado, como un lobo solitario —dijo Glornir girando sobre sí mismo lentamente mientras hablaba—. Ha comido con nosotros, bebido con nosotros, navegado con nosotros. Se ha deslomado con nosotros en el banco de remo. Ha peleado cuerpo a cuerpo y en el muro de escudos con nosotros. Ha enterrado a nuestros muertos con nosotros. Ha arriesgado su vida por nosotros. —Glornir dejó de girar y miró de nuevo a Varg con sus ojos verdosos—. Varg el Insensato, ¿por qué estás aquí?

—Para ser uno de los vuestros —respondió Varg—. Para ser un Hermano de Sangre. Para ser un miembro de vuestra familia.

—¿Quién de los presentes querría a Varg el Insensato como compañero de remo? —bramó Glornir—. ¿Quién de los presentes confiaría en él si lo tuviera al lado en el muro de escudos? ¿Quién de los presentes daría su vida por él?

Una llama alargada se agitó silenciosamente y Røkia salió de la multitud. Sus facciones eran aristas brillantes y sombras insondables a la luz del fuego.

—Yo.

—Y yo —dijo Svik poniéndose al lado de Røkia. El fuego se reflejaba en su barba untada con grasa y su sonrisa de dientes afilados.

—Yo —tronó Einar Medio Trol.

—Y yo —dijo Sulich entrando en la zona iluminada.

—Y yo —dijo también Vol con una sonrisa tímida en los labios y mirando a los ojos a Varg.

—Y yo —dijo Edel.

Y así, de uno en uno, cuarenta o cincuenta en total, los Hermanos de Sangre dieron un paso al frente y alzaron la voz. Todos excepto uno. Todas las miradas se posaron en Glornir.

—Y yo —dijo Glornir con su voz pétrea.

Se hizo el silencio, solo roto por el crepitar de las llamas.

—Dame tu escudo —pidió Glornir a Varg, y este se lo entregó.

Vol se acercó con la serpiente tendida sobre los hombros y un vaso de cuero en una mano. Con la otra sacó un seax, que salió de la funda con un silbido.

—Dame la mano, Varg el Insensato —dijo Vol.

Varg le tendió la mano con la piel rugosa con la que empuñaba las armas y ella la agarró con firmeza y la levantó. Deslizó la hoja del seax por el dorso de la mano de Varg con un movimiento rápido y la sangre que manó se veía negra en la noche. Un instante antes de que él sintiera el dolor, Vol se hizo un corte en el dorso de la mano y brotó más sangre oscura. Entonces Vol apretó el dorso de su mano contra el corte en la de Varg y sostuvo el vaso debajo de las dos manos. Varg vio que la sangre de ambos mezclada goteaba dentro del recipiente.

—*Snaka blóð, þekki barnið þitt, Varg úlfsson* —dijo Vol. Se produjo un destello en el interior del vaso y Varg vio que la sangre comenzaba a elevarse por el aire: dos viscosos hilos de sangre que ascendían en espiral, entrelazándose, enrollándose el uno en el otro lentamente, como las dos barras de hierro de una espada al fundirlas en la forja. Los dos hilos de sangre se fusionaron con un sonido sibilante y un fogonazo, y volvieron a caer al fondo del vaso como si fueran metal fundido.

—Pronuncia las palabras —dijo Glornir.

—Ante todos vosotros hago mi juramento —recitó Varg repitiendo el juramento que Glornir le había enseñado en la playa—. Para convertirme en un miembro de vuestra familia, hermanos y hermanas, para formar parte de la manada. Lucharé por vosotros, moriré por vosotros, os vengaré si es necesario, hasta que el mundo acabe. —Miró a Glornir y luego a los

Hermanos de Sangre reunidos a su alrededor—. Lo juro por mi sangre, mis huesos, mi carne y mi acero.

—Las manos —dijo Vol.

Varg juntó las manos formando un cuenco mientras Glornir levantaba su escudo. Luego Vol levantó el vaso y lo volcó para verter la sangre aún brillante en las manos de Varg.

—Sello mi juramento con mi sangre —declaró Varg, y arrojó la sangre al escudo. Las salpicaduras de sangre quemaron y marcaron el escudo y el olor del lino y de la madera chamuscados impregnó el aire. Allí donde la sangre impactaba, se evaporaba y se alzaban unas volutas de humo.

Glornir devolvió el escudo a Varg.

—Bienvenido a los Hermanos de Sangre.

Las ovaciones estallaron alrededor de Varg, que sonrió tremendamente feliz y con una emoción desbordante. Las lágrimas surcaban sus mejillas.

CAPÍTULO TREINTA Y OCHO

ELVAR

Elvar y Ulfrir se encontraban en la proa del *Jarl de las olas*.

—Es aquí —dijo el dios lobo—. Este es el río.

—Este es el río Falinn —dijo Elvar contemplando un vasto estuario. Las orillas al norte y al sur del río estaban cubiertas de bosques impenetrables.

—Ignoro los nombres nuevos que habéis puesto a los ríos, pero eso de allí es el Jarnvidr, y es el camino a mi guarida —declaró Ulfrir. Levantó la cabeza como si olfateara el viento—. Está cerca.

Elvar se volvió y gritó unas órdenes a Sighvat, quien agarró y giró la caña del timón para cambiar poco a poco el rumbo del barco. El *Jarl de las olas* describió un amplio arco en el mar hasta que se perfiló hacia la desembocadura del río Falinn. Gytha tocó el cuerno y su bramido viajó resonando sobre las olas hasta la flota que los seguía. Elvar oyó que la orden se transmitía por toda la flota de guerra como si fueran señales de luz, y todas las naves viraron para seguir al *Jarl de las olas* hacia las fauces abiertas del Bosque de Hierro.

Mientras cambiaban de dirección, el viento de proa contra el que habían remado cambió hasta que sopló de popa, y Elvar bramó más órdenes. Los remos subieron rociando el aire con gotitas resplandecientes y los remeros los introdujeron en el drakkar y los guardaron en los soportes situados en el centro de la cubierta. La vela se desplegó por primera vez desde que zarparan de Snakavik, recién embadurnada con grasa de oveja para protegerla de la putrefacción del mar y para que aprovechara mejor la fuerza el viento. La vela se hinchó con una sacudida y el *Jarl de las olas* surcó el estuario impulsado por el viento. Una nube de agua pulverizada cubría la popa y la estela de espuma parecía unas alas con las puntas blancas. Elvar sonrió feliz y durante unos instantes olvidó el dolor de la traición de Grend.

El Bosque de Hierro se había cerrado a su alrededor a medida que se acercaban a las orillas. Los árboles se alzaban como torres altas y las copas parecían manos extendidas que trataban de llegar de una orilla a la otra por encima del ancho y turbulento río mientras el *Jarl de las olas* hendía sus aguas. Tras medio día remontando el río a vela, Elvar había ordenado que la mitad de la tripulación volviera a los bancos de remo, tanto para aumentar la velocidad, pues el viento comenzaba a amainar, como para mantener el barco alejado de las taimadas corrientes que acechaban en la superficie y podían arrastrar al *Jarl de las olas* y lanzarlo contra la orilla.

Elvar dejó a Sighvat en la caña del timón y caminó por la cubierta. Vio a Orv la Serpiente apoyado en la borda de babor, escudriñando el bosque denso y penumbroso de la ribera occidental.

—¿Qué ves? —le preguntó Elvar acercándose a él.

—Sombras —murmuró Orv—. Algo nos sigue —añadió señalando con el dedo.

Elvar miró en la dirección que le indicaba. El bosque era una infranqueable maraña de ramas y enredaderas. Los arbustos que crecían entre los gruesos troncos de los árboles eran tupidos y tan impenetrables como las sombras negras. Y, sin embargo, mientras lo observaba, advirtió movimiento, diferentes capas de oscuridad, la fluctuación de sombras dentro de sombras, aquí y allá atisbaba el destello de pelo moteado de luz, el brillo de ojos cuando los fragmentados rayos del sol se filtraban a través de las copas de los árboles.

—Lobos —dijo Elvar—. Muchos. —Se volvió hacia Ulfrir, que miraba río arriba desde la popa.

—¿Confías en él? —le preguntó Orv con el ceño fruncido.

—Ni más ni menos de lo que confío en todo el mundo —respondió Elvar, e inmediatamente se acordó de Grend—. De todas maneras, la confianza es una trampa. Pero Ulfrir tiene puesto mi collar. No puede traicionarme ni intentar hacerme daño o incitar a otros para que me lo hagan.

—Menos mal, porque yo no confío en él. Lo único que puede esperarse de un lobo son travesuras —aseveró Orv—. ¿El collar es suficiente?

—Bueno, todavía respiro —dijo Elvar encogiéndose de hombros—. Y eso es algo que Ulfrir habría cambiado si pudiera hacerlo, porque entonces sería libre. Aparte del blóð svarið, el juramento de sangre, el collar de thrall hecho con magia seiðr es la mayor garantía de obediencia de la que disponemos. El juramento de sangre, esa astuta perversidad de magia seiðr, te lee la mente. El collar de thrall impide que cometas un acto de traición, pero con el juramento de sangre ni siquiera puedes pensar en él.

Orv se estremeció.

—No me gusta cómo suena eso —murmuró.

—De todos modos, aunque a Ulfrir se le ocurriera una manera de matarme —continuó Elvar—, seguiría sin ser libre. Broðir se convertiría en su amo porque compartimos la misma sangre. De la misma manera que los berserkir de mi padre pasaron a mi control tras su muerte. —Echó un vistazo a los drakkar y los knarr que atestaban el río. Había nombrado a su hermano jefe de una tripulación. El orgullo la desbordó al contemplar sus huestes. Ganara o perdiera la inminente guerra, los escaldos cantarían sobre la flota de Elvar Puño de Fuego, reunida para enfrentarse a un poderoso dragón.

El aullido de los lobos la sacó de su ensimismamiento y Elvar se dio la vuelta. En la orilla occidental, el bosque clareaba y se alzaba una vasta colina. En sus laderas, salpicadas de árboles y espinos, se veía lo que parecían las ruinas de unas torres invadidas por la vegetación. En la cima de la colina se habían reunido los lobos, que aparecían recortados sobre el pálido cielo invernal. Había cientos, y todos aullaban al unísono. Su sonido se arremolinaba como una brisa alrededor del *Jarl de las olas*, arreciaba y amainaba y daba la sensación de que colmaba el mundo.

Elvar se dirigió con paso firme hacia Ulfrir.

—¿Qué está pasando? —le espetó.

Ulfrir la miró y sonrió.

—Me dan la bienvenida a mi hogar.

El *Jarl de las olas* enfiló por un meandro del río que rodeaba la colina y Elvar ordenó que se recogiera la vela y se bajara el mástil. Sólín la Babas colocó a martillazos la tapa en el agujero del que acababan de sacar el palo, y el barco pudo pasar por debajo de un puente de piedra.

A lo largo de la base de la colina, la orilla entraba en el río y lo que semejaban árboles caídos apuñalaban el agua. Pero cuando el *Jarl de las olas* pasó junto al primero de esos supuestos árboles, Elvar se dio cuenta de que eran embarcaderos muy antiguos cubiertos de musgo.

—Ahí —dijo Ulfrir mientras el río trazaba la curva de la colina.

Elvar vio un par de promontorios más pequeños que sobresalían de la colina como si fueran unos brazos caídos. El valle que se extendía entre ellos conducía hasta una escarpadura con las paredes verticales. Justo enfrente de las laderas había un puente de piedra y un muelle jalonado de amarraderos.

Elvar bramó una serie de órdenes y Sighvat pilotó el barco hacia el muelle, ya con una cadencia de remo más pausada. Skuld desplegó las alas, se elevó en el aire y trazó un círculo sobre el *Jarl de las olas* antes de dirigirse al muelle. Se posó en el embarcadero y corrió hacia uno de los amarraderos de piedra.

—¡REMOS! —gritó Elvar.

Se subieron los remos, se introdujeron por las portas y el *Jarl de las olas* se deslizó a lo largo del muelle, rascando la piedra con el casco. Orv lanzó un cabo a Skuld, que lo enrolló al amarradero, y el drakkar se detuvo pegado al embarcadero. Elvar cogió entonces el escudo del soporte donde lo había dejado, se lo colgó a la espalda, se encaramó a la borda y saltó al antiquísimo embarcadero. Se tomó un momento para lanzar una mirada al río, donde ya aparecían otras embarcaciones que se dirigían impulsadas por los remos hacia los muelles que se adentraban en el agua.

Berak y un puñado de berserkir también saltaron al embarcadero desde el *Jarl de las olas* y formaron alrededor de Elvar. Gytha y una veintena de sus drengir desembarcaron a continuación y se desplegaron por el muelle para explorar el sotobosque y las sombras.

Elvar se volvió hacia Ulfrir, que no se había movido de la popa del drakkar.

—Ven, lobo Ulfrir.

Ulfrir se subió a la borda con agilidad y saltó al embarcadero seguido por su puñado de úlfhéðnar. En cuanto Ulfrir puso los pies en la milenaria piedra, los lobos dejaron de aullar y su eco se apagó poco a poco.

El resto de la tripulación del *Jarl de las olas* desembarcó a continuación. Sighvat, Orv, Sólín la Babas y los demás Terrores de la Batalla se colocaron alrededor de Elvar. Los drengir levantaron a Hrung de su pedestal de piedra y lo colocaron sobre unas gruesas vigas de madera. Hrung dirigió la mirada hacia la cima de la colina y los lobos reunidos allí.

—Un poco escandalosos, ¿no? —masculló—. Estaba teniendo un sueño maravilloso en el que tenía cuerpo y piernas.

Detrás de Hrung, Silrið salió del toldo instalado en la cubierta del *Jarl de las olas* llevando a Grend con una correa de cuero enganchada al collar de hierro. Grend miró a Elvar y ella no fue capaz de sostenerle la mirada. A pesar de su traición, el sentimiento de culpa la carcomía.

—Así que este es el hogar de un dios lobo —dijo Sighvat—. A mí me parece una simple colina grande.

—A veces las apariencias engañan —dijo Uspa al detenerse junto a Elvar.

Silrið saltó al muelle seguido por Grend y se encaminó hacia Elvar.

—¿Qué quieres que haga con él, jarl Elvar?

—Síguenos —dijo Elvar—. Seguro que encontramos una mazmorra para él en el interior de la guarida del lobo.

—Esto no es necesario —terció Grend mirando la cuerda que le ataba las muñecas y levantando las manos para tocar la correa que colgaba de su cuello—. Sabes que nunca te traicionaré.

Elvar miró a Grend y se fijó en que se le estaban curando las heridas. Todavía tenía el ojo hinchado, pero ya podía abrirlo.

—Ya lo has hecho —espetó, y se alejó de allí para acercarse a Ulfrir.

—Ve tú delante —le dijo a Ulfrir.

Este caminó por el muelle con Skuld a su lado y sus úlfhéðnar detrás. Elvar y el resto los siguieron.

El embarcadero conducía a un camino cubierto de enredaderas y una fina capa de tierra, pero Elvar le dio una patada y descubrió que debajo el suelo estaba pavimentado con piedras. El camino se adentraba en línea recta en el valle formado por los dos promontorios que sobresalían de la colina y Ulfrir enfiló por él. Se detuvo delante de la escarpadura y alzó la vista hacia los lobos que los observaban recortados en la cima.

—Esperad aquí —dijo Ulfrir.

Él se adelantó otra veintena de pasos y se detuvo frente a la pared vertical que se levantaba delante de él. A cada lado de la escarpadura había una enorme roca. Todo estaba cubierto de enredaderas. Ulfrir paseó la mirada por la pared, giró el cuello hacia un lado hasta que crujió y luego hacia el otro.

—*Úlfabæli, mitt forna heimili, opinberaðu varðmenn þína, opinberaðu þín fornu hlið* —bramó más fuerte de lo que era humanamente posible. Su voz reverberó y las resonancias fueron apagándose poco a poco hasta que se instaló el silencio.

Elvar sintió las vibraciones del suelo en los pies. Se levantó un viento que atravesó el bosque, los árboles se agitaron ruidosamente y las copas crujieron. El viento arreció y removió la superficie del río, sacudió el muelle y pasó canalizado entre los dos promontorios de la colina. El torbellino golpeó a Elvar como si fuera una tempestad, le tiraba del pelo y de la túnica de lana, y toda la gente a su alrededor se tambaleaba y luchaba contra él. El suelo tembló y el viento azotó las grandes rocas que había a un lado y al otro de Ulfrir, arrancó las enredaderas que la cubrían y continuó ascendiendo por la pared del barranco. Las rocas temblaban y se estremecían a su paso, la vegetación se desprendía en grandes cantidades, destruida y extirpada. Se produjo una gran nube de polvo que envolvió a Elvar y todo lo que había a su alrededor. La jarl se tapó la cara con la capa de piel de oso y tosió.

A continuación se oyó una serie de crujidos, como de huesos partiéndose, pero más fuerte. El polvo se asentó. Ulfrir todavía miraba la pared del barranco. Ahora que la vegetación y las capas de tierra habían desaparecido, Elvar distinguía el contorno de un par de grandes puertas de piedra con la cabeza de un lobo gruñendo tallada en cada una de ellas. Sin embargo, no era eso lo que atraía su mirada, ni tampoco el lugar de donde provenían los atronadores crujidos.

Las dos grandes rocas se movían con sacudidas y se desplegaban. Aparecieron unas patas y luego unas caras enormes que gruñían. Y entonces, dos lobos esculpidos en piedra se alzaron delante de las puertas, con los labios tirantes y mostrando los dientes, el pelo del lomo erizado y unos destellantes ojos ambarinos en sus caras de piedra gris.

Un resplandor pálido rodeaba la silueta de Ulfrir mientras su cuerpo cambiaba y aumentaba de tamaño. Se dejó caer sobre las manos y las rodillas, y luego se produjeron una serie de chasquidos. Su hocico se alargó, brotó pelo por todo su cuerpo, le creció una cola y el aire vibraba a su alrededor como si estuviera muy caliente. Ulfrir se irguió en su forma de lobo, grande como una sala de hidromiel, ante las puertas y los lobos de piedra, echó la cabeza hacia atrás y aulló. Su voz atronadora los sobrecogió como si fuera una repentina tormenta de verano y la gente que había en torno a ella se tapó los oídos. Los dos lobos de piedra alzaron la cabeza y también aullaron. Todos los lobos congregados en la cima de la colina sumaron su voz hasta que sus aullidos debieron resonar en el mundo entero.

Se oyó un estruendo ensordecedor y saltaron más polvo y piedras de las puertas de piedra mientras se abrían acompañadas por el rechinar de unos goznes que no se veían. Cuando las puertas se abrieron por completo, un olor a antiguo y a moho salió del interior.

Ulfrir se volvió para mirarlos con sus brillantes ojos ambarinos. El viento amainaba y le agitaba el pelo.

—Bienvenidos a mi casa —gruñó.

CAPÍTULO TREINTA Y NUEVE

ORKA

Orka se encorvaba y tiraba, se encorvaba y tiraba, y su remo se hundía en el agua, impulsaba la embarcación, se levantaba y volvía a hundirse. El sudor se le metía en los ojos y corría por su cuello y su espalda. El ejercicio físico de remar le sentaba bien para olvidarse de los problemas durante un rato. La ceremonia del juramento de Varg el Insensato había hecho aflorar algunos recuerdos que acechaban dentro de ella, recuerdos que había intentado mantener enterrados porque eran muy dolorosos.

Las palabras de su antiguo jefe, Boðvar Garra, resonaron en su cabeza: «Orka Machacacráneos, ¿por qué estás aquí?».

«Para ser uno de los vuestros —había respondido ella—. Para ser un miembro de vuestra familia».

«Y sin embargo los abandoné, les di la espalda. Soy una niðing rompejuramentos».

«Lo hiciste por nuestro hijo», oyó que le susurraba Thorkel dentro de su cabeza.

—Sí, por nuestro hijo —mascculló mientras remaba.

—¿Has dicho algo, mamá? —preguntó Breca, que estaba sentado a su lado en el banco de remo, envolviendo con las manos el remo de Orka como si remara con ella. La tennúr Vesli se había sentado en su regazo y comía dientes de la bolsa que llevaba en el cinturón.

—Nada —farfulló Orka.

Sonó el cuerno que anunciaba que el turno en el banco de remo de Orka había concluido. Levantó el remo, se puso en pie y vino a sustituirla una guerrera llamada Æsa, que en sus tiempos no pertenecía a los Hermanos de Sangre.

—Gracias, Machacacráneos —dijo Æsa.

Orka masculló algo y se apartó.

—Quiero remar, mamá —dijo Breca.

—No —replicó Orka.

—¿Por qué no? —preguntó Breca con el ceño fruncido—. Y no digas que soy demasiado pequeño. Ella rema —dijo señalando con la cabeza a Refna Manos Fuertes, que estaba ocupando su sitio en un baúl de remo.

—Es más difícil de lo que parece —repuso Orka—. Si no estás acostumbrado se te partirá el remo, romperás el ritmo o quizá le partas el brazo a la persona que está remando delante o detrás de ti.

Breca refunfuñó entre dientes.

Orka no le hizo caso y se dirigió al barril de agua. Una sombra cruzó la cubierta del *Lobo del mar* y se produjeron unas corrientes de aire cuando uno de los cuervos gigantes descendió en espiral hacia el barco. Batió las alas graznando y se posó en la cubierta. El *Lobo del mar* se tambaleó bajo su peso.

—Grok trae noticias. Grok trae noticias —graznó el cuervo.

Glornir le pasó la caña del timón a Einar y se acercó al ave gigante.

—¿Qué noticias, amigo?

—La dragona se ha ido de Darl —graznó Grok picoteándose las plumas de un ala.

—¿Adónde se dirige? —demandó Glornir.

—Al oeste. Muchos caminan con ella.

—¿Eso quiere decir que no va por el aire ni por el mar? —preguntó Vol al unirse a ellos, acariciando la cabeza de la serpiente que le envolvía los hombros.

—No, no por el aire ni por el mar —graznó Grok—. Caminando.

—¿Sabes adónde van?

—Grok no voló lo suficientemente cerca de ellos para oírlos —respondió el cuervo—. Grok no quería que la dragona se lo comiera. O las arañas. O los troles. —Hizo un gesto que podría interpretarse como un encogimiento de hombros—. Van hacia el oeste.

Vol miró a Glornir.

—Snakavik está al oeste de Darl.

—Ajá. Debe haberse enterado de que Ulfrir está allí, sin duda. Es difícil mantener en secreto la presencia de un dios lobo —dijo Glornir.

—Grok tiene hambre —croajó el cuervo.

—Ven conmigo —le dijo Vol—. Tenemos un barril con arenques en escabeche que seguro que te gustan.

—A Grok le encanta el pescado sabroso —repuso el cuervo. Entrechocó las dos piezas del pico y siguió con saltitos a Vol.

Orka sacó un cacito lleno de agua del barril y se la bebió toda. Introdujo otra vez el cacito en el barril para rellenarlo y volvió a beber.

—Así que Lik-Rifa se dirige a Snakavik —dijo mirando a Glornir.

—Ajá —mascullé Glornir—. Es una buena noticia. Si viene a nosotros no perderemos el tiempo yendo a por ella. —Se acercó a Breca y le puso una de sus manazas en el hombro.

—Ajá —dijo Orka. Se le apareció la imagen de Drekr. Ahora que había recuperado a Breca, la idea de vengar a Thorkel daba vueltas dentro de su cabeza como una manada de lobos al oler sangre durante una cacería.

—Los remos dan sed, ¿eh? —dijo una voz detrás de Orka.

Orka se dio la vuelta y vio a Svik con su habitual sonrisa en los labios. A juzgar por la túnica empapada en sudor, él también acababa de terminar su turno en el banco de remo. Orka le ofreció el cacito del agua y atisbó detrás de él a Røkia practicando con las armas con Varg el Insensato. Ambos hicieron una pausa en su duelo de hachas y se volvieron hacia Svik. Este cogió el cacito que le alargaba Orka, se bebió el agua de un trago y siguió con los ojos la trayectoria de la mirada de Orka.

—¿Recuerdas las palabras que pronunció anoche? —preguntó Svik a Orka, todavía con la sonrisa en las comisuras de la boca, aunque ya no llegaba a sus ojos.

Orka se lo quedó mirando en silencio.

—¿Me has oído?

—Te he oído —gruñó Orka.

—Entonces, lo mínimo que podrías hacer es responderme —protestó Svik—. Te… —Hizo una pausa y tragó saliva—. Te quería como si fueras mi madre. Se me rompió el corazón cuando creí que habías muerto. Lloré… por ti. —Inspiró hondo—. Y sin embargo no moriste. Solo… te marchaste. Sin decir nada.

La asaltó el recuerdo de apartar un matojo de tojo y encontrar a un niño que la gruñó asustado y feroz, manchado de barro, con la espalda ensangrentada y devastada por el látigo.

Orka deseaba decirle unas palabras que tenía preparadas. Se había imaginado diciéndoselas muchas veces, pero se convirtieron en ceniza en su boca.

—Dime, ¿recuerdas las palabras de tu juramento? —insistió Svik.

—Están grabadas en mi alma —mascculló Orka.

Svik entrecerró los ojos y asintió.

—¿Por qué nos abandonaste entonces? ¿Por qué me abandonaste?

Orka miró a Svik y sintió que las palabras se agolpaban en su garganta. Pensó en mantener la boca cerrada, dar media vuelta y marcharse.

—Por mi hijo —dijo finalmente—. Por su seguridad. Para criarlo en paz.

Se instaló el silencio entre ellos. Svik la miraba fijamente y Orka reparó en que muchos otros miembros de los Hermanos de Sangre se habían acercado y escuchaban la conversación, y los que estaban sentados en los baúles de remo inclinaban la cabeza hacia ella para tratar de oír lo que decía.

Orka hinchó los carrillos y soltó el aire con un resoplido.

—No nos fue tan bien como esperaba. Quemaron nuestra granja, mataron a Thorkel, los descendientes de la dragona raptaron a mi hijo, y ahora estamos a bordo del *Lobo del mar* rumbo a una guerra sangrienta. Decidí dejar atrás la muerte, pero parece ser que la muerte ha decidido quedarse conmigo.

Se oyeron algunas risas ahogadas y gruñidos de asentimiento en torno a ella, pero Svik continuó mirándola fijamente un momento y luego asintió lentamente.

—¿Y ahora has vuelto con nosotros? —preguntó—. ¿Eres un miembro de los Hermanos de Sangre, de nuestra familia?

—Aquí dentro siempre lo he sido —respondió Orka tocándose el pecho. Se encogió de hombros—. Soy un Hermano de Sangre, si Glornir me acepta de nuevo y me perdona por haberme ido.

Silencio. Todas las miradas se volvieron a Glornir.

—Aquí dentro nunca te fuiste —respondió Glornir poniéndose la mano en el corazón.

Todos alzaron la mirada cuando se produjo una batida de alas encima de sus cabezas. Kló descendió hacia ellos describiendo círculos en el aire y aterrizó en la borda de estribor. El *Lobo del mar* se escoró peligrosamente y el ave saltó a la cubierta, emitió un graznido ensordecedor y Grok extendió las alas, planeó hasta su compañera y los dos cuervos gigantes se picotearon mutuamente las plumas.

—Kló trae noticias —graznó alzando la mirada y ladeando la cabeza para fijar un brillante ojo negro en Glornir, mientras Grok continuaba arreglándole las plumas con el pico—. Han zarpado barcos del cráneo de Snaka —graznó—. Muchos barcos.

—Elvar —dijo Glornir—. ¿Adónde se dirigen?

—Navegaron con el viento en las velas hacia el sur y luego se adentraron a remo en el Jarnvidr —respondió Kló.

—El Bosque de Hierro —repuso Vol acercándose otra vez—. ¿Para qué habrán ido allí?

—Allí está la guarida de Ulfrir, el Valle del Lobo —graznó Grok dejando de picotear las plumas de Kló por un momento.

—¿El Valle del Lobo? —inquirió Glornir.

—El Valle del Lobo, la guarida del lobo Ulfrir, la casa de Ulfrir —grajeó Kló.

—Nunca había oído hablar de ese sitio —murmuró Glornir con el ceño fruncido.

—Eso no significa que no exista —graznó Grok.

—¿Y cómo sabes que han ido allí? —preguntó Vol a Kló.

—Kló lo ha visto. Kló lo ha oído. El aullido de los lobos hizo daño a los oídos de Kló.

Glornir y Vol se miraron.

—Lik-Rifa se ha puesto en marcha, Ulfrir y Elvar se han echado al mar —dijo Vol—. La guerra está cerca.

—Ajá —gruñó Glornir—. Grok, Kló, ¿podéis informar también al jarl Orlyg? Decidle que hay un cambio de planes y que ponemos rumbo al Bosque de Hierro.

CAPÍTULO CUARENTA

ELVAR

Elvar estaba sentada en el trono con el lobo esculpido y el respaldo alto de Ulfrir y tamborileaba con los dedos en la empuñadura forrada con alambre entorchado de su espada, que descansaba enfundada y envuelta en el tahalí sobre su regazo. El trono era demasiado grande para ella, pero no iba a permitir que Ulfrir se sentara en el trono de aquella cámara del lobo. Ahora ese sitio le correspondía a ella, y había pedido a Ulfrir que él se colocara de pie a su lado. Al otro lado había puesto a Berak. Por otra parte, sus asesores departían delante de ella y trataban de encontrar la manera de matar a un dragón.

Gytha había estado hablando sobre tácticas, muros de escudos y formaciones en hocico de verraco, y ahora Silrið estaba haciéndolo sobre magia galdur, hechizos rúnicos y el poder de las reliquias y los huesos de los dioses.

—Tiene que venir a nosotros —terció Ulfrir interrumpiendo a Silrið.

—¿Venir a nosotros? —inquirió Silrið con el ceño fruncido—. ¿Y cómo se consigue que un dragón haga lo que tú quieres?

—Usándome a mí como cebo —respondió Ulfrir—. Lik-Rifa me odia, y también me teme. Pero sabe que cuanto más tiempo viva, más peligroso seré. Ahora se siente fuerte tras la destrucción de Orna, así que querrá encontrarme y atacarme cuanto antes, como hizo con mi esposa.

Un estremecimiento recorrió las alas de Skuld.

—Ten cuidado, amigo —dijo Hrung mirando a Ulfrir—, o podrías acabar siendo solo una cabeza encima de un pedestal a mi lado, o colgando de la pared como un trofeo de caza.

—Será la cabeza de Lik-Rifa la que acabe arrancada de su sinuoso cuello —gruñó Ulfrir.

—¿Y crees que vendrá a buscarte aquí, a tu guarida? —preguntó Uspa.

—Lik-Rifa huyó a Nastrandir cuando estaba débil —dijo Ulfrir—. Creerá que yo he venido aquí por esa misma razón, para recuperarme. Pensará que estoy débil.

—Y si finalmente conseguimos atraerla hasta aquí, ¿cómo vamos a matarla? —quiso saber Silrið.

—Yo la mataré —aseveró Ulfrir—. Vosotros tenéis que encargaros de aniquilar su hueste, que sospecho que debe ser formidable. Descendientes de la dragona, vaesen, muchos corrompidos…

Elvar quiso interrumpirlo. Un pensamiento se había colado en su cabeza, una idea vaga, como un sueño que solo recordaba a medias, algo que sentía que era importante, pero que era incapaz de aprehender. Era una sensación frustrante.

«No soy capaz de pensar con claridad desde… desde…».

—¡Ay! —exclamó. Se levantó del trono, miró en derredor y echó a andar con largas zancadas sin decir una palabra. Todas las miradas la siguieron. Berak se apresuró a alcanzarla para caminar a su lado y Sighvat corrió pesadamente para ponerse al otro lado de Elvar.

—¿Adónde vas, jarl Elvar? —preguntó Silrið viendo que Elvar se marchaba.

—Tengo que hacer una cosa —respondió Elvar sin volverse. Atravesó el gran salón de Ulfrir, que todavía le producía tanta fascinación como la primera vez que lo había visto al entrar detrás de él por las puertas abiertas de su guarida hacía dos días. En el centro de la cámara crecía un árbol con un tronco tan grande como una sala de hidromiel y con la corteza recubierta de musgo. Brillaba con una especie de luz etérea que emanaba de unos densos racimos de hongos que crecían grandes como escudos en su tronco. Elvar alzó la vista y siguió con los ojos el contorno de los hongos luminiscentes hasta el alto techo abovedado de la cámara, donde, quizá por medio de un extraño conjuro de magia seiðr, la luz atravesaba en haces fragmentados la cima de la colina en cuyo interior estaba construido el salón. Rodeó el árbol y caminó entre columnas con lobos tallados que desaparecían en la penumbra, pasó junto a antorchas que Ulfrir había encendido con su voz y que producían unas sombras alargadas mientras ella caminaba entre ellas.

Se habían hecho muchas cosas en los dos días que habían pasado desde su llegada. Lo primero de todo había sido la exploración de la guarida de

Ulfrir, de la que el gran salón solo era una pequeña parte. Ulfrir le había contado que de la cámara partían túneles como si fueran los hilos de una tela de araña. Algunos pasaban por debajo del río y se extendían hasta salidas y entradas situadas por todo el Bosque de Hierro. La primera tarea que había ordenado Elvar fue enviar exploradores a todos los túneles para asegurarse de que las entradas estaban cerradas. Una vez acabada esa tarea, habían dedicado el tiempo a organizar su ejército y buscar un sitio donde dormir, cocinar, comer y entrenar.

«Pero todavía queda tanto por hacer… Y por lo que sé, Lik-Rifa no anda lejos. Tengo que saber qué hace, necesito información para pensar un plan. Pero para eso tengo que poder pensar con claridad».

Salió del gran salón y caminó por un pasillo iluminado con antorchas, lo suficientemente alto y ancho para que Ulfrir pudiera recorrerlo en su forma de lobo.

—Sighvat, no hace falta que me sigas a todas partes.

—Eres mi jefa —dijo Sighvat.

—Lo sé, pero tengo berserkir que me protegen.

—Te protegen porque son tus thrall y están obligados a ello —repuso Sighvat—. Yo te protejo porque eres mi astuta jefa, porque quiero. Es mejor que la protección de los thrall. —Miró de soslayo a Berak—. Yo soy leal, como todos los Terrores de la Batalla. Uno de los nuestros siempre te protegerá vayas donde vayas.

—Sé que eres leal —dijo Elvar, reconfortada por sus palabras.

—Yo te protegería aunque no llevara el collar de thrall —terció Berak lanzando una mirada torva a Sighvat—. Porque voy a la guerra para rescatar a mi hijo.

—Mmm —gruñó Sighvat reconociendo que no podía contradecirlo.

Elvar giró para entrar en otro pasillo con una pendiente descendente. Las paredes estaban húmedas y el goteo del agua resonaba en ellas. Continuó caminando hasta que vio una figura parada debajo de una antorcha. Era otra berserkir, Thorguna, cuyo sobrenombre, Nubarrón, se debía a su invariable ceño fruncido.

—Mi jarl —dijo Thorguna cuando Elvar se detuvo delante de ella.

—Abre la puerta —ordenó Elvar.

Thorguna cogió una gran llave de hierro del cinturón y la introdujo en la cerradura de la puerta que custodiaba, la giró y empujó la puerta para abrirla. La luz del interior se desparramó por el pasillo. La berserkir hizo el ademán de entrar.

—No —dijo Elvar—. Iré sola.

Sighvat la siguió cuando cruzó la puerta y Elvar se detuvo.

—He dicho sola.

—No pensaba que eso me incluyera a mí —dijo Sighvat con el ceño fruncido.

—Sola —repitió haciendo un gesto para que saliera de la cámara.

—Pero…

—Fuera. —Elvar se adentró en la cámara y cerró la puerta detrás de ella acompañada por el chirrido de los goznes. Luego se dio la vuelta y miró a Grend.

Estaba sentado en un catre, todavía maniatado. La correa de cuero con la que Silrið lo había llevado hasta allí continuaba enganchada a su collar de thrall y atada a una argolla de hierro instalada en la roca de la pared.

Elvar miró largamente a Grend y él le sostuvo la mirada. Elvar sintió un ramalazo de tristeza, y también de rabia.

—Me has hecho parecer débil, una idiota —le recriminó—. Dicen a mis espaldas que debería matarte, colgarte de la horca o meterte en una jaula para que te pudras. Eso es lo que mi padre me habría aconsejado, y no le habría faltado razón. Por tu culpa mis jarlar dudan de mí, me han perdido el respeto.

Grend asintió.

—Lo siento.

—Sentirlo no cambia nada —espetó Elvar con la feroz mirada clavada en él. Suspiró—. ¿Por qué? ¿Por qué no me lo contaste? ¿Por qué me has engañado todos estos años?

Grend bajó la mirada a sus manos atadas y sus cejas se juntaron cuando arrugó el ceño. Volvió a mirar a Elvar.

—Hice un juramento.

—¡Me hiciste un juramento a mí! —bramó Elvar.

—Antes hice ese otro juramento, y estaba relacionado contigo —dijo Grend.

—¿Cómo? ¿Qué juramento? ¿A quién se lo hiciste?

—Hice un juramento a tu madre poco después de que nacieras. Le juré que siempre te protegería. ¿Cómo iba a protegerte si llevaba puesto un collar de thrall y debía lealtad a tu padre?

—¿Mi madre sabía que eras un corrompido?

—Sí.

Elvar se quedó pensativa mientras asimilaba esa información.

—Por favor, Grend, cuéntamelo todo.

Grend vio el dolor y las preguntas en sus ojos e inspiró hondo.

—Mi madre era una thrall y nací en la casa familiar del padre de tu madre —dijo hablando despacio, como si las palabras estuvieran sujetas con grilletes en lo más profundo de su ser—. Él era un jarl menor del jarl Störr, como ya sabes. Crecí siendo un criado thrall en la casa familiar, trabajando en las cocinas, la granja, la forja... Tu madre y yo teníamos más o menos la misma edad y nos hicimos... amigos. Una vez vio que un drengr de tu padre me pegaba y luego vino con un cuenco con agua caliente y vendas para limpiarme las heridas. —El atisbo de una sonrisa le cruzó fugazmente la boca, pero desapareció casi al instante, como la luna detrás de unas nubes que se deslizan a toda velocidad por el cielo—. Siempre fue cariñosa conmigo. Un día, cuando yo tenía once o doce años, estaba haciendo de batidor en una cacería de tu abuelo. Era la primera cacería de tu madre y se perdió en el bosque. Su padre envió a todo el mundo a buscarla. Pero yo era un corrompido, aunque entonces aún no lo sabía. Soy un descendiente del sabueso Hundur y conocía el olor de tu madre. Encontré su rastro en el bosque y la oí llorar. Atravesé el bosque corriendo y la encontré. Tres forajidos niðing la retenían. La habían tirado del caballo y le habían arrancado la ropa del cuerpo. Querían... usarla. Cogí una rama partida del suelo y... —Abrió las manos—. Los matamos. Acabé con dos, pero el último era un corrompido, con Hundur en su sangre, y me olió mientras peleábamos porque yo sangraba. Me lo gritó, me dijo que me uniera a él. Me quedé paralizado un momento y él intentó apuñalarme con el seax. Tu madre le cortó el cuello. —Se encogió de hombros—. Desde ese momento quedamos unidos para siempre. Nos habíamos salvado la vida mutuamente. Ella me juró que nunca revelaría mi secreto, y cuando la llevé de vuelta con su padre, le contó cómo la había rescatado. Él me recompensó con la libertad, me dejó entrar en su casa como un hombre libre. Aprendí a luchar con la lanza, la espada y el seax, y fui subiendo hasta convertirme en un drengr de su casa familiar. —Grend se quedó callado un rato, absorto en los recuerdos—. Fueron tiempos felices. Pero entonces el jarl Störr vino de visita y vio a tu madre. Ella era hermosa, por supuesto, pero Störr también deseaba la lealtad de tu abuelo, así que se casó con ella. Cuando ya llevaba un tiempo en Snakavik pidió a su padre que me enviara con ella. Él me dio a elegir entre quedarme con él y convertirme en el capitán de sus drengir o ir a Snakavik con tu madre. —Levantó la cabeza para mirar a Elvar y sonrió—. La elección era fácil. —Alzó las manos ligadas y se rascó la costra de una herida en la cara—. Luego naciste tú y enseguida tu padre comenzó a… maltratar a tu madre. Ella me pidió que le prometiera mediante un juramento de sangre que siempre cuidaría de ti. —Giró las manos para mostrar a Elvar una cicatriz pálida. Elvar recordó que había acariciado con sus dedos una cicatriz similar en el dorso de la mano de su madre—. Y eso es lo que he intentado hacer desde entonces.

—¿Soy… soy tu hija? —masculló Elvar.

Grend alzó la vista y esbozó media sonrisa.

—No. —Sacudió la cabeza—. Pero ojalá lo fueras. —Miró a Elvar con intensidad—. Tú no has salido a tu padre. No te pareces en nada al jarl Störr. Te considero mi hija en todo menos en la sangre. —Una lágrima rodó por su mejilla y agachó la cabeza—. Me destroza el alma avergonzarte.

«No he salido a mi padre. ¿O sí? Mi mayor miedo es convertirme en él, y tengo la sensación de que está ocurriendo».

Se quedó mirando a Grend sin moverse durante un rato. Finalmente sacó del cinturón el hacha que Grend le había dado y con un golpe seco cortó la cuerda que ataba sus manos. Volvió a guardar el hacha y desenganchó del collar la correa que lo unía a la argolla de hierro. A continuación, sin mediar palabra, dio media vuelta, abrió la puerta y se marchó.

CAPÍTULO CUARENTA Y UNO

BIÓRR

Biórr se sentó y removió su cuenco de gachas con una gota de miel con la cuchara de madera. La luz del amanecer gris como el peltre, el débil resplandor del sol que se aferraba al horizonte en el borde de la tierra, se filtraba en el mundo y la oscuridad retrocedía. El campamento era un hervidero de actividad en torno a él: la gente comía, bebía, atendía los caballos, recogía su equipo… Se fijó en un trol toro que bramaba a un par de crías que rodaban por el suelo, dándose puñetazos y patadas y mordiéndose con los colmillos que acababan de salirles. Cerca de allí, Fain el Rojo supervisaba el entrenamiento de los niños corrompidos y Biórr vio que Harek tiraba al suelo a su oponente de un mamporro con el escudo.

A pesar de la actividad y de toda la gente que lo rodeaba, él se sentía solo.

Oyó un ruido de pasos y una figura apareció envuelta en la luz cenicienta y se sentó en un barril a su lado. Era Ilska la Cruel. Se quedó mirando la olla con gachas un momento y el fuego se reflejó en sus ojos oscuros. Biórr reparó en que las arrugas de su cara eran más profundas y en que le habían salido más canas.

—Todavía no te he dado las gracias por traerme el cuerpo de Myrk —dijo con el ceño fruncido.

«El cuerpo de Myrk». Esas palabras eran como una mano que le retorciera el estómago.

—No tienes por qué agradecérmelo —dijo Biórr—. Yo también… le tenía cariño.

—La hacías feliz —añadió Ilska—, y eso también te lo agradezco.

—Era algo mutuo —repuso Biórr—, y el mundo está incompleto sin ella.

—Ajá.

Continuaron sentados en silencio. La cabeza de Biórr se llenó de recuerdos de Myrk: su olor, su sonrisa torcida, el sabor de sus labios.

—Esa Orka —dijo Ilska finalmente—. Cuéntame todo lo que sepas sobre ella.

Biórr arrugó el ceño con gesto pensativo.

—Es una corrompida, una úlfhéðnar. Tiene una habilidad con las armas fuera de lo común. —Hizo una pausa cuando se le apareció la imagen de Orka luchando, gruñendo, abriéndose paso a través de todo aquel que se interponía en su camino—. Prefiere el hacha larga, aunque la he visto luchar con el seax y el destral, con los dientes y las uñas. —Sacudió la cabeza para desterrar la imagen de Myrk con el cuello desgarrado y rememoró su conversación con Orka sobre los dioses. «Nunca les ha importado la vida de nadie», le había dicho—. Es terca —masculló.

—¿Algo más? —preguntó Ilska—. Tiene que haber algo más.

Biórr repasó todo lo que Myrk le había contado sobre Orka.

—Es resuelta y quiere con locura a su hijo. Lo buscó por toda Vigrið. A diferencia de la mayoría de la gente, no teme a la muerte, y eso resulta... inquietante. Entró en El drengr muerto para enfrentarse con Drekr y la docena de hombres que estaban con él. Mató a casi todos. Apareció en mitad del bosque para luchar contra Myrk y una docena de Alimentadores de Cuervos en el campamento de Rotta y los habría derrotado ella sola. Se infiltró en nuestro campamento mientras atacábamos Svelgarth y se abrió paso a través de arañas del hielo, guerreros y skraeling para llegar hasta su hijo. Así que tiene unas pelotas de granito y es astuta. —Suspiró—. La torturaron y no soltó prenda sobre Ulfrir a pesar de los golpes de Rotta. Solo habló cuando Rotta la amenazó con matar a su spertus.

—¿Su spertus? Los spertus son leales a Lik-Rifa —señaló Ilska.

—No todos —dijo Biórr encogiéndose de hombros—. Y cuando Rotta mató al spertus lo atacó. No teme ni respeta a los dioses.

Ilska asintió pensativa.

—¿Por qué quieres saber todo esto? —preguntó Biórr.

—Porque hay que conocer al enemigo. Y pronto me enfrentaré con ella —respondió. Una mueca glacial se dibujó en su boca. No era la primera vez que Biórr la veía, y un escalofrío le recorrió la espalda—. ¿Se te ocurre algo más que pueda interesarme?

—Alguna clase de lazo la une a los Hermanos de Sangre. La acompañaban tres miembros de la banda en Svelgarth. Maté a uno.

Ilska soltó un gruñido de aprobación.

—Dos Hermanos de Sangre la ayudaron a escapar cuando nos atacaron Orlyg y sus corrompidos.

—También nos vengaremos de los Hermanos de Sangre. Sterkur ha oído rumores de que tu Elvar les ha ofrecido plata para que luchen por ella, así que creo que pronto nos los encontraremos.

«Tu Elvar». No le gustaba pensar en Elvar, aunque no podía sacársela de la cabeza. Siempre estaba allí, acechando en las sombras. Su traición a ella le remordía la conciencia.

—El coste de esta guerra está siendo alto —continuó Ilska—. Mi padre, mi hermano, mi hermana. —Suspiró y negó con la cabeza—. No podemos perder.

—No perderemos —afirmó Biórr.

Los cuernos sonaron para anunciar el inicio de la marcha.

Ilska le dio una palmada en la pierna y se puso en pie.

—Gracias —dijo. Sacó algo de un bolsillo interior de la capa, una pluma de cuervo—. Era de Myrk. —Se la tendió a Biórr—. Creo que a ella le habría gustado que la tuvieras tú.

Biórr la cogió y se la enganchó en el pelo mientras observaba cómo se alejaba Ilska.

Biórr cabalgaba al lado de Rotta, cerca de la cabeza de la columna. Solo Lik-Rifa e Ilska iban delante de él. Ante ellos se extendían llanuras sinuosas salpicadas de arboledas y a lo lejos se reflejaba el sol en un meandro del río Slågen, que atravesaba el paisaje como si fuera una serpiente plateada. Más allá, Biórr solo distinguía la impenetrable oscuridad del Bosque de Hierro.

—El río marca la frontera entre los dominios de la reina Helka y los del jarl Störr —oyó Biórr que le decía Ilska a Lik-Rifa.

—Son mis dominios —aseveró la diosa dragona—. Ese presuntuoso jarl Störr y su lobo mascota no son más que gusanos en una herida. Los arrancaré de ella y les enseñaré lo que es el dolor de verdad.

Biórr vio aparecer unos jinetes sobre el contorno de una colina baja. Un puñado de tennúr descendieron del cielo acompañados por el zumbido de sus alas y revolotearon alrededor de Lik-Rifa. Biórr reconoció a Tannbursta, su jefe.

—Son súbditos tuyos, mi reina —dijo el tennúr—. Krúsa y los otros que enviaste con ella.

«La jarl Sigrún y el mocoso de su sobrino».

Biórr los vio descender por la ladera de la colina seguidos por otros jinetes y skraeling y una nube de arañas del hielo. Según se acercaban, Biórr reparó en que eran menos de los que habían partido de Darl y distinguió los vendajes de algunos jinetes. Vio que Krúsa corría a la cabeza de sus skraeling agitando sus largos brazos, casi como si corriera a cuatro patas. Sigrún lideraba a sus drengir, con Guðvarr pegado a ella.

«Así que han tenido un encuentro violento. Y no parece que traigan prisioneros. ¿Habrán matado a Skalk, Estrid y los demás? ¿O ellos les han dado una paliza y han huido en desbandada?».

Ilska se dio la vuelta en la silla y bramó unas órdenes. Sonaron los cuernos y la hueste de Lik-Rifa, como un insecto moribundo estremeciéndose, se detuvo para esperar a Krúsa y a Sigrún. Se acercaban al galope y no tardaron en llegar. Cuando se detuvieron delante de Lik-Rifa, Biórr divisó más tennúr a lo lejos, un puñado de ellos que aparecieron sobre la colina de la que habían descendido Sigrún y Krúsa. Esos otros tennúr se lanzaron disparados hacia ellos y volaron en círculo encima de sus cabezas. Uno de los vaesen descendió describiendo una espiral, se posó en el hombro de Krúsa y le habló animadamente en el oído.

—Mi reina. Ilska la Cruel —dijo la jarl Sigrún cuando tiró de las riendas de su montura para detenerla frente a Lik-Rifa. Inclinó la cabeza.

—¿Están muertos? —preguntó Lik-Rifa. Miró a Ilska—. ¿Cómo se llamaban esos a los que perseguían?

—Estrid y Skalk, mi reina —respondió Ilska.

—No, mi reina, no están muertos —dijo Sigrún.

—¿Os han derrotado entonces? —inquirió Lik-Rifa paseando la mirada con el ceño fruncido por los heridos.

—No, Madre Creadora —dijo Krúsa adelantándose con saltitos. La tennúr no se movió de su hombro—. Luchamos con unos faunir en el Jarnvidr.

—¿Y Skalk y Estrid? —quiso saber Ilska.

—Los encontramos —respondió Krúsa.

—Quieren unirse a nosotros y jurar lealtad a Lik-Rifa —añadió la jarl Sigrún.

—¿En serio? —dijo Lik-Rifa desconcertada.

—¿Por qué? —preguntó Ilska con una expresión dura y fría como el hielo dibujada en la cara.

—Las cosas han cambiado en Vigrið —explicó Sigrún—. Nos han ofrecido información para demostrar su lealtad, y algo más.

—¿Qué información? —demandó Ilska.

—El jarl Störr ha muerto. Ulfrir lo ha matado —respondió Sigrún.

—Así que el lobo quiere mandar —gruñó Lik-Rifa.

—No es eso, mi reina. Estrid y Skalk nos han contado que Ulfrir lleva puesto un collar de thrall. Nos han dicho que ahora es el thrall de la hija del jarl Störr, Elvar, la jefa de los Terrores de la Batalla.

—¡Cómo! —exclamó Biórr a la vez que Rotta, Ilska y Lik-Rifa.

—Eso sí es información, ya lo creo —repuso Lik-Rifa pensativa—. El mierda de mi hermano el lobo, un thrall. —Esbozó una sonrisa malvada.

—Has dicho que Skalk y Estrid no solo os han dado información —terció Ilska mirando a Sigrún—. ¿Qué más os han ofrecido?

—Ser nuestros ojos y nuestros oídos en el campamento de Ulfrir —dijo Sigrún.

Ilska asintió lentamente mientras pensaba en esa propuesta.

—Eso estaría bien, muy bien, pero ¿podemos confiar en ellos?

—Dicen que prefieren jurar lealtad a la dragona que al lobo —respondió la jarl.

—Obviamente —dijo resoplando Lik-Rifa.

—En cuanto a la confianza, nosotros no confiamos en nadie —prosiguió Sigrún—. Pero hasta ahora la información que nos han dado ha sido útil.

—Nos envían más información, Madre Creadora —dijo Krúsa adelantándose—. Munni trae noticias de ellos. —Señaló con la cabeza al vaesen posado en su hombro, que hizo una honda reverencia a Lik-Rifa—. Ulfrir no está en Snakavik. Ha huido a su guarida en el Jarnvidr.

—Es verdad, es verdad —dijo el tennúr dando saltitos con una pata y luego con la otra sobre el hombro de Krúsa—. Cuando los maður se lo contaron a Munni, Munni pensó: sé valiente, sé valiente, Munni tiene que verlo con sus propios ojos, la Madre Creadora así lo desearía. Volé allí, vi muchos barcos en el río, vi lobos de piedra en las puertas de la guarida de Ulfrir. Está allí.

—Buen trabajo, Munni. Todos habéis hecho un trabajo magnífico —dijo Lik-Rifa. Rotta se acercó a ella y Lik-Rifa lo miró y sonrió—. Está débil, hermano. Si Ulfrir se ha escabullido para esconderse en su guarida, eso significa que está débil.

—Y cerca —apuntó Rotta desviando la mirada hacia la borrosa mancha verde del Jarnvidr.

—Pronto estará tan cerca que podremos tocarlo —dijo Lik-Rifa—. Tan cerca que podremos matarlo.

CAPÍTULO CUARENTA Y DOS

VARG

Varg subió a bordo el remo y el *Lobo del mar* se deslizó por el río a escasos metros del knarr de Sulich. Se lanzaron cabos, y hombres y mujeres de la tripulación los agarraron y tiraron de ellos para juntar las dos embarcaciones.

—Ha llegado el momento de que tu tripulación decida —gritó Glornir hacia el otro barco con Vol a su lado. Sostenía un saco en la mano—. Tienen que elegir entre ponerse el collar o no.

Sulich se aupó a la borda del knarr.

—Solo Iva desea ponerse el collar. También Taras —respondió.

—Taras hacer lo mismo que Iva —afirmó el hombretón sentado en un barril en la popa de la nave.

Iva se acercó a Sulich.

—Si me pongo el collar podré utilizar las habilidades de mi sangre —dijo—. Creo que allí donde vamos las necesitaremos. —Se encogió de hombros—. Además, el jarl Orlyg me vio usando las runas. La única condición que pongo —añadió— es que no me vendas a él.

Glornir soltó una carcajada.

—Eso no pasará —le aseguró. Metió la mano en el saco que sujetaba con la otra y sacó dos collares de hierro y dos llaves dentro de un aro también de hierro y se los lanzó a Sulich, que los cazó al vuelo—. Ahí tienes el collar y la llave, Iva. Las dos cosas —añadió Glornir mirando a los ojos a Iva—. ¿Estás segura de que quieres hacerlo? Para muchos no es fácil volver a ponerse el collar, ni siquiera en estas circunstancias. Puede desenterrar... recuerdos.

—Eso no me preocupa —dijo Iva encogiéndose de hombros—. En mi corazón sé que soy libre.

—De acuerdo —repuso Glornir.

—Hay que preparar otro engaño antes de reunirnos con Elvar y sus huestes —dijo Vol acariciando la cabeza de la serpiente que le envolvía los hombros. Le susurró unas palabras de magia seiðr y la serpiente se desenroscó y descendió reptando por uno de sus brazos—. *Höggormur vinur minn, skiptu um form, sofðu við mjöðmina, bítu þegar svipan er sprungin* —musitó Vol. La serpiente se enroscó en su mano, de la que salió un fino hilo de magia seiðr que se enrolló en la serpiente como si fuera un cordón de plata, envolviendo su cola hasta conferirle el aspecto de una empuñadura. El cuerpo de la serpiente comenzó a brillar con luz trémula y a vibrar mientras se transformaba y se convertía, ante la mirada atenta de Varg, en algo que semejaba un látigo—. Ahora duerme, cariño mío. —Vol envolvió el cuerpo de la serpiente con una hebilla de cuero y se la enganchó al cinturón, del que quedó colgada con toda la apariencia de un látigo negro enroscado.

—¡Soltad las amarras! —gritó Glornir dirigiéndose a Sulich. Luego bramó a su tripulación—: ¡A los remos! Y remad con fuerza porque quiero alcanzar a Orlyg antes de que llegue por delante de nosotros al Valle del Lobo. Como llegue antes que los Hermanos de Sangre, no parará de soltar sus fanfarronadas.

Varg desembarcó del *Lobo del mar* en un muelle de piedra. Esperó junto a Svik y Røkia a que todos los Hermanos de Sangre desembarcaran. Estaba nervioso, sentía un hormigueo en las venas, e hizo rotar los hombros para repartir el peso del escudo sobre la espalda. La voz que había oído en sus sueños ahora resonaba en su cabeza. Miró a Røkia y supo que ella también la oía.

Los caballos desembarcaban del knarr de Sulich por una pasarela acompañados del repiqueteo de sus cascos. También los guerreros pertrechados con los equipos de guerra que habían pertenecido a los druzhina: cascos con las crines de caballo, cotas de láminas metálicas, sables, flechas y arcos con los extremos curvos dentro de fundas que colgaban de los cinturones de armas y lanzas en sus manos.

Sulich miró a Glornir, sonrió y asintió con la cabeza. Luego se subió a su caballo.

Iva y Taras fueron los últimos en bajar del barco, ambos con el collar de hierro alrededor del cuello, y se acercaron a Glornir y Vol.

Él los saludo con la cabeza y luego observó a su propia tripulación. Todos se habían congregado en el muelle de piedra, enfundados en las cotas de malla y con los escudos negros salpicados de sangre colgados a la espalda. Edel tenía una mano en la cabeza de su perro y Vesli descansaba en el hombro de Breca. Grok y Kló estaban posados en la borda del *Lobo del mar*. Los cuervos gigantes habían dejado claro que querían acompañar a los Hermanos de Sangre a la guarida del lobo y habían atraído muchas miradas mientras el *Lobo del mar* navegaba por el río buscando un hueco en el muelle para atracar.

Varg se volvió al oír un estruendo de pasos. El jarl Orlyg se acercaba por la ribera occidental del río con su hijo a un lado y su galdramaðr al otro. Detrás venía su hueste formada por cincuenta o sesenta drengir y guerreros corrompidos.

El jarl Orlyg se detuvo delante del muelle donde Glornir y Sulich habían amarrado sus barcos y les hizo un gesto para que fueran delante.

—Seguidme, Hermanos de Sangre —dijo Glornir, y enfiló por el muelle con el escudo negro terciado a la espalda y el hacha larga en la mano como si fuera un bastón. Grok y Kló saltaron al muelle desde el *Lobo del mar* y los siguieron dando brincos.

Glornir lideró al grupo hasta un amplio camino que seguía el meandro del río Falinn. A la derecha de Varg, una colina con las laderas escarpadas sobresalía del bosque como si fuera la retorcida columna vertebral de un gigante. Varg echó un vistazo a la otra orilla del río, donde el Bosque de Hierro se alzaba alto, denso y ominoso, poblado de sombras oscuras como la noche. Sin embargo, Varg vio que había gente en la ribera opuesta trabajando en despejar el terreno desde la orilla, de manera que se extendía una amplia franja sin vegetación entre el río y el borde del bosque.

Pero lo que atrajo su atención fue la orilla occidental en la que él había desembarcado.

Pasaron ante una serie de muelles, todos ellos repletos de drakkar y knarr y de gente que los descargaba. Otras personas estaban cavando zanjas y levantando terraplenes, clavando largas estacas de madera en el suelo. Mientras tanto, en el puente construían puertas de madera, pequeñas torres y empalizadas. Muchos interrumpían su trabajo para mirar a los Hermanos de Sangre, que pasaban seguidos por Sulich y sus druzhina a caballo, los dos cuervos gigantes y la hueste del jarl Orlyg.

Glornir torció para dejar a la espalda el río y enfiló por un camino pavimentado que discurría entre dos laderas escabrosas y conducía hasta el arco de una gran puerta abierta en la falda de la colina. Varg la había atisbado desde el barco mientras buscaban un sitio para atracar y su fugaz visión había agitado la sangre en sus venas.

«Allí dentro está Ulfrir. Allí dentro hay un dios».

Según se acercaban a la puerta, Varg vio dos enormes lobos esculpidos en piedra que flanqueaban la entrada, cada uno de la mitad del tamaño del *Lobo del mar*. A cada lado de la puerta también había un grupo de centinelas, hombres y mujeres, todos ellos altos y corpulentos, enfundados en magníficas cotas de malla, con el cabello trenzado y ungido con grasa, con hachas en las manos y brazaletes de plata en los brazos. Todos tenían puesto un collar de hierro. Al ver a Glornir y los Hermanos de Sangre, uno de los centinelas se acercó un cuerno a los labios y tocó una nota larga y retumbante.

—Berserkir —murmuró Røkia junto a Varg.

Pasaron entre las estatuas de los lobos y Varg las miró desconcertado al darse cuenta de que el viento erizaba su pelo. Entonces una de ellas giró la cabeza con un rechinar de piedras trituradas y miró al grupo de Glornir, olfateó el aire y torció los labios dejando a la vista unos enormes colmillos de piedra.

—Seguid caminando —dijo un berserkir en el mismo momento en que Varg bajaba la mano a su cinturón de armas.

Glornir no prestó atención a las estatuas y cruzó la puerta abierta para entrar en el salón de Ulfrir a la cabeza de los Hermanos de Sangre.

La cámara era enorme. Varg levantó la cabeza y se mareó al seguir las columnas que subían hasta las sombras del techo. Había antorchas encendidas en candelabros instalados en las columnas y en las paredes de piedra de la cámara. En el centro del salón crecía un árbol enorme, cuyo tronco ascendía hasta la oscuridad del techo abovedado. La corteza del árbol brillaba tenuemente con la luz que emitían unos densos racimos de hongos, como si alguna clase de magia seiðr fluyera por ellos. Además, en el tronco había tallada una amplia pasarela que ascendía en espiral. Varg miró arriba siguiendo el tronco y vio los destellos de una luz fragmentada que moteaban el techo de una manera muy parecida al efecto de los rayos del sol al filtrarse a través de las copas de los árboles.

Había gente por todas partes. Una zona de la cámara estaba repleta de mesas y bancos largos, y en torno a ellos, sobre fuegos encendidos, giraban ciervos, corderos y jabalíes espetados y borboteaban enormes ollas. Se oía el eco de martillazos y Varg vio el fuego cegador y abrasador de forjas en nichos alrededor de la cámara y las humaredas negras. Allá donde mirara había guerreros entrenando en combate con espada y escudo, con lanza y hacha, pero según se adentraban en el salón, todo aquel que veía a los Hermanos de Sangre dejaba lo que estaba haciendo y los seguían con la mirada. Varg se fijó en la variedad de símbolos estampados en los escudos.

«Son bandas de mercenarios, como nosotros».

Las multitudes se apartaban para dejar pasar a los Hermanos de Sangre. Varg oía el murmullo y veía las cabezas inclinadas en señal de respeto de los guerreros al ver los escudos negros salpicados de sangre. Sin embargo, también reparó en que algunos miraban con desdén a Taras y a Sulich y sus jinetes.

«¿Por qué? ¿Será porque son de Iskidan? ¿Porque su piel es de un color diferente?».

Varg, indignado, sintió que su lobo interior gruñía y que se le erizaba el vello de la nuca.

Glornir los condujo al otro lado del gigantesco tronco y Varg vio un amplio estrado en el fondo del salón.

En el centro de ese estrado había un trono en el que estaba sentada una pequeña figura. Había otras personas de pie a su alrededor y un poco más atrás, sobre un pedestal de piedra, descansaba el busto de una enorme cabeza.

Glornir se dirigió hacia el estrado y Varg se dio cuenta de que la figura que estaba sentada en el trono era una mujer adulta y de que el trono era exageradamente grande. La mujer era una guerrera vestida con una espléndida cota de malla dorada. Tenía una espada enfundada sobre el regazo y un seax y un hacha con el mango delgado colgaban de su cinturón. Una capa negra de piel de oso envolvía sus hombros y lucía varios brazaletes de oro en los brazos. Un colmillo de trol colgaba de un cordón de cuero que le rodeaba el cuello. «Debe ser Elvar de los Terrores de la Batalla».

Elvar se puso en pie cuando vio que Glornir y los Hermanos de Sangre se acercaban. Había otras personas con ella en el estrado: guerreros enormes enfundados en cota de malla apostados justo detrás de ella, drengir en cota de malla y con casco dorado, mujeres seiðr con los brazos y la mandíbula tatuados, y otras figuras un poco más apartadas que permanecían en las sombras.

De repente, una mujer de las que estaban con Elvar echó a correr y saltó del estrado. Era una bruja seiðr rubia, con tatuajes en los brazos y la mandíbula, y llevaba puesta una capa de plumas de cuervo.

Vol gritó y también corrió hacia ella. Las dos mujeres se fundieron en un fuerte abrazo al encontrarse. Varg vio lágrimas en las mejillas de Vol.

—Es la hermana de Vol —le explicó Svik mientras Glornir los llevaba hacia allí.

Vol y su hermana se separaron, ambas sonrientes y llorando, y se cogieron por los hombros.

—Uspa —dijo Glornir al llegar junto a ellas.

—Ay, Glornir, Glornir —dijo la bruja seiðr llamada Uspa, y lo abrazó.

Varg se fijó en el estrado que había detrás de ellos, atraído por una figura que salió a la luz desde las sombras que había detrás del trono. Era un hombre alto y con el pelo oscuro veteado de canas recogido en la nuca. Tenía la barba corta, también con estrías blancas, y unos ojos moteados con destellos ambarinos.

«Te veo, lobezno. Te veo, hijo mío», oyó que decía una voz dentro de su cabeza. Varg entrecerró los ojos e hizo una mueca. Oyó un gruñido a su espalda y vio que Røkia sacudía la cabeza y torcía el gesto. Se volvió de nuevo hacia el hombre del estrado y se dio cuenta de que lo miraba fijamente, con una leve sonrisa en los labios que dejaba a la vista las puntas de sus afilados dientes. Detrás de él había otra figura. Era una mujer pelirroja en una magnífica brynja y unas extrañas piezas que parecían de armadura sobre los hombros. La mujer se adelantó para ponerse al lado del hombre alto, le tocó el brazo y él se inclinó para que ella le susurrara algo en el oído. La mujer se dio la vuelta mientras hablaba con el hombre y Varg descubrió que no era una armadura lo que llevaba sobre los hombros, sino unas alas del color ocre de las hojas en otoño.

«He salido de Vigrið y he entrado en una saga», pensó Varg.

«Tu secreto está a salvo conmigo —volvió a hablar la voz dentro de su cabeza—. Ven a mí cuando puedas».

Varg vio que el hombre alto continuaba mirándolo fijamente.

«¡Eres Ulfrir, el dios lobo!», pensó Varg.

«Soy tu dios», dijo la voz.

—Elvar Puño de Fuego, soy Glornir Rompeescudos, jefe de los Hermanos de Sangre, y he venido en respuesta a tu petición —declaró Glornir—. Lucharemos contra esa dragona contigo.

—Bienvenido, Glornir Rompeescudos —dijo la mujer que había estado sentada en el trono—. Tu fama y la de tu banda de guerreros llega a todos los rincones de Vigrið y más allá. Me alegro de que te llegara mi mensaje y de que hayas aceptado mi oferta. ¿Está Orka contigo?

CAPÍTULO CUARENTA Y TRES

ORKA

—Estoy aquí —dijo Orka saliendo de las filas de los Hermanos de Sangre.

—Me alegra verte. —Elvar sonrió. Había cambiado desde la última vez que Orka la viera. Tenía las arrugas de la cara más marcadas, y los ojos hundidos y exhaustos delataban responsabilidad y dolor. Aparentaba más edad de la que tenía—. ¿Encontraste a tu hijo?

—Sí. —Orka señaló a Breca, que estaba mezclado con el resto de los Hermanos de Sangre, con un escudo casi tan grande como él colgado a la espalda, una lanza con el asta corta en una mano y un destral metido debajo del cinturón.

Elvar sonrió al verlo.

—Parece tan feroz como su madre —observó—. ¿Y Myrk?

—Muerta —masculló Orka.

—Bien. ¿Y su hermano? ¿Te cobraste tu venganza?

—Todavía vive, de momento. Está con Lik-Rifa.

—Entonces tú estás con nosotros —repuso Elvar.

—Estoy con los Hermanos de Sangre —dijo Orka. Sintió un hormigueo en las venas al pronunciar esas palabras.

«Deberías estar conmigo», dijo la voz de Ulfrir dentro de su cabeza.

«¡Fuera de mi cabeza, vejestorio!», gruñó Orka.

—Y los Hermanos de Sangre están conmigo —apuntó Elvar sonriendo.

—Como yo, pequeña Elvar —declaró una voz retumbante. El jarl Orlyg rodeó a los Hermanos de Sangre para salir de detrás de ellos. Dagrun iba a su lado—. Si me aceptas.

—Jarl Orlyg —dijo Elvar frunciendo el ceño—. No esperaba verte en mi salón.

«Es mi salón», le corrigió la voz de Ulfrir dentro de la cabeza de Orka.

—El mundo está patas arriba —se justificó Orlyg—. Svelgarth ha caído, pero mis corrompidos y mis drengir aún están conmigo. Los guerreros de Svelgarth todavía pueden morder. Estoy dispuesto a arrojar mi hacha por ti, pequeña Elvar, a luchar a tu lado y al lado del lobo contra la dragona y la rata.

—¿La rata? —terció Ulfrir—. ¿A qué te refieres?

—A Rotta, el dios rata. Está con Lik-Rifa —respondió Orlyg—. Él lideró el asalto a Svelgarth.

—Seguro que te equivocas —espetó la mujer alada que estaba al lado de Ulfrir.

—Estaba encadenado, recibió un castigo peor que la muerte —gruñó el dios lobo.

—Entonces ha roto sus cadenas, y está completamente curado —dijo Orlyg—. A mí me pareció muy vivo cuando atacó con su banda de guerreros las riberas del Nidden y redujo a astillas uno de mis drakkar.

—Seguro que te equivocas —dijo Ulfrir repitiendo las palabras de la mujer alada—. ¿No podría haber sido un hechicero rúnico o algún brujo seiðr con poderes de galdur?

—No, Rotta está vivo —afirmó Orka—. Yo lo vi, hablé con él.

Ulfrir se volvió hacia ella, y Orka le sostuvo la mirada.

«¿Hablaste con él?».

«Ajá. Percibió tu olor en mí, sabía que había hablado contigo».

Ulfrir asintió despacio.

«Esta vez me aseguraré de que muera».

—Acepto tu hacha, jarl Orlyg —dijo Elvar—. Con las noticias que nos traes ya nos has ayudado.

—Eso no es todo —terció Glornir—. Lik-Rifa y Rotta vienen hacia aquí.

—¿Qué?

—¿Cómo lo sabes? —preguntó Ulfrir adelantándose para ponerse al lado de Elvar.

—Grok se lo dijo —graznó el cuervo gigante saliendo de detrás de los Hermanos de Sangren dando saltitos.

Elvar miró al cuervo con una feroz expresión de suspicacia y Ulfrir entornó los ojos.

—¿Dónde está el otro? —preguntó una voz vibrante y atronadora.

Orka reparó en que Varg daba un respingo al oír la voz y buscaba con la mirada a su propietario. Orka localizó su origen en la cabeza gigante que reposaba sobre el pedestal, que había considerado un busto. Ahora, sin embargo, vio que había vida en aquellos ojos pálidos y arremolinados, y que sus labios se escindían para esbozar una amplia sonrisa.

«Así que lo que decía el asesor del jarl Störr era cierto», pensó Orka.

—Kló está aquí —croajó el otro cuervo poniéndose al lado de Grok.

—¡Ja, Grok y Kló! Debería haberme imaginado que seguíais vivos, pareja de granujas —tronó Hrung—. ¿Y qué travesura os traéis entre manos en este momento?

—Ninguna —gañó indignada Kló—. Grok y Kló ayudan a los amigos. Los amigos son buenos.

—Nunca os oí decir eso cuando servíais a mi padre —aseveró Ulfrir.

—Ahora el mundo es diferente. Snaka está muerto. Grok y Kló han estado solos mucho tiempo. Grok y Kló tienen miedo —dijo Grok.

—Grok y Kló necesitan amigos —añadió Kló—. Los amigos ayudan a Grok y a Kló a no morir.

—A menos que los amigos luchen con una dragona —apuntó Hrung. Su risa retumbó en la cámara—. Nadie está a salvo aquí —añadió, y volvió a reír—. Pero podemos ser amigos. —Sus carcajadas resonaron de nuevo.

—Conozco a estos cuervos —advirtió Ulfrir a Elvar—. Servían a mi padre, espiaban para él. No se puede confiar en ellos, solo son leales a Snaka.

—Snaka está muerto —dijo con pesar Kló.

—Hasta ahora me han ayudado —terció Orka—. Me han salvado la vida dos veces. Y, Elvar, llevaron tu mensaje a los Hermanos de Sangre. A mí me han demostrado que puedo confiar en ellos.

«Ten cuidado en quién depositas tu confianza», le susurró Ulfrir en su cabeza.

«Yo tomo mis propias decisiones. Ni se te ocurra decirme qué debo o no debo hacer».

—Orka es nuestra amiga —graznó Kló.

—Y Grok dice la verdad —croajó el otro cuervo—. La dragona y la rata han partido de Darl y vienen hacia aquí.

—¿Cuándo llegarán? —preguntó Elvar a los cuervos.

—Grok no lo sabe —respondió el cuervo—. Depende de lo rápido que caminen.

—Pero Grok y Kló pueden vigilarlos para vosotros y deciros dónde están —sugirió Kló—. Si queréis ser amigos de Grok y Kló.

Elvar miró a la pareja de cuervos y una sonrisa se dibujó despacio en sus labios.

—Por muy extraños que sean estos tiempos, parece ser que cada día nos depara una nueva sorpresa. Os estaría muy agradecida si vigilarais a Lik-Rifa para mí y me avisarais cuando esté cerca —dijo Elvar—. Y me encantaría consideraros mis amigos. —Se volvió hacia Orlyg y Glornir—. Sois todos bienvenidos. Por vuestro aspecto se diría que el viaje ha sido largo y duro, así que, por favor, permitidnos encontraros alojamiento y ofreceros comida y cerveza.

—¡Buena idea! —graznó uno de los cuervos.

CAPÍTULO CUARENTA Y CUATRO

ELVAR

Elvar se despertó con un grito ahogado. Una especie de chillido o ululato lejano la arrancó de unos sueños poblados de dragones, sangre y ceniza, en los que también aparecía un hombre colgado de una horca que trataba de aflojarse la soga que le apretaba el cuello, y ella caminaba por una cámara y descubría que el suelo que temblaba bajo sus pies estaba infestado de ratas.

Se incorporó y se dio cuenta de que el sonido que la había despertado era el bramido de un cuerno. Se levantó a trompicones de la cama, que era enorme, pues dormía en el que había sido el dormitorio de Ulfrir.

«¿Cuernos? ¿Ya está aquí la dragona?». Sintió una punzada de miedo en el estómago, pero también de esperanza. La espera estaba siendo peor que la perspectiva de la batalla. Aunque esa opinión bien podría cambiar cuando la dragona finalmente apareciera allí.

—Buenoz díaz, jefa —oyó que decía ceceando Sólín la Babas mientras ella buscaba su cinturón de armas. Sólín estaba de pie en el penumbroso umbral de la puerta de la cámara de Elvar.

—¿Qué pasa? He oído los cuernos —preguntó Elvar. Encontró el cinturón y el tahalí colgados de una silla, se abrochó el cinturón sobre la cota de malla. Había dormido con ella puesta.

—Ha llegado máz gente para juraroz fidelidad —dijo Sólín mirando a Elvar—. Ez lo que anuncia el cuerno cuando toca una zola nota.

—Sí, claro —murmuró Elvar recordando los diferentes toques del cuerno que correspondían a cada mensaje. Se quedó parada un momento, respiró hondo y se frotó los ojos con los nudillos.

—Zer jefe o jarl ez un trabajo duro, ¿no? —dijo Sólín—. Zi te zirve de algo, creo que eztáz haciendo un trabajo de primera.

—Tu opinión es muy importante para mí, Sólín. —Elvar se pasó el tahalí por encima de la cabeza y de un brazo y dejó que la funda de la espada se colocara en su sitio por su propio peso. Encontró la capa de piel de oso y se la puso sobre los hombros. La cámara constaba de dos entradas, o salidas, según el caso: un enorme arco abierto que daba al gran salón y una puerta más pequeña que conducía a los túneles que recorrían las entrañas de la colina—. Vayamos a ver quién reclama nuestra atención hoy.

Elvar salió de su cámara para dirigirse al gran salón y vio la enorme mole embutida en una cota de malla de Thorguna. La berserkir estaba esperándola.

—Jarl Elvar —dijo Thorguna acercándose a Sólín.

Elvar se detuvo un momento en la plataforma que había en la pared del salón principal del Valle del Lobo, a mitad de camino del suelo y del techo. Bregó con la creciente sensación de mareo que la asaltaba todas las mañanas al contemplar desde ese lugar elevado el salón que tenía a sus pies, donde veía a la gente que se movía de un lado a otro tan pequeña que parecían hormigas. Podría haber pedido que le prepararan una cámara de las que había en los numerosos pasillos subterráneos, pero, como en el caso del trono, había sentido la necesidad de apropiarse también del dormitorio de Ulfrir para que no empezara a acostumbrarse de nuevo a ocupar posiciones de poder. Se arrepintió por enésima vez de esa decisión. Respiró hondo y continuó caminando. Bajó por la escalera tallada en una rama enorme del árbol que crecía dentro del salón y enseguida llegó al tronco, donde la escalera daba paso a la pasarela que descendía en espiral alrededor del árbol.

Le llegó el olor de la comida, de las lonchas de beicon que estaban friéndose en pequeñas sartenes, del pan recién sacado de los hornos de piedra, del queso y del pescado ahumado, de las gachas que borboteaban en las ollas, y le rugieron las tripas. Hasta ese momento no se había dado cuenta de lo hambrienta que estaba. Según bajaba por la pasarela, vio a Silrið abajo, conversando con Broðir, su hermano, y un puñado de jarlar menores, entre ellos Runa Hacha Roja. Silrið alzó la mirada, vio a Elvar y se encaminó hacia ella para esperarla al final de la pasarela.

—Jarl Elvar —dijo Silrið acompañando a Elvar hacia la nueva zona de entrenamiento, de donde llegaba el sonido de los guerreros que estaban ejercitándose: el choque de los aceros, el ruido seco de los golpes propinados con los escudos, los gruñidos de los guerreros y el chirriar y el rechinar de las botas arrastradas por el suelo.

Elvar atisbó allí a los Hermanos de Sangre y a los drengir del jarl Orlyg.

—¿Has tomado una decisión sobre Grend, jarl? —quiso saber Silrið.

Elvar tuvo un ataque de náuseas al oír el nombre de Grend, a pesar de que sabía que iba a tener esa conversación. Reprimió un gruñido.

—No —respondió con toda la calma de la que fue capaz.

—Hay que tomar una decisión cuanto antes —insistió Silrið—. Circulan rumores entre tus jarlar y los mercenarios que te han jurado lealtad.

—¿Qué rumores? —preguntó Elvar, aunque ya lo sabía.

—Se dice que Grend te ha mentido, que te ha engañado durante muchos años. Y que si te muestras… indulgente con él, ¿cómo se podrá confiar en tu fuerza cuando te enfrentes con la dragona, contra el ejército que viene hacia aquí? Tu pueblo necesita ver una mano fuerte, necesita saber que tienes la fuerza necesaria para liderarlo…

—He estado en Oskutreð, he luchado contra los Alimentadores de Cuervos, he convertido al dios lobo en mi thrall, he matado a mi padre, ¿qué más demostraciones de fuerza necesitan? Y tengo la plata y el oro para pagarles. Que sigan con sus rumores y busquen a alguien con más oro y plata si no les gusta mi forma de mandar.

—El oro no es consuelo para los muertos —repuso Silrið—. Solo es útil si vives para gastarlo. Necesitan confiar en tu capacidad para sacarlos vivos de esta. Estamos en guerra.

—Ya te he oído —aseveró Elvar.

—Habría que ocuparse de Grend antes de que empiece todo para…

—Basta —espetó Elvar.

Silrið frunció la boca. Rodearon el tronco del árbol y el estrado apareció ante ellas. Delante de él había un grupo de personas. Elvar lanzó una mirada a las puertas de piedra abiertas y reparó en la luz débil y grisácea del amanecer. Luego miró las espaldas de los recién llegados y vio que había algunos drengir entre ellos, bien armados y enfundados en magníficas cotas de malla. También distinguió varios corrompidos con el collar de hierro, úlfhéðnar a juzgar por sus cabezas afeitadas y tatuadas en los lados. A la cabeza del grupo había dos personas, un hombre y una mujer, con los que Uspa conversaba en voz baja. La mujer era rubia y por su aspecto se diría que había llegado allí tras un duro viaje, pues tenía la ropa manchada de barro y raída y la trenza del pelo deshecha. Sobre la cadera le colgaba una espada. El hombre llevaba un bastón de madera en una mano y a Elvar se le aceleró el corazón al verlo.

«¡Un galdramaðr!».

Elvar pasó ante ellos sin mirarlos, subió al estrado y vio a Ulfrir oculto en las sombras del fondo. Le saludó con una inclinación seca de la cabeza y se volvió hacia los recién llegados. Una expresión de sorpresa le cruzó el rostro al reconocerlos, si bien habían pasado muchos años desde la última vez que los viera, cuando visitaron la corte de su padre en Snakavik en compañía de la reina Helka de Darl antes de que ella huyera y se uniera a los Terrores de la Batalla.

«Estrid, la hija de Helka, y Skalk, su galdramaðr».

Skalk estaba muy cambiado. Había perdido un ojo y en su lugar se apreciaba una cicatriz oscura.

Cerca de Skalk había dos mujeres, una era una drengr rubia, y la otra, con huesos enredados en el oscuro cabello enmarañado y apelmazado, parecía una aprendiza de galdramaðr.

Uspa se adelantó.

—Estrid, reina de Darl, y Skalk, galdramaðr de Darl —anunció torciendo un poco los labios al pronunciar el nombre del galdramaðr.

«¡Reina de Darl! No eres reina de nada, te han arrancado tu reino de las manos».

—Bienvenida, Estrid —dijo Elvar—. Estás muy lejos de tu hogar.

—Jarl Elvar. —Estrid inclinó la cabeza. Cuadró los hombros y respiró hondo antes de continuar—: De mi hogar solo quedan las ruinas. La dragona lo destruyó. Mató a mi madre y a mi hermano. A mí me persiguen, los vaesen van detrás de mí, y sin embargo sigo luchando. Esperaba encontrar una amiga en ti, pues he oído que planeas luchar con Lik-Rifa y su horda de corrompidos y vaesen. Eres la enemiga de mi enemiga, y, por lo tanto, esperaba que fueras mi amiga. Te ofrezco mi espada, mis drengir y mis corrompidos y mi amistad. Quiero luchar a tu lado y, ojalá, construir un mundo nuevo contigo cuando la dragona muera.

«Hablas bien a pesar de que estás de rodillas ante mí con apenas un puñado de guerreros a tu mando».

Cuando Elvar ya iba a abrir la boca para responder a Estrid, una figura apareció frente al estrado y se dirigió con paso firme hacia Estrid y Skalk. Era un guerrero corpulento, con la cabeza afeitada y una barba gris, enfundado en una cota de malla y con un escudo negro salpicado de sangre colgado a la espalda: Glornir Rompeescudos. Vol caminaba detrás de él, a una veintena de pasos, y parecía tener prisa por alcanzarlo. Otros Hermanos de Sangre los seguían.

—Ya te dije que volveríamos a vernos, Skalk de Darl —masculló Glornir de una manera que hizo que a Elvar se le erizara el vello de la nuca.

Skalk se dio la vuelta y cuando vio que Glornir iba directo hacia él dio un paso atrás y levantó el bastón. La drengr rubia rápidamente se interpuso entre Skalk y Glornir, y su espada salió con un chirrido de la funda. A pesar de que no tuvo tiempo de echarse adelante el escudo que llevaba a la espalda, la drengr plantó los pies en el suelo y levantó el acero.

Glornir no se detuvo y agarró por la muñeca el brazo con el que la drengr blandía la espada. Ella gruñó y trató de zafarse de su agarrón, pero Glornir le propinó un puñetazo en la mandíbula y la drengr se derrumbó como un buey que hubiera recibido un golpe en la cabeza.

—*Rauð reiði, brenna holdið af beinum hans* —balbuceó Skalk, y unas runas rojas brotaron crepitando en la punta de su bastón de galdramaðr.

Vol apareció al lado de Glornir pronunciando un conjuro seiðr y unas llamas azules envolvieron sus manos. Glornir desenvainó la espada que colgaba sobre su cadera sin detenerse y con los ojos clavados en Skalk.

—¡Detén esto, Ulfrir! —bramó Elvar.

Ulfrir surgió de las sombras. Su cuerpo ya temblaba y el aire vibraba a su alrededor. Se puso a cuatro patas y sus huesos crujieron, sus músculos se hincharon y brotó pelo por todo su cuerpo. La gente que estaba en el estrado huyó chillando. Glornir, Skalk y el resto se quedaron paralizados, incapaces de desviar la mirada de la transformación de Ulfrir. Elvar se echó a un lado sin alterarse cuando Ulfrir se mostró en todo su esplendor de lobo y gruñó. Se alzó por encima de todos y avanzó despacio hacia Glornir, Skalk y los demás, con sus dientes goteando saliva. Profirió un gruñido atronador que hizo temblar el suelo y cuyas vibraciones Elvar sintió en el pecho, además de sentir cómo subían por su cuerpo a través de sus pies.

—¡Parad! —espetó Ulfrir.

Todos lo miraron conmocionados y estupefactos.

—Así que es verdad —dijo Estrid.

Elvar se adelantó.

—¿Qué pasa aquí? —preguntó a Glornir.

—Skalk me robó a mi bruja seiðr y asesinó a uno de mis Hermanos de Sangre —gruñó Glornir—. Vol —dijo haciendo un gesto a su mujer para que se acercara—. Y a ella le hizo eso. —Señaló las cicatrices blancas que rodeaban los labios de Vol—. Le cosió la boca y la torturó. —Un temblor recorrió a Glornir—. Nadie roba a los Hermanos de Sangre, nadie maltrata a uno de los míos. Nadie asesina a uno de los nuestros sin recibir su castigo. —Apretó los puños y le temblaron los músculos de los brazos—. Responderá por todo ello.

—No —aseveró Elvar sacudiendo la cabeza, a pesar de que comprendía todo lo que Glornir acababa de decir, conocía el código que regía su vida, recordaba la rabia incontenible que había sentido cuando Ingvild le robó el baúl con su tesoro—. Este es mi salón, mi ejército —dijo mirando a Glornir y a Skalk—. Si hay deudas pendientes entre mis seguidores, deben dejarlas a un lado. Quizá para siempre, pero al menos hasta que matemos a la dragona. —Se encogió de hombros y añadió—: Ya nos ocuparemos de ellas después.

La mirada de Glornir saltó de Elvar a Ulfrir y luego a Skalk.

—Muy pronto —gruñó al galdramaðr, y se marchó hecho una furia.

—Y eso va por todos —declaró Elvar—. Somos un ejército numeroso de guerreros llegados de muchos lugares diferentes, de distintas tierras. —Su mirada pasó por los Hermanos de Sangre con la piel oscura y las armaduras de láminas metálicas, la tennúr que viajaba con los Hermanos de Sangre y Ulfrir, Skuld y Hrung—. Incluso de diferentes especies. No lucharemos entre nosotros. Eso solo conduce a la derrota. Dejaremos a un lado nuestras rencillas y diferencias y ganaremos esta guerra juntos. —Miró con dureza a toda la gente congregada ante ella y sus ojos se detuvieron en Skalk y Estrid.

—Estrid, eres bienvenida aquí, y tú también, Skalk. Pero espero los mismos valores de vosotros. —Miró a Skalk, que mantenía los ojos clavados como puñales en la espalda de Glornir—. Estoy hablando contigo, galdramaðr —espetó.

Skalk se volvió bruscamente hacia ella y una expresión de desprecio cruzó fugazmente sus ojos antes de que esbozara una sonrisa.

—Por supuesto, jarl Elvar —dijo el galdramaðr inclinando la cabeza.

Elvar se volvió a Estrid.

—Nos alegra estar aquí —afirmó Estrid—, y nos atendremos a vuestras reglas.

—Bien —dijo Elvar.

Un graznido y un aleteo precedió a la entrada de uno de los cuervos gigantes por el amplio arco de la puerta del salón. El ave dio una vuelta alrededor de la enorme cámara y se posó levantando una nube de polvo delante de Elvar, que reparó en las caras de asombro de Skalk y Estrid al verla.

«Esperad a oírlo hablar».

—Lik-Rifa ha llegado al Jarnvidr —graznó el cuervo.

CAPÍTULO CUARENTA Y CINCO

GUÐVARR

Guðvarr detuvo su caballo junto a la jarl Sigrún en la cresta de una colina y contemplaron juntos el Bosque de Hierro, que se extendía a sus pies como un oscuro y erizado océano verde hasta el horizonte.

«Genial, el único lugar que esperaba no volver a ver nunca».

—Es allí —oyó que decía Rotta señalando un punto lejano en el sur, donde las colinas se alzaban desde las profundidades del bosque como criaturas marinas que surgieran entre las olas—. La guarida de Ulfrir.

El ritmo de marcha de la hueste de Lik-Rifa, formada por dioses, humanos, corrompidos y vaesen, había sido implacable. No se habían adentrado en el Bosque de Hierro por el mismo camino que Sigrún y Guðvarr la vez anterior, sino que habían cruzado el río Slågen un poco más al norte, rodeando el borde nororiental del bosque para avanzar por un terreno más despejado, hasta aparecer justo al norte de las colinas que según la rata eran el refugio de Ulfrir. Para llegar allí tenían que atravesar menos bosque y el camino era más ancho y había sido más transitado.

Ilska la Cruel había afirmado que era una manera de llegar más rápida y sencilla. Ella había elegido esa ruta. Francamente, no le había faltado razón, y habían recorrido mucho más terreno en menos tiempo, de manera que habían llegado más cerca de su destino sin exponerse a los peligros del bosque.

«No es que piense que los faunir y los froa sean tan valientes como para atacarnos ahora». Guðvarr se revolvió en su silla y echó un vistazo por encima del hombro a la enorme mancha oscura de la hueste de Lik-Rifa que cubría el paisaje. Se movía como una sombra inmensa que cruzara el sol, arrastrándose inexorablemente hacia el borde del bosque.

—¿Cuánto falta, Ilska? —gritó Lik-Rifa.

—Cinco días, tal vez menos —respondió Ilska con los ojos fijos en las lejanas colinas.

—¿Estás de acuerdo con ella, tía? —preguntó en voz baja Guðvarr a Sigrún.

—Ajá. —Sigrún asintió. Se inclinó hacia él y le susurró—: Quizá Lik-Rifa lidere el ejército, pero es Ilska la Cruel quien lo controla. Tiene un cerebro privilegiado. Sin ella esta campaña sería un caos.

Ilska habló con un tennúr posado en el borde de la silla de montar de Lik-Rifa y después la pequeña criatura echó a volar agitando frenéticamente las alas y emitiendo un graznido agudo. Enseguida, una bandada de vaesen alados se arremolinaron a su alrededor y ascendieron por el aire, dieron varias vueltas sobre las cabezas de la hueste y salieron disparados hacia el bosque. Cuando llegaron al borde se desplegaron en abanico como si fueran la estela de un barco.

—No me gustan esas criaturitas asquerosas —murmuró Guðvarr mientras se limpiaba con aire distraído los mocos que le goteaban de la nariz—. Te roban los dientes mientras duermes.

—Ya ves que tiene cabeza para la táctica. Aprovecha sin prejuicios todos los recursos que le ofrece este ejército —dijo Sigrún mirando con severidad a su sobrino—. Los tennúr son unos exploradores excelentes.

«A mí siguen sin gustarme», pensó Guðvarr.

—Continuemos —bramó Lik-Rifa.

Los cuernos sonaron y la hueste retomó la marcha con una sacudida. Sigrún y Guðvarr chasquearon la lengua y guiaron sus caballos en el descenso de la colina en dirección al Bosque de Hierro.

«Hola, viejo amigo —dijo para sus adentros Guðvarr mientras se acercaban al imponente y oscuro muro de árboles—. No sabéis cuánto os he echado de menos».

Guðvarr desabrochó las cinchas de la silla, dejó que se deslizara del lomo de su caballo y la colocó sobre la rama de un árbol. También cogió la manta que había debajo, la dobló y la dejó encima de la silla. A continuación, revisó los cascos del animal.

Era tarde y Guðvarr estaba cansado. Por segundo día consecutivo habían marchado desde el amanecer hasta bien entrada la noche. A su alrededor, la miríada de fuegos que ardían por todo el campamento hacía más densa y profunda la oscuridad impenetrable del bosque. Dejó en el suelo el último pie del caballo y se puso derecho, estiró la espalda y oyó un crujido.

—Dale de comer —ordenó a una thrall. La mujer, con la cabeza rapada, asintió. Era uno de los muchos thrall que habían partido de Darl con el ejército. Sin ellos para cocinar, limpiar, reparar el equipo, atender a los caballos y realizar otro centenar de tareas, la hueste se habría desquiciado. Otra cosa que Ilska la Cruel había pensado, según su tía.

Guðvarr echó a andar por el campamento con una creciente sensación de terror en el estómago. La sofocante y claustrofóbica oscuridad, sumada al agotamiento y la perspectiva de encontrarse con un lobo gigante al final del viaje eran demasiado para él. Su intranquilidad no paraba de crecer y se convertía en un estado de agitación que hacía que temblaran todos los músculos de su cuerpo. Rodeó grupos de guerreros y vaesen sentados al calor de los fuegos recién encendidos, de drengir y corrompidos, de troles y skraeling, y oyó fragmentos de sus conversaciones mientras estaban allí sentados, comían, bebían y reían. El murmullo de las voces fluctuaba según se alejaba de unos y se acercaba a otros.

«¿Cómo es posible que estén tan tranquilos?». Hacían que se sintiera cobarde.

Vio pasar a Drekr y se detuvo para observarlo. Se paraba en todos los fuegos para charlar con la gente que había alrededor de ellos, se sentaba y bebía un rato con ellos. Corrompidos, adoradores de la dragona, drengir, skraeling... Todos lo recibían con sonrisas y risas.

«¿Lo quieren o lo temen? En cualquier caso, lo respetan. ¿Por qué nadie me mira a mí como lo miran a él?».

Suspiró y continuó caminando.

En todas direcciones, hasta donde alcanzaba su vista, había hogueras encendidas. Las más lejanas eran meros puntitos brillantes en la oscuridad. El bosque les había obligado a estirar la hueste a lo largo del camino, pues solo las arañas del hielo, las brujas nocturnas y los tennúr eran capaces de adentrarse en los matorrales del Bosque de Hierro. Ni siquiera los troles podían abrirse paso a través de los espesos arbustos que crecían entre los árboles. Aquí y allá atisbó las sombras más oscuras de los centinelas apostados entre los troncos. Guðvarr no creía que fueran necesarios con las arañas del hielo en las copas y las brujas nocturnas moviéndose por los márgenes de la hueste como si fueran un banco de niebla.

Divisó el pequeño campamento de Sigrún, una hoguera rodeada por una treintena de drengir, un barril de cerveza abierto y una olla de hierro suspendida sobre el fuego. Se llenó hasta arriba un cuenco de estofado de la olla y un cuerno de cerveza del barril y buscó a su tía. Sigrún tomaba sorbos de cerveza sentada un poco aparte de sus drengir. Guðvarr se encaminó hacia ella y se sentó con un suspiro.

—Ya me he ocupado de los caballos —dijo—. Han comido y bebido.

—Buen chico —dijo Sigrún.

Guðvarr miró a su tía y se dio cuenta de que miraba fijamente la negra oscuridad. El tenue resplandor del fuego hacía juegos de sombras y luz en su cara. La cicatriz que le cruzaba el rostro, obra de Orka, parecía un valle profundo y tenebroso en un mapa.

—¿Te encuentras bien, tía?

—Solo estaba pensando —respondió Sigrún en voz baja—. Hace un año nos preocupaban las fronteras de Fellur y la posibilidad de una guerra entre Helka y Störr. —Soltó una risotada—. Y pensar que esas eran mis preocupaciones. Ahora estamos en medio de una guerra entre dioses.

—Lo sé —gañó con una voz más aguda de lo que había pretendido.

Sigrún tomó un sorbo de su vaso y miró a Guðvarr.

—Sé que estás asustado, pero es normal.

Guðvarr miró sorprendido a su tía y tragó saliva.

—Todos tenemos miedo, Guðvarr —añadió Sigrún—. Yo también.

—Mmm. — Guðvarr resopló—. Tú no tienes miedo. Eres la persona más valiente que conozco, que he conocido nunca. Siempre sabes lo que hay que hacer, siempre mantienes la cabeza fría, incluso mientras estás luchando. ¿Qué me dices de cuando nos atacaron los faunir? Salvaste a Krúsa, no huiste, te quedaste y luchaste para proteger a tus drengir. —Negó con la cabeza—. Eres valiente. Para mí eres una heroína digna de las canciones de los escaldos.

Una sonrisa escindió el rostro de Sigrún.

—En aquel claro, cuando los faunir nos atacaron, estaba aterrorizada. Estuve a punto de mearme en los pantalones. —Miró a Guðvarr a los ojos, a los que el reflejo del fuego confería un aspecto de oro líquido—. Todos tenemos miedo. Lo que cuenta es lo que haces con él. Me aterrorizaban los faunir, la idea de morir, pero sé aquí —dijo poniéndose un dedo en la sien— y aquí —añadió moviendo el dedo al corazón— que si cedo a ese miedo y huyo, lo perderé todo. Todo por lo que he trabajado toda mi vida, por lo que he luchado. No duraría mucho como jarl con esa reputación. Perdería Fellur, mis drengir, el respeto. Toda la fama que me he ganado se evaporaría en un momento. Eso me da más miedo que la muerte.

Guðvarr asintió pensativo.

—El valor solo es una reacción al miedo. No puedes demostrar valor si antes no sientes miedo.

—Lo entiendo —dijo Guðvarr—. Pero la cobardía también es una reacción al miedo. La parte de no salir corriendo es la que todavía me cuesta.

Sigrún se echó a reír.

—A mí también. —Sonrió—. Pero recuerda una cosa: has superado muchas dificultades. Escapaste vivo de Grimholt, escapaste vivo cuando Jaromir atacó a Skalk y la torre galdur, has matado a un Hermano de Sangre, te adentraste en el gélido norte buscando las cámaras de Lik-Rifa y negociaste con ella, planeaste el derrocamiento de la reina Helka y su prole, y luchaste con Hakon y Estrid en Darl. Has sobrevivido a los espíritus froa y a los faunir en el Bosque de Hierro. —Se volvió hacia la oscuridad del bosque y su sonrisa se ensanchó. Guiñó un ojo a su sobrino—. De momento.

—¡Ja! De momento —dijo Guðvarr, incapaz de reprimir la sonrisa—. Si te soy sincero, cuando hice todo eso mi única intención era seguir vivo.

—Bueno, eso es normal. Después de todo, estamos en Vigrið. Lo importante es que sigues vivo, que superaste todas esas dificultades. Y mírate ahora, has ascendido en el ejército de un dios.

Guðvarr se quedó pensativo un momento y asintió.

«Es verdad».

—Mi consejo es que esta noche cenes bien y duermas, y ya nos enfrentaremos mañana a lo que nos depare el día con… —Miró a su sobrino y él sonrió.

—… valor —terminó él la frase por ella.

Guðvarr se despertó en la oscuridad. Permaneció tumbado un rato, con los ojos abiertos, observando las sombras que se movían a su alrededor. La luz cenicienta del amanecer se filtraba en el mundo y desterraba las tinieblas. Oyó el crujido de las ramas y el susurro de las hojas encima de él y se incorporó con un gruñido. Tenía todo el cuerpo rígido. Durante la noche había rodado hasta el nudillo de una raíz y sentía un dolor en la espalda, como si alguien estuviera triturándosela con el puño. Tiró la manta hacia los pies y buscó a tientas el cinturón de armas en la tierra mojada y entre las hojas blandas y húmedas. Cuando lo encontró se puso en pie y se lo abrochó alrededor de la cintura. Al apretárselo sintió el dolor de una vejiga llena.

El campamento todavía dormía. Se dirigió con pasos sigilosos hacia el borde del bosque buscando un sitio donde vaciar la vejiga. Vio un grupo de skraeling, entre los que estaba Krúsa, que ya se habían levantado y estaban arrodillados soplando el fuego, del que salían volando chispas.

Oyó un ruido procedente del cielo y levantó la mirada hacia la penumbra del bosque. Vio la claridad fragmentada del amanecer a través de las frondas y oyó un zumbido. Distinguió una figura más oscura que revoloteaba entre las sombras, un tennúr que descendía a través de las copas de los árboles.

«¿Será Munni?», se preguntó cuando el vaesen pasó por encima de su cabeza.

—¡CUIDADO! —chilló el tennúr—. ¡CUIDADO! ¡ESTÁN AQUÍ!

Guðvarr dio media vuelta y echó a correr a trompicones para regresar junto a su tía y sus drengir.

CAPÍTULO CUARENTA Y SEIS

ORKA

Orka aguardaba en la penumbra, que se extendía entre el resplandor de dos antorchas. Estaba rodeada de gente. Lif y Sæunn y varios Hermanos de Sangre permanecían cerca de ella. Todos estaban callados. Algunos bebían de las cantimploras tras la dura caminata, otros revisaban las armas y comprobaban que la espada saliera con fluidez de la funda, más por costumbre que por necesidad. Orka podía ver un poco más adelante a Glornir, a la cabeza de la columna, iluminado por las antorchas.

«Pronto», gruñó la voz de Ulfrir dentro de su cabeza. Orka sintió vibrar la sangre en sus venas y que le temblaban los músculos. Enfiló por el túnel seguida por Lif y Sæunn, pasaron ante Sulich y una veintena de sus hermanos, todos con las cotas de láminas metálicas y con los arcos con las puntas curvas encordados y preparados dentro de las fundas que colgaban de sus cinturones. Orka alcanzó a un grupo de Hermanos de Sangre reunidos detrás de Glornir. Entre ellos estaban Vol, Røkia, Svik, Einar y Varg. Glornir se había detenido delante de una escalera de piedra que subía a ninguna parte, solo a un techo de piedra en estado de derrumbe del que colgaban enredaderas y caían gotas de agua de la humedad.

—Pronto —le dijo Orka, y Glornir gruñó.

—Ya se lo hemos dicho —terció Røkia—. Nosotros también oímos su voz.

Orka asintió y se volvió a Lif y Sæunn. Lif sujetaba el escudo caído junto a la cadera con una mano y una lanza con la otra, y llevaba puestos una cota de malla y un casco de acero con la protección nasal. Por su parte, Sæunn se había enfundado la cota de anillas que le había quitado a un guerrero muerto tras la batalla naval y se protegía la cabeza con un sencillo casco de acero con el barboquejo abrochado debajo de la barbilla. Empuñaba una lanza y tenía un seax en el cinturón. No llevaba escudo.

«Yo tampoco». Orka aferraba un hacha larga y tenía dos seax enfundados en el cinturón de las armas, uno delante y el otro detrás, además de un destral metido debajo del cinturón.

—No estabais obligados a venir —les dijo en voz baja Orka—. No sois guerreros. Deberíais haberos quedado en el Valle del Lobo con Breca. —No quería sentirse responsable de más muertes.

—No, ama —dijo Sæunn—. Estoy en deuda contigo.

—No me debes nada —mascculló Orka.

—Iré —afirmó Sæunn sosteniéndole la dura mirada.

—Entonces quédate a mi lado. O mejor aún, quédate detrás de mí —dijo Orka.

—Esa es mi intención, ama —repuso Sæunn—. Para eso he venido, para cubrirte las espaldas.

Orka negó con la cabeza y se abrochó la correa del casco.

—¿Y tú? ¿Cuál es tu excusa para jugarte la vida? —preguntó a Lif.

—Guðvarr podría estar ahí —respondió Lif esbozando una sonrisa feroz—. Él sí tiene una deuda conmigo.

«Le entiendo. Quiere vengar a su hermano igual que yo quiero vengar a Thorkel».

«¡Ahora!», gruñó Ulfrir dentro de su cabeza.

—Ahora —le dijo Orka a Glornir un instante antes de que también lo hicieran Varg y Røkia.

—*Rúnar innsiglaðar hurðir, opnar fyrir vini úlfsins* —recitó Vol, y unas runas rojas aparecieron con un fogonazo, crepitando en sus manos, y se filtraron en el techo del túnel. Unos tentáculos de fuego se propagaron por el techo, oyeron un chirrido de piedras que se desplazaban y un crujido, y apareció una trampilla de madera y piedra con un cerrojo de hierro. Glornir descorrió el cerrojo, arrojó la antorcha que sostenía a un charco que había a sus pies, donde la llama chisporroteó, fluctuó y finalmente se apagó, y, valiéndose de la pálida luz de las runas, empujó la trampilla para abrirla.

—Seguidme —masculló mientras subía por la escalera con Vol pisándole los talones y Einar, Røkia y los demás detrás.

—Recordad: no os separéis de mí —dijo Orka mirando a Lif y a Sæunn mientras subían por la escalera y salían al Bosque de Hierro.

Vol le dio una palmada en el hombro a Orka cuando salió del túnel y después a Sæunn cuando emergió en el bosque detrás de Orka.

—Yo os guiaré para regresar —les dijo uno a uno a los Hermanos de Sangre mientras salían del túnel a la luz plateada del amanecer que se filtraba a través de las copas de los árboles y escindía las sombras. La claridad era suficiente para ver, aun así, Orka dejó que su lobo interior agudizara sus sentidos. A su derecha, a unos cincuenta pasos, Orka divisó el débil resplandor de numerosas hogueras. Glornir ya se dirigía hacia allí. Orka lo siguió y los Hermanos de Sangre se desplegaron detrás de él desenfundando los aceros y aferrando los escudos sin detenerse, avanzando a través de la maleza en silencio y con sigilo. Sulich dividió a sus guerreros en dos grupos y cada uno de ellos se colocó en un flanco de los Hermanos de Sangre, con los arcos flechados en las manos. Glornir señaló un conjunto de copas de árboles que colgaban bajas delante del camino y Orka vio la sombra más oscura y el destello del reflejo de la luz del fuego.

La cuerda del arco de Sulich restalló, se oyó un ruido seco y una araña del hielo cayó de la rama e impactó de espaldas contra el suelo, con las patas dobladas.

Orka oyó una voz que chillaba a lo lejos, a la que siguieron gritos, el estrépito de aceros y hierros que chocaban y alaridos.

«Ha empezado».

Glornir profirió un rugido atronador y echó a correr a través de los matorrales con Einar a su lado.

Encima de ellos, las copas de los árboles cobraron vida y Orka atisbó patas, ojos y colmillos. Las arañas descendieron suspendidas de hilos resplandecientes. Se oyó el restallido de las cuerdas de los arcos y el zumbido de las flechas que cortaban el aire, y empezaron a caer arañas al suelo. Orka vio a un Hermano de Sangre tirado en el sotobosque, envuelto por las patas de una araña que arremetía contra él con sus colmillos. Otro Hermano de Sangre asestaba hachazos al abdomen de una de las monstruosas criaturas y de las heridas manaba sangre azulada a borbotones. Orka torció el cuerpo al vislumbrar con el rabillo del ojo un destello a su derecha y al mismo tiempo arremetió con el hacha. Vio que una oscura figura salía de entre los árboles como si fuera una nube de niebla y alcanzó a distinguir un rostro demacrado y ojeroso con la boca abierta y unas garras tendidas hacia ella. Sæunn se interpuso entre Orka y la bruja nocturna, y asestó una lanzada. El arma atravesó a la bruja nocturna como si fuera de humo y la criatura envolvió el cuello de Sæunn con sus dedos. Esta dio unos pasos tambaleantes hacia atrás, jadeando y apuñalando frenéticamente a la bruja nocturna con su lanza, pero la moharra se deslizaba a través de su cuerpo como si no estuviera allí.

Orka gruñó y blandió el hacha, pero Lif ya había saltado para ponerse delante de ella.

—*Skuggar skilja* —bramó, y arremetió contra la bruja nocturna con la lanza. Esta se hundió en el costado de la criatura, que profirió un alarido sibilante, retrocedió y se llevó las manos a la herida cuando Lif extrajo la lanza—. *Skuggar skilja* —repitió Lif al mismo tiempo que clavaba la lanza en el pecho de la bruja nocturna.

La fantasmagórica criatura explotó en un millar de fragmentos negros que se evaporaron. Orka agarró a Sæunn por la cota y la levantó del suelo.

—Recuerda el conjuro seiðr que Vol nos enseñó —gruñó—. ¿Y qué ha pasado con lo de que te quedes detrás de mí?

—Ajá, ama —dijo con voz ronca Sæunn—. *Skuggar skilja, skuggar skilja* —repitió. El mismo conjuro seiðr resonaba a su alrededor en el bosque, pronunciado por los Hermanos de Sangre que se enfrentaban con las brujas nocturnas.

Y entonces los guerreros salieron de los matorrales e irrumpieron en el camino.

Había tiendas por todas partes, más de las que Orka podría haber imaginado jamás. Atestaban el camino de norte a sur hasta donde alcanzaba su vista. De ellas salían figuras con cara de desconcierto, trastabillando y arrastrando las brynja, abrochándose los cinturones de armas y los cascos, pero había otras que ya formaban listas: guerreros con los aceros prestos en las manos y skraeling furiosos que empuñaban rudimentarias armas de hierro. Orka vio la mole de un trol detrás de ellos.

Glornir se lanzó a la carga desde el bosque y embistió a un puñado de skraeling asestando frenéticos hachazos. La sangre voló en todas direcciones trazando arcos oscuros en el aire y los alaridos resonaban en los oídos. Einar y Svik se habían colocado justo detrás de Glornir, y Medio Trol decapitó a un skraeling de dos golpes con su destral y estrelló el escudo contra otro, que salió disparado y aterrizó en una hoguera. El skraeling rodó por el suelo y se levantó envuelto en llamas, trastabillando y agitando con frenesí los brazos, y Svik lo lanzó de una patada contra una tienda. El fuego se propagó por la tienda y empezó a salir una humareda negra. Los Hermanos de Sangre avanzaron por el camino haciendo estragos en el campamento y dejando una estela de sangre y gritos. Orka gruñó y se lanzó contra los guerreros que tenía delante, todos ellos drengir. Su hacha trazó un arco por encima de su cabeza e impactó en un escudo levantado, lo atravesó y se hundió en un brazo. La fuerza del golpe envió a la mujer que sujetaba el escudo contra el guerrero que tenía a su lado. Los dos drengir cayeron al suelo y Sæunn se adelantó y los ensartó con su lanza con una sucesión de movimientos frenéticos. Los gruñidos y los gritos de los guerreros se transformaron en gimoteos y la sangre encharcó el suelo del bosque. Orka apoyó un pie en el escudo de la drengir caída y extrajo el hacha. Lif la apartó bruscamente de un empujón y detuvo con el escudo una lanza que se dirigía a ella, echó a un lado la lanza y con la suya asestó una puñalada. Un hombre cayó de espaldas sangrando abundantemente por el cuello.

—Adelante —gruñó Orka. Su lobo interior bramaba ávido de sangre.

Se adentraron en el campamento asestando hachazos, puñaladas, patadas y golpes con los escudos. El fragor de la batalla a su alrededor era ensordecedor y no se oía otra cosa en el bosque. Las llamas se propagaban y el humo flotaba denso en el aire. Orka vio surgir un trol de la oscuridad y de inmediato oyó el chasquido de los arcos. El trol se tambaleó, soltó un rugido afligido y se derrumbó sobre las rodillas con una docena de flechas clavadas en el cuerpo.

Unas voces a la izquierda de Orka pronunciaron a voz en cuello unas palabras en una lengua extraña y Orka vio a través del humo y la oscuridad las crepitaciones de la magia rúnica.

«Descendientes de la dragona». Se dio la vuelta y se dirigió hacia allí con paso firme. Dos skraeling le cortaron el paso, pero Orka empuñó el hacha larga con las dos manos, como si fuera un bastón, y asestó un golpe con la punta del mango en una mandíbula, al mismo tiempo que la hoja abría un tajo de izquierda a derecha. Los dos skraeling cayeron al suelo y Orka continuó avanzando. Atisbó unas figuras oscuras a través de las llamas y la penumbra, y en una de ellas reconoció a un guerrero alto y corpulento y con el pelo oscuro. Su sangre gruñó y oyó como si fueran muy lejanos los gritos de Lif al apartarse de su costado derecho.

El humo se abrió y Drekr apareció ante sus ojos, moreno e imponente, con la pluma de cuervo en el pelo y media cara surcada de cicatrices plateadas. Drekr también la vio y se detuvo, la miró con los ojos entrecerrados. Orka afirmó los pies en el suelo, hizo molinete con el hacha empuñada con las dos manos y le dedicó un gruñido que le deformaba la boca.

Y entonces Drekr se lanzó hacia ella.

CAPÍTULO CUARENTA Y SIETE

GUÐVARR

Guðvarr miró a su alrededor buscando con desesperación a su tía. En torno a él todo era humo negro y llamas, gritos cuyo volumen fluctuaba con el viento, estrépito de aceros, gruñidos y alaridos, figuras que aparecían y desaparecían en su visión como torbellinos. Se movió arrastrando los pies por el suelo, describiendo un semicírculo, con el escudo presto y la espada a media altura, buscando a su tía, y tropezó con un cadáver. En el caos y la confusión era difícil distinguir a los amigos de los enemigos. Oyó un choque de hierros y unos gruñidos cerca de él y vio dos figuras recortadas en las llamas, ambas blandiendo un hacha larga, que se batían en un duelo en medio de aquella carnicería como si no existiera nada más. Guðvarr observó el combate boquiabierto y con el escudo y la espada caídos, asombrado por la brutalidad y la destreza de las que estaba siendo testigo.

Las hachas largas giraron en el aire y chocaron. Los contendientes aguantaron firmes con los pies plantados en el suelo y empuñando las hachas como si fueran bastones. La madera de los mangos crujió, las hojas de hierro rechinaron y saltaron chispas cuando chocaron. Gruñidos y chasquidos acompañaban los movimientos de las dos figuras que se atacaban y retrocedían con una velocidad vertiginosa, giraban alrededor de su oponente y asestaban hachazos. Guðvarr atisbó el pelo negro y la pluma de cuervo de uno de los guerreros y se dio cuenta de que era Drekr. Entonces su oponente entró en la claridad matizada por las llamas y Guðvarr instintivamente dio un paso atrás y un gemido escapó de sus labios.

Era Orka, la úlfhéðnar, tal como la recordaba de su encuentro en

Grimholt: gruñendo, salpicada de sangre, con los centelleantes ojos ambarinos. La miró fijamente y el miedo se apoderó de él, los pies comenzaron a llevárselo lejos de allí como por propia voluntad.

«Todos tenemos miedo —oyó la voz de su tía dentro de su cabeza—. Lo que cuenta es lo que haces con él».

Frustró la huida emprendida por su subconsciente y se encaminó sigilosamente hacia Orka.

«Podría apuñalarla mientras lucha con Drekr. Le haré un tajo en una pierna en un visto y no visto mientras está distraída y dejaré que Drekr haga el trabajo duro».

Apresuró el paso y levantó el escudo y la espada. Pero entonces algo salió como una flecha del humo directamente hacia él. Era un hombre moreno con una cota de malla y un casco, la barba corta, escudo y lanza en mano, los ojos rebosantes de odio y los labios torcidos en una mueca feroz. Vio algo en él que le resultó familiar, pero no tuvo tiempo para más. Apenas alcanzó a girar el cuerpo sobre un pie apoyado en el suelo y levantar el escudo antes de que el guerrero lo embistiera apuntando la lanza a su cara. Guðvarr retrocedió arrastrando los pies y levantó torpemente el escudo para desviar la lanza con el borde superior, al mismo tiempo que arremetía con la espada contra la cintura de su agresor. Sin embargo, el otro guerrero desvió el espadazo con su escudo y con un giro de muñeca le estampó el umbos en la mandíbula. Guðvarr salió disparado hacia atrás, se mordió la lengua y aparecieron unas estrellas blancas dentro de su cabeza cuando se estrelló contra un árbol. La punta de la lanza cortó el aire hacia él y Guðvarr se agachó y se tiró a un lado. Sintió un dolor abrasador en la mejilla y en la oreja cuando la moharra se deslizó por ellas y dio unos pasos tambaleantes mientras levantaba el escudo para protegerse la cara. Notó algo pegajoso en la mano y cuando se la miró descubrió que estaba ensangrentada.

El otro guerrero tiró de la lanza para extraerla del tronco en el que se había clavado. Guðvarr, viendo su oportunidad, gruñó y asestó una puñalada con la espada. La hoja resbaló por la cota de malla y le hizo un desgarrón cuando su rival por fin sacó la lanza del árbol y se retorció para evadir el golpe. El otro guerrero retrocedió unos pasos y afirmó los pies en el suelo, levantó el escudo, cambió la forma de empuñar la lanza para sujetarla por debajo del hombro y miró el corte en la mejilla de Guðvarr.

—Esto es por Mord.

Guðvarr se lo quedó mirando desconcertado unos instantes y entonces lo reconoció.

—¿Lif? ¡Lif! No, no es posible —dijo. Una sonrisa se dibujó despacio en sus labios—. Un escudo, una lanza y una cota de malla no te convierten en un drengr —añadió con una sonrisa de suficiencia—. No eres más que un niðing pescador que juega a ser un guerrero. —Dio unos pasos hacia él.

Lif lo esperó y Guðvarr se arrojó como un rayo contra él y asestó un espadazo apuntando a sus canillas, por debajo del escudo. Había visto a muchos drengir caer por ese golpe.

Pero Lif giró la muñeca y dio un paso lateral, y su escudo descendió y empujó con el borde la espada de Guðvarr contra la tierra mullida. A continuación dio un paso a la derecha para rodear el escudo de Guðvarr y lo apuñaló con la lanza. Guðvarr sintió un dolor agudo en el hombro y bufó con los dientes apretados. Se apresuró a retroceder para salir del alcance de Lif, pero el hermano de Mord ya se abalanzaba otra vez sobre él apuntando con su lanza a sus ojos. Guðvarr levantó el escudo y perdió de vista a Lif, y de inmediato sintió otro dolor punzante en la pantorrilla. Echó un vistazo abajo con el rabillo del ojo y vio que tenía la venda desgarrada y que la sangre se filtraba a través de ella y corría por su pierna. El dolor persistía y retrocedió cojeando.

«No, esto no puede estar pasando. ¿Dónde ha aprendido a manejar las armas así? ¡Me dan miedo los úlfhéðnar, los espíritus froa y los dragones, no los pescadores!». La indignación se apoderó de él, se transformó en una ira feroz, y sin pensárselo dos veces, rugió y se lanzó contra Lif. Vio la sorpresa en los ojos del pescador antes de embestirlo y los dos cayeron al suelo y rodaron con los escudos enganchados. Guðvarr intentó levantar la espada para clavársela y a Lif se le escapó la lanza de la mano. Pararon de rodar y Lif aporreó a Guðvarr con débiles puñetazos. Guðvarr soltó el escudo y la espada, se revolvió y agarró por el cuello a Lif con una mano a la vez que le inmovilizaba el brazo que usaba para agarrar la lanza con una rodilla y se ponía encima del pescador, que se retorcía frenéticamente. A continuación, Guðvarr le envolvió el cuello también con la otra mano y apretó. Apenas era consciente del fragor de la batalla que tenía lugar a su alrededor, de la gente que gritaba, luchaba y moría.

Lif forcejeó y se revolvió debajo de Guðvarr, con los ojos desorbitados y echando espuma por la boca cada vez que escupía, gruñía y jadeaba. Guðvarr notaba cómo las fuerzas abandonaban a su oponente, sonrió y le apretó más fuerte el cuello, utilizando todo el peso de su cuerpo.

—Saluda al niðing de tu hermano cuando lo veas —masculló mientras lo estrangulaba.

Lif dio una última sacudida presa del pánico y entonces se oyó un crujido en un lado de la cabeza de Guðvarr. El mundo comenzó a dar vueltas alrededor del sobrino de la jarl Sigrún, que sintió el impacto y se dio cuenta de que estaba tendido en el suelo, con la cara sobre hojas y tierra. Gruñó y se dio la vuelta, intentó levantarse. Sintió unas palpitaciones en la mitad de la cara afectada y vio a Lif jadeando con convulsiones. El pescador todavía tenía el escudo en la mano y comprendió que eso era lo que le había golpeado.

Apoyó una rodilla en el suelo, recogió el escudo y se puso en pie tambaleándose. El mundo seguía girando en torno a él. Oyó una voz y fijó la mirada en Lif. Una mujer se alzaba al lado del pescador, alta y esbelta, con el pelo corto y una lanza en la mano. Agarró del brazo a Lif y lo ayudó a levantarse. Lif y la mujer se dieron la vuelta, levantaron las armas y avanzaron hacia él.

Guðvarr levantó el escudo, se balanceó y con la otra mano sacó el seax del cinturón.

Entonces un rugido atronador sacudió el mundo. Los tres se quedaron paralizados y un instante después se tambalearon con los temblores del suelo. Los árboles se agitaron. Otro rugido sonó más fuerte y cercano que el primero.

«Lik-Rifa», se dijo Guðvarr comprendiendo lo que estaba pasando.

Un estruendo de ramas que se partían precedió a un gigantesco desgarrón de luz que atravesaba el cielo encima de ellos. Cayeron ramas enteras y partidas sobre sus cabezas. Y entonces la luz se extinguió y Lik-Rifa irrumpió a través de las copas de los árboles, batiendo las alas y acompañada de chorros de fuego y humo y remolinos de hojas, como si hubiera estallado una tormenta alrededor de ellos. Lik-Rifa impactó contra el suelo como una avalancha, arrancando árboles de raíz y lanzando por los aires personas, skraeling y troles. Guðvarr dio con sus huesos en el suelo. Una erupción de polvo cubrió el mundo. Guðvarr tosió mientras rodaba unos metros y se le resbalaba el escudo de la mano. Vio a Lik-Rifa erguida sobre las patas traseras, con sus alas desplegadas y las fauces abiertas llenas de dientes largos como lanzas.

—¡ULFRIR! —rugió la diosa dragona golpeando de nuevo el suelo.

El impacto volvió a lanzar por el aire a Guðvarr, que aterrizó sobre el suelo blando y se quedó un momento tendido allí, gruñendo. Se levantó con los ojos llenos de tierra y se los frotó. Le lloraban. Echó un vistazo a pesar de ello. La nube de polvo se asentaba lentamente y la gente que había tirada en el suelo en torno a él comenzaba a levantarse. Miró a su alrededor buscando a Lif y a la mujer, pero no los veía por ninguna parte. Oyó el sonido de un cuerno procedente del bosque y vio unas figuras oscuras que echaban a volar desde el campamento y se adentraban en las tinieblas de la arboleda. Se volvió al oír los gruñidos y los gritos de una mujer, y vio a Orka a unos treinta o cuarenta pasos de él, con un guerrero calvo a un lado y un gigantesco hombre pelirrojo al otro que la agarraban de los brazos y la arrastraban por el camino para regresar al bosque mientras ella escupía, gruñía e imprecaba.

Luego vio a Ilska rodeada por un puñado de descendientes de la dragona con escudos de runas rojas en las manos. Ella estaba agachada con una rodilla hincada en la tierra y miraba algo o a alguien que había en el suelo. Entonces una figura se incorporó y apoyó una rodilla en el suelo. Era Drekr. Ilska le ayudó a levantarse y hubo un breve intercambio de palabras entre ellos.

—¡A por ellos! —bramó Ilska, y se puso en movimiento.

Guðvarr echó un vistazo a su alrededor, recogió un escudo que vio en el suelo y sacó el seax del cinturón.

—¡Guðvarr! —gritó una voz. Guðvarr se dio la vuelta como una exhalación. Sigrún salía del humo y la penumbra rodeada por una docena de drengir. Una sensación de alivio recorrió su cuerpo—. ¿Estás herido?

—Bueno —masculló tocándose la mejilla y bajando la mirada a la pantorrilla ensangrentada. Las dos heridas irradiaban un dolor terrible. Tenía ganas de vomitar y se sentía débil, y lo único que quería hacer era dejarse caer en el suelo y encogerse hecho un ovillo—. No es nada, solo unos rasguños —dijo reprimiendo sus reacciones sinceras.

—Gracias a los dioses muertos —musitó Sigrún. Se volvió a Ilska, que seguía bramando órdenes y lideraba a sus guerreros en la persecución a través del bosque del enemigo que los había atacado.

«Huyen. ¿De verdad hay alguna necesidad de perseguirlos?».

—¡Seguidme! —gritó Sigrún. Se dirigió hacia el borde del bosque.

Guðvarr suspiró y siguió a su tía.

La luz del sol penetraba en grandes columnas doradas moteadas de polvo a través de las copas de los árboles que Lik-Rifa había destrozado en su llegada, mientras Guðvarr avanzaba por el campamento devastado por la batalla. Por todas partes había cuerpos tirados y pequeños incendios, y las nubes de humo negro ascendían hacia el cielo. Sigrún lo precedía entre los árboles, y las sombras cayeron sobre ellos como una cortina. Cerca de allí,

Lik-Rifa también recorría el bosque como un furioso torbellino, arrancando árboles de raíz. Guðvarr se estremecía cada vez que volaban astillas de madera en torno a él.

—¡Allí! —exclamó Sigrún, y echó a correr.

Guðvarr vio unas figuras delante de ellos, recortadas en una luz azulada que relumbraba en la oscuridad. Corrió cojeando detrás de su tía por la maleza pisoteada durante la batalla y atisbó cadáveres tirados entre los arbustos, de personas y de arañas del hielo. Un puñado de skraeling los adelantaron a él y a Sigrún precipitándose por el sotobosque como una avalancha. Instantes después, Guðvarr oyó el restallido de las cuerdas de los arcos, gruñidos y alaridos, y vio que unos cuantos skraeling se tambaleaban y caían. Levantó el escudo y notó el impacto de una flecha contra él, pero continuó avanzando a trompicones y a ciegas.

Desde un poco más adelante llegó a sus oídos la voz de Ilska pronunciando a pleno pulmón unas palabras desconocidas para él. A continuación, unas runas rojas brotaron estrepitosamente en el aire, se mantuvieron suspendidas encima de ellos unos instantes, justo debajo de las copas de los árboles, y explotaron en una lluvia de chispas que iluminaron la zona que rodeaba a Guðvarr.

Guðvarr vio una mujer en el bosque. Alrededor de ella brillaban con una intensidad fluctuante unas runas seiðr y la gente pasaba corriendo junto a ella y desaparecía. La mujer gritó unas palabras y las runas explotaron con un fogonazo que cegó a Guðvarr, hasta el punto de que gritó y se tapó los ojos. Cuando volvió a ver, no había rastro de la mujer ni de los guerreros.

Ilska y Drekr corrieron y se detuvieron en seco cuando llegaron al lugar donde había estado la mujer. Sigrún y sus drengir y Guðvarr llegaron unos segundos después. El suelo estaba pisoteado y la tierra removida, pero no había… nada.

—¿Dónde están? —gruñó Drekr girando lentamente sobre sí mismo. Sangraba por un corte en la mejilla, de la que le colgaba un trozo de piel.

Guðvarr escrutó la oscuridad, receloso de que volvieran a atacarlos desde la penumbra. Atisbó un movimiento fugaz y dio la voz de alarma al mismo tiempo que levantaba el escudo. Pero entonces vio que era una bruja nocturna que flotaba como la niebla entre dos troncos. Advirtió un ruido en las ramas justo encima de él y cuando levantó la cabeza vio las arañas del hielo moviéndose en las copas de los árboles.

Desde el camino llegaron más figuras encabezadas por Lik-Rifa. La diosa dragona había recuperado su forma humana y su rostro era una máscara de arrugas tirantes y músculos temblorosos. Los tennúr se arremolinaban encima de ella, revoloteaban entre los árboles y las ramas, y los descendientes de la dragona y los skraeling se desplegaban a su espalda.

—¿Dónde están? —preguntó Lik-Rifa al llegar a su lado.

—Han desaparecido —respondió Ilska.

—Encuéntralos, Tannbursta —espetó Lik-Rifa chasqueando los dedos. El tennúr salió como una flecha hacia el interior del bosque.

—Hay huellas —dijo Drekr señalando el suelo con su hacha larga. Muchas, y de pronto… —levantó la mirada y negó con la cabeza—… no están.

Se oyó un estruendo lejano que fue creciendo rápidamente. Guðvarr distinguió una sombra enorme entre los árboles. Ilska, Drekr y los descendientes de la dragona se desplegaron alrededor de Lik-Rifa. Estos últimos gritaron en su extraña lengua rúnica y brotaron unos escudos de fuego en el aire. El cuerpo de Lik-Rifa comenzó a temblar y a agitarse.

La sombra que se vislumbraba entre los árboles se dirigía a toda velocidad hacia ellos, doblando y partiendo ramas, haciendo temblar el suelo. Guðvarr corrió a ponerse al lado de su tía y los drengir se juntaron para formar un muro de escudos alrededor de su señora todavía un tanto vacilantes.

«¡Viene el lobo! ¡Viene el lobo!». El terror se apoderó de Guðvarr, se le revolvieron las tripas y se le aflojaron los intestinos. Tuvo que emplear toda su fuerza de voluntad para no dar media vuelta y echar a correr gimoteando hacia la seguridad de la oscuridad. Aferró el escudo y se le pusieron los nudillos blancos. Levantó el seax y apretó los dientes. El gesto de su boca era en parte un gruñido y en parte una mueca de terror.

La sombra atravesó una columna de luz que pasaba a través de las copas de los árboles y Guðvarr advirtió un hocico afilado, unos ojos negros y una larga cola sin pelo. Rotta se detuvo en seco delante de ellos. Su cuerpo vibró y se encogió, los huesos crujieron y chasquearon, y al cabo de unos breves momentos Rotta apareció ante ellos en su forma humana.

—¿Y Ulfrir? —preguntó.

—No está aquí —dijo Lik-Rifa mientras revertía su transformación—. ¿No está contigo?

—No. Nos atacaron a lo largo de la línea. Berserkir y úlfhéðnar entre otros, pero no estaba Ulfrir.

Los tennúr regresaron revoloteando de la oscuridad. Uno de ellos describió unos círculos en el aire y se posó en el hombro de la diosa dragona.

—No hay nadie —graznó la pequeña criatura.

Rotta bajó la mirada al suelo y vio las hojas pisoteadas y las huellas. Se agachó, apartó unas cuantas hojas con la mano, olfateó la tierra y luego levantó la cabeza para mirar a Lik-Rifa.

—Túneles —dijo.

CAPÍTULO CUARENTA Y OCHO

VARG

Varg corría a un ritmo constante sin apartar los ojos de los pies de Svik delante de él. El eco de sus pisadas marcaba el ritmo de su carrera como los golpes de tambor a los remeros. El sudor se le metía en los ojos y le corría por la espalda, pero no le prestaba atención. Había perdido la noción del tiempo en la oscuridad y no sabía cuánto llevaban corriendo por el túnel. En su cabeza solo había sitio para un pensamiento: Brák el Azote de los Troles. Había esperado encontrarlo en la emboscada. Lo había buscado en el campamento y la frustración fue apoderándose de él a cada momento porque sabía que sería muy breve el tiempo que estarían allí.

«Rápido, hacer todo el daño posible y salir vivos». Esa había sido la orden, y eso habían hecho. Habían sembrado muerte y destrucción hasta que Lik-Rifa apareció, y entonces se retiraron.

Pero no había encontrado a Brák, y eso le corroía el alma.

«Lo encontraré. Lo mataré».

Poco a poco fue dándose cuenta de que el espacio era más amplio a su alrededor y de que había más luz gracias a las antorchas que ardían en los candelabros de pared. Levantó la cabeza y vio que habían salido del túnel y entrado en los pasillos subterráneos del Valle del Lobo. Glornir corría a la cabeza del grupo y aminoró el paso para continuar caminando. El suelo se empinó y aparecieron unos escalones de piedra cuando la pendiente se hizo más pronunciada. Enseguida entraron en la gran cámara. Lo primero que Varg vio fue a Ulfrir, de pie a la sombra del enorme árbol que dominaba la cámara.

«Buen trabajo, mi feroz hijo», oyó que decía la voz de Ulfrir en su cabeza.

Elvar se movía entre los heridos que estaban depositando en un rincón de la cámara. Varg vio que muchos entraban en brazos de sus camaradas, con la piel azul y los músculos rígidos por las mordeduras de las arañas del hielo. Muchos otros ya yacían o estaban sentados en catres y los thrall trataban sus heridas. Dagrun, el hijo del jarl Orlyg, estaba sentado con media cara ensangrentada mientras le limpiaban una herida en la cabeza. Los guerreros de Elvar —berserkir, drengir, Terrores de la Batalla, Uspa y Silrið—, estaban junto a ella, atendiéndola. Tenía el antebrazo envuelto en una venda de lino ensangrentada y sucia, y en la gente que la rodeaba se apreciaban las marcas de la batalla. Sin embargo, Elvar se alejó de los heridos con una sonrisa en los labios, y Varg podía ver en ella la felicidad de salir viva de una batalla, de haber luchado y ganado.

«No hemos ganado la guerra, ni siquiera ha sido una gran victoria, pero hemos golpeado primero. Así el enemigo sabrá que tenemos dientes».

Glornir se adentró en la cámara caminando más despacio, con Vol a su lado. Elvar se dirigió hacia él al verlo y observó a los Hermanos de Sangre mientras entraban en fila en el gran salón. Cargaban con dos heridos. A uno lo llevaba Einar echado sobre los hombros, y al otro, mordido por una araña del hielo, lo transportaban entre dos guerreros. Varg reparó en que Elvar se fijaba en todo y contaba los que entraban por su propio pie y los que lo hacían llevados por sus camaradas.

—Has hecho un buen trabajo —felicitó a Glornir—. Has traído de vuelta a todo tu grupo. No has perdido a nadie.

—Ajá —dijo Glornir. El cansancio se notaba en su voz, era ese agotamiento que te invadía después de una batalla.

—Y Lik-Rifa ha aprendido que no puede venir directamente a por nosotros como si nada.

—Ajá —gruñó de nuevo Glornir—. Le hemos dado una buena lección, eso seguro. —Hizo una pausa—. La vimos.

—¿A Lik-Rifa?

—Ajá. A la dragona. Estaba… furiosa. —Se dibujó una sonrisa tímida en sus labios.

Elvar también sonrió.

—Bien —dijo—. Ocúpate de tus heridos, comed y bebed. —Señaló las mesas largas y los bancos ubicados enfrente del estrado, como si aquello fuera una sala de hidromiel delante del trono del jarl. Ciervos, jabalíes y piezas de ganado giraban ensartados encima de los fuegos y las gotas de grasa chisporroteaban al caer en las brasas, las ollas borboteaban y en las mesas había jarras de cerveza y de hidromiel, cuencos con cremoso skyr y cuajada. En ese momento, además, estaban trayendo bandejas con liebres y gansos, bacalao salado, arenques en salmuera, fuentes con pan recién horneado y verdura humeante. A Varg le rugieron las tripas.

Varg estaba sentado delante de un plato hasta arriba de comida: pan caliente untado de mantequilla, gruesas lonchas de venado y cerdo, nabo, col y cebolla. En la mano tenía un vaso de hidromiel especiado con enebro. Bebió un trago largo y suspiró regodeándose en el calor que recorría su cuerpo.

A un lado tenía a Røkia y al otro a Svik. Einar se había sentado enfrente de él. La mayoría de los Hermanos de Sangre estaban sentados en los bancos alrededor de ellos, aunque Varg vio que Orka se alejaba con su hijo, ambos con un plato de comida y un vaso en las manos, salían de la cámara y enfilaban por el pasillo que conducía a los dormitorios de los Hermanos de Sangre.

—¡Ha sido una buena pelea! —exclamó risueño Einar metiéndose un trozo de pan en la boca. Se le llenó la barba de chorretones de mantequilla.

—Ajá, ya lo creo —dijo Svik mientras cortaba y pinchaba con el cuchillo un trozo de carne. Miró a Varg—. Lo encontraremos.

Varg miró a su compañero y asintió.

—¿A quién? —quiso saber Einar.

—A Brák —dijo Røkia.

—Ah, ese niðing —gruñó Einar. Miró a Varg y negó con la cabeza—. Ese no llegará a viejo.

—Seguro que no —masculló Røkia.

Varg miró a sus compañeros, conmovido por la emoción que rezumaban sus voces, por la manera en la que hacían suya su venganza.

—Soy afortunado por tener amigos como vosotros —musitó.

—¿Amigos? —espetó Svik—. Somos más que eso, hermano, mucho más.

«Somos Hermanos de Sangre. Estamos más unidos que una familia. Somos una manada».

—Eso es verdad —terció Røkia a su lado.

Varg, llevado por un impulso, le cogió la mano y se la apretó. Ella se puso tensa, pero no la retiró.

Svik arqueó una ceja y sonrió.

El banco en el que estaba sentado Einar crujió cuando se inclinó hacia delante y envolvió con su mano enorme las de Varg y Røkia.

—Amigos. Familia —dijo—. Cuidamos unos de otros.

Unos criados trajeron más comida a la mesa y Varg se fijó en que todos llevaban puesto el collar de thrall. En el estrado, la guardia de berserkir rodeaba a Elvar. Ulfrir permanecía en las sombras y su collar de hierro destellaba.

—Así es. Y, sin embargo, luchamos para los que nos esclavizan —murmuró.

—Ten cuidado —le advirtió Svik echando un vistazo alrededor.

—Luchamos para Elvar, pero solo con estar aquí nos arriesgamos a que también nos haga sus thrall. Los corrompidos luchan al lado de la dragona por su libertad. ¿Está bien que luchemos para alguien que tiene esclavos?

—Comprendo por qué lo dices —repuso Svik—. Pero el asunto es más complicado.

—Lik-Rifa está loca —terció Røkia.

—Lik-Rifa ha raptado niños corrompidos y eso es lo mismo que si los hubiera convertido en sus thrall —añadió Svik—. Habla con el hijo de Orka.

—Raptaron a Refna y a los demás. Y todavía tienen a Bjarn, el hijo de Uspa y Berak —tronó Einar—. No me gusta la gente que roba niños y los usa como esclavos. —Su ceño arrugado parecía un nubarrón en su frente.

—Mataron a mi Revna —dijo una voz nueva. Era Gunnar Proa, que estaba sentado cerca de ellos.

—Y a mi hermano —terció Halja Nariz Chata—. Asesinaron a Vali.

—Y a Thorkel —dijo Svik.

—Tienen una deuda de sangre con nosotros —gruñó Røkia.

—Ajá, de acuerdo —repuso Varg—. Lik-Rifa no es alguien por quien se deba luchar, lo habéis dejado claro. —Sus ojos siguieron a un úlfhéðnar con el collar de hierro en el cuello que se acercó a la mesa y se llenó un plato. Era Frek, el guerrero al que habían asignado la misión de custodiar al príncipe Hakon cuando los Hermanos de Sangre lo capturaron—. Han cambiado muchas cosas en Vigrið. Hakon, Helka y el jarl Störr están muertos. Nosotros estamos aquí sentados, comiendo, con una cabeza sin cuerpo y hablando con cuervos y un dios lobo resucitado —dijo mirando fijamente el collar de Frek—. ¿Por qué no se puede cambiar eso también? —murmuró.

—¿Cómo quieres cambiarlo? —preguntó Svik.

Los collares de thrall son una maldición —dijo Varg reprimiendo el impulso de tocarse el cuello, donde sabía que todavía tenía la vieja cicatriz.

Se veía menos, pero nunca desaparecería—. Todos decimos que Vigrið está cambiando, que el mundo está patas arriba. ¿Por qué no cambia también lo de los collares de thrall? ¿Por qué no podemos simplemente... deshacernos de ellos?

—¿Quieres decir que dejemos libres a los corrompidos y que hagamos thrall a todos los demás? —dijo Svik con media sonrisa.

Varg se quedó pensando en esa idea.

—No —dijo finalmente—. ¿Por qué no podemos ser todos libres y pagar a los que realizan una tarea? Igual que pagamos a un herrero o a un granjero.

Einar frunció el ceño.

Svik y Røkia se quedaron mirando a Varg sin abrir la boca.

Oyeron un ruido de pasos de muchos pies y se volvieron. Un puñado de berserkir precedía a un grupo numeroso de guerreros a través de la cámara en dirección al estrado. Había más de cien y sus escudos tenían pintadas unas velas rojas sobre un fondo azul.

Un hombre caminaba detrás de los berserkir y delante de los guerreros. Llevaba un torques de oro alrededor del cuello, aros de plata en los brazos y el cabello y la barba canosos trenzados. Una apretada brynja dorada le cubría el fornido pecho y la voluminosa barriga y sobre su espalda colgaba un escudo. El banco en el que estaba sentado Glornir se deslizó chirriando por el suelo cuando el jefe de los Hermanos de Sangre lo empujó hacia atrás y enfiló hacia el recién llegado con largas zancadas. Los berserkir se apartaron para dejarle pasar, y Glornir sonrió y le ofreció el brazo al hombre canoso, que se lo estrechó riendo alegremente.

—Debería haberme imaginado que estarías aquí —dijo el hombre—. Ahora sé que he tomado la decisión correcta.

Glornir dio media vuelta y condujo al anciano guerrero hasta Elvar, que estaba sentada en su trono en el estrado, con Ulfrir cerca de ella.

—Jarl Elvar, traigo ante ti al jarl Logur de Liga. Siempre ha sido un buen amigo de los Hermanos de Sangre.

—Y seré un buen amigo tuyo, si me aceptas, jarl Elvar —dijo Logur. Paseó la mirada en derredor y vio a Ulfrir de pie detrás de Elvar.

—Necesito amigos —dijo Elvar.

—Nunca se tienen demasiados amigos —tronó Hrung. Su voz sobresaltó a Logur.

—Ah, he oído historias sobre la cabeza parlante de Störr —dijo Logur mirando fijamente a Hrung.

—Me gustaría oírlas —dijo Hrung con una sonrisa de oreja a oreja—. Quizá tomando un par de jarras de hidromiel.

—¡Ya me caes bien! —Logur sonrió. Sus ojos recorrieron a las otras personas que estaban en el estrado—. ¿Ese es el lobo?

—Sí —respondió Elvar.

Los ojos ambarinos de Ulfrir se clavaron en Logur, que le sostuvo la mirada y luego lo miró de arriba abajo. Después observó a Skuld y sus alas rojas, a Grok, que tenía el pico metido en un barril de arenques en escabeche, y finalmente volvió a centrar su atención en Ulfrir.

—Bueno, da la impresión de que Vigrið está atrapada en una saga de los escaldos, el padre de todas las disputas familiares, y todos nosotros involucrados en ella. —Hizo rotar los hombros, le crujieron los huesos y sonrió—. Lo comprendo. Yo siempre he odiado a mi hermana, aunque nunca he contado con la ayuda de un ejército tan grande para matarla.

—Se convertirá en una canción de los escaldos —afirmó Elvar—, de eso no hay duda.

—Pues me gustaría aparecer en ella. —Logur sonrió.

—Si Glornir Rompeescudos responde por ti, eres bienvenido —dijo Elvar—. Acabamos de darle una lección a Lik-Rifa y lo estamos celebrando. Tú y tus guerreros estáis invitados a uniros a nosotros. Por favor, sentaos y comed.

—Será un placer —dijo sonriendo Logur—. No hemos descansado de los remos desde que zarpamos de Liga, así que estamos hambrientos.

Glornir condujo a Logur y a sus guerreros hasta las mesas, y todos volvieron a sentarse.

Kló entró en la cámara batiendo las alas y se posó en el estrado de Elvar.

—Kló trae noticias —graznó el cuervo. Vio que Grok estaba dándose un festín con el barril de arenques en escabeche—. Kló también tiene hambre.

—Primero las noticias y luego la comida —dijo Elvar.

—Noticias buenas y noticias malas —dijo Kló moviendo la cabeza arriba y abajo—. La buena noticia es que murieron muchos con vuestro ataque y que Lik-Rifa está furiosa. Lik-Rifa está muy enfadada. Hace temblar los árboles.

Risas y ovaciones estallaron en la cámara al oír aquello.

—La mala noticia es que Kló ha visto llegar guerreros nuevos para unirse a Lik-Rifa.

—¿Qué clase de guerreros? —preguntó Elvar.

—Corrompidos. Muchos corrompidos.

CAPÍTULO CUARENTA Y NUEVE

ELVAR

Elvar salió por las puertas de piedra del Valle del Lobo a la pálida luz azulada del invierno y se ciñó la capa de piel de oso al cuerpo. Ulfrir y Skuld la acompañaban, también Uspa, Vol e Iva, una bruja seiðr thrall de los Hermanos de Sangre. Además iban con ella la berserkir Thorguna, Orv la Serpiente, de los Terrores de la Batalla, y un enorme hombre de piel negra llamado Taras, otro thrall de los Hermanos de Sangre, aunque más bien parecía tener la misión de proteger a Iva, pues la seguía a todas partes.

El río estaba atestado de drakkar y knarr, tanto de los que conformaban su flota como de los que pertenecían a aquellos que como el jarl Logur se habían unido después de su llegada allí. Elvar se dirigió hacia el puente que cruzaba el río, a lo largo del cual se había construido una puerta de madera con una empalizada y torres, y pasó por las zanjas cavadas en el suelo. En la tierra se habían clavado unos gruesos puntales, que luego habían sido atados unos con otros. La puerta estaba cerrada y atravesada por dos pesadas trancas de roble. Elvar subió por una escalera a la empalizada, pasó junto a un montón de piedras del tamaño de una cabeza cuidadosamente apiladas y se detuvo para otear el bosque que se extendía más allá del puente y del río.

«Ahí, en algún lugar, hay un dragón que viene a matarme. Ahí, en algún lugar, mis guerreros luchan por mí, mueren por mí».

Había enviado más guerreros por el túnel, más grupos para partir, desgarrar y morder las huestes de Lik-Rifa mientras avanzaba a través del Bosque de Hierro con la intención de llegar a ella. Esos nuevos ataques tenían como principal misión quemar los carros de suministros enemigos. Por un momento, a Elvar le pareció oír gritos y oler humo en el viento.

—Es un buen sitio para machacar al enemigo con los arcos —comentó Orv la Serpiente echando un vistazo más allá de la empalizada y el puente desde la pasarela—. O para romperles la crisma a pedradas —añadió mirando el montón de piedras que había a su lado. En la otra punta de la pasarela había un montón similar, y abajo, detrás de las puertas, había montañas de piedras más grandes.

—Ajá —repuso Elvar.

El puente sería un cuello de embudo para quien lo intentara cruzar, y las puertas parecían capaces de aguantar los arietes más demoledores.

Elvar miró a izquierda y derecha. Se había excavado una zanja nueva a lo largo de la ribera del río y con toda la tierra extraída se habían levantado terraplenes contra la nueva muralla de madera. Todo eso se había construido desde su llegada al Valle del Lobo. Era un trabajo encomiable y tenía un aspecto formidable.

—Es impresionante —dijo Elvar.

—Resistirá los ataques de las huestes de Lik-Rifa, al menos durante algún tiempo, y te permitirá matar a muchos de sus integrantes —aseveró Ulfrir.

Elvar asintió mientras se imaginaba la orilla opuesta del río repleta de enemigos. Se los imaginó cruzando en tropel el puente y construyendo balsas para cruzar el río. Casi podía ver a sus guerreros arrojando lanzas, disparando flechas y lanzando piedras contra los asaltantes. Casi podía oír sus gritos.

También recordó la descripción que Glornir había hecho de Lik-Rifa, de los estragos que había hecho en el Bosque de Hierro.

—Pero no detendrá a la dragona. Si Lik-Rifa es capaz de arrancar árboles de raíz, podría reducir a astillas esta puerta de un manotazo.

«Y Skalk y Estrid me han contado lo que la dragona hizo en el gran salón y la fortaleza de Darl. Ahora solo son un montón de escombros. Podría hacer lo mismo con esta puerta y estas murallas».

—Destruiría la puerta, las torres y la muralla en el tiempo que yo tardo en decir estas palabras —dijo Ulfrir.

Elvar miró a Ulfrir y luego a Skuld, Uspa, Vol e Iva.

—¿Podéis hacer lo que os he pedido?

—Sí —afirmó Ulfrir.

Uspa, Vol e Iva bajaron por la escalera y se detuvieron detrás de las puertas, en el centro de la zanja circular. Ulfrir y Skuld no se movieron de la pasarela, aunque Skuld enseguida se elevó con una batida de las alas y se sostuvo en el aire encima de las puertas. Elvar se quedó con Ulfrir, Taras y su guardia.

—*Guð blóð, úlfablóð, heyrðu kall okkar, finndu mátt okkar* —recitó a voz en grito Ulfrir.

Skuld y los demás repitieron las extrañas palabras del conjuro seiðr. Elvar notó unas vibraciones casi imperceptibles en el aire y se le erizó el vello de los brazos y la nuca. Alrededor de Skuld y de Ulfrir se produjeron unos chispazos.

Vol se metió en la zanja nueva excavada en el suelo, apenas de un palmo de profundidad.

—*Snaka, alfaðir í mínum æðum, fylltu þennan staf af krafti þínum* —dijo alzando la voz. Una angulosa runa brotó chisporroteando en torno a su puño, como si fuera un guante de luz roja. Vol apoyó una rodilla en el suelo y hundió la mano en la tierra de la zanja. Una explosión de chispas precedió al nacimiento de unas llamas rojas, que se propagaron crepitando por la zanja como si fueran un metal fundido vertido en un molde.

Desde su posición encima de la entrada, Elvar vio aparecer un semicírculo de llamas que se extendió a lo largo de la poco profunda zanja y se dividió en nuevos canales y surcos. Brotaron unas runas rojas, semejantes a los radios de una rueda, que se precipitaron hacia el centro de la puerta de madera. Las runas pasaron por debajo de la puerta y se transformaron en unas llamaradas rojas, que se propagaron por el puente tendido al otro lado. Otros ríos de fuego se introdujeron en las zanjas cavadas recientemente a ambos lados de la puerta y corrieron siguiendo los terraplenes y la empalizada levantados recientemente a lo largo de la ribera.

—*Blóð Snaka, kraftur í æðum okkar, heyrðu okkur núna* —gritó Vol todavía arrodillada. Aparecieron más runas alrededor de sus puños y los hundió en la zanja.

—*Blóð Snaka, kraftur í æðum okkar, heyrðu okkur núna* —gritó Uspa. Unas llamas brotaron chisporroteando en su mano y también se arrodilló e introdujo el puño en las llamas rojas de la zanja.

—*Eðlur blóð, kraftur í æðum mínum, heyrðu okkur núna* —entonó Iva. Unas pálidas runas surgieron en el aire con una explosión de chispas e Iva hincó una rodilla en el suelo y metió la mano resplandeciente en el canal de fuego líquido.

—*Snertu þessa veggi úr furu* —cantaron al unísono las tres brujas seiðr—, *þessi hlið af eik, gefðu þeim styrk, gefðu þeim kraft til að standast afkvæmi þitt. Kraftur til að standa á móti drekanum og rottunni.*

Ulfrir sacó un seax del cinturón y deslizó el filo por la palma de su mano, la cerró hasta que brotó sangre. Skuld hizo lo mismo suspendida sobre la puerta.

—*Úlfablóð, guðsblóð, verndar okkur fyrir drekanum, verndar okkur fyrir rottunni. Verja þessi hlið, verja þessa veggi* —pronunciaron los dos mientras arrojaban la sangre al aire. Las gotitas rojas destellaron y, con una explosión de luz blanca, adquirieron una incandescencia cegadora encima de Elvar antes de caer como una lluvia de chispas.

Taras dio un grito ahogado cuando las gotas flotaron a su alrededor como si fueran copos de nieve y rompió a reír cuando algunas se posaron en su piel.

—No hacer daño a Taras —dijo.

Algunas tocaron las mejillas de Elvar. Estaban calientes y casi resultaban reconfortantes cuando se fundían. Sin embargo, cuando una tocaba la madera de la puerta se producía un fogonazo, seguido por un siseo y un chisporroteo. Elvar contempló hipnotizada cómo aterrizaban en los canales de runas, destellaban con intensidad al tocar la zanja circular y relumbraban mientras fluían por los surcos radiales hasta la zanja excavada delante de los terraplenes de la muralla.

El fuego rúnico fue apagándose lentamente, hasta que un tenue resplandor de brasas precedió a su extinción definitiva.

—Ya está —dijo Ulfrir mirando a Elvar—. Ahora la puerta aguantará los ataques de mi hermana y de mi hermano.

—Gracias —dijo Elvar.

—Tal vez incluso les dé un par de sustos —añadió sonriendo el dios lobo.

CAPÍTULO CINCUENTA

BIÓRR

Biórr se paseaba entre los muertos. Su búsqueda lo llevaba a través de la destrucción. Aquí y allá todavía crepitaban las llamas, si bien la mayoría de los incendios ya se habían apagado y en su lugar se veían los carros carbonizados, que semejaban esqueletos de desconocidas criaturas de los bosques. En torno a él se arremolinaba la gente que buscaba en los carros cualquier cosa que hubiera sobrevivido a las llamas. Se rescataban los barriles y los baúles que no se habían quemado y los amontonaban a un lado.

Oyó pasos en el mantillo del penumbroso bosque y giró sobre los talones al mismo tiempo que levantaba el escudo y la espada. Pero no era más que un spertus, que correteó hasta un arroyo y se zambulló en el agua. Escrutó las sombras más densas por temor a otro ataque, pero no vio nada. Ahora solo había skraeling y tennúr por todas partes, y vio troles avanzando pesadamente por la tenebrosa maleza.

«Ya no volverán. Ahora somos demasiados y estamos preparados». Se colgó el escudo a la espalda y enfundó la espada. Hizo bocina con las manos y gritó:

—¡FAIN!

Continuó recorriendo la escena de devastación. Pasó junto a un puñado de carros destrozados y unas traviesas que todavía ardían, y entonces lo vio.

Fain el Rojo caminaba por el suelo cubierto de ceniza y llevaba una niña en brazos. Biórr corrió hacia él.

—Gracias a los dioses muertos —masculló cuando llegó a su lado. El veterano guerrero estaba surcado de hollín y tenía un largo corte en el antebrazo, pero sonrió al ver a Biórr.

—Se necesita algo más que un puñado de niðing follacabras para enviarme a hacer el viaje de las almas —respondió Fain.

—Eso ya lo sé —repuso Biórr cogiendo a la niña que Fain sostenía en sus brazos. Se llamaba Aila y estaba inconsciente y cubierta de ceniza, pero su respiración era constante.

—Sígueme —dijo Fain.

Torcieron en un meandro del camino y entonces Biórr los vio: una veintena de niños acurrucados alrededor de un pequeño fuego sobre el que había una olla. Algunos estaban tendidos en el suelo y recibían los cuidados de los demás, que les limpiaban las heridas o les daban agua para que bebieran. Otros hacían guardia con escudos, lanzas o hachas demasiado grandes para ellos. Harek los llamó cuando los vio aparecer.

Biórr depositó el cuerpo de Aila sobre un lecho de ramas arrancadas apresuradamente de los árboles. Un chico se acercó con un paño de lino y un cubo de agua, se arrodilló al lado de Aila y se puso a limpiarle la ceniza de la cara.

—Estaba a punto de ir a buscarte —dijo Harek a Fain—. Pensé que... —balbuceó, y dejó sin acabar la frase.

Fain frunció el ceño.

—Al parecer, no hay nadie aquí que crea que puedo cuidarme solito —refunfuñó. Su expresión se suavizó y revolvió el pelo rojizo de Harek—. No tienes que preocuparte por mí, muchacho. No voy a irme a ninguna parte. ¿Cómo están? —preguntó desviando la mirada hacia los heridos.

—Bien, creo —respondió Harek. Se dio la vuelta para mirar a un chico que estaba sentado con las rodillas flexionadas delante de la cara. Biórr se dio cuenta de que era Bjarn—. No será gracias a tus amigos niðing —le espetó Harek.

El chico fulminó con la mirada a Harek y se puso en pie despacio. Biórr se sorprendió al ver lo corpulento y fuerte que estaba poniéndose Bjarn.

—Cierra el pico —gruñó Bjarn apretando los puños.

Biórr reparó en los destellos verdosos en sus ojos.

—Basta —terció Fain interponiéndose entre los chicos—. Nada de peleas. —Apuntó a los dos con un dedo—. Ya tenemos suficientes enemigos como para pelearnos entre nosotros.

—Él es el enemigo —mascculló Harek.

—No, muchacho, no lo es —dijo Fain—. Bjarn solo está... confuso.

—¿Confuso? Pero si es muy sencillo: luchamos contra los que quieren esclavizarnos —murmuró Harek.

—Aquí soy un esclavo, igual que tú —espetó Bjarn—. Aunque no lleve puesto el collar soy un prisionero y no dejan que me vaya. Todos somos prisioneros. —Clavó una mirada feroz en Fain—. No hay ninguna diferencia con ser un thrall.

—La diferencia, Bjarn —dijo Biórr acercándose al muchacho—, es que nosotros hacemos esto por vuestra seguridad. Las personas contra las que luchamos os esclavizarán para utilizaros. Os tratarán como si fuerais animales, igual que a los perros o a las cabras que ordeñan para conseguir leche. Lo único que ven en vosotros es vuestra utilidad, lo que podéis hacer para que ellos vivan mejor.

—Y a mí me habéis raptado para que me utilicen los Alimentadores de Cuervos. Igual que a todos los otros —replicó Bjarn—. Nos usasteis para vuestros hechizos seiðr y para liberar a Lik-Rifa. No nos preguntasteis si queríamos hacerlo. No nos disteis la opción de decidir. ¿Dónde está la diferencia?

Biórr se quedó mirando a Bjarn sin saber qué responderle.

—Quiero volver con mi familia —continuó Bjarn—. Con mi madre. Esos Hermanos de Sangre iban a llevarme con ella.

—Tu madre es una thrall —dijo Biórr—. Una thrall poderosa, pero una thrall a fin de cuentas. Elvar y los Terrores de la Batalla la utilizan. Si fueras con ellos también te convertirían en su thrall.

—Eso no lo sabes —espetó Bjarn—. De todos modos, si fuera libre, como no paras de repetir, yo sería el único que debería poder tomar esa decisión. Quedarme o irme. —Se volvió a Fain—. ¿Puedo irme?

Fain no le respondió. Bjarn dio un paso hacia el camino.

—Alto —gruñó Fain.

—Exacto —dijo Bjarn deteniéndose y clavando unos ojos que rebosaban odio en el anciano—. No hay ninguna diferencia entre tú y una persona que tiene esclavos. No eres mejor. —Dio media vuelta y fue a sentarse con los otros niños.

—No le hagáis caso, es un niðing imbécil —gruñó Harek—. Todos sabemos lo que habéis hecho por nosotros. Y os lo agradecemos.

Biórr sacudió la cabeza y recordó el día que conoció a Bjarn. Recordó las partidas de tafl con él en la taberna de Snakavik.

—Dale tiempo —le dijo a Harek. Miró a Fain—. Déjame echar un vistazo a ese corte en tu brazo.

Biórr se sentó en el tocón de un árbol y tomó unos sorbos de hidromiel de un cuerno mientras escuchaba a los capitanes de Lik-Rifa.

Estaban sentados en un amplio claro y el sol que descendía detrás de las copas de los árboles alargaba sus sombras. El fuego ardía en el hoyo recién cavado para la hoguera. Lik-Rifa, con Rotta sentado a un lado e Ilska y Drekr al otro, escuchaba los informes de sus capitanes, entre los que estaban la skraeling Krúsa, el enorme trol toro Heðin, apoyado en una porra del tamaño de un árbol pequeño y vestido con una capa confeccionada con pieles de oso cosidas unas a otras, el tennúr Tannbursta, un spertus con un nombre que Biórr era incapaz de pronunciar, los jarlar menores que habían jurado lealtad a Lik-Rifa, Glunn Puño de Hierro, Sigrún y un puñado de mercenarios, entre ellos Sterkur la Muerte en los Ojos.

Todos ellos hablaban de los ataques nocturnos. Habían sufrido el mayor número de bajas la primera noche. Desde entonces habían incrementado los centinelas y la vigilancia, pero la hueste era tan extensa y había tanta distancia entre los centinelas que todas las noches habían sufrido ataques y más bajas.

—Algunas bandas de mercenarios han desertado —informó Ilska con una voz monótona y carente de emoción.

—¡Cómo! —gruñó Lif-Rifa con un tono grave y escalofriante.

—¿Cuántas? —demandó Rotta.

—Dos, mi señor —respondió Ilska.

—Se arrepentirán de lo que han hecho —dijo Lik-Rifa con los dientes apretados—. ¿Han ido con mi hermano?

—No —dijo Ilska—. Hemos seguido su rastro y se dirigen al norte, fuera del Bosque de Hierro.

—Cuando esta guerra acabe los encontraré para vos, mi reina —afirmó Drekr.

—Gracias. Intenta traer vivos a todos los que sea posible.

Biórr se estremeció al oír aquello.

—Heðin los aplastará para la Madre Creadora —dijo el trol con una voz tan profunda como un fiordo—. Heðin los hará papilla.

—Bien por ti —dijo Rotta.

—También estamos escasos de comida, mi reina —continuó Ilska.

—Entonces tal vez Heðin tenga que darse prisa para encontrar a esos desertores. —Rotta sonrió—. ¿Cuánta comida nos queda, Ilska?

—Hay comida para tres días, quizá cuatro.

—Tannbursta, ¿cuánto falta para que lleguemos a la guarida de mi hermano? —preguntó Rotta al tennúr.

—Dentro de dos días llegaremos a la guarida del lobo —respondió Tannbursta.

—Entonces no hay problema —dijo Lik-Rifa—. Hay comida más que suficiente.

—No si tenemos que sitiarlo —apuntó Rotta—. Podríamos tardar un poco en sacar a Ulfrir de su agujero.

—No estaremos mucho tiempo en el Valle del Lobo —dijo Lik-Rifa.

—¿Por qué…? —comenzó Rotta, pero dejó a medias la pregunta cuando Lik-Rifa levantó la mano y le clavó una mirada feroz.

—Cazaré para vosotros si es necesario —dijo Lik-Rifa—. No dejaré que los que me son leales pasen hambre. —Hizo un gesto desdeñoso con la mano para dar por zanjada la cuestión—. ¿Algo más?

—Sí, mi reina —dijo Ilska.

—¿Qué? —espetó la diosa dragona. Era obvio que no le apetecía seguir hablando de logística, escasez de víveres o deserciones.

—Se han unido a nosotros más corrompidos.

—Excelente —dijo Lik-Rifa.

—Asegúrate de que reciben comida y se ocupan de ellos. Que les den ropa, equipo de guerra y todo lo que necesiten —dijo Rotta.

—Sí, hazlo, por supuesto —dijo Lik-Rifa.

—Otra cosa, Ilska —añadió Rotta—, si alguno es descendiente mío, tráemelo más tarde.

Un tennúr descendió aleteando desde la oscuridad y se posó en el hombro de Rotta. Se inclinó para susurrarle en el oído.

—¿Algún asunto más que haya que tratar, Ilska? —preguntó Lik-Rifa.

—No, mi reina.

—Bien. —Lik-Rifa se puso en pie—. Dos días, entonces. —Esbozó una sonrisa espantosa que dejó a la vista unos dientes demasiado largos para su boca—. Mi hermano se arrepentirá de haber resucitado en este mundo nuevo. En mi mundo. Estoy impaciente por convertirlo en tiras de carne sin vida. —Se pasó una larga lengua serpentina por los labios—. Nunca olvidaré vuestra lealtad, seréis recompensados. Y ahora, si hemos acabado, volved con los vuestros y preparaos para la chusma de Ulfrir. Seguro que volverán esta noche, aunque él esté demasiado débil o asustado para acompañarlos.

El claro se vació y Biórr se levantó para marcharse.

—Quédate, Biórr —dijo Rotta. Biórr volvió a sentarse. Rotta se volvió a Lik-Rifa—. Munni trae noticias, hermana.

—¿Qué noticias? —quiso saber Lik-Rifa.

—Esa Elvar ha construido puertas, torres y una muralla alrededor del Valle del Lobo.

—Quizá haga una visita a esas torres. Las reduciré a astillas —dijo con desdén Lik-Rifa.

—Seguro que sí —repuso Rotta.

—¿Quién es esa Elvar para pensar que puede plantar cara a una diosa? —dijo con desprecio Lik-Rifa. Biórr advirtió la ira que la consumía. Lik-Rifa se volvió hacia él y su mirada lo incomodó—. Tú conoces a esa Elvar, Biórr, ¿cómo se atreve a hacer una cosa así?

—Siempre fue… ambiciosa, mi reina —respondió Biórr—. Ascendió en los Terrores de la Batalla, y muy rápido. También es una guerrera magnífica y hábil con las armas. Pero convertirse en la jefa de los Terrores de la Batalla, resucitar a Ulfrir y hacerlo su thrall, volver a Snakavik y matar a su padre… —Biórr suspiró y sacudió la cabeza—. La verdad es que me ha sorprendido. Ha demostrado que también es astuta. Es la hija de un jarl, creció en su corte, y el jarl Störr era célebre por su astucia y su crueldad. Era un hombre arrogante, como si su destino fuera gobernar, y sin duda Elvar ha heredado algo de eso de él.

—Más de lo que su padre habría querido, imagino —terció Rotta sonriendo—. Teniendo en cuenta lo que acabó haciéndole.

—¿Por qué sonríes si tan formidable es esa mujer? —gruñó Lik-Rifa.

—Porque la información es poder, y yo sé algo —dijo Rotta.

—¿Qué? —preguntó Lik-Rifa.

—Paciencia, hermana.

—He sido paciente durante trescientos años —espetó Lik-Rifa con una voz fría y temblorosa.

—Cierto, cierto —dijo Rotta en un tono apaciguador—. Nuestros amigos en el Valle del Lobo le han contado a Munni que no todo el mundo siente cariño por esa Elvar. Entre sus seguidores hay algunos que están… decepcionados con su liderazgo. Y le han dicho a Munni que si Elvar muriera, tal vez las puertas del Valle del Lobo se abrirían a nuestra llegada.

—¿Y cómo va a morir Elvar si nosotros estamos aquí y ella allí? ¿Nuestros amigos la matarán por nosotros?

Rotta sonrió.

CAPÍTULO CINCUENTA Y UNO

ELVAR

Una voz despertó a Elvar. Vio unas sombras encima de ella y alargó la mano hacia la espada.

—Tranquila, jefa, zoy yo —dijo ceceando Sólín la Babas.

—¿Qué ha pasado? —preguntó en voz baja Elvar.

—Tienez una vizita —dijo Sólín volviéndose hacia la entrada del dormitorio de Elvar.

Elvar se incorporó y vio la figura de Ulfrir recortada en el vano de la puerta.

—Quiero enseñarte una cosa —dijo el dios lobo.

—¿Qué es? —inquirió Elvar. Se echó agua de una palangana en la cara y se frotó los ojos somnolientos.

—Será mejor que lo veas con tus propios ojos —dijo Ulfrir—. Acompáñame. —Dio media vuelta y salió de la cámara.

Elvar se abrochó el cinturón de armas, agarró el tahalí y la espada enfundada, y se apresuró a seguir a Ulfrir. Sólín se pegó a su espalda. Salieron a la plataforma y se detuvo un momento. Se alegró cuando se dio cuenta de que no se mareaba. Vio que Ulfrir bajaba por la escalera tallada en la rama y fue hacia allí.

—Jarl Elvar —dijo Berak. Había estado haciendo guardia en la puerta de su dormitorio y había seguido a Sólín.

Ulfrir se detuvo para esperar a Elvar cuando llegó al tronco del árbol.

—Ellos deben quedarse aquí —dijo señalando con la cabeza a Berak y Sólín.

—¿Por qué? —demandó Elvar.

—Tengo algo que enseñarte, pero solo puedes verlo tú.

Elvar miró a Ulfrir a los ojos un momento.

—Podría darte una orden sin más.

Ulfrir agachó la cabeza dando a entender que ya lo sabía.

—Lo que quiero enseñarte es una demostración de confianza. Confía en mí cuando te digo que nadie más debe saberlo.

Hubo un momento de silencio.

—Berak, Sólín, esperad aquí.

Ulfrir se dio la vuelta y echó a andar. Mientras lo seguía, Elvar se pasó el tahalí por encima de la cabeza y el brazo izquierdo, y se colocó la espada enfundada sobre la cadera. Se sorprendió al ver que Ulfrir torcía a la izquierda para subir por la escalera que rodeaba el tronco, en vez de hacerlo a la izquierda y bajar por ella al suelo del gran salón.

—¿Adónde vamos?

—Arriba —respondió Ulfrir.

Según subían por la escalera de caracol, Elvar vio que al final de las gruesas ramas había otras cámaras en las paredes curvas del salón. Algunas, aquellas que la gente utilizaba como alojamiento, estaban iluminadas por el tenue resplandor de los fuegos. Otras, sin embargo, estaban sumidas en la oscuridad y semejaban ojos negros que contemplaban el gran salón. Elvar advirtió movimiento en una de esas cámaras tenebrosas, el destello de una antorcha y figuras envueltas en sombras. Vio a Silrið con un puñado de personas y reconoció a Runa Hacha Roja, Hjalmar el Pacifista y Estrid Helkasdottir. Estaba demasiado oscuro para ver los demás rostros. Elvar se detuvo un momento, pero Ulfrir desapareció al doblar una esquina y se apresuró a alcanzarlo.

«Seguro que se han reunido para hablar sobre Grend y su destino», pensó furiosa. Y entonces se le apareció Grend en la cabeza, mirándola con su semblante inexpresivo, solo sus ojos daban una pista de sus sentimientos. Un torbellino de emociones la asoló al pensar en él. Estaba dolida porque la había engañado y furiosa por la posición en la que la había puesto, porque sabía lo que debía hacer con él.

«Ha hecho que parezca débil. Por su culpa muchos dudan de mí».

«La apariencia de debilidad es el peor enemigo de un jarl», le susurró su padre dentro de la cabeza.

Sabía lo que debía hacer.

—¿Para qué me llevas ahí arriba? —espetó a Ulfrir, alterada y cansada de tanto misterio.

—Esta era mi casa —dijo Ulfrir—. Mi esposa Orna tenía su propio salón, un poco más al norte, una gran aguilera desde donde tenías la impresión de ver todo el mundo. Todos los hijos de Snaka teníamos un salón propio, pero Orna me visitaba aquí con frecuencia. Le encantaba subir a lo alto de este árbol.

Elvar reparó en la tímida sonrisa que se dibujaba en los labios de Ulfrir al desenterrar un recuerdo lejano.

—Lo siento —dijo.

Ulfrir se volvió hacia ella.

—Siento que Orna haya muerto.

Ulfrir suspiró.

—Cuando me resucitaste y descubrí que Orna llevaba mucho tiempo muerta me sentí como si me clavaran un puñal en el estómago. Pero cuando me enteré de que ella también había resucitado, de que sentía aire fresco en los pulmones, de que el mismo viento nos acariciaba la cara, de que veía el mismo sol y el mismo cielo que yo… —Sacudió la cabeza y un gruñido retumbante escapó de sus labios—. No sé por qué, pero este dolor es peor.

Elvar asintió. Una expresión de profunda desesperación se instaló en las facciones de Ulfrir. Mientras elaboraba sus transcendentales planes no se había parado a pensar en los sentimientos de un dios. Cierto que no le importaban, pero al mirar ahora a Ulfrir y ver la profundidad de su dolor era imposible no sentir algo.

—Lo siento —repitió—. Sé que las palabras no cambian nada, no curan. Lo único que hacen es decirte que le importa a alguien, aunque solo sea en ese momento.

Ulfrir asintió.

—Tienes razón, no cambian nada. Pero por lo menos son… algo.

Caminaron en silencio y Elvar se dio cuenta de que estaban acercándose al techo abovedado de la cámara. Allí arriba las ramas eran más delgadas y menos densas. Sintió algo en la cara, una caricia suave. Miró con atención arriba, se detuvo y dio un grito ahogado.

—Está abierto —dijo—. Veo el cielo y el sol.

Desde el suelo del gran salón había alcanzado a ver una luz fragmentada que reverberaba en el techo, pero había dado por supuesto que era producto de la magia seiðr. Ahora veía que era la luz del sol que se filtraba a través del ramaje del árbol. Y esa sensación en la cara era el viento.

—¿Estás loco? —espetó con los dientes apretados—. Estamos expuestos a un ataque. Lik-Rifa podría entrar volando en el gran salón si quisiera. No hay nada para detenerla salvo un puñado de ramas. Hay que hacer algo. —Sintió el impulso irreprimible de agarrar a Ulfrir y zarandearlo, de bajarlo a empujones de allí arriba—: Me aseguraste que aquí estaríamos protegidos de Lik-Rifa, que este sitio era más seguro que Snakavik.

—Y es más seguro —dijo Ulfrir levantando una mano para detener el torrente de palabras que salían de la boca de Elvar—. Sigue caminando.

Elvar miró con cara de pocos amigos a Ulfrir y dio otro paso vacilante por la escalera de caracol. Su cabeza estaba casi a la altura de donde debería haber estado el techo, pero solo había ramas, hojas y aire. Subió otro escalón y levantó una mano para apartar las hojas, pero… golpeó algo. Frunció el ceño e intentó empujar de nuevo las hojas, pero se dio cuenta de que su mano chocaba con algo sólido antes de tocarlas y se produjeron unas vibraciones de luz azul encima de ella. Empujó más fuerte, pero su mano encontraba una resistencia invisible. Decidió dar un golpe con la base del puño y aparecieron unas crepitantes ondas de luz azul que se atenuaron poco a poco.

—Es un conjuro seiðr —dijo Ulfrir poniéndose a su lado—. Algo parecido a las protecciones que hemos colocado en las puertas y las murallas del puente. Nada puede atravesarlo.

—¿Nada?

—Bueno, la luz del sol, el viento y los sonidos sí, pero nada de carne y hueso.

—¿Nada? —repitió Elvar.

—Nada, a menos que conozcas el conjuro —dijo Ulfrir—. Lo hice para Orna, para que pudiera venir volando a mi gran salón. Pero también podía sentir el viento en las plumas y posarse aquí, contemplar el mundo desde esta atalaya. —Tocó la barrera invisible con los dedos y unos destellos azules le rodearon las yemas—. *Úlfavinur opinn* —dijo. La luz azul chisporroteó y se expandió vibrando por la bóveda, y Ulfrir pasó a través de las hojas y las ramas. Se volvió para mirar a Elvar—. Ven conmigo —dijo, y desapareció detrás del follaje.

Elvar vaciló un momento y luego siguió a Ulfrir.

Salió a la luz del día y la azotó el viento frío que soplaba a través de las ramas que se extendían por encima de la cumbre de la colina. A su alrededor había hierba y piedra, y se dio cuenta de que estaba justo donde había visto a los lobos a su llegada al Valle del Lobo.

—*Úlfavinur ndínn* —dijo Ulfrir.

Elvar vio que la luz azul destellaba un momento debajo de sus pies y luego se apagaba.

—Vuelve a ser impenetrable —dijo Ulfrir—. La única manera de volver al interior de la cámara ahora es bajando la colina y entrando por la puerta principal. A menos que conozcas el conjuro. —Sonrió al ver la expresión en la cara de Elvar. Se puso serio y añadió—: Comprenderás que estoy confiándote un secreto muy importante. Ahora has oído el conjuro.

Elvar asintió.

—Pero mis guardias son de fiar —dijo.

Ulfrir se encogió de hombros.

—Es posible que te sean leales. Aun así, la gente habla. Los susurros viajan por el aire y los oídos escuchan. —Miró con intensidad a Elvar—. Estoy seguro de que Rotta tiene agentes aquí dentro.

—¿Cómo? —exclamó Elvar.

—Es astuto, artero, embaucador. Lik-Rifa también es astuta, pero está loca y es impaciente. Aunque quizá trescientos años en las entrañas de Oskutreð le hayan enseñado a tener un poco de paciencia.

—Si hay espías en mi campamento hay que encontrarlos y erradicarlos.

—Si eres capaz de hacerlo —repuso Ulfrir—. Hasta entonces, habla solo lo imprescindible. Pero esa no es la razón por la que te he traído aquí. —Se alejó de la escalera aparentemente caminando por el aire, pero Elvar atisbó unos destellos de luz azul allí donde sus pies tocaban la barrera—. Ven, es bastante seguro.

Elvar miró abajo y vio hojas, ramas y el suelo de la cámara muy lejos. Sintió un leve mareo y se tambaleó.

—Confía en mí —dijo Ulfrir.

Elvar dio un paso desde la rama y sintió una firmeza debajo del pie cuando pisó el aire. Caminó por la cúpula hasta donde estaba Ulfrir.

—A Orna le gustaba sentarse en las ramas de este árbol y contemplar Vigrið —dijo Ulfrir.

Elvar oteó las vistas desde la colina. Toda Vigrið yacía a sus pies. Los ríos destellaban a la pálida luz del sol como serpientes que reptaran por la tierra y el oscuro océano verde del Bosque de Hierro se extendía en todas direcciones alrededor del Valle del Lobo. Divisó el cráneo de Snaka y la línea curva de las Dorsales, más cerca y con más claridad de lo que habría esperado, hasta el punto de que incluso distinguía la fortaleza de su padre encima del cráneo. Sus ojos siguieron el fiordo hasta mar adentro y se fijaron en la costa de Vigrið y el estuario del Falinn, desde donde habían remontado el río. Su mirada se detuvo en el río repleto de barcos y en la espesura del Bosque de Hierro en la otra orilla.

—Es… hermoso —musitó.

—Sí —dijo Ulfrir. Estaba sonriendo. Un viento cortante pasaba a través de las ramas y le agitaba la barba de color gris lobo—. ¿Ves esos árboles de allí abajo, en la orilla opuesta del río?

—Sí —respondió Elvar mirándolos con atención.

—Muchos son fresnos.

Una expresión de desconcierto cruzó la cara de Elvar.

—Fresnos —repitió ella.

—Ajá. —Ulfrir sonrió—. Donde hay fresnos hay espíritus froa.

Elvar asintió y una sonrisa se dibujó lentamente en sus labios.

—A los espíritus froa no les hará gracia que una hueste se pasee entre sus árboles.

—Le darán una calurosa bienvenida —dijo Elvar.

Ulfrir se volvió hacia ella.

—Has hecho un buen trabajo —dijo—. Has reunido una gran hueste y la has mantenido unida. Los ataques a Lik-Rifa y a Rotta han sido un éxito. No ha sido fácil llegar hasta aquí.

—Bueno, he tenido un poco de ayuda —repuso Elvar, sorprendida por sus palabras.

—Ajá. —Ulfrir se encogió de hombros—. Tener un dios lobo a tu lado debe haber ayudado un poco. —Esbozó media sonrisa—. Aunque soy tu thrall, así que no tenía demasiadas opciones. —Su boca hizo una mueca completamente diferente—. Pero muchos habrían fracasado en lo que tú has tenido éxito. Hay que tener valor y astucia para conseguir lo que tú has conseguido. Entiendo por qué me resucitaste, por qué me has hecho tu thrall. Es arriesgado enfurecer a un dios, por eso digo que tienes valor, pero probablemente yo habría hecho lo mismo en tu lugar. Y no eres una tirana, no ansías el poder por el poder. Tienes una ambición.

Elvar miró a Ulfrir.

—Hubo un tiempo en que mi ambición era medrar, ganar fama en la batalla y ser inmortalizada en la canción de un escaldo. Todo ello para demostrarle a mi padre que se equivocaba conmigo, que era mejor de lo que él creía. —Negó con la cabeza—. Nada de eso importa ahora. No me gusta el poder, no me gusta liderar. Es un peso sobre mis espaldas, pero por ahora debo hacerlo, porque mi ambición es sobrevivir, y para ello tengo que rescatar a Bjarn y devolvérselo a Uspa. Y para que eso ocurra Lik-Rifa debe morir, así de sencillo. No soy la heroína de una saga. Soy más thrall que tú. Mi única razón de existir es el blóð svarið.

Ulfrir asintió.

—Creo que los dos comprendemos al otro. Tal vez deberíamos aprender a confiar el uno en el otro.

Una sonrisa escindió despacio el rostro de Elvar.

—Eso sí que sería valiente —dijo.

Ulfrir también sonrió.

—Yo he confiado en ti al contarte el secreto de mi hogar. Eres la única persona ajena a mi familia que ha oído el conjuro que abre esta entrada en el techo de mi guarida.

Elvar asintió reconociéndole el valor de lo que había hecho.

—¿Esta es la única entrada a tu hogar aparte de la principal? —preguntó.

—No —respondió Ulfrir—. Están los túneles, pero ya los hemos cerrado todos a excepción del que hemos utilizado para las incursiones nocturnas, y ese está bien vigilado, tanto por centinelas de carne y hueso como por la magia seiðr. También había entradas en aquellas torres —añadió señalando las runas invadidas por las enredaderas que Elvar había divisado en las laderas de la colina al ver por primera vez el Valle del Lobo desde la cubierta del *Jarl de las olas*—. Pero están tapadas por los escombros, y si alguien se tomara la molestia de retirarlos para entrar, hay una pared seiðr en cada torre, exactamente igual que esta. —Dio unos golpecitos con el pie en la barrera invisible sobre la que estaban.

—¿El conjuro para abrirla es el mismo? —preguntó Elvar.

—No, te lo enseñaré si quieres. Te lo confiaré, pero no lo utilizaremos.

Elvar asintió.

—Y me gustaría confiarte otro secreto, aún más importante —añadió Ulfrir—. Mi padre, Snaka, plantó este árbol a partir de una semilla de Oskutreð. Fue la primera semilla que plantó del Jarnvidr y me regaló estas tierras. Sembró el Jarnvidr para que yo me paseara por él. Yo construí mi morada alrededor del árbol y viví en medio del bosque. Pero Oskutreð es un fresno, y los fresnos tienen sus froa.

—Sí, lo sé —dijo Elvar recordando el espíritu froa que había visto en Oskutreð.

—Digamos que el espíritu froa no… aprobó que yo construyera mi salón y tallara la escalera en el árbol —continuó Ulfrir—. Opuso resistencia. Así que mi padre, a petición mía, cantó para que se durmiera. —Ulfrir regresó al tronco y apoyó una mano en él. Acarició una arruga profunda en la corteza. Elvar la miró con detenimiento y dio un grito ahogado.

Había una cara grabada en la corteza del árbol y Ulfrir siguió con los dedos el contorno de su mandíbula. Era una mujer de facciones severas y un cabello largo, como enredaderas que envolvían el tronco, y sus brazos de madera nudosa se extendían sinuosamente alrededor del árbol.

—Snaka me enseñó el conjuro para despertarla. Lo habría pronunciado hace mucho tiempo, pero entonces raptaron a mi hija Valkiria y... —Hizo una pausa y le temblaron las mejillas—. Estalló la guerra. Vosotros la llamáis el Guðfalla, la guerra de los dioses. —Abrió los brazos—. Y yo morí. —Sacudió la cabeza—. Ha pasado mucho tiempo sumida en un sueño profundo, pero creo que ha llegado el momento de despertar a Gelta. —Miró a Elvar—. ¿Estás preparada?

—¿Por qué me cuentas todo esto? —musitó Elvar.

—Los dos luchamos contra Lik-Rifa y Rotta, estamos en el mismo bando. Creo que ha llegado el momento de que confiemos el uno en el otro. Y Gelta debería conocerte por si me sucediese algo. Debería saber que no tienes ninguna intención de hacerle daño a ella ni al árbol. De lo contrario —añadió sonriendo—, un espíritu froa furioso es lo último que necesitas.

Elvar asintió.

—Bien —dijo Ulfrir. Abrió la boca y comenzó a cantar.

CAPÍTULO CINCUENTA Y DOS

ORKA

Sentada en un taburete con Breca, en un hueco sombrío del gran salón de Ulfrir, Orka mojaba un trozo de pan en el estofado de ternera y nabo mientras observaba a toda la gente sentada a las mesas dispuestas delante del estrado de Elvar.

Oyó un ruido de pasos y vio que un hombre se acercaba a ellos. Era Dagrun, el hijo de Orlyg.

—Mmm —murmuró Orka. «Me preguntaba cuándo vendría a buscarme».

—Granjera —dijo Dagrun cuando llegó a su lado. Acercó un banco y se sentó en él.

—¿Qué quieres? —preguntó Orka.

—Solo charlar un poco —dijo Dagrun. Miró a Breca—. Esta hostilidad no es necesaria. Ya te dije que tu secreto está a salvo conmigo.

—¿Cuál es tu precio?

—¿Precio? Ninguno, la verdad. Me salvaste la vida, ¿lo recuerdas?

—Ajá, y tú me pagaste esa deuda con esta brynja.

—Mi vida vale más que una brynja, por magnífica que sea —dijo Dagrun—. Al menos para mí. Vi tu bestia interior cuando te enfrentaste con Myrk. —Sonrió y asintió aprobándolo—. Fue una buena lucha. Ese holmganga bien se merecería una canción de los escaldos.

—¿Cuál es tu precio? —volvió a preguntarle Orka.

—Como sigas preguntándome eso acabarás ofendiéndome —dijo Dagrun. Se le borró la sonrisa de los labios—. Lo único que te pido…

—Ah, por fin llegamos a lo importante.

—Lo único que te pido es que seas mi amiga. Como esos cuervos han dicho, todos necesitamos amigos. Algún día podría necesitar tu ayuda, podría pedirte un favor. —Se encogió de hombros—. Eso es todo. Y será algo mutuo. Si alguna vez necesitas ayuda, pídemela y haré todo lo que esté en mi mano.

—Soy una corrompida —dijo Orka con cautela—. Podrías convertirme en tu thrall. Entonces sería tu enemiga y algún día te mataría por ello, pero podrías utilizarme.

—Yo juzgo a las personas por sus actos, no por la sangre que corre por sus venas. —Dagrun se puso en pie y miró a Breca—. Ha luchado con toda una hueste para recuperarte.

—Lo sé —dijo Breca.

—Nunca lo olvides —dijo Dagrun.

Dio media vuelta y se marchó.

—Nunca lo olvidaré —susurró Breca.

Orka observó a Dagrun un momento y vio que otra figura se separaba del grupo y se acercaba a ellos. Era Glornir, corpulento e imponente.

—¿Por qué nos escondemos en las sombras? —les preguntó acercando un taburete. La madera crujió bajo su peso. En la mano tenía un vaso de hidromiel.

Orka chupó el caldo absorbido por el pan.

—Porque hay un hombre por aquí que sabe que soy una corrompida, y si me viera, Breca y yo tendríamos problemas.

—Skalk —gruñó Glornir.

—Ajá, Skalk, el galdramaðr de Estrid —dijo Orka al reparar en la mirada inquisitiva de su hijo—. Me crucé con él en Grimholt, cuando estaba buscándote. Creía que te tenían prisionero allí…

—¿Y? —preguntó Breca.

Orka torció el gesto y se encogió de hombros.

—Dejé libre al lobo en mi sangre.

—Ah —murmuró Breca pensativo—. Podríamos matarlo —sugirió.

—Sí —masculló Glornir dando una palmada en la espalda a Breca—. Debería haberlo matado en cuanto lo vi, pero morirá, y pronto.

—Podríamos matarlo ahora. Vigrið sería un lugar mejor sin él —dijo Orka—. Pero he estado observándolo y nunca está solo. Siempre lo acompañan sus drengir y la aprendiza de galdramaðr. Podría matarlos a todos, pero sin que me vieran. Y eso no es tan fácil.

—Podrías ponerte uno de los collares del tío Glornir —propuso Breca—. Como los que llevan Iva y Taras, y fingir que eres una thrall. Y entonces podrías usar el don de tu sangre sin miedo.

Glornir aprobó la idea con un gruñido.

Orka miró a su hijo.

—Eso es astuto —dijo.

—He estado pensando en ello —repuso Breca.

—¿En qué? —quiso saber Orka.

—En muchas cosas. En nuestra casa de Fellur, en Spert. En papá. —Brotaron lágrimas en sus ojos.

—Me recuerdas a él —dijo Glornir.

Breca le dedicó media sonrisa, y una lágrima rodó por su mejilla.

—No es solo que seas su viva imagen. También oigo a Thorkel en tu manera de hablar y lo veo en tu forma de caminar —añadió Glornir—. Cuando te enfadas, ¿oyes el gruñido del oso o el aullido del lobo?

—Las dos cosas —respondió Breca.

Orka miró sorprendida a su hijo y luego intercambió una mirada con Glornir, que asintió mesándose la barba.

—El lobo y el oso —murmuró Glornir—. Bueno, eso es raro. —Una sonrisa escindió su barba—. No me gustaría enfrentarme contigo en un muro de escudos cuando crezcas. Orka y Thorkel juntos. —Se quedó callado un momento, con la mirada perdida mientras hurgaba en su memoria—. De hecho, no recuerdo ningún caso. —Miró detenidamente a su sobrino—. Ay, muchacho, pero deberías haberlos visto. Mi hermano y mi hermana eran un espectáculo.

—¿Hermana? —preguntó Breca.

—Somos Hermanos de Sangre. Thorkel era mi hermano de sangre, pero Orka lo es por su juramento. Los juramentos nos unen.

—Pero me fui. Rompí mi juramento —musitó Orka.

—Basta de eso, déjalo ya —protestó Glornir—. Tenías tus razones para hacerlo, pero nunca dejaste de ser mi Hermana de Sangre. Y no creo que tú dejaras de pensar en nosotros como tu familia. —Miró a los ojos a Orka y le sostuvo la mirada.

—No, nunca dejé de consideraros mi familia. Mi hermano.

Glornir le dio una palmada en la mano.

—Me gustaría que mi padre aún estuviera aquí —dijo Breca.

—A mí también, muchacho, a mí también —musitó Glornir.

Breca miró a su madre.

—¿Piensas en él, mamá?

Orka cerró los ojos. Aún podía ver a Thorkel en su cabeza, los ojos que siempre parecían ver dentro de su corazón.

—En todo momento, todos los días —masculló Orka. Suspiró—. Glornir tiene razón, tu padre estaría orgulloso de ti, de su hijo feroz y astuto. Pero tienes un temperamento fuerte, y eso podría meterte en líos.

—¡Ja! Mira quién habla. A lo mejor lo he heredado de ti. —Breca sonrió.

—¡Ja, ja, ja! —rio Glornir.

Una sonrisa torció los labios de Orka.

—Ajá —dijo revolviendo el pelo a su hijo—. ¿Y en qué más ha estado pensado esta cabecita tuya? —le preguntó dándole unos coscorrones con el dedo en la coronilla.

—En esta guerra —dijo Breca—. He oído a la gente decir que luchamos para una esclavista, que Lik-Rifa quiere liberar a los corrompidos, que podríamos ser libres.

—¿Qué gente? —preguntó Orka mirando ceñuda a su hijo.

—Ákveðin —dijo Breca—. Lleva la sangre de Hundur. Es una thrall de Runa Hacha Roja. Pero no es la única.

—Mmm. Bueno, no es tan sencillo —dijo Orka—. Oirás a personas que afirman que luchan por la libertad y otras que lo hacen para derrotar al mal. Es hablar por hablar. La verdad es que todo el mundo lucha para sí mismo. Lik-Rifa lucha contra su hermano por unas rencillas de hace siglos. Ulfrir lo hace con ella porque mató a su hija. —Hizo rotar los hombros—. Eso lo entiendo. Eso es la verdad. La gente lucha para sobrevivir, o por una deuda de sangre, o por el poder. No hay nada más. No hagas caso de lo que les oigas decir.

—Aja —dijo Glornir, conforme con las palabras de Orka.

Un gruñido despertó a Orka y sus reverberaciones tronaron en torno a ella. Saltaron nubes de polvo de las paredes. Era como si el mundo estuviera partiéndose.

—¡ESTÁ AQUÍ! —bramó la voz de Ulfrir dentro de su cabeza.

Orka se puso en pie. Breca, desconcertado, también se levantó.

Dormían en una cámara con el resto de los Hermanos de Sangre y alrededor de Orka todos los guerreros estaban levantándose de un salto, abrochándose los cinturones y los cascos, y cogiendo las lanzas y los escudos. Varg y Røkla ya estaban listos, pero todos los demás les iban a la zaga.

Los sonidos de la destrucción resonaban en la cámara: un rugido que desgarraba el mundo, el estrépito de la madera hecha añicos y triturada.

—¿Qué pasa? —preguntó Einar con el ceño convertido en un nubarrón.

—¡Lik-Rifa! —gruñó Glornir—. ¡A las armas! —bramó mientras se abrochaba el cinturón de armas y se colgaba el escudo a la espalda. Después echó a correr y salió de la cámara a la cabeza de sus guerreros.

—No te separes de mí —le dijo Orka a Breca agarrando el hacha larga. Siguió a Glornir, que precedió a los Hermanos de Sangre por los pasillos de techos altos y abovedados hasta que irrumpieron en tropel en el gran salón.

En la cámara había una gran agitación. Desde los pasillos que desembocaban en el gran salón llegaban torrentes de guerreros. Orka vio a Ulfrir con Elvar, a quien rodeaban sus berserkir y los Terrores de la Batalla. Se dirigían a las grandes puertas de piedra. Glornir salió disparado hacia ellos y los Hermanos de Sangre se abrieron paso a empellones a través de la multitud. Ulfrir vio con el rabillo del ojo a Orka.

«Mi hermana está aquí», dijo el dios lobo dentro de su cabeza.

Al otro lado de las puertas sonaba como si hubiera llegado el fin del mundo. Se oía un rugido bestial que superaba a la más violenta de las tormentas y el estrépito de la madera partida, arrancada, machacada.

Elvar se encaminó hacia las puertas, gritó una orden y las puertas comenzaron a abrirse con un chirrido. La blanquecina luz del color del peltre del amanecer entró en el gran salón. Se produjo una explosión de luz azulada que laceró los ojos de Orka y a través de las puertas abiertas se colaron un demoledor rugido de dolor y un viento turbulento que empujó a los guerreros hacia atrás. Y de repente, los sonidos de la destrucción se atenuaron.

Elvar salió al amanecer seguida por Ulfrir y todos los demás. Orka oyó una voz que bramaba órdenes y algunas tropas se apresuraron a formar muros de escudos. Glornir, sin embargo, mantuvo a sus Hermanos de Sangre en una formación más holgada. Orka comprobó dónde estaba Breca y quedó satisfecha al ver que seguía cerca de ella, aferrando el escudo y la lanza, y mirando con los ojos desorbitados.

Los dos lobos de piedra gruñían agachados y miraban fijamente el pálido cielo encima de la otra orilla del río. Orka vio la mancha negra de las alas que la dragona batía lentamente sobre el bosque y oyó los lejanos latidos de su corazón como si fueran su pulso mientras Lik-Rifa desaparecía en la distancia.

Elvar avanzó a la cabeza de su ejército a través del valle flanqueado por las escarpadas laderas y continuó por el camino que conducía al puente. Cuando dejaron atrás los dos promontorios, los guerreros se desplegaron a ambos lados de la orilla del río mientras Elvar enfilaba hacia la puerta construida en el puente.

La puerta y las torres estaban intactas y unas ondas de luz azul destellaban en su superficie. Al llegar a ellas, Elvar subió por una escalera que había junto a una de las torres de la entrada. Orka se fijó en que otros guerreros se dirigían a la escalera de la otra torre, entre ellos el hermano de Elvar, Broðir, con una jarl de su hermana, Runa Hacha Roja, y un puñado de sus drengir. Glornir condujo a sus Hermanos de Sangre hacia la torre de Elvar y subió por la escalera con Vol a su lado. Orka los siguió de cerca y oyó unos gritos ahogados mientras subía a la pasarela de la empalizada. El corazón le dio un vuelco.

La flota de drakkar y knarr había desaparecido y el río estaba repleto de tracas y tablas de madera, de mástiles y remos y de rodas hechas añicos. Las velas flotaban semihundidas y la corriente arrastraba lentamente cascos destrozados y popas partidas. Medio drakkar había encallado en la orilla, cerca del puente, y los restos de otros barcos se acumulaban contra él. A su alrededor se arremolinaba la corriente y borboteaba la espuma blanca.

Orka oyó los gritos de los guerreros a medida que subían a las empalizadas construidas sobre los nuevos terraplenes a lo largo de la orilla del río. Algunos trepaban a las empalizadas, se dejaban caer en las zanjas y subían por el otro lado para tratar de salvar todo lo que fuera posible de aquel desastre.

—¿Por qué lo ha hecho? —oyó Orka que preguntaba Elvar.

—Para que no escapemos —dijo Silrið a su lado.

—Es la pataleta de una niña —gruñó Ulfrir—. Vino a destruir las puertas y, cuando vio que no podía hacerlo, descargó toda su ira contra lo primero que encontró.

A lo largo de la pasarela que se extendía sobre la entrada, la gente miraba conmocionada la escena, paralizada ante tanta destrucción. Orka nunca había visto una flota tan impresionante y en cuestión de segundos había sido reducida a un río de astillas. Había gente llorando.

—Mamá —susurró Breca tirando de la manga de la cota de malla de Orka.

—¿Qué ocurre? —preguntó ella, todavía mirando horrorizada la catástrofe en el río.

—Pasa… algo —balbuceó Breca.

Orka desvió la mirada del río para mirar a su hijo.

—Allí. —Breca señaló con el dedo y Orka vio a una persona que caminaba por la pasarela de la entrada, por detrás de la gente congregada allí arriba. Se dirigía a Elvar. Era Broðir, su hermano. Parecía extraño, fuera de lugar, pues todos los demás tenían la mirada fija en la flota destruida. Según se acercaba a Elvar, Orka vio que Broðir metía la mano debajo de la capa y atisbó el destello del acero.

—¡CUIDADO, ELVAR! —gritó Orka al mismo tiempo que sacaba el destral del cinturón.

Elvar se volvió y sus ojos se abrieron con una expresión de sorpresa cuando vio a Broðir y el seax con el que se disponía a apuñalarla. Gytha se lanzó hacia Broðir, pero Runa Hacha Roja la empujó blandiendo un hacha. Gytha agarró por la muñeca a Runa y las dos se estamparon contra la empalizada y se precipitaron al otro lado.

Elvar se contorsionó y la hoja del seax se deslizó por la cintura de su brynja. Broðir gruñó y le propinó un puñetazo con la otra mano. Elvar salió disparada hacia atrás y Broðir levantó el seax para asestarle otra cuchillada.

Un puñado de drengir de Runa se habían mezclado entre los drengir de Elvar, y con puñaladas y hachazos impedían que la ayudaran. Una berserkir, Thorguna Nubarrón, gruñó mientras sacaba dos destrales idénticos del cinturón y hundió uno en la cabeza de un drengr y amputó una mano con el otro.

Ulfrir rugió y todo su cuerpo comenzó a temblar. La gente echó a correr o saltó desde la pasarela.

—*Kraftur öskunnar, kraftur guðanna, brenndu hana, svíðu hold af beinum* —bramó una voz. Unas runas rojas brotaron chisporroteando en la punta del bastón de Silrið y la galdramaðr apuntó a Elvar y Broðir con él.

—*Snákur svipar, vakandi og bítur djúpt* —gritó otra voz. Vol sacó el látigo negro que llevaba en la cintura, lo agarró por la empuñadura y el azote de la serpiente se desenroscó siseando y mostrando los colmillos. Vol arremetió con él y Silrið chilló y retrocedió con los colmillos de la cabeza de la serpiente del látigo hundidos en la mejilla. Vol tiró el brazo hacia atrás y la cabeza de la serpiente regresó a ella con un trozo de la cara de la galdramaðr en la boca. Silrið gritó y retrocedió tambaleándose.

Orka salió disparada por la pasarela con el hacha larga en una mano y el destral en la otra.

Broðir tenía acorralada a Elvar contra la empalizada y trataba de clavarle el seax en el cuello, pero ella le agarraba la muñeca. Orka levantó el brazo y arrojó el destral, que fue dando vueltas por el aire y atravesó la cota de malla de Broðir para clavarse en su espalda y su hombro. Este dio unos pasos hacia atrás, chillando y tratando de arrancarse el destral del cuerpo, y Elvar le asestó un cabezazo en la cara.

Silrið chocó con Broðir, lo agarró por la túnica y saltó por encima de la empalizada arrastrando al hermano pequeño de Elvar.

Orka corrió a la empalizada. Elvar se asomó por ella. Ulfrir saltó por encima del parapeto mientras seguía transformándose en lobo, y el suelo y la entrada temblaron cuando aterrizó en el otro lado. Silrið se puso en pie con media cara ensangrentada y corrió por el puente arrastrando a Broðir. Ulfrir los persiguió gruñendo. Broðir profirió un agudo chillido de pavor al verlo y saltó al río desde el puente. Silrið se lanzó al agua detrás de él. Se oyó el estrépito de su zambullida y los dos desaparecieron entre los restos de los drakkar que arrastraba la corriente.

Todo el mundo acudió corriendo al lado de Elvar, que gruñía y maldecía apretándose la zona de la cintura donde Broðir la había golpeado con el seax. Todos los drengir de Runa yacían muertos en la pasarela, pero en el puente, Gytha inmovilizaba con un pie la muñeca de Runa y mantenía la punta de la espada pegada a su cuello.

—¡La quiero viva! —bramó Elvar hacia Gytha.

Orka se asomó al otro lado del parapeto y escrutó la parte del río donde Broðir se había lanzado al agua. Svik apareció a su lado.

—¿Qué pasa? —le preguntó Svik cuando reparó en su expresión furiosa.

—Se ha llevado mi destral —gruñó Orka.

CAPÍTULO CINCUENTA Y TRES

BIÓRR

Biórr emitió un gruñido de aprobación.

—A pesar de la cojera estás haciendo un trabajo admirable con estos niños —le dijo a Fain el Rojo mientras observaba cómo entrenaban con las armas y el combate cuerpo a cuerpo.

«Ya no son niños», se dijo. Ahora eran guerreros, y todos sabían moverse con el escudo y la lanza.

—Preferiría estar en la primera fila del muro de escudos —masculló Fain—. Ahí es donde podría vengarme por la muerte de Storolf, no enseñando a estos críos a manejar las armas.

—Aún no te has recuperado de la herida. —Biórr se encogió de hombros—. Además, cada uno tiene un papel en esto. Y estos críos te respetan como si fueras su padre.

Fain gruñó, pero Biórr advirtió que una sonrisa le torcía los bigotes trenzados.

La hueste de Lik-Rifa acababa de culminar otra larga jornada de marcha a través del bosque. Biórr viajaba con Fain el Rojo y los niños corrompidos. La mayoría ya se habían recuperado del ataque a los carros de hacía dos noches, aunque algunos niños todavía tenían vómitos y se quejaban de dolor de cabeza como consecuencia de los incendios.

Biórr y Fain se habían ocupado de los caballos mientras los niños corrompidos que estaban en mejor estado se encargaban de preparar el campamento: establecían un perímetro, iban a buscar agua, hacían un hoyo en el suelo para el fuego y encendían la hoguera, hervían agua, iban a los almacenes de víveres a buscar comida para la cena… Biórr estaba impresionado con todo lo que Fain les había enseñado, casi como si fueran su propia banda dentro de la fragmentada y dispar hueste de Lik-Rifa. Y todas las noches después de cenar, Fain los entrenaba en el manejo de las armas. Su pequeño campamento era uno más entre muchos otros. Los Alimentadores de Cuervos estaban cerca y un puñado de sus miembros también observaban a los niños mientras se ejercitaban.

Fain los había puesto a practicar la lucha con la lanza y el escudo. Unas fundas de cuero cubrían las moharras y estaba haciéndoles una demostración de las maneras que había de agarrar la lanza: por encima de la cabeza y por debajo del hombro. Estaba enseñándoles a cambiar de una a otra con rapidez.

—Si la cogéis por encima de la cabeza llegáis más lejos —explicó Fain—, por ejemplo, en el muro de escudos o siempre que necesitéis atacar a mayor distancia. Y si la cogéis por abajo —añadió girando la lanza en la mano para agarrarla de forma diferente—, aunque perdéis distancia de alcance, al agarrarla con más fuerza ganáis potencia en los golpes. Tenéis que usar la cabeza para decidir cuál es la manera de empuñarla que os ayudará a salir vivos de la situación en la que os encontréis.

Los niños habían estado entrenando distribuidos en dos muros de escudos y ahora se habían desperdigado para practicar el combate cuerpo a cuerpo. Como siempre, Harek y Bjarn giraban el uno alrededor del otro y ponían todo su empeño en hacer añicos el escudo del oponente con la lanza y los golpes de escudo.

—Será mejor que los pares antes de que se maten —gruñó Biórr a Fain.

Biórr advirtió el alboroto que se extendía por todo el campamento y miró arriba. Vio unos cuantos tennúr que volaban a sus respectivas hogueras y hablaban con la gente reunida alrededor del fuego, que rápidamente se ponía en pie y corría a sus tiendas.

—¿Qué pasa? —preguntó Fain el Rojo bajando la mano al destral que colgaba de su cinturón.

—¿Otra emboscada? —dijo Biórr.

Un tennúr surgió de la oscuridad y se quedó suspendido en el aire delante de ellos.

—Preparaos para cabalgar —graznó el pequeño vaesen—. Y dejad encendido el fuego del campamento.

—¿Cómo? —preguntó Fain con el ceño fruncido.

—¡PREPARAOS PARA CABALGAR. DEJAD EL FUEGO ENCEN-

DIDO! —chilló—. El viejo maður está sordo —masculló mientras se alejaba revoloteando.

Biórr se dio cuenta de que a lo largo del camino todos los guerreros se preparaban para ponerse en marcha.

—¡Nos marchamos! —bramó Fain a los niños, aunque mantenía la mirada furiosa clavada en el tennúr que desaparecía en el aire.

«Ven a verme», oyó Biórr que le decía Rotta dentro de su cabeza.

Biórr avanzó por la columna al trote, adelantando a otros guerreros que iban a pie o a caballo, todos ellos con el gesto serio y equipados para la batalla. Muchos lanzaban miradas nerviosas a las sombras que se extendían a uno y otro lado de la columna, buscando algún indicio del ataque que podría deparar la noche. Pero Biórr solo advertía el movimiento de las sombras de las brujas nocturnas y las sombras más oscuras de las arañas del hielo en las copas de los árboles.

«Qué cerca estamos ya». Biórr sabía que con la llegada del amanecer seguramente verían las laderas de la guarida de Ulfrir. La batalla era inminente. Sentía cómo crecían en su interior el miedo y la emoción, lo sentía en la sangre, vibrando como si fuera la cuerda nueva de un arco. Pero también lo percibía en el aire, lo veía en todas las caras que se cruzaba.

«Pronto lucharemos. Pronto miraremos a los ojos a la muerte. Vivir o morir, todo se decidirá por el filo del acero».

Rotta cabalgaba delante, al lado de Lik-Rifa, rodeado por un puñado de guardias, todos corrompidos con la sangre de la rata como él que se habían unido a la hueste. Uno de ellos le saludó con la cabeza cuando Biórr apareció junto a él.

—Hola, hermano —dijo el hombre. Era alto y enjuto, como una cuerda vieja, le crecía una barba rala en el mentón y se apreciaban las marcas de la viruela en su piel.

—Skaddi —dijo Biórr inclinando la cabeza.

«Se necesita algo más que compartir la sangre de un dios para que te considere un hermano», pensó cuando el guerrero hizo aminorar el paso a su caballo para que Biórr se acercara un poco más a Rotta. Este escuchaba a su hermana, que no estaba del mejor humor.

—Habían protegido la muralla con un conjuró seiðr para que atacara cuando intenté derribarla —gruñó Lik-Rifa—. Aun así, les he borrado la sonrisa lupina del rostro. Convertí su flota en leña.

—Ya me lo has contado, hermana —dijo Rotta mirando a Biórr y poniendo los ojos en blanco—. Muchas veces —musitó.

—¿Por qué nos hemos puesto en marcha? —preguntó Biórr.

—Para llegar antes a nuestro enemigo, naturalmente —respondió Rotta—. Munni nos ha informado de que Ulfrir y esa Elvar tienen ojos en el cielo que les informan de nuestro progreso, lo que sin duda les ha ayudado a precisar sus incursiones nocturnas. Si nos movemos durante la noche y dejamos los fuegos del campamento encendidos, tal vez engañemos a esos espías y demos una sorpresa desagradable a Ulfrir y Elvar cuando oigan que llamamos a su puerta al amanecer.

Biórr asintió.

—Pronto, hermano —dijo Lik-Rifa a Rotta—. Pronto nos enfrentaremos a Ulfrir.

—Lo sé —repuso Rotta.

A Biórr no le pareció que esa idea alegrara mucho a Rotta. Lik-Rifa también lo detectó en su voz y miró de soslayo a su hermano.

—Le tienes miedo —dijo la diosa dragona con voz susurrante, casi como el suspiro del viento entre los árboles.

—Ajá —dijo Rotta—. Mi último encuentro con él fue... desagradable.

«Seguro que sí —pensó Biórr—. Si las canciones de los escaldos cuentan la verdad, Ulfrir estuvo a punto de matarte de una paliza, te encadenó a una roca y vertió sobre ti veneno de serpientes».

—Está débil, hermano. Se esconde de nosotros en su guarida.

—O a lo mejor eso es lo que quiere que pensemos —apuntó Rotta—. No olvides lo astuto que es.

Un gruñido escapó de los labios de Lik-Rifa.

—Ajá —mascullό—. En ese caso tendremos que hacerlo, me refiero a lo que sugeriste. Pero solo si las cosas se tuercen. —Un escalofrío recorrió su cuerpo y sacudió la cabeza—. Ese camino es más peligroso que Ulfrir. Podríamos acabar devorados...

Cabalgaron en silencio un rato. Biórr atisbó en el camino unas figuras que salían de la oscuridad delante de ellos. Brák el Azote de los Troles iba a la cabeza de una pequeña partida de exploradores formada por corrompidos y skraeling desplegada alrededor de otras dos figuras.

Lik-Rifa levantó una mano y dio el alto. La columna se detuvo con una sacudida detrás de ella. Ilska y Drekr se adelantaron a lomos de sus caballos y mantuvieron un breve diálogo con Brák. Luego todos juntos volvieron donde aguardaban Lik-Rifa y Rotta.

—Mirad lo que hemos encontrado dando tumbos en la oscuridad —dijo Brák.

Su cuadrilla se separó para que las otras dos figuras se adelantaran. Eran un hombre y una mujer, ambos chorreaban calados hasta los huesos, estaban desaliñados y heridos. La mujer caminaba ayudándose con un bastón y parecía que le faltaba media cara: una herida roja sangraba donde debería haber estado su mejilla. En cuanto al hombre, andaba con un hombro caído, tenía la túnica empapada en sangre y una herida roja en la espalda.

—La galdramaðr Silrið y Broðir, el hermano de Elvar —dijo Ilska.

—Broðir, ¿no deberías estar asesinando a tu hermana y abriéndome las puertas del Valle del Lobo? —demandó Lik-Rifa con el ceño fruncido.

—Lo... lo intenté —tartamudeó Broðir.

Lik-Rifa frunció la boca.

—¿Qué hago con ellos? —preguntó Brák.

—¿De qué nos sirven ahora que han fracasado? —dijo Lik-Rifa encogiéndose de hombros—. Mátalos.

—Quizá deberías posponer esa orden —sugirió Rotta. Se inclinó hacia su hermana y le susurró algo al oído, aunque Biórr lo oyó.

—Si Elvar muere, de la manera que sea: en combate, asesinada, por accidente, de un atracón, por beber demasiada cerveza, de un golpe en la cabeza al caerse del caballo..., el poder de controlar a Ulfrir pasará a Broðir. Piénsalo. Podría ordenar a Ulfrir que se postrara ante ti.

Silencio.

—Curad sus heridas —ordenó Lik-Rifa a Brák e Ilska.

Cuando se llevaron a Broðir y a Silrið, la columna reanudó la marcha.

—Quiero a Elvar muerta —aseveró Lik-Rifa mirando a su hermano.

—Lo sé —dijo Rotta—. Yo también. —Exhaló un largo suspiro—. Supongo que si quieres un trabajo bien hecho tienes que hacerlo personalmente.

CAPÍTULO CINCUENTA Y CUATRO

ELVAR

Elvar dejó caer la brynja al suelo, donde quedó convertida en un montón de anillas, y se quitó los sayos de lana y de lino. Vio que tenía un moratón que se extendía por su cintura.

Urt el Sucio silbó y dijo:

—Broðir te ha dado un buen golpe.

Era el miembro de los Terrores de la Batalla al que le había tocado protegerla ese día.

—Ajá —gruñó Elvar. Sabía que el seax habría atravesado una cota de malla normal.

—Lo siento, jarl Elvar —se disculpó Thorguna Nubarrón.

—¿Qué sientes?

—Siento haber permitido que sucediera —masculló Thorguna—. Debería haber estado más atenta.

—Luchaste, arriésgate tu vida por mí, me defendiste —replicó Elvar—. No tienes que disculparte por nada.

Thorguna parecía desconcertada.

—¿Qué te pasa? —preguntó Elvar.

—No… no eres como tu padre —dijo Thorguna—. Él me habría castigado.

—No soy como mi padre —repitió Elvar. Recogió la brynja del suelo y volvió a ponérsela. Se abrochó el cinturón de armas con el seax y el hacha con el mango largo colgados de él y se pasó el tahalí con la espada por encima del brazo y la cabeza. Agarró la capa de piel de oso y se envolvió los hombros con ella—. Vamos —dijo, y salió con paso firme de su cámara.

Después de encerrar a Runa en una mazmorra y enviar exploradores a la caza de Broðir y Silrið, la mayor parte del día se había invertido en buscar cualquier cosa que pudiera salvarse de los barcos destruidos en el río. Un drakkar y dos knarr habían sobrevivido a la hecatombe, aunque los cascos necesitaban reparaciones antes de poder navegar de nuevo. Se había fijado en que Orka y Breca habían estado rebuscando entre los restos de las embarcaciones durante horas y finalmente había visto que se alejaban de la orilla cargados con un barril.

Ahora, sin embargo, tenía una tarea que hacer, que todos sus seguidores debían presenciar.

Entró en el gran salón y se dirigió a su estrado, donde Runa Hacha Roja ya la esperaba con las manos y los pies atados. Sighvat tenía una mano apoyada en el hombro de la prisionera y en la otra sujetaba una cuerda. Gytha también estaba allí, rodeada por un puñado de drengir y berserkir de Elvar.

Era entrada la noche y ya habían cenado. Elvar vio que el salón estaba atestado de gente. Todos sus capitanes estaban allí con sus guerreros y con las personas que le habían hecho el juramento de lealtad. Elvar avanzó entre todos ellos y vio a Glornir, el jarl Logur, Hjalmar el Pacifista, el jarl Orlyg y a todos los demás. Subió al estrado y se acercó a Runa, cuyo aspecto era peor que la última vez que la había visto: tenía los labios reventados e hinchados, un ojo cerrado, y un corte encima de una ceja. Algunas de esas heridas se las había infligido Gytha, otras se debían a las largas horas de interrogatorio.

Elvar se detuvo delante de Runa y la miró a los ojos.

—¿Por qué? —le preguntó.

—Eres débil —respondió Runa. Se encogió de hombros y sonrió con los labios ensangrentados.

Sighvat levantó el brazo con el puño apretado.

—No —espetó Elvar para detenerlo—. ¿Débil? Explícate.

—Grend. Aún vive. Un hombre que te mintió, que te traicionó. Un corrompido. —Escupió sangre al suelo—. ¿Y qué has hecho tú? Nos has obligado a huir y escondernos, a esperar la muerte en un agujero. ¿Cómo puedo respetarte, seguirte, confiar en ti?

Un largo silencio. Elvar continuó mirando fijamente a Runa.

—¿Quién está contigo? —preguntó Elvar.

—Nadie. —Runa entrecerró los ojos—. Todos mis drengir están muertos. Broðir y Silrið han huido.

«Te vi reunida en secreto con Broðir y Silrið —recordó Elvar—. Pero había más gente. También vi a Estrid Helkasdottir contigo».

Lanzó una mirada al gran salón, donde todo el mundo la observa. Sabía que Estrid estaba allí, y los otros, quienesquiera que fueran, atentos a ella, juzgándola. Sabía que la culpa era solo suya.

«Fui una idiota al dejar vivir a Broðir —se dijo—. Mi padre lo habría matado sin vacilar ni un segundo. Debería haber sido menos compasiva. Debería ser más cruel. Pero, para bien o para mal, no soy como mi padre».

Devolvió la mirada a Runa.

—Colgadla —ordenó.

Sighvat desenrolló la cuerda que tenía en la mano y Elvar se fijó en que ya tenía hecho el nudo en un extremo. El mercenario pasó la soga por encima de la cabeza de Runa y apretó el nudo alrededor de su cuello. A continuación cogió el resto de la cuerda, le dio varias vueltas sobre la cabeza y la arrojó arriba. La soga subió por el aire, rodeó una rama del gran fresno y volvió a caer. Sighvat la agarró y miró a Elvar.

—Eres una rompejuramentos —dijo Elvar a Runa—. Tres veces te maldigo. —Luego se volvió a Sighvat—. Hazlo.

Sighvat tiró de la cuerda para levantar del suelo a Runa. La traidora dio unos gritos ahogados y chilló mientras Sighvat la elevaba por el aire hasta que sus pies quedaron colgando justo encima de la cabeza de Elvar. Runa se revolvió y retorció, con los ojos desorbitados y las venas hinchadas, la cara roja cada vez más morada. Y poco a poco su pataleo se debilitó, se volvió menos frenético. Tras una serie de convulsiones, el cuerpo de Runa se quedó inmóvil y la soga crujió mientras giraba despacio en el aire.

Elvar se volvió hacia la gente congregada en el gran salón.

—Esto es lo que les pasa a los que rompen un juramento conmigo —declaró.

No obstante, los acontecimientos del día le habían servido para darse cuenta de los riesgos extremos que entrañaba la situación en la que se encontraba. Mientras Broðir viviera, su propia muerte tendría consecuencias catastróficas. El control de Ulfrir y de los berserkir pasaría a su hermano. Si ella moría, Vigrið caería en manos de Lik-Rifa. Recordó todas sus conversaciones con Uspa, la sugerencia de la bruja seiðr de manumitir a todos los corrompidos thrall. Recordó que entonces había pensado que Uspa estaba loca.

—Ulfrir, adelántate —ordenó.

El dios lobo salió de las sombras caminando sigilosamente y con una expresión inquisitiva en los ojos.

—Ulfrir Snaksson, si te diera la libertad, ¿estarías dispuesto a hacer el juramento de sangre, el blóð svarið? ¿Jurarías que nunca usarás tu sangre para ejercer injustamente el poder sobre otros, que protegerás a los corrompidos y a los no corrompidos por igual, que los tratarás a todos de manera justa, que harás prevalecer la justicia en toda Vigrið, que castigarás a los asesinos, a los ladrones y a los rompejuramentos, que defenderás a los agraviados?

Ulfrir miró con los ojos entornados a Elvar. Por todo el salón se oyeron gritos ahogados y un murmullo de voces. Elvar no les hizo caso. Sabía que ya no podía parar, que no debía hacerlo. Había dado el primer paso sobre el abismo y no había vuelta atrás.

—¿Qué estás haciendo? —susurró Ulfrir.

—Ha llegado el momento de que confiemos el uno en el otro —le respondió Elvar también en voz baja. Luego, elevando la voz para que todo el mundo la oyera, repitió—: ¿Lo jurarías?

Ulfrir se enderezó.

—Sí —respondió.

—Uspa —gritó Elvar.

La bruja seiðr se adelantó.

—¿Estás segura de lo que vas a hacer? —le preguntó Uspa.

—No soy como mi padre —musitó Elvar.

Uspa cogió la mano de Elvar y se la apretó. Le brillaban los ojos cubiertos de lágrimas.

—Hazlo —ordenó Elvar—. Y utiliza el trono de Ulfrir para las runas.

Uspa sacó el seax del cinturón y se puso a grabar una serie de angulosas runas en el reposabrazos del trono de Ulfrir, cuatro en total.

El silencio que reinaba en el gran salón era profundo y tenebroso como un fiordo.

—Líf, el que da vida —dijo Uspa señalando la primera runa grabada en el trono. Deslizó el filo del seax por el pulpejo de la mano y dejó caer las gotas de sangre encima de la runa hasta que la cubrieron.

Elvar advirtió un cambio en el aire, un hormigueo en la piel, sofocante como una tormenta.

—Dauða, el que trae la muerte —dijo Uspa dejando caer su sangre sobre la segunda runa.

Todos los presentes en el salón miraban atentamente el ritual, en silencio, estupefactos, pasmados.

—Blóð svarið, el juramento de sangre que une hasta la muerte —dijo Uspa moviendo la mano hacia la tercera runa, sobre la que la sostuvo mientras goteaba la sangre. Luego la movió a la siguiente.

—Kvöl, el tormento del rompejuramentos —dijo mientras su sangre cubría la última runa grabada en el trono. Se volvió a Ulfrir y le ofreció el seax—. Junta tu sangre con la mía.

Ulfrir cogió el seax y se arremangó. Deslizó el filo por la palma de su mano y la sostuvo sobre las runas para que su sangre goteara encima de ellas y se mezclara con la de Uspa.

—Ya conoces el conjuro —dijo Uspa—. Recítalo.

Ulfrir miró a Uspa y luego la sangre que caía de su mano sobre las runas. Después se volvió a Elvar y le sostuvo la mirada mientras pronunciaba el conjuro:

—*Blóðeið eg gjöri, binda mig orðum mínum með valdsrúnum, dyr til gamla hátta.*

—Hago un juramento de sangre, me ato a mis palabras con runas de poder, una puerta a la tradición —tradujo Uspa a voz en grito para que todo el salón la oyera.

—*Ég sver að nota aldrei blóðið mitt til að ná völdum á óréttlátan hátt yfir öðrum. Ég sver að ég mun vernda hina menguðu og ómenguðu jafnt. Ég mun meðhöndla alla sanngjarnt. Ég mun framfylgja réttlætinu í öllu Vigrinu. Ég mun refsa morðingjanum og eiðsbrjótanum og þjófnum, ég mun verja þá sem beitt er órétti* —recitó Ulfrir con los ojos fijos en Elvar. Su voz llegó a todos los rincones del salón.

—Juro nunca usar mi sangre para ejercer injustamente el poder sobre otros. Juro que protegeré tanto a los corrompidos como a los no corrompidos. Trataré a todos de manera justa. Haré prevalecer la justicia en todo Vigrið. Castigaré al asesino, al rompejuramentos y al ladrón, defenderé al agraviado.

Ulfrir apretó el puño y vertió más sangre sobre las runas.

—*Ég innsigla þetta með blóði mínu, lífi mínu, megi dauði og kvalir taka mig ef ég brýti það* —declaró.

—Sello el juramento con mi sangre, con mi vida, que la muerte y el tormento me lleven si lo rompo —tradujo Uspa.

Se hizo el silencio en la cámara. Las puertas de piedra se abrieron violentamente y las paredes temblaron. Una ráfaga de viento helado azotó el gran salón, sacudió las ramas del árbol y se arremolinó en torno a él. La sangre que cubría las runas comenzó a borbotear y crepitar y se elevó por el aire como si fueran unas rojas tiras de tendones que mantenían la forma de las runas. A continuación, las runas se fundieron y formaron una única y larga tira de sangre que fue girando por el aire hacia el brazo extendido de Ulfrir. Al llegar a él le envolvió la mano, la muñeca y el brazo y se los apretó mientras continuaba borboteando y crepitando. Empezó a oler a carne quemada y Ulfrir gruñó. Luego la línea roja se evaporó hasta desaparecer por completo y en su lugar dejó alrededor de la mano y el brazo de Ulfrir una marca en carne viva en forma de espiral.

—*Svó sé* —masculló Ulfrir.

—Que así sea —bramó Uspa.

El viento cesó. Todos los ojos miraban atentamente el estrado.

Elvar metió la mano debajo de la capa y sacó una llave de hierro grande, la introdujo en la cerradura del collar de Ulfrir y la giró. Se oyó un clic y el collar se abrió. Elvar se lo quitó del cuello y lo sostuvo en alto. Miró a los ojos a Ulfrir y dijo a voz en grito:

—¡TE VEO! —Eran las palabras que se pronunciaban desde tiempos inmemoriales cuando se manumitía a un thrall. Luego, bajando un poco la voz, dijo—: Eres libre.

Ulfrir miró el collar y una sonrisa se dibujó lentamente en sus labios.

—¡Skuld! —gritó Elvar.

Skuld se adelantó, no solo desconcertada. Elvar sacó la llave del collar de Skuld, lo abrió y se lo quitó del cuello.

—Te veo —dijo Elvar a Skuld.

—¿Eh? ¿No quieres que yo haga el juramento de sangre? —preguntó Skuld.

—No es necesario —dijo Elvar—. Si abusas de tu poder tu padre se ocupará de ti. —Sonrió cuando los ojos de Skuld delataron el momento exacto en que comprendía la verdadera extensión del juramento de Ulfrir.

—Muy astuta —murmuró Skuld, pero sonrió—. Gracias —dijo inclinando la cabeza.

Elvar inspiró hondo. «Acabemos de una vez».

—¡Berak, Thorguna, todos mis berserkir! —gritó.

Todos acudieron a su llamada, musculosos, enfundados en cotas de malla, con su aspecto amenazador y los collares de hierro puestos. Se detuvieron delante de ella.

—Las llaves, Uspa.

Uspa se adelantó y sacó un aro lleno de llaves. Elvar abrió de uno en uno los collares, los quitó de los cuellos, miró a los ojos a su portador y repitió las tradicionales palabras.

—Te veo.

—Te veo.

—Te veo.

Y así hasta que todos quedaron libres.

—Sois libres —les dijo Elvar—. Podéis quedaros o marcharos. Os pido que os quedéis y luchéis a mi lado, contra la rata y la dragona, para evitar que haya un nuevo tirano en nuestra tierra, para rescatar al hijo de Berak de sus garras. Pero solo os lo pido, no os lo ordeno. Y si lo deseáis, también podéis hacerme un juramento de lealtad, convertiros en mis drengir, y yo os recompensaré tan bien como lo hace cualquier otro jarl a sus drengir. Os daré oro, calor y un hogar a cambio de vuestro servicio.

Se volvió hacia la multitud congregada ante ella.

—Ahora me dirijo a los jarlar con corrompidos en sus bandas de guerreros que estáis aquí. Si queréis quedaros, si queréis luchar a mi lado contra Lik-Rifa, tendréis que liberar a vuestros corrompidos. De lo contrario, podéis marcharos si lo deseáis, no os lo impediré. Pero debéis iros.

Elvar aguardó plantada en el estrado. Sabía que estaba caminando por el alambre justo cuando el mundo podría volverse en su contra.

El silencio se alargó. Y entonces se produjo un alboroto en el salón cuando una figura se abrió paso a empujones por la multitud seguido por más gente.

El jarl Orlyg subió al estrado a la cabeza de una veintena de guerreros, todos con el collar de hierro en el cuello. Se encaminó hacia Elvar con el gesto ceñudo.

—Estás loca o eres la persona más astuta que he conocido jamás —aseveró—. Por mi bien espero que sea esto último. En cualquier caso, pequeña Elvar, yo me quedo contigo.

Orlyg se volvió hacia sus corrompidos thrall y desenganchó el aro con llaves que llevaba en el cinturón.

—Te veo —dijo cuando quitó el primer collar a un guerrero. Pasó al siguiente, y luego al siguiente, repitiendo el ritual.

»Os hago la misma oferta que Elvar ha hecho a sus thrall… o sea, a sus libertos —declaró—. Me gustaría recibir vuestro juramento. Sé que sois valientes y hábiles con las armas, y los dioses muertos saben que me encantaría que fuerais mis drengir. Aunque Elvar tendrá que ayudarme a ganar algo más de plata para que pueda pagaros a todos.

—¡Brindo por eso! —exclamó uno de los corrompidos liberados con una carcajada.

Otros jarlar y jefes de bandas de mercenarios se acercaron al estrado y todos realizaron el mismo ritual para liberar a sus corrompidos thrall. Elvar lo observó todo con cierta distancia, eufórica y exhausta. Había sabido que ese momento iba a llegar, lo había temido. Había sentido miedo al pensar en renunciar al poder que tenía sobre los corrompidos, en la reacción de sus jarlar y los jefes de las bandas de mercenarios que la apoyaban, en lo que podría ocurrir.

Todos acudieron para ponerse frente a ella. Incluso Estrid subió al estrado y manumitió a sus úlfhéðnar, lo cual la pilló por sorpresa. Y al final de todo vio a un grupo de gente que se abría paso por la multitud como la proa de un drakkar a través del mar cubierto por una costra de hielo. Eran Glornir y sus Hermanos de Sangre. Glornir subió al estrado con sus dos brujas seiðr y el musculoso hombre negro. Elvar se extrañó al ver que los seguían todos los Hermanos de Sangre, incluso los que vestían el equipo de guerra de los druzhina de Iskidan.

Glornir se acercó a ella.

—Una decisión atrevida —dijo. Luego se volvió a Vol y le hizo un gesto con la cabeza.

Vol sacó una llave de debajo de la capa y abrió el collar que le ceñía el cuello, se lo quitó y lo dejó caer al suelo del estrado. Iva y Taras hicieron lo mismo y Elvar frunció el ceño.

—¿No son tus thrall?

—Nunca lo han sido —respondió Glornir.

—¿Por qué?

Glornir sacudió una mano en dirección a los Hermanos de Sangre. Al mirarlos, Elvar reparó en que sus ojos cambiaban de color, sus dientes crecían y sus uñas se alargaban. Incluso en el pequeño Breca.

—Sois todos corrompidos —masculló.

—Ajá —dijo Glornir. Se puso recto, inspiró hondo y miró a su gente—. ¿Notáis ese sabor? —les dijo—. Es el sabor de la libertad.

Elvar movió la cabeza a un lado y a otro.

—Los temibles Hermanos de Sangre… corrompidos.

—Elvar Puño de Fuego, has hecho algo extraordinario —dijo Glornir—. Y te seremos leales mientras respiremos. —Luego bajó del estrado a la cabeza de los Hermanos de Sangre.

Elvar pidió que se abrieran barriles de cerveza e hidromiel. Cuando la celebración comenzó, ella abandonó el estrado y se escabulló entre la multitud para dirigirse a uno de los túneles que partían del gran salón. Oyó un ruido de pasos a su espalda y se dio la vuelta como una exhalación a la vez que bajaba la mano a la espada, pero vio que eran Thorguna y Berak, con Sighvat y Urt.

—¿Qué hacéis? —les preguntó.

—Somos tus guardaespaldas, te protegemos —tronó Berak.

Elvar se tomó un momento para mirarlos con detenimiento.

—Te hacemos el juramento de lealtad, voluntariamente —dijo Thorguna. Tenía lágrimas en los ojos.

Elvar sonrió y asintió. Luego dio media vuelta y continuó caminando. Recorrieron varios pasillos hasta que Elvar llegó a una puerta por cuyas rendijas se filtraba el resplandor de una antorcha. Descorrió el cerrojo y la abrió, entró y volvió a cerrarla. Se dio la vuelta para ponerse de cara a Grend, que estaba sentado en su catre. La mayoría de sus heridas ya se habían curado, aunque parecía más viejo, las arrugas de su cara eran más profundas y se veían más canas en su cabello oscuro.

—He liberado a Ulfrir, a Skuld y a todos los corrompidos —dijo Elvar cogiendo la última llave de su aro de hierro y acercándose a Grend. La metió en la cerradura, la giró y sonó un clic cuando se abrió. Le quitó el collar del cuello—. Y también te libero a ti —añadió.

Grend la miró con una expresión de incomprensión. Ella le cogió las manos y lo levantó del catre.

—Había muchas razones de peso para hacerlo —dijo—. Tácticas, podría decirse, algunas prácticas, otras éticas, pero la verdad es —continuó, inclinándose hacia delante y rodeándolo con los brazos para abrazarlo con fuerza— que lo he hecho por ti —musitó.

CAPÍTULO CINCUENTA Y CINCO

GUÐVARR

Guðvarr oyó el bramido de los cuernos y tiró de las riendas de su caballo. Siguió a Sigrún y sus drengir hasta un espacio que encontraron para atar las monturas y acampar. La claridad del amanecer se filtraba en el mundo y las sombras se escindían y se dividían en tonos de gris. Los tennúr volaban de un lado a otro del campamento acompañados por el zumbido de sus alas, avisando a los capitanes de Lik-Rifa que la diosa dragona quería verlos.

—Ven conmigo, Guðvarr —dijo Sigrún mientras se colgaba el escudo a la espalda, revisaba las armas, cogía el casco enganchado en la silla de montar y se lo abrochaba en el cinturón.

Guðvarr caminaba al lado de su tía henchido de orgullo, y de amor, pues ella lo había escogido y siempre lo había ayudado a medrar. Pero también sentía un poco de miedo mientras se movían por ese campamento nuevo.

«No es un simple campamento nuevo. Es el campamento final. Estamos en el Valle del Lobo. El escenario de la gran batalla. El destino de Vigrið se decidirá aquí. El lobo o la dragona». El miedo y la emoción recorrían su cuerpo. Y él formaba parte de ese momento crucial, participaba en la más fabulosa de las sagas, los escaldos lo nombrarían en canciones que seguramente se cantarían durante siglos.

«Pero también hay una posibilidad muy real de morir, y no de una manera plácida, como durmiendo, o placentera, como con una puta botando encima de mí, sino extremadamente dolorosa, atravesado por un acero afilado, o descuartizado por los dientes o las garras de un úlfhéðnar».

Tragó saliva y se colocó bien el escudo a la espalda.

Mientras seguía a Sigrún se fijó en las gruesas columnas de luz y en los mantos de claridad que se filtraban ahora a través de las copas menos espesas de los árboles. Caminaban por un viejo camino de piedra y salieron de debajo de los árboles a una franja de terreno cubierto de hierba que se extendía a izquierda y a derecha. El cielo era de un pálido color azul y soplaba un viento frío y cortante. Delante de él discurría un río ancho y una colina altísima se alzaba en la otra orilla. Sin embargo, lo que atrajo su atención no fue el río ni la colina. El camino de piedra conducía a un puente tendido sobre el río, y en el otro extremo había una puerta alta de madera y una muralla, con unas torres que flanqueaban la puerta. A lo largo de la ribera del otro lado del río, justo detrás de la puerta del puente, se había cavado a ambos lados de las torres una profunda zanja que subía hasta un terraplén escarpado sobre el que había construida una empalizada. Encima de la puerta y de la empalizada de los terraplenes había guerreros. Muchos guerreros con cascos y brynja resplandecientes. Las puntas de sus lanzas destellaban con la primera luz del día como si fueran un bosque de diamantes. Todos estaban quietos, en silencio, y Guðvarr tuvo la impresión de que lo miraban. Nada más ver todo aquello, Guðvarr se detuvo nervioso, lo contempló con atención y volvió a tragar saliva.

—Guðvarr —le llamó Sigrún cuando vio que se había quedado atrás.

Él se apresuró a alcanzar a su tía.

Lik-Rifa y Rotta estaban rodeados por una veintena de sus capitanes.

—Haremos un ariete para destruir esa puerta —dijo Drekr mirando con ferocidad la puerta del puente.

—Nada de arietes —replicó Rotta—. Las puertas están protegidas con magia seiðr. Es imposible destruirlas. La empalizada del terraplén también está protegida. Sin embargo, podemos escalarla.

—Escalas entonces —propuso Drekr.

—Ajá, un montón de escalas —dijo Rotta.

—Y balsas para cruzar el río —añadió Ilska.

«Tenemos una dragona, ¿por qué no puede volar hasta allí y destruirlos a todos?», se preguntó Guðvarr, pero decirlo en voz alta cuando Lik-Rifa estaba lo bastante cerca para oírlo no le pareció lo más inteligente.

Lik-Rifa observaba ceñuda la colina que había detrás de las puertas.

—Está ahí dentro, hermano —dijo a Rotta.

—Ajá, hermana, y lo sacaremos de ahí.

—¿Qué estará planeando? —gruñó Lik-Rifa—. Es astuto, no lo olvides.

—Ya, no lo olvido —repuso Rotta—. Me encadenó a una roca y vertió veneno de serpientes sobre mí.

—Desollaste viva a su hija —le recordó Lik-Rifa mirándolo. Soltó una carcajada.

Rotta miró a los capitanes reunidos en torno a ellos como si hubiera olvidado que estaban ahí.

—¡Escalas y balsas! —ordenó dando una palmada.

Los capitanes dieron media vuelta y regresaron al bosque.

Sigrún y Guðvarr regresaron donde estaban sus drengir y se dirigieron todos a los carros con los suministros, donde estaban entregándose hachas para talar y grandes rollos de cuerda y bramante. Mientras se adentraban en el bosque comenzó a sonar el ruido de las hachas que cortaban troncos y las huestes se dispersaron por el bosque. Guðvarr veía skraeling que trepaban a los árboles y cortaban ramas, guerreros que cortaban troncos envueltos en nubes de astillas.

—Por aquí—dijo Sigrún, y condujo a Guðvarr y a sus drengir hacia un olmo con gruesas ramas. Járn trepó por el tronco y se puso a cortar ramas con un destral. Cuando las ramas caían al suelo, otros drengir les quitaban las hojas y las cortaban a la medida deseada, y luego las ataban unas a otras con bramante para construir las escalas. Guðvarr y otro drengr, pertrechados con hachas largas para talar, daban hachazos a la base del olmo. Los troncos más gruesos se emplearían para construir las balsas.

Guðvarr se volvió al oír un ruido. Una docena de adoradores de la dragona con el torso desnudo asestaban hachazos a un árbol, y los sinuosos dragones que tenían tatuados por todo el cuerpo brillaban con su sudor a pesar del viento frío que barría el bosque.

Las ramas del árbol vibraban y comenzaron a agitarse de una manera violenta.

«Oh, no».

—¿Cómo os atrevéis? —dijo una voz desde un lugar indeterminado encima de sus cabezas, antigua como el tiempo, que sonaba como las ramas al rozarse empujadas por la brisa, como el susurro y el crujido de las hojas.

Y entonces Guðvarr vio caer del árbol una figura que aterrizó sobre el puño y una rodilla apoyados en el suelo. Se levantó lentamente. Era una mujer tallada en madera, y su cabello se agitaba y ondeaba como enredaderas. Una mueca de ira le deformaba el rostro surcado de profundas arrugas.

—¿CÓMO OS ATREVÉIS? —repitió a voz en cuello, levantando las manos.

Los adoradores de la dragona retrocedieron ante ella.

—*Rætur skapara míns, binda og snara, rífa og rífa* —bramó la froa.

El suelo tembló y comenzó a ondularse, se levantaba y luego se hundía. Salieron raíces de la tierra con una explosión y se deslizaron alrededor de los tobillos y las piernas de los adoradores de la dragona para atraparlos y tirarlos al suelo. Guðvarr vio que tres, cuatro, cinco de ellos caían envueltos en las raíces. Los demás dieron media vuelta y echaron a correr, pero las raíces los persiguieron y los azotaron como si fueran látigos. Los que estaban en el suelo se retorcían y forcejeaban, pero las raíces los apretaban y los inmovilizaban. Sus alaridos desgarraban el aire, preñados de terror, y Guðvarr contempló horrorizado cómo les arrancaban trozos de carne y salían chorros de sangre, oyó el crujido de huesos rotos, triturados. Sus chillidos eran cada vez más agudos, y uno de los guerreros que había evadido las raíces regresó corriendo y se puso a asestar hachazos a las raíces que estrujaban a una mujer.

—*Vínviður af safa-blóði mínu, stinga og stinga, drepa og slátra* —gritó enrabietada y rezumando malicia la mujer froa. Las enredaderas que eran su cabello salieron disparadas, erizadas de espinas, y se clavaron en las extremidades y el cuerpo de su agresor. La sangre manó a borbotones de las heridas. A continuación lo levantó en el aire y lo arrojó contra un árbol. Se oyó un estruendo de huesos partidos. El guerrero cayó al suelo gimoteando y empapando con su sangre el mantillo del bosque.

Guðvarr oyó más gritos y más voces que sonaban como el roce de las ramas bramando conjuros seiðr. Giró lentamente sobre sí mismo y vio gente que corría y chillaba, enredaderas y raíces que arremetían como fustas, atrapaban y empalaban, sangre que volaba en todas direcciones. Blandió el hacha y retrocedió hasta que chocó con el árbol que tenía detrás.

Sigrún bramaba órdenes y sus drengir corrieron a su lado y formaron un círculo con las hachas y las armas prestas, pero Guðvarr estaba paralizado y no podía despegar los ojos de la carnicería que estaba teniendo lugar a su alrededor. Se oyó un rugido atronador que tapó el resto de los sonidos. Una sombra se extendió como un manto sobre las copas de los árboles, que se agitaron con las ráfagas de viento producidas por las alas de Lik-Rifa.

La dragona atravesó como una flecha las frondas, dejando una estela de ramas partidas y hojas que caían al suelo del bosque, y rodeó con las fauces abiertas el tronco de un fresno próximo a Guðvarr. Los pies de la dragona golpearon el suelo y el mundo tembló cuando Lik-Rifa tiró con todas sus fuerzas. El espíritu froa se volvió y chilló, aporreó a Lik-Rifa con las raíces y las enredaderas. A pesar de las heridas rojas que no paraban de aparecer por todo su cuerpo, Lik-Rifa no prestó atención al espíritu froa y siguió tirando. Se oyó un estruendo ensordecedor cuando arrancó el fresno del suelo con una explosión de tierra. Las raíces se agitaron en el aire como si fueran dedos extendidos, y Lik-Rifa escupió el árbol, que se estrelló contra el suelo con estrépito y envuelto en una nube de polvo.

El espíritu froa chilló y se tambaleó, hincó una rodilla en el suelo, jadeando y resollando, envolviéndose el cuello con las manos, y se derrumbó de lado. Su pecho palpitaba y sus brazos y sus enredaderas se agitaban con frenesí. Respiraba con estertores, con la boca abierta, incapaz de introducir aire en su cuerpo. Un espasmo sacudió todo su cuerpo, seguido por un estremecimiento prolongado, y entonces la mujer froa se quedó inmóvil, con los ojos desorbitados y la boca abierta como si chillara.

Lik-Rifa se detuvo delante del fresno caído y el espíritu froa, abrió la boca y profirió un rugido. Guðvarr se dejó caer de rodillas y se tapó los oídos con las manos. Lik-Rifa arremetió entonces contra el bosque y cerró sus fauces alrededor del siguiente fresno.

CAPÍTULO CINCUENTA Y SEIS

VARG

Varg contemplaba desde la pasarela de la entrada del puente cómo Lik-Rifa arrancaba los árboles del Bosque de Hierro y los trituraba como si fueran leña menuda. Había visto aparecer a la dragona elevándose con las alas por encima de las frondas y después lanzarse en picado y desaparecer entre los árboles con una explosión de ramas y troncos partidos. Se había quedado pasmado y aterrado al verla, y el lobo en su sangre había lanzado dentelladas y aullado con los pelos del lomo erizados.

La dragona rugía y el mundo temblaba. Pero Varg oía otros sonidos: gritos humanos y otras voces etéreas que proferían chillidos horrorizados y enrabietados de dolor y terror.

—Está asesinando a los froa —dijo Vol con la voz temblorosa.

—Hay que detenerla —espetó Iva.

—¿Cómo? No podemos salir ahí fuera.

—Pobres árboles —murmuró Taras.

Los rugidos de la dragona y el estrépito de los árboles derribados se prolongaron un rato más. Toda la gente que estaba en la puerta y en los terraplenes observaba la escena en silencio. Hasta que por fin el fragor de la destrucción se atenuó y Varg advirtió que se reanudaba el sonido rítmico de las hachas cortando troncos. Empezó a ver movimiento entre los árboles, figuras sombrías.

Revisó las armas por costumbre. El escudo y la lanza estaban apoyados contra el parapeto delante de él y el casco con el antifaz colgaba de su cinturón. Sacó a medias el seax de la funda, acarició la cabeza de su destral y palpó la empuñadura de su cuchillo de carnicero.

—Pronto, Insensato —dijo Røkia a su lado.

Varg percibía la tensión en el ambiente, sentía el miedo y la emoción que precedían al estallido de la violencia, que provocaban la promesa de la batalla. Los había sentido muchas veces. Sin embargo, ese día era diferente. Ese día era libre. Paseó la mirada por los Hermanos de Sangre que lo rodeaban: Røkia y Svik, uno a cada lado, Sulich y sus arqueros desplegados a lo largo de la muralla, Glornir junto a Vol, Orka con Breca, la tennúr Vesli posada sobre los parapetos. Cuando los miró, vio que Vesli rodeó con sus delgados brazos a Breca, lo abrazó fuerte y le dio un beso en la mejilla. El pequeño grupo de Orka, formado por Gunnar, Halja, Lif y Sæunn, también estaba en torno a él. Elvar tenía a su lado a Grend, corpulento y sólido como un acantilado en su cota de malla, con el hacha en el cinturón. Un puñado de berserkir estaba desplegado alrededor de ella, ninguno con el collar de hierro.

«Todos nosotros corrompidos, todos libres. —Le parecía increíble, pasmoso, irreal—. Has cambiado el mundo, Elvar. —Dirigió la mirada hacia la horda que estaba congregándose en la otra orilla—. Aunque quizá solo por un día. Nos has dado algo que no sea la venganza por lo que luchar».

Empezaba a haber movimiento en la ribera opuesta. Salía gente del bosque, grupos de guerreros cargados con grandes balsas construidas con troncos y cuerda que depositaban en el borde del río. Salieron más guerreros del bosque con rudimentarias escalas de ramas atadas con bramante. Eran cientos, enfundados en sus cotas de malla, con el escudo a la espalda, la lanza en la mano y otros aceros colgados de los cinturones de armas. Varg reparó en la variedad de los sigilos pintados en los escudos: el dragón de los adoradores de Lik-Rifa, el cuervo negro sobre el fondo gris de los Alimentadores de Cuervos de Ilska la Cruel, un puño, una vela desplegada, hachas cruzadas… Y entonces Varg reconoció uno en concreto, un ojo dorado dibujado con volutas.

Bufó con los puños apretados y le dio un codazo a Svik, señalándolo.

—Ah, los capullos de Leif Kolskeggson y Sterkur la Muerte en los Ojos —mascculló Svik.

—Así que esos niðing consiguieron escapar de Ulaz —dijo Røkia.

—Me alegro —repuso Svik—. Le debo a Sterkur una muerte dolorosa.

—Y yo a Leif —gruñó Varg.

La otra orilla se había convertido en un hervidero de actividad. Saltaba a la vista que entre las bandas de guerreros había criaturas que no eran humanas. Entre ellas, grupos numerosos de skraeling, con sus largos brazos, su desarrollada musculatura, sus andares desgarbados, sus cotas de malla oxidadas y sus armas toscas, o los enormes troles que merodeaban en los márgenes del bosque, entre la penumbra. También había unas criaturas con innumerables patas correteando por las copas de los árboles y bandadas de tennúr que iban y venían del bosque revoloteando. Varg nunca había visto tanta gente y tantas criaturas juntas en un mismo lugar. Se le puso la carne de gallina al ver las arañas del hielo y oyó que Svik reía entre dientes a su lado.

—¿Qué te hace tanta gracia?

—Mira lo feliz que está —dijo señalando con la cabeza a Røkia. Y tenía razón: tenía la sonrisa grabada en la cara—. Nunca había tenido tantos enemigos para matar.

—Será un día sangriento —dijo Røkia.

Varg se volvió al oír un alboroto de voces y pasos a su espalda. Abajo, detrás de la puerta, la mitad de los Hermanos de Sangre, entre ellos Einar, esperaban como reserva en la muralla, junto con muchas otras bandas de guerreros. En ese momento pasaba entre ellos un grupo de guerreros que se dirigía a una de las escaleras de la torre de la puerta. Tenían los lados de la cabeza afeitados y una larga trenza recogida en la coronilla. Varg los había visto antes, aunque era la primera vez que lo hacía sin los collares de hierro. Eran los úlfhéðnar de Helka, que habían pasado a su hija Estrid tras la muerte de la reina. Varg reconoció al guerrero que subía por la escalera a la cabeza de los úlfhéðnar. Era Frek, el hombre que había viajado a Liga en el drakkar con los Hermanos de Sangre como guardaespaldas del príncipe Hakon.

Frek llamó a Elvar, que se volvió y los saludó a él y a los guerreros que lo seguían.

—Queremos hacerte el juramento de lealtad, jarl Elvar —dijo Frek.

—Sois úlfhéðnar, ¿no os sentiríais mejor si se lo hicierais a vuestro dios lobo? Tenéis libertad para ello.

—Tú nos diste la libertad, no Ulfrir —respondió Frek.

Elvar asintió.

—Recibiré con mucho gusto vuestro juramento.

—Y tenemos que decirte algo importante —dijo Frek—. Estrid y Skalk han estado reuniéndose con mensajeros de Lik-Rifa para enviarle información. Ellos formaban parte de la conspiración para matarte, junto con Broðir y Runa Hacha Roja. Hjalmar el Pacifista también era su cómplice.

Elvar miró a los úlfhéðnar con una expresión pétrea y glacial. A su lado, Grend hizo el ademán de marcharse.

—¿Adónde vas? —le preguntó Elvar poniéndole una mano en la muñeca.

—A buscarlos —gruñó Grend.

—Ya los hemos buscado. Han desaparecido —terció Frek—. Queríamos traértelos como una manera de darte las gracias por el regalo que nos has hecho. Pero cuando tomamos la decisión de hacerlo después de hablarlo entre nosotros, ya habían huido.

Elvar se volvió a Gytha.

—Haz una batida por todo el Valle del Lobo. No quiero tenerlos escondidos en un rincón oscuro causando problemas.

—Sí, jarl —dijo Gytha. Bramó las órdenes y los drengir destinados en la reserva detrás de la puerta dieron media vuelta y se dirigieron al gran salón.

—Os recibimos con los brazos abiertos para que luchéis a nuestro lado —dijo Elvar a Frek. Señaló la muralla y añadió—: Esperad en la reserva, aquí en la muralla o en los terraplenes. Id donde os necesiten.

—Sí, jarl —dijo Frek inclinando la cabeza.

Sonaron los cuernos al otro lado del río y Varg se volvió hacia allí. Tres figuras salían de la masa de cuerpos que atestaban la orilla opuesta, enfilaron por el camino y entraron en el puente. Varg oyó que Orka gruñía, un leve rumor en el límite de lo audible, y supuso que una de esas personas era Drekr. Sin duda debía ser el hombre moreno, alto y corpulento, enfundado en una cota de malla y empuñando un hacha larga, con una pluma de cuervo atada al pelo y un lado de la cara surcado de cicatrices blancas que parecían marcas de garras. También se apreciaban en su rostro unas heridas recientes, cubiertas por costras. A su lado caminaba un hombre más alto que Drekr, pero no tan corpulento. Llevaba el pelo castaño recogido en una trenza enroscada y su barba corta y ungida con grasa resplandecía. En sus ojos oscuros se veía un brillo de inteligencia y tenía un rostro alargado y apuesto. Una brynja dorada le cubría el cuerpo y un seax colgaba de su cinturón. Al otro lado de ese hombre más alto iba una mujer enfundada en una cota de malla, con el cabello oscuro con mechones grises recogido en una trenza fijada a la altura de la nuca y una pluma de cuervo atada a él. Su rostro destacaba por sus facciones angulosas y la expresión dura y fría como el invierno. En el cinturón de armas llevaba una espada y un seax.

—Ilska —oyó Varg que mascullaba Elvar.

—Hace frío, ¿verdad? —dijo el hombre más alto en tono familiar según se acercaba a la muralla. Se detuvo y paseó la mirada por la hilera de rostros que lo observaban mientras pateaba el suelo para entrar en calor.

—¿Dónde está mi hermano? —preguntó en un tono cordial, con la insinuación de una sonrisa en los labios.

—Para saber quién es tu hermano antes tengo que saber quién eres tú —respondió Elvar—. Y como tienes una cara de lo más vulgar, tendrás que decirme tu nombre.

El hombre rompió a reír. Su risa parecía sincera.

—Soy Rotta, el más inteligente y apuesto de los dioses —dijo haciendo una honda reverencia—. Supongo que tú eres Elvar, la cabecilla de esta chusma. —Miró con más intensidad a Elvar—. Sí, de acuerdo con la descripción de Biórr, no hay duda de que eres Elvar.

Varg se dio cuenta de la turbación y la emoción que cruzaron fugazmente el rostro de Elvar al oír aquello.

—Lo sabía —dijo Rotta sonriendo de nuevo.

—Entonces eres el mensajero de Lik-Rifa —repuso Elvar—. ¿Dónde está ella?

—Lik-Rifa está muy por encima de ti, como tú lo estás por encima de una hormiga —respondió Rotta—. Ella no habla con hormigas.

—Pero tú sí.

—Yo amo todas las criaturas que creó mi padre —dijo Rotta frotándose las manos y echándoles el aliento—. Aunque a veces me preguntó por qué se tomó tantas molestias. —Sus ojos se pasearon por la muralla y vio a Orka.

—Ah, así que al final conseguiste llegar hasta aquí. Bien, así no tendré que buscarte cuando esto acabe.

Orka se lo quedó mirando en silencio.

—Creo que ya te has cruzado alguna vez con Drekr, el hombre que asesinó a tu marido —continuó Rotta, y esta vez su sonrisa era verdaderamente ancha.

—Aún tendremos ocasión de cruzarnos de nuevo —espetó Orka con una voz dura como el hierro.

—Hoy te mataré, y también a tu hijo —gruñó Drekr.

—Por muy duras que sean, las palabras no rompen huesos —le gritó Svik.

Rotta miró a Svik.

—Así que has hecho amigos, Orka. Es una pena que vayan a morir todos antes de que acabe el día.

—¿Tienes algo que decir que valga la pena oír? —dijo Elvar—. Tu voz empieza a ser tan molesta como el zumbido de una mosca.

—Me caes bien —dijo Rotta esbozando otra sonrisa—. Y hoy me siento excepcionalmente bondadoso. He venido para ofreceros vuestras vidas y la libertad.

—Qué generoso eres —espetó Elvar—. Y por eso has venido a mi puerta con un ejército.

—No es tu puerta —replicó Rotta—. Es la de mi hermano. Y, sí, es una oferta generosa. La generosidad es uno de mis muchos defectos. —Se encogió de hombros—. Entregadme al lobo y os podréis ir de aquí libres.

—Ulfrir no me pertenece. No puedo entregártelo —respondió Elvar.

—Ay, te creía más inteligente —dijo Rotta—. No es el momento para que los amigos se mientan. Toda Vigrið sabe que has convertido al dios lobo en tu thrall.

—Es verdad —dijo Elvar—. Y ahora le he dado la libertad.

La expresión de Rotta cambió y su sonrisa se estrechó fugazmente.

—O mientes o eres estúpida. Por tu bien y el bien de todos tus seguidores espero que estés mintiendo. ¿Te suena la expresión «un lobo entre ovejas»?

—Le he dado la libertad a Ulfrir y a todos los corrompidos. Vivimos en un mundo nuevo y nos libraremos de los dioses que quieran dominarnos.

—Vaya, así que eres una fanática. —Rotta suspiró—. No lo pareces, pero las apariencias engañan. —Sacudió la cabeza—. Bueno, ya veo que esto es una pérdida de tiempo. No hay manera de razonar con los fanáticos. Pero luego no digas que no intenté ayudarte. Ilska, Drekr, vámonos —Rotta dio media vuelta.

Drekr lanzó una última mirada asesina a Orka y siguió a Rotta, pero Ilska permaneció inmóvil, mirándola con odio.

—Hoy es el último día de tu vida —espetó con los duros y fríos ojos clavados en Orka—. Cuando esto empiece te encontraré y acabaré contigo. Por Myrk.

Luego dio media vuelta y se marchó a largas zancadas. Cuando salieron del puente y pisaron de nuevo la orilla, Rotta levantó los brazos y tocaron los cuernos con fuerza y de manera ensordecedora. La hueste de Lik-Rifa se puso en movimiento.

Varg observó el avance del enemigo. Los guerreros arrastraron las balsas al agua, treinta o cuarenta. Salieron más del bosque, y también skraeling y adoradores de la dragona se subieron a ellas pertrechados con rudimentarios remos. En el camino aparecieron guerreros cargados con escalas, flanqueados por otros que los protegían con los escudos levantados. Llegaron al puente y seis cuñas entraron en él. Detrás de ellas formaron más, y una procesión interminable atestó la ribera del río. En la orilla, las balsas entraban en el río y los remos chapoteaban en el agua. Los skraeling escupían y gruñían según se acercaban a la otra orilla, con los ojos fijos en los guerreros apostados en las empalizadas.

—Llegó el momento —dijo Svik.

Varg se puso el gorro de lana, desenganchó del cinturón el casco con el antifaz, se lo encasquetó y se abrochó tirante el barboquejo. A continuación sacudió el alpartaz para que le cayera sobre los hombros. Recordó a Jökul y su ritual de coger un puñado de tierra y frotarla entre las manos. Se acordó de Tjorvi, Vali Aliento de Caballo, Ingmar Hielo y todos los Hermanos de Sangre que habían muerto desde que se uniera a ellos. Y pensó en Frøya, su hermana, apuñalada y clavada a un árbol por Brák el Azote de los Troles.

Unas manos lo agarraron de los hombros y lo giraron. El rostro de Røkia apareció delante de él, con el casco abrochado y la mirada lobuna y fiera.

—No mueras, Varg el Insensato —gruñó, y chocó su casco con el de Varg, suavemente, con la delicadeza de un beso. Luego se dio la vuelta y blandió el escudo y la lanza.

Y entonces los guerreros que se lanzaban hacia ellos rugieron.

—¡Flechad los arcos! —bramó Sulich. A lo largo de la muralla de la puerta, sus druzhina colocaron las flechas en los arcos y estiraron las cuerdas—. ¡Disparad!

La ráfaga de flechas perforó escudos y, allí donde encontró un hueco, también carne. Sonaron alaridos.

A lo largo de la ribera del río reverberaban los gritos, resonaban conjuros seiðr y brotaban crepitantes runas, llamas azules y rojas que trazaban arcos en su lento ascenso por el aire, pasaban por encima del puente y ganaban velocidad al precipitarse hacia Varg y los guerreros que se encontraban en la muralla.

—*Guðsblóð* —bramó Vol, y surgieron unas runas chisporroteantes delante de ella.

—*Rúnakraftur* —gritó Uspa. Más runas aparecieron crepitando en el aire.

—*Fornar háttur* —pronunció Iva. Una llamarada precedió al nacimiento de más runas.

—*Verndar okkur nú. Eldur, logi og ís, verndar okkur núna* —gritaron al unísono las tres, y sus runas se fundieron, crepitando y chisporroteando, y se expandieron encima y a lo largo del puente, sobre las cabezas de Varg y todos los guerreros apostados en la empalizada del puente.

Las runas enemigas impactaron en ellas y explotaron con una lluvia de llamas rojas y azules. Varg sintió un calor repentino cuando las runas se precipitaron sobre él y se evaporaron cuando contactaron con su cota de malla. Y entonces las escalas llegaron a la puerta. Taras soltó un rugido ensordecedor, cogió una piedra del tamaño de una cabeza y la arrojó al otro lado del parapeto. Varg vio que hacía añicos un escudo y el guerrero que se protegía detrás de él se tambaleó y cayó al suelo. Una lanza pasó por el espacio que había dejado desocupado el escudo y el guerrero profirió un alarido. Las flechas acribillaron a los asaltantes y repiquetearon en ellos como si fueran granizo. Desde la muralla se arrojaron más piedras y lanzas.

Varg oyó rugidos a su izquierda y a su derecha, y vio con el rabillo del ojo que las balsas llegaban al tramo de orilla frente a su posición. Los guerreros y los skraeling se lanzaron en tropel, bramando por la ribera, y comenzaron a ascender por las pendientes de los terraplenes. Unos cuantos cayeron con flechas y lanzas hundidas en el cuerpo. Una escala se apoyó con un golpetazo en la muralla justo delante de Varg. A lo largo de la empalizada aparecieron dos, cuatro, cinco más, y Varg comprobó que los enemigos transportaban más escalas por el puente protegiéndose con los escudos.

Cuando los guerreros subieron por las escalas, llegó el momento de las lanzas. Aparecieron rostros enmarcados en cascos, gruñendo, y guerreros que arremetían con hachas o seax. Varg detuvo un hachazo con el escudo y apuñaló con la lanza en la cara a su agresor, un hombre que se precipitó al vacío chillando. Pero rápidamente otro guerrero lo sustituyó y trató de acuchillar a Varg con un seax. Varg desvió el cuchillo con el asta de la lanza y estampó el umbos de su escudo en los morros del guerrero, que cayó hacia atrás rociando el aire con dientes y sangre. A pesar de ello, continuó agarrado a la escala con una mano. Varg le asestó una lanzada en la mano, le seccionó varios dedos, que salieron disparados por el aire, y el guerrero desapareció chillando y arrojando un chorro de sangre por la mano destrozada.

Svik a un lado y Røkia al otro propinaban puñaladas y hachazos envueltos en una bruma roja. El mundo entero estaba envuelto en manto de niebla de sangre en cuyo interior resonaban gruñidos y bramidos.

Desde el puente les arrojaban lanzas. Algunas pasaban silbando por encima de sus cabezas, otras se clavaban con un golpe seco en los escudos de madera de tilo o se hundían en la carne con un ruido de succión. Los gritos retumbaban por toda la muralla junto con el estruendo de los cuerpos que se estrellaban contra el suelo detrás de las puertas. Otra cara apareció por la escala delante de Varg. Era una mujer rubia que le atacó con un destral. Él detuvo el golpe con el umbos del escudo y unas vibraciones metálicas recorrieron su brazo. A continuación le asestó una lanzada y la moharra atravesó los eslabones de la cota de malla y continuó hundiéndose entre las costillas de su rival. La guerrera cayó hacia atrás y Varg intentó extraer la lanza de su pecho, pero notó que se había atascado en un hueso y se estampó contra el muro arrastrado por el peso de su víctima. Gruñó y soltó la lanza antes de que lo arrastrara muralla abajo, sacó el destral y enganchó la hoja barbuda del arma en uno de los palos verticales de la escala, tiró hacia la derecha arrastrando el peso de los cuerpos que subían por ella y la escala se inclinó y comenzó a caer de lado, fue cogiendo velocidad poco a poco hasta que chocó con la siguiente escala y la hizo añicos, y las dos se derrumbaron. La gente que subía por ellas chillaba y saltaba.

—Buena idea para ser un insensato —dijo resollando Svik. Pero ya había otra escala apoyada contra la muralla.

CAPÍTULO CINCUENTA Y SIETE

GUÐVARR

Guðvarr miraba con horror y fascinación.

Estaba con su tía y los drengir de ella cerca del arroyo que desembocaba en el río, con el bosque apenas a unos pasos detrás de ellos. Llevaba colgado el escudo a la espalda y aferraba la lanza tan fuerte que se le habían puesto los nudillos blancos. Los guerreros estaban desplegados a su izquierda y a su derecha, y aguardaban su turno para introducirse en la tormenta de acero que rugía enfrente de ellos.

El mero fragor de la batalla hacía que quisiera taparse los oídos, recular unos pasos hasta llegar a los árboles y huir de allí. El estruendo del combate resonaba en el bosque y el viento frío transportaba los gritos de batalla, los alaridos agónicos, el choque de los aceros y los hierros, el ruido de pasos.

«No. Enfréntate a tu miedo, encuentra el valor que hay en ti».

Guðvarr vio que una nueva tanda de balsas cruzaba el río impulsadas por los remos de sus ocupantes, y que los guerreros y los skraeling saltaban de ellas en la otra orilla, desaparecían al descender a las zanjas y volvían a aparecer cuando las coronaban en el otro lado. Flechas, lanzas y piedras llovían sobre los guerreros y Guðvarr admiró su valor, su tesón para llegar al enemigo a pesar de que la muerte podía caerles del cielo en cualquier momento y de los cadáveres de los camaradas que se desplomaban o volvían rodando al fondo de la zanja.

«¿Cómo lo hacen? ¿Cómo son capaces de seguir adelante frente a la muerte?». Tragó saliva y el miedo cedió su sitio a la vergüenza.

Observó a un guerrero que llegaba a la muralla que se alzaba sobre el terraplén y se encaramaba a ella, y vio cómo caía abatido por enemigos apostados en uno y otro lado del parapeto. Otro puñado de guerreros llegó a la muralla, y una nueva oleada procedente de las balsas se arrastró y trepó con dificultad por la zanja detrás de ellos.

Un rugido nuevo captó su atención y se volvió hacia un grupo de skraeling que se preparaba para asaltar las puertas. Gruñían y bramaban, se aporreaban el pecho y se rasgaban las andrajosas cotas de malla. Sus gruñidos se transformaron en un rugido frenético y se lanzaron a la carrera, saltando y brincando. Los guerreros se apartaban de su camino. Llegaron a la masa que se apelotonaba en las puertas, donde había guerreros que protegían con los escudos levantados y solapados a los que llegaban con las escalas. Los skraeling se subieron de un salto a los escudos y con otro salto, ayudándose de sus larguísimos brazos para agarrarse con las manos, alcanzaron lo alto de la muralla, se impulsaron para pasar al otro lado de la empalizada y aterrizaron sobre la pasarela. Guðvarr vio escenas entrecortadas de combates cruentos donde lanzas y espadas cortaban el aire y los skraeling blandían sus toscas armas de hierro. Se fijó en un enorme hombre de piel negra que levantó a un skraeling por encima de la cabeza, lo lanzó al otro lado de la muralla contra los guerreros que llegaban en ese momento a la puerta cargados con escalas y los derribó a todos.

Volvió a tragar saliva y una renacida sensación de miedo sustituyó rápidamente a la vergüenza.

Se volvió al oír el ruido de algo que caía al arroyo a su derecha y vio unas ondas en la superficie del agua. Miró con más detenimiento y atisbó un cuerpo quitinoso, negro y brillante, con antenas y una cola curva rematada por un aguijón. Un spertus. El vaesen se deslizó por el arroyo hasta el río. Enseguida advirtió otro movimiento en el arroyo, otro spertus, y otro, y otro, hasta que el arroyo pareció infestado de ellos, como un río en la época de reproducción de los salmones.

Advirtió un movimiento detrás de él y se dio la vuelta. Rotta pasaba en ese momento por el bosque penumbroso seguido por Biórr y otra docena de personas.

—¿Adónde vamos? —oyó que preguntaba Biórr.

—Ya te lo dije una vez, si quieres un trabajo bien hecho tienes que hacerlo tú mismo —respondió Rotta. Y el grupo volvió a desaparecer en las tinieblas del bosque.

Guðvarr dio un respingo y abrió los ojos con pavor al sentir un impacto en el brazo.

Era su tía, que estaba golpeándole el brazo con el dorso de la mano.

—Prepárate, Guðvarr.

—¿Eh? —graznó él.

—Prepárate —repitió Sigrún mientras se abrochaba las tiras de cuero del casco debajo de la barbilla. Sacudió la cabeza en dirección a un grupo de sus drengir, que estaban levantando del suelo un par de balsas—. Ha llegado el momento de ganarnos un sitio en esta canción de los escaldos.

Los drengir transportaron las balsas por la orilla hacia el agua. Sigrún ordenó al resto de sus drengir que la siguieran.

Guðvarr tragó saliva y dio un paso vacilante detrás de su tía.

CAPITULO CINCUENTA Y OCHO

ORKA

Orka luchaba con los dos seax, ambos teñidos de rojo hasta la empuñadura. Se agachó para evadir el largo brazo de un skraeling y volvió a levantarse gruñendo, al mismo tiempo que lo apuñalaba en el muslo y le abría un tajo profundo del que comenzó a manar sangre a borbotones. Acto seguido lo empujó hacia atrás contra Halja, que lo machacó con su escudo y lo tiró de la pasarela. El skraeling aterrizó al lado de los guerreros que esperaban en la reserva, detrás de la puerta, y una docena de lanzas lo ensartaron.

En la pasarela había otros dos skraeling de espaldas a ella que acechaban con sus garras y sus hachas a Breca. El chico detuvo un golpe con el escudo y dio un paso tambaleante hacia atrás, plantó los pies en el suelo y arremetió con su lanza contra los vaesen. Uno de ellos desvió la lanza y atacó a Breca. Orka ya se lanzaba hacia allí cuando vio que Vesli caía en picado y envolvía con sus garras la cabeza de uno de los skraeling, lo mordía y lo desgarraba con sus largas uñas. El skraeling chilló, se tambaleó y cayó de la muralla. Orka dio tres pasos, saltó y aterrizó encima del segundo skraeling. Los dos se estrellaron contra el suelo y rodaron gruñendo y mordiéndose. Orka se retorció para ponerse encima de su oponente y lo cosió a puñaladas con los dos seax. Unos arcos de sangre estriaron el aire. Continuó apuñalándolo una y otra vez sin dejar de gruñir, hasta que reparó en que el skraeling había dejado de forcejear y sus brazos yacían derrumbados en el suelo. Se dio cuenta de que Breca también había estado acuchillándolo con la lanza, con una mueca feroz en la boca. Se puso en pie rociada de sangre y respirando con agitación. Vio que un rostro asomaba desde el otro lado del parapeto, envuelto en un casco con antifaz y con una barba roja, y le asestó una puñalada. El seax resbaló por el borde interior de un orificio del antifaz y se hundió en el ojo del guerrero con la barba roja. Un alarido atroz cesó de golpe y el guerrero cayó hacia atrás. Orka extrajo el seax del ojo, clavó los dos seax en la madera de la empalizada y recogió su hacha larga, que había dejado en el suelo cuando el combate le había exigido el uso de armas cortas. Apoyó la parte superior curva de la hoja del hacha contra el palo vertical de la escala y empujó. Notó cómo se despegaba de la muralla y continuó empujando con todo su cuerpo, pero el peso de los guerreros que subían por ella era demasiado para su fuerza y llegó un punto en que la escala no se movió más. Orka gruñó y empujó con todas sus fuerzas, con todos los músculos de su cuerpo tensionados. Sus pies comenzaron a resbalar en el suelo y se deslizó hacia atrás. Breca agarró el hacha de su madre y también empujó, pero continuaron yéndose hacia atrás. Una sombra apareció de repente detrás de Orka y también agarró su hacha, y los pies de Orka dejaron de resbalar por el suelo. Echó un vistazo con el rabillo del ojo y vio a Einar Medio Trol a su espalda.

—A la vez —dijo Einar, y los tres empujaron y lanzaron la escala hacia atrás. Esta se mantuvo erguida en el aire un momento, pero Orka, Einar y Breca volvieron a empujar y por fin se precipitó hacia el lado opuesto de la muralla, acompañada por un coro de gritos.

—Gracias, Medio Trol —gruñó Orka.

—De nada —dijo Einar, y continuó reponiendo el montón de piedras en la pasarela. Era capaz de cargar con el doble de peso que cualquier otro guerrero, así que esa tarea le había tocado a él.

La batalla rugía a lo largo de la pasarela que se extendía sobre la puerta. Orka vio a Elvar luchando con el escudo y la espada. A su lado, Grend machacó un escudo con el destral y se produjo una explosión de astillas. El guerrero que se parapetaba detrás de él tenía medio cuerpo fuera de la muralla y una pierna aún en el peldaño de la escala. Grend asestó otro hachazo y su destral atravesó el escudo machacado y llegó al brazo del individuo que lo sujetaba. Grend extrajo el hacha y la estampó en la cara de su oponente: el destral abolló el casco, resbaló por él y le hizo un corte sanguinolento que le cruzaba la mejilla y la nariz. El guerrero se derrumbó hacia atrás chillando. Los berserkir que rodeaban a Elvar derribaron a un par de skraeling que habían conseguido llegar a la pasarela y los descuartizaron con sus hachas.

Se produjo una tregua en el combate cuando las dudas acuciaron a los guerreros que apoyaban las escalas contra la muralla y subían por ellas. Orka echó un vistazo al otro lado de la empalizada. Los muertos se apilaban delante de las puertas. Por el puente llegaban más guerreros cargados con escalas, y en la otra orilla del río, las bandas de mercenarios se organizaban con los escudos levantados. Orka divisó en el borde del bosque unas sombras enormes, unos veinte o treinta troles, quizá más, que hacían rechinar los dientes y los colmillos amarillentos, y empuñaban unas lanzas gruesas como árboles jóvenes y unas porras revestidas de hierro. Y detrás de ellos, Orka atisbó el movimiento de las arañas del hielo, decenas de ellas, que salían a la pálida luz del día desde el bosque.

—¡Preparaos! —bramó Elvar.

A lo largo de la muralla, los guerreros se recompusieron. Glornir estaba al lado de Sulich y Æsa, todos ellos cubiertos de salpicaduras de sangre. Sulich había guardado el arco en la funda y empuñaba un sable en una mano y un hacha con un delgado mango en la otra.

Se produjo un movimiento en la orilla a la derecha de Orka, al otro lado del puente. El enemigo estaba echando al agua más balsas repletas de drengir, skraeling y mercenarios. En la orilla de su lado del río, Orka vio emerger del agua unas criaturas que formaron una hilera de seres negros, con el cuerpo segmentado y colas dotadas de un aguijón arqueadas sobre la espalda.

—¡CUIDADO, SPERTUS! —bramó Orka extrayendo los seax de la madera y apuntando con uno de ellos a los vaesen.

En reacción a la voz de alarma, las flechas estriaron el aire con un zumbido hacia los spertus, que ya ascendían por la pendiente de las zanjas y bajaban por el otro lado. Algunas de las criaturas desplegaron las alas y se elevaron en el aire. Las flechas se clavaron en sus cuerpos y manó sangre negra. Muchos spertus se estrellaron contra el suelo, algunos quedaron clavados en la tierra, ensartados por un proyectil mientras correteaban por la ribera. Pero eran tantos que enseguida decenas de ellos alcanzaron la empalizada. Los guerreros los atravesaron con sus lanzas, pero muchos consiguieron trepar por el muro ayudándose de sus alas y de los pinchos de sus patas. Entonces estallaron los gritos.

Los guerreros enemigos avanzaban por el puente con más escalas. Orka vio que las bandas de mercenarios se ponían en marcha seguidas por troles y arañas del hielo, y a su izquierda, las balsas estaban llegando a la orilla del río y los guerreros y los skraeling que transportaban saltaban a tierra firme y echaban a correr por la suave pendiente, desaparecían al meterse en la zanja y volvían a aparecer para ascender por el terraplén. Un puñado de flechas volaron hacia ellos, las lanzas los atravesaron y algunos cayeron, pero entonces llegaron a la empalizada y saltaron al otro lado. Orka vio flotando sobre la empalizada las nubes negras del veneno de los spertus y las criaturas que correteaban y revoloteaban arremetiendo con sus aguijones negros. Los cadáveres comenzaban a amontonarse en la pasarela. La resistencia en el terraplén se debilitaba y estaba a punto de sucumbir.

Un rugido atronador atrajo su mirada y vio que los guerreros que estaban cruzando el puente se apartaban para dejar pasar a un puñado de troles que avanzaban pesadamente, bramando. Cada uno de ellos empuñaba una lanza con un asta muy gruesa o un hacha con la hoja curva que tenía un aspecto espantoso, y las arrojaron sin detenerse. Algunas de las armas lanzadas pasaron por encima de la muralla de la puerta y un berserkir se precipitó de la pasarela atravesado por una lanza. La mayoría de las hachas y de las lanzas se clavaron en la madera de las puertas y de la empalizada. Orka oyó la risa de un guerrero que tenía a su lado, burlándose de la mala puntería de los troles, pero entonces estos llegaron a la muralla, se agarraron a las astas de las lanzas y los mangos de las hachas y rugieron al impulsarse para saltar. Los guerreros que rodeaban a Orka los acometieron con las lanzas y las espadas, les arrojaron piedras y les asestaron hachazos. Un trol se precipitó al vacío chillando y aplastó a la gente que había debajo cuando se estrelló contra el puente. Los demás, sin embargo, consiguieron pasar al otro lado de la muralla y se dejaron caer sobre la pasarela al mismo tiempo que arremetían contra los guerreros y los lanzaban por los aires, los derribaban o los tiraban al patio que había detrás de las puertas. Y detrás de los troles, un enjambre de tennúr llegó desde el Bosque de Hierro acompañado por el zumbido de sus alas y se abatió sobre los defensores de la muralla para arañarles y desgarrarles el rostro con sus largas uñas. Orka derribó un tennúr del aire con el seax, se dio la vuelta rodeada por la nube de sangre pulverizada y hundió el cuchillo hasta la empuñadura en el muslo de un trol. Cuando lo extrajo oyó el bramido de dolor de la monstruosa criatura y vio que Vesli ensartaba otro tennúr con su pequeña lanza. Más escalas se apoyaron con un golpetazo en la muralla y los guerreros que subían por ellas se dejaban caer al otro lado del parapeto.

El viento arrastró unos gritos hasta sus oídos y vio que los guerreros de la empalizada de los terraplenes estaban retrocediendo en pequeños muros de escudos. En el aire flotaban las nubes negras del veneno de los spertus.

—¡La empalizada ha caído! —gritó Orka. Paseó la mirada por la muralla de la puerta y vio troles, guerreros y tennúr por todas partes. Se arrodilló, limpió los seax en la túnica de un cadáver antes de enfundarlos y empuñó el hacha larga.

—¡RETIRADA! —bramó Elvar.

CAPÍTULO CINCUENTA Y NUEVE

GUÐVARR

Guðvarr saltó hacia la ribera del río desde la balsa, se hundió hasta las rodillas en el agua helada y contuvo la respiración. Avanzó pesadamente a través del agua y los juncos hasta la orilla. Buscó con la mirada a Sigrún y la localizó a su derecha. Se dirigió hacia ella mientras Sigrún se apresuraba para llegar a tierra firme con el escudo levantando y la espada en la otra mano. Ascendieron por una suave pendiente. Advirtió un movimiento rápido y una flecha pasó silbando junto a él. Giró la cabeza y vio que la flecha se clavaba en el cuello de un guerrero, que se desplomaba hacia atrás y caía en la orilla. El guerrero agarró el proyectil con las dos manos mientras su sangre se expandía por el agua como si fuera aceite.

Guðvarr avanzó a trompicones, usando la lanza como si fuera un bastón para ayudarse a caminar por el suelo resbaladizo. Perdió de vista a Sigrún, pero volvió a verla un momento antes de llegar a la zanja. Una pendiente pronunciada descendía delante de él y Guðvarr vaciló cuando desde el fondo de la zanja le llegó un hedor a sangre e intestinos vaciados. Lo que había delante de él parecía sacado de una pesadilla.

La zanja estaba repleta de cadáveres con las extremidades enredadas en macabros abrazos y la boca abierta. Las moscas ya caminaban por esos cuerpos que miraban con ojos vacíos, sin vida. Guðvarr dio un paso atrás y luego otro. Alguien chocó con su espalda y lo empujó, y entonces Guðvarr se encontró bajando a trompicones por la pendiente de la zanja, sus pies resbalaron en el barro, perdió el equilibrio y cayó. Se le escapó la lanza de la mano antes de que chocara con algo y se golpeó la cabeza con su propio escudo. Intentó moverse, giró la cabeza y se encontró de cara con el rostro de un skraeling muerto. Abrió la boca para pedir ayuda, pero en vez de gritar aspiró un puñado de pelo. Sintió como si tuviera un pie en la espalda, un peso que lo aplastaba contra el suelo, y el pánico se apoderó de él. Se revolvió y agitó los brazos y las piernas con desesperación, se asió al borde superior de su escudo y se puso de rodillas. Se quedó así, respirando profundamente. El restallido de los arcos y el zumbido de las flechas resonaba a su alrededor. Una mujer cayó por la pendiente de la zanja y aterrizó a su lado con una flecha clavada en el ojo.

La única manera de salir de allí era subiendo aquella pendiente, así que emprendió la ascensión con pasos tambaleantes por la cuesta embarrada, apoyándose en el escudo. Resbaló un paso y avanzó dos. Resbaló otro paso. Desde arriba le llegaban gritos y alaridos. Un cuerpo cayó rodando por la pared de la zanja directamente hacia él y trató de esquivarlo, pero dio un traspiés y se fue al suelo. Hundió los dedos en el barro para no deslizarse de nuevo hacia el fondo de la zanja. Clavó el escudo en la tierra blanda y se arrastró hacia arriba. Le dolieron los brazos del esfuerzo. Continuó ascendiendo clavando el puño en la tierra y luego el escudo, el puño y luego el escudo. Apareció una sombra delante de él, levantó la cabeza y vio la muralla. Trepando con los pies, subió por la muralla hasta que le quedó a la altura del pecho. No había guerreros esperándolo, lo cual agradeció a los dioses muertos, aunque vio unas figuras borrosas en la pasarela y oyó el estruendo de las armas chocando entre sí. Las nubes negras del veneno de los spertus flotaban en el aire y vio sus cuerpos segmentados correteando de un lado a otro. Aferrado a la esperanza de que los vaesen supieran que él luchaba en su bando, Guðvarr pasó el escudo por encima de la parte alta de la muralla para afirmarlo en el otro lado, se agarró al parapeto con la otra mano y, con un esfuerzo descomunal, se impulsó para arrojarse a la pasarela. Se quedó tendido allí, con el pecho subiendo y bajando.

Estaba rodeado de cadáveres, de hombres y mujeres en cota de malla, algunos con una red de venillas negras en la cara, la boca abierta y la lengua negra e hinchada. También había skraeling muertos, con profundos tajos en el cuerpo, y spertus que vertían sangre negra. Vio pies y piernas que se movían como si ejecutaran danzas intermitentes. Oyó el golpe de los aceros en los escudos, estrépitos metálicos y el sonido de las hojas al hendir carne.

«No me quedan fuerzas. Estoy demasiado débil para levantarme del suelo, así que no digamos ya para luchar. Muerte, llévame si lo deseas».

Un spertus correteó hacia él agitando su aguijón negro y Guðvarr encontró las fuerzas que no tenía y se impulsó hacia delante para ponerse en pie de un brinco. Reculó tambaleándose y levantó el escudo.

—Amigo —gritó al spertus sujetando el escudo delante de él—. Estoy en tu bando.

El spertus lo observó un momento. Sus antenas se agitaron y una esfera líquida resplandecía en la punta de su aguijón. Una mano agarró a Guðvarr del hombro y le dio la vuelta. Era su tía, con el escudo y la espada ensangrentada en las manos. Guðvarr se sintió aliviado al verla. El spertus se machó correteando.

—Sígueme —dijo Sigrún—, y desenfunda la espada —gruñó, y se puso en movimiento seguida por sus drengir.

Guðvarr desenvainó la espada mientras bajaba de la pasarela por un puñado de escalones de madera y se encontraron ante un camino ancho que ascendía por la empinada ladera de la colina. Se fijó en que por todo aquel terraplén los skraeling y los guerreros saltaban la muralla y los defensores se retiraban por el camino ante ellos.

La jarl Sigrún, a la cabeza de sus drengir, rodeó una nube negra de veneno de los spertus que flotaba sobre el suelo, en cuyo interior yacían guerreros agonizantes y cuerpos que se retorcían con las venas negras. Guðvarr vio un foco de combate en el camino delante de ellos, skraeling y adoradores de la dragona que se arrojaban contra un pequeño muro de escudos que tenían cabezas de lobo pintadas en ellos. Un guerrero fornido y canoso, con la barba trenzada, gritaba y bramaba insultos. El muro de escudos retrocedía poco a poco, al mismo tiempo que arremetía con espadas y lanzas contra los skraeling y adoradores de la dragona que embestían el muro de madera de tilo, propinando hachazos y dejando una estela de muertos a su paso.

—Vamos —dijo Sigrún a su sobrino. Levantó el escudo y lo solapó con el de Guðvarr—. ¡Guerreros de Fellur, conmigo! —bramó.

Los drengir corrieron hasta ella, juntaron los escudos y formaron un muro de diez en fondo, con otros guerreros en una segunda fila. Sigrún golpeó su escudo con la empuñadura de la espada para marcar el paso y sus guerreros la imitaron y marcharon al ritmo de sus golpes.

A Guðvarr el corazón le aporreaba el pecho y sentía las palpitaciones en la boca. Los skraeling se apartaron al verlos llegar. Guðvarr y Sigrún estaban a solo una decena de pasos del muro de escudos enemigo, cinco pasos… Y entonces, con un rugido ensordecedor, los muros chocaron y los escudos chirriaron al colisionar. Guðvarr empujaba el suyo con el hombro y sentía el peso del enemigo sobre él.

«¡Estoy en la batalla, en la tormenta de acero!», se dijo sorprendido.

Apretó los dientes y echó un vistazo por encima de su escudo. Delante de él tenía un hombre con una espesa barba negra que gruñía con el rostro desencajado, echaba espuma por la boca y blandía un hacha embadurnada de sangre. Guðvarr lo atacó deslizando la espada por encima del escudo y la hoja rebotó en su casco. El hombre enganchó su hacha en el borde del escudo de Guðvarr y tiró hacia debajo de él. Guðvarr vio que desde la segunda fila otro guerrero arremetía contra él con su lanza y se le revolvieron las tripas de pavor. Abrió la boca para gritar.

Pero un spertus apareció de repente como por arte de magia y asestó un aguijonazo. El hombre de la lanza dio un grito ahogado y desde un bulto en su mejilla irradiaron unas venas negras. Soltó la lanza para llevarse las manos al cuello, retrocedió unos pasos ahogándose y jadeando, y cayó de rodillas al suelo.

Otro spertus sobrevoló el muro de escudos y se lanzó en picado. Los guerreros comenzaron a chillar, soltaron los escudos y las armas, y las venas negras se propagaron por su piel. En ese momento el muro de escudos se escindió por una docena de sitios. El guerrero canoso bramó una orden y los guerreros dieron media vuelta y echaron a correr detrás de él.

Guðvarr se sintió aliviado al ver las espaldas del enemigo y luego lo invadió una sensación de euforia.

«¡He estado en un muro de escudos y el enemigo ha huido de mí! —Echó un vistazo a los spertus y se corrigió—: De nosotros».

—¡Adelante! —ordenó Sigrún, y avanzaron manteniendo el muro de escudos.

Los miembros del muro de escudos derrotado se mezclaron con otros guerreros que se retiraban de la muralla del terraplén. Guðvarr vio que los arqueros dejaban de disparar sus flechas y también huían en desbandada. Otros guerreros sin tanta prisa juntaron los escudos y se replegaron de una manera más ordenada. En todo caso, hubo algunos guerreros que se quedaron atrás, trabados en combate con los skraeling que adelantaban a Sigrún y su pequeño muro de escudos y se abalanzaban sobre los rezagados, seguidos de cerca por los spertus, que propagaban la pestilencia que salía de su boca y clavaban sus aguijones.

Sigrún continuó avanzando con Guðvarr a su espalda, y sus drengir y otros guerreros iban sumándose a su grupo

Ahora podía ver el puente y las puertas y oía el bramido de los cuernos. Vio guerreros que bajaban en tropel por las escaleras de la puerta y formaban un recio muro de escudos mientras se replegaban poco a poco. Los guerreros que retrocedían desde ese terraplén se sumaban a ellos y añadían sus escudos al muro. Recularon hasta que Guðvarr los perdió de vista tras un promontorio en la colina. Ahora eran otras las figuras que se arremolinaban sobre la muralla de la puerta: skraeling y otros guerreros. Los skraeling saltaban de la pasarela y se apelotonaban ante las puertas, donde levantaron unos grandes troncos y los estrellaron contra ellas. El ruido de los golpes era ensordecedor.

Entonces las puertas se abrieron sobre los goznes de hierro y una masa de guerreros se precipitó al otro lado. Ilska y Drekr estaban entre ellos y cruzaron las puertas a la cabeza de sus Alimentadores de Cuervos, Drekr blandiendo su hacha larga con las dos manos y con el escudo terciado a la espalda, e Ilska empuñando la espada y el escudo. Una hueste entró detrás de ellos y, según se acercaba allí, Guðvarr supuso que el terraplén del otro lado también debía haber caído, pues divisó otra parte del ejército de Lik-Rifa avanzando en tropel por el camino que bordeaba la colina.

Sigrún condujo a sus guerreros hacia Ilska y los Alimentadores de Cuervos, que ya se encontraban en la zona que se extendía justo al otro lado de las puertas. Guðvarr vio que el camino del puente continuaba, flanqueado por dos escarpadas estribaciones de la colina, en cuya ladera había una enorme puerta en arco, lo bastante grande como para que Lik-Rifa entrara por ella en su forma de dragona.

Y ante ella estaban Elvar y su hueste, un muro de escudos que se extendía en perpendicular al camino como una gran presa en medio de un río.

CAPÍTULO SESENTA

ELVAR

Elvar caminaba de un lado a otro detrás del muro de escudos, bramando órdenes. Grend, Gytha, Sólín la Babas y Berak la seguían como si fueran su sombra. Las puertas de piedra del Valle del Lobo se habían entreabierto para entrar a los heridos al gran salón. Los que podían caminar entraban por su propio pie renqueando y el resto llevados por sus camaradas. Los dos lobos de piedra que flanqueaban la entrada, agachados, con el pelo del lomo erizado y una mueca feroz en la boca, mantenían los ojos fijos en las huestes de Lik-Rifa que se precipitaban a través de la puerta del puente.

Detrás de la masa del muro de escudos merodeaban los berserkir y los úlfhéðnar, que gruñían y aullaban sin despegar sus destellantes ojos ambarinos y verdes de la horda que avanzaba hacia ellos. Entre los berserkir y el muro de escudos, Vol, Uspa e Iva conversaban. Taras el Toro, enfundado en una cota de malla, con un sencillo casco en la cabeza y dos destrales metidos bajo el cinturón, no se movía de su lado.

Sulich y Kesha salieron por las puertas del Valle del Lobo empujando a paso ligero un carro cargado de haces de flechas, atravesaron las filas de berserkir y úlfhéðnar y se detuvieron donde estaban esperándolos los guerreros de Sulich, pertrechados con sus equipos de druzhina, que se abalanzaron sobre el carro como lo haría alguien hambriento sobre pan recién horneado. Sulich bramó unas órdenes, y sus guerreros formaron una fila detrás del muro de escudos.

Elvar se detuvo un momento para estudiar la hueste que estaba congregándose a ese lado de las puertas. Reparó en que Ilska ordenaba sus tropas y gritaba instrucciones a las bandas de guerreros. Inmediatamente se formó un muro de escudos más profundo que el de Elvar y detrás de él se reunió una horda de vaesen cada vez más numerosa: troles que se movían pesadamente, gruñendo y aullando, skraeling repartidos en multitudinarios grupos, un manto extenso como el mar de arañas del hielo, tennúr que revoloteaban en el aire como estorninos o posados en la muralla de la puerta. Detrás de todos ellos, a través de la puerta abierta del puente, Elvar también atisbó los cuerpos espectrales de las brujas nocturnas.

La inmensidad del ejército de Lik-Rifa la impresionó, a pesar de los centenares, quizá miles que habían caído ya en el asalto a las puertas y los terraplenes. El miedo se apoderó de ella y por un momento no fue capaz de pensar con claridad.

—¿Dónde eztá la dragona? —preguntó Sólín la Babas.

—Ahí fuera, en algún sitio —dijo Elvar dirigiendo la mirada hacia el muro negro del bosque—. Observándonos.

«Pero tiene dudas. No se ha sumado a la batalla. Ulfrir tenía razón, gracias a los dioses muertos. Porque si hubiera intervenido esto ya estaría yendo muy mal».

—¿Por qué no noz ha atacado? —inquirió Sólín.

—Teme a Ulfrir —respondió Elvar—. Teme su astucia de lobo. Tiene miedo de que sea una trampa. No se pondrá en riesgo hasta que nos vea derrotados.

—Que lo intente —refunfuñó Grend.

Elvar le sonrió. El hechizo que el miedo le había lanzado se hizo añicos como el hielo pisoteado. Se sentía bien teniendo de nuevo a su lado a Grend.

—Ha llegado el momento —aseveró—. Gytha.

Su capitana se llevó el cuerno a los labios y tocó una nota prolongada y retumbante.

Las puertas del Valle del Lobo crujieron y comenzaron a moverse con un ruido de piedras trituradas. Se cerró con un estruendo resonante.

«Ahora estamos atrapados fuera, con el enemigo delante y un barranco detrás —pensó Elvar—. Más vale que Ulfrir supere esta primera prueba de confianza, porque lo que nos jugamos es la vida. —Paseó la mirada por sus huestes—. La de todos nosotros».

Se abrió paso a través de los berserkir y los úlfhéðnar, y se detuvo para contemplarlos. Thorguna y Frek, los capitanes que había elegido para comandarlos, se adelantaron.

—Ya sabéis lo que tenéis que hacer. Recordad el plan. Atad en corto a vuestras bestias.

Sus capitanes respondieron con gruñidos y monosílabos y asintieron con la cabeza. Elvar se dirigió entonces hacia Sulich y el muro de escudos.

Orv la Serpiente corrió hasta ella con el arco en la mano y el carcaj lleno a reventar de flechas.

—He pensado que podría ayudar más con esto que en el muro de escudos, jefa, si te parece bien.

—Me parece bien —dijo Elvar—. Ven al muro cuando se te acaben las flechas.

—Ajá, jefa —dijo Orv balanceando la cabeza, y corrió a unirse a Sulich y sus hermanastros.

Elvar se pasó adelante el escudo que colgaba a su espalda y lo aferró. Era nuevo, lo había encontrado entre los suministros que se habían traído de la cámara de Ulfrir. El escudo que había utilizado hasta entonces en el muro había recibido más golpes de la cuenta y estaba demasiado astillado para aguantar el inminente choque de escudos y acero.

—¡Abrid paso a Elvar Rompecadenas! —bramó Berak cuando llegaron a la parte de atrás del muro de escudos.

Un rugido atronador recibió a Elvar y sus bandas de guerreros la ovacionaron. Sus voces retumbaron y reverberaron entre las puertas de piedra y los dos espolones de la colina mientras los guerreros se apartaban. Elvar fijó la mirada en el imponente guerrero.

—¿Rompecadenas? —inquirió cuando el griterío cesó.

—Ajá —masculló Berak—. Has roto nuestras cadenas, nos has dejado libres. Tu fama de justa será eterna.

«Si alguien sobrevive hoy para recordarlo», se dijo Elvar.

Enfiló por el centro del muro de escudos y los guerreros se apartaron para abrirle un camino.

—Jarl Elvar —dijo en voz baja Gytha, inclinándose hacia ella—. Deberías pensarte mejor tu posición en la batalla. Si te perdemos, nuestro ejército se desmoronará.

—No —dijo Elvar. Reconocía la sensatez de las palabras de Gytha desde un punto de vista táctico, pero ya se había discutido todo lo que había que discutir sobre tácticas. Ahora era el turno de la fuerza de voluntad y el corazón, de los músculos y el acero, de la fuerza y el valor, y sabía que ella era el corazón latente de su ejército. Ella los había liderado hasta allí y lucharía a su lado. Y tal vez moriría con ellos.

—Sabía que dirías que no —repuso Gytha con media sonrisa en los labios—, pero, como tu capitana, tenía que decírtelo. —Su expresión cambió y se puso seria—. Es un honor para mí servirte, luchar a tu lado. No eres como tu padre.

Elvar vaciló un momento antes de dar el siguiente paso y miró a Gytha. Asintió con la cabeza.

Y entonces vio a los Terrores de la Batalla delante de ella, repartidos en las dos primeras filas en el centro del muro de escudos. Sighvat se volvió y le sonrió, le hizo una reverencia socarrona y le ofreció un sitio en la primera fila, que ella aceptó sonriente. Grend se hizo un hueco en la fila a su izquierda y Sighvat se puso a su derecha. Berak, Gytha y Sólín se colocaron detrás de ella.

Elvar apoyó el escudo en el suelo para descansar el brazo y recorrió el muro de escudos con la mirada. Vio las bandas de mercenarios con sus jefes a un lado y al otro de los Terrores de la Batalla. Más allá, a su derecha, estaban Glornir y sus Hermanos de Sangre, y Orlyg y Dagrun con sus drengir y sus corrompidos a su izquierda. Echó un vistazo por encima del hombro. Sus drengir, en una formación de tres en fondo, se habían colocado detrás de los Terrores de la Batalla.

—Bebe —dijo Grend alargándole un cuerno de agua. Ella lo cogió y bebió un trago largo, pues sabía que pronto le entraría la sed que producía la batalla y no tendría la oportunidad de saciarla. A su alrededor, otros guerreros bebieron de vasos y odres.

Sonaron los cuernos y Elvar devolvió la mirada a la hueste de Lik-Rifa, levantó el escudo y sacó del cinturón el hacha con el mango delgado de Oskutreð que le había regalado Grend. Afirmó los pies en el suelo y comenzó a golpear el escudo con el mango del hacha. Sighvat y Grend hicieron lo mismo a su lado, siguiendo su ritmo, hasta que todo el muro de escudos retumbó con los golpes, latiendo como si fuera el corazón de una bestia gigante.

El ejército de Lik-Rifa se precipitaba por el camino que discurría entre los dos promontorios como si fuera un torrente de madera, hierro y carne. Elvar reparó en que los Alimentadores marchaban a la cabeza, con sus escudos grises y sus cuervos negros, liderados por Ilska, con Drekr justo detrás de ella, sujetando su hacha larga con las dos manos y una mueca furiosa.

Biórr irrumpió en sus pensamientos, con su cabello oscuro y sus ojos tristes, y sintió rabia y pena. Escudriñó las filas enemigas, pero no lo vio.

Un centenar de pasos separaba los dos ejércitos y Elvar atisbó movimiento a los pies de los Alimentadores de Cuervos. Reconoció los spertus corriendo entre los pies del enemigo, formando un resplandeciente manto negro, agitando sus antenas en el aire y con las colas y los aguijones arqueados sobre la espalda. Sintió un miedo repentino mientras los observaba, pues en el muro de escudos no había manera de escapar de esas criaturas venenosas. Algunos abrieron los carapachos para extender las alas y se elevaron en el aire.

Elvar oyó un rugido lejano a su espalda, como una repentina racha de viento huracanado. Una ráfaga de flechas surcó zumbando el aire por encima del muro de escudos y cayó como pedrisco sobre el manto de spertus. Los proyectiles atravesaron sus cuerpos y manó sangre negra. Las criaturas que habían echado a volar se precipitaron ensartadas en las flechas y chillando. Los arqueros dispararon una andanada detrás de otra y diezmaron las filas de spertus.

La veintena de criaturas venenosas supervivientes continuaron avanzando y sus aguijones comenzaron a agitarse con movimientos espasmódicos según se acercaban al muro de escudos. Un puñado de spertus se lanzaron hacia Elvar y su sección del muro, y uno en concreto parecía mirarla fijamente mientras corría hacia ella, sacudiendo el aguijón hacia delante como si fuera una fusta. Elvar bajó el escudo para impedir que se escabullera por debajo de él y le picara en las piernas y el aguijón se clavó en el escudo con un golpe seco. Grend se encorvó y le asestó un hachazo. Volaron trozos de carapacho negro y sangre densa como la brea y la criatura se retorció en el suelo. Grend extrajo el hacha y Elvar seccionó el aguijón clavado en su escudo y lo levantó. A su izquierda vio que otro spertus se alzaba del suelo revoloteando con la boca abierta, de la que salía una nube negra como si fuera un enjambre de moscas. Sus guerreros se pusieron a chillar. Uno de ellos, una mujer, se separó del muro de escudos y cayó de rodillas al suelo agarrándose el cuello. Elvar vio que unas venas negras se expandían por su cara y la guerrera se derrumbó lentamente de lado pataleando. La nube de pestilencia se propagó por la línea y Elvar inspiró hondo, aguantó el aire en los pulmones y oyó que unas voces se alzaban a su espalda.

—*Vetrar vinda, tæta og tæta svarta skýið, dreifa því.*

Detrás del muro de escudos se levantó una ventolera que azotó a Elvar y le tiró de la trenza del pelo, y casi de inmediato la nube negra se dispersó como las nubes en una tormenta. Las lanzas arremetieron desde el muro de escudos y atravesaron el vientre segmentado del spertus, que se estrelló contra el suelo chillando.

Desde el otro lado del muro de escudos del ejército de Lik-Rifa tocaron un cuerno y los spertus restantes dieron media vuelta y regresaron corriendo a la seguridad de la hueste que avanzaba.

Los arqueros de Sulich continuaron disparando una ráfaga tras otra de flechas ahora que la hueste de Lik-Rifa ya estaba al alcance de sus arcos. Elvar oía el chasquido de las flechas al impactar en la madera y los gritos cuando los proyectiles se hundían en sus carnes. Vio caer algunos escudos en la primera fila del muro enemigo y los guerreros de la segunda fila los reemplazaban pisoteando a sus agonizantes camaradas. Ya estaban cerca. Sus pasos levantaban una nube de polvo del suelo y sus rostros desencajados y los destellos de sus aceros colmaban el mundo de Elvar.

—Jefa —dijo Sighvat mirando ceñudo el muro de escudos que avanzaba imparable—, ¿estás segura de que esto forma parte de tu astuto plan?

Elvar rio, enardecida por el miedo y la emoción, henchida por el júbilo de la batalla.

—Elvar —dijo Grend a su lado. Ella lo miró—. Luego nos vemos —dijo, y sonrió.

Entonces, con un rugido, la hueste de Lik-Rifa llegó a ellos y los dos muros de escudos colisionaron.

CAPÍTULO SESENTA Y UNO

VARG

Varg revisó que su escudo estuviera pegado al de Svik y Røkia, plantó los pies en el suelo y aseguró el hombro en el escudo. Echó un vistazo por encima del borde hacia el muro de madera de tilo, acero y carne que se dirigía hacia él.

«Brák el Azote de los Troles está ahí, en ese muro de escudos. Ruego a los dioses muertos que venga contra mí».

Un estrépito retumbante se propagó por la línea como un trueno y se levantaron nubes de polvo del suelo. Varg se tambaleó hacia atrás por la presión que ejercían contra él. Svik gruñó a su lado y retrocedió un paso. Los pies de Røkia se deslizaron hacia atrás resbalando en el suelo.

—No —oyó Varg que mascullaba Røkia, como si su voz y su fuerza de voluntad bastaran para aguantar la montaña que los aplastaba.

La presión de las filas traseras del muro de escudos sostuvo a Varg y le ayudó a recuperar el equilibrio. Levantó el brazo mientras el polvo levantado por la colisión se asentaba y arremetió a ciegas con el hacha por encima de su escudo. Notó que la hoja resbalaba por un casco de acero. Atisbó sobre su cabeza las estelas de los conjuros rúnicos que surcaban el cielo. A su alrededor resonaban los gruñidos y los bramidos, los golpes secos, el chirrido del acero al chocar con el hierro, el chasquido de las hachas contra la madera, el acero al hundirse en la carne... Una cara asomó por encima del borde de su escudo, una mujer morena, y un seax voló hacia él. Varg desvió hacia su izquierda el seax con un giro de muñeca y asestó un hachazo que trazó una línea roja en el antebrazo de la guerrera. Esta plegó el brazo con el seax y clavó sus ojos en los de Varg mientras los dos empujaban con el escudo con la intención de ganar ventaja. Varg sintió una punzada de dolor en la pantorrilla y se dio cuenta de que su oponente le había apuñalado por debajo del escudo y le había atravesado las vendas y los pantalones de lana. Era obvio que era una veterana en el muro de escudos. Apretó los dientes, se olvidó del dolor que irradiaba la herida y mantuvo el escudo firme contra el de la guerrera, gruñó y empujó con ímpetu. Su oponente torció el escudo dejando un hueco de un palmo y Varg vio que el hacha larga de Orka Machacacráneos silbaba por encima de su hombro y se introducía por el hueco para impactar en el hombro de la guerrera. Se produjo una explosión de eslabones de cota de malla y sangre cuando Orka recogió el hacha. El escudo de la guerrera morena se tambaleó y se derrumbó cuando la herida del hombro consumió todas sus fuerzas y Varg le asestó una puñalada con el seax en el cuello. Un chorro de sangre oscura salió de la herida y la guerrera se desplomó gorjeando, pero otro guerrero se adelantó rápidamente para tapar el hueco en el muro.

Varg echó un vistazo por encima del hombro y le dio las gracias con un movimiento de cabeza a Orka, que no tenía escudo y sujetaba el hacha en alto, y era Breca quien le cubría el flanco izquierdo con uno. Lif estaba con el chico y Sæunn estaba a la derecha de Orka. Esta le respondió con un gruñido y Varg devolvió la vista al frente. Con el rabillo del ojo vio a su derecha que Røkia hundía el seax en un ojo y un alarido cesó bruscamente. A su izquierda, Svik golpeaba con todas sus fuerzas el borde de un escudo con la espada y lo lanzaba hacia atrás contra la mandíbula del guerrero que lo sujetaba. El hacha de Einar apareció desde detrás de Svik y machacó una cara. Una erupción de sangre precedió a la caída del guerrero.

Varg ya tenía otro enemigo delante, un tipo con una barba roja enmarañada que lo atacó con un destral y la hoja de acero resbaló por la parte frontal de su yelmo. El guerrero tiró del hacha y la enganchó en el escudo de Varg, pero este, anticipándose a su maniobra, golpeó la hoja del hacha para soltarla y evitar que su oponente le bajara el escudo con la intención de que el lancero que aguardaba detrás lo ensartara. Varg se agachó detrás del escudo y asestó una cuchillada por debajo del borde, de abajo arriba, y notó cómo su acero encontraba carne y sintió el calor de la sangre en la mano mientras hurgaba en la herida para extraerlo. Observó un momento cómo la cara del guerrero de la barba roja se ponía blanca y abría la boca, y se dio cuenta de que había perforado la arteria de su ingle. El hombre de la barba roja trastabilló y se derrumbó. Unas manos lo lanzaron hacia atrás y otra figura lo reemplazó en el muro de escudos. Varg esperaba que fuera Brák el Azote de los Troles.

Las flechas surcaban destellando el aire y caían sobre la hueste de Lik-Rifa. Los alaridos resonaban. El siguiente guerrero gruñó y asestó un hachazo a Varg. Era un tipo de espaldas anchas y rubio, no Brák. Varg gruñó con frustración y le asestó una puñalada. El hombre apartó la cabeza bruscamente y Varg se dio cuenta de que empezaba a estar cansado, le pesaban los brazos, le ardían los tendones de las muñecas y le picaban los ojos del sudor y la sangre. El lobo en su sangre lanzaba dentelladas y gruñía, suplicaba que lo soltara, y Varg le concedió un poco de libertad. Sus sentidos se agudizaron y una energía y una velocidad nuevas inundaron sus músculos y sus tendones. Luchó, empujó, acuchilló y tajó, y el guerrero rubio desapareció y fue sustituido inmediatamente por otro. Tampoco era Brák. Varg perdió la noción del tiempo. Apuñalaba y rajaba con el seax, rebanaba, gruñía, chillaba, escupía, insultaba. Se dejó llevar por la confusión de la guerra. Mataba a todos sus oponentes en el muro de escudos contrario con la esperanza de que en algún momento apareciera delante de él al asesino de su hermana. Un hacha pasó por encima de su escudo dirigida a su cara, le golpeó el hombro y le hizo un desgarrón en la cota de malla. Brotó una línea de sangre. Varg arremetió como un rayo con su seax por encima del escudo y asestó una cuchillada de arriba abajo. Vio que la hoja se deslizaba por la mandíbula del otro guerrero y le cortaba la correa del barboquejo. El casco se escurrió por su cabeza y le cubrió los ojos. Entonces el hacha de Orka apareció desde detrás de él y le abolló el casco. El guerrero se derrumbó. Varg lanzó una mirada al cielo y reparó en que el sol estaba poniéndose detrás del Bosque de Hierro. Advirtió, aunque no le prestó demasiada atención, que sus compañeros de la primera fila del muro de escudos empezaban a retroceder vencidos por el agotamiento y los reemplazaban guerreros de la tercera fila, pero él no estaba dispuesto a abandonar. Brák el Azote de los Troles podría ser el siguiente rostro que viera llenando el hueco en el muro de escudos delante de él.

Los cuernos bramaron sobre el combate y Varg se dio cuenta de que el sonido llegaba desde detrás de la hueste de Lik-Rifa. Una conmoción se extendió por el muro de escudos del ejército de la dragona y los guerreros que lo formaban interrumpieron las acometidas y comenzaron a retroceder, paso a paso, dejando una franja de terreno despejado entre ambos muros de escudos. La hueste de Lik-Rifa reculaba de una manera sostenida y a lo largo de la fila de guerreros de Varg estallaron los gritos de celebración y volaron insultos y burlas. Varg apoyó el escudo en el suelo y cogió la cantimplora que llevaba en el cinturón, bebió un trago largo y se limpió la sangre y el sudor de la cara. Miró a Røkia.

Ella le sonrió con una expresión brutal y feroz en la cara salpicada de sangre.

Sonaron más cuernos y el muro de escudos de Lik-Rifa se dividió por el centro para formar un amplio pasillo en medio. Unas criaturas corretearon por él sobre angulosas patas recubiertas de pinchos, poseían una multitud de ojos arracimados y largos colmillos que resplandecían con el veneno helado. Una marea de arañas del hielo se precipitó por el pasillo abierto a través del muro de escudos como si fueran gusanos en una herida purulenta y se dispersaron a lo largo del muro de escudos para llenar el espacio que separaba a los dos ejércitos. Y Varg vio que las figuras altas y musculosas de los troles avanzaban pesadamente detrás de las arañas del hielo.

Puso el tapón en la cantimplora y volvió a engancharla al cinturón. Hizo rotar los hombros y crujir los huesos del cuello. Enfundó el seax y sacó el cuchillo de carnicero. El día no había terminado aún.

CAPÍTULO SESENTA Y DOS

ORKA

Orka contempló el mar de arañas del hielo y los troles que las seguían.

—No lo olvides: bajo ningún concepto dejes que esas arañas te muerdan —le recordó a Breca, que miraba muy atentamente las arañas del hielo a su lado.

—Creo que tú también deberías recordar ese consejo —respondió su hijo esbozando media sonrisa.

—Ajá —gruñó Orka. La sensación de tener el veneno de hielo fluyendo por las venas, entumeciendo los músculos y abotargándola no era una experiencia que le apeteciera repetir.

Algunas arañas dieron un paso vacilante hacia ellos.

Orka oyó que Elvar gritaba algo y luego sonó un cuerno que ordenaba la retirada. En algún lugar, una empuñadura golpeó un escudo de manera continuada, marcando un ritmo, y el muro de escudos comenzó a retroceder sin descomponerse, caminando con la cadencia de los golpes.

—Pase lo que pase, no te separes de mí —mascculló Orka.

—No me separaré, mamá —musitó Breca aferrando su aporreado escudo y la lanza. En el cinturón llevaba un destral.

Se oyeron unas voces en la retaguardia del muro, unas palabras rúnicas, y los conjuros seiðr del hielo y las llamas surcaron el cielo y explotaron en medio de las arañas. Se produjo una erupción de patas e icor, pero había tantas arañas que los conjuros desaparecieron como guijarros lanzados a una charca.

Una araña del hielo se adelantó correteando, levantó las patas delanteras y mostró los colmillos al emitir un chillido agudo y ululante, y acto seguido, el mar de arañas avanzó como una estrepitosa riada. El restallido y el zumbido de los arcos y las flechas resonó detrás de Orka y una ráfaga de proyectiles ascendió trazando un arco en el aire y se precipitó sobre las arañas, pero antes de que esas flechas impactaran en su objetivo, los arqueros ya habían disparado otra ráfaga, y luego otra. Las andanadas de flechas acribillaron la horda de arañas y más conjuros seiðr surcaron el cielo y produjeron explosiones de llamas y escarcha entre los vaesen del hielo. Las arañas rodaban y se encrespaban emitiendo unos chillidos agudos y llegaron al muro de escudos. Saltaron hacia los guerreros con sus patas erizadas de pinchos y entrechocando sus colmillos. Los mercenarios arremetieron con sus lanzas, asestaron hachazos y espadazos y las machacaron con los escudos, y las arañas cayeron.

Las criaturas del hielo embistieron el muro delante de Orka y saltaron hacia Varg, Røkia y Svik. Ellos las recibieron con sus aceros, y las arañas se derrumbaron vertiendo a borbotones un líquido azulado, pero otras treparon por sus cuerpos y se arrojaron contra los escudos. Una araña envolvió con las patas llenas de pinchos el escudo de Varg, enganchó una de ellas en su cota de malla y le hizo perder el equilibrio. El hacha larga de Orka y la espada de Røkia atravesaron la araña a la vez, y la criatura cayó como una piedra. Varg regresó balanceándose a su posición en el muro de escudos.

Sonó otro cuerno y el muro de escudos aceleró su repliegue. Las últimas filas dieron media vuelta y echaron a correr, de manera que solo quedaron las primeras filas para contener la marea de arañas. Los guerreros gritaban y algunos eran arrancados de la primera fila por las arañas que los capturaban con escudo y todo, los tiraban al suelo y les hundían los colmillos. Lif y Sæunn ensartaron con sus lanzas a una araña que saltaba hacia Breca y extrajeron las armas de su cuerpo con una sacudida. El cuerno volvió a sonar y el muro de escudos se escindió por el centro. Los berserkir y los úlfhéðnar pasaron entre ellos y se dirigieron hacia las arañas del hielo empuñando aceros afilados, con el cuerpo tembloroso, los músculos abultados y los ojos centelleantes. Echaron a correr babeando y gruñendo, y arrollaron a los vaesen como una avalancha. Lanzaron cuerpos por los aires, asestaron hachazos y cuchilladas, tajaron y rebanaron a las criaturas que había a su alrededor en un frenesí salvaje. Abrieron un pasillo por la masa de arañas cortando patas y perforando vientres, descuartizando cuerpos con sus propias manos.

—¡Corre hacia la puerta! —gritó Orka a su hijo, y el chico salió disparado con Sæunn y Lif pisándole los talones. Ella ya se disponía a seguirlos cuando reparó en que Varg seguía mirando fijamente al frente a pesar de que la presión de las arañas había desaparecido y todas corrían hacia los nuevos enemigos. Le puso una mano en el hombro—. Tenemos que correr, ¡ya!

Varg se volvió hacia ella y sus facciones tenían una expresión feroz, primitiva.

—Creo que lo veo —gruñó. Sacudió el hombro para quitarse de encima la mano de Orka y volvió a fijar la mirada en el muro de escudos enemigo.

Orka siguió con los ojos la trayectoria de su mirada hasta Ilska, que se encontraba en el centro de la primera fila del muro de escudos. También vio a Brák el Azote de los Troles a su lado y a Drekr en la fila de atrás.

—Si ese es Brák el Azote de los Troles, él asesinó a mi hermana —gruñó Varg.

Orka se dio cuenta de que el lobo acechaba en la sangre de Varg.

—Ajá, es Brák —dijo Orka—. Él es el culpable de la cicatriz que mi hijo tiene debajo del ojo. —Se trazó una línea con el dedo en la mejilla—. ¿Y ves a ese hombre detrás de él, el moreno con el hacha larga? Es Drekr, y él asesinó a mi marido. —Sintió que su lobo gruñía y aullaba. La rabia la invadió, la necesidad de sangre y venganza casi la empujaba hacia aquellos hombres—. Pero si vamos a por ellos ahora nosotros moriremos y ellos seguirán viviendo. Así no nos cobraremos venganza por nuestros seres queridos. Sería estúpido. —Clavó una mirada asesina en Drekr y Brák—. Será pronto, pero ahora no es el momento —gruñó.

—La Machacacráneos tiene razón —terció Svik poniéndole una mano en el brazo a Varg. Røkia lo agarró de la muñeca.

Varg continuó mirando fijamente a Brák un momento y luego asintió.

—Ajá —dijo.

Un zumbido cada vez más fuerte hizo que Orka alzara la mirada. Encima de las arañas del hielo y el muro de escudos del ejército de Lik-Rifa vio una nube que se desplazaba como un huracán hacia ellos. De inmediato comprendió lo que era.

—¡HYRNDUR! —gritó. Se dio la vuelta y echó a correr con Varg, Svik y Røkia pisándole los talones.

El zumbido sonaba cada vez más fuerte y Orka tuvo la impresión de que el suelo temblaba. Echó un vistazo por encima del hombro. Los troles rugieron y se pusieron a correr.

Entonces los hyrndur llegaron a ellos, los sobrevolaron en círculo un momento y se lanzaron en picado hacia los berserkir, los úlfhéðnar y los guerreros que huían del muro de escudos. Orka vio que un puñado de avispones gigantes se arremolinaban alrededor de la cabeza de un guerrero que corría y se introducían en las ranuras de su casco. El guerrero trastabilló mientras trataba de quitarse el casco, se arrancó el barboquejo y lo lanzó lejos. Era una mujer rubia y ya tenía la cara y el cuello llenos de moratones. Abrió la boca para gritar y un hyrndur se introdujo en ella y le picó en la lengua con el aguijón que tenía en el abdomen. La mujer se tambaleó y cayó al suelo dándose manotazos en la cara y con los ojos desorbitados. Se oyeron más gritos proferidos por los guerreros que huían hacia las puertas del Valle del Lobo, incluso los berserkir rugían y espumajeaban por la boca del dolor.

—*Eldnet, gríptu þá, brenndu þá, breyttu í ösku.*

Unas runas brotaron chisporroteando delante de Orka, ante las puertas de piedra del Valle del Lobo, giraron en el aire y se precipitaron rodando lentamente, como si fueran ruedas de fuego. Poco a poco fueron creciendo y se fundieron para transformarse en una red de llamas crepitantes que se extendió a lo largo del camino y protegía al muro de escudos en su retirada. Las llamas escindían como guadañas a los hyrndur en el aire y se oían un chisporroteo y pequeños estallidos mientras los incineraban y los reducían a copos de ceniza. El primer trol ya casi los había alcanzado y arremetió con su enorme porra contra la red de runas, la enrolló en la porra y la arrancó del cielo. El olor de la madera carbonizada impregnó el aire cuando la porra comenzó a arder y los hilos de la red envolvieron la cabeza y los hombros del trol. Bramando de dolor y con su carne quemándose y chisporroteando, el trol tiró al suelo la porra llameante, que arrastró los restos de la red y le arrancó trozos de carne llenos de ampollas de la cabeza y la cara. El trol se derrumbó sobre las rodillas, agitando los brazos con desesperación, y se desplomó lentamente. Al impactar contra el suelo aplastó un puñado de arañas del hielo y a su alrededor se levantó una nube de polvo y humo negro.

Orka continuó corriendo. Delante de ella iba Breca, acompañado por Lif y Sæunn. Vesli volaba encima de ellos con una lanza corta en su mano de largos dedos. Orka se volvió al oír gritos y alaridos a su espalda y vio que un trol atacaba a Svik con una lanza que tenía un asta tan gruesa que parecía un árbol joven. Svik giró bruscamente y saltaron chispas cuando la lanza golpeó el camino de piedra. Svik saltó por encima del cuerpo de un guerrero, pero el pie se le enredó y cayó al suelo. El trol se alzó por encima de él y levantó la lanza.

Orka gruñó y dio media vuelta, blandió su hacha larga y echó a correr.

Varg llegó primero al trol y soltó el escudo, saltó hacia él levantando el cuchillo de carnicero con las dos manos por encima de la cabeza y lo hundió hasta el fondo en la rodilla del trol. El monstruo soltó un alarido y arremetió con la lanza contra Varg cuando este cayó rodando al suelo. La lanza cortó el aire silbando por encima de su cabeza. En ese momento llegó Røkia, que le abrió un tajo largo en la pantorrilla con la espada y luego giró para rebanarle el tendón de la corva. El trol dio un paso vacilante y se tambaleó, se derrumbó sobre una rodilla y Orka le hundió su hacha larga en la cintura. La extrajo acompañada de un torrente de sangre y el trol rugió de dolor e intentó darle un puñetazo con una mano grande como una roca. Orka se tiró para esquivarlo y se estampó contra el suelo, rodó unos metros y se incorporó con una rodilla hincada en la tierra. Vio que Røkia se había encaramado a la espalda del trol y este agitaba los brazos frenéticamente para tratar de quitársela de encima. Pero Røkia esquivó sus manos, trepó con agilidad hasta su hombro y le hundió la espada hasta la empuñadura entre el cuello y el hombro. Sacó el acero y saltó de la espalda del trol. El monstruo dio unos pasos inseguros y se tambaleó, emitió un rugido y se desplomó. A su alrededor se formó un charco de sangre.

Svik se puso en pie con dificultad, miró a Orka, Varg y Røkia y sonrió.

—Gracias, pero yo solo habría podido con él.

Røkia puso los ojos en blanco y salieron corriendo hacia las puertas del Valle del Lobo.

CAPÍTULO SESENTA Y TRES

ELVAR

Elvar pasó entre los dos lobos de piedra que seguían agachados y gruñendo en actitud vigilante y se dirigió a las puertas cerradas del gran salón de Ulfrir. Grend, Gytha y Berak caminaban a su lado y los Terrores de Batalla se habían desplegado a su alrededor. Se dio la vuelta parar mirar atrás.

La batalla rugía en el Valle del Lobo. Su muro de escudos se había desintegrado y todos sus miembros se batían en retirada y corrían hacia las puertas. Los berserkir y los úlfhéðnar contenían la marea de arañas del hielo, y vio algunos troles que avanzaban pesadamente hacia ella, bramando y blandiendo sus porras y lanzas. Dedicó un momento a observar cómo uno de ellos rugía mientras un puñado de úlfhéðnar lo hostigaba como si fuera una manada de lobos cazando un alce toro. Sulich y sus arqueros dispararon otra ráfaga al trol antes de dar media vuelta y salir disparados hacia las puertas. Detrás de todos ellos, el viento gélido arrastró las notas de los cuernos y el muro de escudos de Lik-Rifa se puso en movimiento con una sacudida y avanzó hacia ellos con paso constante. Elvar echó un vistazo a las puertas de piedra y a la pared escarpada que tenía a su espalda.

«Intentarán triturarnos como granos de trigo entre dos piedras de moler».

—Ahora, Gytha —dijo.

Gytha cogió el cuerno del cinturón y tocó tres notas nítidas que resonaron en las puertas de piedra que se alzaban por encima de ellos.

«Abríos».

Las puertas permanecieron cerradas, inmóviles y silenciosas. Y amenazadoras.

—¡Abríos! —gruñó Elvar. Oía los gritos de batalla, el estruendo del ejército que se acercaba. Sabía que si las puertas no se abrían ya, su ejército sería aniquilado—. Abríos —suplicó—. Ulfrir, abre las puertas.

Un temblor recorrió las puertas de piedra, que comenzaron a moverse con un chirrido atronador y se abrieron, primero una rendija y luego un poco más. Skuld salió volando del interior del gran salón, con su cabello y sus alas resplandecientes a la luz del sol poniente, y ascendió hacia el cielo, hizo un giro y se lanzó en picado. Elvar vio que estiraba la cuerda del arco que empuñaba y sonó el chasquido del disparo de una flecha que se hundió hasta las plumas en el ojo de un trol. El enorme vaesen siguió corriendo unos pasos, pero le fallaron las piernas, trastabilló y se estampó contra el suelo. La gente se apartó de un salto de su camino.

El ejército de Elvar ya estaba entrando en tropel por las puertas. El río de gente se precipitaba ante ella mientras los apremiaba para que entraran en la cámara. Sus berserkir y sus úlfhéðnar interrumpieron su frenético ataque y emprendieron la retirada, arremetiendo contra los troles que adelantaban mientras corrían.

Había un grupo de troles cerca de las puertas que aporreaban a cualquiera que se pusiera a su alcance. Elvar vio que un trol ensartaba a un berserkir con la lanza, lo levantaba en el aire y lo arrojaba hacia la ladera de la colina. Y entonces, con un estruendo de rocas pulverizadas, los dos lobos de piedra que flanqueaban las puertas se pusieron en movimiento, primero caminaron, luego apretaron un poco el paso y finalmente corrieron y saltaron gruñendo y con las fauces abiertas. Embistieron al grupo de troles, uno de los lobos cerró la boca alrededor de la cabeza de un vaesen y los dos se estrellaron contra el suelo y rodaron unos metros. El otro lobo hundió sus dientes en el brazo de otro trol y lo zarandeó con tanta violencia que su cabeza se agitó como si fuera un perro jugando con una rata, hasta que se oyó un sonido de desgarro cuando el lobo le arrancó el brazo del hombro. El trol bramó de dolor con el hombro convertido en una fuente de sangre y se desplomó. El otro lobo de piedra se había puesto encima del trol y gruñía mientras le arrancaba grandes pedazos de carne del cuerpo con explosiones de sangre. El trol agitó con desesperación los brazos y luego se quedó inmóvil. Los dos lobos se dieron la vuelta, se agacharon y volvieron a saltar.

Un trol asestó un porrazo en la cabeza a uno de los lobos y lo estampó contra el suelo con una explosión de piedras grises y polvo. El lobo se levantó algo tambaleante sobre las cuatro patas sin una oreja ni parte de la cabeza.

Otro trol lo golpeó en el costado con una porra y le machacó las costillas con otra explosión de piedras y polvo. El lobo soltó un gañido. Pero entonces el segundo lobo saltó sobre la espalda del trol y le desgarró el cuello. De la herida salió sangre pulverizada en todas direcciones, y el trol trastabilló y agitó con frenesí los brazos y la porra intentando alcanzar al lobo agarrado a su espalda, pero su porra golpeó a otro trol en el hombro y lo tiró al suelo.

El grueso de las fuerzas de Elvar ya habían entrado en el Valle del Lobo. Los últimos Hermanos de Sangre cruzaron las puertas seguidos de cerca por los berserkir y los úlfhéðnar, algunos todavía trabados en combate con arañas del hielo. Elvar se dio cuenta de que también entraban en el gran salón volando a ras de suelo algunos hyrndur. El muro de escudos de Lik-Rifa se acercaba peligrosamente, apenas los separaban ya doscientos o trescientos pasos, y entre él y las puertas, los troles y los lobos de piedra estaban masacrándose mutuamente.

Algunos troles habían rodeado a los lobos de piedra y los golpeaban con sus porras y sus lanzas. Los lobos lanzaban dentelladas, gruñían, saltaban y arrancaban trozos de carne, pero los troles estaban acorralándolos.

Skuld se abatió desde el cielo convertida en una mancha roja y revoloteó entre los troles. Su arco restalló y el pecho de un trol apareció cubierto de flechas. Una saeta se clavó en el cuello de otro y otra en el estómago de un tercer trol. Elvar atisbó una resplandeciente flecha azul que surcaba el cielo y se hundía en la boca de un trol cuando la abría para rugir. Siguió la trayectoria inversa del proyectil y vio a Orv cerca de ella todavía con la cuerda de su arco rúnico zumbando.

Luego desvió la mirada de los lobos y los troles hacia el muro de escudos que se les echaba encima.

—¡Adentro! —bramó a los guardias que la rodeaban. Ulfrir tiene que cerrar las puertas.

—¿Y los lobos? —preguntó Sighvat.

Elvar les lanzó una mirada.

—Adentro —repitió, y entró a la cabeza de sus guardias por las puertas abiertas. Dentro había varios focos de lucha y Elvar vio arañas del hielo y hyrndur agrupados en pequeñas cuadrillas.

Ulfrir estaba a los pies del tronco del fresno en su forma de lobo, oculto en las sombras. Sus ojos emitían destellos ambarinos mientras permanecía inmóvil y amenazador. Unas cuantas decenas de úlfhéðnar se hallaban delante de él. Cuando vio a Elvar levantó la cabeza y aulló, y las puertas se movieron y comenzaron a cerrarse con un chirrido. De fuera llegaban los gruñidos de los lobos de piedra. Se oyó un estruendo seguido por los bramidos de los troles y los lobos de piedra saltaron para pasar al otro lado de las puertas que se cerraban. Skuld pasó volando por encima de sus cabezas batiendo las alas con frenesí y un trol entró pesadamente detrás de ellos cuando las puertas ya se cerraban con un golpe atronador.

El trol se detuvo, miró a su alrededor y se puso a dar porrazos a la gente. Se produjo una explosión de sangre y huesos cuando machacó a un drengr de Elvar y lo redujo a puré.

Ulfrir gruñó y avanzó con pasos sigilosos, dio un salto y atrapó al trol con los dientes, lo sacudió en el aire como si fuera una rata y cayó sangre al suelo como si saliera de una fuente. Una de las piernas seccionadas del trol aterrizó con un plaf.

Elvar miró en derredor. Sus guerreros rodeaban a las arañas del hielo que se habían colado en el gran salón. Vol, Uspa e Iva estaban usando sus conjuros rúnicos para liquidar a los hyrndur que volaban zumbando por la cámara. Entonces oyó un grito cavernoso y retumbante.

«¡Hrung!».

Echó a correr, rodeó el enorme tronco del fresno y vio a Hrung en su pedestal encima del estrado. Una araña del hielo le envolvía la cara con sus patas y estaba a punto de hundirle los colmillos en la piel pálida.

Salió como un rayo hacia allí con el escudo en una mano y el hacha con el mango delgado en la otra. Oyó un ruido de pasos a su espalda. Cuando llegó al estrado subió a él de un salto y levantó el hacha, pero antes de que pudiera golpearla, la araña del hielo se precipitó de la cabeza de Hrung y aterrizó sobre la espalda con las patas dobladas. Elvar se detuvo en seco y se quedó mirando al vaesen.

Grend apareció a su lado y empujó la araña con el hacha.

—Muerta como una piedra.

—Eso es —dijo Hrung—. Todo el mundo preocupándose por la araña. ¿Y… Y… Y qué pasa conmigo?

Elvar reparó en dos moratones azulados en la mejilla de Hrung y se dio cuenta de que sus labios comenzaban a ponerse azules.

—¿Contigo? —dijo Grend—. Pronto empezarás a sentir un entumecimiento. Tan intenso que no podrás hablar. —Esbozó una sonrisa.

—Vaya, qué… qué… qué bien —rezongó Hrung. En sus ojos ya se apreciaba una brillante capa de hielo.

—Podríamos mantener viva una de estas criaturas —sugirió Grend dando un puntapié a la araña del hielo muerta.

CAPÍTULO SESENTA Y CUATRO

BIÓRR

Biórr subió a una balsa y empujó con la lanza para apartarla de la orilla. Otros guerreros echaron los remos al agua y se pusieron a remar. La corriente los arrastró río abajo, pero no tardaron en llegar a la otra ribera y la balsa se deslizó por la capa de sedimentos. Rotta saltó a la tierra mullida y enfiló con grandes zancadas por la orilla.

Habían atravesado el denso bosque siguiendo el meandro del río que rodeaba la gran colina del Valle del Lobo. Nada más saltar de la balsa, Biórr oyó los gritos lejanos que arrastraba el viento. El sol era una línea roja justo encima de las frondas. El día se despedía del mundo y las sombras se extendían y se fundían a su alrededor.

Rotta se detuvo a los pies de una escarpada ladera y en torno a él se congregaron los demás, una docena de guerreros, todos con la sangre de Rotta en las venas.

—Bueno, no sirve de nada que nos quedemos aquí mirándola —dijo Rotta mientras paseaba la mirada por la ladera—. Tenemos que subir allí arriba, así que será mejor que nos pongamos en marcha. —Inmediatamente echó a andar trabajosamente a través de la densa maleza.

Biórr examinó un momento la ladera y se fijó en que la pendiente era constante en el primer tramo y luego volvía a empinarse hasta convertirse en una pared casi vertical. Hizo rotar los hombros, se colocó el escudo a la espalda y siguió a Rotta.

La noche cayó rápidamente, pero había pocas nubes en el cielo y la luna invernal brillaba con intensidad, así que Biórr veía con bastante claridad por dónde caminaba. Cuando llegaron al punto en el que la ladera volvía a empinarse, ya respiraba con jadeos y se tomó un momento para recuperar el aliento.

Rotta ya estaba escalando la pared del barranco y era una sombra más oscura en las envolventes tinieblas mientras ascendía en zigzag por la escarpada superficie asiéndose a las grietas en las rocas. Biórr se agachó, se desató los cordones de los zapatos de cuero y se los quitó. También se quitó los calcetines de lana y lo metió todo debajo del cinturón. Descalzo escalaría mejor. Se concentró en la rata en su sangre.

«Ayúdame a encontrar el camino correcto, viejo amigo, a ser ágil y hábil, a agarrarme y trepar».

Sintió que una fuerza nueva recorría su cuerpo y que los huesos, las uñas de los pies y de los dedos se alargaban y endurecían. Emprendió la ascensión por la pared rocosa. Con los dedos largos de sus manos y los hábiles dedos de sus pies se asía a las irregularidades en la superficie que no habría visto sin su sangre divina y ascendía lentamente. En un momento dado se detuvo para mirar hacia abajo y vio las figuras oscuras de los guerreros descendientes de la rata que lo acompañaban. Parecían un rastro de migas de pan en la pared del barranco. Echó un vistazo arriba y divisó el oscuro contorno de la cima de la colina, sobre la que resplandecía la luz plateada de la luna. Reanudó la escalada. El viento se arremolinaba a su alrededor y le tironeaba de la trenza de la barba y del borde de la túnica que llevaba debajo de la brynja. La empuñadura de su espada se enganchó con un saliente y tiró hacia abajo de él. Se le resbaló una mano y quedó suspendido en el aire agarrado con la otra durante un instante que se le hizo eterno. Pero entonces una mano bajó hasta él y unos dedos largos y fuertes envolvieron su muñeca y lo subieron a la cima.

—Sería una pena caerse cuando ya casi has llegado —dijo Rotta sonriendo.

Biórr sacó los calcetines y los zapatos de debajo del cinturón.

—Aún no —dijo Rotta.

Biórr asintió y miró a su alrededor mientras esperaban a los demás. El viento soplaba más frío y con más fuerza allí arriba, y sus aullidos resonaban en sus oídos como el rugido de las olas en la playa. Se encontraba en la cima un poco escarpada de una colina y a su alrededor se extendía el oscuro océano del Bosque de Hierro. Divisó los fogonazos de las hogueras que se encendían en las dos riberas y comprendió que el ejército de Lik-Rifa estaba preparando el campamento.

«Bueno, eso quiere decir que no nos han derrotado. Aunque tampoco hemos ganado, porque entonces Lik-Rifa estaría dentro de ese agujero oscuro que es la guarida del lobo».

El rostro delgado de Skadi asomó por el borde de la pared del barranco y el guerrero rápidamente se unió a ellos en la cima. Era el último de sus descendientes que Rotta había escogido para la misión.

—Bueno, por muy bonitas que sean las vistas deberíamos ponernos en marcha —dijo Rotta, y los condujo por la suave pendiente de la colina. La hierba estaba dura y húmeda debajo de los pies de Biórr, que vio la punta de la copa de un árbol enorme delante de él. Rotta lo rodeó describiendo un amplio círculo hasta que pasaron al otro lado y se agachó. Sus ojos brillaban a la luz de la luna y su nariz se agitaba con movimientos espasmódicos mientras escogía con cuidado el camino. Biórr y todos los demás que venían detrás imitaban a Rotta, que daba unos pasos rápidos y luego se detenía agachado y sin hacer ruido durante un largo momento. La hierba susurraba en torno a ellos.

Tras otra rápida carrera a través de la hierba, Rotta se detuvo a la sombra de una torre en ruinas, recubierta de enredaderas. Gateó alrededor de ella y se detuvo ante lo que Biórr pensó que debía haber sido una antigua entrada. Ahora estaba llena de escombros y tierra e invadida por la maleza. Una sombra oscura delataba la presencia de una grieta irregular, no más ancha que una mano abierta. Rotta se desabrochó el cinturón de armas, se quitó la brynja y se lo pasó todo a Biórr.

—Luego me los pasas —dijo, y pegó la nariz a la grieta. La olfateó mientras palpaba los bordes con los dos dedos de uñas largas de sus manos de rata. Introdujo el cuerpo por la grieta estirándolo y alargándolo, y su nueva forma entró a presión por el estrecho hueco a pesar de que parecía increíble que pudiera hacerlo. Desapareció dentro de él.

Biórr se descolgó el escudo, se desabrochó el cinturón de armas, lo enrolló en la espada y el seax, y se quitó la brynja. Introdujo el equipo de Rotta y el suyo por la grieta y vio que la mano de largos dedos de Rotta aparecía en la oscuridad para cogerlos.

—Vamos —susurró Rotta desde las tinieblas después de que Biórr se lo hubiera pasado todo.

Biórr cerró los ojos y se concentró en la rata en su sangre. Le cedió todo el control y sintió cómo correteaba y se precipitaba por sus venas, sintió su poder, su miedo y su brutalidad, todo inextricablemente unido, y se deslizó por el irregular tajo de oscuridad que escindía los escombros y la hierba. Sintió cómo su cuerpo se introducía apretado contra los bordes del agujero y sus huesos se ablandaban y comprimían. Sus costillas se doblaron como si fueran árboles jóvenes y notó una presión en su interior cuando todas las partes de su cuerpo se volvieron más flexibles. El mundo lo aplastaba y una oscuridad claustrofóbica lo estrujaba. Dio un grito ahogado, cayó en las tinieblas y sus huesos volvieron a su sitio con un latigazo. La rata que vivía en su sangre estaba exultante.

«En la oscuridad estamos a salvo», le susurró la rata.

Biórr entrecerró los ojos. Su rata interior filtró y tamizó la oscuridad hasta que pudo ver contornos y la negrura se tornó gris. El rostro de facciones afiladas apareció en su visión. Le alargaba el equipo y Biórr lo cogió. Echó un vistazo a su alrededor y reparó en que estaba en un espacio pequeño, ni siquiera podía ponerse recto y apenas cabía hacinado todo el grupo de Rotta. Mientras el resto de la partida entraba en el estrecho espacio, volvió a ponerse los calcetines de lana y los zapatos de cuero, la brynja y el cinturón de armas.

—Seguro que os preguntáis por qué estáis aquí —les dijo Rotta cuando el último guerrero se introdujo en aquel claustrofóbico espacio.

Los guerreros asintieron con gruñidos y monosílabos.

—La guarida de Ulfrir dispone de muchas entradas, pero todas ellas están cerradas y protegidas con runas seiðr o de otro tipo —explicó Rotta. Se agachó junto al marco podrido de una enorme trampilla. Biórr atisbó unos escalones en la oscuridad que reinaba debajo del hueco y frotó con los nudillos donde no debería haber nada. Unos destellos se expandieron chisporroteando desde sus dedos, como las ondas en la superficie de una charca al tirar una piedra—. ¿Veis? Esta entrada está bloqueada con magia seiðr.

—Entonces, ¿por qué lo intentamos siquiera si todas las entradas están cerradas? —preguntó Skadi.

—Ulfrir sentía debilidad por la manada —dijo Rotta—, por la familia. Su esposa Orna y sus hijos pasaron mucho tiempo con él aquí, tal vez por eso ha vuelto a este lugar —reflexionó en voz alta—. En cualquier caso, toda la manada de Ulfrir, toda su familia, conocía el conjuro que les permitía entrar en su hogar. —Se quedó callado un momento con la mirada perdida.

—¿De qué nos sirve eso para entrar? —demandó Skadi.

Los ojos de Rotta volvieron a fijarse en un punto y sonrió.

—Desollé viva a una hija suya —dijo Rotta—. Te sorprendería lo que sale por la boca de una persona cuando se la somete a tales experiencias…

extremas. —Posó los dedos desplegados sobre la barrera seiðr y unos destellos azules chisporrotearon alrededor de sus yemas—. *Rúnar innsiglaðar hurðir, opnar fyrir vini úlfsins* —susurró.

Se produjo un fogonazo y la barrera seiðr se desvaneció. Rotta miró sonriente a su cuadrilla y bajó por los primeros escalones de la trampilla.

—¿Skalk? ¿Estrid? —dijo en voz baja.

Silencio. Y entonces una voz susurrante respondió:

—Aquí.

CAPÍTULO SESENTA Y CINCO

ELVAR

Elvar bebía de un cuerno de hidromiel sentada en la nueva silla que le habían puesto en el estrado. Era más pequeña que el trono de Ulfrir y, sinceramente, le resultaba mucho más cómoda. Ya no se sentía como una niña sentada en una silla con los pies colgando en el aire. Además, ahora que Ulfrir era libre, le parecía superfluo y mezquino reforzar su autoridad con esa clase de gestos. No necesitaba preocuparse por su rebelión, pues el juramento de sangre ya se ocupaba de ese asunto por ella.

—Ha ido bien —dijo Ulfrir sentado en su trono con un plato de salmón asado, patatas fritas y cebollas.

Skuld estaba a su lado. Tenía un corte debajo del ojo, pero por lo demás había vuelto intacta a la cámara. Elvar sentía unas pulsaciones en la mandíbula, donde tenía el moratón que le había dejado un fuerte golpe con el borde de un escudo en la cara. Además, le dolía la cabeza y le palpitaban todos los músculos, las articulaciones y los tendones. El cansancio era una pesada capa que envolvía sus brazos.

—Ajá —repuso Elvar, aunque su mirada se dirigió a la zona de la cámara que se había destinado a los heridos. Lugo echó un vistazo a las puertas de piedra. El hecho de saber que había cadáveres de guerreros tendidos en el valle y que sus decisiones habían sido la causa de su muerte era un peso demasiado grande para su alma—. ¿Crees que mañana se dejará ver?

—Sí —gruñó Ulfrir. A Elvar se le erizó el vello de la nuca—. Lik-Rifa cree que estoy débil, que he venido aquí para recuperarme, pero seguro que ha sospechado que podría ser una trampa. Y ahora ha visto que sus fuerzas han obligado a nuestro ejército a replegarse y que yo no he hecho nada para tratar de evitarlo, nada para ayudar. —Se encogió de hombros—. Seguro que eso la ha… tranquilizado. Ahora debe pensar que tenía razón y que no tengo las fuerzas suficientes para luchar, que le tengo miedo. Así que mañana, si sales con tu muro de escudos y luego te retiras fingiendo que huis, y dejamos las puertas abiertas un poco más de tiempo para que sus fuerzas entren en la cámara, ella vendrá. Estoy seguro. Y entonces… —sonrió mostrando sus afilados dientes—… morirá.

—Así que será mañana. Muy bien —dijo Elvar, aunque ya era tarde. Ya casi debía ser el día siguiente. Se acarició distraídamente el antebrazo y notó los abultamientos de las sinuosas cicatrices blancas del blóð svarið debajo de la manga de lana. Se volvió a Uspa, que estaba atendiendo a Hrung. La cabeza seguía azul y debajo de ella se habían formado charcos con el agua que goteaba de los bordes recortados de su cuello—. Uspa, ¿alguna noticia? ¿Alguna pista?

Los cuervos Grok y Kló habían buscado algún indicio de los niños corrompidos entre las huestes de Lik-Rifa con la esperanza de dar con Bjarn, cuyo rapto era lo que había desencadenado aquella guerra.

—No —respondió Uspa. Era increíble cómo una sola palabra podía transmitir tantas emociones.

—Lo encontraremos —mascculló Berak al lado de Uspa.

—Lo encontraremos —repitió Elvar—. Mañana, cuando la dragona muera.

Ulfrir se puso en pie y se estiró como un perro, o un lobo.

—Me voy a la cama. Incluso un dios necesita dormir, y mañana será un día duro. Un día sangriento. —Hizo una pausa—. Soy libre —añadió con una tímida sonrisa—. A veces lo olvido y pienso que todavía llevo el collar en el cuello. —Miró a Elvar—. Has hecho algo excepcional. Aunque es un arma de doble filo —añadió recorriendo con un dedo la cicatriz del juramento de sangre que le rodeaba el brazo—. Ha sido una jugada muy astuta, y sin duda me deparará una vida llena de molestias y problemas tratando a todo el mundo justamente y haciendo prevalecer la justicia. —Asintió para sí—. Pero ha sido bueno, y es mucho mejor que una vida con el collar de hierro.

—Ajá —gruñó Berak.

Elvar paseó la mirada por ellos.

—He hecho lo que debía —dijo.

—No. —Ulfrir negó con la cabeza—. No tenías que hacerlo, y te doy las gracias por ello.

—Todos te lo agradecemos —terció Skuld.

Padre e hija bajaron del estrado y los úlfhéðnar salieron de las sombras de la cámara para seguir a Ulfrir a sus aposentos.

—Dormir… Suena bien —dijo Elvar. Se levantó de la silla y sintió el dolor de los músculos y las articulaciones que solo un sueño profundo como un fiordo podía curar. Hrung gruñó con los ojos entrecerrados.

—Qué frí… frí… frío —farfulló.

Elvar se acercó a él.

—*Hlýju* —dijo Uspa.

Elvar vio aparecer el tenue resplandor del calor que irradiaban sus manos y la bruja seiðr las puso en la cara de Hrung.

—Ah, qué gus… gus… gusto. —Un temblor recorrió la cabeza de Hrung y los remolinos opacos que eran sus ojos se fijaron en Uspa—. ¿Alguna vez te he dicho que te amo, hija de Snaka? Si tuviera brazos te envolvería con ellos y te besaría.

—¡Ja! ¡Me alegro de que solo seas una cabeza! —exclamó Uspa cambiando de posición las manos y masajeándole la cabeza para repartir el calor.

—Y si tuvieras brazos y lo intentaras, yo te los cortaría —masculló Berak.

—¡Ja! Bueno, en ese caso es mejor para todos que no los tenga —dijo Hrung. Y una carcajada retumbante escapó de su vasta boca. Lanzó una mirada a la araña del hielo que seguía con las patas dobladas a los pies de su pedestal y frunció el ceño.

—Me alegro de que te hayas despertado —dijo Elvar—. Me gustaría hablar de un asunto contigo.

—Pues hablemos, querida Elvar. Últimamente es lo único que puedo hacer.

—No estoy segura de que eso sea verdad —repuso Elvar.

Elvar enfiló con paso resuelto por el gran salón. Muchos guerreros todavía estaban comiendo. Había otros sentados alrededor de los fuegos que bebían, charlaban y reían, o miraban fijamente y en silencio las llamas. Reparó en que los Hermanos de Sangre y los Terrores de la Batalla estaban sentados juntos. Sighvat y Einar Medio Trol estaban haciendo un pulso y los guerreros que los rodeaban los animaban e intercambiaban monedas y fragmentos de objetos de plata. Los dos contendientes tenían las venas hinchadas y los músculos abultados por el esfuerzo. Las carcajadas de Taras, que estaba detrás de Einar, resonaban en toda la cámara.

Glornir, Vol y Orka conversaban sentados, con Breca sentado en el regazo de su tío. Vesli descansaba sobre el hombro del chico.

Elvar los dejó a todos atrás y subió por la escalera que rodeaba el tronco del gran árbol. A cada paso que daba tenía la impresión de que llevaba unas pesas de hierro alrededor de las piernas. Entró en su dormitorio. Las antorchas estaban encendidas en los candelabros fijados con clavos a las paredes de piedra y producían unas sombras alargadas. Se desabrochó la capa de piel de oso y la dejó envolviendo el respaldo de una silla, luego se pasó el tahalí con la espada enfundada por encima de la cabeza y lo colgó de la misma silla, a continuación se desabrochó el cinturón de armas con el seax y el hacha que Grend le había regalado y también los depositó en la silla. Después se sentó en la cama. Grend y Gytha la acompañaban, también Sólín y Thorguna.

Elvar se puso a hablar de tácticas. Quería levantarse con el amanecer y comentó qué bandas de guerreros y de mercenarios quería que formaran el muro de escudos y dónde debían colocarse.

Grend le envolvió la mano con las suyas y le sonrió, lo cual era muy extraño en él.

—¿Qué pasa? —inquirió Elvar.

—Has cambiado el mundo —dijo Grend apretándole la mano. Para sorpresa de Elvar, vio brotar lágrimas en sus ojos—. Aunque lo que yo piense no sea importante, no soy capaz de explicar con palabras lo orgulloso que me siento de ti.

—Es muy importante —musitó Elvar.

—En cuanto a mañana, no hay nada más que puedas hacer. Ahora duerme, Elvar —dijo Grend—. Y cuando te despiertes, mataremos a un dragón.

—Ajá —dijo Elvar.

Grend se inclinó hacia ella y le dio un delicado beso en la mejilla, como un padre que acostara a su hija, y él y Gytha salieron por la puerta que había en el fondo del dormitorio de Elvar, que daba al túnel donde se encontraba el cuarto de Gytha.

Elvar se lo quedó mirando mientras se marchaba y luego asintió con la cabeza y suspiró.

—Sólín, Thorguna, habéis luchado bien hoy. Os merecéis una canción de los escaldos —dijo Elvar a sus guardaespaldas.

—Ya lo creo, jefa —dijo Sólín.

Elvar se acostó y vio con el rabillo del ojo que Thorguna ocupaba su puesto de vigilancia en las sombras, junto a la puerta de la rama del árbol, y que Sólín se dirigía a la puerta del fondo. Y luego el sueño la sepultó como una gran ola.

CAPÍTULO SESENTA Y SEIS

BIÓRR

Biórr recorría los pasillos del Valle del Lobo deslizándose por las sombras que se extendían entre los resplandores de las antorchas instaladas en las paredes. Habían dejado atrás algunos túneles enormes, lo bastante amplios para que Rotta los recorriera en su forma de rata, pero ahora se movían por unos más angostos, más ajustados a las dimensiones del cuerpo humano. En todo momento habían avanzado cuesta abajo, y Biórr, Rotta y el resto de los descendientes de la rata, guiados por Skalk y su drengr rubia, habían pasado ante bocas abiertas de otros túneles y gruesas puertas talladas cerradas. La mayoría de los túneles estaban vacíos, y las habitaciones y las cámaras, desocupadas. De momento solo habían visto a dos personas en una cámara con la puerta abierta: dos cuerpos desnudos que se agitaban y gemían, quizá celebrando haber sobrevivido al primer día de la batalla. No habían vivido para llegar al segundo. Skadi y otro miembro de la cuadrilla habían manchado el lecho con su sangre.

Ahora tenía los sentidos de la rata agudizados y todos los sonidos reverberaban en su cuerpo, todos los olores que flotaban en los húmedos pasillos le provocaban un estremecimiento.

«Estamos en la guarida de un lobo —se dijo—, y el lobo no es amigo de las ratas». Sabía que si lo veían ahora, si lo descubrían, sería hombre muerto, y la rata en su sangre era plenamente consciente de esa posibilidad. El instinto le gritaba que huyera, que buscara un lugar oscuro y seguro, pero Biórr sabía que la bestia que corría por su sangre también tenía un lado brutal, cierta valentía, sobre todo cuando la rata se sentía acorralada. Pero entrar por propia voluntad en la guarida de su enemigo exigía otra clase de valentía. Biórr intentó inculcar ese valor a su bestia, animarla para que dominara su instinto casi irreprimible de huir. De momento lo estaba consiguiendo, pero a duras penas.

—Se qué dentro de ti está librándose una batalla —le susurró Rotta cuando se detuvieron al cobijo de las sombras que mediaban entre dos antorchas. Skalk y su drengr continuaron avanzando—. Esto tampoco es lo que me gustaría estar haciendo a mí. La última vez que vi a Ulfrir estaba encadenándome a una roca y vertiendo veneno de serpiente sobre mí. —Rotta hizo una mueca y gruñó—. Pero a veces la única manera de asegurarse de que un trabajo se haga bien es haciéndolo uno mismo.

—Sí, señor —susurró Biórr.

—Además, estoy seguro de que te alegrará ver a Elvar una última vez. Lo apropiado sería que tú le dieras el golpe que acabe con su vida, una puñalada en el corazón de la esclavista.

—Ajá —gruñó Biórr.

«Elvar. —Recordó la última vez que la había visto, la angustia de su traición reflejada en su cara, y luego la ira—. Ella era la que no tenía ningún problema en perseguir y esclavizar a los corrompidos como nosotros, en vendernos por unas monedas o un poco de plata al mejor postor. Ella es la que ha convertido a un dios en su thrall».

Pero también recordó el roce de sus labios en los suyos, su mano en sus heridas. Y el cariño en sus ojos mientras yacían juntos y lo miraba como si él fuera importante para ella.

Skalk les hizo un gesto para que se movieran y Rotta cruzó con pasos rápidos y sigilosos el charco de luz de la antorcha y pasó por delante de otra puerta de roble hasta la siguiente zona a oscuras. Biórr y el resto de los guerreros con la rata en las venas lo siguieron. Estrid, sus drengir y el jefe mercenario llamado Hjalmar habían ido en otra dirección por aquel laberinto de túneles.

—Es ahí —cuchicheó Skalk señalando con el dedo. Se había detenido detrás de una esquina de túnel. Biórr se inclinó para echar un vistazo. Al final del pasillo había una amplia puerta en arco—. Está ahí.

Rotta esperó a que el resto de los guerreros le alcanzaran y luego se encaminó por el pasillo a la cabeza del grupo. Llegaron a la puerta y Rotta se volvió a Biórr.

—El honor es todo tuyo —le susurró—. Hazlo y tu nombre pervivirá eternamente en las canciones de vuestros escaldos, en una saga más extraordinaria que el Guðfalla. Cambiarás el mundo con tu acto.

Biórr desenvainó la espada casi sin hacer ruido gracias a la piel de oveja y la grasa que recubrían la funda de cuero y puso la mano en la anilla del tirador de la puerta.

La giró y se oyó un suave clic. Empujó la puerta y esta se abrió sobre los goznes.

La cámara estaba poblada de sombras y la luz de las antorchas fluctuaba desde los candelabros en las paredes. En el fondo de la habitación vio la amplia puerta en arco que les había comentado Skalk, que comunicaba el dormitorio con el gran salón. Una luz débil oscilaba al otro lado de esa puerta circular, y la corriente de aire y los sonidos que llegaban del otro lado sugerían que se trataba de un vasto espacio abierto.

Dio un paso para entrar en la cámara, despacio, con suma cautela, y dejó que la rata en su sangre adaptara sus ojos a la penumbra. Vio una cama grande y una silla a su lado, con una capa oscura tendida sobre el respaldo y envuelta con cinturones y armas. Entrecerró los ojos para mirar detenidamente y reconoció la capa.

«La piel de oso de Agnar. Así que es verdad, Elvar ahora es jefa».

Tendida sobre la cama había una figura oscura, una sombra más densa. Biórr distinguió brazos y piernas, el destello de una cota de malla, una trenza rubia.

Levantó la espada.

—¡JEFA! —bramó una voz al mismo tiempo que una figura salía corriendo hacia él desde las sombras y la brillante punta de una lanza volaba en su dirección.

CAPÍTULO SESENTA Y SIETE

ELVAR

Elvar se despertó con un sobresalto y sin saber dónde estaba. Gritos y el estrépito de aceros resonaron en sus oídos. El mundo cobró forma a su alrededor de repente y oyó la voz de Sólín. Se abalanzó sobre la silla donde estaban sus armas, agarró la empuñadura de la espada y la desenfundó violentamente. Luego cogió el hacha con el mango delgado con la otra mano y se dio la vuelta.

Sólín y una figura oscura intercambiaban golpes y estallaban destellos azules en el aire. Sólín luchaba con la lanza que había encontrado en Oskutreð y cada uno de sus golpes y acometidas iluminaba la habitación con un fogonazo. Obligó a retroceder a su oponente hacia la puerta abierta, por donde ya entraban otras figuras oscuras que se precipitaban alrededor del rival de Sólín.

La Babas dio un paso al frente y asestó una lanzada. Se oyó un grito ahogado cuando la lanza de Sólín extrajo la moharra del cuello de un guerrero acompañada de un oscuro torrente de sangre. Elvar se subió de un salto a la cama, oyó el gruñido de Sólín y vio que se doblaba alrededor de una espada hundida en el estómago. Sólín se desplomó sobre las rodillas y sacaron la espada de su vientre con una explosión de eslabones de brynja y sangre.

—¡SÓLÍN! —bramó Elvar, y saltó de la cama. Atisbó a Thorguna, que cruzaba la habitación corriendo y rugiendo, una avalancha de músculos y cota de malla, con un hacha en cada mano. Elvar embistió al grupo de figuras y los derribó. Sólín se encogía en el suelo. Elvar se enfrentó con uno de los asaltantes y el brazo con el que blandía la espada quedó atrapado debajo de él. Gruñó, levantó el destral y asestó un hachazo con todas sus fuerzas. Sintió cómo la hoja hendía un hueso y un chorro de sangre le roció la cara. Un cuerpo se derrumbó debajo de ella. Thorguna rugió encima de Elvar y resonó el estrépito del acero atravesando una cota de malla y hundiéndose en la carne. Se oyeron unos gritos y una mano agarró a Elvar y la levantó del suelo. Elvar jadeaba y dio un paso atrás para ponerse hombro con hombro con Thorguna. Vio a Sólín en el suelo, tendida sobre un charco de su propia sangre y la mirada perdida en sus ojos sin vida. La rabia la invadió. En el suelo había otros cuerpos enmarañados, con los grandes tajos sanguinolentos infligidos por las hachas de Thorguna. Solo una figura se levantó del montón de cuerpos, un hombre moreno que empuñaba una espada. Elvar levantó la suya y el hacha, y se quedó paralizada.

Era Biórr.

Él la miró con sus ojos oscuros y tristes. Le había crecido la barba y llevaba el cabello recogido en una trenza, con dos plumas negras atadas a él con hilo de plata. Seguía siendo igual de apuesto.

—¡Mátala! —espetó una voz desde las sombras.

Unas figuras aparecieron por la puerta detrás de Biórr y él se lanzó hacia ella. Elvar desvió la acometida con la espada y dio un paso atrás cuando Biórr le asestó un espadazo de revés. Thorguna no esperó a los asaltantes y, con un aullido demoledor que helaba la sangre en las venas, se lanzó como un huracán hacia ellos, echando espuma por la boca y arremetiendo con sus hachas. Se oyeron gritos y alaridos. Elvar dio un paso a la derecha y dirigió la espada al hombro de Biórr, pero vio que él se movía para bloquearla y dejaba desprotegido el flanco derecho, así que Elvar lo atacó con el hacha, que era tan ligera que llegó a Biórr con la velocidad de una víbora y le hizo un corte en la mejilla y el cuello, atravesando la malla como si fuera cuero. Elvar rápidamente dio un paso atrás.

—Voy a matarte, por Agnar.

—Agnar el esclavista, querrás decir —espetó Biórr con los dientes apretados y un brillo nuevo en los ojos, donde unos puntitos de colores giraban trazando espirales. La atacó con la espada con una velocidad que Elvar no creía posible y la obligó a retroceder varios pasos arrastrando los pies.

A la acometida de frente inicial siguió otro espadazo por encima de la cabeza. Elvar se apartó para evadir los golpes y la espada impactó en su hombro y en parte de su brazo, pero la cota de malla aguantó. Con un giro de muñeca, Biórr dirigió la punta de la espada al cuello de Elvar, pero ella levantó a la desesperada el brazo para desviarla y asestó un hachazo. Sin embargo, Biórr ya no estaba allí. Elvar giró con un pie fijo en el suelo para salir del alcance de la espada de su oponente, pero Biórr se abalanzó sobre ella y la acometió con una serie de frenéticos espadazos. Elvar consiguió pararlos todos con la espada y el hacha, hasta que finalmente los dos contendientes se separaron, ambos respirando con agitación. Elvar estaba muy cerca de la puerta que daba a la rama del gran fresno que llevaba al gran salón.

Vio que detrás de Biórr, Thorguna estaba haciendo una carnicería con todos aquellos que intentaban pasar por la puerta.

—Ah, esto es ridículo —oyó que decía una voz—. Skalk, pon fin a esto.

Elvar vio un chisporroteo de llamas rojas alrededor de la punta de un bastón de madera.

—*Færa, kasta* —bramó una voz.

Una grieta se extendió por el suelo y Thorguna y toda la gente que estaba en la puerta salió disparada al interior de la habitación, trastabillando o rodando por el suelo. Elvar y Biórr también se tambalearon y salieron a trompicones a la plataforma que había nada más salir del dormitorio. Entraron más guerreros en la cámara, cinco o seis, seguidos por dos hombres: Skalk y Rotta, alto y sonriente.

—Por el amor de la diosa, levantaos —dijo Rotta a los guerreros que habían caído al suelo. Se volvió a Biórr—. No hay tiempo para esto, tengo cosas que hacer. Acaba con ella.

Thorguna se puso en pie trabajosamente, dio un paso atrás y asestó unos hachazos al aire, gruñendo e invitando a que se acercaran a los guerreros que la rodeaban, que le asestaban un espadazo e inmediatamente retrocedían, como si fueran unos perros que tenían acorralado a un oso. Biórr volvió a avanzar hacia Elvar. Los aceros chocaron con un estrépito y saltaron chispas. Elvar se vio obligada a retroceder por la plataforma y paso a paso se acercaba cada vez más a la escalera tallada en el tronco. Oyó gritos procedentes de abajo y sonó un cuerno.

La espada de Biórr sorteó su defensa y la golpeó en el estómago, pero la brynja aguantó. Si bien sus pulmones se vaciaron bruscamente y ella reculó balanceándose y respirando con dificultad. Oyó el rugido de Thorguna detrás de Biórr y vio salir sangre de una herida en su hombro. Rotta estaba apoyado contra una columna de madera, con los brazos cruzados.

Los guerreros que rodeaban a Thorguna se dieron la vuelta gritando. Y entonces Elvar vio que Grend y Gytha entraban como un vendaval por la puerta que había detrás de ellos, los dos con la cota de malla puesta y empuñando escudos y aceros afilados.

Desde abajo llegaron más voces y resonaron más cuernos en el gran salón.

—¡Mátala o lo haré yo! —gritó Rotta a Biórr.

Elvar retrocedió dos pasos más arrastrando los pies y apoyó el peso de su cuerpo en el pie que tenía detrás. Biórr avanzó hacia ella y Elvar se impulsó con todas sus fuerzas y saltó directamente hacia él, levantando el brazo al mismo tiempo que él arremetía con su espada, confiando en que la brynja de Oskutreð resistiría. Sintió un crujido en el costado y que se le partía una costilla, pero bajó el brazo para envolver con él el brazo con el que Biórr empuñaba la espada y cuando estuvo pegado a él le asestó un cabezazo en la nariz. Se produjo una explosión de sangre y Elvar se encorvó, afirmó la cabeza del hacha detrás de la pierna de Biórr y tiró con fuerza hacia atrás, atravesando músculos y tendones. Los dos se balancearon con los cuerpos enredados e invirtieron sus posiciones, de manera que fue Biórr quien dio unos pasos tambaleantes hacia atrás por la rama del árbol, en dirección al tronco, tropezó y cayó de espaldas al suelo. Elvar le arrancó la espada de la mano de una patada y el acero se precipitó al vacío desde la rama. Luego le pisó la muñeca y pegó la punta de su espada a su cuello.

—Niðing traidor —gruñó.

—Tú nos has traicionado a todos, has esclavizado a un dios —masculló Biórr—. Eres peor que Agnar, peor que todos ellos.

—He dado la libertad a Ulfrir y a todos los corrompidos —le espetó con todo el odio que pudo reunir, y sin embargo su mano no se decidía.

—¿Que has hecho qué? —exclamó Biórr con una expresión de sorpresa en los ojos.

—¿Tu dios rata no se ha molestado en contártelo? Ulfrir y los corrompidos son libres.

Elvar se volvió ligeramente cuando oyó unos pasos rápidos detrás de ella y sintió una mano en la frente, que la sujetaba como si fuera de hierro. Se revolvió.

—Deberías haber elegido a la rata en vez de al lobo —le gruñó una voz en el oído. Elvar notó un impacto en el cuello, como un puñetazo, y oyó que Biórr gritaba:

—¡No!

Elvar abrió la boca para hablar, pero no podía hacerlo porque tenía algo atorado en la garganta. Tosió y la sangre salió con una explosión de su boca. Entonces la mano que le sujetaba la cabeza desapareció y otras manos la empujaron. Dio unos pasos tambaleantes hacia el borde de la escalera, le flaquearon las piernas y cayó. Oyó el grito débil de Grend, como si estuviera muy lejos.

CAPÍTULO SESENTA Y OCHO

VARG

Varg salió del dormitorio de los Hermanos de Sangre, todavía con los ojos somnolientos y colgándose el escudo a la espada. Los cuernos resonaban a su alrededor. Echó a correr detrás de Glornir y un puñado de camaradas y el resto de los Hermanos de Sangre lo siguieron por el ancho pasillo hasta el gran salón. Frenó en seco detrás de Glornir y Vol y miró en derredor intentando comprender qué estaba pasando.

—Más vale que haya una buena razón para haberme despertado —refunfuñó Svik cuando se detuvo al lado de Varg—. Ni siquiera me ha dado tiempo a meterme un trozo de queso en la boca.

Había guerreros luchando delante de las puertas. Los aceros chocaban y resonaban los alaridos y los gritos de batalla. Varg vio a los drengir de Elvar de espaldas a las puertas, y muchos de los que luchaban con ellos portaban un escudo con dos cuervos negros y otros el águila de Darl.

—Hjalmar de los Corazones Feroces —gruñó Glornir blandiendo el hacha larga.

—Y Estrid y sus drengir —masculló Svik—. Escoria rompejuramentos.

Se oyó un grito que llegaba desde muy arriba y Varg vio caer un cuerpo desde una de las gruesas ramas del gran árbol. Cayó a plomo, girando en el aire con los brazos y las piernas rígidos, y se estrelló contra el suelo delante de Varg y Glornir con un crujido de huesos rotos y una explosión de sangre que salpicó en todas direcciones. Era una guerrera en cota de malla, con el cabello rubio recogido en una trenza. Tenía un brazo doblado de una manera que no era natural y la manga de lana arrollada. En su antebrazo se veía una sinuosa cicatriz blanca.

—Elvar —musitó Glornir.

«¡No!». Varg la contempló con incredulidad y horror. Elvar, la que había aglutinado ese ejército, la que había plantado cara a la dragona y a la rata, la que los había liderado contra las huestes de Lik-Rifa y había liberado a los corrompidos.

Un hombre gritó encima de ellos y Varg dejó que el lobo se filtrara en él para agudizar su vista y su oído. Vio a Grend en la rama, a mucha distancia del suelo, mirando el cadáver de Elvar. Detrás de él, en la plataforma del dormitorio de Elvar, estaba teniendo lugar una batalla. Unos guerreros corrieron hasta Grend. Hubo movimiento en la escalera y un grupo de figuras bajó a toda velocidad hacia el suelo del gran salón.

El fragor del combate delante de las puertas del Valle del Lobo se intensificó. La lucha era frenética.

—Nos han traicionado —dijo Røkia acercándose a Varg.

—Quieren abrir las puertas —apuntó Vol.

—Pues acabemos de una vez por todas con esto —gruñó Glornir.

Los Hermanos de Sangre corrieron detrás de él. La batalla estaba demasiado dispersa para el muro de escudos, así que formaron una línea más o menos compacta. Glornir bramó unas órdenes. Varg se descolgó el escudo de la espalda y sacó el destral del cinturón, y los Hermanos de Sangre embistieron a los Corazones Feroces de Hjalmar y a los drengir de Estrid. Los guerreros enemigos caían como moscas mientras los Hermanos de Sangre pasaban a través de ellos como un viento del norte. Varg se escabulló de un guerrero que quería partirle la crisma de un hachazo y le asestó un golpe con el destral en la nuca al pasar junto a él. Extrajo la hoja y el guerrero giró sobre los talones, se llevó las manos a la herida que manaba sangre a borbotones y se derrumbó sobre las rodillas. Varg siguió corriendo, golpeando con el escudo y arremetiendo con el hacha, hasta que por fin llegó a las puertas. No había más guerreros delante de él. Se detuvo en seco y se dio la vuelta. Vio que Glornir se lanzaba hacia Hjalmar el Pacifista, el jefe de los Corazones Feroces, que tenía los pies plantados en el suelo, el escudo levantado y la espada empuñada delante de él.

Glornir levantó una pierna sin detenerse y se lanzó con el pie por delante contra el escudo de Hjalmar, que salió disparado hacia atrás y se estampó contra el suelo. Glornir fue tras él levantando el hacha. Hjalmar se cubrió con el escudo y Glornir le propinó un hachazo. La hoja atravesó la madera con una explosión de astillas y se hundió en el pecho del Pacifista. Glornir apoyó una bota en el escudo de Hjalmar y extrajo el hacha acompañada de una erupción de sangre y huesos. El jefe de los Corazones Feroces dio un grito ahogado, soltó espuma por la boca y murió.

—Rompejuramentos —gruñó Glornir, y escupió al cadáver de Hjalmar. Luego dio media vuelta y buscó otro guerrero al que matar.

Varg atisbó el chisporroteo de una llama roja alrededor de un bastón de madera de fresno y vio que Sturla, la aprendiz de galdramaðr, pronunciaba unas runas y el fuego se estiraba como un tentáculo hacia uno de los drengir de Elvar. Las llamas prendieron en el guerrero como si fuera una antorcha embadurnada de aceite y él chilló y agitó los brazos envuelto en el deslumbrante fuego. Cerca de Sturla estaba Estrid, escudo y espada en mano, acompañada por un grupo de drengir.

Se oyó el crepitar de las runas seiðr en respuesta al conjuro de Sturla cuando la voz de Vol hizo aparecer una runa azul que salpicaba hielo delante de ella. La runa comenzó a girar lentamente y se expandió como un tapiz sobre un telar, las líneas angulosas fluyeron y se transformaron en una red de hielo que Vol arrojó a Sturla. La aprendiz de galdramaðr gritó unas palabras al ver que la red de hielo se dirigía a ella y una llamarada salió despedida de la punta de su bastón y chocó con el hielo con una explosión de chispas rojas y vapor, pero eso no detuvo la red de hielo, que consumió el fuego. Sturla dio unos pasos tambaleantes hacia atrás, dio media vuelta y echó a correr, pero la red la alcanzó, la envolvió, se encogió para comprimirla y Sturla chilló mientras el hielo crepitaba al contacto con su piel y se formaba una costra de escarcha que la recubría. Sus movimientos se volvieron lentos, como si caminara por una ciénaga, hasta que finalmente se quedó quieta, congelada en mitad de un paso, con la red de hielo tirante y apretada alrededor de ella.

—*Mylja hana, brjóta hana í sundur* —gritó Vol. La red comprimió un poco más el cuerpo de Sturla, que se hizo añicos con una explosión de esquirlas de hielo que acribillaron a los que estaban a su alrededor.

—¡Conmigo! —bramó Estrid.

Una veintena de drengir se reunieron a su alrededor y Varg vio que los supervivientes de la banda de Hjalmar se abrían paso para llegar a ella.

En uno de los inmensos túneles que desembocaban en el gran salón resonó un aullido. Muchos guerreros interrumpieron los combates y se volvieron para mirar.

Ulfrir salió del túnel andando a grandes zancadas en su forma de lobo, con Skuld volando detrás de él, los dos lobos de piedra a sus pies y seguido por una banda de guerreros úlfhéðnar. Se dirigió al cadáver de Elvar y se detuvo ante él, lo miró y lo olfateó. Soltó un gañido y desvió la mirada hacia la escalera del gran árbol. El grupo de gente que bajaba a toda prisa por ella ya casi había llegado al suelo del gran salón. Ulfrir profirió un gruñido que resonó en toda la cámara y reverberó en los huesos y la sangre de Varg, y las personas que bajaban por la escalera se detuvieron. Una de ellas era mucho más alta que el resto. Era un hombre enjuto, moreno y apuesto que llevaba puesta una cota de malla y empuñaba un seax manchado de sangre.

—Hermano —dijo sonriendo a Ulfrir—. No sabes cuánto te he echado de menos.

—Debí matarte la última vez que te vi —gruñó Ulfrir.

—Eso mismo pienso yo —repuso Rotta—. Te habrías ahorrado un montón de problemas y yo, un montón de dolor. —Se produjo una fluctuación en su rostro y Varg reparó en que la piel suave de la cara de Rotta desaparecía por un momento y dejaba a la vista la mancha roja de la cicatriz en un tendón y de una herida en carne viva. Se produjeron unas vibraciones y unas fluctuaciones en el aire y el rostro suave y apuesto regresó.

—Pero si estuviera muerto, me habría perdido esta entrañable reunión. Y eso habría sido una pena.

—Has demostrado un valor impropio de ti al venir aquí —mascculló Ulfrir.

—Tengo algunas cualidades ocultas —replicó Rotta encogiéndose de hombros, todavía sonriente.

—Valiente, pero ha sido un error. Has cometido tu última atrocidad —gruñó Ulfrir.

—Ya, pero nada más lejos de la realidad —dijo Rotta. Abrió la boca y sus labios y su mandíbula se expandieron y alargaron y sus dientes crecieron.

»*Hurðir úr steini, heyrðu orð Úlfris og opnaðu mér úlfagryfjuna* —pronunció Rotta a pleno pulmón y su voz retumbó en toda la cámara. El eco fue apagándose lentamente y el silencio ocupó su sitio. Y entonces sonó un chirrido de piedras pulverizadas y las puertas comenzaron a abrirse.

Entre las dos puertas apareció una grieta negra como los cuervos, la oscuridad previa al amanecer, y por ella entró una niebla negruzca: las brujas nocturnas chillaban y aullaban.

CAPÍTULO SESENTA Y NUEVE

BIÓRR

Biórr estaba en la escalera detrás de Rotta y miraba con atención cómo se abrían las puertas del Valle del Lobo y una marea negra se precipitaba en el gran salón. Las primeras en entrar fueron las brujas nocturnas, flotando como una niebla, chillando y con las manos de largos dedos tendidas. Luego entraron correteando las arañas del hielo, que se dispersaron por el suelo como tinta derramada. Detrás de ellas aparecieron los troles, que avanzaban pesadamente, mezclados con los skraeling, y después se oyó el ritmo constante del muro de escudos, en formación un tanto laxa, encabezado por Ilska y con los Alimentadores de Cuervos en el centro.

Cundió el caos, los cuernos bramaron y las voces chillaron. Biórr vio que los Hermanos de Sangre, con sus escudos negros salpicados de sangre, retrocedían y formaban su propio muro de escudos. Los jefes de las bandas de mercenarios organizaban a sus guerreros y los drengir se congregaban con sus respectivos jarlar. Desde uno de los pasillos llegó la trápala de las monturas de los guerreros a caballo, que aparecieron enfundados en armaduras de láminas metálicas y con cascos con penachos de crines de caballo, empuñando arcos con los extremos recurvos. Los jinetes irrumpieron en la cámara disparando los arcos y arremetiendo con las lanzas mientras sus monturas pisoteaban arañas del hielo. Y en medio de todo aquello, Biórr vio al dios lobo erguido delante de él, con un gruñido feroz grabado en los labios que aflojaba los intestinos. A su lado había unos lobos de piedra gigantes, y a su espalda, una pequeña hueste de úlfhéðnar. A pesar de encontrarse en una cámara donde había dos ejércitos y dos dioses, Biórr solo tenía ojos para el cuerpo destrozado y descoyuntado de Elvar, que yacía inmóvil y sin vida delante de él.

Había ido allí para matarla, porque sabía que merecía morir. O eso pensaba. Sus palabras todavía resonaban dentro de su cabeza.

«He liberado a Ulfrir y a todos los corrompidos».

—Tiene que ser mentira. Me mintió para salvarse —murmuró para sí.

«Pero me tenía a su merced. Había puesto la punta de su espada en mi cuello. No necesitaba mentirme para salvarse».

—¿Qué cuchicheas? —le espetó Skalk.

El galdramaðr estaba en la escalera detrás de él. Rotta estaba delante de los dos. Aparte de la drengir rubia que se había quedado con él, todos los demás seguían luchando en la cámara y en la plataforma, o lo estaban haciendo cuando Rotta levantó del suelo a Biórr para que bajara con él por la escalera.

Biórr miró a Skalk y entonces Ulfrir rugió y plegó las patas para saltar hacia Rotta. La mujer alada pelirroja se deslizó por encima de la cabeza de Ulfrir y disparó una flecha a Rotta, que se apartó a un lado y el proyectil se clavó en el árbol. Biórr se volvió al oír un sonido de pasos trepidantes y vio que Grend corría por la escalera y se lanzaba con el rostro desencajado por la ira y una mueca feroz en los labios, mostrando los dientes y con los ojos desorbitados por la furia. En una mano empuñaba un hacha y un seax en la otra. Biórr le lanzó una mirada fugaz y saltó de la escalera, dominado por su instinto de rata de huir para sobrevivir. Aterrizó en el suelo del gran salón y el impacto le arrancó un gruñido mientras rodaba unos metros. Vio que Grend embestía a Skalk y su drengr y los derribaba. Grend pareció volar cuando volvió a saltar para encaramarse a la espalda de Rotta y le asestó puñaladas y hachazos mientras los dos caían al suelo.

Rotta chilló de dolor mientras los dos rodaban por el gran salón. Los aceros de Grend subían y bajaban, y la sangre pulverizada trazaba unos densos arcos rojos en el aire. Cuando dejaron de rodar, Grend se puso encima de Rotta y le asestó un hachazo en el pecho. Biórr oyó el crujido de huesos partidos.

—¡NO! —bramó Rotta. Un espasmo sacudió su cuerpo y comenzó a temblar. El aire vibró a su alrededor y sus extremidades se alargaron, su cuerpo se hinchó y brotaron en él una cola y pelo. Grend salió volando por el aire, se estampó contra el tronco del árbol y cayó a plomo al suelo, aturdido y gruñendo.

Rotta se irguió en su forma de rata, recubierto de pelo, con una larga cola que se meneaba, patas con uñas y dientes afilados y amarillos. En algunas zonas, su pelo estaba pegajoso y apelmazado por la sangre.

Ulfrir saltó y Rotta se escabulló de él. Las fauces de Ulfrir se cerraban con un crujido atronador, se retorcían, lanzaban dentelladas a un lado y a otro persiguiendo a Rotta. En torno a ellos, el gran salón retumbaba con el fragor de la batalla. Los guerreros la emprendían a cuchilladas y hachazos contra las arañas del hielo, las brujas nocturnas retorcían pescuezos, aquí y allá se producían explosiones de luz negra cuando los guerreros pronunciaban los conjuros seiðr que recordaban y las brujas nocturnas explotaban, los troles atizaban con sus gruesas porras y sus lanzas, los berserkir espumajeaban por la boca y gruñían, los úlfhéðnar aullaban y descuartizaban con aceros, dientes y garras, bandas de mercenarios formaban muros de escudos y aguantaban como rocas en medio de la cruenta batalla los embates de la caótica marea.

Biórr se puso en pie con gran esfuerzo, bajó la mano al cinturón de armas y se dio cuenta de que su espada no estaba. Elvar se la había quitado de la mano de una patada. Solo le quedaba el seax, todavía enfundado. Miró en derredor y vio un escudo. Lo recogió del suelo y se fijó en que tenía dos cuervos negros pintados en la superficie, así que debía haber pertenecido a un guerrero de los Pacifistas de Hjalmar. Luego encontró un hacha en el suelo, con el mango delgado y la cabeza pequeña, y el recuerdo lo golpeó.

«El hacha de Elvar». La había usado contra él, había atravesado los anillos de la cota de malla como si fueran de carne. Se agachó para recogerla y la sopesó. Era ligera como una pluma y su equilibrio era excepcional.

«¡AYÚDAME!», gritó Rotta dentro de su cabeza.

Biórr se volvió. Ulfrir perseguía a Rotta alrededor del tronco del enorme árbol y Skuld se abatía sobre la rata y le disparaba flechas. Un proyectil pasó silbando junto a la cabeza de Rotta y el siguiente se clavó en una de sus patas traseras. La rata chilló, trastabilló y Ulfrir la inmovilizó pisándole la cola con una pata.

Biórr corrió.

Las fauces de Ulfrir se abrieron.

Biórr saltó con el hacha levantada y arremetió contra la cola de Rotta. El hacha atravesó pelo, músculo, cartílago y hueso, y la mitad de la cola quedó colgando de una fina tira. Rotta gritó, arañó el suelo con las uñas y la fina tira que mantenía la cola entera se partió. La rata huyó dejando la mitad de la cola debajo de la pata de Ulfrir.

El lobo gruñó a Biórr, enseñando unos dientes largos como espadas goteando saliva. Biórr lo miró con la espalda pegada al tronco del gran fresno, sin ningún sitio a donde huir. Sintió ese furor de su rata cuando se sentía acorralada y feroz, afirmó los pies en el suelo y levantó el hacha con actitud desafiante.

Un rugido ensordecedor resonó detrás de Ulfrir, desde el otro las puertas abiertas de su gran salón, y un viento huracanado barrió la cámara. Ulfrir se dio la vuelta, agachó el cuerpo y gruñó.

Lik-Rifa irrumpió desde las tinieblas que se extendían más allá de las puertas convertida en un torbellino de alas, fauces y dentelladas, escamas y garras, agitando la cola afilada como una cuchilla. Era un ciclón de destrucción a lomos de una tormenta devastadora. Batió las alas para detenerse y descendió para posarse en el suelo. Las turbulencias causadas por su maniobra lanzaron por los aires a más de uno, y otros corrieron y saltaron para escapar de ella cuando sus pies tocaron el suelo del gran salón delante de Ulfrir. Se posó casi con delicadeza, y el silencio se instaló en la cámara. Todos los que aún combatían dejaron de hacerlo y se separaron de sus oponentes.

—Trescientos años he esperado este momento —dijo Lik-Rifa con una voz profunda como el mar y retumbante como un trueno lejano.

Ulfrir la miró inmóvil y gruñó, pero no dijo nada.

—Descuarticé a Orna —añadió Lik-Rifa, y se lamió los labios con una negra lengua serpentina—. Me encantó su sabor.

Ulfrir temblaba. Sus músculos se hincharon y temblaron, pero siguió sin moverse ni hablar.

—Mi aparición te ha dejado pasmado, y lo comprendo —continuó Lik-Rifa—. Te traigo un regalo. —Abrió una de sus enormes zarpas y dejó caer con delicadeza lo que llevaba en ella.

Un hombre rodó por el suelo tras la caída y se levantó despacio. Era moreno, enjuto, y tenía las cejas pobladas. Un brazo le colgaba sin fuerza del hombro y unas vendas le envolvían la espalda.

«Broðir». Biórr lo reconoció.

—Habla —gruñó Lik-Rifa con una voz que hizo vibrar los huesos de Biórr.

—Ven aquí —dijo Broðir con la voz ronca. Luego, más fuerte, repitió—: Ven aquí, lobo Ulfrir. Ven aquí, thrall.

Ulfrir se irguió, ladeó la cabeza para mirar fijamente a Broðir y rompió a reír.

—¡Ven aquí! —gritó esta vez el hermano de Elvar intentando dar un tono más autoritario a su voz, aunque en realidad se percibía una nota de pánico en ella.

Ulfrir dejó de reír.

—Yo no soy el thrall de nadie —dijo con una voz que sonó como un gruñido atronador. Levantó la cabeza para mostrar el denso pelaje de su cuello, donde había estado el collar de hierro—. Elvar me dio la libertad.

Biórr sintió que las fuerzas lo abandonaban al oír esas palabras, al ver el cuello sin collar de Ulfrir, y se dejó caer contra el árbol.

«No era mentira. Elvar dijo la verdad».

Lik-Rifa miró a Ulfrir y luego a Broðir.

—Inútil humano mentiroso —gruñó. Su cuello serpentino salió disparado hacia delante con la boca abierta. La cerró alrededor de Broðir, lo levantó en el aire y se oyó el crujido y el chasquido de los huesos al partirse mientras masticaba. Cayeron unas gotitas de sangre de sus labios. Broðir ya no existía. Miró de nuevo a Ulfrir—. Tendré que hacerlo a la vieja usanza, entonces —aseveró.

Desplegó las alas, las batió una vez y se abalanzó sobre el lobo.

CAPÍTULO SETENTA

ORKA

Orka empuñaba el hacha larga, de cuya hoja goteaban fluidos azules y fragmentos del cuerpo de las arañas del hielo. Tenía a Breca a su lado y la flanqueaban Lif y Sæunn. A su alrededor yacían un puñado de skraeling muertos. Vesli apoyaba un pie en la mandíbula de un skraeling y gruñó cuando le arrancó un diente largo y amarillento de la boca. Los Hermanos de Sangre habían formado un muro de escudos para recibir a la horda de Lik-Rifa que se precipitaba por las puertas de piedra abiertas, pero con la llegada de la dragona todo se había desmoronado. Orka, como todos los demás, se había quedado quieta para mirar cómo Lik-Rifa se alzaba en el aire y volaba hacia Ulfrir, que dobló sus extremidades pegándose al suelo, puso los músculos en una tensión máxima y saltó con las fauces abiertas. Los dos dioses colisionaron con una explosión demoledora que hizo temblar el gran salón y zarandeó a todas las personas y criaturas que se encontraban allí. Las dos deidades se estrellaron contra el suelo y sus cuerpos salieron disparados por el aire con las vibraciones y sacudidas que provocó el impacto. Se levantaron con gran esfuerzo arremetiendo con garras y dientes. Lik-Rifa batió las alas y desgarró el vientre de Ulfrir con las garras. El dios lobo le hundió los dientes en el hombro y la dragona rugió. Entonces Ulfrir giró el cuello con los músculos tensionados, arrastró a Lik-Rifa y la estampó contra el tronco del gran árbol.

Lik-Rifa se sacudió, desplegó las alas y afirmó los pies en el suelo. Se volvió hacia Ulfrir, pero él reculó unos pasos.

—¡Gelta, ven! —bramó.

Un ruido de desgarramiento retumbó en la cámara y una figura surgió del tronco, una mujer con la piel grisácea y alta como un salón de hidromiel. Su rostro estaba plagado de arrugas profundas y cavidades nudosas, y su cabello flotaba en el aire como si fueran enredaderas. Sus ojos eran unos remolinos verdes y ambarinos.

—¡No eres bienvenida aquí, Lik-Rifa, saqueadora, malvada mentirosa! —espetó el espíritu froa con una voz que sonó como si un millar de ramas entrechocaran a la vez.

»*Rætur kjarnaviðar míns, rís upp, bind hana, fanga hana, rífa hana, mylja hana* —vociferó la froa, y el suelo tembló. Unas raíces gruesas como árboles brotaron del suelo con una explosión y se enrollaron en las patas de Lik-Rifa. La dragona batió las alas con frenesí y se elevó en el aire, pero las raíces la sujetaban con firmeza y tiraron de ella para estrellarla de nuevo contra el suelo. Más raíces se deslizaron por su largo cuello y se entrecruzaron alrededor de su cuerpo para apresarla. Lik-Rifa emitió unos rugidos ensordecedores en los que se percibía una nota de terror.

La quietud que se había apoderado momentáneamente de la cámara se hizo añicos y Orka vio que Ilska abandonaba su muro de escudos y corría hacia Lik-Rifa abriéndose paso a machetazos con la espada y empujando con el escudo. Drekr la siguió, rugiendo y blandiendo el hacha larga, y más Alimentadores de Cuervos salieron inmediatamente detrás de sus hermanos, abriéndose paso con las armas en su camino hacia la dragona.

Sin pensárselo dos veces, Orka fue tras ellos. Machacó la mandíbula de un skraeling que se le echaba encima con la punta del mango del hacha y lo tajó con la hoja según se desplomaba. Luego blandió el hacha por encima de la cabeza y arremetió contra una araña del hielo que correteaba hacia ella. Arrancó el hacha del cuerpo del vaesen con una explosión de exoesqueleto e icor azulado, y siguió avanzando con determinación, apenas presintiendo que la seguían otros guerreros.

Lik-Rifa se agitaba con frenesí, se revolvía y retorcía, batía las alas, lanzaba dentelladas y sacudía la cola, y en su arrebatada desesperación lanzaba por los aires a personas y criaturas. El estruendo de las raíces que surgían a través del suelo o explotaban con una lluvia de astillas era ensordecedor, pero la froa se mantenía plantada delante de Lik-Rifa y con sus conjuros continuaba haciendo aparecer raíces que brotaban del suelo agitándose salvajemente, gruesas como troncos. Los lobos de piedra se subieron de un salto a la espalda de Lik-Rifa y la mordieron con sus dentaduras de piedra. Lik-Rifa rugía de dolor, de ira y de terror.

Orka vio que Ilska llegaba hasta la posición de la dragona y se puso a asestar espadazos a una gruesa raíz. Drekr, justo detrás de ella, levantó el hacha larga y volaron astillas en todas direcciones. A ellos se sumaron más Alimentadores de Cuervos y sus armas subieron y bajaron en el aire. Lik-Rifa corcoveó y se retorció cuando la raíz se partió e Ilska y los demás corrieron a por la siguiente.

«¡No!».

Orka corrió machacando a los skraeling y guerreros que se interponían en su camino. Oyó el aullido del lobo y se dio cuenta de que salía de su boca. Ilska paró un momento con la espada y vio que Orka y quienes la seguían se dirigían hacia ellos. Se apresuró a bramar unas órdenes y los Alimentadores de Cuervos se desplegaron a su alrededor y formaron un muro de escudos más o menos firme.

Orka embistió a los Alimentadores de Cuervos antes de que pudieran solapar los escudos y afirmar los pies en el suelo y el muro se disgregó. La Machacacráneos trastabilló y cayó apoyando una rodilla en el suelo. Se levantó de nuevo, hizo un furioso molinete con el hacha por encima de la cabeza y arremetió contra un Alimentador de Cuervos que se abalanzaba sobre ella. El hacha larga atravesó el escudo de madera de tilo, se hundió en el pecho del guerrero y lo lanzó contra el suelo. Orka extrajo el hacha de su cuerpo y oyó un rugido detrás de ella. Gunnar y Halja segaban guerreros en la brecha que Orka había abierto en el muro de escudos. Glornir también estaba allí, propinando hachazos y haciendo trizas escudos. Lif y Sæunn estaban a su lado, rebanando y tajando, y Breca gruñía y apuñalaba con su lanza corta. Una oleada de Hermanos de Sangre obligó a retroceder a los Alimentadores de Cuervos entre las piernas del espíritu froa y alrededor de ellas hasta que sus espaldas chocaron con el tronco del gran fresno.

—*Eldur íss og loga, brenna og frjósa, brenna og bíta, sprunga hinn forna við* —bramó una voz.

Orka oyó el crepitar y el sisear de las llamas rúnicas y cuando se volvió descubrió que Rotta había recuperado su forma humana y sangraba por una docena de heridas. Se había colocado delante de la froa, y sus raíces y enredaderas y unas runas de fuego ardían en el aire delante de él. Y entonces se dio la vuelta y arrojó las runas hacia el gran árbol, donde explotaron con una erupción de llamas que lamieron el tronco y se propagaron por el suelo. El hedor de la madera carbonizada y la savia quemada se expandió por la cámara.

El espíritu froa profirió un aullido ensordecedor y arremetió contra Rotta, pero él saltó con agilidad para esconderse detrás del tronco y desapareció. La froa dirigió las enredaderas hacia las llamas que crepitaban y trepaban por el muro y las atizó con la esperanza de sofocarlas, pero las llamas prendieron en las enredaderas y se propagaron rápidamente por ellas, achicharrándolas y carbonizándolas. El espíritu froa chilló.

La voz de Vol se elevó por encima del fragor cuando hizo aparecer unas runas de escarcha y hielo y las arrojó hacia las llamas que consumían el tronco, pero estallaron en nubes de vapor en cuanto tocaron las llamas del conjuro rúnico de Rotta.

—¡SKALK!

Orka oyó el grito y vio a Glornir junto al cadáver de un Alimentador de Cuervos, señalando detrás de ella. Se volvió y vio a Skalk en los primeros peldaños de la escalera tallada en el árbol, acompañado por su drengr rubia.

El galdramaðr subió unos escalones y aferró el bastón. Cuando Glornir se abrió paso para llegar hasta él, su boca se movió pronunciando unas palabras que Orka no alcanzaba a oír.

Orka se agachó para evadir una lanza y luego se levantó mientras propinaba una patada al guerrero que la atacaba, un hombre rubio con un casco con protección nasal y la barba recogida en una apretada trenza. El guerrero salió disparado hacia atrás y se estrelló contra el árbol. Rápidamente intentó enderezarse, pero el hacha larga de Orka le atravesó el casco y comenzó a correr sangre por su rostro. El guerrero se desplomó como un títere al que le cortaran los hilos.

Orka frunció la boca, blandió el hacha y entonces lo vio a través de las llamas. Drekr estaba con Ilska y un grupo de Alimentadores de Cuervos al pie de la escalera del árbol, luchando con un grupo de Hermanos de Sangre y úlfhéðnar de Ulfrir. Echó a correr hacia allí, salvó de un salto las llamas que se propagaban alrededor de la base del tronco y se lanzó hacia él. Drekr se dio la vuelta al ver que Orka iba a embestirlo y torció el cuerpo para esquivar el hachazo. La Machacacráneos chocó con él y lo empujó contra la escalera. Drekr rodó por el suelo y se incorporó sobre una rodilla. Orka trastabilló y se estrelló contra el árbol. Advirtió movimientos a su espalda y se agachó un instante antes de que una espada se clavara en el tronco justo donde había estado su cabeza. Echó un vistazo atrás y vio a Ilska, con sus ojos fríos y su rostro pétreo, en el mismo momento en que le estampaba el escudo en la cara y la lanzaba a los primeros peldaños de la escalera. Ilska extrajo la espada del tronco y fue a por ella.

CAPÍTULO SETENTA Y UNO

GUÐVARR

Guðvarr estaba justo delante de las puertas abiertas del gran salón de Ulfrir cuando la primera luz cenicienta del amanecer se filtró en el mundo. Contemplaba boquiabierto a Lik-Rifa, que corcoveaba, se sacudía, se retorcía y rugía encadenada por una multitud de enredaderas gruesas como troncos. Las llamas se propagaban por la cámara y envolvían al fresno. Había nubes de humo negro por todas partes y el espíritu froa rugía mientras ardía uno de sus larguísimos brazos.

—¡Adelante! —bramó Sigrún, y se adentró en la cámara a la cabeza de sus drengir.

Guðvarr resbaló y estuvo a punto de caerse en el icor azulado de una araña del hielo mutilada. Reinaba el caos y había combates encarnizados allí donde mirase. Las arañas del hielo correteaban, saltaban y mordían. El suelo estaba sembrado de cadáveres congelados y con los labios recubiertos por una costra azul de hielo, las brujas nocturnas se desplazaban como remolinos y con sus manos espectrales estrangulaban a los guerreros enemigos, los troles arremetían indiscriminadamente con sus porras y sus lanzas y hacían papilla a todo aquel que encontraran en su camino, y jarlar como Sigrún y otros jefes lideraban sus reducidos muros de escudos y bandas de guerreros hacia el interior de la cámara. El ruido era abrumador. A los rugidos de Lik-Rifa se sumaban los gritos del espíritu froa, que sonaban como las frondas de los árboles en plena tormenta, los gruñidos y los aullidos de Ulfrir, el estrépito de los guerreros a caballo que galopaban de un lado a otro de la cámara disparando flechas a cualquiera que se les pusiera a tiro, los gruñidos de los berserkir y los úlfhéðnar mientras descuartizaban enemigos, los gritos y los alaridos de los guerreros que morían, y el insistente ruido metálico de los aceros al chocar, que retumbaba más que un millar de herreros martilleando en un millar de forjas. Sin embargo, lo peor de todo para Guðvarr era que, a pesar de las dimensiones de la horda de Lik-Rifa, crecía en él la sospecha de que estaban perdiendo.

Mirase donde mirase veía cadáveres, tanto de humanos como de vaesen, y tenía la impresión de que el número de bajas en las huestes de Lik-Rifa superaba por mucho a los muertos en el ejército de Elvar.

«Y nuestra ilustre líder, la supuestamente indestructible dragona, está envuelta como si fuera un ganso en la fiesta invernal del blót mientras el lobo gigante corre libre. ¿Y dónde se ha metido la rata? A lo mejor ha tenido la brillante y correcta idea de huir de este caos…».

Echó un vistazo por encima del hombro hacia la luz grisácea del otro lado de las puertas abiertas, más lejana a medida que Sigrún los adentraba en la cámara iluminada por las antorchas.

«¿Por qué no podemos quedarnos cerca de las puertas? Así, si las cosas se torcieran, no tendríamos que correr tanto para escapar».

Avanzaban junto a otro muro de escudos de tres en fondo formado por unos treinta o cuarenta guerreros. Guðvarr se fijó en el águila de Darl pintado en los escudos, y otro emblema, dos cuervos negros. Conocía el símbolo del águila y vio a Estrid en la primera fila. Sigrún llevó a su pequeño grupo hasta ellos y juntaron sus escudos.

«Bueno, la unión hace la fuerza, supongo», se dijo Guðvarr.

—¡ESCUDOS! —bramaron al unísono Sigrún y Estrid.

Guðvarr se asomó por encima del borde de su escudo y atisbó a dos o tres guerreros que corrían hacia ellos. Uno de ellos, con la piel negra como las plumas de los cuervos y una cota de malla ceñida a unos músculos que parecían rocas, estaba mucho más cerca que los otros.

«Debemos ser unos sesenta, ¿a qué viene ese pánico en sus voces?», se preguntó Guðvarr. Pero según miraba con más detenimiento a los guerreros que cargaban hacia ellos, lo comprendió y tuvo la sensación de que se tragaba una piedra. Los guerreros que corrían hacia su muro de escudos eran berserkir, y el de la piel negra no estaba más cerca que los demás, corría en paralelo a sus compañeros, solo que era muchísimo más grande que ellos.

«Y los berserkir no son pequeños que digamos. No, nunca son pequeños».

—¡Guðvarr! —gruñó Sigrún.

Guðvarr se sobresaltó y el terror se apoderó de él. Levantó el escudo y lo solapó con el de su tía, asegurándose de que el borde del suyo estaba pegado al umbos del escudo de Sigrún. El guerrero que tenía a su izquierda hizo lo mismo con su escudo. Guðvarr sintió una presión detrás cuando los guerreros de la segunda fila afirmaron los pies y apoyaron los escudos en su espalda.

—¡PREPARADOS! —gritó Sigrún.

Guðvarr plantó los pies en el suelo y apoyó el hombro izquierdo en la parte interior del escudo para reforzarlo. Oyó el estrépito de las pisadas de los berserkir y el bufar y espumajear propios de un toro salvaje. Los rugidos de oso enfurecido sonaban cada vez más fuerte. Guðvarr aferró la empuñadura de la espada y se preparó para arremeter con ella por encima del escudo en cuanto los berserkir colisionaran con el muro de escudos y se midieran con su firmeza.

Un crujido, un impacto, y Guðvarr salió despedido por el aire con la ligereza de una pluma. Se dio un trompazo que hizo vibrar todos sus huesos y se le escapó el escudo de la mano, rodó por el suelo y se estampó contra algo duro. Se quedó tendido en el suelo, aturdido, mirando las ramas que había encima de su cabeza. Oía gritos de batalla, el espeluznante sonido de la carne tajada y desgarrada, alaridos, chillidos de guerreros. Gruñó y se incorporó a duras penas, clavó la punta de la espada en el suelo para usarla como si fuera un bastón y se impulsó agarrándose a la empuñadura para ponerse en pie. A treinta o cuarenta pasos de allí, el hombre negro que parecía un toro y los berserkir estaban descuartizando guerreros, asestándoles machetazos, mordiéndolos. El que parecía un toro arrancó un brazo a un drengr de Sigrún y le atizó con él hasta que lo derribó. «¿Ese es Járn?».

El muro de escudos, destruido como un dique reventado, ya era historia, y alrededor de Guðvarr había decenas de cuerpos tendidos y despatarrados. Algunos intentaban levantarse.

El hombre que parecía un toro y los dos berserkir volvieron a ponerse en acción y salieron disparados hacia un grupo de arañas del hielo que corrían hacia los guerreros a caballo, que estaban disparando sus arcos contra Lik-Rifa.

Guðvarr oyó un gruñido y vio a Estrid tirada en el suelo muy cerca de él. Se movía y sangraba por un corte en la frente y sus ojos parpadeaban frenéticamente.

«¿Dónde están tus ademanes regios y tu altivez ahora? Y creías que me habías derrotado en Darl». Guðvarr rememoró el miedo y la vergüenza cuando se vio vencido por la habilidad de ella con las armas y la patada que le había dado en el culo. Echó un vistazo a su alrededor y comprobó que todos los guerreros de Estrid habían caído. Luego se acercó a ella, apretó la espada contra su cuello y se apoyó en ella como si la usara para mantener el equilibrio. Estrid puso los ojos como platos cuando la hoja atravesó la carne blanda en la base de su cuello, dio una sacudida y sus músculos se contrajeron con un espasmo. Guðvarr extrajo la espada y el acero salió acompañado por un chorro de sangre oscura. Soltó la espada, se puso de rodillas y envolvió la cabeza de Estrid con sus manos mientras le pisaba un brazo con la rodilla.

Ella dio un grito ahogado y tosió escupiendo sangre. Levantó la mano hacia la cara de Guðvarr para arañársela, pero él se la cogió como si la consolara y fingió que le acariciaba la frente mientras la sujetaba. Pestañeó y puso los ojos en blanco cuando las fuerzas la abandonaron. Tosió sangre por última vez, un espasmo recorrió sus piernas y murió.

«Así aprenderás, niðing», dijo Guðvarr para sus adentros.

Se limpió la sangre de las manos en los pantalones de Estrid, recogió la espada del suelo y se puso en pie. Sonrió. Sintió un calor repentino y vio que las llamas estaban propagándose por la cámara. El incendio ya era devastador alrededor de la base del gran árbol y el espíritu froa chillaba y agitaba con desesperación los brazos, uno de ellos envuelto en llamas. El fuego se extendió chisporroteando hasta su torso. Guðvarr vio gente que luchaba en la escalera tallada en el árbol, obligada a subir cada vez más alto por las voraces llamas que trepaban por el tronco. Lik-Rifa solo estaba atada a medias, pues muchas de las raíces que la aprisionaban se habían quemado y partido. Agitaba las alas con frenesí intentando levantarse mientras los lobos de piedra la hacían picadillo. Diseminados alrededor de Lik-Rifa había descendientes de la dragona y troles que intentaban impedir que Ulfrir interviniera. Los descendientes de la dragona le lanzaban destellantes conjuros rúnicos y los troles se arrojaban contra él y lo acometían con unas porras y unas lanzas que Ulfrir desviaba con sus patas al mismo tiempo que destripaba y partía huesos con las garras.

Guðvarr volvió a ver al hombre que parecía un toro y a un berserkir junto a dos mujeres, una muy delgada y con el pelo corto, y la otra rubia y tatuada. Las dos tenían los brazos levantados y sus puños relumbraban recubiertos con hielo seiðr. El hombre que parecía un toro y el berserkir trituraban a hachazos a cualquiera que se acercase a las mujeres, que mientras tanto arrojaban conjuros seiðr de crepitante escarcha hacia las llamas que consumían a la froa. Cuando el hielo y el fuego colisionaban se oía un ruido de siseo y aparecían nubes de vapor, pero las llamas envolvían la escarcha, la derretían y salían grandes chorros de vapor.

Toda la cámara retumbó con un alarido ronco y vibrante, y el espíritu froa se derrumbó sobre las rodillas. Las llamas la envolvían y se propagaban por las enredaderas de su pelo, por su torso y su cabeza. La savia chisporroteaba, borboteaba y humeaba. La froa soltó otro rugido y se desplomó en el suelo con una explosión de chispas.

Las raíces que sujetaban a Lik-Rifa la soltaron y la dragona se elevó en el aire con una batida de sus alas y rugió mientras llovía sangre de su cuerpo. Ulfrir se quitó de encima media docena de troles de un manotazo y saltó hacia su hermana, hundió las garras en su cuerpo y le clavó los dientes en el pecho. La dragona gritó, viró en el aire agitando las alas con frenesí y se estampó contra el árbol en llamas. Ulfrir se soltó del cuerpo de Lik-Rifa y aterrizó en el fuego, aulló y salió de él rodando por el suelo, con el pelo chamuscado y humeante.

Rotta salió correteando de entre las llamas en su forma de rata.

—¡HERMANA! —bramó.

Lik-Rifa se detuvo suspendida en el aire y se lanzó en picado cuando vio a Rotta, lo cogió con sus enormes garras y volvió a batir las alas para elevarse trazando una espiral alrededor del árbol llameante, cada vez más alto.

CAPÍTULO SETENTA Y DOS

ORKA

Orka se agachó para evadir la acometida de Ilska y le asestó un hachazo dirigido a los tobillos. La jefa de los Alimentadores de Cuervos saltó hacia atrás para esquivarla y subió otro peldaño de la escalera. Un par de guerreros que se batían irrumpieron entre ellas y empujaron al escalón de abajo a Orka, que lanzó una rápida mirada a su alrededor buscando a Breca.

—¡Estoy aquí! —gritó Breca a una docena de pasos de ella, en la retaguardia de los Hermanos de Sangre, protegido por Sæunn y Lif.

La escalera era amplia, lo bastante para que Ulfrir en su forma de lobo pudiera subir y bajar por ella, y en torno a Orka había varios guerreros combatiendo, Hermanos de Sangre y Alimentadores de Cuervos, ambas bandas repletas de corrompidos. También había arañas del hielo y skraeling. Las arañas trepaban por el tronco y se balanceaban colgadas de las telas que tendían desde las ramas. Orka había intentado llegar a Drekr, pero Ilska y sus seguidores se lo habían impedido en todo momento, y Orka había dejado a su paso un rastro de muerte en la escalera.

Glornir y Vol, por su parte, trataban de llegar a Skalk, que les arrojaba unos hechizos galdur con una intensidad abrumadora, que Vol contrarrestaba con sus runas seiðr. En ese momento se encontraban a una gran altura, ya que las llamas y el humo les habían obligado a seguir subiendo. Al pasar por la plataforma en la que se encontraba la cámara de Elvar habían visto que la berserkir Thorguna retrocedía acosada por tres guerreros corrompidos, rodeada por los cadáveres de muchos más. Gunnar y Halja habían acudido en su ayuda y ahora los tres se enfrentaban con Ilska y su veintena de Alimentadores de Cuervos, todos ellos corrompidos, rápidos y fuertes, aunque los Hermanos de Sangre estaban obligándolos a retroceder subiendo por la escalera y casi habían llegado ya al techo abovedado de la cámara de Ulfrir. A través de las ramas que se balanceaban suavemente, Orka ya atisbaba el pálido resplandor del amanecer en el cielo encima de ella.

Uno de esos Alimentadores de Cuervos que retrocedían chilló, una mujer pelirroja con un escudo astillado en una mano y un hacha barbuda en la otra, y Orka reparó en que su espalda había chocado con un objeto invisible. La guerrera intentó de nuevo continuar subiendo por la escalera y Orka vio que salía repelida y encima de ella se producía un chisporroteo de luz seiðr azul.

«Una barrera seiðr —se dijo Orka—. Bien, ahora los tenemos acorralados». Buscó a Drekr con la mirada, y cuando lo vio cerca de la guerrera pelirroja subió al siguiente escalón.

Resonó un rugido atronador y la escalera tembló. Las ramas del árbol encima y debajo de Orka se agitaron. Echó un vistazo abajo, al suelo de la cámara. Veía el resplandor anaranjado de las llamas y las densas nubes de humo negro, pero desde tan alto apenas distinguía nada más, ni siquiera con su vista lobuna. Pero entonces Lik-Rifa surgió del manto de humo y llamas, ascendiendo alrededor del tronco. Orka la veía más grande a medida que se acercaba a su posición en la escalera. Sangraba por un centenar de heridas, grandes desgarrones y tajos en la piel escamada, y llevaba en sus garras a la rata, que también tenía el pelo apelmazado por la sangre y lleno de costras.

Lik-Rifa llegó a la barrera seiðr y todo el techo de la cámara despidió destellos azules cuando repelió a la dragona.

—La salida está bloqueada, hermano —rugió Lik-Rifa.

—*Úlfavinur, opinn* —dijo a voz en grito Rotta.

El techo abovedado vibró con unos destellantes chisporroteos de luz azul y el hechizo se evaporó. Lik-Rifa batió las alas, remontó el vuelo por el espacio que hasta ese momento había cerrado la barrera y se alejó por el pálido cielo del color del peltre.

Los Alimentadores de Cuervos dieron media vuelta y corrieron escaleras arriba. Drekr desapareció tras una curva en el tronco e Ilska tiró escaleras abajo a un Hermano de Sangre de una patada y también echó a correr. Todos los Alimentadores de Cuervos y skraeling abandonaron los combates y huyeron. Las arañas del hielo se escabulleron trepando por el tronco y desaparecieron en el follaje. Orka fue hasta Glornir y este echó un vistazo al suelo de la cámara.

—¡Halja! —bramó—. ¿Qué ven tus ojos de águila?

—La froa está muerta —dijo Halja—. Y el fuego está consumiendo el árbol y el gran salón. No podremos bajar a la cámara por esta escalera.

—Ya encontraremos otro camino —dijo Glornir. Se volvió a Orka y Vol—. Pero antes debemos cobrarnos nuestra venganza —aseveró, y continuó subiendo por la escalera en persecución de los Alimentadores de Cuervos. Orka y los demás lo siguieron un paso por detrás.

Salieron a la luz del día a través de las ramas y un viento frío agitó el pelo de Orka y le azotó la cara. Continuaron subiendo hasta que llegaron al final de la escalera y Orka tuvo la sensación de que estaba en la cima del mundo. La nieve en las cumbres de las Dorsales brillaba con la primera luz del amanecer. Lik-Rifa era una inmensa silueta recortada en el sol borroso y casi lo eclipsaba. La dragona se retiraba hacia el noroeste, en dirección a las fauces abiertas del cráneo de Snaka. Al suroeste, el océano centelleaba como la plata martilleada y las sombras de las nubes se deslizaban a toda velocidad por su superficie.

Orka vio que los Alimentadores de Cuervos estaban reagrupándose de cara al océano y de espaldas a ella y los Hermanos de Sangre.

—¿Qué hacen? —masculló Gunnar Proa—. ¿Qué miran?

Halja se adelantó y oteó la distancia con sus ojos moteados de destellos dorados. Su boca se abrió y su rostro adquirió una expresión de incredulidad.

—Una flota —dijo.

—¿Dónde? —demandó Glornir.

—Por todas partes —respondió Halja—. No es necesario tener mi vista para verla. Mirad —dijo señalando el océano.

Orka recurrió al lobo en su sangre y escrutó el mar, y entonces se dio cuenta de que lo que había visto en su superficie no eran las sombras de las nubes, sino una multitud de barcos. Había centenares de naves, muchos centenares, tal vez incluso millares, repartidas en diferentes flotas. Si la flota de Elvar, formada por cincuenta o sesenta drakkar, era la mayor acumulación de barcos que había visto en su vida, incluso que había oído cantar a los escaldos, la que ahora tenía delante de sus ojos la multiplicaba varias veces. Y cuanto más miraba, más barcos veía dispersándose a lo largo de la costa de Iskidan. Una flota navegaba hacia Snakavik, otra hacia Liga, otra rumbo a Darl, y otra surcaba las aguas del estuario del río Falinn y remontaba el río a través del Bosque de Hierro en dirección al Valle del Lobo.

—¿Es que toda Iskidan se ha echado al mar para capturarnos? —dijo un miembro de los Hermanos de Sangre.

—Es la flota de Rurik, la invasión que había planeado con Jaromir —dijo Glornir.

—Son demasiados barcos —terció alguien.

—Las batallas se luchan de una en una —gruñó Glornir avanzando por la escalera a la cabeza de sus guerreros—. Antes de pensar en la siguiente hay que salir vivo de esta.

Los skraeling estaban congregándose donde la escalera daba paso a la colina cubierta de hierba, y detrás, los Alimentadores de Cuervos comenzaban a dar la espalda al mar para formar. Entre ellos también se encontraban Skalk y sus drengir.

—¡Thorguna! —gritó Glornir.

La berserkir se acercó cojeando a él y los dos lideraron la carga de los Hermanos de Sangre. Mientras avanzaban murmuraban y gruñían, sus hombros y sus espaldas se encorvaron y sus músculos se tensaron, y entonces echaron a correr rugiendo, Glornir blandiendo su hacha larga y Thorguna los dos destrales. Orka y los Hermanos de Sangre corrieron detrás de ellos.

Enfrente, los skraeling gruñían y aullaban con sus toscas armas de hierro en las manos. Uno de ellos afirmó los pies en el suelo y plantó la lanza en la tierra, apuntando hacia Glornir, que corría hacia él por la escalera. Halja echó hacia atrás su lanza y la arrojó sin detenerse. Orka la observó mientras ascendía por el aire, con el asta vibrante, y luego cómo caía. El proyectil se hundió en el pecho del skraeling y lo derribó con una explosión de sangre, y la lanza que sujetaba cayó junto con él. Glornir y Thorguna embistieron como un alud el grupo de skraeling y volaron cuerpos en todas direcciones. Glornir espumajeaba y babeaba mientras su hacha trazaba amplios arcos en el aire y una cabeza seccionada saltó girando por el aire. Thorguna arremetía con sus destrales en un frenesí sangriento y los skraeling se desperdigaron corriendo y chillando. Orka y los demás cargaron contra ellos unos instantes después y los golpearon con los escudos al mismo tiempo que les asestaban hachazos y espadazos. Los skraeling trataban de reagruparse, pero Glornir y Thorguna los habían dividido y disgregado abriendo un pasillo a través de ellos como si segaran trigo, y ahora se lanzaban hacia Ilska, Drekr y los Alimentadores de Cuervos. Embistieron su muro de escudos.

CAPÍTULO SETENTA Y TRES

VARG

Varg paseó la mirada por el gran salón de Ulfrir y mirara donde mirara solo veía llamas, fuego y nubes densas de humo y ceniza. El espíritu froa yacía muerto en el suelo, con el cuerpo consumido por el fuego, y cuando miró arriba vio que el infierno trepaba crepitando por el tronco del gran árbol como enredaderas que crecieran aceleradamente y ya estaba propagándose por las primeras ramas. Fijó la mirada en el techo, a donde había volado, o huido, Lik-Rifa y atisbó unas figuras diminutas en la escalera.

—¿Hemos ganado? —preguntó a Svik—. ¿Hemos derrotado a la dragona? ¿Ha huido?

—Ha huido, pero no la hemos derrotado. No la derrotaremos hasta que la matemos —contestó Svik, y luego sonrió—. Pero es un buen comienzo. Y hay que aprovechar que ella no está para aniquilar a su ejército.

Con ellos estaban Røkia y Einar, Æsa, Edel y un puñado de Hermanos de Sangre a quienes las llamas habían impedido seguir a Glornir y a los demás por la escalera.

—¿Por dónde empezamos? —preguntó Varg. El caos reinaba en el gran salón. Las llamas se propagaban y las asfixiantes nubes de humo ocultaban buena parte de la cámara. Las arañas del hielo entraban y salían del humo y las bandas de guerreros, tanto mercenarios de Elvar como de Lik-Rifa, formaban pequeños muros de escudos. Varg vislumbró los escudos solapados de los Terrores de la Batalla de Elvar, con Sighvat en el centro, luchando codo con codo con la banda de guerreros del jarl Orlyg contra una masa de skraeling a la que estaban alejando del estrado y obligando a retroceder hacia las puertas abiertas. Ulfrir estaba asediado por troles y descendientes de la dragona, cuyo fuego rúnico crepitaba y formaba muros de llamas en un intento por dirigir a Ulfrir hacia el fuego que consumía el gran árbol mientras el enjambre de troles lo acorralaba. Un puñado de troles arremetían con las porras contra uno de los perros de piedra y pulverizaban grandes pedazos de roca.

—¡Allí! —exclamó Svik señalando al perro de piedra, y salió disparado por el gran salón sin esperar la respuesta de sus compañeros, escudo y espada en mano. Varg lo siguió y automáticamente se colocó a su izquierda para cubrirle el flanco. Røkia se puso a su derecha. El resto de los Hermanos de Sangre corrieron tras ellos y se desplegaron en formación de cuña mientras cruzaban la cámara.

Varg machacó a un skraeling, asestó hachazos a las arañas del hielo que correteaban hacia él y golpeó con el escudo a los guerreros que encontraba a su paso. Por fin salieron de una nube de humo y vieron ante ellos el lobo de piedra desplomado en el suelo y recibiendo una somanta de porrazos de los troles.

Edel dio tres pasos rápidos y arrojó la lanza. Varg vio que se clavaba en la región lumbar de un trol cuando estaba levantando por encima de la cabeza la porra que empuñaba con las dos manos. El monstruo soltó un bramido ensordecedor y empezó a trastabillar, dando unos pasos hacia atrás, se llevó las manos a la espalda y se arrancó la lanza. Einar llegó a su lado y el trol le propinó un porrazo, pero Einar se apartó para esquivarlo y golpeó de refilón la porra con el escudo para estrellarla contra el suelo. Acto seguido asestó al trol un hachazo en la muñeca con su hacha barbuda que estuvo a punto de cortarle la mano. El trol levantó el brazo con la mano colgando de una tira de carne y chorreando sangre por la herida y Einar le hundió el hacha en la rodilla, sacó la hoja y el trol se tambaleó y se derrumbó. Einar le asestó otro hachazo en la nuca y la sangre manó a borbotones del tajo cuando extrajo la hoja.

Dos troles se volvieron hacia ellos rugiendo, uno blandía una porra y el otro atacó a Æsa con una lanza enorme. La mercenaria saltó para esquivarla y la lanza se hundió en el suelo con una explosión de tierra. Æsa se subió de un brinco al asta del arma, que era gruesa como un árbol joven, y corrió por ella con la agilidad de una cabra, luego dio otro brinco y, riendo, apuñaló con el seax un ojo del trol. La bestia profirió un alarido y se desplomó de espaldas, y alrededor de su cuerpo se levantó una gran nube de polvo. Nada más volver a poner los pies en el suelo, Æsa se acercó al trol y recuperó el seax. El maltrecho lobo de piedra se abalanzó sobre el último trol que quedaba en pie y lo derribó. Los Hermanos de Sangre lo rodearon y lo cosieron a puñaladas y hachazos hasta que lo mataron.

Varg se volvió cuando su oído lupino percibió un grito detrás de ellos.

—¡Refna y los niños! —exclamó.

—¿Dónde? —preguntó Einar.

Varg señaló con el dedo y Einar echó a correr pesadamente seguido por Varg y los demás. Giraban bruscamente para rodear las llamas y aguantaban la respiración al atravesar las nubes de humo. Salieron a una zona de aire limpio y Varg vio a Refna y al resto de los niños. Estaban rodeados de guerreros y skraeling que los conducían hacia uno de los enormes pasillos que partían de la cámara. Varg frenó en seco con el corazón encogido.

Brák el Azote de los Troles, con un seax en la mano, iba a la cabeza del grupo y arrastraba por el suelo a Refna agarrada del pelo. La niña escupía, gruñía y llamaba a gritos a Einar. El lobo interior de Varg emitió un gruñido bajo y amenazador, y Varg sintió que se le erizaba el vello de la nuca.

Einar rugió y salió disparado hacia los niños, con Varg siguiéndole a pocos pasos.

Brák vio llegar a Einar y se detuvo, levantó una mano y el grupo que lo seguía también paró. El Azote de los Troles sujetó a Refna y le puso el seax en el cuello. Einar frenó en seco a apenas una decena de pasos de él y Varg se detuvo a su lado. Svik, Røkia y el resto se desplegaron en línea y gruñeron a Brák y a su cuadrilla.

—Suéltala —espetó Einar.

—¿Por qué iba a hacerlo? —demandó Brák. Tenía el rostro demacrado y la nariz afilada, la barba descuidada y la piel rugosa como la corteza de los árboles. Vestía prendas de cuero, pieles y malla, y llevaba puesto un collar de colmillos de trol. Una espada estrecha colgaba de su cinturón de armas y Varg se fijó en la multitud de seax y cuchillos que llevaba por todo el cuerpo, algunos colgados del cinturón y otros sujetos con correas a los brazos y las piernas.

—Más te vale soltarla —masculló Einar.

—Claro. No me vengas con amenazas, grandullón. He peleado con tipos más grandes que tú y he vivido para contarlo. —Acarició los colmillos de su collar con la hoja del seax—. Por algo me llaman el Azote de los Troles. —Recorrió con la mirada a los compañeros de Einar y se detuvo en Varg. Sonrió—. Vaya, tú sí que estás furioso —dijo—. ¿Qué te he hecho? ¿Maté a tu madre?

—A mi hermana —dijo Varg gruñendo.

—Bueno, me encantaría decir que lo siento, pero no es así. Después de todo, esto es Vigrið, y seguro que tu hermana se lo merecía.

Varg dio un paso adelante y Brák volvió a pegar el seax al cuello de Refna. Con la otra mano le agarró un mechón de pelo. En los ojos de Refna aparecieron unos destellos verdes, su boca se torció para gruñir y lanzó hacia arriba las manos. Varg vio que sus uñas se alargaban y oscurecían cuando arañó la mano y la muñeca de Brák y le hizo unas heridas sangrientas. El Azote de los Troles chilló y asestó una puñalada con el seax, pero Refna se dejó caer al suelo y se alejó de él rodando, se levantó con las piernas flexionadas y las manos tendidas como si fueran garras.

—Voy a destriparte por esto, maldita boñiga de trol —gruñó Brák.

Einar rugió y echó a correr y Varg, Svik, Røkia y el resto de los Hermanos de Sangre se lanzaron a la carga tras él.

Brák esquivó el hacha de Einar con una pirueta y lanzó una cuchillada con el seax que trazó una línea roja en el antebrazo de Medio Trol. Luego retrocedió unos pasos y desenfundó con calma su estrecha espada.

Varg cargó empuñando el escudo y el destral, y vio que dos skraeling corrían hacia él, se contorsionó para detener un golpe demoledor con el escudo y empujó a su agresor para quitárselo de encima. Un hachazo fue directo a su cabeza y se agachó para evadirlo, al tiempo que hundía el destral en el estómago del skraeling, hurgó en la herida moviendo a un lado y a otro la hoja del hacha y los intestinos de la criatura se desparramaron por el suelo humeando. Con el rabillo del ojo vio que Røkia, Edel y Æsa combatían con la cuadrilla de Brák. Einar y Svik se habían concentrado en el asesino de Frøya y alrededor de ellos se habían desplegado guerreros corrompidos y skraeling. Un puñado de ellos rodearon a Svik y lo separaron de Einar.

«Luchan como lobos y separan al alce de la manada».

Einar rugió y arremetió contra Brák con una sucesión de golpes: un hachazo de lado a lado, un porrazo con el borde del escudo, un hachazo de revés, una trompada con el umbos del escudo. Brák retrocedía y las acometidas de Einar silbaban a su alrededor. Entonces el Azote de los Troles contraatacó con ataques relampagueantes con la espada y el seax que impactaron en el escudo de Einar, y cuchilladas bajas que resbalaron por el borde. Einar reculaba arrastrando los pies y bloqueando los golpes. Asestó un hachazo, pero Brák ya retrocedía y deslizó los pies por el suelo para colocarse detrás de él, le rajó la pantorrilla con la espada y el enorme guerrero chilló y se tambaleó.

—¡NO! —gritó Varg. Vio que Svik escapaba a hachazos del grupo de skraeling que lo rodeaba y oyó el gruñido de Røkia. Echó a correr.

Advirtió un movimiento a su izquierda un instante antes de recibir un impacto en el escudo. Se tambaleó y tuvo que apoyar una rodilla en el suelo. Una lanza se dirigió a su cuello y se tiró al suelo, se le escurrió el escudo de la mano al rodar por la hierba y se incorporó en cuclillas, gruñendo, empuñando el hacha mientras sacaba el cuchillo de carnicero con la otra mano.

Una docena de guerreros se desplegaban delante de Varg, Røkia, Edel y Æsa, interponiéndose entre ellos y Einar y Svik. Los dos hombres que lideraban el grupo se lanzaron hacia Varg. Uno era moreno y barbudo, y sujetaba un escudo y una lanza, el otro tenía el cabello lacio y rubio, y empuñaba un escudo y una espada.

—Tengo la sensación de que he cruzado el mundo para encontrarte, Varg thrall de Kolskegg —dijo Leif Kolskeggson.

Otra docena de guerreros aparecieron detrás de Leif y Sterkur y cargaron contra los Hermanos de Sangre, todos ellos empuñando un escudo con un ojo dorado.

—Apenas te conozco —terció Sterkur—, pero ya te odio por las vueltas que me has hecho dar.

Leif y Sterkur se separaron para acercarse uno por cada lado a Varg. El resto de su cuadrilla se desplegó alrededor de Røkia, Edel y Æsa. Varg atisbó detrás de ellos que Einar perseguía cojeando a Brák, que se movía para mantenerse en todo momento justo fuera de su alcance. Pero entonces Brák atacó y asestó una acometida por debajo del escudo de Einar, que tiró el escudo hacia abajo para apresar la espada de Brák y le dio un golpe demoledor con el umbos. Brák cayó al suelo y Einar enfiló hacia él levantando el hacha. Sin embargo, justo en ese momento, otro guerrero atacó a Einar por la espada y le asestó una lanzada en la pierna. Einar rugió y, mientras caía, se retorció y hundió el hacha en el costado del guerrero. Antes de hincar la rodilla en el suelo, Einar extrajo el hacha y la sangre pulverizada roció el aire a su alrededor. Para entonces, Brák ya se había levantado, y se lanzó hacia Einar cuando este se volvía hacia él. La espada estrecha de Brák pasó rozando el borde superior del escudo de Einar y se hundió en su garganta. La punta de la espada salió por la nuca de Einar y manó sangre oscura de la herida. Svik emitió un grito desgarrador y Røkia profirió un aullido salvaje.

—Quita de en medio —gruñó Varg, y se lanzó contra Sterkur.

CAPÍTULO SETENTA Y CUATRO

ORKA

Orka se introdujo a través de la brecha que Glornir y Thorguna habían abierto en el muro de escudos de los Alimentadores de Cuervos empuñando el hacha con las dos manos y rebanó un estómago. Volaron anillas de cota de malla por los aires y brotó sangre. A continuación empotró la punta del mango del hacha en una cara y machacó labios, hizo saltar dientes y reventó una nariz. Pasó al otro lado del muro con una pirueta, levantó el hacha con las dos manos y la hundió en la espalda y el hombro de otro guerrero, atravesando la cota de malla y partiendo huesos. El guerrero profirió un alarido y se derrumbó. Orka extrajo la hoja y continuó avanzando a trompicones. Vio a Thorguna en el suelo. De su espalda sobresalía una lanza que había penetrado por su estómago y debajo de ella había dos cadáveres con los cuellos destrozados. A su alrededor había más muertos.

Al otro lado de Thorguna, Glornir estaba tirado en el suelo y encima tenía a Drekr. Los dos agarraban el hacha larga de Glornir, Drekr con la intención de clavar la punta del mango en el cuello del jefe de los Hermanos de Sangre. Ambos habían soltado a sus bestias interiores y sus ojos relumbraban, los dos echaban espuma por la boca y gruñían con los músculos tensados. Orka oyó gritos y rugidos a su espalda cuando los Hermanos de Sangre embistieron a los Alimentadores de Cuervos para llegar hasta su líder. También oyó los conjuros galdur y seiðr que Vol y Skalk se arrojaban mutuamente. Cuando recuperó el equilibrio, corrió hacia Drekr y vio que Glornir le propinaba un rodillazo en la entrepierna. Drekr se dobló y Glornir se retorció para tirarlo al suelo. Drekr rodó unos metros y se levantó, con un seax en una mano y con la otra sacó el destral del cinturón.

Glornir ya se había puesto en pie y avanzaba hacia Drekr, que no esperaba ese movimiento y empezó a asestar una feroz sucesión de acometidas. Glornir levantó el hacha larga y detuvo todos los golpes con el mango, que acabó partiéndose en una lluvia de astillas, así que Glornir le lanzó la hoja del hacha rota a Drekr en la cabeza, y se pasó adelante el escudo que colgaba a su espalda y desenfundó la espada.

De repente, Orka apartó de un empujón a Glornir y asestó un hachazo en diagonal de derecha a izquierda hacia Drekr. Este se retorció para evitarlo y arremetió con su destral contra la hoja del hacha de Orka, la golpeó de lleno y la guerrera, arrastrada por el ímpetu de su ataque, hundió su hacha en la hierba. Drekr dirigió entonces una puñalada con el seax al estómago de Orka, pero ella arqueó la espalda y el acero de Drekr rascó algunas anillas de su cota de malla. Orka soltó el hacha y agarró por la cota de malla a Drekr, tiró de él hacia sí y le mordió el cuello. Sintió cómo le arrancaba un trozo de carne, y cómo entraba la sangre a borbotones en su boca. Oyó los gritos y los inauditos improperios que salieron de su boca. Pero de repente una sensación de calor inundó todo su cuerpo, el dolor llegó un instante después y Orka se apartó de un salto y rodó por la hierba.

Orka oyó la voz de Glornir, el estrépito de los aceros a su alrededor. De pronto aparecieron las piernas de Glornir plantadas enfrente de ella y se impulsó para levantarse. Vio a Drekr con la barba apelmazada por la sangre que corría por su cuello después del mordisco de Orka. Sus ojos tenían un fulgor rojo y Orka se dio cuenta de que había empleado contra ella un conjuro seiðr que la había quemado.

Glornir y Drekr estaban intercambiando golpes. Glornir asestaba espadazos con los pies plantados en el suelo y el escudo levantado, y Drekr se movía alrededor de él y lo atacaba con el hacha y el seax. Orka vio su hacha larga tirada en el suelo y fue renqueando hasta ella, la extrajo de la tierra y en ese momento otra figura corrió hacia Glornir. Ilska la Cruel, con la espada y el escudo delante de ella, le lanzó un gruñido furioso al jefe de los Hermanos de Sangre, pero Orka se plantó delante de ella e Ilska se dio la vuelta y le lanzó un espadazo. La Machacacráneos estiró los brazos para desviar el golpe con el mango del hacha y arremetió con la hoja contra el escudo de su oponente. La potencia del golpe empujó a Ilska, que dio unos pasos vacilantes hacia su izquierda. Orka fue tras ella y le asestó un hachazo y luego un porrazo con el mango del hacha, que abolló y astilló el escudo de Ilska.

La hermana de Drekr recuperó el equilibrio, afirmó los pies en el suelo y arremetió con la espada contra Orka, obligándola a recular por la hierba hasta que su espalda chocó con la de Glornir. Así permanecieron los dos, espalda con espalda, mientras Drekr e Ilska se movían en círculo a su alrededor y los tanteaban con acometidas con la espada, el seax y el hacha. Glornir y Orka paraban los golpes y contraatacaban. Y el mundo entero se redujo al filo de un acero, a un estertor, a unos pies arrastrándose por la hierba.

Orka apenas era consciente del encarnizado combate que rugía a su alrededor entre los Hermanos de Sangre y los Alimentadores de Cuervos, las arañas del hielo y los skraeling: los gruñidos de osezno y de lobato de Breca, el estruendo de las armas al impactar en los escudos mientras Lif y Sæunn luchaban con frenesí en torno al chico, rodeados por las llamas de hielo y fuego de las runas que Vol y Skalk se arrojaban en el duelo que mantenían.

Orka atisbó con el rabillo del ojo que Skalk se tambaleaba y un fuego azul consumía su bastón galdur, que crujió y se desmenuzó con una explosión de astillas. El galdramaðr salió disparado por el aire con los brazos extendidos y chillando. Vol profirió un conjuro y Skalk comenzó a sufrir convulsiones, sus huesos crujieron y se estrelló contra el suelo con las extremidades dislocadas y el cuello roto.

Una araña del hielo saltó hacia Orka, que le hizo frente y le asestó un hachazo cuando todavía estaba en el aire. El vaesen se estampó contra el suelo y se produjo una erupción de icor oscuro y fragmentos de exoesqueleto. Inmediatamente después, Orka se agachó para evadir el hacha de Drekr, se lanzó hacia él y le hundió la punta del mango del hacha larga en el estómago. Drekr se plegó y Orka le dio otro porrazo en la cara con el mango del hacha. Él retrocedió unos pasos, tropezó con el cuerpo de una araña del fugo y Orka avanzó hacia él con el hacha levantada.

—¡NO! —gritó Ilska al ver lo que iba a suceder. Arremetió con furia contra Glornir para quitarlo de en medio y correr al lado de su hermano, pero él dio un paso atrás, hacia su derecha, y se interpuso entre ella y Drekr. A continuación le asestó una acometida baja e Ilska bajó el escudo para apresar su acero entre el escudo y el suelo, pero el movimiento de Glornir había sido una finta, porque antes de quedar atrapada, él la había echado hacia atrás la espada, y luego le asestó otro golpe alto por el espacio que el escudo acababa de dejar desprotegido. La hoja se hundió en la carne blanda de Ilska justo por encima del borde de su brynja. La Alimentadora de Cuervos gruñó, dio un grito ahogado y dio un par de pasos tambaleantes hacia atrás. Intentó levantar el escudo y la espada, pero le fallaron las fuerzas. Glornir extrajo la espada y tiró a Ilska de espaldas al suelo de un mamporro con el escudo, se acercó a ella, le asestó un hachazo y la hoja se hundió en el cuello de Ilska.

—¡ILSKA! —rugió Drekr al mismo tiempo que desviaba con el destral el hacha larga de Orka, que descendía hacia su pecho. Sus ojos emitían un brillo rojo y sus brazos poseían una fuerza nueva. Envió hacia atrás a Orka de una patada en las piernas, se levantó del suelo de un brinco y embistió a la Machacacráneos. Los dos volaron por el aire y al caer rodaron por el suelo. Orka había perdido el hacha en la caída y rugía mientras atacaba con puñetazos y mordiscos a Drekr. Se zafó de él, se puso en pie gruñendo y bajó las manos a los seax que colgaban de su cinturón.

Entonces se oyó un estruendo lejano, y un instante después el suelo tembló debajo de sus pies. Orka se tambaleó y sintió una presión dentro de la cabeza. Sonó otro estruendo, más fuerte que el anterior, seguido por un temblor también más potente. Todas las personas y las criaturas que quedaban vivas en la colina se tambalearon y trastabillaron. Los combatientes se separaron de sus oponentes y buscaron el origen de los temblores. La presión en la cabeza de Orka se incrementó, como un viento que arreciara. Otro estruendo, más fuerte aún, y el suelo se estremeció de nuevo. Una grieta apareció con gran estrépito en la tierra entre Orka y Drekr.

Orka se apartó de la fisura a trompicones, sacudiendo la cabeza, y vio que otras personas hacían lo mismo. Miró en derredor y oteó en la distancia. Entrecerró los ojos. En las montañas Dorsales estaba pasando algo raro, parecía que… se movían. Grandes avalanchas de nieve se precipitaban por las imponentes laderas y se producían unas erupciones de nieve y hielo que llegaban hasta las nubes.

El viento que había dentro de su cabeza se convirtió en un huracán ensordecedor en el que se arremolinaba una voz apenas distinguible.

—Snaka —masculló Vol.

Orka se volvió hacia el noroeste, en dirección a Snakavik. Entornó los ojos, hizo una mueca y negó con la cabeza.

El cráneo de Snaka se movía y a su alrededor se levantaba una nube de polvo. En sus cuencas oculares, vacías durante tanto tiempo, una luz ambarina destelló un momento y luego refulgió con intensidad.

—No —musitó Orka—. ¿Qué ha hecho Lik-Rifa?

Mientras la observaba, la cabeza se levantó de las rocas y el mar. Ya no se trataba de unos pálidos huesos grisáceos, pues estaban creciéndole escamas nuevas que se expandían por los contornos del cráneo, grises y verdes. Su boca se alzó y dejó a la vista unos dientes largos y resplandecientes, unas encías rosadas por la sangre nueva, una lengua de un color negro azulado que se contoneaba en el aire. La serpiente giró la cabeza a un lado y al otro, y los descomunales músculos de su sinuoso cuello se flexionaron y vibraron con la resurrección del aterrador Snaka después de mucho tiempo muerto. Orka oyó un rugido dentro de su cabeza, ensordecedor y feroz como una tormenta invernal.

Snaka dirigió la mirada al fiordo que se extendía ante él y clavó una mirada implacable en las flotas de Iskidan que navegaban en esas aguas, abrió la boca dejando a la vista unos dientes que eran tan gruesos y largos como los árboles del Bosque de Hierro y sacó su sinuosa lengua negra. Las rocas y la tierra de la montaña, siglos y capas de sedimentos que se habían acumulado sobre los huesos de Snaka, comenzaron a desprenderse de él como si fueran los regueros de agua que caen del cuerpo de un perro nada más salir de un arroyo. El peso de la montaña se precipitó en el fiordo de Snakavik con un estrépito ensordecedor, demoledor, y se levantó un muro de agua que estalló y se llevó por delante la flota como si fueran las hojas secas de un árbol. El agua embistió los drakkar y los aplastó, los destruyó, y en un abrir y cerrar de ojos la flota dejó de existir.

A lo largo de la cordillera de las Dorsales, las montañas vibraban y se estremecían, y la nieve y las rocas se desprendían en aludes irregulares que levantaban enormes nubes de polvo y tierra. Orka se fijó en que el suelo se ondulaba y agitaba como si alguien estuviera sacudiendo una alfombra y toda Vigrið se sacudía con un estruendo cada vez más fuerte.

Snaka se alzó un poco más y eclipsó el sol. Era enorme, y sus escamas afiladas como cuchillas se extendían por su cabeza y descendían formando protuberancias por su espalda. Se irguió, alto como el cielo, y luego dejó caer la cabeza y se zambulló en el mar. La explosión de agua provocó otra ola gigante que se extendió por el océano y arrasó y sepultó la costa de Vigrið.

Orka divisó entonces la silueta de Lik-Rifa en el cielo, siguiendo la línea de la costa. La cabeza de Snaka emergió con una gran erupción de agua y las gotas saladas resplandecieron a la luz del sol. Otra flota de Iskidan voló por el aire y los drakkar se estrellaron contra el mar reducidos a fragmentos de madera. Lik-Rifa voló hasta la cabeza de Snaka, describió unos círculos alrededor de ella y luego se dirigió tierra adentro, de vuelta al Valle de los Lobos.

Y Snaka la siguió. Su cuerpo salió reptando del mar y avanzó culebreando por la tierra, arrasando bosques y aplastando colinas a su paso.

Orka se llevó una mano a la cabeza y se la apretó para tratar de sacarse la tormenta que era Snaka. Sentía como si tuviera avispas dentro de ella, como si estuviera en el fondo del océano y la presión se la aplastara.

Pese a esa sensación de abotargamiento se dio cuenta de una cosa.

«Lik-Rifa lo trae aquí».

La tierra bajo sus pies volvió a temblar y las sacudidas tiraron al suelo a todo el mundo. Aparecieron unas grandes grietas y se produjeron desprendimientos sobre el gran salón de Ulfrir que se encontraba debajo. Orka miró a su alrededor buscando a Breca. Vio que Glornir hacía una mueca, enfundaba la espada y caminaba a trompicones hasta Vol, la agarraba por la muñeca y la acercaba hacia sí. Luego atisbó un movimiento a su derecha y vio que Drekr se había levantado del suelo y corría dando tumbos hacia ella, gruñendo y con el hacha levantada. El estruendo de la resurrección de Snaka no le había permitido oír que Drekr se acercaba. Orka intentó darse la vuelta y sacar un seax del cinturón, pero el mundo se movía, corcoveaba y se estremecía.

De repente cayó como un rayo del cielo una criatura pequeña y sin pelo. Era Vesli, mostrando los dientes mientras gruñía y con las manos con sus largas uñas extendidas delante de ella. Impactó en la cabeza de Drekr, la envolvió con los brazos e hizo una escabechina en ella con arañazos y mordiscos. Drekr chilló, dio unos pasos tambaleantes antes de desplomarse y desapareció rodando colina abajo con Vesli todavía aferrada a su cabeza.

—¡HERMANOS DE SANGRE! —bramó Glornir con el rugido del oso en su voz al ver que Snaka se acercaba—. ¡CONMIGO!

Glornir echó a correr por la cima de la colina dando bandazos como un borracho. Orka vio a Breca con Lif y Sæunn, que trataban de llegar a ella, y corrió a trompicones hacia ellos, cogió a Breca en brazos y siguieron a Glornir zigzagueando por la colina para sortear las enormes grietas y los agujeros que aparecían en el suelo y no precipitarse a la vastedad de la cámara que había debajo.

Glornir se había detenido y al llegar a su lado, Orka se dio cuenta de que estaba parado en el borde de un barranco. Muchos metros por debajo de ellos discurría el río Falinn. Halja frenó en seco junto a ellos, se asomó al vacío y sonrió.

—Lobos detrás y un precipicio delante —dijo.

—¡SALTAD! —gritó Glornir, y se lanzó desde el borde del barranco cogido de la mano de Vol.

Orka miró a Breca y lo apretó contra su pecho.

—Te quiero con toda mi alma —musitó, y saltó con su hijo entre sus brazos.

CAPÍTULO SETENTA Y CINCO

VARG

Varg se dejó caer de rodillas. Una voz rugía dentro de su cabeza. El mundo se desmoronaba a su alrededor y el suelo temblaba bajo sus pies. Leif y Sterkur también estaban tirados en el suelo, Leif con el enorme tajo en el hombro que Varg le había hecho con el cuchillo de carnicero.

«No deja que me acerque a Einar».

Una ira irrefrenable se apoderó de él y arrinconó la voz que oía en la cabeza. Se puso en pie y embistió a Leif. Los dos rodaron por el suelo con los cuerpos enredados.

—No soy un thrall —gruñó, y dejó libre el lobo en su sangre, abrió la boca y arrancó un trozo sanguinolento del cuerpo de Leif de un mordisco.

Leif chilló y trató de zafarse de él, pero Varg lo agarraba con fuerza. Leif agitó los brazos con desesperación y volvieron a rodar unos metros, pero entonces el suelo se tambaleó otra vez y los lanzó por el aire. Cuando sus cuerpos se estrellaron contra el suelo, Leif ya no se movió. Varg abrió la boca y escupió sangre y trozos de carne. Una mano lo agarró del brazo y lo levantó del suelo. Varg se dio la vuelta gruñendo, pero entonces vio que era Røkia.

Røkia miró el cuerpo de Leif y frunció la boca. Encima de ella, en la bóveda del techo de la cámara, aparecían grandes franjas de luz al precipitarse secciones enormes alrededor de ellos.

Leif estaba muerto y la sangre escapaba de su cuerpo por su garganta desgarrada. Sterkur había desaparecido. Varg comprobó sus armas. El seax seguía enfundado en su cinturón y vio el cuchillo de carnicero y el hacha, y fue a recogerlos trastabillando. Luego echó a correr por la cámara dando tumbos.

Svik estaba arrodillado al lado del cuerpo de Einar, con las mejillas surcadas de lágrimas. Røkia se acercó a él y le puso una mano en el hombro. Los dos miraban a Einar, que yacía bocabajo con una fea herida en el cuello sobre un charco de su propia sangre viscosa. Muerto no parecía tan grande. Refna se había tendido sobre el cuerpo de Einar y lloraba. Otra docena de niños estaban de pie con la cabeza agachada alrededor del hombretón. El resto de los Hermanos de Sangre se reunieron en torno a ellos. Edel miró el cadáver y su perro lamió la mano de Einar. Æsa emitió un alarido desgarrador. Varg rememoró el día que los Hermanos de Sangre se habían cruzado en su camino por primera vez, cuando había luchado con Einar y le había mordido la pierna. El dolor y la rabia lo invadieron, levantó la cabeza y profirió un aullido interminable que resonó en toda la cámara.

Un trozo de roca del tamaño de un drakkar recubierto de tierra se estrelló contra el suelo a medio centenar de pasos de donde estaban, se hizo añicos y saltaron fragmentos de roca y tierra en todas direcciones. La conmoción tiró a todos por los suelos y sacó a Varg de su ensimismamiento. Las llamas arrasaban la cámara y estaban apareciendo unas fisuras enormes en el suelo, como los desgarrones en una vela durante una tempestad.

—¿Y Brák? —gruñó Varg.

—Ese niðing ha escapado —dijo Røkia—. Cuando el mundo decidió hacerse pedazos huyó como una rata.

Cayó otra roca del techo y todos se tambalearon.

—¿Qué está pasando? —mascúlló Æsa paseando la mirada por el gran salón mientras se desmoronaba.

—Snaka —dijo Edel haciendo una mueca—. Lo he oído en mi alma.

—Hay que salir de aquí —terció Svik.

Por todas partes había gente corriendo y un río de cuerpos trataba de llegar a las puertas. Guerreros, arañas, troles y skraeling habían dejado de lado la batalla y se habían unido en la huida desesperada por la supervivencia. Todos corrían hacia la luz. Del altísimo techo no paraban de caer piedras y grandes pedazos de tierra apelmazada del tamaño de rocas, que aplastaban a muchos de los que estaban abajo y hacían volar por el aire a muchos más. Las paredes también habían comenzado a desmoronarse. Una de las grandes puertas crujió y se derrumbó, y una avalancha de cascotes bloqueó la salida.

—¿Y cómo salimos ahora de aquí? —demandó Varg.

Ulfrir apareció cruzando su gran salón, rodeando las llamas y las grandes fisuras del suelo con pasos tambaleantes. Los lobos de piedra lo acompañaban y Skuld volaba encima de él. Lideraba un grupo numeroso y trataba de protegerlos a todos con su cuerpo. Sus úlfhéðnar corrían debajo de él y Varg vio a Sighvat a la cabeza de los Terrores de la Batalla y los drengir de Elvar. El jarl Orlyg también estaba allí, con sus guerreros supervivientes. Detrás de ellos aparecieron Sulich y lo que quedaba de sus jinetes. Taras corría con ellos y llevaba en brazos a Iva. Varg reparó en que Sighvat se separó del resto de los Terrores de la Batalla y corrió hasta que desapareció detrás de una cortina de fuego. Ulfrir vio a los Hermanos de Sangre y se dirigió hacia ellos. Miró las puertas.

—Por ahí no podremos escapar —gruñó.

Sighvat regresó a través del humo. Llevaba en brazos un cuerpo. Cuando llegó donde estaban los demás, Varg descubrió que era el cadáver de Elvar. Las lágrimas habían surcado las mejillas manchadas de sangre y mugre de Sighvat.

Se oyó un crujido atronador y una rama del gran árbol se estrelló contra el suelo de la cámara con una explosión de hojas y llamas que levantó nubes de polvo y humo.

—Seguidme —gruñó Ulfrir—. Iremos por los túneles —añadió, y se puso en marcha.

Varg ya iba a darse la vuelta para seguir a Ulfrir cuando vio un puñado de personas que cruzaba a trompicones el gran salón y desaparecía momentáneamente detrás del humo y las llamas.

—¡ESPERAD! —bramó.

Ulfrir se volvió.

—Tenemos que irnos —dijo lanzando una mirada arriba. El techo era un agujero irregular por el que se filtraba la luz a través de grandes parches, formando columnas.

—Allí —dijo Varg señalando con el dedo, y corrió de nuevo hacia el interior de la cámara.

Grend iba a la cabeza de un pequeño grupo de personas que cruzaba el gran salón. Varg reconoció a Uspa y a Berak entre ellos, también vio a Gytha, con un puñado de berserkir y drengir. Entre todos transportaban un bulto muy grande envuelto en un trozo de vela.

Era Hrung.

—¡Vuelve aquí! —gruñó Ulfrir. Y entonces el lobo cruzó saltando la cámara. Un temblor demoledor sacudió el suelo y lo derribó, pero Ulfrir clavó las uñas en el suelo, se levantó rápidamente y continuó saltando hasta que llegó al pequeño grupo, agarró con los dientes el trozo de tela en el que transportaban a Hrung al mismo tiempo que protegía a Grend y a los demás con su cuerpo, y todos regresaron juntos donde estaban Varg y los demás, que giraron bruscamente y corrieron trastabillando por la cámara.

Ulfrir llegó a ellos cuando ya alcanzaban la entrada del túnel y se detuvo un momento para echar una mirada a la cámara detrás de él. La intensidad de los temblores crecía y el suelo se agitaba sin descanso. Otro trozo descomunal del techo se precipitó y se hizo añicos al chocar contra el suelo. Algo impactó en la pared del fondo de la cámara, detrás del árbol y el estrado, y una grieta se extendió por su superficie desde el techo hasta el suelo. La luz del sol se filtró por la fisura y toda la pared explotó hacia dentro y se derrumbó sobre el suelo. La luz entró a raudales y una gran nube de polvo se expandió por toda la cámara.

Varg, Ulfrir y todos los demás observaron la escena paralizados. Entonces el polvo se asentó, pero algo no dejaba entrar la luz a través del boquete en la pared desmoronada, algo más grande que cualquier cosa imaginable. Varg vio el resplandor de dos grandes hogueras a una gran altura del suelo, suspendidas en el aire. Parpadearon y una cabeza reptiliana se formó alrededor de esos ojos, con escamas de color verde grisáceo, cuernos y púas, que se ensanchaba a medida que se acercaba a un cuello musculoso y recubierto de escamas afiladas. La boca se abrió y aparecieron unos dientes largos y puntiagudos y unos colmillos curvos que goteaban saliva. Una lengua de color negro azulado se contorsionó en el aire como para apreciar su sabor.

—Ulfrir, hijo mío —siseó la serpiente. La voz sibilante de Snaka retumbó en el salón y Varg sintió que sus huesos vibraban con sus reverberaciones. La cabeza de Snaka se balanceó moviéndose a un lado y a otro, buscando.

Varg sintió que sus huesos vibraban con las reverberaciones de sus palabras y que una presión lo comprimía como si un puño estuviera estrujándolo.

Ulfrir alzó la mirada hacia su padre, emitió un gañido agudo y un gruñido silencioso le torció los labios. Luego dio media vuelta y entró en el túnel. Varg y todos los demás lo siguieron.

CAPÍTULO SETENTA Y SEIS

ORKA

Orka salió del agua arrastrándose por la orilla del río, tosiendo y escupiendo, con la cota de malla y la ropa interior de lana empapados convertidos en un lastre. Breca ya estaba en la ribera, vomitando, o eso pensó por el ruido que hacía.

—No te pares aquí —dijo Orka—. Vamos a los árboles. —Agarró de la mano a su hijo y lo condujo hasta la seguridad de la penumbra que ofrecía el borde del bosque.

Allí ya había otros miembros de los Hermanos de Sangre, Halja y Gunnar, Lif y Sæunn, Glornir y Vol entre ellos. Lif estaba cortando leña con el hacha para encender un fuego. Estaban en un meandro del río donde el agua llegaba hasta bien adentro de la ribera y arrojaba lo que arrastraba a la maleza y el bajío. Detrás de Orka seguían saliendo Hermanos de Sangre del río.

Habían saltado al Falinn desde la cima del Valle del Lobo y habían impactado en el agua helada como piedras. Orka había tenido que utilizar toda la fuerza del lobo en su sangre para que la cota de malla no los arrastrara a ella y a Breca hasta el fondo. Habían emergido con un grito ahogado y aspirando bocanadas de aire. La corriente los había arrastrado río abajo hasta que los expulsó del agua en aquel recodo profundo.

Orka se apoyó en un árbol y revisó su cinturón de armas. Acarició con las yemas de los dedos los dos seax y se enfureció por no habérselos devuelto a Drekr, hundidos hasta la empuñadura en su cuerpo.

«Al menos esa niðing de Ilska está muerta».

—A lo mejor está muerto —dijo Breca mirando a su madre.

—Tal vez —dijo ella. Esperaba que siguiera vivo.

Glornir se acercó a ella mientras Vol iba hasta la leña que Lif había amontonado y pronunciaba unas runas seiðr para encender el fuego. Breca se arrimó a su tío y se apoyó contra él. Glornir le pasó un brazo alrededor de los hombros. Los tres se volvieron hacia el río. A lo lejos se veía la ladera del Valle del Lobo. La mitad de la colina se había derrumbado y ahora solo era un contorno irregular. Snaka se alzó por encima de ella y golpeó el gran salón con tanta fuerza que el suelo tembló debajo de los pies de Orka cuando redujo a escombros la colina. El estrépito del derrumbamiento de la colina resonó en el bosque. Snaka sacó la cabeza de la devastación y las ruinas, y apareció recortada sobre el sol.

—¿Lo sientes? —preguntó Glornir a Orka.

—Ajá. Como si tuviera avispones dentro de la cabeza. Como si una mano me estrujara los huesos.

—Ajá —gruñó Glornir.

—¿Cómo vamos a luchar contra eso? —musitó Breca.

—Cada batalla a su tiempo —masculló Glornir—. Primero hay que acabar con la dragona y la rata.

—Ajá —dijo Orka. Pateó el suelo y se echó el aliento en las manos. El sol comenzaba a ponerse detrás de las copas de los árboles del Bosque de Hierro y no era más que un borroso resplandor velado por densas nubes.

—Parece que va a nevar —observó Halja Nariz Chata acercándose a ellos.

Hacía rato que no salía del agua ningún miembro de los Hermanos de Sangre, pero otros cuerpos pasaban flotando ante ellos arrastrados por la corriente: pálidos skraeling que flotaban bocabajo, un trol joven, un caballo que giraba lentamente, guerreros, piernas peludas y otras partes del cuerpo de las arañas del hielo. El río también transportaba barriles, carros sumergidos a medias, mesas y sillas destrozadas, toda clase de objetos del gran salón de Ulfrir.

—Bueno, jefe —dijo Gunnar—. ¿Qué hacemos ahora?

—Primero secaremos la ropa y entraremos en calor, si no al amanecer todos habremos muerto por congelación y no podremos hacer nada. Después averiguaremos si queda algún amigo vivo.

Oyeron un zumbido de alas encima de las copas de los árboles y todos deslizaron las manos a las armas.

—¡Soy yo! —graznó Vesli.

Breca dio un grito de felicidad, extendió los brazos y Vesli voló hasta ellos. Breca abrazó a la pequeña vaesen con todas sus fuerzas.

—Vesli se alegra de ver al amo Breca —dijo con voz aflautada. Miró a su alrededor—. Se alegra de ver al ama Orka. Se alegra de veros a todos.

—Gracias —dijo Orka inclinando la cabeza al recordar que Vesli se había lanzado contra Drekr cuando ya se abalanzaba sobre ella.

—De nada, ama Orka —dijo Vesli—. El hombre malo escapó —añadió arrugando el ceño. Luego sonrió—. Pero no entero. Hurgó en la bolsa que llevaba en el cinturón y sacó un diente largo con unos colgajos de carne en la raíz.

Orka sonrió. Vesli se metió en diente en la boca y masticó.

—¿Podrías ayudarnos? —preguntó Glornir a la vaesen.

—Vesli intentará ayudar a sus amigos —respondió—. ¿Cómo?

—Busca amigos nuestros. Ve a ver si encuentras supervivientes de la hueste de Elvar. —Glornir sacudió la cabeza hacia las siluetas irregulares del salón de Ulfrir y de Snaka, que destacaban sobre el sol poniente.

Orka siguió la mirada de Glornir y un copo de nieve se posó en su mejilla, suave como un beso en invierno.

CAPÍTULOS SETENTA Y SIETE

VARG

Varg salió del túnel a la luz postrera del día y vio caer la nieve a través de las copas de los árboles y posarse suave y silenciosamente en el suelo. Delante de él, Ulfrir estaba depositando con delicadeza el trozo de vela que llevaba entre los diente y Varg oyó la voz atenuada de Hrung cuando le dio las gracias.

Ulfrir se apartó y su cuerpo de lobo comenzó a vibrar y a emitir destellos, menguó con una serie de sacudidas y chasquidos, sus huesos crujieron y se produjeron pequeños estallidos en sus articulaciones, el pelo desapareció sustituido por piel y entonces apareció su forma humana entre los árboles, con el cabello oscuro y los ojos ambarinos. Sus úlfhéðnar se desplegaron a su alrededor y salieron a explorar la zona circundante del bosque. Skuld se elevó batiendo las alas y también desapareció entre las ramas de los árboles. Los dos lobos de piedra salieron renqueando del túnel, se sentaron de espaldas a Ulfrir y escrutaron la penumbra del bosque, todavía protegiéndolo.

Los supervivientes de la hueste de Elvar salieron trastabillando del túnel detrás de él, magullados, amoratados, ensangrentados.

Los miembros que quedaban de los Hermanos de Sangre, apenas una veintena, iban delante, liderados por Røkia y Svik, Edel y Æsa. Todos ellos rodeaban a Refna y al resto de los niños como si fueran una mano protectora. El sonido de los cascos de los caballos precedió a la aparición de Sulich. Kesha cabalgaba a su lado y los veinte o treinta supervivientes de su grupo venían detrás de él. Sus carcajes estaban en su mayor parte vacíos. Taras caminaba entre ellos, con Iva en sus brazos. La bruja seiðr tenía un corte en la frente cubierto por una costra de sangre seca. El jarl Orlyg y el jarl Logur salieron del túnel juntos, seguidos por lo que quedaba de sus bandas de guerreros, tal vez un centenar de unidades en total. Los últimos en emerger del túnel fueron Sighvat, cargado con el cuerpo de Elvar, y con Grend a un lado y Gytha al otro, Uspa y Berak, los supervivientes de los Terrores de la Batalla, Orv la Serpiente, que caminaba al lado de Urt el Sucio, unas decenas de drengir y berserkir de Elvar, y Frek a la cabeza de los úlfhéðnar que habían sido thrall de Estrid en Darl y habían jurado lealtad a Elvar. Todos ellos más los úlfhéðnar de Ulfrir sumaban medio millar, tal vez menos.

Se dispersaron por el bosque alrededor de la boca del túnel, sacaron las hachas y cortaron ramas y maleza con la idea de preparar el sitio para acampar, ir a buscar arroyos y agua, y atender a los heridos.

Grend, Gytha, Uspa y Berak se acercaron a Hrung para desenvolverlo del trozo de vela y tiraron de la cabeza y la empujaron hasta que consiguieron ponerla derecha.

—En fin, nunca había esperado que algún día tendría que darte las gracias por salvarme la vida, si es que esto es vida —dijo Hrung mirando a Grend.

Grend miró largamente a Hrung.

—Elvar te quería. Ella habría deseado que te salvara —gruñó Grend.

—Ay, Elvar, qué pérdida más terrible —dijo Hrung—. Era una persona excepcional. Es una pérdida terrible, espantosa.

Grend no dijo nada. Estaba pálido y en su cara se apreciaban los surcos que habían dejado las lágrimas. Se acercó a Sighvat, que estaba envolviendo el cadáver de Elvar con una capa, y le ayudó a pasar unas correas de cuero alrededor del cuerpo para atarlo.

Ulfrir enfiló por el claro que acababan de despejar, acompañado por Skuld y sus úlfhéðnar, y se detuvo a observar el trabajo de Grend y Sighvat. Bajó la vista al cuerpo de Elvar. Varg reparó en que muchos más se acercaban allí y se unió a ellos sin pensar. Alrededor del cadáver de Elvar se formó una multitud silenciosa.

—Elvar, fuiste una gran mujer —dijo Ulfrir con la voz ronca—. Convertiste a un dios en tu thrall y para eso hay que tenerlos bien puestos. —La insinuación de una sonrisa le torció los labios. Pero una expresión de pesar la sustituyó lentamente. Paseó la mirada en derredor y miró a los ojos a las personas reunidas en torno a él—. Me dio la libertad. Os dio la libertad a muchos de vosotros.

La gente asintió con la cabeza y con monosílabos. Varg reparó en que las lágrimas surcaban las mejillas de Uspa. Muchas más personas lloraban a su alrededor.

—Te lloraremos, Elvar —continuó Ulfrir—. Pero primero te vengaremos. —Grend reaccionó a eso con un gruñido, un sonido gutural—. Elvar Rompecadenas.

—¡ELVAR ROMPECADENAS! —repitieron al unísono todas las personas que estaban a su alrededor, sobresaltando a los pájaros posados en las copas de los árboles encima de ellos.

Luego se instaló el silencio, solo roto por el llanto de una niña. Refna se adelantó y cogió la mano de Uspa. Tenía los ojos rojos y las lágrimas estriaban la costra de sangre y mugre en su cara.

—Despiértala —le suplicó Refna entre sollozos—. Y despierta a Einar, tráelos de vuelta, por favor.

—No puedo, cielo —dijo Uspa.

—Pero despertaste a Ulfrir, todo el mundo me lo ha contado.

—Sí, pero el poder residía en él, en sus huesos. Ulfrir es un dios. Mis conjuros seiðr liberaron ese poder. Elvar no es una diosa. Tampoco Einar. No puedo traerlos de vuelta por mucho que desee hacerlo.

Uspa apoyó una rodilla en el suelo y abrazó a Refna. La niña continuó llorando con el rostro sepultado en su hombro.

La gente comenzó a dispersarse poco a poco para ocuparse de las tareas del campamento. Sulich hurgó en las alforjas atadas a su caballo buscando comida. Entre todos reunieron tortas de avena y galletas, pan duro y queso, aunque ni siquiera el queso podía animar a Svik tras la pérdida de Einar. Además no había suficiente para alimentar a todos los supervivientes.

Una rama crujió encima de ellos y Varg miró arriba. Le pareció ver una sombra que se movía y oír el débil zumbido de un aleteo.

—Ven conmigo, Insensato —dijo Røkia—. A ver si podemos cazar algo para comer.

Røkia se paseó entre los supervivientes y fue dando una palmada en la espalda a aquellos guerreros que le parecían más adecuados y menos heridos para ir a cazar. Después Varg se internó en la oscuridad del bosque y dejó que sus sentidos lobunos lo guiaran.

Sentado al lado de Røkia, Varg chupaba el tuétano del hueso del muslo de un conejo. La grasa caliente le quemaba las yemas de los dedos y él agradecía ese calor. Se habían arriesgado a encender fuego, aunque habían cortado ramas delgadas y las habían entrelazado para construir unas vallas que ocultaban la luz. Varg estaba demasiado cansado para hablar. El agotamiento se había instalado en sus huesos y a su cabeza acudían escenas fragmentadas de los sucesos del día: de la muerte de Elvar, de la espada hundiéndose en el cuello de Einar, de las palabras de Brák el Azote de los Troles.

«Seguro que tu hermana se lo merecía».

El lobo en su sangre levantó la cabeza y emitió un débil gruñido. Incluso él estaba exhausto.

«¿Y dónde está Glornir? ¿Y Vol? ¿Y Machacacráneos y los demás?».

Varg y sus compañeros los habían visto luchando en la escalera del árbol. Habían intentado seguirlos, pero las llamas se lo habían impedido.

«Debieron llegar al techo, quizá escaparon saliendo a la cima de la colina. Pero entonces apareció Snaka…». No quería pensar en ello. Quería aferrarse a la esperanza de que Glornir y los demás seguían vivos. Suspiró y escuchó la conversación de Ulfrir con los capitanes de Elvar. Gytha, Uspa, Sighvat, Orlyg y Logur estaban allí. Frek, Svik y Sulich hablaban en nombre de los Hermanos de Sangre. Estaban sentados cerca de Hrung, que por una vez permanecía callado, mirando el suelo, como abismado en sus pensamientos.

—Bueno, menudo día —comentó Orlyg—. Creo que estábamos ganando, hasta que ese capullo de la serpiente decidió destruir la cámara con nosotros dentro.

Se oyeron gruñidos y monosílabos de asentimiento alrededor del jarl. Ulfrir sorprendió a todos con su risita.

—Es la primera vez que oigo a alguien llamar capullo a mi padre —dijo con los ojos brillantes—. Muy adecuado.

Varg todavía sentía la presencia de Snaka, como un susurro lejano en su sangre.

—Pero ¿qué hacemos ahora? —preguntó el jarl Logur.

—Hay que matar a Lik-Rifa y a Rotta, y cuanto antes, mientras todavía están debilitados por sus heridas. Seguro que no esperan que los ataquemos ahora. Deben pensar que hemos huido, que hemos puesto distancia con ellos para reagruparnos —dijo Ulfrir—. Y también hay que matar a mi padre, si se puede.

—Murió una vez, así que puede volver a morir —terció Hrung.

—Necesitamos información —dijo Uspa—. Hay que encontrarlos, averiguar su plan y actuar a partir de ahí. Necesitamos a Grok y a Kló.

—No —aseveró Ulfrir—. Ahora que mi padre ha vuelto eso no es posible. Los cuervos le pertenecen en corazón y alma. Nos traicionarían. No me sorprendería que estuviesen buscándonos en este momento por orden de Snaka.

—Yo volaré, yo investigaré, seré vuestros ojos en el cielo —se ofreció Skuld.

—No, no quiero arriesgarme a perderte —dijo Ulfrir—. Es demasiado fácil divisarte, no pasas desapercibida.

—¿Qué sugieres entonces? —demandó Svik.

—Uspa tiene razón, necesitamos información —respondió Ulfrir—. Pero también aliados. —Paseó la mirada por el campamento, por los guerreros magullados—. Quedamos muy pocos.

—Eso suena estupendo —dijo Orlyg—, pero estamos en un bosque con la única compañía de los árboles. Y una dragona, una rata y una serpiente del tamaño de una montaña andan no muy lejos de aquí, junto con las criaturas y los guerreros de sus huestes que hayan sobrevivido a la visita de tu padre. —Miró a Ulfrir—. ¿Qué aliados nos quedan?

Ulfrir le sonrió.

Oyeron un aleteo en la oscuridad encima de ellos y todos se pusieron en movimiento y empuñaron las armas. Las pocas flechas que quedaban fueron colocadas rápidamente en los arcos y apuntaron arriba.

—¡No hagáis daño a Vesli! —gritó una voz aguda sobre sus cabezas. La vaesen surgió de la oscuridad acompañada por el zumbido de sus alas.

—Bueno, ahí están nuestros ojos en el cielo —dijo Svik sonriendo.

—Vesli trae amigos —dijo la tennúr.

Sonaron pasos en la nieve y todos se volvieron cuando vieron aparecer a algunos de los úlfhéðnar de Ulfrir, que entraron en el campamento escoltando a un grupo de guerreros. Glornir, flanqueado por Vol y Orka Machacacráneos, caminaba a la cabeza de una veintena de Hermanos de Sangre. Svik se puso en pie de un salto vitoreándolos y con una sonrisa radiante.

—¡Ah, Rompeescudos y la Granjera! Ya me siento mejor —dijo Orlyg con una sonrisa de oreja a oreja.

CAPÍTULO SETENTA Y OCHO

GUÐVARR

«En contra de todos los pronósticos, sigo vivo», pensó Guðvarr al soltar el escudo, que repiqueteó al chocar con el suelo. Se desabrochó el cinturón de armas, deslizó la cota de malla por su cuerpo para quitársela y se dejó caer encima de su capa tendida en el suelo, abrumado por el cansancio como si fuera una corriente en sus venas. La túnica de lana y el sayo de lino estaban llenos de manchas de sudor y apestaban, pero le daba igual. No tenía las fuerzas necesarias para buscar en su equipo y ponerse ropa limpia. Se había sentado cerca del fuego. Ahora nevaba de manera constante y los copos eran grandes como hojas. A su alrededor, por todo su vasto campamento, se encendían hogueras. El terreno había cambiado con la irrupción de Snaka y unos enormes montículos de tierra atravesaban el campamento. Había árboles partidos o caídos y las raíces apuntaban al cielo, así que encima de la cabeza solo tenían nubes y la nieve que caía. Unas enormes grietas y simas resquebrajaban el suelo, pero quedaban suficientes suministros y víveres para cocinar y comer.

«Y dormir —se dijo Guðvarr—. Y solo queda suficiente comida porque más de la mitad de las huestes del ejército de Lik-Rifa han sido descuartizadas, aplastadas o arrojadas al río».

Paseó la mirada por los supervivientes de la última batalla. Su número era ridículo en comparación con las huestes que se habían reunido en esas mismas riberas solo un par de días antes. Vio guerreros que cojeaban y heridos transportados por camaradas, oyó a los skraeling que lloraban a sus muertos con sus extraños berridos ululantes, oyó también el grito de un trol mientras su líder, Heðin, cauterizaba una herida con un hierro candente. Sabía que todavía había arañas del hielo y brujas nocturnas acechando en las tinieblas del bosque, pero había visto tantas muertas que tenía la certeza de que su número se había reducido considerablemente.

En un momento dado de la batalla, cuando Lik-Rifa y Rotta huyeron, había estado seguro de que habían perdido y de que iba a morir.

«Gracias a los dioses muertos que tenemos a Snaka de nuestro lado», pensó. Aunque solo de pensar en Snaka se ponía a temblar. Al ver la cabeza serpentina del padre de los dioses atravesar la pared de la cámara de Ulfrir, Guðvarr había estado a punto de perder el control de su vejiga y de mancharse los pantalones. Se echó hacia delante y olfateó el aire. Hizo una mueca.

«Quizá al final sí que perdí el control de la vejiga».

Intentó no pensar en Snaka y miró los trozos de carne, piernas y codillos que se sacaban de los barriles y se colocaban espetados encima del fuego o se echaban en ollas con agua hirviendo.

—Tráeme un poco de hidromiel, o de cerveza —dijo a una drengr de Sigrún, una mujer morena con una herida sanguinolenta en la mandíbula que se encargaba del fuego frente al que estaba sentado y giraba una pierna de venado espetada.

La drengr se lo quedó mirando un momento y frunció la boca, pero entonces Sigrún se dirigió hacia ellos después de haber estado conversando con Drekr, Krúsa y Glunn Puño de Hierro, los únicos capitanes de las huestes de Lik-Rifa que habían regresado al campamento por ahora. La drengr levantó una jarra, le llenó un vaso y se inclinó hacia él para dárselo.

—Gracias —dijo Guðvarr sonriendo. Tomó un trago.

Sigrún se sentó a su lado.

—Ilska ha muerto.

—¿Cómo? —balbuceó Guðvarr. A pesar de que acababan de dejar atrás dos días de combates, le parecía inconcebible que Ilska hubiera muerto durante la batalla.

—Glornir Rompeescudos la mató en la colina —explicó Sigrún. Miró a su sobrino y le puso una mano en la muñeca—. Skalk también ha muerto.

Guðvarr dio un grito ahogado. Reprimió la sonrisa y contuvo la alegría que lo embargaba.

«¡Skalk está muerto! Ese capullo niðing follacabras, torturador y mentiroso. ¡Ah, es uno de los mejores días de mi vida!».

—Y Estrid —dijo Guðvarr como de pasada—. La mataron cuando el hombre toro y los berserkir embistieron nuestro muro de escudos.

Sigrún asintió.

—Bueno, todavía tenemos que matar a un lobo, pero parece ser que hemos elegido el bando ganador, Guðvarr. Y hemos sobrevivido para recoger los beneficios. Con la llegada de Snaka todo ha cambiado. Estamos en los albores de un mundo nuevo, y de poderes nuevos. —Le apretó la muñeca—. Y nosotros nos contaremos entre esos poderes.

Un murmullo se extendió por el campamento y se hizo el silencio. Guðvarr percibió un cambio en el aire, que de repente parecía más denso, como si estuviera a punto de estallar una tormenta. Levantó la mirada y vio a Lik-Rifa y a Rotta entrando en el campamento, de nuevo en sus formas humanas. En los dos se apreciaban las heridas de la batalla y andaban con rigidez, con las túnicas manchadas de sangre. Rotta cojeaba y se sujetaba un brazo apretado contra el costado izquierdo como protegiéndolo. Lik-Rifa tenía heridas nuevas en la cabeza y el cuerpo, y un lado de su cara estaba cubierto por una costra de sangre seca. Caminaban un paso por detrás de un hombre más alto, les sacaba una cabeza a ambos, y era muy corpulento. Tenía el rostro muy pálido, moteado de unas manchas que parecían escamas, y la nariz afilada. Llevaba el pelo oscuro recogido en una coleta tirante en la nuca y sus ojos despedían unos destellos dorados con un matiz rojizo. Las puntas de sus dientes sobresalían de sus labios, que aparecían recorridos por venas oscuras. Vestía una túnica de lana gris, con sinuosas serpientes doradas bordadas y ribetes de pelo de animal teñido de rojo, y un cinturón de cuero con la hebilla dorada.

«El temible Snaka, padre de los dioses».

Guðvarr tuvo la compulsión de levantarse y acercarse a Snaka, arrodillarse ante él, inclinarse y jurarle lealtad.

Snaka se detuvo y paseó la mirada por el campamento y todo lo que había en él como si fuera suyo, como si el mundo entero le perteneciera.

«Y le pertenece, supongo —se dijo Guðvarr con una sensación de miedo en el estómago—. Ya estoy harto de sentirme así. El miedo está sobrevalorado. Ansío el día que me despierte y me acueste sin haber sentido miedo ni una sola vez».

Todo el mundo había dejado lo que estaba haciendo para mirar a los dioses que caminaban entre ellos mientras se adentraban en el campamento y se detenían en el centro. Todos los ojos estaban fijos en Snaka, atraídos como virutas de hierro por un imán. El miedo y el asombro eran palpables, vibraban en el aire.

—¡Arrodillaos ante vuestro creador, vuestro señor, vuestro rey! —bramó Rotta arrodillándose ante Snaka. Lik-Rifa apoyó una rodilla en el suelo y agachó la cabeza.

—Mi padre, mi rey. —Su voz resonó en el campamento.

Snaka se adelantó, miró a todos los que se habían congregado ante él, cientos de vidas, como si también le pertenecieran.

«Supongo que le pertenecemos», pensó Guðvarr mientras se levantaba trabajosamente y se arrodillaba ante el pavoroso Snaka, creador del mundo.

CAPÍTULO SETENTA Y NUEVE

VARG

Varg limpiaba la sangre y la mugre de sus armas con arena, grasa y un arrugado ovillo de alambre fino. Dispuestos en el suelo delante de él tenía el hacha, el cuchillo de carnicero y el seax. Estaba sentado junto a un puñado de camaradas de los Hermanos de Sangre: Røkia, Svik, Gunnar, Halja, Edel, Lif, Sæunn, Orka y Breca. Todos estaban atareados limpiando o reparando sus equipos de batalla. Orka deslizaba una piedra de afilar por los dos seax que llevaba en el cinturón. Varg no creía que estuvieran desafilados, ni siquiera que pudieran afilarse más, pero la expresión en los ojos de Orka le sacó de la cabeza toda idea de mencionárselo. Mucha de la gente que había en el campamento hacía lo mismo, se ocupaba de su equipo o dormía. Ya era tarde, aunque la nieve despedía un tenue resplandor al reflejar la luz moteada de las hogueras.

Glornir y Vol estaban reunidos con Ulfrir y el resto de los capitanes, intentando decidir un plan que les ofreciera una mínima oportunidad de sobrevivir a los próximos días. Vesli surgió volando de la noche y trazó unos círculos encima de Ulfrir y el resto, graznando emocionada.

—¡Los he encontrado! ¡Los he encontrado! —exclamó aleteando para descender y posarse en el hombro de Ulfrir.

Ulfrir la miró con una ceja arqueada, pero la tennúr no pareció percatarse.

—Buen trabajo, Vesli —la felicitó Ulfrir—. ¿Y dónde están?

—Desplegados cerca de la orilla del río, delante de tu gran salón, o de lo que queda de él —respondió la tennúr—. Tienen centinelas, pero no tantos como antes. La rata y la dragona están allí. —Hizo una pausa y un escalofrío la recorrió—. Y la serpiente. A Vesli no le gusta.

—A mí tampoco me gusta —terció Skuld.

—Estamos en deuda contigo —dijo Ulfrir—. Y espero recompensarte algún día por tu valor y tu lealtad.

—¡Dientes! ¡Muchos dientes! —dijo atropelladamente Vesli.

—Si está en mi mano, tendrás montañas de dientes —le aseguró Ulfrir sonriendo.

Vesli también sonrió y dejó a la vista dos hileras de dientes. Luego fue revoloteando hasta Breca y se posó en sus piernas.

—Vesli cansada —dijo. Se acurrucó en el regazo del chico y se cubrió un hombro y la cabeza con un ala. Breca la acarició.

Varg se volvió al oír pasos y vio que el úlfhéðnar Frek se acercaba a su grupo. Llevaba los costados de la cabeza afeitados, como Varg, y una larga trenza recogida sobre la coronilla. Su cota de malla estaba cubierta de sangre seca y del cinturón colgaban una espada y un seax. Entró en el círculo formado por los Hermanos de Sangre y se detuvo delante de Svik.

—La última vez que me senté con vosotros era un thrall —dijo con una voz áspera, como el sonido al frotar una cota de malla con arena.

—Y ahora eres libre —dijo Svik.

—Sí —repuso Frek frotándose el cuero cabelludo afeitado. Se agachó al lado de Svik—. Contaste una historia, cuando viajé contigo, sobre cómo era el mundo.

—Sí —dijo Svik esbozando una sonrisa que enseguida se borró de sus labios—. A Einar le gustaba esa historia.

Varg recordó las risas de Einar. Era una historia sobre un trol atrapado debajo de una roca, y Svik le había puesto al trol el nombre de Einar.

—A mí también me gustó —dijo Frek—. Sobre todo me gustó la parte del final, cuando el chico libera al lobo y le dice que nosotros decidimos cómo queremos que sea el mundo. Dentro de nuestra cabeza. —Se dio unos golpecitos con un dedo en la cabeza—. Me gustó, pero pensaba que solo era una historia, que nunca se haría realidad. Pero Elvar lo hizo. Ella cambió el mundo cuando pensó en ello —dijo golpeándose de nuevo la cabeza con el dedo— y decidió hacerlo.

Los Hermanos de Sangre murmuraron dándole la razón.

—Nuestras decisiones son importantes —continuó Frek—. Yo no lo creía, no pensaba que una decisión pudiera cambiar nada, pero me equivocaba.

—Solo necesitamos más gente que tome las decisiones correctas —murmuró Varg.

—Venga, siéntate y bebe con nosotros, Frek el Libre —dijo Svik, y le ofreció un vaso de cerveza.

Frek lo cogió y se sentó con ellos.

—Orka me dio la libertad —dijo Sæunn. Sus ojos se volvieron hacia ella, que continuaba afilando sus aceros con la piedra.

Se oyeron unos murmullos de aprobación.

—Soy libre —susurró Sæunn como si estuviera desvelando la ubicación de un tesoro. Luego se puso en pie y se adentró en la oscuridad del bosque para vaciar la vejiga.

Lif se puso a cantar una balada triste sobre el amor y la pérdida, sobre la familia y las tragedias, sobre los momentos felices compartidos. Tenía una voz dulce y cantaba con la cadencia de la marea. A Varg le hizo rememorar momentos excepcionales con su hermana, como cuando habían compartido un panal robado en la granja de Kolskegg y se habían tenido que frotar muy bien los dedos para que no los descubrieran, o cuando ella lo empujó encima de un hormiguero y él se puso a gritar cuando las hormigas le mordieron mientras ella reía tanto que se cayó a su lado. Lif sostuvo la nota al terminar la canción sobre dos amantes y su voz fue apagándose despacio. Lanzó una mirada a Halja.

—No —dijo Halja sin levantar la mirada de la espada, en la que estaba arreglando una muesca con una piedra de afilar. Paró un momento y miró a Lif—. Has demostrado tu valía en la batalla, tienes corazón de guerrero, y no tengo ninguna duda de que te cobrarás tu venganza. Pero yo no soy para ti.

Lif la miró con sorpresa y luego agachó la cabeza. Se le habían puesto rojos el cuello y las mejillas.

—No es porque me parezcas débil, o idiota, o irritante —añadió Halja retomando su tarea con la piedra de afilar, que deslizaba rítmicamente por la hoja de la espada—. Bueno, quizá a veces sí que me pareces irritante. Es porque eres un hombre. Y los hombres no me van. —Se encogió de hombros y Lif asintió—. Pero tienes mi respeto y mi amistad para siempre. Y si quisieras unirte a los Hermanos de Sangre, estaría encantada de llamarte hermano y confiaría en ti si te pusieras a mi lado en el muro de escudos. Espero que eso sea más importante para ti que un polvo detrás de los arbustos.

Una sonrisa escindió el rostro de Lif y el grupo estalló en risas.

Sæunn regresó de la oscuridad del bosque.

—Ella, sin embargo, creo que sí disfrutaría de un buen polvo contigo detrás de los arbustos. Me he fijado en cómo te mira.

Los ojos de Lif parpadearon muy rápido. Y de nuevo se puso rojo. Miró de soslayo a Sæunn.

—¿Qué pasa? —preguntó Sæunn a los que la miraban cuando volvió.

—Pregúntaselo a Lif—dijo Gunnar Proa, y sonrió. Era la primera vez que Varg lo veía sonreír desde que había vuelto sin Revna.

Varg volvió a concentrarse en la puesta a punto de su equipo. Hizo una prueba con el cuchillo de carnicero y lo introdujo en la funda de cuero en su cinturón. Sintió un cosquilleo en la piel, el lobo interior que se revolvía, y se volvió hacia Røkia. Ella lo miraba con una intensidad perturbadora, con unos destellos ambarinos en los ojos.

—¿Qué pasa? —preguntó Varg mirando a su alrededor, pensando que debía haber algún peligro acechando.

—Yo no soy como Halja —dijo Røkia.

—¿Eh?

—Yo no prefiero las mujeres.

—Ah, ya, entiendo —repuso Varg.

—No, no lo entiendes, Insensato —dijo riendo Svik, que estaba sentado cerca de ellos.

—Pensaba... —dijo Varg. Røkia continuó mirándolo con esa intensidad ardiente—... que no te gustaban los hombres.

—Casi siempre es así —dijo Røkia encogiéndose de hombros—. La mayoría de los hombres son idiotas. Sobre todo los hombres como Svik. Pero tú, Varg el Insensato... —Røkia se inclinó hacia él y puso una mano encima de la de Varg. Tenía la piel rugosa y callosa de tantos años empuñando armas. Se la apretó—. Yo te elijo a ti.

—¿Me eliges?

—Sí, te elijo. —Røkia se puso en pie y levantó a Varg.

De pronto a Varg el corazón le aporreaba el pecho, la cabeza, la garganta. Røkia dio media vuelta y se lo llevó del grupo. Pasaron por delante de Ulfrir y los capitanes. Ulfrir se levantó cuando los vio acercarse.

—¿Adónde vas? —le preguntó Orlyg.

—A ver qué puedo hacer con ese asunto de encontrar aliados —respondió Ulfrir.

—Antes de que te vayas —terció Hrung—, hay algo que debo decirte.

Ulfrir y los demás se volvieron hacia él.

—Elvar tenía un plan —añadió despacio, como si las palabras se atascaran en su garganta.

Ulfrir volvió a sentarse, y Røkia se llevó a Varg donde nadie podía oírlos, hacia la penumbra de los árboles.

—¿Adónde vamos...? —balbuceó Varg. Pero Røkia ya estaba dándose la vuelta y lo empujó con fuerza contra un árbol—. ¿Qué estás...? —empezó, pero olvidó el resto de la pregunta cuando Røkia acercó los labios a los suyos. Sus ojos oscuros brillaban con destellos ambarinos y reflejaban la nieve, y su aliento olía a manzanas e hidromiel.

—Yo te elijo a ti, Varg el Insensato —dijo Røkia, y pegó los labios a los de Varg, que se los besó. Las manos de Røkia treparon hasta su cintura, encontraron el cinturón de armas y se lo desabrocharon. El cinturón aterrizó con un ruido seco en la nieve y tiró de sus pantalones.

—Yo te elijo a ti —susurró él, y se dejaron caer en el suelo.

CAPÍTULO OCHENTA

BIÓRR

Biórr temblaba cuando se postró ante Snaka y la nieve crujió cuando sus rodillas atravesaron la costra de hielo. Sentía la presencia del dios en su interior, como el hidromiel en la sangre. Todo salvo Snaka estaba borroso, todos los sonidos menos su voz eran un susurro débil, atenuado. Alzó la vista hacia el creador del mundo. Snaka era alto, se alzaba imponente por encima de él, y lo miraba con su rostro de huesos afilados, el cabello recogido sobre la nuca en una coleta tirante, las puntas de sus dientes encima de sus labios de color negro azulado. Biórr le cogió la mano y apretó sus labios contra la pálida piel moteada. El olor de algo que llevaba mucho tiempo muerto flotaba a su alrededor.

—Eres un descendiente de Rotta —dijo Snaka. Su voz era un silbido áspero.

—Sí, mi rey —respondió Biórr con la voz quebrada.

«Yo creé a Rotta. Te he creado a ti —dijo la voz de Snaka dentro de su cabeza—. Eres mío».

—Sí, mi rey —repitió Biórr. Snaka hizo un leve movimiento con la mano, de largos dedos y con unas uñas negras como la sangre derramada en la noche, para indicar a Biórr que podía marcharse. Se levantó y se marchó, y otro guerrero se adelantó para arrodillarse ante Snaka.

Biórr buscó a Fain y lo vio con los niños corrompidos. Se encaminó hacia allí. Las piernas le pesaban como si tuviera plomo atado a ellas, cada paso era un esfuerzo y le dolían todos los músculos y los tendones del cuerpo. La ascensión a la cima del Valle del Lobo, la incursión furtiva por los pasillos oscuros del gran salón, la batalla con Elvar y todo lo que había sucedido después… Ahora el cansancio era su compañero inseparable, y a él se sumaba la carga de la presencia de Snaka, su voz sibilante que le susurraba palabras indiscernibles dentro de la cabeza… Era una presión interior y exterior, como si el mismo aire hubiera cambiado. Parpadeó. Le escocían los ojos. Dentro de su cabeza vio una imagen de Elvar. Estaba de pie a su lado, con la punta de la espada pegada a su cuello. Sacudió la cabeza e intentó dispersar esa imagen como un caballo aparta las moscas.

Llegó donde estaba Fain el Rojo y sonrió al veterano guerrero.

—Snaka está con nosotros —dijo Fain con una voz que traslucía asombro y miedo.

—Ajá. —Biórr asintió con la cabeza. Sabía que habían estado al borde del desastre antes de la llegada de Snaka, que él lo había cambiado todo, aun así, sentía un mal presagio que se manifestaba en su estómago. Su rata interior le susurraba que huyera, aunque Biórr no sabía por qué.

—Me alegra ver que aún respiras —dijo Fain dándole una palmada en el hombro con su manaza y apretándoselo.

—Yo también —repuso Biórr forzando una sonrisa, pese al miedo y la pesadumbre que lo embargaban.

«Debería estar celebrándolo. Hemos estado a punto de ganar. Pero todavía hay que matar a un lobo, si es que ha sobrevivido a la destrucción de su guarida».

—Ojalá hubiera estado allí. Me habría gustado participar en la batalla más importante de nuestra era.

—De todas las eras, creo —dijo Biórr recordando el fragor de la batalla, los gritos de los guerreros y los vaesen, el espíritu froa, la dragona, el lobo…, los mares de sangre—. Estás convaleciente, Fain, no hay nada de lo que avergonzarse. Y tú has tenido quizá la tarea más importante, cuidar de ellos —añadió señalando a Harek y al resto de los niños corrompidos.

—Ajá —masculló Fain—. Luchamos por ellos. Serán ellos los que vivan en un mundo libre gracias a nuestro sacrificio.

Biórr frunció el ceño sin decir nada. Las palabras de Elvar resonaron en su cabeza.

Oyeron un ruido de pasos y Rotta apareció a su lado. Tenía el rostro amoratado y atravesado por regueros de sangre seca. Biórr se fijó además en que caminaba con el brazo izquierdo pegado al cuerpo y en las manchas de sangre en la túnica de lana. Recordó que Grend se había lanzado contra él y le había asestado una serie frenética de golpes.

—Estás herido, mi señor —dijo Biórr.

Rotta lo miró con el gesto ceñudo.

—Creo que te quedas corto —repuso—. Y tú colaboraste. Me cortaste la cola, si no recuerdo mal.

—Lo hice para salvarte —se justificó Biórr. Acarició la cabeza del hacha de Elvar, que llevaba ceñida bajo el cinturón.

—Buena observación, lo reconozco —dijo Rotta—. El lobo me tenía a su merced y lo más probable es que me hubiese comido, así que supongo que debo darte las gracias por salvarme la vida. —Inclinó la cabeza hacia él y le regaló su sonrisa encantadora. Luego lo miró con una expresión más intensa.

—¿Qué pasa? —preguntó Biórr. Oyó la voz de Elvar en su cabeza: «¿Rotta no te lo ha dicho? He dado la libertad a todos los corrompidos». Oyó las palabras que Ulfrir había pronunciado delante de Lik-Rifa: «Elvar me dio la libertad».

—Lo sabías —dijo Biórr.

—¿Qué sabía? —inquirió Rotta.

—Que Elvar había dado la libertad a Ulfrir y a los corrompidos.

—¿Cómo? —balbuceó Fain con un grito ahogado.

Rotta se encogió de hombros.

—Me lo contó —dijo—, pero no la creí. Me sorprendí tanto como tú cuando Ulfrir no obedeció la orden de Broðir.

—¿Te lo contó? —exclamó Biórr.

—Ajá, cuando hablé con ella en el puente, antes de que empezara la batalla. Pero ya sabes la de mentiras y fanfarronadas que se gasta la gente en esas circunstancias. De sus bocas solo salen amenazas e insultos. —Volvió a encogerse de hombros. Miró fijamente a Biórr—. El arrepentimiento es un lujo que no podemos permitirnos —añadió en voz baja—. Métete eso en la cabeza, de lo contrario te devorará. Es inútil, no puede cambiar nada.

Biórr asintió, aunque el rostro de Elvar seguía dando vueltas y sus palabras resonaban dentro de su cabeza: «Les he dado la libertad. Les he dado la libertad, la libertad, la libertad». Miró con el gesto ceñudo a Rotta, pero se dio cuenta de que el rey rata se había vuelto hacia Snaka.

—De lo que hemos hecho —oyó Biórr que musitaba Rotta.

—¡Rotta! ¡Lik-Rifa! —bramó la voz de Snaka, suave y sibilante, y sin embargo retumbaba en todo el campamento.

Biórr se volvió y reparó en que todos los integrantes de la hueste ya habían terminado de rendir tributo a su creador y rey resucitado.

—Venid, hijo mío, hija mía, me gustaría hablar con vosotros sobre el díscolo Ulfrir —dijo Snaka—. Estoy hambriento. Trescientos años de muerte me han abierto el apetito.

—Por supuesto, padre —dijo Rotta—. Siéntate y te serviremos.

Lik-Rifa acompañó a Snaka hasta una mesa preparada en el centro del campamento, frente a la que había unas cuantas sillas. En la mesa ya había fuentes con verdura humeante y patatas fritas, vasos, cuchillos de mesa y jarras. Snaka se sentó en la silla con el respaldo alto de Lik-Rifa.

—Sí, padre, deberíamos hablar sobre Ulfrir —dijo Lik-Rifa—. Debemos encontrarlo y matarlo.

Snaka clavó su mirada de ojos negros en Lik-Rifa.

—¿Debemosss? —inquirió con su voz sibilante y contoneando la lengua—. Nunca me digas lo que debo hacer.

—No, padre —dijo Lik-Rifa con la voz temblorosa—, no, no, lo lamento. Perdóname, por favor. —Se puso de rodillas a su lado y agachó la cabeza.

Snaka la miró largamente y un silencio aterrador se instaló en el campamento. Luego le puso una mano en la cabeza.

—Ya has intentado matar al lobo y no has sido capaz de hacerlo —dijo Snaka—. No pienses que soy idiota. Sé por qué me has resucitado, por qué has recubierto mis huesos con carne y puesto sangre en mis venas.

Biórr vio que Snaka apretaba la mano alrededor de la cabeza de Lik-Rifa y que corrían hilitos de sangre desde donde sus uñas negras se hundían en su cuero cabelludo.

—No es el amor filial lo que te ha movido a hacerlo —continuó Snaka—, sino el miedo a la derrota. El miedo a la muerte. Me necesitas para decantar la balanza en tu favor, para salvar tu pellejo escamado. ¿O me equivoco?

Sus uñas se hundieron un poco más en la cabeza de Lik-Rifa.

—No te equivocas —gimoteó la diosa dragona.

—Pero no soy tu juguete para que me utilices a tu antojo. Soy tu padre, ¡tu rey! Y este es mi mundo, no el tuyo. Todo lo que contiene me pertenece, todo lo que respira, lo que crece, incluidos tú y tus hermanos —espetó con su voz sibilante—. Tú me perteneces.

—S… s… sí, padre —farfulló Lik-Rifa.

Snaka la miró con sus ojos implacables. Un temblor le recorrió los músculos y los tendones de la muñeca y llegó hasta su mano.

—Levántate —dijo con desdén. Sacudió la mano y tiró a Lik-Rifa de espaldas al suelo.

Ella se levantó temblando.

—Debes estar hambriento, padre —dijo Rotta adelantándose apresuradamente con una bandeja llena de humeante carne trinchada. Lo dejó encima de la mesa, sacó un cuchillo del cinturón con el que pinchó un tajo de carne y lo puso en el plato que Snaka tenía delante—. Y sediento, sin duda —añadió depositando una copa de plata que rebosaba hidromiel frente a Snaka—. Siéntate, hermana, y comamos y bebamos juntos —dijo pinchando otro trozo de carne que dejó en un plato que había delante de una silla vacía.

—S… sí, hermano —dijo Lik-Rifa. Se sentó en la silla vacía al lado de Snaka y cogió el cuchillo de mesa con la hoja larga. Desde su cabeza descendían unos regueros de sangre que le surcaban la cara.

Rotta sirvió hidromiel de una jarra a Lik-Rifa y llenó otra copa para él. Luego rodeó la mesa para sentarse en otra silla vacía al otro lado de Snaka y levantó la copa.

—¡Por el regreso de nuestro rey! ¡Por el padre, el hijo y la hija, por la familia reunida! —brindó. Bebió.

Snaka y Lik-Rifa levantaron sus copas y también bebieron.

A Lik-Rifa le temblaba la mano, y bebió tan deprisa que le corrió hidromiel por la barbilla. Vació la copa, se la rellenó y bebió un poco más mientras Rotta pinchaba tajos de carne y se los ponía en el plato.

—Vamos, Rotta —dijo—, date prisa. Estoy tan hambrienta que no puedo esperar. Se lamió los labios con la oscura lengua azulada y Biórr vio que su mandíbula destellaba fugazmente. También atisbó por un momento sus dientes y su hocico alargado de dragona.

—Sí —dijo Snaka mientras dejaba la copa en la mesa. Miró la carne en su plato—. ¿Qué tenemos para comer?

Rotta miró a su padre y una sonrisa artera le escindió el rostro.

—A ti, padre —respondió.

Snaka torció el gesto y Biórr vio que un temblor le recorría el cuerpo. Una mueca le deformó las facciones. Abrió la boca para hablar, pero solo salió de ella un gruñido ronco. Todo su cuerpo comenzó a agitarse.

—¿Qué…? —jadeó. Gotas de sudor perlaban su frente y unas líneas negras aparecieron en su cara, como si corriera tinta por sus venas. Clavó las uñas en la mesa y saltaron astillas.

—Tienes razón, padre —dijo Rotta poniéndose en pie—. El amor filial no ha tenido nada que ver en la decisión de resucitarte. De hecho, más bien todo lo contrario. Te despreciamos. Por supuesto que te hemos resucitado para que nos ayudes a ganar esta guerra, pero no de la manera que tú piensas. No era nuestra intención que derrotaras a Ulfrir por nosotros. —Chasqueó la lengua en señal de desaprobación—. Nada de eso, eres demasiado impredecible como para confiarte esa tarea. Y la verdad es que no necesitamos que hagas nada para conseguir nuestro objetivo por nuestra cuenta. Solo necesitamos tu corazón.

Unos espasmos sacudían ahora el cuerpo de Snaka y el sudor corría por su cara y le manchaba la túnica. Las venas se fueron ennegreciendo a lo largo de sus antebrazos y el dorso de sus manos. Resbaló de la silla y cayó de rodillas en el suelo. Sus manos con los nudillos blancos y las uñas negras aferraban la mesa y eso impidió que se derrumbara sobre la nieve.

Lik-Rifa sonrió.

—¿Quién está de rodillas ahora? —gruñó a su padre.

Todo el cuerpo de Snaka temblaba violentamente. Respiraba con estertores y espumajeaba por la boca, un hilito de saliva le colgaba de los labios y formaba un charco en la mesa. Biórr oyó el eco de unas palabras en la respiración anhelante de Snaka y las convulsiones comenzaron a remitir poco a poco. El color negro dejó de extenderse por las venas, y de hecho, empezó a ocurrir lo contrario: se fue replegando lentamente por sus brazos, como si alguien estuviera absorbiendo la tinta.

Rotta y Lik-Rifa lo observaban paralizados por el terror.

Snaka tosió y tuvo arcadas, su cuerpo se agitó sacudido por un espasmo. Tosió otra vez y escupió algo negro a la mesa, una masa viscosa y maleable. Donde cayó salió humo y la mesa se puso negra. Snaka alzó la mirada y la clavó en Rotta, se puso en pie despacio, todavía tosiendo. Su estómago se contrajo y escupió más mucosidades negras sobre la mesa.

—¡NO! —gritó Lik-Rifa, y clavó el cuchillo de mesa en una mano de su padre. La hoja atravesó carne y tendones, pasó entre los huesos y se hundió hasta el fondo en la madera de la mesa.

Snaka profirió un chillido con los dientes apretados. Todavía no se había levantado del todo y su cara comenzó a vibrar con sacudidas, su cuerpo temblaba. Y entonces Rotta venció el miedo que lo paralizaba y pasó a la acción: agarró del pelo a su padre y le hundió su cuchillo en la garganta. La punta asomó por el otro lado del cuello y Rotta continuó empujándolo, al mismo tiempo que serraba la carne y el cartílago de la tráquea. Un chorro de sangre negra se precipitó sobre la mesa. Snaka se dejó caer encima de Rotta y su cabeza chocó con la cara de su hijo mientras tosía grandes pegotes de sangre. Entretanto, Lik-Rifa sujetaba con una mano el cuchillo hundido en la mano de Snaka y con la otra le agarraba firmemente el brazo con sus largos dedos con garras clavados en la carne. Y poco a poco Snaka volvió a derrumbarse en su silla. La sangre manaba a borbotones de la herida en su cuello cuando se desplomó de bruces sobre la mesa y un charco de sangre se expandió por la superficie de madera. Sonó un ruido atronador, como de desgarramiento, de desprendimiento, y el suelo tembló. De inmediato, una grieta se extendió culebreando por la tierra desde los pies de Snaka.

El silencio se instaló en el campamento. Biórr miraba el cuerpo de Snaka con la boca abierta. Todos lo miraban conmocionados y horrorizados mientras la nieve caía suavemente a su alrededor.

Lik-Rifa extrajo el cuchillo de la mano de su padre y Rotta agarró su cuerpo por las axilas y lo levantó, le dio la vuelta y lo dejó caer encima de la mesa. Le desgarró la túnica a la altura del pecho y le hundió el cuchillo con fuerza, atravesando el esternón, y se puso a serrar. Lik-Rifa se inclinó sobre el cuerpo de Snaka babeando, le caía saliva de los labios, hundió los dedos en el charco de la sangre de su padre y se los chupó.

—El corazón, Rotta, hay que comerse su corazón —dijo.

Rotta gruñó mientras cortaba y serraba. Biórr oyó el chasquido de huesos que se partían, de la carne que se desgarraba, y entonces Rotta se puso a hurgar en el interior del pecho de Snaka. Tiró de un hueso para partirlo y poder meter la mano más adentro en la cavidad. Se oyó un ruido repugnante de desgarramiento cuando Rotta arrancó el corazón de Snaka y lo sostuvo en alto en su mano.

—Dámelo —gruñó Lik-Rifa.

Rotta sonrió a su hermana y abrió del todo la boca. Le temblaba la mandíbula y sus dientes se alargaron.

Pero entonces una figura se precipitó de repente por el aire como una mancha borrosa. Era un tennúr con los brazos extendidos, que agarró el corazón de Snaka y se alejó volando a toda velocidad para regresar a las tinieblas de la noche.

Rotta y Lik-Rifa rugieron y bramaron con los cuerpos temblorosos, y el aire vibró a su alrededor cuando comenzaron a transformarse.

Se oyó el zumbido de un aleteo encima de Biórr y otro tennúr salió volando del bosque, seguido por muchos más.

—¡CUIDADO! —gritaban—. ¡CUIDADO, EL LOBO!

Y detrás de Biórr aulló un lobo. Su aullido resonó en el bosque, reverberó en el mundo. Biórr se dio la vuelta como una exhalación y divisó unas figuras que se lanzaban a la carga desde la penumbra, rugiendo y aullando.

CAPÍTULO OCHENTA Y UNO

VARG

Varg salió aullando desde los árboles. No tenía escudo, pues lo había perdido en el caos del gran salón de Ulfrir, y empuñaba un destral y un seax. Su cabeza todavía no se había recuperado de la conmoción que le había producido lo que acababa de presenciar: el asesinato de Snaka, el dios rey, creador del mundo. Le habían arrancado el corazón del pecho y lo habían sostenido en alto para que todo el mundo lo viera.

Varg había estado en todo momento al lado de Ulfrir y el dios lobo había contemplado paralizado por el horror la mano sanguinolenta de Rotta levantada con el corazón.

«No —había gruñido Ulfrir—. No podemos permitir que se coman su corazón, que posean el poder que les dará». Y entonces se había transformado en lobo con una serie de crujidos, espasmos y sacudidas.

Las connotaciones de las palabras de Ulfrir explotaban como fogonazos en la cabeza de Varg.

«No resucitaron a Snaka para que ganara la batalla para ellos, sino para comerse su corazón y robarle su poder».

Ulfrir ya había adquirido su forma de lobo y arremetía aullando desde los árboles, flanqueado por sus dos lobos de piedra, con el pelo del lomo erizado y gruñendo. Skuld volaba encima de ellos. Todos lo siguieron y salieron rugiendo en tropel desde el borde del bosque. No hubo muros de escudos organizados, ya que la mitad de los Hermanos de Sangre habían perdido el escudo, sino una carga salvaje para poner fin a esa guerra sangrienta liderada por Glornir y Orka. Incluso Orlyg corría a la cabeza de sus guerreros junto al jarl Logur. Sighvat trotaba pesadamente delante de los Terrores de la Batalla. Grend cargaba con Gytha y los drengir de Elvar, con los berserkir y los úlfhéðnar espumajeando, gruñendo y bramando a su lado.

La trápala de Sulich, a la cabeza de sus guerreros a caballo, precedió a su irrupción desde el bosque, el sonido acompasado de sus monturas era el ritmo de la guerra. Volaron algunas flechas desde los árboles, pero la mayoría las habían gastado todas y empuñaban las lanzas, que calaron a medida que se acercaban a la primera fila enemiga. Ensartaron a los primeros skraeling y guerreros, y sus alaridos desgarraron el aire. Sus caballos colisionaban estrepitosamente con los cuerpos y partían huesos mientras avanzaban haciendo estragos en el campamento desprevenido y dejaban las lanzas clavadas en los cuerpos del enemigo. La sangre rociaba la nieve y sus sables destellaban al salir de las fundas.

Y entonces Varg se encontró en medio de la batalla. Arremetió con el destral y el seax contra un skraeling y se agachó para evadir el espadazo de una mercenaria de los Alimentadores de Cuervos, rodeó su escudo y la desjarretó de un hachazo. La guerrera hincó una rodilla en el suelo y Røkia la finiquitó hundiéndole la espada en el cuello. Continuaron avanzando.

Se oyó un rugido atronador cuando Ulfrir llegó a Lik-Rifa y Rotta, que estaban transformándose en sus formas de dragona y rata. La gente huía de la devastación que acompañaba su transformación corriendo y saltando despavorida. Ulfrir se elevó de un salto y embistió a Lik-Rifa con las fauces abiertas, la mordió y los dos se estrellaron contra el suelo.

Rotta mordió a Ulfrir en una pata trasera y le arañó a través del pelo con las garras. Pero Skuld se precipitó desde el aire chillando y arrojó una lanza que se hundió en la espalda de Rotta. El dios rata chilló y se levantó sobre las patas traseras. En ese momento, los dos lobos de piedra se abalanzaron sobre él, aterrizaron juntos encima de su cuerpo y, mientras los tres rodaban por el suelo, le arrancaron trozos de carne y mechones de pelo a mordiscos.

De la oscuridad surgieron rugiendo unos troles que corrieron a defender a Lik-Rifa y Rotta blandiendo porras y asestando lanzadas. Pero los úlfhéðnar de Ulfrir se lanzaron hacia ellos y los rodearon como la espuma del mar las piedras de la playa.

Varg avanzaba con Røkia, Svik, Edel y Æsa, intentando no perder de vista a Glornir y mantenerse siempre cerca de los Hermanos de Sangre, pero mientras luchaba y mataba, sus ojos seguían buscando un rostro de comadreja con la piel cuarteada y un collar de colmillos de trol alrededor del cuello.

Un grupo de guerreros de Lik-Rifa estaba reorganizándose tras la primera acometida enloquecida. Varg vio escudos con alas pintadas, el emblema de Darl, y a una guerrera rubia que les bramaba órdenes con un escudo y una espada en las manos. Y entonces una imagen afloró en la cabeza de Varg, de la misma guerrera delante de Torvik y de él en la cámara de Rotta, de su espada hundiéndose casi con indiferencia en el cuello de Torvik. «Torvik, la primera persona que me llamó amigo».

Varg le dio un golpecito con el seax a Røkia en el brazo y señaló a la guerrera rubia.

—Yrsa, la drengr de Skalk —dijo.

Sin mediar palabra, los dos se lanzaron serpenteando por el campo de batalla. Svik, Edel y Æsa los siguieron.

Yrsa debía haberlos visto, pues plantó los pies en el suelo y levantó el escudo. Un par de guerreros la flanquearon y solaparon sus escudos con el de ella. Detrás acechaban más guerreros, pero Røkia llegó a ellos antes de que pudieran juntar los escudos y usó su propio escudo como si fuera un ariete para abrir una brecha entre Yrsa y el guerrero que tenía a su derecha. La espada de Røkia cortó el aire y rebanó el cuello del guerrero, que salió disparado hacia atrás dando vueltas, gorjeando y echando espuma sanguinolenta por la boca. Un puñado de guerreros se lanzó hacia ella y Røkia se movió alrededor de ellos gruñendo.

Varg dejó que el lobo interior se filtrara en él, sintió su fuerza y su velocidad. Gruñó a Yrsa y se contorsionó para evadir la lanza que lo acometía desde el otro lado del escudo de la guerrera que seguía al lado de Yrsa, una mujer morena con un casco con protección nasal. Varg afirmó el hacha barbuda en el borde del escudo y rodeó a la guerrera, al mismo tiempo que tiraba hacia abajo del escudo y arrastraba a la mujer, que dio un paso tambaleante hacia el lado. Varg le hundió entonces el seax en un ojo y sacó el acero bruscamente. La guerrera se derrumbó, ya muerta antes de que su cuerpo tocara el suelo.

Cuatro o cinco guerreros con escudos con el águila estampada asediaron a Varg. Un perro saltó sobre uno, se estampó contra su escudo y lo tiró al suelo. Edel se adelantó y lo liquidó con la espada. En ese momento también aparecieron Svik y Æsa, que arrollaron al resto como una ola de acero y madera de tilo.

—Me acuerdo de ti —gruñó Yrsa a Varg.

—¿Y te acuerdas de mi amigo? Se llamaba Torvik —masculló Varg asestándole un hachazo dirigido a la cabeza.

Yrsa detuvo el golpe con el escudo y se abalanzó sobre él asestándole un espadazo y un mamporro con el escudo con movimientos breves, rápidos y precisos. Varg se dio cuenta al instante de la destreza de su oponente con las armas. Seguramente era mejor que él. Pero Varg era más veloz, y fuerte, y tenía la astucia del lobo. Retrocedió y dejó que ella llevara la iniciativa. Fingió que resbalaba en la nieve e Yrsa lo acometió con la espada dirigida a su cuello. Varg desvió el acero con el seax y arremetió con el destral por debajo del escudo de su rival, lo enganchó en su tobillo y tiró con fuerza para levantar la pierna de Yrsa y tirarla de espaldas al suelo. Yrsa gruñó, alzó el escudo por encima de ella y lanzó un espadazo a las piernas de Varg, pero él se apartó, saltó hacia ella antes de que Yrsa lo alcanzara con un golpe de revés y le aplastó la muñeca de la mano con la que empuñaba la espada contra el suelo. Se oyó el chasquido de huesos rotos y la guerrera chilló.

—Por Torvik, por la amistad —gruñó Varg, y le asestó un hachazo en la cara. Sonó un crujido de huesos triturados y manó sangre por el rostro de Yrsa. Varg extrajo el hacha acompañada por una lluvia de dientes arrancados. Los brazos de Yrsa yacían inmóviles en el suelo.

Se quedó mirándola, respirando agitadamente, y entonces oyó una voz que pronunciaba a pleno pulmón el conjuro seiðr y vio los destellos y el chisporroteo de la magia seiðr en el aire. También oyó el rugido, como el mugido de un toro, de Taras y se volvió. Iva libraba una batalla seiðr con una galdramaðr rubia que blandía un bastón que relumbraba con runas rojas. Taras intentaba llegar a la galdramaðr, pero estaba rodeado por un círculo de guerreros que lo hostigaban con las lanzas. Varg reconoció sus vestimentas de cuero y pieles y entonces lo vio: Brák el Azote de los Troles asediaba a Taras por la espalda con su espada estrecha.

El lobo en su sangre corrió frenéticamente por sus venas, gruñendo y aullando.

—¡BRÁK! —bramó Varg.

CAPÍTULO OCHENTA Y DOS

GUÐVARR

Guðvarr caminaba deprisa para no despegarse de Sigrún mientras ella llamaba a sus drengir, pues era un islote de seguridad en medio de un proceloso mar de aceros afilados. Cuando Guðvarr había oído el aullido del lobo, se le había licuado el contenido de los intestinos y había corrido a ponerse la brynja. Se la deslizó con tanta precipitación por el cuerpo que los eslabones de la cota de malla se le habían enganchado en la anilla de la barba y se había quedado atascada, y entonces su terror se había multiplicado cuando los gritos atenuados de la batalla comenzaron a sonar cada vez más cerca. Su tía lo había rescatado al tirar de la brynja hacia arriba para quitársela y luego le había ayudado a volver a ponérsela, esta vez bien.

Ahora intentaba mantenerse lo más cerca posible de Sigrún mientras a su alrededor Ulfrir y su banda de guerreros salían a la carga de las tinieblas del bosque. Era imposible hacerse una idea de lo que estaba pasando, de quién ganaba, pues las rachas y los remolinos de nieve lo velaban todo. Cerca de donde estaba él, Ulfrir y Lik-Rifa rugían, Rotta chillaba y los lobos de piedra gruñían. A través de la nieve atisbó que uno de los lobos finalmente caía molido a golpes por Heðin y sus troles. Se produjo una erupción de fragmentos de piedras y nubes de polvo donde el lobo yacía de costado, sin una pata trasera y con el cuerpo pulverizado, todavía lanzando dentelladas y gruñendo mientras seguían lloviéndole porrazos en la cabeza. Heðin rugió, asestó un golpe agarrando la porra con las dos manos y el lobo por fin se quedó inmóvil, con la cabeza reducida a escombros.

—¡MURO DE ESCUDOS! —bramó Sigrún.

Guðvarr desvió la mirada de los troles y el lobo de piedra, y vio que un grupo de guerreros en cota de malla avanzaba hacia ellos. En sus escudos rojos había pintadas un hacha y una lanza negras. Guðvarr se arrimó a su tía, juntó su escudo con el de ella y se asomó por el borde. Vio que los escudos rojos se solapaban.

—¿Quiénes son? —masculló a su tía.

—Los Terrores de la Batalla.

Guðvarr tragó saliva. Había oído hablar de ellos, había disfrutado con las aventuras que los escaldos contaban sobre los Terrores de la Batalla. Pero estar esperándolos en un muro de escudos era algo completamente diferente. Echó otro vistazo por encima de su escudo.

En el centro de la formación había un guerrero enorme con la barba roja que empuñaba un hacha barbuda. A un lado tenía a un hombre demacrado, desaliñado y con el cabello lacio y ralo, pero lo que atrajo la mirada de Guðvarr fue el guerrero que estaba al otro lado del grandullón de la barba roja. Era un individuo entrado en años con un casco con protección nasal y el cabello entrecano. Tenía un semblante duro e inexpresivo como la pared de un acantilado, pero sus ojos refulgían con un odio tan intenso que a Guðvarr se le heló la sangre en las venas. Y avanzaba directamente hacia él.

Los guerreros afirmaron los pies en el suelo. Los nudillos de Guðvarr se pusieron blancos cuando apretó la empuñadura de su espada. Los muros de escudos colisionaron con un chirrido de madera, gruñidos y bramidos.

Guðvarr asestó un espadazo por encima del escudo y vio al guerrero con los ojos rebosantes de odio mirándolo fijamente. El guerrero desvió su espada con desdén y Guðvarr recogió el brazo y retorció el cuello para evadir el brutal hachazo que siguió. La hoja del hacha se deslizó chirriando por el casco de Guðvarr, el cuello le dio un latigazo y un sonido metálico retumbó dentro de su cabeza. Decidió que era mejor quedarse detrás del escudo y esperar a que el hombre que estaba al otro lado se cansara o lo matarán.

Guðvarr vio con el rabillo del ojo que a su lado su tía gruñía y arremetía con la espada. Un hacha pasó por encima de su escudo y Sigrún echó la cabeza hacia atrás y asestó un espadazo al mango del hacha.

Guðvarr recibió un porrazo en el escudo y las vibraciones treparon por su brazo desde la muñeca. A ese primer golpe siguió otro, y otro.

«Ya tiene que estar cansado —pensó Guðvarr—. Por favor…».

Al cuarto golpe apareció una grieta en la parte interior de su escudo, y al quinto saltaron astillas que le acribillaron las mejillas y Guðvarr emitió un gañido. Al sexto se oyó un crujido y el escudo de Guðvarr comenzó a partirse. Los golpes ahora eran más fuertes y rápidos, y Guðvarr gimoteaba con cada uno de ellos. Su escudo estaba haciéndose añicos, desprendiendo una lluvia de astillas, hasta que por fin el hacha lo atravesó y la hoja barbuda se enganchó en el umbos de hierro. Con un rugido, el veterano guerrero del otro lado le arrancó el escudo de la mano. Guðvarr se quedó mirando paralizado al hombre con el rostro pétreo mientras desenganchaba el hacha de los restos de su escudo y volvía a levantarla.

Guðvarr se tiró contra el guerrero que tenía a su lado y los dos salieron trastabillando del muro de escudos. Una lanza cortó el aire y se hundió en el cuello del guerrero al que Guðvarr había empujado, que se derrumbó. Los Terrores de la Batalla entraron pisándolo por el hueco que habían dejado Guðvarr y el guerrero muerto, y el muro de escudos de Sigrún se descompuso.

Guðvarr yacía sobre la nieve pisoteada, sujetando los restos de su escudo encima de él. Oía gritos, gruñidos y alaridos. Vislumbró a su tía intercambiando golpes con el gigantón de la barba roja que blandía un hacha, y la vio caer con una explosión de sangre y el hacha hundida en el hombro. Oyó el estrépito de pies que corrían y de gritos de batalla, y un puñado de skraeling apareció en el sitio, liderado por Krúsa. Esta se plantó junto a Sigrún blandiendo su gruesa arma de hierro, a mitad de camino entre una espada y un cuchillo de carnicero. Vio que Krúsa machacaba un escudo y lo reducía a astillas. El guerrero que lo empuñaba era el que Guðvarr había visto antes con el cabello lacio y ralo. Krúsa arremetió entonces contra el pecho del guerrero y el hombre cayó al suelo muy cerca de él, respirando con estertores y echando espuma sanguinolenta por la boca con cada uno de sus jadeos, que cada vez eran más débiles y espaciados, hasta que hizo una última gárgara.

Otro rugido precedió al estrépito de un hacha al atravesar un escudo y la cabeza de Krúsa voló dando vueltas por el aire. El guerrero de la barba roja derribó de otro hachazo el cuerpo todavía erguido de la skraeling y pasó por encima de su cadáver siguiendo la marea de la batalla.

Guðvarr continuó tendido en el suelo, agazapado, aferrando su escudo. El fragor de la batalla se debilitaba a medida que se alejaba de él. Se incorporó con las manos y las rodillas apoyadas en el suelo y gateó hasta su tía. Todavía respiraba. Tenía un tajo en el hombro y en la herida resplandecían eslabones de su brynja.

—Vamos, tía —dijo tomando una decisión. Le pasó las manos por debajo de los brazos y la levantó del suelo—. Nos vamos de aquí. Te sacaré de este sitio y te llevaré a casa.

«No estoy hecho para la guerra. Lo he intentado y ya estoy harto. Un hombre no puede aguantar tanto terror».

Dio una docena de pasos con Sigrún en sus brazos, resbaló y se le cayó al suelo el cuerpo de su tía. Inspiró hondo. Lanzó una mirada al borde del bosque, a pocos metros de él, y luego otra a la batalla, donde rugía la tormenta de aceros y los guerreros luchaban, chillaban y morían.

«Definitivamente no estoy hecho para la guerra. —Bajó la mirada a su tía, que gruñía semiinconsciente—. Si Lik-Rifa gana, alguien encontrará a mi tía y se ocupará de sus heridas».

Miró en derredor buscando la espada y fue a recogerla del suelo. Vio un escudo que parecía en buen estado y también lo cogió. Lanzó una última mirada a su tía y se encaminó hacia los árboles.

Pero entonces una figura apareció delante de él, un hombre en cota de malla y con un casco de acero. Empuñaba un escudo y una lanza. Guðvarr lo reconoció.

—Tú no. Otra vez tú no.

—Guðvarr, voy a matarte por asesinar a mi padre y a mi hermano —aseveró Lif.

CAPÍTULO OCHENTA Y TRES

ORKA

Orka avanzaba por la batalla con un seax en cada mano, arremetiendo contra todo aquello que osara acercarse demasiado: skraeling, adoradores de la dragona, arañas del hielo, un trol… Todos caían ante ella. Breca la seguía a su derecha, con Sæunn, y Gunnar y Halja lo hacían a su izquierda.

Lik-Rifa y Ulfrir surgieron de los remolinos de nieve y oscuridad. Lik-Rifa echó a volar, pero Ulfrir colgaba de ella agarrándose con la boca a su hombro y se produjo una explosión de tierra, nieve y barro cuando la tiró al suelo. La dragona rugió y se retorció, y Ulfrir le arrancó escamas, carne y sangre de un mordisco. El lobo rodó y se incorporó con el cuerpo encogido y gruñendo. Lik-Rifa lo derribó de un coletazo en el pecho y aparecieron unas líneas rojas en el pelo del lobo. La dragona saltó entonces hacia él.

Skuld se precipitó del cielo velado por la nieve hacia Lik-Rifa y Orka vio que se llevaba la mano al cinturón y agarraba unas tijeras largas.

—¡Por mi madre! —chilló Skuld al impactar en la cabeza de Lik-Rifa. Agarró con una mano los cuernos y con la otra le hundió las tijeras en un ojo. Se oyó un rugido brutal, histérico, y Lik-Rifa sacudió la cabeza. Los enormes músculos de su cuello se tensaron y Skuld salió disparada hacia la oscuridad.

Ulfrir ya se había levantado y rugía y babeaba, sangrando por el largo tajo que le cruzaba el pecho, y Lik-Rifa y él volvieron a saltar el uno hacia el otro.

Orka continuó avanzando con paso firme, buscando. Vio que el jarl

Orlyg y sus drengir se empleaban a fondo en un muro de escudos contra los escudos con los cuervos negros sobre fondo gris de unos guerreros que llevaban plumas de cuervo en el pelo. Se dirigió hacia allí.

Un puñado de arañas del hielo aparecieron correteando por la nieve hacia Orka y su grupo, y una de las criaturas saltó y se lanzó hacia ella, con los colmillos vibrantes. Embistió a Orka, y la Machacacráneos la cosió a puñaladas mientras caían juntas. Orka se estrelló contra el suelo, giró el cuello y los colmillos de la araña mordieron la nieve de la que la guerrera acababa de apartar la cabeza. Sus dos seax estaban hundidos hasta la empuñadura en el abdomen del arácnido y tenía las manos y los brazos atrapados bajo el peso de su cuerpo. La araña echó hacia atrás los colmillos, que goteaban veneno azulado. Pero entonces apareció Breca berreando y le clavó la lanza corta en los ojos arracimados, extrajo la moharra y la apuñaló una y otra vez con la lanza, mientras el icor recubierto de hielo rociaba el aire.

La araña se estremeció y murió. Orka se la quitó de encima, extrajo los seax y se agachó para limpiar los aceros en los brillantes colmillos recubiertos de veneno. Enfundó uno de los seax y recogió del suelo un destral antes de continuar avanzando por el campo de batalla. Echó a correr hacia Orlyg y sus guerreros. Y entonces, según se acercaba, lo vio.

«Drekr».

Drekr lideraba un pequeño grupo de Alimentadores de Cuervos que se aproximaban al muro de escudos de Orlyg por la espalda. Él blandía su hacha larga con las dos manos y todos los guerreros que lo rodeaban iban pertrechados con escudos y lanzas, hachas o espadas. Embistieron rugiendo las espaldas de los guerreros de Orlyg e hicieron trizas su formación.

Cundió el pánico entre los guerreros de Orlyg y Orka salió disparada al ver que el muro de escudos saltaba por los aires. Orlyg bramaba órdenes rodeado por Dagrun y el puñado de drengir que quedaban con él. Drekr levantó su hacha larga y arremetió contra el escudo de Orlyg, lo atravesó y derribó al veterano jarl. A continuación apoyó el pie en el escudo para extraer el hacha y tiró al suelo a Dagrun de un porrazo en la mandíbula con el mango del arma. Se plantó al lado del cuerpo de Orlyg, pisando con un pie su escudo, volvió a levantar el hacha y la hundió en su cabeza.

CAPÍTULO OCHENTA Y CUATRO

VARG

Varg corrió hacia Brák el Azote de los Troles raudo y sigiloso como el lobo cuando acecha a su presa, y vio con el rabillo del ojo que Iva y Silrið se enfrentaban en un duelo de runas seiðr y galdur, y una esfera de llamas envolvía a la primera. Sin embargo, una runa de hielo extinguió el fuego e Iva arrojó una rueda de escarcha hacia Silrið, quien golpeó el suelo con su bastón y unas llameantes enredaderas se extendieron desde su base y envolvieron la runa de hielo, que se volatilizó con el siseo de un estallido de vapor.

Taras, por su parte, bramaba girando lentamente sobre sí mismo, rodeado por un puñado de guerreros que lo acometían y rápidamente retrocedían después de haberlo herido. Varg sabía que esas heridas, la pérdida de sangre y los cortes en los músculos y los tendones entorpecían al hombretón. Había visto a Kolskegg hacer lo mismo a un trol que había estado merodeando en su granja.

Brák atacó a Taras por detrás con la espada y le hizo un tajo en la pantorrilla, exactamente igual que había hecho con Einar. Taras bramó y se dio la vuelta como un torbellino, rugiendo, y sus músculos y sus venas se hincharon en preparación para lanzarse a la carga. Pero otro guerrero ya lo acechaba por la espalda y le asestó una lanzada.

Varg levantó el hacha y el seax, y se precipitó contra el círculo de guerreros que rodeaba a Taras, hundió el hacha en las costillas del hombre que empuñaba la lanza y oyó cómo crujían al partirse y vio la sangre que manó a borbotones cuando extrajo la hoja. A continuación arremetió contra la guerrera que había a su lado, una mujer morena vestida con las pieles propias de los tramperos, le clavó el seax en el estómago y la tiró de espaldas al suelo de un empujón. Llegó al lado de Taras. Røkia, Svik, Edel y Æsa liquidaron al resto de la cuadrilla de Brák.

—¿Estás bien, grandullón? —preguntó Varg a Taras.

—Hombres pequeños no luchar con Taras —respondió—. Apuñalar a Taras por la espalda. —Clavó una mirada asesina en Brák por encima del hombro de Varg—. Cobardes.

Detrás de Taras, Iva dio una palmada, pateó el suelo y la tierra tembló. Se abrió una grieta y Silrið se precipitó por ella con un alarido. En el interior de la fisura relumbraron unas runas. Iva pronunció otra palabra, volvió a patear el suelo y cayó tierra por la grieta mientras se cerraba sepultando a Silrið. Se oyó un aullido cada vez más débil y un grito ahogado, y luego ya nada.

Iva se acercó a Taras y apoyó la cabeza del hombretón en su hombro.

Varg se dio la vuelta para encarar a Brák.

—Brák el Azote de los Troles, ha llegado tu hora —aseveró blandiendo el hacha y el seax, avanzando hacia él.

—Lo han intentado muchos. —Brák sonrió y luego su boca se torció para proferir un gruñido malicioso. Sus ojos cambiaron de color y se pusieron completamente negros mientras él daba unos pasitos de puntillas—. Sin éxito. —Afirmó los pies en el suelo con su espada estrecha en la mano y cogió uno de los numerosos cuchillos que llevaba en el cinturón, largo y puntiagudo—. Vamos a ver qué puedes hacer tú.

—Por sus venas corre la sangre del armiño Státa —alertó Røkia a Varg—. Es rápido, fiero y astuto.

Varg cerró los ojos un momento y se le apareció la cara de Frøya, sus gritos mientras Brák la fijaba con clavos a un árbol, mientras la destripaba.

Su lobo interior gruñó y Varg lo dejó que corriera libre por sus venas. Sintió cómo su fuerza y su velocidad henchían sus músculos, el cosquilleo de la energía. Avanzó lentamente hacia Brák. Con el rabillo del ojo vio que Røkia, Svik y el resto se desplegaban en círculo alrededor del cazador, quien echó un vistazo por encima del hombro a Svik, que se había puesto detrás de él.

—No te preocupes, comadreja —dijo Svik—. No te apuñalaremos por la espalda. Solo estamos aquí para asegurarnos de que no intentas escabullirte.

Brák se puso en movimiento y se acercó a Varg con unos pasos cortos arrastrando los pies, le asestó un espadazo y Varg desvió la hoja con el destral. Brák se impulsó entonces con la pierna que había dejado detrás y dirigió el cuchillo hacia la cara de Varg. Este arqueó la espalda y detuvo la acometida con su seax, pero entonces Brák se movió con rapidez hacia su izquierda, fuera del alcance de Varg, y volvió a arremeter con la espada directamente hacia su pecho. Varg bloqueó el golpe, pero dio un paso tambaleante atrás. Brák lo atacó con un golpe alto con la espada, que Varg bloqueó, y rápidamente asestó una cuchillada baja, directa a la entrepierna de su oponente, pero no alcanzó su objetivo. Brák hizo una pirueta y apareció al lado de Varg, y le propinó un golpe en la cabeza con la empuñadura de la espada cuando Varg ya giraba el destral y le hacía un corte en el costado. El cazador se apartó, pero el filo del hacha había atravesado su piel y trazado una línea roja. Brák se frotó la herida con el dorso de la mano y cuando la separó del cuerpo tenía los nudillos manchados de sangre. Torció el gesto.

Varg retrocedió unos pasos trastabillando. De repente le flaquearon las piernas y se le doblaron las rodillas. Intentó poner espacio con su rival para dar un poco de tiempo a su cabeza a que se recuperara del golpe. Sacudió la cabeza y gruñó cuando Brák volvió a arremeter contra él con la espada y el seax convertidos en una mancha borrosa. En su antebrazo apareció un corte abrasador, otro a lo largo de la parte interior del muslo, justo debajo de su brynja. Atacó a Brák con el seax, pero solo cortó aire, y se dio la vuelta cuando el cazador se alejó rápidamente, se puso a su izquierda y en un abrir y cerrar de ojos volvió a acometerlo con una sucesión frenética de acometidas con la espada y el cuchillo. Varg reculó bloqueando los golpes cada vez más arrebatados. Otro corte abrasador apareció en el dorso de su mano y emitió un gruñido de dolor.

«Déjame que lo desgarre, lo descuartice y lo triture», gruñó su lobo interior.

«No», respondió Varg dentro de su cabeza.

«Él tiene el control de la situación, está imponiendo su manera de luchar —se dijo Varg—. Recuerda cuando peleabas en el cuadrilátero».

Y entonces se movió para ir a por Brák en vez de esperarlo, utilizando el hacha y el seax como si fueran puños, acometiéndolo con ellos para socavar su equilibrio e impedir que afirmara los pies en el suelo. Se movía a izquierda y a derecha asestando series de golpes con el hacha y el seax, cuya velocidad no tenía nada que envidiar a la del Azote de los Troles. Los dos contendientes bloqueaban los golpes del otro, contraatacaban, bloqueaban, arremetían, volvían a bloquear y arremeter, contragolpeaban.

Tras otro intercambio de golpes vertiginosos, se separaron, ambos respirando agitadamente. Varg sentía las palpitaciones de un corte nuevo en la mitad inferior de una pierna y de otro en la mejilla. Brák jadeaba y tenía un corte en el cuello, pero volvió a atacar y rodeó como un torbellino a Varg. Su espada se deslizó por el hombro de su oponente, saltaron eslabones de brynja y otra línea abrasadora cruzaba la mano de Varg. El Insensato asestó un hachazo de arriba abajo, pero Brák se esfumó, y Varg cayó de rodillas en el suelo cuando le falló la pierna izquierda. Miró arriba y vio a Brák de pie a su lado, apuntándole al cuello con la espada. El cazador sonrió y se dispuso a asestar el golpe fatal.

«¡Ahora!», gritó Varg a su lobo interior, y una fuerza y una velocidad nuevas lo inundaron. Se echó hacia la izquierda y la espada le rozó el cuello, arremetió con el seax y lo clavó en el pie de Brák. Sintió cómo la hoja pasaba rascando huesos, salía por el otro lado y se hundía en la tierra. Oyó los gritos de Brák cuando Varg soltó el seax y se abalanzó sobre él impulsándose con la pierna derecha. Con la mano libre asió la muñeca de la mano con la que Brák empuñaba el cuchillo, le dio un tirón atroz y notó cómo se partían los huesos. El cazador soltó el cuchillo y Varg le pasó la otra mano alrededor de la cintura y pegó su cuerpo al suyo, abrió la boca, en la que sus dientes ya estaban alargándose, y le asestó un mordisco en la mejilla y la mandíbula. Su boca se llenó de sangre. Brák chillaba y agitaba los brazos con frenesí intentando apuñalar a Varg con la espada, pero estaban demasiado juntos. Brák le dio un martillazo con el pomo de la espada en la cabeza, pero la ira se había apoderado de Varg y apenas sintió el golpe mientras seguía mordiéndole y desgarrándole la cara. Finalmente abrió la boca para soltar a Brák y lo apartó de un empujón, al mismo tiempo que aferraba la empuñadura de su espada y se la arrancaba de la mano. Escupió un pegote de carne y sangre mientras Brák retrocedía tambaleándose, se derrumbaba sobre las rodillas y se agarraba la mandíbula y la mejilla. La sangre corría entre sus dedos. Varg fue cojeando hasta él, lo agarró por el collar de colmillos de trol y lo arrastró por el suelo hacia el borde del bosque. Oyó que Røkia, Svik y los demás los seguían.

Cuando llegó al bosque estampó a Brák contra el primer árbol que vio y los pulmones del cazador se vaciaron de golpe.

—Esto es por Frøya —le gruñó en la cara, y le clavó la espada en el estómago. La hoja perforó piel y músculos, y Varg sintió cómo le atravesaba la columna vertebral, salía por su espalda y se hundía en el tronco. Retrocedió unos pasos.

Brák chilló y se retorció. Quiso agarrar la espada, pero fue incapaz de llegar a la empuñadura y su mano se deslizó por la hoja.

Røkia se metió dos dedos en la boca y silbó.

Se oyó el crujido de pasos en la nieve y surgieron unas figuras de las sombras, cinco, ocho, diez, muchas más. Niños. Los seax resplandecían en sus manos.

Refna Manos Fuertes salió de la penumbra del bosque y miró a Røkia. Esta se volvió a Varg.

—No eres el único que tiene pendiente cobrarse una venganza —dijo.

Varg asintió.

—Hazlo —dijo Røkia.

Refna enfiló hacia Brák, que gemía de dolor y respiraba con breves jadeos.

—Esto es por Einar —dijo la niña. Se adelantó y hundió el seax hasta la empuñadura en la cintura de Brák, que profirió un gañido agudo y estridente.

El siguiente niño se acercó a Brák y lo apuñaló. Luego fue el turno de otro, y de otro, y mientras tanto Varg observaba. Sentía la presencia de Røkia y de Svik.

—Buena pelea —le felicitó Svik.

—Están vengados —dijo Røkia.

Varg se dejó caer de rodillas en el suelo y lloró.

CAPÍTULO OCHENTA Y CINCO

GUÐVARR

Guðvarr miraba fijamente al pescador Lif. Estaba plantado a una docena de pasos de él y se interponía entre él y el bosque, la penumbra y la seguridad. A su espalda tronaba la batalla. Oía los rugidos y los gruñidos de Lik-Rifa y Ulfrir, y el suelo temblaba con el duelo que libraban. Se volvió para echar un vistazo. Los seguidores de la dragona acudían corriendo para proteger a su reina y trababan combate con los úlfhéðnar de Ulfrir. Algunos descendientes de la dragona proferían conjuros de magia seiðr. Rotta se escabullía chillando a través de la cortina de nieve y un lobo de piedra saltó a su espalda y lo mordió.

Guðvarr devolvió la vista al frente al oír el crujido de la nieve cuando Lif dio un paso hacia él.

—Deberías huir de aquí —dijo limpiándose los mocos que le goteaban de la nariz con la mano—. Eres un pescador, no un guerrero. Yo soy un drengr experimentado. Elige vivir y acepta mi oferta de cortesía y clemencia antes de que cambie de opinión. —Miró con dureza a Lif, queriendo dar a sus ojos una expresión feroz y fría como un fiordo.

—Perdiste con mi padre en un holmganga, pero dejaste que un úlfhéðnar lo asesinara. Apuñalaste a mi hermano en el estómago cuando tenía el veneno de una araña del hielo en la sangre y estaba encadenado a una pared —replicó Lif avanzando despacio hacia él—. En mi opinión, no tienes nada de drengr. Eres un cobarde. A mí me ha entrenado Orka Machacacráneos. He luchado con los Hermanos de Sangre, he aprendido a usar las armas en el fuego de la forja de la batalla. Veamos quién es más diestro con las armas.

«Orka Machacacráneos. Los Hermanos de Sangre. El fuego de la forja de la batalla». A Guðvarr no le gustaba cómo sonaba eso.

—Tal vez podríamos hablarlo —sugirió—. ¿No podríamos llegar a alguna clase de acuerdo?

Lif le respondió con una lanzada directa a su pecho. Guðvarr levantó el escudo para detener el golpe, desvió la lanza de Lif y le asestó un espadazo dirigido a la cabeza. Pero Lif ya lo embestía y detuvo la espada con el escudo, al mismo tiempo que volvía a acometerlo con la lanza, esta vez por encima del escudo de Guðvarr. Inclinó la lanza hacia abajo y la moharra impactó como un puñetazo en el torso de su rival. Guðvarr retrocedió tambaleándose para absorber la fuerza del golpe, echó un vistazo abajo y vio que se habían partido unas cuantas anillas de su brynja. Frunció el ceño y volvió a mirar a Lif. De repente atisbó un movimiento en las sombras del borde del bosque y unas arañas del hielo salieron correteando de entre los árboles para sumarse a la batalla.

Guðvarr aferró el escudo y se lanzó hacia Lif con pasos rápidos. Le asestó puñaladas, machetazos y tajos con la espada, pero Lif detuvo todos los golpes con su escudo demostrando su habilidad. Sin embargo, Guðvarr lo obligó a retroceder un paso, dos pasos, hasta que se encontró reculando de manera sostenida ante el ataque de Guðvarr.

Una araña del hielo saltó a la espalda de Lif y lo derribó. Guðvarr sonrió y pasó despreocupadamente ante ellos mientras rodaban por el suelo en dirección a los árboles y la seguridad de la oscuridad. El fragor de la batalla se atenuaba a su espalda.

Pero entonces oyó el crujido de la nieve con unos pasos detrás de él y se volvió. Sintió un impacto detrás de las piernas, se tambaleó y se dio de bruces contra el suelo.

—Levántate —dijo una voz.

Guðvarr se puso en pie, se dio la vuelta y vio a Lif delante de él, cubierto por una oscura sustancia viscosa de color azul y fragmentos de exoesqueleto. Ya no tenía la lanza y en su lugar empuñaba un hacha barbuda. Bajó un momento la mirada al suelo y se dio cuenta de que la lanza era lo que lo había golpeado en las piernas y lo había derribado.

«Así que ha matado a la araña del hielo —se dijo con estupefacción—. No es un pensamiento reconfortante».

Lif avanzó hacia él con el escudo levantado y la hoja del hacha suspendida justo encima del borde.

«No tendré más remedio que matarlo».

Guðvarr dio unos pasos para ir al encuentro de Lif y fintó una puñalada alta para finalmente asestar una por abajo, directa a las pantorrillas de su rival, esperando que Lif levantaría bruscamente el escudo. Sin embargo, Lif bajó el escudo y atrapó la espada de Guðvarr, al mismo tiempo que se adelantaba y hacía astillas la parte superior de su escudo con el hacha. La barba del destral se enganchó en el borde del escudo y Lif tiró de él. Guðvarr perdió el equilibrio y Lif lo aprovechó para golpearle en la boca con la parte superior del hacha. Guðvarr sintió una explosión de dolor insoportable y la boca llena de sangre, notó algo duro dentro de la boca y se dio cuenta de que era un diente. El dolor se expandió por sus mejillas. Chilló y retrocedió trastabillando, se le resbaló la espada de la mano, tropezó con algo y cayó de culo sobre el suelo. Se llevó una mano a la cara y se palpó el tajo alargado y sanguinolento que se extendía desde su boca hasta su oreja. Escupió el diente roto y un pegote de sangre cuando Lif se plantó a su lado.

—Vale, vale, tú ganas —dijo con voz suplicante Guðvarr levantando una mano—. Tú ganas. Yo pierdo. Las reglas del holmganga. ¿Qué quieres? ¿Mi brynja? ¿Mi espada? Quédatelas. —Levantó la mirada y vio que Lif se alzaba amenazante por encima de él, vio su gruñido y que levantaba el hacha—. ¡No! Te daré todo lo que me pidas —graznó.

—Quiero que mi padre y mi hermano vuelvan —masculló Lif, y bajó el hacha.

CAPÍTULO OCHENTA Y SEIS

ORKA

Orka corrió hacia Drekr. El fragor de la batalla que tenía lugar a su alrededor se atenuó y solo oyó el sonido rítmico de sus pasos y sus resuellos. Drekr estaba junto al cadáver de Orlyg, arrancando el hacha de la cabeza destrozada del jarl. Detrás de él, Orka atisbó el movimiento de las arañas del hielo en el borde del bosque, un enjambre que se precipitaba por el campo de batalla desde los árboles.

«¿Se diseminaron después de que Snaka destruyera el salón de Ulfrir y han llegado aquí por casualidad?», se preguntó. Vinieran de donde vinieran, eran muchas.

Dagrun, el hijo de Orlyg, se levantó trabajosamente, escupiendo la sangre del labio que Drekr le había partido de un porrazo con el mango del hacha en la boca. Se tambaleó y profirió un grito desgarrador cuando vio a su padre tendido en el suelo. Blandió la espada y el escudo, y enfiló hacia Drekr. En torno a ellos, los Alimentadores de Cuervos estaban masacrando a los últimos drengir de Orlyg, apenas un puñado, la mayoría corrompidos que habían hecho un juramento de lealtad a Orlyg después de que Elvar les diera la libertad.

Drekr vio que Dagrun iba hacia él y levantó el hacha larga.

Orka adelantó a Dagrun y arremetió con el destral contra la cara de Drekr. Este la vio, dio un paso atrás y gruñó mientras detenía la acometida de Orka con el mango del hacha. Volaron astillas y ella lo rebasó corriendo, deslizó los pies por el suelo y hundió el seax en el estómago de un integrante de los Alimentadores de Cuervos que la atacó con un destral. A continuación agarró al guerrero y giró con él, extrajo el seax de su cuerpo y lo arrojó contra Drekr, quien ya estaba levantando el hacha para golpearla. El impacto desequilibró a Drekr y lo empujó hacia atrás, pero se recuperó rápidamente, apartó al agonizante Alimentador de Cuervos y avanzó hacia Orka. Detrás de ella, los Hermanos de Sangre que la acompañaban, Gunnar, Halja y Sæunn, cargaron contra los Alimentadores de Cuervos. Los aceros colisionaron y los guerreros gritaron.

—Es tu final —gruñó Drekr a Orka.

—Si no puedes morder no deberías enseñar los dientes —mascullό Orka, con el hacha arriba y el seax abajo.

Drekr descargó el hacha y ella dio un paso a un lado para evitar el golpe y al mismo tiempo le asestó un hachazo dirigido al cuello. Drekr se contorsionó y el destral impactó en su hombro, saltaron anillas de su cota de malla y Drekr gruñó. Orka le apuñaló entonces con el seax y la hoja raspó la brynja de Drekr, pero la malla resistió. Drekr soltó una mano del hacha para agarrar de la brynja a Orka y tiró hacia sí de ella. Sus ojos despidieron un brillo rojo y sus dientes se tornaron largos y afilados. Orka se dio cuenta de que pretendía desgarrarla con ellos y le estampó la protección nasal del casco en la cara, le trituró el labio superior y la boca, y Drekr volvió a gruñir, retrocedió trastabillando y escupiendo sangre, y lanzó un hachazo sin demasiada fuerza, solo con la intención de ahuyentar a Orka y poder disponer de un momento para recuperarse.

Orka evitó el hacha torciendo el cuerpo y asestó un hachazo mientras Drekr reculaba desequilibrado. Pero este levantó el mango del hacha larga con las dos manos y enganchó con él la barba del destral de Orka, tiró con fuerza para arrancárselo de las manos y el hacha voló dando vueltas por el aire. Ella se abalanzó sobre él asestándole una cuchillada con el seax, que se deslizó por el pecho de Drekr, y volvió a apuñalarlo, rajándole el brazo, y luego le propinó un golpe en la cara con la empuñadura. Drekr volvió a salir despedido hacia atrás dando tumbos. Orka se lo quedó mirando y asintió satisfecha. Se alejó unos pasos de Drekr y sacó muy despacio el otro seax de la funda en el cinturón.

—He hecho un viaje muy largo para devolvértelos —dijo.

—Tu marido me los mantuvo calientes —replicó Drekr. La sangre que le salpicaba los labios goteaba en su barba negra.

—Mi Thorkel era un hombre mejor de lo que podrías aspirar a ser tú jamás. Y sé que no te enfrentaste con él en un combate justo. Te ayudaron. —Miró fijamente a los ojos a Drekr y confirmó su sospecha—. Aun así, te dejó esas cicatrices para que nunca lo olvidaras —añadió—. No deberías haber venido a mi granja. Aún tendrías dos hermanas y tú mismo conservarías tu vida, porque estoy a punto de arrebatártela.

Drekr abrió la boca para hablar, pero Orka ya se había lanzado hacia él con el seax por delante, y él sujetó el hacha larga con las dos manos para detener la acometida. Inmediatamente arremetió con el mango y la cabeza en una sucesión frenética de golpes de ataque y de defensa. Orka se agachó para esquivar el ataque de Drekr y se abalanzó sobre él, lo envolvió con sus brazos, le puso una pierna detrás de la suya y lo empujó. Drekr se estampó contra el suelo y Orka se sentó encima de él y le apretó un seax contra el cuello mientras la punta del otro sobrevolaba uno de sus ojos. Drekr se quedó paralizado, perplejo. Orka hizo un movimiento seco con la muñeca, se levantó de él y retrocedió con agilidad.

Drekr se puso en pie lentamente, mirándola con el ceño fruncido, desconcertado. Escupió sangre en la nieve. Un hilito de sangre corría por su mejilla desde un corte debajo del ojo. Dio un paso hacia Orka y ella retrocedió un paso. Drekr volvió a fruncir el ceño y dio otro paso hacia ella. Orka también dio un paso atrás.

—¿Qué haces? —demandó.

—Esperar —respondió Orka.

—¿A... a... qué? —tartamudeó Drekr.

—A que el veneno haga efecto.

Drekr dio otro paso hacia ella y se tambaleó. Le pesaban las piernas y sus movimientos eran lentos y torpes. Dio otro paso y trastabilló. Se le cayó el hacha de las manos. Orka reparó en que le temblaban los músculos y que a duras penas podía tenerse en pie.

—¡Breca! —gritó Orka.

Breca se adelantó con Sæunn a su espalda.

—Ven aquí —dijo Orka alargándole uno de los seax.

—¿Qué has hecho? —le preguntó él.

—Había veneno de las arañas del hielo en el acero que he usado para rajarle la mejilla. ¿Recuerdas las serpientes del *Lobo del mar*? ¿La madre y sus crías?

—Ajá, mamá —respondió Breca.

—¿Recuerdas cómo les enseñaba a cazar, a matar?

—Sí.

—Ahora yo te enseñaré a ti. —Llevó a Breca detrás de Drekr, que estaba temblado y empleaba todas sus fuerzas y toda su fuerza de voluntad para mantenerse en pie. Según se acercaron a él, sus dedos se movieron con espasmos, también un músculo de su brazo—. Detrás de la pierna, por encima de la altura de la rodilla, hay un músculo. Si lo cortas, la persona se derrumbará como un títere al que le cortases los hilos. Aquí —dijo tocando detrás de la pierna de Drekr—. Hazlo.

Breca se adelantó y deslizó el seax por la corva de Drekr, que gruñó y se desplomó.

—Muy bien —dijo Orka—. Si tuvieras un hacha, la manera más rápida que hay de matar a alguien es un golpe en la cabeza. Pero si lo que tienes es un seax o una espada, hay tres sitios letales. Puedes apuñalar aquí —dijo tocándose el cuello—, aquí —añadió poniéndose un dedo en el corazón— o aquí —dijo presionándose la arteria en la ingle—. Drekr lleva una cota de malla, así que el corazón está protegido. No es fácil encontrar la arteria en la ingle, así que elegiremos la garganta. —Blandió el seax que tenía en la mano, se agachó al lado de Drekr y le puso la punta en el cuello—. Ahora tú.

Breca levantó el seax y lo pegó al cuello de Drekr al lado del seax de su madre. Drekr los miraba con el cuerpo tembloroso, moviendo los labios y los ojos aterrorizados.

—Por Thorkel —musitó Orka sosteniéndole la mirada, y empujó el seax para hundirlo en su cuello. Brotó sangre, más densa por efecto del veneno.

—Por papá —dijo Breca. Le clavó el seax y observó cómo se introducía hasta el fondo en el cuello de Drekr.

CAPÍTULO OCHENTA Y SIETE

BIÓRR

Biórr y Fain el Rojo, con los escudos y las armas en las manos y los niños corrompidos detrás de ellos, contemplaban la batalla, que retumbaba a su alrededor con el fragor ensordecedor del caos. Ulfrir aullaba y Lik-Rifa rugía mientras se destrozaban mutuamente y destruían todo lo que les rodeaba. Rotta chillaba, los guerreros gritaban, agonizantes, los troles bramaban, las arañas del hielo siseaban, las brujas nocturnas aullaban, y todo ello se mostraba en imágenes fragmentadas a través de la copiosa nevada. Los dioses luchaban entre ellos, los drengir se mataban unos a otros, los corrompidos combatían con corrompidos. Solo los vaesen luchaban unidos contra Ulfrir y su horda.

Ante ellos, un grupo de úlfhéðnar y berserkir se enfrentaban con corrompidos que habían acudido a la llamada de Lik-Rifa. Gruían, aullaban, acuchillaban, desgarraban, y aparecían y desaparecían de la vista de Biórr y Fain.

—¿Cómo es posible? —farfulló Fain el Rojo—. Deberíamos estar unidos contra los tiranos que nos han esclavizado, no luchar entre nosotros.

«He dado la libertad a los corrompidos», dijo Elvar dentro de la cabeza de Biórr.

—Lik-Rifa dijo que liberaría a los corrompidos —añadió Fain.

Biórr recordó las palabras que le había dicho Orka: «Nunca les ha importado la vida de nadie, corrompido o no, y no creo que eso vaya a cambiar ahora».

El amanecer se filtraba en el mundo, una claridad pálida que trepaba por el horizonte, y las sombras se separaban en torno a ellos. Vieron un grupo de arañas del hielo que se arremolinaban alrededor de una berserkir y la derribaban por la ley de la masa. Surgieron unos jinetes de la nieve asestando machetazos y cuchilladas con sus espadas curvas y un trol avanzó pesadamente hacia ellos y derribó a uno de la silla de montar de un porrazo. No había manera de saberlo, pero Biórr tenía la impresión de que la presencia numerosa de vaesen estaba empezando a inclinar la balanza en contra de Ulfrir y sus seguidores.

—¿Cómo puede ser que solo los vaesen sean leales? —gruñó Fain.

Ulfrir emitió un aullido largo y ululante, y Biórr vio que Skuld salía como un torbellino de la nieve, remontaba el vuelo y permanecía suspendida en el aire, batiendo las alas rojas lentamente, y entonces se llevó un cuerno a los labios y sopló. El bramido del cuerno se sumó al aullido de Ulfrir.

Biórr percibió un cambio en el aire a su alrededor y oyó un ruido procedente del bosque que tenían a su espalda. Él y Fain se volvieron y advirtieron un sonido extraño que iba y venía, un aullido estridente que cada vez sonaba más fuerte, como si se acercara una tormenta. Y entonces aparecieron unas formas sombrías, unas criaturas pequeñas que parecían figuras talladas en madera, con unas hojas puntiagudas como si fueran su pelo y unas manos que semejaban espinas retorcidas, surgieron del borde del bosque y corrieron chillando y con las bocas desfiguradas por sus gruñidos.

—Faunir —masculló Biórr.

—¡Los niños! —gritó angustiado Fain. Se dio la vuelta y se puso a bramar órdenes a los niños corrompidos para que corrieran hasta un carro y se escondieran debajo de él. Fain y Biórr se plantaron delante de ellos con los escudos levantados.

Los faunir se precipitaron berreando por el campo de batalla a través de la nieve. Arrojaban puñados de espinas y astillas sin dejar de correr, se tiraban contra las arañas del hielo y se movían como remolinos alrededor de los troles. Finalmente llegaron al carro y los caballos relincharon y se encabritaron con los ojos aterrorizados, pero los faunir pasaron de largo. Un puñado de esas criaturas se detuvieron en seco y miraron ceñudos a Biórr y Fain, que permanecieron inmóviles con los escudos levantados y no hicieron ningún ademán de querer atacar a los faunir. Uno de esos pequeños vaesen se agachó para echar un vistazo debajo del carro, giró la cabeza a un lado y a otro mirando a los niños y luego dijo algo a los demás con una voz gorjeante que alternaba chasquidos y crepitaciones. Después volvió a levantarse y los faunir siguieron corriendo para adentrarse en el campamento y dejaron en paz a Fain y a Biórr. El fragor de la batalla ahora era ensordecedor, con el estrépito de las armas al golpear los escudos y los faunir que saltaban, descuartizaban y chillaban sobre la nieve teñida de sangre.

Biórr miró a Fain.

—Deberíamos irnos.

—¿Cómo? —exclamó Fain.

—Estos dioses no se merecen que luchemos por ellos, que muramos por ellos.

—Pero ¿y nuestra libertad? —repuso Fain.

—Ya somos libres. Gane quien gane, la dragona o el lobo, los corrompidos en ningún caso seremos thrall.

—¿Y nuestra venganza? —preguntó Fain torciendo el gesto—. Mis hijos, tu Myrk…

—He probado el sabor de la venganza y es amargo, como el de la ceniza —dijo Biórr—. No nos devuelve a los muertos. Yo ya me he hartado de esto. Hagamos algo… bueno. Llevémonos a estos niños de aquí. Lejos de aquí. Lejos de la guerra y de una muerte sangrienta.

Fain se lo quedó mirando un momento y luego se volvió hacia los niños, acurrucados debajo del carro. Muchos de ellos habían hablado de la guerra, de pervivir en una canción de los escaldos, de que su nombre se cantara en las sagas de los héroes, pero al mirarlos ahora solo parecían aterrorizados.

—Ajá —dijo Fain—. Chicos, chicas, subid al carro.

Los niños salieron gateando de debajo del vehículo y subieron a él. Harek se sentó en el pescante, como siempre, al lado de Fain.

«¡AYÚDAME!», gritó Rotta en la cabeza de Biórr.

Fain se montó en el carro y le ofreció la mano a Biórr para ayudarle a subir, pero este vaciló.

—Ve tirando, enseguida iré yo —dijo Biórr—. Antes tengo que hacer una cosa. —Buscó con la mirada entre los niños hasta que lo vio—. Bjarn, ven conmigo.

—¿Por qué? —preguntó Bjarn.

—Voy a llevarte con tu madre.

—Te esperaré —terció Fain.

—No, sácalos de aquí mientras puedas hacerlo.

Fain echó un vistazo al torbellino de la batalla y asintió.

—Te esperaremos en el bosque, donde es más seguro.

Biórr asintió y enfundó la espada. Fain chasqueó los labios, sacudió las riendas y los caballos se pusieron en marcha con un tirón. El carro se marchó traqueteando y desapareció tras el velo de nieve.

Biórr los observó mientras se alejaban y luego se dio la vuelta, puso una mano en el hombro de Bjarn y lo condujo hacia la batalla. Sortearon cadáveres amontonados mientras la batalla resonaba a su alrededor. Dos guerreros surgieron tambaleándose de la nieve y Biórr los quitó de en medio de un mamporro con el escudo. Sacó del cinturón el seax que había pertenecido a Elvar y se lo ofreció a Bjarn.

—Por si acaso —le dijo.

Bjarn asintió y cogió el arma.

Se adentraron en la batalla directamente hacia el ojo del huracán, y entonces Biórr los vio: Lik-Rifa y Ulfrir mordiéndose, desgarrándose, y en torno a ellos, los descendientes de la dragona y los úlfhéðnar luchaban, también las brujas seiðr. Las runas brotaban en el aire con un chisporroteo y llameaban, el fuego y el hielo crepitaban en el duelo que libraban por sus respectivos dioses. Biórr vio entonces a Uspa. Estaba con otra bruja seiðr, con el cabello tan oscuro como rubio era el de Uspa. Berak también estaba con ella, enorme e imponente en su cota de malla, con los hombros encorvados y un hacha barbuda en cada mano, rodeado por un círculo de cadáveres.

Biórr echó a correr y se agachó agarrando de la muñeca a Bjarn. Berak advirtió un movimiento con el rabillo del ojo, y se volvió gruñendo y levantando las hachas. Y entonces se quedó parado, con las hachas alzadas, y su expresión de feroz ira se transformó en una de confusión. Bajó las hachas y una sonrisa le escindió la barba trenzada.

—Uspa —dijo.

Uspa se volvió y abrió la boca. Corrió con los ojos brillantes por las lágrimas. Bjarn también corrió y se arrojó a sus brazos. Uspa lo levantó en el aire, riendo y besando a su hijo en las mejillas. Berak llegó a ellos y levantó a ambos con sus fuertes brazos, los apretó y dio unas vueltas sin moverse del sitio.

Biórr sonrió y se dio la vuelta. Echó a andar volviendo sobre sus pasos a través de la batalla.

«¡AYÚDAME, BIÓRR!», gritó Rotta dentro de su cabeza.

«No», le gruñó Biórr.

—Date la vuelta —espetó una voz.

Biórr se quedó paralizado y el terror formó un nudo en su estómago. Dejó que la rata fluyera por él. Se dio la vuelta lentamente y bajó la mano hacia la espada. Vio al miembro de los Hermanos de Sangre con el que se había enfrentado antes. El hombre se abalanzó sobre él con sus ojos verdes centelleando y blandiendo el hacha. Biórr levantó el escudo, pero el hacha pasó por encima del borde e impactó en la sien de Biórr, que salió despedido hacia atrás y el suelo subió para recibirlo. El aire escapó de sus pulmones con una explosión cuando se estrelló contra la nieve. Intentó moverse, levantó el escudo y desenfundó la espada, pero el cuerpo no le respondía y todo él palpitaba con un dolor que se expandía desde su cabeza. Se le revolvió el estómago y vomitó.

Sintió una presión en el pecho cuando el hombre de los ojos verdes apoyó una bota en él.

—Soy Gunnar Proa, de los Hermanos de Sangre, y soy lo último que verás —gruñó Gunnar, y levantó el hacha.

—No —musitó Biórr.

—Por Revna —dijo Gunnar Proa, y el hacha descendió por el aire.

CAPÍTULO OCHENTA Y OCHO

ORKA

Orka se agachó para recoger el destral y volvió a deslizarlo debajo del cinturón. Vio el hacha larga de Drekr y también la cogió. Se volvió al oír pasos y vio aparecer a Lif a través de la nieve. Tenía el gesto serio y la hoja del hacha ensangrentada. Miró el cadáver de Drekr en el suelo y los dos seax todavía sepultados en su cuerpo y dirigió un gesto de asentimiento a Orka.

—¿Lo has hecho?

—Ajá —respondió Lif. Una cascada de emociones le cruzó el rostro.

—Bien —gruñó Orka. Se volvió hacia el campo de batalla. Breca estaba a su lado. El día estaba vertiendo su claridad en el mundo y la nevada amainaba. Había grupos de faunir por todas partes, arremolinados alrededor de las arañas del hielo o trepando por las piernas de los troles. Todavía se veían pequeños muros de escudos trabados en combate y Orka reparó en un puñado de guerreros a caballo que rodeaban a un trol y lo hostigaban con sus lanzas y sus sables. El estruendo de la batalla fluctuaba y en el centro de ella todavía luchaban la dragona y el lobo.

Orka vio que los supervivientes de la horda de Lik-Rifa corrían hacia ella: arañas del hielo y brujas nocturnas, skraeling, troles, adoradores de la dragona, Alimentadores de Cuervos, drengir que le habían jurado fidelidad, un puñado de bandas de guerreros que todavía se aferraban a la esperanza de la vitoria y la plata de la recompensa, más de la que eran capaces de imaginar.

Orka y los demás los siguieron sin mediar palabra. Un río de carne, huesos y acero, de garras, dientes y colmillos fluía hacia el lobo y la dragona.

La voz de Ulfrir retumbó en la cabeza de Orka: «Ha llegado el momento. Mis fuerzas se agotan. Hay que hacerlo ahora».

«Ajá», le respondió Orka.

Gunnar se unió al grupo.

—Ese descendiente de la rata está muerto —dijo al advertir la expresión inquisitiva de Halja.

Los rugidos y los gruñidos de los dioses que se batían los guiaron a través de la nieve y Orka enseguida vio el crepitar y el chisporrotear de las runas seiðr y la magia galdur. Vol y Uspa aparecieron ante sus ojos enfrentándose con un grupo de descendientes de la dragona. Orka también atisbó a Glornir, Berak y unos cuantos más luchando en sus flancos, defendiendo a las brujas seiðr de los adoradores de la dragona y los últimos de sus descendientes y de los Alimentadores de Cuervos, y detrás de ellos, Ulfrir y Lik-Rifa se movían frente a frente. Ulfrir cojeaba, la sangre le apelmazaba el pelo y tenía unos tajos sanguinolentos en el cuerpo. Lik-Rifa se alzaba delante de él, con un ala caída y los músculos del hombro desgarrados y hechos jirones. Por todo el cuerpo recubierto de gruesas escamas se veían heridas sangrantes. La dragona miraba a Ulfrir con un centelleante ojo rojo, pues el otro era una herida ennegrecida, y con los dientes goteando saliva.

En torno a ellos desembocaba el río de guerreros y vaesen, úlfhéðnar y corrompidos prestos para defender a su dios.

Orka echó a correr con los demás pisándole los talones y cruzaron como un rayo el campo de batalla, sorteando grandes surcos y grietas que estriaban el suelo, carros destrozados y suministros, y embistieron por el flanco a los adoradores de la dragona que atacaban a Glornir y su puñado de Hermanos de Sangre. Pasaron a través de ellos trazando amplios arcos de sangre en el aire. Hombres y mujeres chillaban y se daban la vuelta para arremeter contra Orka y su reducido grupo, pero era como intentar impedir la subida de la marea. En lo que el corazón tarda en latir una docena de veces, esos adoradores de la dragona estaban muertos o huían hacia la horda de guerreros y vaesen que estaba congregándose delante de Lik-Rifa.

Glornir puso una mano en el brazo de Orka.

—¿Está muerto?

—Sí —mascculló Orka.

—Bien. Entonces Thorkel ha sido vengado.

La dragona rugió detrás de Glornir y todos se volvieron. Ulfrir y

Lik-Rifa se separaron empapados en sangre, ambos con heridas abiertas, una con escamas colgando del cuerpo y el otro con el pelo apelmazado.

Skuld descendió del cielo a través de la nevada y se detuvo en el aire encima de Ulfrir, se pegó el cuerno a los labios y lo tocó.

—Así que ha llegado el momento —dijo Glornir.

—Ajá. —Orka asintió.

—Pues acabemos con esto de una vez por todas —aseveró Glornir.

Ulfrir cogió impulso con las patas y saltó hacia Lik-Rifa.

CAPÍTULO OCHENTA Y NUEVE

VARG

Varg se alejó renqueando del cadáver de Brák, que permanecía fijado al árbol, derrumbado sobre el clavo de su espada.

«Lo he hecho, Frøya, te he vengado». No sentía el júbilo que había esperado, no lo invadía la euforia, solo estaba exhausto hasta la médula, y ni siquiera el lobo en su sangre se movía ni hablaba. Røkia y Svik caminaban con él. También Edel y su perro, Æsa y Taras cojeando a su lado, con Iva cogiéndole de la mano.

El bramido de un cuerno retumbó en el campo de batalla y todos se detuvieron.

«Pero la batalla no ha acabado aún».

Iva y Taras se dijeron algo, se separaron del grupo cogidos de la mano y enfilaron hacia el bosque.

El resto de los Hermanos de Sangre se miraron sin abrir la boca, hablándose con los ojos, sus manos se encontraron y cruzaron el campo de batalla siguiendo el río de guerreros y vaesen que se precipitaba hacia Lik-Rifa y Ulfrir. Debajo del torbellino estrepitoso del duelo entre los dioses resonaba el fragor de la batalla, aceros que chocaban, gritos de batalla y alaridos. Y de repente surgió de la nieve: las chisporroteantes runas seiðr, los muros de escudos que colisionaban, los troles que rugían, los tennúr que surcaban el aire zumbando y se lanzaban en picado para desgarrar caras… Y delante de Varg explotó un carro, reducido a astillas por Rotta, que rodaba por el suelo chillando y agitando las patas con el último lobo de piedra aferrado con los dientes a su hombro. Rotta atizaba al lobo con media cola y Skuld descendió en picado y arremetió contra él con una espada radiante.

Dos troles salieron de la cortina de nieve, uno mucho más grande que el otro, con unos colmillos amarillentos que descollaban en sus dientes inferiores. Los dos blandían unas porras tachonadas de clavos con las que atizaron al lobo de piedra.

Æsa echó a correr con el escudo terciado a la espalda y los demás la siguieron. Varg y Taras fueron renqueando por las heridas que Brák les había infligido. Æsa arrojó la lanza sin detenerse y sacó el destral y el seax. Varg vio que la lanza se hundía en el hombro del trol más pequeño, que profirió un bramido y se retorció para arrancarse la lanza. Pero Æsa ya se abalanzaba sobre él de un salto y le asestó un hachazo con el destral y una cuchillada con el seax. Usó las dos armas clavadas en el cuerpo del trol para trepar por su gruesa piel y ponerse de pie sobre sus hombros, extrajo el destral y lo descargó contra su cuello al mismo tiempo que le hundía el seax hasta la empuñadura en un oído. El trol rugió echando saliva por la boca y se agitó con espasmos, dio unos pasos tambaleándose y se desplomó. Æsa se bajó de él de un salto, rodó por el suelo y se levantó. Miró a Varg y al resto, alzó las manos y sonrió. Pero entonces la porra del otro trol cayó sobre ella y Æsa desapareció como una garrapata aplastada, con una explosión de sangre que roció el aire.

Svik gritó. Edel rugió mientras su perro salía corriendo hacia el vaesen. Røkia llegó antes al trol blandiendo la espada y el destral, y le machacó la pantorrilla al pasar junto a él. El trol rugió y arremetió con la porra, pero Edel ya había llegado hasta él y le hundió la lanza en el muslo. La dejó clavada en su pierna, se agachó para evadir el porrazo y con la espada le hizo un tajo en el tobillo mientras su perro le mordía las piernas. Svik y Varg también llegaron hasta el trol, y Varg sacó el cuchillo de carnicero y el destral. Se desplegaron alrededor de él y lo hostigaron asestándole puñaladas y retrocediendo rápidamente.

—¡Heðin os hará papilla a todos! —rugió el trol girando sobre sí mismo, amagando con atacarlos blandiendo la porra.

Varg arremetió con el cuchillo de carnicero contra su pie y le cortó un dedo. Heðin rugió, se dio la vuelta y asestó un puñetazo con su enorme mano, pero Varg se apartó de un salto y el trol redujo a astillas una mesa. Varg recuperó el equilibrio y advirtió movimiento con el rabillo del ojo: un puñado de arañas del hielo correteaba hacia él. Una de ellas se irguió y saltó para atacarlo, pero Varg le hundió el cuchillo en los ojos arracimados y la araña se desplomó. Varg extrajo el cuchillo y un chorro de icor azul salió disparado hacia su cara. Sintió una punzada de dolor en el brazo y se dio cuenta de que una araña del hielo le apresaba la cota de malla con una pata delantera y tiraba de él para acercarlo a sus colmillos flexionados, que resplandecían recubiertos de veneno. Sin embargo, una pequeña criatura se abalanzó sobre la espalda del arácnido, un faunir con el rostro desencajado por la ira, y desgarró y apuñaló a la araña con sus garras y sus duras uñas. Un fluido oscuro manó a borbotones de las heridas y Varg consiguió zafarse de la araña, retrocedió trastabillando y vio que una horda de faunir se sumaba a la batalla, convertidos en los nuevos aliados de Ulfrir.

«¿Qué les habrá prometido?».

Fuera lo que fuese, los faunir estaban dando la vuelta a la batalla. Solo atacaban a los vaesen de Lik-Rifa (las arañas del hielo, los skraeling y los troles) y dejaban en paz a los corrompidos, los drengir, los mercenarios y los adoradores de la dragona.

Varg se volvió al oír un rugido a su espalda y vio que Edel deslizaba la espada por la corva del trol. Heðin abrió la boca y profirió un bramido de dolor.

Røkia arrancó la lanza de Æsa del trol que esta había matado, la arrojó y se hundió en la boca abierta de Heðin. El enorme trol retrocedió tambaleándose y Varg, Svik, Røkia y Edel se abalanzaron sobre él. El perro de Edel volvió a saltar hacia el trol y le destrozó el tobillo. Heðin cayó al suelo con una explosión de nieve, y Varg y los demás la emprendieron a hachazos y cuchilladas contra él. Manó sangre de una docena de heridas y el trol gruñó, gimoteó y finalmente murió.

De repente oyeron un gruñido estridente que sonaba cada vez más cercano y Rotta cayó entre ellos e impactó en el cuerpo del trol muerto. El lobo de piedra salió volando de su espalda y Rotta se levantó y se dio la vuelta para encarar al grupo de Varg, les mostró los incisivos amarillentos y dio un paso hacia ellos. Varg se fijó en que tenía unas garras largas y curvadas como el sable de Sulich.

Varg y sus compañeros se desplegaron en semicírculo ante Rotta.

Una repentina corriente de aire los azotó y dos figuras negras se precipitaron desde el cielo batiendo las alas. Grok y Kló extendieron las garras y apresaron a Rotta en medio de un torbellino de alas y turbulencias.

—Rotta mató al Padre Snaka —graznaron los cuervos mientras se elevaban en el aire con Rotta, con sus garras hundidas en su cuerpo.

Rotta chilló, se retorció y se revolvió, les lanzó dentelladas con sus dientes amarillos, pero los cuervos gigantes lo tenían firmemente sujeto, remontaron el vuelo y desaparecieron a través de la nieve.

Varg y el resto se quedaron inmóviles, con la mirada alzada al cielo.

Y entonces una figura cayó por el aire: Rotta se precipitó dando vueltas y chillando, se estrelló contra un grupo de carros y se produjo una explosión de astillas. Varg y sus compañeros saltaron y se tiraron al suelo para protegerse de la lluvia de trozos de madera que cayó sobre ellos como si fueran lanzas. Varg se levantó y vio a Rotta tendido en medio del desastre, quieto, inmóvil, mientras una nube de nieve removida se asentaba a su alrededor.

CAPÍTULO NOVENTA

ORKA

Orka corría gruñendo y blandiendo el hacha larga con las dos manos. Cuerpos hendidos, chorros de sangre, huesos partidos, rostros desencajados que se abalanzaban sobre ella y desaparecían... Todo a su alrededor era un torbellino de sangre. Vio de soslayo a Glornir a su lado, dando mamporros con el escudo y acuchillando con la espada. Los demás se habían desplegado a su alrededor: Gunnar Proa y Halja, Lif y Sæunn, Breca gruñía y asestaba lanzadas, Vol profería conjuros rúnicos y su serpiente fustigaba con la cola y desgarraba caras.

Un torrente de faunir se precipitó alrededor de Orka, se arremolinó en torno a las arañas del hielo y los skraeling y se los llevó arrastrándolos en un río de sangre. Y entonces Ulfrir y Lik-Rifa aparecieron delante de Orka, mordiéndose y desgarrándose. Lik-Rifa arrastraba por el suelo un ala dejando un rastro de sangre en la nieve. La dragona derribó de un coletazo a Ulfrir y se produjo una erupción de nieve y tierra cuando el lobo se estampó contra el suelo. Ulfrir se levantó trabajosamente, cogió impulso y saltó. Sus fauces se cerraron alrededor del cuello serpentino de Lik-Rifa, se lo retorció y derribó a la dragona, que rugió y se revolvió. Levantó a Ulfrir por el aire, pero él no la soltó.

Orka se dio la vuelta al oír unos gritos detrás de ella y vio que un grupo de personas avanzaba en formación de cuña abriéndose paso a través de los seguidores de Lik-Rifa. Eran Grend, Gytha y sus drengir, Sighvat y los Terrores de la Batalla, Frek y sus úlfhéðnar, Taras e Iva. Taras empujaba una carretilla en la que llevaba la cabeza de Hrung. Iva fue corriendo a donde estaba Uspa.

Orka advirtió un movimiento a su lado y vio que Glornir daba unos pasos, soltaba el escudo y echaba a correr empuñando solo su espada larga. Orka derribó a una adoradora de la dragona con la punta del mango del hacha larga y también salió disparada para alcanzar a Glornir. Él la miró y sonrió mientras corrían juntos.

—Con esto nos ganaremos un lugar en las canciones de los escaldos —mascullló Glornir. Sus ojos despedían unos destellos verdes y su cuerpo comenzó a temblar y a vibrar con unas sacudidas espasmódicas. Los músculos de su espalda se tensaron y le crecieron unas garras curvas en los dedos.

Orka le devolvió la sonrisa y dejó libre a su lobo interior. Los colores se volvieron más intensos y su sentido del oído se agudizó, sintió su fuerza y su velocidad, su resistencia y su ferocidad. Los dos saltaron hacia el ala herida de Lik-Rifa. Glornir se tambaleó, pero recuperó el equilibrio. Orka aterrizó en el ala y subió corriendo por ella hacia el lomo y el cuello de la dragona.

La dragona corcoveaba y se revolvía apresada por Ulfrir, tratando desesperadamente de zafarse de él. Pero Ulfrir la mantenía inmovilizada contra el suelo. Las sacudidas de Lik-Rifa derribaron a Orka y a Glornir, pero hundieron las garras en las escamas de la dragona mientras se deslizaban por ellas y detuvieron la caída. Valiéndose del hacha, la espada y las garras treparon por el musculoso cuello de la dragona. Orka oyó los gritos y los conjuros seiðr como si llegaran de muy lejos. Las chisporroteantes runas calientes y las cuerdas de fuego y hielo pasaron por encima de Lik-Rifa y la ciñeron como si fueran anillos de jarl de plata y oro. Vol, Uspa e Iva arrojaron más conjuros y los hilos rúnicos se tensaron y apretaron la cabeza de Lik-Rifa contra el suelo.

Los tennúr se precipitaron sobre Orka y Glornir y arremetieron con sus largas garras contra ellos. Orka hundió sus uñas en Lik-Rifa y asestó hachazos, Glornir hizo lo mismo y blandió la espada, y las diminutas criaturas cayeron del aire como una lluvia de sangre. Orka y Glornir continuaron trepando por el cuello de Lik-Rifa y llegaron a su cabeza gateando por las escamas gruesas y cortantes y los cuernos. Orka se deslizó por debajo del ojo ensangrentado que Skuld había destrozado con su lanza y estuvo a punto de resbalar e introducirse en su boca. A continuación enganchó la cabeza del hacha alrededor de un largo diente y se impulsó para ponerse de pie en la mandíbula de la dragona. Glornir llegó a su lado y los dos afirmaron los pies y arremetieron con sus armas.

El hacha y la espada se hundieron en la piel y la carne justo donde se unían las quijadas de la dragona. Al extraer las armas, se produjo una explosión de sangre de dragona y Lik-Rifa rugió, se retorció y el suelo tembló debajo de ella, pero las cuerdas de magia seiðr y Ulfrir la mantenían inmovilizada, y Orka y Glornir arremetieron una y otra vez con el hacha y la espada. Grandes tiras de carne colgaban desgarradas de la boca de Lik-Rifa y hendieron tendones hasta que le arrancaron un lado de la mandíbula.

La dragona profirió un alarido ensordecedor y se agitó con la fuerza suficiente para resquebrajar la tierra hasta que logró soltarse de Ulfrir. Orka y Glornir salieron disparados, dando vueltas por el aire, y Lik-Rifa se levantó. Las cuerdas seiðr se deshilacharon y se partieron con un estallido de chorros de hielo y fuego.

Orka se estrelló contra el suelo con un golpetazo que hizo vibrar sus huesos y rodó hasta que chocó con el cadáver de un trol. Se quedó tendida sobre la nieve. Cada vez que respiraba sentía una punzada de dolor en el pecho y supo que se había roto alguna costilla. Alzó la mirada hacia Lik-Rifa cuando la dragona se levantó por encima de ella y tapó el cielo al desplegar el ala sana. La mandíbula le colgaba allí donde Orka y Glornir habían seccionado ligamentos y tendones y le caían babas de la boca abierta.

Orka se dio la vuelta con un gruñido y sintió un dolor nuevo en la pierna. Se incorporó con las manos y las rodillas apoyadas en el suelo, vio una lanza y la usó como ayuda para levantarse. Una vez en pie se tambaleó. El dolor irradiaba de su pierna y su pecho. A su alrededor había gente gritando. La voz de Hrung se elevó por encima de todas.

—¡AHORA! —gritaba—. ¡AHORA!

Lik-Rifa clavó una mirada feroz en Orka con su espeluznante ojo rojo, rugió y arremetió contra ella con una garra enorme. Orka no se movió, paralizada por el dolor, y regaló a Lik-Rifa su desafiante sonrisa llena de dientes lupinos. Vio la garra que se dirigía hacia ella y gruñó a la dragona. Pero entonces algo impactó en su costado y voló por el aire con un dolor nuevo. Cuando se estampó contra el suelo vio que Glornir la había embestido. Glornir ya se disponía a saltar hacia ella cuando la garra de Lik-Rifa cortó el aire por encima de la cabeza de Orka e impactó en Glornir. El jefe de los Hermanos de Sangre salió disparado por el aire y una nube de sangre flotó en el aire donde solo un instante antes había estado Glornir.

Orka chilló, se dio la vuelta y apoyó una rodilla en el suelo. Las fauces de Lik-Rifa ya descendían hacia ella. Vio que Taras, Berak y Sighvat transportaban a Hrung en el trozo de vela. Taras agarró él solo la vela y se puso a dar vueltas con ella. Su cuerpo se agrandó, sus músculos se expandieron, se hincharon y sus tendones se estiraron mientras giraba cada vez más rápido, una vuelta, dos vueltas… y entonces mugió como un toro y arrojó a Hrung por el aire, directamente hacia la boca abierta de Lik-Rifa. Se oyó un aullido interminable y Hrung desapareció en el interior de las fauces de la dragona, que dio una sacudida sin saber muy bien qué acababa de suceder.

Orka vio las ondulaciones de su cuerpo mientras tragaba. Y entonces Lik-Rifa volvió a erguirse y Ulfrir apareció delante de ella, cojeando y con tiras de carne desgarrada colgando de su cuerpo plagado de tajos y cortes. Tenía una oreja hecha jirones y manaba sangre de sus heridas.

—Has sido un digno rival, hermana —gruñó.

—Voy a arrancarte la carne de los huesos tira a tira —espetó Lik-Rifa.

—No, esto ha acabado —masculló Ulfrir.

—¿Qué quieres decir? ¿Te rindes? —Lik-Rifa sonrió con la boca torcida por el destrozo que le habían hecho Glornir y Orka—. Ah, no, no vas a escapar de la muerte tan fácilmente. Aquí no hay sitio para la clemencia. Tengo que matarte.

—No me has entendido —repuso Ulfrir—. Estás acabada. Ya estás muerta, aunque no lo sabes. Te ha matado la misma mano que mató a Snaka, el mismo veneno.

—Ya me he cansado de tu chácha… —Lik-Rifa tosió antes de acabar la frase y un espasmo recorrió su cuello. Giró la cabeza a un lado y a otro—. ¿Qué has hecho? —dijo con voz ronca.

—No he sido yo, ha sido el viejo Hrung. El Mataserpientes. Ahora el Matadragones —dijo Ulfrir.

Lik-Rifa volvió a toser y otro temblor sacudió su cuerpo, esta vez de una manera más violenta. Orka reparó en que las venas de su vientre empezaban a hincharse y se ponían negras poco a poco, como si corriera tinta en vez de sangre por ellas. La dragona respiraba ahora con estertores y dio un paso adelante con un gran esfuerzo, luego otro, todo su cuerpo temblaba ahora con espasmos exacerbados y ella jadeaba y resollaba. De su boca caía una espuma negruzca que siseaba al contacto con la nieve. Finalmente se derrumbó con un gruñido ronco y el campo de batalla y los árboles que la rodeaban vibraron con el golpe de su cuerpo contra el suelo. La convulsión derribó a Orka y a toda la gente que la rodeaba.

Otro espasmo, otro estertor arduo, más espuma escapando de su boca y Lik-Rifa se quedó inmóvil. El brillo de su ojo rojo fue atenuándose hasta que se extinguió.

Silencio, solo roto por el susurro del viento. Ulfrir levantó la cabeza y aulló.

Orka apoyó una rodilla en el suelo. Sentía una punzada de dolor en el pecho cada vez que respiraba y otra en la pierna con cada movimiento. Se ayudó de una lanza para ponerse en pie y caminó cojeando, usando la lanza de bastón. A su alrededor, la gente gritaba y celebraba la victoria. Los pocos vaesen que quedaban huyeron hacia el bosque.

Miró a su alrededor buscando con desesperación a Glornir y lo vio derrumbado sobre la nieve manchada con su sangre. Se dirigió renqueando hacia él y se dejó caer de rodillas a su lado, bufando con los dientes apretados por el dolor. Le cogió una de sus manazas de oso.

—Mi hermano —musitó.

Glornir gruñó y giró la cabeza para mirarla.

—Nadie puede negar que nos merecemos una canción —murmuró. Tosió y unas gotitas de sangre le salpicaron los labios. Tenía la cota de malla desgarrada y hecha jirones y una herida sangrienta en el pecho. Orka distinguió el brillo de los huesos y el tejido blando de un pulmón sobre el que borboteaba la sangre.

Orka asintió. Las palabras se volvieron ceniza y barro en su boca, y las lágrimas le nublaron los ojos.

Oyó un grito aflautado y pasos. Breca apareció a su lado, se puso de rodillas y cogió la mano de Glornir. Miró las heridas en su pecho.

—No —farfulló—. Tío —dijo entre sollozos acercándose la mano de Glornir a la cara.

—Me alegro de haberte conocido, Breca Thorkelsson —resolló Glornir—. Y de haberte visto otra vez, Machacacráneos, de haber luchado a tu lado —dijo con una voz débil y susurrante.

—Ajá —consiguió decir Orka, y le apretó la mano.

—Breca, cuida de tu madre —dijo Glornir con un hilo de voz.

—No nos dejes, tío, no te vayas como papá —suplicó entre lágrimas Breca.

Orka oyó pasos detrás de ella y a Vol que gritaba el nombre de su marido, chillando.

—Será duro para ella —murmuró Glornir echando espuma ensangrentada por la boca—. Cuida de ella —añadió y, en el espacio que mediaba entre dos latidos de su corazón, murió.

Vol se dejó caer al lado de Glornir, agarró las manos de su marido y lo zarandeó. Se derrumbó encima de él, llorando, mientras los Hermanos de Sangre se reunían a su alrededor con la cabeza gacha.

Las manos de Sæunn y Lif ayudaron a Orka a levantarse. Breca se puso en pie medio tambaleándose y se abrazó sollozando a la pierna de su madre. Orka le pasó un brazo ensangrentado alrededor de los hombros y miró en derredor.

Había muertos por todas partes, apilados en grandes montones. Guerreros, escudos destrozados, troles amontonados, arañas del hielo con las patas encogidas, y Lik-Rifa, la dragona, derrumbada sobre el campo de batalla, con las alas caídas como velas ajironadas. Ulfrir se alzaba a su lado, de nuevo en su forma humana. Rodeaba con un brazo los hombros de Skuld y se apoyaba en ella. Centenares de faunir se habían congregado como si fueran un pequeño bosque y observaban el cuerpo sin vida de Lik-Rifa. Unos guerreros se abrazaban y otros lloraban de rodillas en el suelo.

Orka vio que Uspa y Berak abrazaban a su hijo. Sighvat estaba con ellos y revolvía el pelo del chico con una sonrisa que le escindía la barba pelirroja. Las lágrimas surcaban la sangre y la mugre que le recubrían las mejillas. Se arremangó, y al ver la cicatriz blanca en su piel, su sonrisa se ensanchó y se puso a bailar.

Un sonido resonó en el campo de batalla y se introdujo gradualmente en la cabeza de Orka, como una crecida. Miró en derredor con el ceño fruncido. Era una voz, amortiguada, como si viniera de muy lejos, pero cada vez sonaba más fuerte. Orka se dio cuenta de que no era la única que miraba a su alrededor, también lo hacían Grend, Taras, Gytha y Frek. Sighvat se acercó al cuerpo de Lik-Rifa y pegó la oreja a su vientre, dio un respingo y se volvió hacia sus compañeros.

—¡Es Hrung! —exclamó.

Grend suspiró.

—¿Podemos dejarlo ahí dentro?

CAPÍTULO NOVENTA Y UNO

ORKA

Orka los conducía por un camino serpenteante que ascendía gradualmente entre árboles y rocas cubiertas de musgo. El olor de los pinos impregnaba el aire. Cruzaron un arroyo de burbujeante agua fría y transparente. Le dolía la pierna y sentía un pinchazo en las costillas cada vez que respiraba. Echó un vistazo por encima del hombro. Breca caminaba detrás de ella, flanqueado por Lif y Sæunn, seguidos por el resto de los Hermanos de Sangre: Varg y Røkia, Svik y Edel, Gunnar Proa, Halja Nariz Chata y otra docena de mercenarios. Vol estaba sentada al lado de Iva en el pescante de un carro tirado por un caballo y Taras caminaba a su lado. Una docena de niños viajaban sentados en la parte trasera del vehículo. Refna Manos Fuertes, por su parte, corría junto al carro, y Sulich y sus jinetes cabalgaban detrás de ellos.

Vesli salió de las copas de los árboles acompañada por el zumbido de sus alas.

—¡Ya casi hemos llegado! ¡Ya casi hemos llegado! —graznó emocionada.

—Lo sé —mascullò Orka.

Vesli voló hasta el carro y se posó en un baúl de madera de roble rodeado por unas cadenas de hierro entre montones de sacos. Acarició el baúl de madera y se inclinó hacia delante, desató uno de los sacos con sus dedos largos y hábiles y cogió un puñado de dientes. Se metió uno en la boca y se puso a masticar.

Vol se volvió hacia Vesli y la tennúr le dedicó una amplia sonrisa.

Orka continuó caminando a la cabeza de la columna. El suelo comenzó a nivelarse y a volverse más blando bajo sus pies con la gruesa y mullida capa de hojas de pino que lo cubría. Delante de ella aparecieron un claro y los restos de una empalizada, en su mayor parte podrida y derruida, invadida por el pinar. Lo que quedaba en pie parecía más grande debido a las enredaderas que trepaban por su superficie. Había una gran puerta de madera destrozada y una de las hojas había sido arrancada de los goznes. Orka se detuvo, y por un momento se le cortó la respiración. Los recuerdos se precipitaron torrencialmente dentro de su cabeza y se le encogió el corazón. Puso una mano en el hombro de Breca, pues sabía que él debía estar sintiendo lo mismo.

—Nuestro hogar —masculló Breca.

—No, mi hogar eres tú —dijo Orka, y él sonrió a su madre.

Orka reanudó la marcha y empujó la hoja de la puerta que colgaba abierta. Los goznes chirriaron y entró en un patio con el suelo de tierra compactada atravesado por un arroyo. Todavía se mantenían en pie las ruinas de una casa, a la que se subía por unos amplios escalones de madera. Apenas quedaban los postes y la estructura, y en su mayor parte estaban carbonizados y recubiertos de enredaderas. Lo que las llamas no habían consumido del tejado ya se había desplomado y la maleza lo había conquistado. La mayoría del resto de los edificios estaba en mejor estado. El granero, la forja, el cobertizo para la leña y el horno de carbón seguían en pie, aunque había que arrancar la hiedra que los recubría y sustituir algunas tablas de madera podridas. Las malas hierbas habían invadido el huerto de hierbas aromáticas y hortalizas, pero las abejas todavía revoloteaban alrededor de la colmena.

Orka se adentró en el patio y se detuvo delante de un montón de piedras mientras los Hermanos de Sangre cruzaban la puerta acompañados por el traqueteo del carro y el repiqueteo de los cascos de los caballos. Bajó la mirada hacia el túmulo. Entre las piedras crecían flores, hierbas y enredaderas. Sintió la presencia de Breca a su lado y Vesli desplegó las alas para elevarse desde el baúl en el que se había sentado, trazó unos círculos encima de ellos y se posó en el hombro de Breca. Los Hermanos de Sangre se desplegaron poco a poco, en silencio, alrededor del túmulo.

Orka abrió la boca para decir algo, pero descubrió que era incapaz de hablar. Las palabras no conseguían superar el nudo que se le había hecho en la garganta.

—He vuelto, papá —dijo Breca con la voz temblorosa—. Mamá me ha rescatado y me ha traído a casa. —Se le quebró la voz y agachó la cabeza. Volvió a levantarla con una mueca feroz—. Y te hemos vengado, papá.

«Ay, mi Thorkel», pensó Orka. El rostro de su marido ocupó todos sus pensamientos: su barba escindida por una sonrisa, sus ojos oscuros y brillantes rodeados de profundas arrugas. Casi podía sentir el tacto de su mano callosa en la suya, el roce de sus labios en su mejilla, su voz susurrándole en el oído.

—No sabes cuánto te echo de menos —musitó. Las lágrimas desbordaron sus ojos y rodaron por su cara.

Taras se acercó gruñendo al túmulo de Thorkel y dejó un barril en el suelo. Contenía el cuerpo de Spert, rescatado del naufragio del barco del jarl Orlyg. Varg, Svik, Røkia, Edel, Vol y Sulich se colocaron en el otro lado del túmulo cargando sobre los hombros un cuerpo envuelto en una sábana y depositaron con delicadeza el cadáver de Glornir en el suelo.

—Thorkel, hemos traído a tu hermano para que descanse a tu lado —dijo Vol.

Ulfrir había ofrecido que Glornir fuera enterrado junto con los héroes que habían caído en la batalla de Vigrið. Le había concedido un lugar de honor al lado de Elvar Rompecadenas, a quien se había dado sepultura en el casco de su amado *Jarl de las olas*, pero Vol había rechazado la oferta.

Vol paseó la mirada por la vieja granja. Los rayos de sol se filtraban a través de las ramas de los árboles y veteaban el suelo. El aire vibraba con el canto de los pájaros y el rumor lejano del río. Devolvió la mirada al túmulo de Thorkel.

—Aquí es donde debes estar, amor mío —musitó—. Con tu familia.

Descargaron palas de la parte de atrás del carro, le dieron una a Orka y se pusieron a cavar.

CAPÍTULO NOVENTA Y DOS

VARG

Varg colocó una piedra del arroyo sobre el túmulo de Glornir y retrocedió. Vol se adelantó y puso la última piedra. Los Hermanos de Sangre se desplegaron alrededor de las tumbas donde yacían Thorkel, Glornir y Spert en silencio, abismados en sus pensamientos, en sus recuerdos. La gente fue abandonando el lugar poco a poco. Varg oyó que alguien cavaba un hoyo para encender una hoguera, mientras recogían arbustos y leña, y luego se encendió el fuego.

Rememoró la primera vez que había visto a Glornir, de pie en el salón del jarl Logur, cuando estaba a punto de enfrentarse en un duelo con Einar Medio Troll. Había sido entonces cuando Røkia le puso el apodo del Insensato.

«Han cambiado muchas cosas desde entonces. El mundo también ha cambiado».

—Vamos, Insensato —dijo Røkia.

«Pero no todo —pensó, y sonrió—. Røkia todavía me dice lo que tengo que hacer». Recordó la primera vez que había entrenado con ella como oponente y la paliza que le había dado. Había acabado lleno de moratones y sangrando.

—¿Qué pasa? —dijo Røkia al reparar en su sonrisa.

—Solo estaba pensando en lo mucho que te odio —respondió Varg—. Por lo mal que me lo hiciste pasar en mi primer día con los Hermanos de Sangre.

Røkia esbozó la sonrisa más amplia que Varg había visto jamás en su cara.

—Ah, pues yo me lo pasé muy bien.

—¡Insensato! —gritó Svik—. ¿Te apetece un poco de cerveza y de queso?

Varg fue hasta la hoguera, se sentó al lado de Svik y cogió el queso y el vaso de cerveza que le ofrecía. El grupo se había dispersado por todo el patio, y todos comían, bebían y charlaban. Orka se había sentado en la escalera de su casa y Breca estaba enseñándole la colmena a Refna.

—Es raro —dijo Vol mirando los brotes y las hojas nuevas en los árboles del bosque que se extendía al otro lado de la empalizada—. Después de tantos cambios, tantas pérdidas, tanto dolor… Los dioses han caído y sin embargo el mundo sigue igual.

—Ajá —dijo Edel—. Pero para nosotros el mundo sí ha cambiado. Ya no tenemos que esconder lo que somos ni vivir con miedo al collar de hierro de thrall. —Suspiró—. Todavía me cuesta creerlo.

—¡Por Elvar Rompecadenas! —brindó Svik levantando su cuerno de hidromiel.

—¡Por Elvar Rompecadenas! —gritaron al unísono, y bebieron en su honor.

—¿Y ahora qué? —preguntó Halja Nariz Chata.

—Hay cosas que hacer, sin duda —dijo Gunnar—. Para empezar, Rurik y los supervivientes de su flota todavía se pasean por Vigrið.

—Y hay que dar caza a Rotta, ese niðing hijo de perra —terció Edel sentada con su perro, al que estaba dando de comer trozos de bacalao salado. Varg había dado por muerto al dios rata después de que Grok y Kló lo dejaran caer del cielo, pero tras la muerte de Lik-Rifa Ulfrir había ido a buscar su cuerpo y descubrió que había desaparecido.

—Podríamos empezar construyendo un drakkar nuevo y ganar un poco de plata —sugirió Røkia.

—Ulfrir nos pagará la plata que Elvar nos prometió —dijo Vol.

—Lo sé, pero…

—Le gusta luchar —la interrumpió Svik.

Røkia se encogió de hombros sin contradecirlo.

—Los Hermanos de Sangre necesitan un jefe —dijo Sulich. Se volvió a Vol.

—Lo sé —dijo ella. Suspiró.

—¿Tú? —sugirió Sulich.

—¿Yo? ¡No! —respondió Vol—. Tengo el corazón dolido y magullado. Todos sois más que una familia para mí, pero mi cabeza está demasiado confusa. Aquí dentro no tengo la fuerza necesaria para ser vuestra jefa —añadió dándose unos golpecitos con el dedo en la frente. Miró a Orka.

—No —aseveró Orka. Sonrió. Era la primera vez que Vol la veía hacerlo—. Ya lo intenté una vez —se justificó—, y no salió muy bien.

—¿Y Svik? —sugirió otro miembro de los Hermanos de Sangre—. Es un buen guerrero y tiene la astucia del zorro.

—¿Svik? —Røkia se desternilló de la risa—. ¡Nos pagarían con queso todos los trabajos que aceptara!

Svik torció el gesto haciéndose el ofendido y luego sonrió.

—Es probable que así fuera, francamente —repuso.

Varg se aclaró la garganta.

—He estado pensando —dijo.

—Ay, no —exclamó un coro de voces. Las risitas se propagaron entre los Hermanos de Sangre.

—He estado pensando —repitió Varg sonriendo— que aunque es verdad que necesitamos un jefe, también necesitamos un hogar.

—¿Un hogar? —inquirió Gunnar Proa—. Nuestro drakkar es nuestro hogar.

—Ajá, bueno, así era —repuso Varg—. Pero he estado pensando en por qué Orka y Thorkel se marcharon. No te ofendas, Machacacráneos —dijo al reparar en la mirada apagada de Orka.

—No me ofendo —contestó Orka.

—Se marcharon para criar a su hijo, para vivir en paz. Ese momento nos llegará a todos, o a la mayoría seguramente, si vivimos lo suficiente.

—¿Has oído, Røkia? —dijo Svik. Los demás rieron entre dientes—. Ya está haciendo planes para vosotros.

—Los planes los hago yo —dijo Røkia. Miró a Varg—. ¿Quieres tener un lobezno?

Varg balbuceó un poco hasta que consiguió pronunciar unas palabras con claridad:

—Algún día.

Røkia se encogió de hombros.

—Yo también.

—Y también he estado pensando en Einar y en que él quería cuidar de la mitad de los niños corrompidos raptados en Vigrið —se apresuró a continuar Varg—. Breca es uno de los nuestros, y también Refna y los demás —dijo agitando una mano hacia ellos—. Criarse en un drakkar es una vida difícil. ¿Y qué pasará cuando seamos viejos y lentos y torpes, y prefiramos sentarnos alrededor del fuego a escuchar las canciones de los escaldos en vez de ir con ellos? —Paseó la mirada por los rostros de sus camaradas y se dio cuenta de que sus palabras los hacía reflexionar—. Creo que necesitamos una granja propia, donde podamos vivir nuestra vida, donde cada uno elija si quiere ir a luchar o quedarse a criar a los niños en paz.

—Paz —dijo Taras—. Paz sonar bien a Taras.

Iva le dio unas palmadas en la rodilla.

—A mí también —repuso.

—Sí, paz para los que sean demasiado viejos, para los que tengan las articulaciones rígidas o se hayan hartado de las batallas para seguir llevando una vida de mercenario. Si tuviéramos un hogar, ellos tendrían un fuego con el que calentarse y unos brazos jóvenes que los protegerían —continuó Varg—. Después de todo, estamos en Vigrið.

Se oyeron monosílabos y gruñidos de conformidad.

—Estoy de acuerdo —dijo Vol.

—¡Sí que es un día raro! —terció Svik—. ¡Una idea sensata del Insensato!

Volvieron a sonar risas por todo el patio. Continuaron conversando sobre esa idea un rato más, por turnos, como si se pasaran una jarra de hidromiel, saboreándola. Al final, todos estuvieron de acuerdo.

—Bueno, ¿y dónde?

—¿Por qué no aquí? —sugirió Vol volviéndose hacia el túmulo recién erigido sobre el cadáver de Glornir. Paseó la mirada por el resto de la granja—. Es un buen sitio. La mayor parte del terreno ya está despejado y tenemos los cimientos. Es un lugar elevado y tenemos una visibilidad de varios kilómetros a la redonda. Sería difícil para un enemigo atacar por sorpresa la granja. Además hay madera para construir edificios y un drakkar nuevo, y a los pies de la colina hay un fiordo desde el que podemos navegar mar adentro.

—Y prados para los caballos no muy lejos —terció Sulich.

—Y un arroyo para que nade Gand—agregó Vol dando una palmada a la serpiente que colgaba sobre su cadera como una fusta. Miró a Orka—. ¿Qué te parece, Orka? ¿Sería doloroso para ti quedarte aquí?

Orka miró a Vol y luego el túmulo de Thorkel, y después a Breca, sentado con Refna en el arroyo donde había vivido Spert.

—Me parece una idea estupenda —respondió.

Descubre la saga Hermanos de Sangre en Booket:

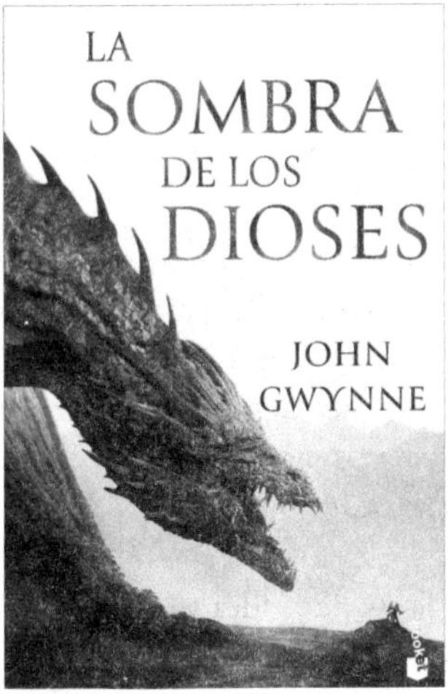

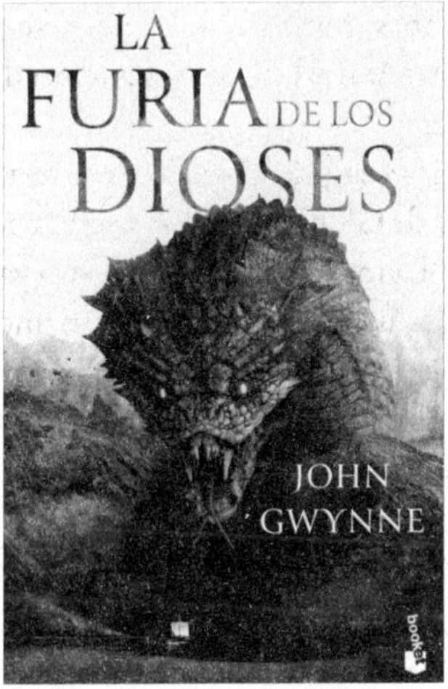